Jay McInerney

Alles ist möglich

JAY McINERNEY

Alles ist möglich

Roman

Deutsch von Hans M. Herzog

Goldmann Verlag

Die amerikanische Originalausgabe
erschien unter dem Titel »Brightness Falls«
by Alfred A. Knopf, Inc., New York

Umwelthinweis:
Dieses Buch und der Schutzumschlag
wurden auf chlorfrei gebleichtem Papier gedruckt.
Die Einschrumpffolie (zum Schutz vor Verschmutzung)
ist aus umweltschonender und recyclingfähiger PE-Folie.

Der Goldmann Verlag
ist ein Unternehmen der Verlagsgruppe Bertelsmann

1. Auflage

Satz: Uhl + Massopust, Aalen
Printed in Austria · Wiener Verlag
ISBN 3-442-30465-2

Meinem Vater

Das gesamte neue Denken handelt von Verlust.
Darin gleicht es dem alten Denken.

Robert Haas
»Meditation at Lagunitas«

Das letzte Mal sah ich Russell und Corinne zusammen an dem Wochenende, als das abschließende Softballspiel zwischen den Süchtigen und den Depressiven stattfand. Die Qualität des Spiels war schwankend, da die rekonvaleszenten Süchtigen aufgrund des Mangels der Medikamente ihrer Wahl depressiv waren, während die Depressiven reichlich mit exotischen chemischen Bomben abgefüllt waren, die auf ihre schwerfaßbare Verzweiflung abzielten. Als einer der klinisch Betäubten erinnere ich mich heute nicht mehr an den Spielausgang, behaupte aber, daß wir alle miteinander eine Gruppe bildeten, wie man sie zu diesem historischen Zeitpunkt repräsentativer wohl schwerlich aufs Spielfeld hätte schicken können. Man schrieb Herbst 1987. Das Laub in Connecticut färbte sich im Zeitlupentempo feuerrot; als wir eines Abends nach dem Essen auf der Veranda saßen, behauptete eine angeblich an Präkognition leidende junge Frau aus meiner Gruppe, sie könne sehen, wie Papierflugzeuge auf die achtzig Kilometer entfernten Straßen Manhattans niedergingen. Natürlich stellte sich später heraus, daß sie recht hatte. Doch das war kurz vor all diesen Ereignissen, noch ehe große Abstriche an den übersteigerten Erwartungen gemacht werden mußten.

Als sie an jenem Altweibersommertag in der Klinik eintrafen, saß ich über dem Besucherparkplatz im Gras, zog an einer Marlboro und stellte mir vor, wie ich sie in ihrer Küchenmaschine zerhacken und würfeln würde, weil sie mitverantwortlich dafür waren, daß man mich in dieses weiß geschindelte Irrenhaus gesteckt hatte, außerdem konnte man sie als Typen leicht verachten – sie glichen einem Paar in einer Zeitschriftenwerbung, so augenscheinlich Angehörige ihrer Generation und ihrer Schicht. Corinnes gelbe Haare und Russells gelbe Krawatte wehten wie die Banner einer verhei-

ßungsvollen Zukunft. Läßt man sich auf ein Individuum ein, bekommt man es mit Mehrdeutigkeit und Mitgefühl zu tun; geht es einem um Gewalt, beschränkt man sich besser auf den Typus.

Ich saß da mit meiner Freundin Delia, deren Arme ein Netz selbstzugefügter Wunden überzog, ein komplizierter, von Selbsthaß zeugender Text. Die vom guten Leben völlig zugrunde gerichtete Delia war einmal bei Russell und Corinne auf einer Party gewesen, und als diese so in ihrem offenen Jeep die alleeähnliche Zufahrt hinauffuhren, schien ein Flakkern in Delias toten Waschbärenaugen anzudeuten, daß sie die beiden wiedererkannte. Mit schlaksigen Bewegungen sprangen sie aus ihrem Kampffahrzeugimitat, beide in verwaschenen Jeans und blauem Blazer, und die gewöhnlich stumme Delia sagte, ganz ohne Ironie: »Da kommen Prinz und Prinzessin in ihrer sechsspännigen Kutsche.« Als ich damals neben Delia auf dem Klinikrasen saß, kam mir diese Illusion beinahe glaubhaft vor – was an dem Kontrast zwischen der vornehmen, eleganten Haltung der beiden lag, die den Hügel hinaufschritten, und den nach innen gekehrten Blicken sowie dem gebeugten, schlurfenden Gang der Klinikinsassen um mich herum. Wenn man so wollte, waren sie das schon immer gewesen – das Herrscherpaar besuchte ausgeklinkte Freunde im Irrenhaus, noblesse oblige. Doch auch die Ehe ist eine Art Nervenklinik. Als ich mein Single-Dasein aufgab, hörte ich jedenfalls vor der Tür immer den wilden Lockruf der Welt. Und irgendwann sickerte er auch unter ihrer Tür durch. Doch damals waren sie sich nicht bewußt, daß sie beobachtet wurden, während sie glanzvoll über den güldenen Rasen zur Klinik schritten, immer noch aufeinander fixiert, ohne den Übergang von ihrer eigenen Welt in die umfassendere Sphäre der Gemeinschaft vollzogen zu haben, und in diesem Moment war ich beinahe soweit, wieder an sie zu glauben.

I

Als Corinne in der Küche Zitrone über die Seezungenfilets träufelt, kommt ihr die Stimme ihres Mannes lauter als die der anderen vor, vielleicht weil sie lauter ist, oder weil sie, Corinne, eine besondere Antenne dafür entwickelt hat. Die jetzt über den Flur näher kommende Stimme spricht zwar in Richtung Wohnzimmer, kommt aber auf sie zu: »Die alte Version gefällt mir besser.« Russell redete nicht, er dröhnte.

»Alte Version von was?« fragt sie, als er in die Küche poltert, die er mit seinen vielen Extremitäten fast ausfüllt – eine dieser New Yorker Vorkriegsküchen, die nicht für ernsthaftes Arbeiten gedacht sind, sondern anscheinend eher dafür, morgens um drei nach dem Stork Club ein paar Rühreier à la Benny Goodman in die Pfanne zu hauen.

»Hab ich genug Fisch gekauft?« fragt er, füllt ihr auf der Anrichte stehendes Weinglas nach und schaut ihr dabei über die leicht sommersprossige Schulter, zuerst auf den Herd und dann verstohlen die Vorderseite ihres Kleides hinunter.

»Hübsches Kleid«, sagt er. »Geburtstagskind.«

»Danke. Jetzt kannst du über meine Frisur meckern.«

Vor einer Party stritten sie häufig über ihre Frisur: Er mag es und findet es sexy, wenn sie die Haare offen trägt; sie steckt sie lieber hoch. Heute abend sind ihre Haare zu einem lockeren, goldenen französischen Knoten nach hinten gekämmt, wo sie ein schwarzes Samtband zusammenhält; und doch hat er nichts daran auszusetzen, er mag die Vorstellung, mit diesem eleganten Geschöpf verheiratet zu sein.

»Ich dachte, wir hätten uns darauf verständigt, daß du auf keinen Fall die Küche betrittst.«

»Was hältst du von dem Condrieu?«

»Also bitte, heute abend keine Vorträge über den Wein. Versprochen?«

»Nur wenn du versprichst, nicht unter dem Tisch herumzukriechen und unsere männlichen Gäste oral zu bedienen. Sieh mich nicht so an. Ich kenne dich. Daß du's bisher unterlassen hast, heißt noch lange nicht, daß du nicht mit dem Gedanken spielst.«

»Vermutlich kommt mir Jeffs Begleiterin dabei zuvor.«

»Gott, hoffentlich.«

»Wo er die wohl aufgegabelt hat?«

»Er hat das Tischtuch angehoben, *et voilà*! Da war sie.«

»Wo ist eigentlich das Sieb?«

»Nach der letzten Party hat Wash es auf dem Heimweg getragen.«

»Möchtest du nicht am liebsten mit solchen Mädchen ausgehen?« will Corinne, plötzlich ernst, wissen.

»Großer Gott, Corinne, frag mich nicht *so was*.«

»Russell«, stöhnt sie auf und wendet sich mit einer zerquetschten halben Zitrone in der Hand von der Küchenzeile ab, um mit traurigen Augen zu ihm aufzublicken.

»Die alte Version gefällt mir besser«, wiederholt er und nimmt sie in die Arme.

Sie greift hinter sich und löst seinen Griff. »Du solltest das Wort nicht in Gegenwart eines Mädchens verwenden, das gerade einunddreißig geworden ist. Mein Gott, dreißig ist schon schlimm genug...«

»Welches Wort?«

»Das mit a anfängt.«

»Du bist immer noch meine blonde Granate.«

»Nur noch die leere Hülse davon.«

Er zieht sie wieder an sich. »Hab ich dir je erzählt, daß du wie die junge Katharine Hepburn aussiehst?« Natürlich hat er das. Deshalb war es so wichtig, es zu wiederholen; wie in allen Ehen, die schon eine Weile Bestand haben, gibt es auch bei ihrer bestimmte Beschwörungsformeln. Und Russells Ansicht nach besitzt seine Frau gewisse für Kate charakteristische Tugenden: die an eine kernige angelsächsische Abstammung gemahnende herbe Schönheit, der leichte Anflug von

Sommersprossen einer verkappten Keltin. Er selbst ist irischer Abstammung, ein County-Cork-Calloway der vierten Generation über den Umweg Boston und Detroit.

»Ich hatte mich eigentlich an Grace Kelly versucht«, sagt sie.

Nach vollzogenem Ritual hat sie ihre Selbstbeherrschung wiedergewonnen.

»Wo zum Teufel steckt Washington? Ich bin fast soweit, das Essen aufzutragen.«

»Du kennst doch Wash. Füttert wahrscheinlich den Hund.«

»Vor fünf Jahren hatte diese Böse-Buben-Marotte mehr Charme.«

»Das sagt auch die Herbergsmutter der bösen Pfadfinderbuben.«

»Ist Jeff high?«

»Wovon?«

»Das wüßte ich auch gern.«

»Jeff geht's gut.«

»Ich finde, du solltest mit ihm reden.«

»Ich rede tagtäglich mit ihm.«

»Ich meine richtig reden.«

»Du meinst, ihn so richtig *vollsabbern*.«

»Reden heißt nicht vollsabbern. Ich find's *gräßlich*, wenn du das sagst.«

»Tropf... tropf... tropf. Los, reden wir über unsere Gefühle, Mädels.« Er schwingt die Weinflasche wie ein Mikrofon und knödelt: »Feelings... hua hua hua, feelings...«

»Du bist ja *dermaßen* sensibel, Russell.«

»Das ist der auf mir lastende Fluch. Ich *empfinde* alles so intensiv«, sagt er und grabscht zur Veranschaulichung ihre linke Pobacke.

Corinne und Russell Calloway waren seit fünf Jahren verheiratet. Sie kannten sich schon acht Jahre länger, hatten sich im College kennengelernt. In den Augen ihrer Freunde waren sie clevere Pioniere des Ehestands, als hätten sie sich in einem jener ehemaligen Randbezirke der Stadt niedergelassen, in die erst jetzt allmählich die Schickeria nachrückte. In den Jahren, die sie in New York wohnten, war ihre Wohnung an der East Side zu einem Nachtclub für ihre weniger häuslichen Bekannten geworden, zu einer Art Modellwohnung für all jene, die mit dem Gedanken spielten, den Hafen der Ehe anzusteuern. Für die Frischvermählten war sie ein sicherer Hafen in einer ehemordenden Stadt, und die Ledigen genossen die Abwechslung von der anstrengenden Formlosigkeit ihres Single-Daseins.

Nicht einmal ihre Studienfreunde, die jedes Jahr weniger wurden, konnten sich an die beiden als Einzelpersonen erinnern. Jeder für sich war vielleicht ein wenig zu attraktiv, doch die Ehe neutralisierte diese Anziehungskraft gerade so weit, daß Männer, die Corinne Makepeace an der Brown-Universität eingeschüchtert hatte, wo sie als eine Art erotische Totemfigur galt, jetzt problemlos mir ihr flirten konnten, während die Frauen sich Russell anvertrauten, ihn zu dringenden Zwiegesprächen ins Schlafzimmer zerrten. Das zwischen den beiden bestehende Vertrauensverhältnis ließ sich daran ermessen, daß Corinne bei solchen Gelegenheiten kaum einmal auf den Gedanken kam, eifersüchtig zu werden; die Intensität von Corinnes Leidenschaft daran, daß manchmal vor Wut zerbrechliche Gegenstände durch die Luft flogen. Mochten Russell und Corinne einerseits noch so weltgewandt wirken, waren sie andererseits beinahe weltfremd, weil sie schon so lange von dem zermürbenden freien Markt der Liebe abgeschirmt waren; diese große Frage hatten sie früh in ihrem Leben beantwortet. Wie Skandinavier lebten sie in einem hygienischen Wohlfahrtsstaat, dessen Gesetze nicht zwangsläufig außerhalb seiner Grenzen galten, und manchmal, wenn einer der beiden eine Ansicht zum besten gab, hätte ein Außenstehender am liebsten erwidert: Schön und gut, auf euch beide mag das ja zutreffen, aber wir übrigen sind immer noch auf der Suche nach einem wärmenden Körper.

Ihre Bleibe hatte nicht nur Vorbildcharakter, sie sah auch erschwinglich aus. Von einer kleinen Terrasse aus bot sie zwar eine Aussicht auf die große Stadt, die sich wie eine festlich beleuchtete Speisetafel gen Süden erstreckte, ansonsten war sie jedoch nur eine Zweizimmer-Mietwohnung, ein Sammelsurium von Antiquitäten und Überbleibseln aus Studententagen. Aus einem der beiden Sofas quoll bereits die Polsterfüllung, und die überzähligen Bücher, die in den Wohnzimmereinbauschränken keinen Platz mehr fanden, hatten sich mit einer Notunterkunft aus Hohlblocksteinen und unbehandelten Kiefernholzbrettern abfinden müssen. Fotos von Russell, Corinne und Freunden, wahllos in silbernen Tiffany- oder billigen Plastikrahmen, hingen zwischen Plakaten der Galerie Maeght und signierten Lithographien. Ihre großzügigen und stilvollen Partys hinterließen bei einigen Gästen den Eindruck, die beiden seien mit irdischen Gütern überreich gesegnet. Tatsächlich stand ihre finanzielle Situation permanent auf der Kippe. Sie waren zwar Doppelverdiener, aber Russell plagte sich im traditionell unterbezahlten Verlagswesen ab, und Corinne war erst seit zwei Jahren Börsenmaklerin. An den Boomtown-Maßstäben vieler ihrer Freunde und Nachbarn gemessen, nahmen sich die Beträge auf ihrer gemeinsamen Steuererklärung eher bescheiden aus.

Nachdem ihre Wahlheimatstadt in den siebziger Jahren beinahe bankrott gegangen wäre, hatte sie eine Art Goldrausch erlebt; finanzielle Goldgräber hatten mittels Computern und Telefonen geschürft und ergiebige Geldadern entdeckt, die sich unter den Felsen und Schluchten der Südspitze Manhattans erstreckten. Wie geologische und meteorologische Kräfte zusammenwirken, um Diamanten an der Spitze eines Erdteils abzulagern und Gold am Rande eines anderen freizulegen, so kam etwa um den Beginn des neuen Jahrzehnts eine Vielzahl von Menschen geschaffener Faktoren zusammen und kreierte eine in New York ansässige Klasse Neureicher, deren finanzielles Wohlergehen radikal neue

Dimensionen annahm. Das elektronische Surren neuen Geldes brummte unter den verkabelten Straßen, beeinflußte sämtliche Einwohner und machte einige von ihnen verrückt vor Gier und Ehrgeiz, während es andere voller Wut verarmen ließ und dafür sorgte, daß sich die ausreichend verdienende Mehrheit ärmer vorkam. Spätnachts hörten Russell und Corinne manchmal dieses Surren – zwischen den Sirenen, den Alarmsignalen und den Autohupen – und verspürten eine diffuse Sorge, während sie sich an den äußersten Rand des Rahmens klammerten, den ihnen ihre Kreditkarten einräumten.

Gesellschaftlich geübte Beobachter erkannten in Corinnes Auftreten den geheimen Code ihrer amerikanischen Abstammung. Doch das Vermögen der Makepeace-Sippe hatte aufgehört zu existieren, als Corinnes Großvater, ein versponnener Liberaler, auf dem Totenbett einer ums Überleben kämpfenden schwarzen Universität ein Forschungszentrum gestiftet hatte, teils aus Abneigung gegen seinen einzigen Sohn... und Corinnes einzigen Vater. Russells Großvater, ein irischer Einwanderer, war Automobilarbeiter gewesen, sein Vater eine Führungskraft im mittleren Management von GM; Russell besaß die Offenheit und direkte Art der sich hingebungsvoll abmühenden Mittelschicht. Er und Corinne hatten Spaltungen ihrer Kernfamilie erlebt: Corinnes Eltern hatten sich nach Jahren krasser Mesalliance scheiden lassen, und etwa zur gleichen Zeit war seine Mutter gestorben, gerade als die Liebesbeziehung der beiden begann; ein Gespür für die Zerbrechlichkeit familiärer Liebe gab ihrem Werben etwas Dringliches und war Mörtel für ihre Ehe.

Das Abendessen war serviert. Dem Weinkellner Russell gelang es, sich langer Reden über den Wein zu enthalten, als er den Tisch umkreiste und einschenkte, während Corinne den ersten Gang auftrug, eine Pasta. Zwar kein echter Snob, begeisterte er sich doch für mancherlei und neigte dazu, sich mit dem Eifer des Bekehrten auf Neues zu stürzen und seine

Bekannten dafür zu gewinnen. Zurückhaltung oder Selbstbeherrschung waren nicht unbedingt Russells Stärken. Als seine gelegentliche Doppelpartnerin im Tennis brachte es Corinne beispielsweise manchmal zur Weißglut, daß er immer sofort ans Netz stürmte, um den Punkt zu machen, und sich bei seinem zweiten Aufschlag nicht zurücknahm, sondern ihn genauso hart drosch wie den ersten, auch wenn das häufig zu Doppelfehlern führte. Als stattlicher Mann eckte er häufig an – der Typ, der Zimmer betrat, ohne anzuklopfen. Crash Calloway. Zum Glück für die Menschen in diesem Zimmer eilte ihm seine Stimme meist voraus, eine Art Luftschutzsirene. Corinne befürchtete oft, er könnte sie in Verlegenheit bringen, indem er vor einer Ladenverkäuferin etwas Intimes erzählte oder mit Fremden in einem Aufzug ein Gespräch anfing. Im Augenblick ließ er sich, während er etwas Wein auftupfte, den er soeben auf das Tischtuch verschüttet hatte, laut über die Pilze aus, die ihm ein von ihm verlegter Autor geschickt hatte. »Es ist zwar illegal«, teilte er ihren sechs Essensgästen mit, »aber er packt sie in Plastik und schickt sie in einer billigen Ledertasche, um den Geruch zu überdecken.«

»So haben wir früher mal über Drogen geredet«, sagte Corinne, um den leichten Anflug selbstzufriedenen Epikuräertums wegzuwischen.

»Wir tun es immer noch«, erwiderte Jeff zu ihrer Rechten und ließ wieder einmal sein wehmütig-spitzbübisches Lächeln aufblitzen. Jeff, schmal wie ein Filetiermesser, hatte wie gewöhnlich seine zerrissene Jeans an; aus der Hose hing das verwaschene Hemd mit Button-down-Kragen von Brooks Brothers, darüber trug er sein mit zahllosen, von Bügeldienstzetteln übriggebliebenen Heftklammern gespicktes Jackett. Zwei Jahre zuvor hatte Jeff ein erfolgreiches Buch veröffentlicht, eine Kurzgeschichtensammlung über einen exzentrischen Clan in Neuengland, der, nicht weiter ungewöhnlich, große Ähnlichkeit mit seiner eigenen Familie aufwies. Seitdem hörten ihm alle ein klein wenig aufmerksamer zu, während er allen anderen weniger Aufmerksamkeit schenkte.

»Als Kind konnte ich Pilze auf den Tod nicht ausstehen«, piepste Dawn, Jeffs neunzehnjährige Begleiterin, die wie ein vollbusiges Model aussah – und tatsächlich ein vollbusiges Model *war*. »Wollten wir uns etwas wirklich Schlimmes ausdenken, eine Bestrafung oder so was, dann sagten wir: ›Du mußt einen ganzen Teller Pilze leer essen.‹« Das zweite Gesetz sozialer Dynamik, dachte sich Corinne: Die alleinstehenden Frauen werden jedes Jahr jünger. Aber wie lautete das erste?

»Heute schicken wir dich einfach ohne Essen ins Bett«, sagte Jeff. Dann, an Corinne gewandt, mit der Miene eines Menschen, der ablenken wollte: »Wie geht's Mr. Jones?« Womit er, das war Corinne klar, den Dow meinte, und den Markt generell; allerdings kam ihr der Gedanke, daß es sich früher um eine Anspielung auf einen Song von Dylan hätte handeln können.

»Als du das letztemal hier warst«, entgegnete Corinne und nahm einen Schluck Wein, »hat dich jemand gefragt, woran du gerade arbeitest. Deine Antwort: ›Frage nie einen Autor, woran er gerade arbeitet. Das ist, als fragte man einen Krebskranken, welche Fortschritte seine Krankheit macht.‹«

Sie kam zu dem Schluß, daß sie sauer auf ihn war, weil er dieses Kind zum Essen mitgebracht hatte und ihm dann nichts Besseres einfiel, als die Kleine runterzuputzen.

»Das soll ich gesagt haben? Ich muß besoffen gewesen sein. Hoffentlich hast du mir unverzüglich ein Steakmesser in die Niere oder ein Nierenmesser in mein Steak gestoßen.«

»Das wäre wohl besser gewesen. Statt dessen bestehe ich darauf, daß du dich an die Regeln hältst. Regel Nummer eins: keine langweiligen Fragen. Die lasse ich an meinem Tisch nicht zu.«

Zac Solomon fragte: »Existieren hier irgendwelche Regeln? Mir ist die Etikette hier im Osten nicht so recht geläufig. Wir in Kalifornien tragen gewöhnlich nicht einmal Kleider.«

»Das sieht man«, sagte Jeff. »Du hast es eindeutig noch nicht raus, wie man welche trägt.«

»Wärst du nicht mein Autor, Junge, sähe ich mich gezwungen, von dieser Bemerkung zutiefst gekränkt zu sein.«

»Hollywood-Produzenten ist es untersagt, gekränkt zu sein«, erwiderte Jeff. »Man erwartet, daß sie Kränkungen austeilen.«

»Nur um zu zeigen, was für ein selbstkritischer Typ ich bin«, sagte Zac, »erzähle ich dir jetzt den neuesten Witz. Ein Produzent rast über den Santa Monica, in der einen Hand das Autotelefon; er hat einen Unfall, der Wagen überschlägt sich, der Mann wird herausgeschleudert und ein Arm dabei abgetrennt, fliegt durch die Gegend.«

»Spielt es eine zentrale Rolle, daß er den Santa Monica Boulevard entlangfährt?« erkundigte sich Jeff und goß sich noch etwas Wein nach.

»... Na, jedenfalls, ein anderes Auto hält, der Fahrer steigt aus, eilt zu dem auf der Straße liegenden Produzenten und fragt: ›Alles in Ordnung, Bursche?‹ Daraufhin betrachtet der Produzent das Autowrack und jammert: ›Mein Porsche, mein Porsche, mein Porsche!‹ In dem Moment sieht der andere seinen Armstumpf, deutet auf die zweite Armhälfte, die auf der anderen Straßenseite liegt, und sagt: ›Aber was ist mit Ihrem Arm?‹ Da schaut der Produzent über die Straße und ruft: ›O mein Gott – meine Rolex, meine Rolex, meine Rolex!‹«

»Selbstkritik hat bei uns einen hohen Stellenwert«, verkündete Corinne, die Solomon erst an diesem Abend kennengelernt hatte. Niedlich, ein wenig fleischig, entweder hartnäckiger Babyspeck oder frühzeitige Geschäftsessenwampe. Ende Zwanzig, laut Russell, und er hatte schon Millionen verdient. Augenzwinkernd spielte er mit dem Klischee, so daß es schon fast wieder akzeptabel schien. Nicht daß man unbedingt seine Tochter so einem zur Frau geben würde. Ein, wenn man so wolle, Geschäftsfreund, hatte Russell gesagt, außerdem sei er ein amüsanter Zeitgenosse. Nur auf letzteres kam es Corinne an, die der altmodischen Auffassung anhing, Geschäfte hätten sich auf Büroräume zu beschränken.

»Heißt das, ich darf bleiben?« fragte Zac.

»Nur wenn du ihren Namen korrekt aussprichst«, sagte Jeff. »Reimt sich auf *Mau*reen, falls dir das weiterhilft.«

»Und nur dann, wenn Sie der alleinstehenden Frau höchste Aufmerksamkeit schenken«, warf Nancy Tanner ein und brachte ihre langen blonden Locken mit einer charakteristischen Kopfbewegung in Schwung. Russell behauptete einmal, diese Bewegung ahme die Auswirkungen einer Windmaschine nach. Nancy war das nicht geerdete Kabel ihres erweiterten Kreises, das alleinstehende weibliche Wesen.

»Als ich diesen Witz das letztemal hörte«, sagte Jeff, »war darin von einem Agenten die Rede. Leider würde er durchaus auf die meisten unserer Freunde passen.«

Colin Becker, der weder Agent war noch von einem solchen vertreten wurde, unterhielt sich gerade mit Jeffs Begleiterin über Architektur, während Russell so aufmerksam war, sich mit Anne zu beschäftigen, die als Firmenanwältin arbeitete, aber dankenswerterweise nie darüber redete. Corinne fiel siedendheiß ein, daß sie den Beckers noch ein Hochzeitsgeschenk schuldeten.

Unvermittelt tauchte Washington Lee auf, wie immer mit dem Spruch: »Ratet mal, wer zum Essen kommt.« Seine Augen glichen irren Murmeln, sie glänzten und strahlten… es würde ein langer Abend werden, das ahnte Corinne. »Tut mir leid«, verkündete er, »bin am Broadway in eine Schießerei geraten. Irgendwelche Bankräuber wollten über die Dächer entkommen, hielten die Bullen in Schach, legten den Verkehr lahm, weil sie die Straße mit Salven aus ihren automatischen Waffen bestrichen.« Entweder weil sie Washingtons Übertreibungen schon kannten, oder über der Gewalttätigkeit dieser Stadt abgestumpft waren, zog keiner der Anwesenden seine Behauptung in Zweifel oder bat um nähere Erläuterungen.

Beim Anblick ihres Kumpels bedienten sich Jeff und Russell primitiver männlicher Rituale und klatschten einander johlend auf Hände und Rücken.

»Hier sind sie, die Righteous Brothers«, sagte Washington.

»Jetzt, wo du da bist«, sagte Jeff, »sind wir die Temptations.«

»Wir widerstehen sämtlichen Versuchungen, nur *einer* nicht«, erwiderte Washington.

Corinne plazierte ihn zwischen Jeffs Freundin und Casey Reynes, mit der sie als Erstsemester das Zimmer geteilt hatte und deren Mann verreist war. Sofort legte Washington seine Arme um beide, offenbar zum Ärger Caseys, die darauf mit der Arroganz der reichen höheren Tochter reagierte.

»Also, was gibt's Neues?«

»Wieso reden wir nie über Politik?« fragte Nancy, warf ihre Haare zurück, griff quer über den Tisch und legte ihre Hand auf Washingtons Arm. »*Du* hast garantiert ein paar interessante Ansichten«, ergänzte sie in einem gewöhnlich für unanständige Anträge reservierten Tonfall. Plötzlich fragte sich Corinne, ob die beiden mal miteinander geschlafen hatten.

»Großes Ehrenwort, Ma'am, ich kümmer mich bloß um mein' eignen Kram und überlaß die Politik dem weißen Mann.«

»Bring Russell nicht auf Ideen«, sagte Corinne rasch, wohl wissend, wie gern Washington solche Gelegenheiten ausnutzte, »sonst sitzen wir die ganze Nacht hier. Am meisten bedauert Russell, daß er die sechziger Jahre im großen und ganzen verpaßt hat. Seither versucht er ständig, sie nachzuholen.«

»Ich hab die sechziger Jahre nicht verpaßt«, widersprach Russell. »Ich hab sie im Fernsehen gesehen.«

»Russell ist für Gary Hart«, spottete Washington.

»Hart, aber herzlich«, seufzte Jeff und schob seinen Teller weg. »Themenwechsel? *Bitte.*«

»Wen gibt's denn *sonst* noch?«

»Gary Hart und seine *neuen Ideen*«, sagte Washington. »Welche *neuen* Ideen? Der Typ soll erst mal den Prediger Salomo lesen.«

Bald stritten sie sich über Nikaragua. Da Russell gerade ein Buch über den verdeckten Krieg gegen die Sandinisten verlegte, war er mit Daten und Fakten gewappnet. Als Republikaner griff Zac auf Epigramme und offenherzige Xenophobie zurück. Vom Parnaß herab betrachtete Jeff Politik voller Verachtung. Washington, der sich wahrscheinlich besser auskannte als die anderen, stellte sich lieber dumm und ließ listig zu, daß sich andere mit ihrer Ernsthaftigkeit bloßstellten. Jeffs Freundin schien von diesem Ausflug auf fremdes Terrain zunehmend verwirrt und – nicht aufgesetzt – war beinahe verängstigt. Sie konnte nichts dafür, daß sie hier überfordert war, befand Corinne. Sie konnte auch nichts für ihre Brüste und den großen Schmollmund. Wenigstens glaubte das Corinne nicht. Sie selbst war von der Natur gerade üppig genug ausgestattet worden, um zu wissen, daß es damit ungefähr so war, als erbe ein Minderjähriger einen Haufen Geld, und weit und breit war kein Treuhänder in Sicht, oder als setze man sich zur ersten Fahrstunde hinter das Lenkrad eines Ferrari. Früher hatte man die Knaben mit nichts weiter als einem Gewehr bewaffnet in den Dschungel oder in die Schützengräben geschickt, und nur so bekamen sie wenigstens den Hauch einer Ahnung davon, wie es war, als hübsches Mädchen mit großen Titten aufzuwachsen. Mit ein wenig Glück kam eine Frau erst nach New York oder Los Angeles, wenn sie die dem Selbstschutz förderlichen Fehler schon hinter sich hatte.

Nicht, daß sie jemals solche Brüste gehabt hätte. Großer Gott, Jeff. Ob die echt waren? Heutzutage schwer zu sagen. Dabei mußte sie an ein Mädchen auf der Privatschule denken, das im Schuljahrbuch zum besten Paar gewählt wurde. Ohne vorher nachzudenken, sagte Corinne laut: »Ich habe gehört, daß Brustimplantate explodieren können, wenn man mit einer Concorde fliegt.« Bildete sie sich das nur ein, oder sah Jeffs Begleiterin besorgt aus?

»Party-Titten«, sagte Washington.

Drüben an der Stereoanlage legte Russell *Avalon* von Roxy

Music auf und vergewisserte sich mit einem Blick über die Schulter, ob Corinne es bemerkt hatte. Sie warf ihm eine Kußhand zu. »Filmmusik zum ersten Jahr unseres Eheglücks«, erläuterte sie.

Jeffs Freundin drehte sich zu Washington um. »Sind Sie verheiratet?«

Washington musterte sie, als sei sie geisteskrank; Jeff hustete Rotwein aufs Tischtuch.

»Für mich hat man die richtige Sorte Ehe noch nicht erfunden«, sagte Washington ruhig. »Sehen Sie, ich begreife nicht, warum es bloß eine Art von Ehe geben darf. Braucht man eine Unterkunft, kann man sich ein Stockwerk in einem Reihenhaus, eine Fabriketage oder ein paar Zimmer in einem großen glänzenden Hochhaus mit einem Fitneßclub drin mieten, je nachdem, wie man leben möchte, aber sobald es um die Ehe geht, existiert nur diese eine Variante. Man soll monogam zusammenleben. Versteht ihr, was ich meine? Eine einzige Konfektionsgröße für alle? Kann nicht funktionieren. Warum kriegen wir keine unterschiedlichen Fabrikate? Mit Farbkodierung... die rote Ehevariante, bei der man beispielsweise vier Nächte die Woche gemeinsam verbringt und an den anderen Abenden um die Häuser zieht, oder die grüne Ehe, wo man zusammen Kinder hat, die man an seine impotenten Verwandten ausleiht, und...«

»Welche Farbe hättest du denn gern?« erkundigte sich Casey, deren eigene Ehe wie uralte Währungen auf dem Goldstandard basierte. Sie war halb Engländerin und halb Du Pont, ihr Mann Spekulant aus denselben altehrwürdigen gesellschaftlichen Kreisen in Wilmington, Delaware. Russell hielt sie für Snobs und nannte Mrs. Reynes »Ihre Majestät«; Corinnes Anhänglichkeit hing eher mit Erinnerungen an den gleichmachenden Sturm der Pubertät zusammen als mit aktuellen Gemeinsamkeiten.

»Verrat's uns bitte nicht, Wash«, sagte Corinne. »Wir haben gerade erst gegessen.«

»Ehen erfordern einen gewissen Spielraum. Jede Menge

Distanz zwischen den Beteiligten, die ja bekanntlich der Liebe förderlich ist«, befand Casey, deren Mann ständig auf Geschäftsreise war.

Nancy sagte: »Alle Männer brauchen vier Dinge: Essen, Unterkunft, Muschi... und fremde Muschi.«

»Für Punkt eins und zwei kann ich mich nicht verbürgen«, gestand Washington. Die anderen Männer am Tisch wirkten verlegen, so schien es Corinne – als sei man ihnen soeben auf die Schliche gekommen.

Von plötzlicher Panik ergriffen, warf sie einen Blick zu Russell hinüber. Er wirkte verwirrt und zuckte peinlich berührt mit den Achseln.

Jeff half beim Geschirrabräumen. In der Küche sagte Corinne zu ihm: »Ich glaube, sie ist nicht ganz dein Typ.«

»Ist das Untertreibung?«

»Eher Diplomatie, Jeff.«

Er nahm sie in die Arme. Sie waren alte Freunde mit ähnlichem Hintergrund, Jeff der späte Abkömmling einer verstaubten Yankee-Familie, deren Kapital – wie die Erde seines Heimatstaates Massachusetts – weitgehend verbraucht war. Zwischen den beiden stand das Gefühl im Raum, daß es da noch etwas Unabgeschlossenes gab. Sie hatte ihn immer für attraktiv gehalten, eins neunzig und spindeldürr, leicht gebeugt, was an der Befangenheit jener sensiblen großgewachsenen Menschen lag, die andere nicht überragen wollen.

»Das heißt doch bestimmt«, erwiderte Jeff, »daß sie zu deinem Leidwesen genau mein Typ ist, und daß ich deshalb erwiesenermaßen ein Drecksack bin.«

Sie sah ihm in die Augen, als könne sie dort die Gesundheit seiner Seele ergründen. Die Sorte Augen, die in ein Dorf im Mittleren Westen gehören mochten, der man an den Ufern des Tigris oder des Euphrats begegnete, die dunklen Augen einer alten Seele. Russell hatte jungenhafte, weit offene blaue Augen und war vorgestern zur Welt gekommen.

Ihrem Blick ausweichend, sagte er: »Mädchen, die mein Typ sind, finde ich leider Gottes nicht attraktiv.«

Corinne lachte. »Wie bitte?« Auf einmal merkte sie, daß sie beschwipst war. Ein gutes Gefühl. »Ich dachte, du fändest alle Frauen attraktiv.«

»Oder ich finde sie attraktiv, aber sie sind verheiratet.«

»Manchmal sind sie attraktiv, *weil* sie verheiratet sind.«

Das, dachte sie, war eine gute, vernünftige Reaktion. Sie bog Schwierigkeiten ab, wie es sich für eine gute Gattin und Gastgeberin gehörte. Woher hatte sie das? »Arbeitest du? Ich will nicht wissen, *woran* du gerade arbeitest, nur *ob* du es tust.«

»Schreibe ein Drehbuch für Zac, aber arbeiten würde ich das kaum nennen.«

»Warum tust du's dann?«

»Du bist Börsenmaklerin, Corinne. Warum muß *ich* ohne Fehl und Tadel sein?«

Corinne entwand sich ihm, ihr war einen Augenblick lang schwindlig, sie verlor fast das Gleichgewicht, als er sie losließ. Sie trat zur Spüle und drehte das Wasser an. Es stimmte, sie verkaufte Aktien, Pfandbriefe, Rentenwerte. Doch tief im Herzen war sie jemand völlig anderes. Eine Liebhaberin und Erforscherin des Lebens. Allmächtiger, kaum zu glauben, daß sie einunddreißig war. Wo waren nur die letzten zehn Jahre geblieben?

Während sie Wasser in die Kaffeekanne füllte, merkte sie, daß Jeff immer noch hinter ihr stand. »Einige von uns mußten ihr täglich Brot verdienen, damit du Leser finden konntest.« Sie drehte sich um. »Du arroganter Drecksack«, sagte sie, schüttete den Inhalt der Kanne über ihn und sackte anschließend – ohne zu wissen, warum – von Lachkrämpfen geschüttelt zu Boden.

»*Gerade* wollte ich dich um einen Schluck Wasser bitten«, sagte er, die strähnigen Haare und der lange, heraushängende Hemdenschoß tropfnaß.

Sie lachte noch heftiger. Schließlich mußte sie husten, hielt inne und sagte: »Ich glaube, es könnte dir nichts schaden, wenn du einmal keine passenden Worte fändest.«

»Kommt ständig vor«, sagte er. »Sobald ich mich an meinen Computer setze.« Während er sich von oben bis unten mit einem Stapel Küchentücher abtupfte, ergänzte er: »Übrigens hab ich dir noch nicht zum Geburtstag gratuliert.«

»Verdammt noch mal, das ist ein Geheimnis.«

»Einunddreißig, *n'est-ce pas*?«

»Wenn du auch nur ein Wort sagst, bring ich dich um.«

»Was hast du von Russell bekommen?«

»Französischen Verkehr«, sagte sie und verfiel ob ihrer improvisierten Antwort in schallendes Gelächter. Ich *muß*, dachte sie, betrunken sein.

»Wurde auch Zeit«, sagte Jeff.

»Ob du es glaubst oder nicht«, sagte sie und erhob sich, »andere Männer sind ohne weiteres in der Lage, Frauen glücklich zu machen. Einige sind sogar so gut darin, daß es uns einfach den Atem verschlägt.«

»Das waren in etwa Caitlins Worte, bevor sie sich absetzte«, sagte er.

Dave Whitlock, ein Kollege Russells, tauchte mit einer blonden Brasilianerin namens Elsa auf, die als Scout für Mondadori arbeitete. Jedenfalls glaubte Corinne, sie so verstanden zu haben; es klang merkwürdig, daß jemand mit Portugiesisch als Muttersprache für einen italienischen Verlag den englischsprachigen Buchmarkt beobachtete. Andere Gäste trafen ein, Leute, die sie für den späteren Abend eingeladen hatten. Der Abend zerfiel in kleinere Einheiten, ein Mosaik aus leuchtenden und seltsam geformten, von Alkohol zusammengehaltenen Bruchstücken. Wenigstens kam es Corinne am nächsten Tag so vor. Eine Party ist wie eine Ehe, fand sie: Sie geht ihren eigenen Weg, tut aber, als folge sie Vorbildern, sie fährt auf stählernen Schienen in eine unerforschte Wildnis, während die Versprechen, langstieligen Kristallgläsern gleich, auf den Armlehnen zittern und wackeln.

Den Hörer des Haustelefons am Ohr, fragte Russell: »Kennst du einen gewissen Ace? Der Portier sagt, *er* behauptet, daß du ihn kennst.«

»Geht in Ordnung, soll ihn raufschicken«, sagte Corinne errötend. Ace war ein Obdachloser, den sie aus der Armenküche kannte, für die sie ehrenamtlich arbeitete; als sie am Nachmittag im »Food Emporium« Getränke für die Party gekauft hatte, war sie ihm begegnet, wie er gerade aus einem Müllbeutel unter lautem Getöse Dosen und Flaschen zurückbrachte; ein müde und entnervt wirkender Supermarktmitarbeiter half ihm dabei, sie in einen Pappkarton zu zählen. Ace erklärte seine Anwesenheit in ihrer Wohngegend damit, daß er seine Geschäfte gern ein wenig verteile. »Geben Sie eine Party?« fragte Ace, als er ihre Einkäufe sah. Einer plötzlichen, von schlechtem Gewissen diktierten Eingebung folgend fragte sie, ob er sich nicht beim Aufräumen eine Kleinigkeit verdienen wolle. Und jetzt war er da. Sie war mit sich selbst zufrieden und mit Ace, weil er sie beim Wort genommen hatte, auch wenn Russell gelegentlich über ihren, wie er es nannte, Mutter-Teresa-Komplex spottete. Aces Eintreffen bemerkte und kommentierte er nicht ausdrücklich, obwohl der neue Gast nicht gerade unauffällig war – ein ungewaschener Schwarzer mit einer Mets-Baseballmütze und nicht geschnürten Nike-Turnschuhen, der die Gäste fragte, ob sie ihre Bierflaschen geleert hätten. Corinne sah, wie er den Rest aus einer Flasche trank, die er Jeff abgeschwatzt hatte.

»Früher«, schwadronierte Russell, »hat man irgendwo eine gute Story gelesen, den Autor in seiner Bruchbude angerufen, ihm ein paar Mille für einen Band mit Geschichten und einen Roman angeboten, und er hat einem seine Bücher gewidmet, einem wie die Eskimos seine Geliebte angeboten, einem seine Erstgeborene versprochen. Heutzutage muß man einen sechsstelligen Betrag auf ein Schweizer Nummernkonto überweisen, nur um einen ersten Blick auf die Abschlußarbeit eines Schreibseminars besuchenden Studenten werfen zu dürfen. Und dann hat man immer noch seinen Agenten am Hals.«

»Früher«, sagte Jeff, »sind nur Wichser, Dödel und Abartige ins Verlagsgeschäft gegangen. Zweitälteste Söhne und Absolventinnen des Sarah-Lawrence-Colleges. Zu meinem Leidwesen muß ich feststellen, daß dem auch heute noch so ist.«

Jeder mit einem Glas in der Hand, klammerten sie sich aneinander in einer nicht ganz eindeutigen, tapsigen Umarmung. Corinne beobachtete, wie sich die beiden Freunde in südlicher Richtung über den Teppich treiben ließen und der Bogen, den sie dabei beschrieben, endete schließlich genau am Büfett, das von Russells Hintern gestreift wurde; der brachte eine weißblaue orientalische Vase aus dem Gleichgewicht und zum Kippen, so daß diese zu Boden fiel, knapp den Rand des Läufers verfehlte und auf dem Parkettfußboden zersplitterte.

Russells Miene ließ erkennen, daß ihm die dynastische Herkunft dieses Gegenstandes und dessen lange Verbindung zu Corinnes Familie vertraut war – ein Hochzeitsgeschenk. Aber Corinne eilte herbei und sagte, das mache nichts, Vorsicht wegen der Scherben, sie hole jetzt das Kehrblech.

»Crash Calloway«, sagte Jeff und benutzte damit den Spitznamen, den Russell fast schon so lange trug, wie er gehen, fallen oder Dinge umschmeißen konnte.

Zu der Abend- oder Nachtzeit, da Gäste zu Discjockeys werden und die Schallplatten- und Kassettenvorräte durchstöbern, wird die Stereoanlage zur Zeitmaschine, die im Rückwärtsgang stehengeblieben ist. Plötzlich dröhnte Neil Youngs »After the Gold Rush« aus den Boxen. Washington tanzte mit Jeffs Begleiterin, und Ace schwankte wie ein Matrose bei stürmischer See zwischen meterhohen Wellen, die Hand auf Zac Solomons widerstrebender Schulter, und erzählte von seinen Plänen, ein Demo-Tape mit Rapmusik aufzunehmen.

Casey Reynes zog beim Gehen Corinne beiseite und verkündete, sie sei schwanger. »Es ist ein Geheimnis, Tom will noch nicht, daß ich es weitersage.«

Corinne umarmte sie. »Ich freue mich so für dich«, sagte sie, obwohl sich ein unerwarteter Beigeschmack von Neid in ihre Freude mischte.

Elsa, die Brasilianerin mit der Italien-Connection, zog Corinne am Ärmel. Ob sie Dave Witlock, ihren Begleiter, gesehen habe.

»Wie weit kann er gekommen sein?« rief Russell herüber. »Wir haben nur drei Zimmer.«

»Ich ruf dich morgen an«, sagte Corinne zu Casey.

Laut der beharrlichen Elsa fehlte Jeffs Begleiterin ebenfalls.

»Wahrscheinlich gibt er dem Hund zu fressen«, sagte Russell.

»Welchem Hund?« fragte Elsa.

»Sieh im Bad nach«, schlug Jeff vor. »Bis vor kurzem war das Badezimmer immer der Mittelpunkt jeder guten Party, so wie in früheren Kulturen die gemütliche Küche.«

Bald pochte Elsa gegen die verschlossene Badezimmertür. Als sie ihr Glas dagegen schleuderte, kam Russell angewankt, um sie zu beruhigen.

»Schaufel und Handfeger sind im Schrank«, rief Corinne Russell zu und mußte an Casey denken, die genauso alt war wie sie.

Ein paar Minuten später war Jeff auf der Couch umgekippt, jenseits von Gut und Böse. Seltsam, dachte Corinne. Normalerweise trank er alle unter den Tisch. Dann kicherte sie laut, weil ihr einfiel, was man laut Russell unter dem Tisch treiben konnte. Sie ruhte sich gerade in einem Sessel aus und sammelte Kräfte, als der Portier anrief. Lustlos nahm sie den Hörer des Haustelefons ab.

»Dieser Schwarze hier unten will mit einem Videorecorder verschwinden. Sagt, er möchte ihn reparieren. Soll ich die Polizei holen?«

»Das muß Ace sein«, sagte Corinne. »Sagen Sie ihm einfach, er soll das Gerät Ihnen geben. Sagen Sie ihm, wir wollen das Gerät doch nicht reparieren lassen.« Dann fiel ihr ein, daß sie ihn nicht bezahlt hatte, und sie bat den Portier, ihm zwanzig Dollar zu geben und Russell gegenüber Stillschweigen zu wahren.

Wie-hieß-sie-doch-gleich, Jeffs Begleiterin, kam – ihre schweren Brüste im Schlepptau – aus dem Bad, leicht verlegen, und kurz darauf tauchte auch Washington auf. Oh, oh. *Irgendwie* schuldig. Elsa, die zusah, wie Russell die Glasscherben auffegte, sagte: »Wo ist David?« und hämmerte als nächstes gegen die Schlafzimmertür, die irgendwer zugemacht und abgeschlossen hatte. Schließlich huschte Nancy Tanner aus dem Zimmer. Elsa fing an, Whitlock anzubrüllen. Der Lärm da drinnen klang nach einem richtigen Handgemenge. Das mit voller Lautstärke abgespielte »London Calling« ließ Corinne kurz an die Finanzmärkte denken ... auch, flüchtig, an die Nachbarn. Aber nein, im Moment mochte sie nicht an die Märkte denken, schönen Dank, und die Nachbarn mußten sich selbst zu Wort melden. Wie kann man die Clash, diese sozialistische Punkband, mögen und gleichzeitig Aktien verkaufen? Das war das unerklärliche Geheimnis ihrer Existenz – Corinne Calloway mit einunddreißig.

Russell trat zu ihr und umarmte sie. »Wieder mal eine gelungene Party.«

»Wo ist das Gel?« fragte Russell und kramte in der Nachttischschublade herum.

»Zum Teufel mit dem Gel«, sagte Corinne und rollte ihn auf den Rücken. »Findest du die Vorstellung nicht auch ziemlich sexy, es ohne Verhütung zu machen? Wäre es nicht irgendwie unglaublich sexy, mich zu schwängern?«

Er blieb regungslos liegen. »Nein.«

»Nein, ehrlich.«

»Ja, ehrlich. Bist du bescheuert?«

»Bescheuert?« Sie kniete sich hin und sah auf ihn hinab. »*Bescheuert*? Was soll das denn heißen?«

»Es heißt verrückt. Wie in: nicht bei Trost sein. Sie nicht alle haben.«

»Wie kannst du nur«, sagte sie und schlug ihn mit halb geballter Faust so gegen die Schläfe, daß ihr die Knöchel weh taten. Sie stand auf, riß die Steppdecke von ihrem Bett und zog sich ins Wohnzimmer zurück.

»Corinne, ich bin zu müde zum Streiten!«, rief er hinter ihr her.

»Gut«, hörte er ihre leise Antwort.

Eigentlich wollte er aufstehen und sie holen, wachte aber ein paar Stunden später, um sieben, mit pelziger Zunge und schlimmen Kopfschmerzen auf, fühlte sich mehr oder weniger wie ein Stachelschwein, dessen stachliges Äußeres nach innen gekehrt worden war. Als er sich zu Corinne umdrehte, war sie nicht da. Er brauchte etliche Minuten, bis ihm einfiel, daß Wochenende war, und er draufkam, wo seine Frau war. Auf dem Weg ins Wohnzimmer fiel ihm partout nicht ein, worüber sie sich eigentlich gestritten hatten, doch da lag sie auf der Couch, umgeben von den Trümmern ihrer geheimen Geburtstagsparty, schief hängenden Bildern, leeren Flaschen wie Soldaten in Reih und Glied. Corinne zusammengerollt unter einer Ecke der Steppdecke. Es geschah nicht oft, daß Russell seine schlafende Frau sah. Gewöhnlich redete sie noch, wenn er einschlief, und wurde um eine Uhrzeit wie diese wach, von der er lieber nichts hören wollte.

Er hob sie hoch und trug sie zum Bett zurück. »Wo warst du?« murmelte sie, als er mit ihr über den Flur stapfte. »Ich war ganz allein unter all den Leuten, auf einer großen Fete, und ich hab immerzu nach dir gerufen, aber du warst nicht da. Es war alles so echt. Anfangs war es eine tolle Party, alle unsere Freunde und jede Menge interessante neue Leute, und auf einmal waren unsere Freunde fort und du warst fort, und die Party wurde häßlich und traurig.«

»Ich bin hier«, sagte er und legte sie aufs Bett, wo sie umgehend wieder einschlief.

2

»Für dich ist es also nichts Neues, daß die Regierung ihre Finger im Drogenhandel hat? Was ist für *euch* da drüben dann was Neues?«

»Unserer Meinung nach ist an der Geschichte einfach nicht viel Neues dran, Russ. Solche Behauptungen hören wir ja nicht zum erstenmal.«

»Komm mir nicht mit Behauptungen. Ich rede von Beweisen, handfesten Dokumenten, von rauchenden Colts. In diesem Buch geht es um Mord, Drogengeschäfte, um Geldwäscherei, und das alles führt uns direkt zum Weißen Haus, Haupteingang. Nixon wurde wegen weniger aus dem Amt gejagt. Was wollt ihr eigentlich noch, soll das Ganze als Spielshow für die Glotze aufbereitet werden?«

»Ich habe eine Besprechung, Russell.«

»Versprichst du mir wenigstens eine Rezension?«

»Mal sehen, was ich in der Buchabteilung erreiche.«

»Ach ja, tolle Titelgeschichte über Michael Jackson. Knallhart recherchiert.«

»Lieber Gott, Russell. Ich werd's versuchen, hab ich doch gesagt.«

Russell hielt den Telefonhörer von seinem Ohr weg und in die Höhe, um dann seinen Sturz mit dem Geräusch eines abstürzenden Flugzeugs zu begleiten, während der Hörer immer tiefer gehende Schleifen beschrieb, bis er auf die Tischplatte knallte.

Aus dem Vorzimmer ertönte eine nasale Frauenstimme: »Gibt's Überlebende?«

»Die Antwort: negativ.«

Nach sechs Jahren Reagan und beinahe ebensolanger Zeit im Verlagsgeschäft hielt sich Russell – auch wenn er mit dieser Auffassung allein stand – für einen ziemlich abgebrühten Burschen. Doch als dieses Manuskript auf seinem Schreibtisch landete, wußte er, hier lag eines der Bücher vor ihm, das er schon immer hatte verlegen wollen. In seinen

Augen war es ein schändliches Merkmal dieser Epoche, daß der liberalen Presse jede Überzeugungskraft fehlte, während die groben Rüpel leidenschaftliche Gefühllosigkeit auszeichnete. Zwei Jahre lang hatte der Autor die Geschichte des heimlichen Krieges in Nicaragua verfolgt, von El Salvador nach Israel nach Kuba nach Washington nach Managua nach Little Havana in Miami. Er hatte mit Waffen- und Drogenschmugglern, Contras und Sandinisten gesprochen, in Dschungeln geschlafen und Morddrohungen erhalten, und offenbar war Russell der einzige, der sich wirklich dafür interessierte. Wochenlang hatte er versucht, einige besonders sensationelle Enthüllungen in den großen Tageszeitungen und Illustrierten unterzubringen. Er hatte Druckfahnen an die zuständigen Redakteure geschickt, später telefonisch nachgehakt und sämtliche Kontaktpersonen zum Essen eingeladen; gerade war ein sogenannter Freund an der Reihe gewesen, Redakteur bei einem sogenannten Nachrichtenmagazin.

Er brachte seinen gekippten Stuhl in Normalposition und schleuderte drei Pfeile auf die gegenüberliegende Wand, verfehlte zwar den stellvertretenden Außenminister Elliott Abrams, drei Punkte, erwischte dafür aber mit dem dritten Pfeil Oliver North direkt am Kinn, was ihm fünf Punkte einbrachte. Diverse Politiker, Buchkritiker und Unwürdenträger wurden mit einem Platz am Dartsbrett bestraft, wenn ihr Verhalten Russells Mißbilligung erregte.

An der anderen Wand hingen Fotos von Freunden, Verwandten und Helden: Schnappschüsse von Corinne, seiner Mutter und seinem Vater; eine gerahmte, schon vergilbende Seite aus der Sonntagsausgabe der *New York Times*, die Rezension von Jeffs Buch; ein Poster von Karshs Hemingway-Porträt, etwa entstanden zur Zeit von *Der alte Mann und das Meer*; ein Foto des bärtigen, verschlafenen John Berryman, Kinn und Zigarette in der Hand; ein weiteres von Keith Richards auf der Bühne, mit heraushängender Zunge, von giftigem Schweiß triefend; ein PR-Standfoto Jack Nicholsons, mit der Widmung »Für Russ, der geiles Buch macht – Jack«, Erinnerung an ein mit einem Filmprojekt gekoppeltes Buch; dazu die üblichen Autorenfotos und Buchplakate.

Das Telefon tirilierte – weder ein Klingeln noch ein Summen, eher so was wie der Ruf eines exotischen Vogels.

»Anruf!«, rief Donna, »Victor Propp.«

Russell warf einen wehmütigen Blick auf den deutschen Infanteriehelm aus dem Ersten Weltkrieg, eine Trophäe, die sein Großvater 1918 in den Argonnen erbeutet hatte, kurz bevor ihm Senfgas die Hälfte seiner Sehkraft raubte.

Er drückte auf die Sprechtaste des Telefons und sagte: »Victor, was machen das Leben und die Literatur?«

»Das Leben ist kurz und hundsgemein, Russell. Jede Menge Sch und K und so weiter. Die Literatur – eine unendliche Geschichte.«

Letzteres bedeutete wohl, daß das Buch noch nicht fertig war – für Russell durchaus keine Überraschung. Victor arbeitete seit zwanzig Jahren daran, in diesem Zeitraum verschob sich der Abgabetermin mittlerweile in eine semimythische Zukunft. In diesem unvollendeten Zustand war es – und sein Verfasser – in gewissen Kreisen zu einer literarischen Legende geworden; mit Kreisen war in diesem Fall eine literarische Republik gemeint, die Teile von Cambridge, New Haven und die Upper West Side Manhattans umfaßte.

»Haben Sie in der *TransAtlantic* den Artikel über Roth gelesen? Eine ausgesprochen abfällige Anspielung auf mich: ›... anders als diese Rokoko-Goldschmiede, die an der Oberfläche ihrer nippeshaften Sätze herumbosseln ...‹«

Russell entschied, daß er den Helm eventuell noch brauchen würde. »Ich muß gestehen, Victor, für mich ist das nicht zwangsläufig eine Anspielung auf Sie.«

»Russell, mein lieber Junge, jeder literarisch interessierte Intellektuelle in Amerika überfliegt diesen Satz und kommt zu dem Schluß: statt ›Rokoko-Goldschmiede‹ lies ›Victor Propp‹.«

»Keine Angst, Victor. Im ganzen verdammten Land sind

vielleicht noch drei oder vier literarische Intellektuelle übrig.« Nicht daß Victor keine Kritiker gehabt hätte; er war nur ein hübscher Beleg für Delmore Schwartz' Maxime, daß sogar Paranoiker Feinde haben.

»Trotz Ihrer beträchtlichen Intelligenz, Russell, sind Sie bemerkenswert naiv. Hat das wohl etwas mit Ihrer Herkunft aus dem Mittleren Westen zu tun? Was keineswegs heißen soll, daß es sich um eine unattraktive Eigenschaft handelt. Sie ist sehr amerikanisch. Mit echten Amerikanern ist es ja so...«

Während Victor zu seinem Vortrag über das Land der Freaks und die Heimat der Sklaven ansetzte, warf Russell einen Blick auf die Uhr. Zwanzig vor zwölf. Er befeuchtete einen Finger mit Speichel und rieb das Uhrglas blank. Als er einen Bericht auf seinem Schreibtisch überflog, stellte er zufrieden fest, daß *Aasfresser und Raubvögel*, eine Auswahl von Audubon-Stichen, eine neue Auflage erlebte. Er hatte richtig getippt, daß die wilderen Vögel im vorherrschenden Klima besser ankommen würden. Die Stimme des bedeutenden Mannes nahm er wieder wahr, als der in einen fragenden Tonfall verfiel, auch wenn Victors Fragen meist rhetorisch waren.

»... oder etwa nicht? Will heißen, dieses Granitene, Yankeehafte an Jeffs Prosa gefällt mir recht gut, dieses Natürliche, um das sich Salinger, als Jude, so zwanghaft bemühen mußte – glauben Sie mir, da weiß ich Bescheid. Und doch frage ich mich, wie man sich das nachhaltige Presseecho auf sein Buch zu erklären hat.«

Russell versuchte, sich zu erinnern, ob er Victor je erzählt hatte, daß Corinne einmal mit Salinger zu Mittag gegessen hatte, entschied sich aber, es doch lieber bleiben zu lassen.

»Ich habe ja durchaus ein Faible für Jeffs Prosa und deren herrlich verschlungene Vitalität, frage mich aber, ob wir nicht an diesem Punkt meiner Laufbahn die Presse eher für *mich* einspannen sollten.«

»Victor, zum einen können Sie kein Buch vorweisen, und

zum zweiten schreiben Sie nicht gerade für den typischen *People*-Magazin-Leser. Machen Sie sich über solchen Mist bloß keine Gedanken. Halten Sie's lieber mit Bob Dylan: ›*He's got everything he needs, he's an artist, he don't look back.*‹«

Vermutlich *war* Victor ein Künstler, einer der wenigen in Russells großem kunstbeflissenen Bekanntenkreis, hatte aber offenbar nichts, was er brauchte, und er schaute ständig zurück, nach unten und um sich – wie in einem Labyrinth oder bei einer Verschwörung. Er traute seinen sinnlichen Wahrnehmungen nicht und ließ sich auch nicht darauf ein, die Realität als gegeben hinzunehmen.

»Damit meine ich folgendes, Russell, ich finde, wir sollten unbedingt etwas für meine Publicity tun.«

»Lassen Sie uns das bei einem Essen bereden...« Russell fand eine zehn Tage entfernte Lücke in seinem Terminkalender und schaffte es, nur wenige Minuten später aufzulegen.

Donna schlurfte mit der Post ins Zimmer; ihre Frisur gemahnte an einen römischen Helm aus der Zeit der Punischen Kriege. In ihren schwarzen Elastex-Klamotten und mit dem »Eat the Rich«-Button vertrat Donna in einer von Schottenkaro und Tweed dominierten Umgebung die Punkbewegung. Sie besaß einen auf der Straße geschärften Humor, und ihr derbes Mundwerk am Telefon half, aufdringliche Autoren und Agenten zu verschrecken, und brachte Russells Kollegen auf die Palme. Mit ihrem drittklassigen Anarcho-Getue irritierte sie gelegentlich sogar ihren Boß und Bewunderer. Punk war bereits Geschichte, eine verdinglichte Idiosynkrasie... die Sicherheitsnadel im Ohrläppchen war nur geringfügig unmoderner als Liebesperlen, und neuerdings schienen selbst Liebesperlen vor dem Comeback zu stehen. Manchmal war Russell versucht, ihr zu sagen, die ganze Szene habe schon damals kurz vor der Zwangspensionierung gestanden, als er vor circa hundert Jahren, 1980, in Manhattan eintraf, und gern hätte er ihr Bedeutung und Ursprung von *épater la bourgeoisie* erklärt. Doch seither hatte sich auf dem Gebiet der Gegenkultur nicht besonders viel getan, von der aktuellen Überschwemmung mit europäischen Adligen einmal abgesehen, und in Donnas Gegenwart hatte er das Gefühl, Kontakt zu den Frisiersitten und der Musik rund um den St. Mark's Place zu halten.

»Was meinen Sie, wie schmecken die Reichen?« fragte er sie.

»Hä?« Donna blieb in der Bürotür stehen und dachte über die Frage nach. Sie zuckte mit den Achseln, bei ihr eine chronische Reaktion. »Die Ladys schmecken vermutlich wie Thunfisch. Die *Gentle*men irgendwie nach überbackenem Camembert.«

»Allmächtiger. Sie sind mir vielleicht ein Früchtchen. Vergessen Sie die Frage.«

»Ich geh jetzt essen«, sagte sie.

»Dann sollte ich wohl Donald Trump warnen.«

Ehe er selbst essen ging, rief Russell seinen Anlageberater in Corinnes Firma an, eine Kanone namens Duane Peters.

»Hab da ein paar raffinierte neue finanzielle Instrumente, die Sie eventuell interessieren«, sagte Duane. »Einen brandheißen neuen Warenterminindex.«

»Schießen Sie los«, erwiderte Russell. Ihm gefiel das Idiom der Finanzwelt, die anspielungsreiche Technopoesie dieses geheimen Jargons: raffinierte Instrumente, Zwischenfinanzierung, Übernahmemanöver... In letzter Zeit kam sie ihm beinahe so interessant vor wie das geläufigere Idiom der Literaturkritik. An der Uni hatte er noch über die BWL-Hauptfachstudenten gelästert, die in ihrem letzten Studienjahr bei den Einstellungsgesprächen der Bankenvertreter Schlange standen, und noch vor ein paar Jahren hatte er zu seinem Entsetzen erfahren, daß zwei Drittel eines Jahrgangs von Yale-Absolventen sich um eine Stelle bei einer der großen Investmentbanken beworben hatten. Diese Statistik hatte er bei mehr als einem Dutzend Tischgesprächen als Beleg diffuser Thesen über den Zeitgeist angeführt, außerdem hatte er ein *Das neue Goldene Zeitalter* betiteltes Buch in Auftrag gegeben, eine Sammlung von Klageliedern diverser Ökonomen und Soziologen, die Habgier und Egoismus der achtziger Jahre anprangerten. Damals fing er an, Veröffentlichungen über Wirtschaft und Finanzen zu lesen. Und schließlich begann er damit – fast wie ein Forscher, der sich aus experimentellen Gründen das von ihm entdeckte Virus selbst injiziert –, kleine Beträge zu investieren. Von ihm ermutigt, hatte Corinne als Börsenmaklerin angefangen, nachdem sie ihren kreuzbraven Job bei Sotheby's aufgegeben hatte – dem wiederum ein aufreibendes, anderthalbjähriges Jurastudium an der Universität Columbia vorausgegangen war –, und sein neues Steckenpferd war mit der Zeit immer interessanter geworden. Alles schien so einfach. Auf dem Papier gewann er, auch wenn sich sein Gesamtkapital lediglich auf ein paar Tausender belief.

»... Aktien auf Kredit kaufen und dann die Aktien mit Terminkontrakten absichern, so daß man im Idealfall nach beiden Seiten abgesichert ist, Cowboy. Gehen die Kurse rauf, verdienen Sie Geld. Gehen die Kurse runter, verdienen Sie auch Geld. Egal, was passiert, Sie gewinnen.«

Funktioniert so was denn, fragte sich Russell. Duanes Erklärung klang zu schön, um wahr zu sein; es klang nach einem Genuß ohne Reue. Aber um in dieses spezielle Spiel einzusteigen, fehlte ihm das nötige Kleingeld. Am liebsten hätte Russell Corinne mit seinen Geschäften betraut, doch seine Eingebungen und Vorschläge regten sie nur auf.

Zwei Türen neben Russells Büro bekam Washington Lee gerade einen Anruf von der Empfangsdame, die ihm einen Besucher ankündigte. In seinem Kalender fand sich kein Eintrag, und unangemeldete Besucher jagten Washington Angst ein. Insbesondere fürchtete er einen gewissen betrogenen Ehemann, bestimmte abgelegte Freundinnen sowie abgelehnte Autoren im allgemeinen. Daß er gelegentlich unfähig war, sich an absolut jede Einzelheit seiner Unternehmungen vom Vorabend zu erinnern, verstärkte seine Angst vor dem unbekannten Besucher nur noch. Vor zwei Jahren hatte er einen Vorschuß auf eine kritische Biographie Frantz Fanons bekommen, die über das Stadium eines groben Exposés nicht hinausgelangt war, und auch wenn er nicht erwartete, daß der Verleger das Manuskript von einem Schlägertrupp holen ließ, vertiefte diese kleine nagende Schuld nur sein Gefühl, wieder einmal knapp davongekommen zu sein, wenn noch ein Tag ohne größere Auseinandersetzung verstrichen war. Der Name, den seine Assistentin ihm jetzt nannte, löste zwar ein diffuses Echo aus, andererseits kamen einem diese islamischen Namen irgendwie alle bekannt vor. Alle hatten eine Geschichte zu erzählen, und wenn sie schwarz waren, landete sie irgendwann auf Washingtons Schreibtisch.

»Wie heißt der Mann?«

Am anderen Ende der Leitung wurde gemurmelt. »Rasheed Jamal, der *Autor*«, erklärte die Dame vom Empfang.

Washingtons Hoffnung wurde im Keim erstickt. Bei Licht betrachtet wäre ihm sogar ein überraschender Besuch des FBI lieber gewesen. Drei Stapel ungelesener, unverlangt zugeschickter Manuskripte türmten sich in einer Ecke seines Zimmers, darunter eventuell auch das von Rasheed Jamal. Oder er hatte sein kostbares Manuskript in weiser Voraussicht gleich mitgebracht, persönliche Zustellung, seine wahre Lebensgeschichte... tausend einzeilig beschriebene Seiten, einschließlich handschriftlich hingeschmierter Korrekturen, die ihnen beiden nicht nur Millionen einbringen, sondern auch die wahren Mörder von JFK und Martin Luther King jr. enthüllen würden. Gut möglich, daß Washington das Buch schon gelesen und abgelehnt hatte. Es gab nichts Schlimmeres als Autoren, die vorbeikamen, um sich persönlich anzupreisen.

»Ich bin in einer Besprechung«, schlug Washington vor, »die wahrscheinlich den ganzen Tag dauert.«

»Ich werd's ausrichten.«

Jetzt würde er sich in seinem Büro verkriechen müssen, bis

die Luft rein war. Sollte die Belagerung bis über die Mittagszeit hinaus andauern, könnte er sich die Treppe im Hausinneren in den achten Stock hinaufschleichen und den Fahrstuhl ins Erdgeschoß nehmen.

»Ich bin nicht da!«, rief er seiner Assistentin zu. »Wenn Sie jemanden mit einem Manuskript unter dem Arm in diese Richtung kommen sehen, richten Sie ihm aus, Mr. Lee sei nach Simbabwe verzogen.«

Er telefonierte gerade mit einem Agenten, als an der Tür ein dicker, bärtiger Mann in einem Trainingsanzug feststellte, er lasse sich von keiner weißen Schlampe sagen, wohin er gehen dürfe und wohin nicht.

»Ich wollte bloß mal sehen, welche Hautfarbe Sie haben«, behauptete der Eindringling mit finsterer, sein Backenhörnchengesicht entstellender Miene. Er umklammerte eine Manuskriptkassette, hielt sie wie ein Schild vor seinen mächtigen Bauch, während er sich in das Büro schob. Der eine rasche Verflüssigung seiner inneren Organe erlebende Washington gab sich alle Mühe, cool zu wirken.

»Wo liegt Ihr Problem, Jack?«

»Mein Problem besteht darin, daß ich ein schwarzer Künstler bin. Mich trennen praktisch zwei Mauern von dieser amerikanischen faschistisch-rassistischen sogenannten Kultur. Und ich versuche, eine afro-amerikanische Kultur zu schaffen, von der der weiße Mann nichts wissen und die das weiße Establishment unterdrücken will.« Washingtons Assistentin war verschwunden. Er konnte nur hoffen, daß sie sich Mühe gab, echte Hilfe zu holen.

»Was hat das mit mir zu tun, ey?«

Der Autor griff in die Brusttasche seines Sweatshirts, deren Reißverschluß halb offenstand, zog ein zerknittertes, eingerissenes Blatt Papier heraus, faltete es auseinander und zitierte, ohne den Text eines Blickes zu würdigen: »›Lieber Mr. Jamal, schönen Dank, daß Sie uns Ihr Manuskript zur Ansicht zukommen ließen. Zu meinem Leidwesen kam die Verlagskonferenz zu dem Schluß, daß wir Ihr Werk momentan nicht verlegen können. Auf der Suche nach einem anderen Verlag wünschen wir Ihnen viel Glück. Hochachtungsvoll, Washington Lee.‹ Was für ein Scheißbrief ist das? *Hochachtungsvoll?* Verdammt noch mal, ich zeige euch mein Lebenswerk, die wahre Geschichte der schwarzen Existenz im babylonischen Exil, und darauf kriege ich nichts als diese Antwort? Und was soll dieses beschissene ›wir‹? Ich schicke mein Buch einem einzelnen Mann, der Typ heißt Washington Lee, ein Brother, wie man mir sagte, nicht der Haus-Nigger in irgendeiner Verlagskonferenz.«

»Vielleicht könnte ich's mir ja noch mal ansehen«, schlug Washington vor, um Zeit zu gewinnen. Er wußte gar nicht, ob er es überhaupt gelesen hatte. Er sah sich im Jahr Hunderte von Manuskripten an, und manchmal fehlte ihm zu mehr als zum Ansehen die Zeit. Da er einer von nur zwei Lektoren schwarzer Literatur in New York war, erwartete man von ihm, daß er sich als Anwalt seiner vermeintlichen ethnischen Gemeinschaft einsetzte, die allerdings seiner Erfahrung nach in der Regel nicht besser schrieb als irgendeine andere Bevölkerungsgruppe. Man konnte sich kaum jemanden vorstellen, der so bereit und erpicht darauf war wie Washington, das neue *Unsichtbar* zu entdecken, aber schwarz zu sein und ein Buch zu schreiben, machte einen nicht zwangsläufig zu einem zweiten Ralph Ellison.

Keinen Augenblick zu früh trafen die Sicherheitsleute ein – zwei uniformierte entwurzelte Weiße, die verlegen in der Tür stehenblieben.

»Schafft mir diesen Scheißirren hier raus«, schlug Washington vor.

»Faßt mich bloß nicht an!« brüllte der Autor.

Die Sicherheitsleute hielten sich zurück, hilflos angesichts eines, wie sie glaubten, internen Disputes. Sie griffen erst ein, als sich der wutentbrannte Autor über Washingtons Schreibtisch katapultierte. Rasheed Jamal hatte den einen Wachmann zu Boden geschleudert und rang gerade mit dem anderen, kräftiger gebauten, als Washington rief: »Keine Bewegung, Wichser!« Mit einer grauglänzenden Walther-Automatik zielte er auf den Wanst des Dicken.

Die Sicherheitsleute rappelten sich auf, über ihren eigenen Status bezüglich der Schußwaffe offensichtlich unsicher, bis Washington sagte: »Verflucht, was ist Sache, muß ich ihn selber hier raustragen oder was?« Jeder Wachmann schnappte sich einen Arm, und so schleppten die beiden Rasheed Jamal zur Tür, wo sie sich zur Seite drehten und ihn endgültig aus dem Büro entfernten.

»Du bist kein Schwarzer!« brüllte er Washington zu.

»Und du bist kein Schriftsteller«, entgegnete Washington, dem endlich eingefallen war, daß er etliche Kapitel des über tausend Seiten starken Romans gelesen hatte, der in zwei Kartons auf seinem Schreibtisch lag. Er mußte seine ganze Willenskraft aufbieten, um nicht abzudrücken, bevor der sogenannte Autor verschwunden war. »Und nimm deinen Müll gleich mit!«, schrie er und fegte die Kartons zu Boden. Zitternd richtete er die Pistole auf seinen eigenen Mund und genehmigte sich ein paar beruhigende Spritzer Wodka.

Unser Mietvertrag wurde gekündigt stand auf dem Schild in einem Fenster einen Straßenzug vom Büro entfernt. In letzter Zeit tauchten eine Menge solcher Schilder auf. Auf dem Rückweg vom Mittagessen mit einem Agenten blieb Russell kurz vor dem Schaufenster stehen und betrachtete die Ausverkaufsteppiche, fröhliche Kelims, einen stumpfen Heris. Russells Büro lag in einer der bis vor kurzem namenlosen innerstädtischen Übergangsgegenden, nämlich zwischen Gramercy Park und Chelsea, südlich der Midtown, aber noch nicht richtig Downtown – ein Viertel mit etwa hundert Jahren alten acht- bis zehngeschossigen Büro- und Lagerhäusern, die weitgehend von der Leichtindustrie, dem Handel mit Orientteppichen und auf dem absteigenden Ast befindlichen Fotografen mit Beschlag belegt wurden. Er hatte die Gegend immer den Teppichdistrikt genannt, doch in letzter Zeit brachen die Teppichhändler zunehmend ihre Zelte ab.

Mode und Geld der Sorte, die mit leichtem Gepäck reiste – eleganter Einzelhandel und Restaurants –, hatten die Gegend entdeckt und nach ihrem berühmtesten Gebäude, dem Bügeleisen-Hochhaus, »Flatiron-District« genannt. Jedenfalls konnte man jetzt problemloser zum Lunch ausgehen. Noch vor zwei Jahren hatte er ein Taxi nehmen müssen, um Essen zu finden, das keine Beleidigung für literarische Agenten war. Inzwischen kamen sie bereitwillig vorbei, um die neueste piemontesische Trattoria zu testen, von der sie in der *Times* gelesen hatten.

Das Corbin-Dern-Gebäude stand in der Mitte des Blocks auf Grund und Boden, dessen Wert sich in der Zeit, seit Russell hier arbeitete, vervierfacht hatte, zwischen einem Parkplatz auf der einen und einem kleinen Brownstone-Haus auf der anderen Seite. Der Verlag belegte die obersten vier von neun Stockwerken. Das hundert Jahre alte Bauwerk hatte man einem in der Nähe stehenden, von McKim, Mead & White erbauten Gebäude nachempfunden. Seit den zwanziger Jahren beherbergte es das Verlagshaus Corbin, Dern and Company. Für Schriftsteller, Leser und Rezensenten gleichermaßen war Corbin, Dern ein wohlklingender Daktylus, eine Anrufung der Musen, ein kultureller Markenname erster Güte.

Nach dem Essen schaute Russell auf einen Sprung bei Washington vorbei, der wie üblich seinen Geschäften nachging, in seinen ergonomischen italienischen Sessel zurückgelehnt, in voller Länge ausgestreckt, Cowboystiefel auf der Schreibtischkante, Hände hinter dem Kopf verschränkt. Russell erinnerte er an eine große Katze, die ihre Schnelligkeit und ihre Krallen hinter einer lässigen Haltung verbarg. Selten sah man ihn rennen oder zuschlagen, aber in der Trockenzeit kehrte er mit Beute heim. Immer, wenn es scheinbar nur noch die Möglichkeit gab, ihn wegen irgendeines wüsten Verstoßes gegen die guten Sitten zu feuern, schleppte er einen Bestseller an, oder einer seiner obskuren osteuropäischen Romanciers bekam plötzlich den Nobelpreis.

Russell winkte Washingtons Assistentin kurz zu, wartete aber nicht auf Erlaubnis, hineinzustapfen und sich auf die Couch zu legen; unbewußt imitierte er die Haltung seines Freundes und griff sich eine *Post* vom Couchtisch. OBDACHLOSER VON RIESENKATZE ANGEFALLEN. Er schaute zu Washington hoch, blätterte dann zur dritten Seite, wo er las, daß ein Leopard oder vielleicht ein Gepard die Lower East Side terrorisierte, wo er Saufbrüder und andere Obdachlose zerfleischte.

»Yeah, Mann, ich melde mich wieder.«

Lees Benehmen hatte immer etwas Verstohlenes, als sei er in dubiose Geschäfte verwickelt oder treffe heimliche Verabredungen. Russell fragte sich, ob Washington seinen Anruf tatsächlich beenden oder nur vermeiden wollte, daß er mithörte.

»Yo, mein alter Kumpel Russ.«

»Ich brauch mehr Dampf für dieses Nicaragua-Buch.«

»Hast du dich um Harold gekümmert?«

»Ich dachte, der steht sowieso hinter mir.« Washington hatte ein Jahr lang in dem Büro neben Harold Stone gehockt, bevor Russell aufgetaucht war. Sie waren Altersgenossen, allerdings hatte Washington schon die Leiter erklommen, während Russell noch studierte. Als einziger Cheflektor, der sich eindeutig einer Minorität zuordnen ließ und außerdem fließend mehrere wichtige Sprachen beherrschte, war Washington praktisch angstfrei. »Ich habe eine Lebensstellung«, hatte er eines Abends nach etlichen Drinks zu Russell gesagt. Er war Harvard-Stipendiat wie Harold und, wie außer ihm praktisch niemand im Verlagswesen, in Harlem aufgewachsen, und die wenigen Leute, die die Macht hatten, ihn rauszuwerfen, fanden allein die Vorstellung schauderhaft.

»Zweierlei darfst du bei Harold auf keinen Fall vergessen«, sagte Washington gerade. »Erstens, er *war mal* ein großer Liberaler. Klar? Sieh dir an, mit wem er jetzt verkehrt, Schickeria und neokonservative Wirtschaftsexperten, Typen, die sich mit fremdfinanzierten Übernahmeaktionen beschäftigen. Glaubst du vielleicht, die quatschen beim Essen über Marcuse oder Malcolm X? Soziale Gerechtigkeit und Revolutionen in der dritten Welt sind zur Zeit absolut nicht angesagt. Jedenfalls nicht an der Park oder Madison Avenue. Keiner will mehr die Welt verändern. Die wollen sie bloß besitzen. Harold ist ja nicht doof. Was er in den Sechzigern so getrieben hat, war chic und hat sich bezahlt gemacht. Die Revolution war ein gutes Geschäft.«

»Das kann man heute leicht sagen.«

»Wahr bleibt es trotzdem. Zweitens, gehe nicht davon aus, daß er deinen Büchern Erfolg wünscht.«

Darauf war Russell selbst schon gekommen. Andererseits war es wichtig, Washingtons Behauptungen nicht für bare Münze zu nehmen. Er hatte zwar fast immer die *Absicht*, auf Russells Seite zu sein, war aber ein Mensch mit vielen Gesichtern und spann so komplexe Intrigen, daß er dabei manchmal selbst den Überblick verlor. Washington war zwar ein guter Lektor, hätte aber einen noch besseren Doppelagenten abgegeben.

»Was diese Scheiße betrifft, so gibt es drei Sorten von Menschen auf der Welt«, fuhr Washington fort, der nun richtig in Fahrt kam. »Es gibt die guten Leute wie dich, die sind erstaunt und empört darüber, daß – brrr, ey, haltet die Druckerpressen an – die Regierung nichts Gutes im Schilde führt. Dann gibt es Menschen wie mich, die sind nicht erstaunt. Verdammt auch, die wußten schon Bescheid. Schließlich ist da noch die Mehrheit, die gar nichts davon wissen *will*, Alter.« Washington richtete seine Walther auf Russell, der den Mund öffnete und sich einen Spritzer spendieren ließ. »Ach ja – woher kanntest eigentlich du den Brother neulich auf eurer Party?«

»Welchen Brother?«

»Wie viele waren denn da, Mann?«

»Hab nicht drauf geachtet.«

»Herrje.« Washington hatte schon öfter erlebt, daß Russell seine Umwelt nur bedingt wahrnahm, auch wenn es ihm diesmal extrem vorkam. Allerdings tat es ihm in diesem Fall nicht unbedingt leid. Er war mit dem Typ zur Schule gegangen, und es hatte ihn verstört, ihm dort in Russells Wohnung zu begegnen, unter all den Weißen. Ihm behagte die Vorstellung nicht unbedingt, daß Russell über sein anderes Leben in seiner alten Umgebung Bescheid wußte, deshalb hakte er nicht weiter nach. Manchen Scheiß ließ man besser ruhen.

So ungern er Bittgänge unternahm, Russell hatte das Gefühl, es seinem Autor schuldig zu sein. Das war seine einzige Chance, mit diesem Buch groß rauszukommen. Er mußte bei dem großen Harold Stone vorstellig werden, von dem einige glaubten, er habe das Bücherverlegen erfunden und Gutenberg das Alphabet gelehrt, dessen Segen enthusiastische Rezensionen, ernsthafte Essays, Guggenheim-Stipendien zur Folge hatte. Der *anwesend* war, als Jesus Christus damals gegen Zweifel und Was-auch-immer ankämpfte. Zweifel und Scham? Zweifel und Gram? Zweifel und Haß? Der nächste Reim wäre »Verlaß«. Wenn das überhaupt einer drehen konnte, dann Harold.

Russell stapfte über den mit einem antiken Teppich ausgelegten Flur zum Eckbüro des Verlagsleiters. Drei Jahre lang hatte er in einem schmalen Gelaß direkt neben seinem Mentor gearbeitet. Doch vor ein paar Monaten war Russell endlich befördert worden und gleich dreißig Meter weiter in ein größeres Büro gezogen. Es war ein wenig so, als ziehe man von zu Hause weg aufs College. Auf einmal war es ihm irgendwie peinlich, wenn er Harold auf dem Klo begegnete; dann räusperte er sich, hielt seinen Schwanz fest und glotzte stur die Fliesen in Augenhöhe an. Er wußte nicht recht, wie es dazu gekommen war, ob er sich diese Veränderung vielleicht nur einbildete. Doch heute fiel ihm auf, daß er seit fast einer Woche kein Wort mit Harold gewechselt hatte.

»Hübsche Perlen«, sagte er zu Carlton, Harolds blonder, zähnezeigender Assistentin, die wichtigtuerisch säulengleich dasaß und den Zugang zum Chef bewachte, als hätte sie einen

Besenstiel verschluckt. Vor einem Jahr aus dem Radcliffe College gekommen, trug sie den vorgeschriebenen Rollkragenpulli mit Perlenkette und glaubte inbrünstig an Harold Stones Status als gottgleiches Wesen. Wie ein Verkehrspolizist reckte sie eine Hand in die Höhe, während sie mit der anderen den Telefonhörer hielt. »Ich richte es ihm aus, das tut er bestimmt.« Wenn Ostern und Weihnachten auf einen Tag fallen, dachte Russell. Harold war berüchtigt dafür, daß er nie zurückrief, und das Briefeschreiben hatte er vor etlichen Jahren aufgegeben.

»Erwartet er Sie?« fragte Carlton, als sie aufgelegt hatte.

Russell schob seinen Kopf in das Büro; Harold sah von einer Zeitschrift auf. »Jetzt schon.« Er verkniff sich den Zusatz: *Und spiel bloß nicht den offiziösen Hausdrachen.* Kürzlich noch hatte sie sich Russell gegenüber lammfromm verhalten, doch jetzt strahlte sie eine Aufgeblasenheit aus, die zu einem leitenden Angestellten der Firma gepaßt hätte. Aber Harold hatte Russells enthusiastische Taktlosigkeit immer geschätzt, in der feigen Welt des Buchverlagswesens eine seltene Eigenschaft.

Schon vor Jahren war Russell zu dem Schluß gekommen, daß Harold wie ein Virginischer Uhu aussah (aus der Gattung Strigiformes Strigidae, wie von Audubon auf Tafel 236 abgebildet), eine Ähnlichkeit, die mit der Zeit offenbar immer größer wurde. Wenn er aufschaute und seine gelbbraunen Augen gereizt durch die Hornbrille zwinkerten, ahmte er etwas nach, das in der Astgabel eines abgestorbenen Ahornbaums hockte und aus einem schlechten Schlaf gerissen worden war; er nickte und gab ein leicht fragendes Geräusch von sich. Daß ihm sogar das empfohlene Minimum an Umgangsformen abging, schien eine Frage des Prinzips zu sein, als seien Charme, Manieren oder die anderen Schmiermittel des zwischenmenschlichen Kontakts Anzeichen fehlender Ernsthaftigkeit. Kaum einmal sah er anderen in die Augen, auf Begrüßungen reagierte er nicht, und er ignorierte Fragen – ein Betragen, das seine Mitarbeiter meist als Arroganz auslegten,

Bewunderer hingegen als linkische Unbeholfenheit eines Genies. Unverändert kleidete er sich so wie während seines Studiums in Cambridge, Hemden mit Button-down-Kragen und Drillichhosen, wenn nötig ein Jackett, selten eine Krawatte.

»Können wir über Rappaports Buch reden?«

»Die Nicaragua-Sache?« fragte Harold.

»Genau. *Der heimliche Krieg*«, sagte Russell, den irritierte, daß Harold den Namen des Autors vergessen hatte oder wenigstens so tat, als habe er ihn vergessen. Harold hatte Russell zum Kauf dieses Buchs ermuntert.

»Der Titel haut mich nach wie vor nicht vom Hocker.«

»Ich habe Schwierigkeiten, es unter die Leute zu bringen.«

Harold quittierte das mit einem Achselzucken. Russell setzte sich auf die Kante des langen Schreibtischs. Harold benutzte dieses Büro seit zehn Jahren, worauf aber rein gar nichts hindeutete, was mehr über ihn aussagte als die Unmengen von Fotos, Postkarten und Erinnerungsstücken in den angrenzenden Büros über deren Insassen.

»Die Leute lesen keine Bücher mehr«, stellte Harold fest und schaute dabei aus dem Fenster, das im Westen den Blick auf ein Stück des Flatiron-Gebäudes und im Norden auf das Empire State Building freigab. Russell mußte an einen etliche Monate zurückliegenden Abend denken, als er und Harold noch lange nach Dienstschluß hiergeblieben waren und eine Flasche Armagnac geköpft hatten. Nur dieses eine Mal hatte Russell seinen Mentor betrunken erlebt und über seine Ehe, die wiederholten Klinikaufenthalte und Selbstmorddrohungen seiner Frau reden hören. Und später, als Russell ihm schamlos geschmeichelt hatte, hatte Harold das mit einer Handbewegung abgetan und erklärt, er zehre seit Jahren von seinem intellektuellen Kapital und komme sich vor wie der Mann, der in jungen Jahren eine umwerfende Schönheit geheiratet habe, ihrer Reize seit langem überdrüssig sei und sich nun an den hungrigen Blicken delektiere, die ihr andere Männer zuwerfen. So, beteuerte er, gehe es ihm mit den meisten von ihm verlegten Büchern. Das sei alles schon mal dagewesen. Damals hatte Russell in Harold einen stoischen Helden gesehen. Inzwischen konnte er sich des Eindrucks nicht erwehren, daß Harold seine Offenheit bereute. Seit jenem Tag herrschte ein irgendwie frostigeres Klima zwischen ihnen.

Russell stand auf und betrachtete die hübschen Buchrükken in den Regalen, die aussahen wie bloße Schaukästen für die firmeneigenen Produkte. Es war durchaus beeindrukkend, wie Harold Distanz zu seiner unmittelbaren physischen Umgebung wahrte. Nur zwei Fotos schmückten seine karge Höhle: eins mit dem vielleicht zwanzig Jahre jüngeren Harold und Saul Bellow, die bei einem Essen unbehaglich nebeneinander saßen, Harold schlanker, beinahe hager, davon abgesehen aber derselbe; auf dem anderen Bild lächelte Robert Kennedy einen stirnrunzelnden Harold an, die freundliche Politikerhand auf der steifen Lektorenschulter. Wenn er die zahlreichen Berühmtheiten und Prominenten in Harolds Bekanntenkreis bedachte, fragte Russell sich oft, welches Auswahlverfahren – oder dessen Fehlen – dazu geführt hatten, daß nun ausgerechnet diese beiden Fotos Harolds Leben und Laufbahn repräsentierten.

»Ich hatte gehofft, daß Ihnen der eine oder andere außerhalb der Buchkritik einfällt, der vielleicht einen Artikel schreiben könnte.«

Harold nickte nachdenklich, unverbindlich und fixierte einen Punkt ein wenig links von Russells Ohr.

»Ich meine damit nicht, wir sollten einen Riesenwerbefeldzug veranstalten. Wenn es die Öffentlichkeit nur bemerkt...«

»Was ist eigentlich mit Propp los?« unterbrach ihn Harold.

Auch nach fünf Jahren war sich Russell noch immer nicht recht im klaren, ob Harold solche abrupten Themenwechsel als wohlüberlegte Taktik einsetzte, mit der er Gesprächspartner aus der Fassung bringen wollte, oder ob sie eine harmlose Marotte darstellten.

»Er will hauptsächlich wissen, warum ich ihm keinen Auftritt in der *Today Show* verschaffe.«

»Wird er dieses verfluchte Buch je beenden?«

»He, drängen Sie den Mann nicht. Schließlich ist er mit dem Buch erst sechs Jahre im Rückstand.«

»Sieben.«

»Harold, was muß ich tun, damit man von Rappaports Buch Notiz nimmt? Geiseln nehmen? Den Präsidenten erschießen?«

»Wann gibt Jeff endlich ein Manuskript ab?«

»Sobald er damit fertig ist.«

»Schreibt er eigentlich? Hat ja wohl genug damit zu tun, mit sämtlichen Models in New York zu vögeln. Vielleicht hat er gar nicht das Zeug zu einem zweiten Buch. Soll es ja geben.«

»Jeff hat das Zeug zu jeder Menge Bücher.«

Harold war äußerst hilfreich gewesen, als ihm Russell – ein wenig verlegen, weil der Autor zufällig einer seiner besten Freunde war – vor drei Jahren das Manuskript gezeigt hatte. Er redete Russell zu, es zu kaufen, machte es seinen Freunden in der literarischen Welt schmackhaft und, das vermutete Russell, initiierte die eine oder andere Rezension. Nicht einmal Harold konnte ein Buch zum Erfolg *machen*, aber er konnte dazu beitragen, und das hatte er auch getan. Nach dem frühen Achtungserfolg kamen Verkaufszahlen, die für eine Kurzgeschichtensammlung ungewöhnlich hoch waren und das Buch ein paar Wochen lang in die Bestsellerliste der *New York Times* hievten. Für zwei der Geschichten waren die Filmrechte vergeben worden, und die Übersetzung hatte gerade einen französischen Literaturpreis erhalten. Jeffs Aufstieg hatte auch Russells Stern aufgehen lassen, und nun schien Harolds Einstellung zu dem Buch kompliziert zu sein, als hätte er den Jungs die Benutzung der Garage zum Bau eines Go-Karts erlaubt, und sie wären mit dem Prototyp eines Formel-Eins-Rennwagens wieder aufgetaucht. Offenbar schwankte er nun, ob er seinen Namen als Sponsor auf der

Motorhaube sehen wollte oder lieber hoffte, daß der Wagen in den ersten Runden einen Unfall haben und verbrennen werde.

»Was sagt Ihre Frau zur Marktlage?«

»Man rechnet mit einer Korrektur. In den nächsten paar Monaten.«

Harold schürzte die Lippen, wog diese Information offenbar ab.

»Was ist mit Rappaport?«

»Ich überlege es mir.«

»Das wäre großartig«, sagte Russell sarkastisch.

»He, reden Sie mal mit Ihrer Assistentin, ja?« sagte Harold zu Russell, der sich gerade zum Gehen wandte. »Kleinfeld war heute morgen hier unten und hätte fast die Polizei geholt, als er sie am Kopiergerät sah. Auf ihrem T-Shirt stand ›Fuck the Rich‹.«

»Es war ein Button mit der Aufschrift...«

»Egal«, sagte Harold. »Weg mit dem Ding, sagen Sie ihr das.«

»Wieso?«

»Seien Sie nicht albern. Sie sind doch jetzt erwachsen, Russell.«

Auf dem Rückweg in sein Büro überlegte Russell, ob er dem Verlagsleiter nicht einen in zahlreichen Anthologien nachgedruckten Essay über die von Berkeley ausgehende »Free Speech«-Bewegung kopieren sollte, verfaßt von einem polemischen jungen Hitzkopf namens Harold Stone. Vermutlich hatte man als Erwachsener solche Impulse zu unterdrücken.

Als jungem Mitglied der Clique um die alte *Partisan Review* war Harold Stone schon der Ruf eines Wunderkinds vorausgeeilt, noch ehe er sich mit einem »Bakunin und die Idee einer Avantgarde« betitelten Essay von Harvard verabschiedete. Er nahm eine Stellung im Verlagshaus Knopf an, teilte sich ein Mädchen mit Bellow und bekam von Mailer die Brille zerschlagen, was seinen Ruf dauerhaft festigte. In immer größer werdenden Abständen veröffentlichte er Essays und Buchkritiken, die im Endstadium des letzten literarischen Establishments New Yorks heiß diskutiert wurden. Irgendwann heiratete er eine junge Debütantin und höhere Tochter, die inzwischen in New Canaan, Connecticut, ein völlig eigenständiges Leben führte, obwohl die Ehe auf dem Papier weiterbestand.

Der frisch aus dem Mittleren Westen gekommene Russell hatte auf dem College Harolds Ausgaben von Sartre, Camus und Gramsci verschlungen; er hatte Harolds Essays über Lukács und Kafka gelesen. Als Russell nach einem Zusatzstudium in Oxford nach Manhattan zog, hatte er das Glück gehabt, in dem altehrwürdigen Verlagshaus Arbeit zu finden, in dem Harold herrschte, und dem älteren Mann dank einiger Gedichte aufzufallen, die er in einer Vierteljahresschrift veröffentlichte. Vielleicht hatte die Vorstellung, daß junge Literaten in die Stadt zogen, nostalgische Gefühle in Harold geweckt, und er registrierte dankbar, daß junge Leute überhaupt noch Lyrik verfaßten, wie es seine Freunde in längst vergangenen Zeiten im Village getan hatten; vielleicht war er gespannt auf das, was die intelligenten jungen Leute heutzutage lasen; womöglich verspürte er Schuldgefühle, weil er höchstwahrscheinlich gerade mit einem millionenschweren Verfasser von Spionageromanen im »The Four Seasons« zum Essen verabredet war. Warum auch immer, Harold hatte den Gedichten etwas abgewinnen können. Erst ging er mit Russell essen, später nahm er ihn unter seine kratzigen Eulenfittiche.

Um sieben, als er seinen Arbeitstag beendete, machte Russell in Dave Whitlocks Büro halt. Whitlock glotzte finster auf sein Computer-Terminal. Er war für die Zahlen zuständig – offenbar machten ihn die Zahlen immer unglücklich.

»Keine Panik, Whit. Ich habe eine Anthologie mit serbokroatischer Lyrik in Arbeit, die bringt uns bestimmt über den Berg.«

»Heute nicht, bitte«, sagte Whitlock und scheuchte ihn mit einer Handbewegung fort.

Er war in Russells Alter, hatte aber in Wharton ökonometrische Modelle gebüffelt, während Russell in Oxford Blake las, und war beinahe am selben Tag wie Russell in die Firma gekommen. Whitlocks große Tragödie als Geschäftsmann bestand darin, daß er tatsächlich Bücher las. Vor vier Jahren hätte er bei einer Beratungsfirma oder Investmentbank für das doppelte Gehalt anfangen können, das er jetzt im Verlagswesen bekam.

»Das mit Rappaports Buch tut mir leid.«

»Was ist damit?«

»Weißt du das noch nicht? Harold hat die Druckauflage heute morgen auf zehntausend zusammengestrichen.«

»Ich war heute noch bei ihm. Der Drecksack hat mir kein Wort gesagt.«

Harolds Tür war zu, und Carlton saß nicht an ihrem Platz. Russell klopfte und stieß gleichzeitig die Tür auf. Harold saß auf der Couch; Carlton saß auf Harold. In dem Moment, als ihnen Russells Anwesenheit bewußt wurde, drehten sich beide um, wollten ihre Blöße kontrollieren und bedecken, wobei sie hörbar mit den Köpfen zusammenstießen. Als Harold eine Hand aus Carltons Bluse zog und in die Höhe hielt, warf er Carlton dadurch zu Boden. Die Mienen der zwei verrieten mehr als das Aufblitzen weißer Unterwäsche und Fleisch – der rasche Wandel von Überraschung in Schuldgefühle bis zu tiefster Empörung.

In den folgenden Tagen blieb es Russell Calloways Phantasie überlassen, sich vorzustellen, welche Emotion sich letztlich durchsetzen würde. Doch er war sich von Anfang an ziemlich sicher, daß es für seine Karriere nicht der cleverste Schritt aller Zeiten gewesen war, in Harolds Büro zu platzen.

3

Corinne wurde Partys allmählich so leid: Dinnerpartys, Geburtstagspartys, Buchveröffentlichungspartys, Einweihungspartys; Urlaubs- und Faschingspartys; Eröffnungsvorstellungs- und Schlußvorstellungspartys; Vernissagen; Benefizgalas des Jugendausschusses zugunsten des »American Ballet Theater« und der Stadtbibliothek; Benefizveranstaltungen für den Kandidaten der Demokratischen Partei, für den Verein zur Unterstützung im Gesicht Verunstalteter, der Koalition für die Obdachlosen, der Amerikanischen Medizinischen Aids-Forschungs-Stiftung; in Nachtclubs, im Plaza und im Tempel von Dendur im Metropolitan Museum of Art; zu Ehren eines gewissen Alonzo – so sein kompletter Name –, hauptberuflicher Spendensammler und Partygastgeber... eine Party für Pandy Birdsall, die nach L. A. zog, weil sie in New York schon mit jedem geschlafen hatte. »Diese Partys sind eine angenehm lästige Pflicht«, sagte Jeff an jenem Abend.

Am Abend zuvor hatten Russells Kollegen eine Party für einen scheidenden Lektor gegeben. Und so schleppte sich Corinne nach der Arbeit durch die halbe Stadt zu Russells Büro – U-Bahn bis zur 23rd Street, ein paarmal im Kreis gelaufen, bis sie dahinterkam, daß sie die U-Bahn auf irgendwelchen merkwürdigen neuen Wegen verlassen und die falsche Richtung eingeschlagen hatte –, um dann töricht lächelnd in irgendeinem miefigen Sitzungssaal herumzustehen, wo verarmte Lektoratsassistenten verstohlen die Appetithäppchen verschlangen und dankbar überschlugen, wieviel sie so am Abendessen sparten, während die leitenden Herrschaften ein wenig abseits in distanzierten Grüppchen zusammenstanden und wiederholt ihre Armbanduhren konsultierten, bis sie sich absetzen konnten, um den Rest des Abends auf Spesenrechnung bei gepflegten Cocktails und gutem Essen zu verbringen. Harold Stone mit seiner gequälten Miene blieb gerade lange genug, um den Eindruck zu vermitteln, der gesellige Umgang mit seinen Kollegen sei für ihn nicht ganz so angenehm wie die Einführung eines Katheters, während der arme Crash immer noch befürchtete, Harold könnte ihm den Kopf waschen; Corinne hatte dazu nur gesagt, wenn sie nicht gestört werden wollten, sollten sie verdammt noch mal die Tür abschließen. Irgendwann war eine Gruppe leitender Herrschaften ins »Elaine's« gefahren, zu einem endlosen Essen mit haufenweise Drinks und riesigen Portionen Klatsch und Tratsch über Verlagsinterna ...

Und jetzt, nach vier Stunden Schlaf, mußte Corinne zur Arbeit. Russell lag immer noch im Bett. Im Verlag lief vor zehn gar nichts; sie bemühte sich, um Viertel vor acht in ihrem Büro zu sein, um sich einen Überblick zu verschaffen, bevor um Viertel nach acht die Konferenz anfing, auf der die dienstälteren Makler Probleme ansprachen, die Marktentwicklung vom Vortag analysierten und Neuigkeiten über die Lage an der Tokioter Börse vortrugen. Doch heute konnte sie froh sein, wenn sie noch rechtzeitig zur Besprechung kam.

Nach dem Duschen war sie noch immer geschafft. Im Ankleidebereich des Schlafzimmers stand ein Toilettentischchen; sie setzte sich mit einer Tasse Kaffee davor und stellte den kleinen tragbaren Fernseher an. O Gott, ich sehe ja verheerend aus, dachte sie beim Blick in den Spiegel. Methusalem, der Menschen versteinern ließ. Oder war es Medusa? Sie beschloß, Alkohol eine Zeitlang völlig zu streichen. Ließ ihren Teint altern. Statt dessen lieber Kollagen spritzen.

Während sie Feuchtigkeitscreme auftrug, hörte sie sich ein Interview mit Madonna an, die sich offenbar für die Reinkarnation von Marilyn Monroe hielt. Hättest du wohl gern, Schätzchen. Vermutlich hatte sich Marilyn Monroe ebenfalls gewünscht, *sie* wäre Marilyn Monroe. Daß sie phantastisch gebaut war, hatte ihrem Selbstwertgefühl nicht viel gebracht. Und doch hätte es Corinne gern mal ausprobiert ... Größe 92C oder so. Russell wäre zufrieden. Hier, fühl mal, mein Junge ... fünf Zentimeter und einen Buchstaben größer. Komm doch mal rauf und besuch mich – nein, das war Mae

West. Würde vielleicht romantische Gefühle in ihm wecken und ihn dazu bringen, ein wenig früher ins Bett zu kommen. Nicht bloß auf der Stelle einzuschlafen. Wäre schön, wenn die Dinger, wie bei Männern, zum Sex anschwellen würden – so daß die Jungs mit ihnen spielen und sie bewundern könnten –, und anschließend wieder schrumpften, so daß sie einem nicht in die Quere kamen. Wieso eigentlich nicht? Noch ein Beispiel dafür, daß die Männer bevorteilt wurden. Die Natur war frauenfeindlich. Corinne verteilte Grundierung auf der blassen Haut und hielt sich bei der dünnen blauen Ader unter einer Wange auf. Das letztemal hatten sie in der Nacht nach ihrer Geburtstagsparty, vor beinahe zwei Wochen. War es wirklich schon so lange her? Andere Männer hielten sie offenbar für attraktiv genug. Auf der Straße, in der U-Bahn, auf Partys. Immer auf Partys.

Ein klitzekleines Muttermal auf ihrem Kinn, das ihre Mutter einen Schönheitsfleck genannt hatte und ihr Vater am liebsten hätte entfernen lassen. Tupf, tupf. Übertünchen, Cover Girl. Hoffnungslos. Zeit für die Papiertüte über den Kopf. Eine stinknormale Einkaufstüte für die Arbeit und im Haus, eine von Saks oder Bergdorf zur Abendgarderobe.

Korrekturstift um die Augen. Darunter Ringe wie bei einem Waschbären. Sie überlegte, ob sie durch all diese gerade eben im Fernsehen erwähnten Namen, die mit *M* anfingen, auf Medusa gekommen war. MTV. War dieser Sender eine Publikumsgesellschaft? Das mußte sie rauskriegen. Marilyn, Madonna und Medusa. Was die Börse betraf, glaubte sie insgeheim an Omen. Nicht zwangsläufig, nur wenn alles andere dazu paßte. Mit den Zahlen fing man an, doch am Ende fehlte einem noch irgendein Puzzlestück. Aber was bedeutete dieses M-Motiv? Monsanto kaufen? Mobil abstoßen? Sie brauchte mehr Input. Mehr M-put. Manchmal verließ sie sich auf ihre Träume, aber heute morgen war sie so müde, daß sie sich nicht mehr an ihre Träume erinnerte.

Sibylle. Genau, das brauchte sie. Eine Traumdeuterin. Ob überhaupt noch jemand aus Eingeweiden las? Eklige Methode. Wie diese Haare. Hatte nicht Medusa Schlangen statt Haare auf dem Kopf? Corinne sah heute morgen ausgesprochen schlangenmäßig aus. Ein Vipernnest. Haarspitzen gespalten wie Schlangenzungen. Zisch. Sie brauchte das neue, verbesserte Shampoo mit einem wunderwirkenden Conditioner, der dir die Haare entwirrt, die Falten glättet, die Brüste strafft und hebt und in deinem Mann den Wunsch weckt, sich zu rasieren, bevor er ins Bett steigt und dich vögelt, bis die Hähne anfangen zu krähen. Shampoo einmassieren, ausspülen, Vorgang wiederholen. Täglich. Jeden Morgen schwor sie sich, die Haare kamen runter, sie waren eine Qual, außerdem trugen doch nur Mädchen ihre Haare mehr als schulterlang, oder? Aber Russell würde ihr das nie verzeihen. Was Haare und Frauen betrifft, sind Männer nun mal eigen. Auf deinem Kopf können sie nicht genug davon haben, anderswo möglichst wenig.

Sie sah immer noch wie der letzte Husten aus und holte sich in der Küche noch einen Kaffee. Russell hatte seinen Kamelhaarmantel achtlos über die Rückenlehne der Couch geworfen. Früher einmal hätte sie das putzig gefunden. Heute morgen war sie einfach bloß stinksauer darüber.

Zurück im Schlafzimmer, befaßte sie sich mit ihren Augen. Fenster der Seele. Tja, Fenster brauchen doch wohl Rahmen und Gardinen, stimmt's? Lidschatten drauf. Jalousien von Chanel. Ein hübscher Kupferton auf die Krähenfüße. Der Vogel mit den scharfen Kupferkrallen. Von wem stammte das... Wallace Stevens? Stand auf Vögel, der Bursche. Sah auch noch aus wie Hitchcock. Papageien, Sittiche, Taubenschwärme. Zufriedenheit im Morgenrock – davon könnte sie heute morgen ein wenig gebrauchen. Ihr Morgenrock war abgetragen – bloß noch Fetzen.

Bei uns im Studio ist heute morgen Johnny Moniker, der neueste Star der schicken Szene Manhattans...

Corinne warf einen Blick auf den Bildschirm. Der Typ kam ihr bekannt vor, irgendwie süß. Den Namen hatte sie nicht richtig mitbekommen – Johnny Monolog? Sie hatte kaum einen Zweifel, daß er vor ein paar Wochen bei ihnen in der Wohnung gewesen war. Dunkelhaarig, verrucht gutaussehend... Vielleicht hatte sie ihn in Jeffs Begleitung gesehen.

Corinne eilte zum Bett hinüber und stupste Russell an.

»Da ist so ein Typ im Fernsehen, den haben wir irgendwo schon mal gesehen«, sagte sie.

»Wer?«

»Das will ich ja auch wissen.« Sie hopste kindisch auf dem Bett auf und ab. »Johnny noch was.«

»Johnny mit der Knarre, hat seine Frau erschossen. Weil sie ihn geweckt hat.«

»Nein. Nun sieh ihn dir an.«

»Kennen wir ihn?« fragte er, wollte immer noch nicht nachgeben.

»Nicht richtig. Wir sind ihm bloß mal eben begegnet.«

»Johnny, wir kannten ihn kaum.«

Als sie ihn endlich vor dem Fernseher hatte, lief dort die Frühjahrsmode aus Mailand.

»Wieso bin ich wach?« wollte Russell wissen.

Corinne seufzte und ging ins Bad, Aspirin holen. Nur Corinne, dachte Russell, zeigte sich überrascht, wenn sie ein vage bekanntes Gesicht im Fernsehen sah. Darum ging es im Fernsehen letztlich, alles sollte einem bekannt vorkommen. So wie in ihren Träumen. Fast jeden Morgen weckte sie ihn mit den Worten: »Ich hatte einen ganz merkwürdigen Traum«, als erwarte sie von Träumen, irgendwie weniger traumartig zu sein. Ihre Logik war unerbittlich, wie die eines Kindes. Ihr Aberglaube, der, als sie sich kennenlernten, für ihn nicht zu ihrer sonstigen Persönlichkeit zu passen schien, war in Wirklichkeit eine zwangsläufige Folge dieser unbeugsamen Logik. An Zufälle glaubte sie nicht, wenn ihr also beispielsweise mehrmals täglich die Zahl elf unter die Augen kam, war sie sich sicher, daß es dafür einen guten Grund geben mußte, daß die Zahl die Koordinate irgendeiner verborgenen Struktur darstellte, auch wenn sie nicht so recht herausbekam, welcher. Wie sich herausstellte, führte diese

Kombination von mathematischem Talent, Hartnäckigkeit und Hang zum Aberglauben dazu, daß sie den Aktienmarkt hervorragend beurteilen konnte.

Er stieg wieder ins Bett.

»Wie sehe ich aus?« fragte Corinne, nachdem sie ihm das Aspirinfläschchen gegeben hatte. Er schüttelte drei Tabletten heraus und schaute auf.

»Fabelhaft umwerfend.«

»Gar nicht wahr.«

»Stimmt wohl. Hast du im Büro was laufen? Was außer der Reihe?«

»Wäre wohl besser. Von dir kriege ich ja in letzter Zeit gar keine Reaktion mehr.«

»He, tut mir leid. Ich arbeite mir buchstäblich die Eier ab. Und dann noch diese ewigen Partys. Heute abend bleiben wir zu Hause.«

»Ehrenwort?« Sie kniete sich neben das Bett und strich ihm über die Stirn. »Wir lassen uns was zu essen kommen und machen ein Feuer im Kamin an.«

»Scheiße.« Er runzelte die Stirn. »Ich hab einen Abendessentermin mit einem Agenten.«

»Sag ihn ab.« Sie begrub ihren Kopf an seinem Hals und kitzelte ihn mit der Zungenspitze am Ohrläppchen.

»Nichts lieber als das, Schatzi, aber er fliegt morgen zurück nach L. A.«

»Was hast du neuerdings dauernd mit L. A.?«

»Ich werde von der Unterhaltungsindustrie verschlungen, so wie das ganze Land.«

Sie erhob sich abrupt und strich ihre Bluse glatt.

»Er hat einen Klienten, den ich für ein Buch verpflichten will. Morgen abend bleiben wir zu Hause.« Russell setzte sich kerzengerade auf, um Entschlossenheit zu demonstrieren. »Ehrenwort.«

»Der Scheck ist schon in der Post«, sagte Corinne. »Und du brauchst es mir nicht mit dem Mund zu besorgen.« Das würde ihn ein bißchen erröten lassen. Sie warf ihm einen

Handkuß zu, drehte sich um und verließ mit rhythmischen Bewegungen ihrer knackigen Pobacken das Schlafzimmer.

»Toller Arsch«, rief ihr Russell nach.

»Du läßt die Finger davon«, entgegnete sie.

Auf der anderen Seite des Flurs öffnete Mrs. Oliver ihre Wohnungstür so weit es die Kette erlaubte und spähte nach draußen, das faltige Gesicht zwischen Tür und Pfosten eingerahmt, die Messingkette wie ein Schnurrbart gegen ihre Oberlippe gedrückt, ihr kläffender Yorkshire-Terrier hinter ihr. Seit sich ihr Gatte in den ewigen Altherrenclub im Himmel begeben hatte, stand Mrs. Oliver tagsüber hinter der Tür und wartete auf das Geräusch von Schritten auf der Treppe, als sei es ihr innigster Wunsch, einmal Zeugin der Anklage zu sein, ehe sie diese von Verbrechen geschüttelte Welt verließ. Den ganzen Tag lang öffnete und schloß sie die Tür wie eine Muschel, die dem Meer Nahrungsstoffe entzieht. Corinne winkte.

Unten hielt Roger ihr lächelnd die Haustür auf. »Guten Morgen, Mrs. Calloway.« Als sie an ihm vorbeiging, stieg in dem Portier Begierde auf, als hätte er Helium in der Lunge, das ihn in die Höhe trug, in Schwerelosigkeit versetzt von ihrer Gegenwart, die er einen Augenblick lang mit niemandem teilen mußte, und als sie weg war, wurde er traurig und fühlte sich wie erschlagen von Verlangen.

An der frischen Luft ging es ihr gleich besser. Eine scharfe, durchdringende Januarkälte. Der Himmel erwies sich als hell und klar, war er doch zu einer vernünftigen Uhrzeit schlafen gegangen, was man von Corinne nicht behaupten konnte. Bunt gekleidete Jogger trabten vorbei, zur Hölle mit ihnen. Sie hatte vor, irgendwann wieder Sport zu treiben. Drei Pekinesen untersuchten eine duftende Ritze im Bürgersteig vor einem Brownstone-Haus, während ihr Frauchen mit bläulichgefärbten Haaren geduldig dastand, drei Leinen in der einen und ein leeres Plastiktütchen in der anderen Hand.

An der Lexington Avenue roch Corinne Gras; zwei Männer teilten sich einen Joint. Mit dem Rauch wehte die Formulierung »Cola-Kriege« zu ihr hinüber – Werbefritzen, die ihrer Inspiration auf die Sprünge halfen.

Nachdem sie vor dem U-Bahn-Eingang ein *Journal* gekauft hatte, tauchte sie in das aktentaschenbewehrte Heer der Angestellten ein und stand mit tausend anderen New Yorkern auf dem proppevollen Bahnsteig; ihr kam der Gedanke, daß sie als Menge zwar gesichtslos aussahen, aber unter dem Kammgarn brodelte ihr Innenleben... Unmengen dieser Leute betrogen ihre Ehepartner und schummelten bei der Steuer, träumten von Mord und Flucht. Auf Nachfrage würde sie herausfinden, daß sie über Freunde und Bekannte mit vielen von ihnen verbunden war; sollte es zu einer Katastrophe kommen, würden sie alle miteinander verknüpft und vereint sein, doch jetzt standen sie stumm und isoliert herum. Jemand hatte mit Schablone die Parole FINDET DAS HEILMITTEL auf dem Pfeiler neben ihr verewigt. Wie viele Leute waren daran erkrankt? Wie hieß doch gleich das alte Gedicht, über das Russell in Oxford geschrieben hatte, »Tagebuch in Zeiten der Seuche«? Irgendwas über Licht, das aus der Luft fällt...

Sie hob ihre Zeitung hoch und verlor sich in den Textspalten, um neunzig Blocks später mitten in der City wieder aufzutauchen, von der dick vermummten Menschenmenge an die Oberfläche getragen, hinaus auf die Wall Street gepumpt, die früher einmal die nördliche Grenze Neu Amsterdams gewesen war und deren Name von dem Palisadenwall herrührte, mit dem sich die holländischen Siedler vor den Indianern und Briten geschützt hatten. Corinne hielt nichts von der unter Frauen üblichen Mode, auf dem Weg zum Büro Joggingschuhe zu tragen, sondern klapperte auf Kalbslederpumps direkt neben dem unsichtbaren alten Wall her, stieg dabei über vergrabene Pfeifenköpfe und Weinkrüge aus Keramik, verbogene Nägel, Glasscherben und Ziegelsteinreste, halbversteinerte Schweine-, Hühner- und Schafsknochen und anderen Müll, den man drei Jahrhunderte zuvor regelmäßig über den Wall geworfen hatte, auf einem ihr so vertrauten Weg, daß sie ihn ebensowenig wahrnahm wie das, was unter dem Pflaster lag; eigentlich bemerkte sie die hoch aufragenden Tempel Mammons gar nicht, während sie sich dem näherte, in dem sie sich abrackerte, sondern las die Zeitung in dem bißchen Licht, das den Weg bis zum Grund des Canyons gefunden hatte.

»Also, Leute, das könnte der Tag sein. Der große Tag, der historische Tag. Der Markt sieht gut aus, sieht fertig und bereit aus. Ich glaube, heute schaffen wir die zweitausend. Die großen Zwei-null-null-null. Und meiner Ansicht nach sollten wir das als Verkaufsargument benutzen, besonders bei unseren Telefonaktionen.«

»Auf geht's, Team«, flüsterte Corinne Duane zu.

»Das hört sich dann so an: ›Da verpassen Sie etwas, Mr. John Q. Doktor, heute wird Geschichte gemacht, und Ihre Nachbarn werden reich. Wie steht's mit Ihnen?‹«

Duane Peters saß in dem überhitzten Besprechungszimmer neben ihr und quittierte das unwillkürlich mit einem Kopfnicken, wobei seine gelbe Krawatte auf und nieder hüpfte wie ein Köder, mit dem man Fische anlockte. Am frühen Morgen waren diese gelben Schlipse zuviel – Duane und der Bürochef trugen beide einen. Genau wie dieser Verkaufsdrill.

Alles war zuviel. Vielleicht stieg der Dow Jones heute auf zweitausend, aber Corinne hielt das für verrückt. Die Wirtschaft war in einem jämmerlichen Zustand, die Lagerbestände waren hoch, das BSP stagnierte, doch der Dow kletterte immer höher. Es war eine Art Massenhypnose. Luftschlösser.

Sie mußte sich vorsehen, was sie im Büro sagte. Wall Street war aufgeputscht. Es war wie auf einer Kokainfete. Alle grinsten boshaft, redeten zu schnell, waren extrem sprunghaft. Auch die Kunden. Besonders die Kunden. Corinne bemühte sich, ihre Gier zu bremsen, drängte sie, auf echte Werte zu achten. Zwar gab auch sie mal der Versuchung nach, auf ihren eigenen Aberglauben zu hören, doch ihre größte Hilfe war schlichte Mathematik. Wenn eine gut eingeführte Firma zum Zehnfachen des Ertrags verkaufte, kam man wahrscheinlich besser dabei weg als bei einem Emporkömmling, der auf das Fünfzigfache des Ertrags aus war. Aber alle waren hinter dem schnellen Geld her. Alle wollten kleine Arbitrageure sein. Sie wollten Risiko ohne Kursrisiko nach unten. Große Betafaktoren und garantierte Rendite. Noch bevor es so richtig losging, wollten sie sich bei einer möglichen Übernahme einklinken und in drei Tagen ihr Geld verdoppeln. Sie wollten, was in einer Woche gerade in den Schlagzeilen stand, vorzugsweise auf Kredit. Sie wollten ihren Partygästen erzählen, sie hätten sich bei einer Pleite leerverkauft. Sie wollten Sex und Drogen und Rock 'n' Roll.

Russell war der Schlimmste. Nachdem er und Corinne schließlich übereingekommen waren, mit ihrem minimalen Anlagekapital halbe-halbe zu machen, wickelte er seine Geschäfte immer häufiger mit Duane ab. Kürzlich hatte Russell erwähnt, er wolle ins Optionsgeschäft einsteigen. Sie entgegnete, damit habe sie nichts am Hut. Ihr Anteil, knappe zweitausend – welch ein Betrag – blieb im Geldmarkt.

Der Bürochef widmete sich mit messianischer Inbrunst der richtigen Taktik beim Telefonmarketing. An dieser Stelle schaltete Corinne ab. Nach der Besprechung kam Duane mit ihr zurück, ihre Arbeitsplätze lagen nebeneinander. Er war blond, athletisch gebaut, ein Kind seiner Zeit und meistens gutgelaunt. Auch er war ihr morgens ein bißchen zuviel.

»Irgendwelche heißen Tips heute, meine Hübsche?« fragte er.

Corinne schüttelte den Kopf. Sie schritten einen langen Gang hinunter, der auf beiden Seiten von Workstations flankiert wurde, Computer, auf deren Bildschirmen grüne Zahlen leuchteten. Gemeinsam hatten sie das Schulungsprogramm absolviert und teilten sich nun eine Sekretärin. Corinne mochte ihr kumpelhaftes Verhältnis und den flapsigen

Umgangston, befürchtete aber, ihm bald einen kleinen Dämpfer verpassen zu müssen. Ihrer Meinung nach bestand das Problem darin, daß irgend jemand Duane erzählt hatte, er sähe umwerfend gut aus, und das hatte er für bare Münze genommen. Seine unbekümmerte Gestik und die Sorgfalt, mit der er sich kleidete, ließen auf eine gewisse Gehemmtheit schließen, die bei ihm komisch wirkte. Vielleicht lag es einfach nur an seiner Jugend. Er war fast fünf Jahre jünger als sie, frisch von Dartmouth College in die Firma gekommen – die jungen Leute stürzten sich heutzutage kopfüber in Berufe, für die sie sich in der Wiege entschieden hatten. Warum ließen sie sich nicht zuerst den Wind um die Nase wehen? Corinne hatte sich in Europa, am Fachbereich Jura und bei Sotheby's umgeschaut und kam sich vor wie ein lebendes Fossil – so ziemlich die älteste Brokerin ihrer Firma. Keine Branche für alte Männer.

Duane erzählte gerade von einem heißen Tip, Biotechnologie.

»Hast du dich mal darum gekümmert?« fragte sie, nur um irgendwas zu sagen.

»Sieht echt gut aus, zahlenmäßig.« Als Analyst war er ein wenig unbeständig, kam aber bei dem gegenwärtig unbeständigen Markt gut zurecht.

Sie blieb vor ihrem Arbeitsplatz stehen, der auf drei Seiten von einer dünnen Trennwand begrenzt wurde, ein Zeichen ihrer längeren Betriebszugehörigkeit. »Hängst du dich ans Telefon?« wollte Duane wissen.

»Später.« Sie seufzte. In diesem Geschäft widerte sie am meisten an, Fremde telefonisch heimzusuchen, um ihnen etwas aufzuschwatzen, von dem sie noch gar nicht wußten, daß sie es haben wollten. Anfangs hatte sie nichts anderes getan, doch inzwischen besaß sie immerhin eine Liste von Stammkunden, wenn auch noch nicht genug, um mit der Telefonwerbung aufzuhören.

»Sieh dir das mal an«, sagte Duane und zog einen Stapel zusammengehefteter Blätter aus einer Mappe. Er hielt ihn zwischen den Fingern, ließ ihn wie eine Kostbarkeit baumeln und ahmte dazu das Gurren einer Taube nach.

»Was ist es denn?«

»Nur eine topaktuelle Adressenliste sämtlicher Zahnärzte im Staate New York.«

»Woher hast du die?« Ärzte und Zahnärzte, wohlhabend und in Finanzfragen unbedarft, waren die Lieblingsspeise des kleinen Börsenmaklers.

Er fuhr mit den Fingern über den Rand der Trennwand, um zu sehen, ob sie staubig war, dann lehnte er sich dagegen.

»Tut mir leid, kann meine Quellen nicht preisgeben. Doch falls du heute mit mir zu Mittag ißt, könnte ich dir unter Umständen ein paar dieser Namen mit den Nummern von Privat- und Praxisanschluß abtreten. Sagen wir, die mit Q und X anfangen?«

»Gib mir die mit M.«

»Komm mit essen.«

»Abgemacht.«

Er reichte ihr mehrere Blätter und verschwand, dann rief er von der anderen Seite der Trennwand: »Übrigens, wo ist die leichtfüßige Laura?« Sein Kopf tauchte wieder auf. »Arbeitet sie ganztags als unsere Sekretärin, oder befinde ich mich da im Irrtum?«

»Sie kommt um zehn«, sagte Corinne.

»Gegen so eine Bankiers-Arbeitszeit hätte *ich* auch nichts einzuwenden.« Damit zog er sich erneut zurück.

Corinne wollte ihm nicht verraten, daß Laura bei einem Vorstellungsgespräch war. Obwohl sie Kleidergröße 50 und Probleme mit ihrem Teint hatte, träumte Laura von Laufstegen in Paris und Illustrierten-Titelbildern und hatte abends eine Mannequinschule besucht. Diese Schule behauptete in ihrem Prospekt, sie könne den Erfolg in dem glamourösesten Beruf der Welt garantieren; als Laura den Prospekt schließlich Corinne zeigte, war es für einen Kommentar zu spät. Corinne rechnete nicht damit, Laura an die Modelagentur Ford zu verlieren, und sie deckte Laura, damit sie an ihren

Arbeitsplatz zurückkehren konnte, sobald ihr Traum sich in Luft auflöste. Duane hingegen wäre recht gemein geworden, falls er von der ganzen Angelegenheit etwas geahnt hätte.

Corinne warf einen Blick ins *Journal* und tippte die Kurse einiger Aktien ein, die sie schon länger im Auge hatte. Gegen halb zehn fing sie an zu telefonieren.

Laura wirkte niedergeschlagen, als sie schließlich eintraf, und äußerte sich nicht zu ihrem Vorstellungsgespräch. Später brachte sie die Post vorbei und sagte zu Corinne: »Haben Sie heute morgen Johnny Moniker im Fernsehen gesehen?«

»Ja, aber wer *ist* das?« wollte Corinne wissen.

»Keine Ahnung. Ich kenne sein Foto aus Illustrierten.«

Und dann ein Vormittag quälender Arbeit mit den Zahnheilkundigen.

Als die Börse bei 2003 Punkten schloß, brachen alle im Raum in Jubel aus. Duane tanzte um die Trennwand herum, schloß Corinne in die Arme und nutzte die Lage zu einem kleinen Zungenkuß.

Corinne telefonierte gerade mit einem Kunden und drehte den Kopf zur Seite. Der Kunde war sauer, weil Corinne ihm ein Paket Aktien verkauft hatte, deren Kurs im ersten Halbjahr nur neunzehn Prozent gestiegen war, während er gerade in *Forbes* gelesen hatte, der gesamte Markt habe im selben Zeitraum zweiundzwanzig Prozent zugelegt. Sie gab zu bedenken, wenn er die Dividende mit einberechne, liege er weit über dem Durchschnitt. Duane stand seitlich neben ihr und rückte in Gedanken die goldene Krawattennadel zurecht, die seine beiden Kragenzipfel zusammenhielt. Sie verdrehte die Augen in seine Richtung, hielt einen Finger hoch. Corinne fand, niemand unter vierzig sollte Krawattennadeln tragen.

»Bring mich hier raus«, stöhnte sie, als sie endlich den Hörer aufgelegt hatte.

Sie gingen rüber zu »Harry's«, einer Kellerkneipe, in der sich vor allem die trinkfreudigeren Wertpapierhändler und Broker sowie die Presseleute aufhielten, sobald die Börse nachrichtentauglich wurde, was heute der Fall war. Vor dem Eingang hatte sich eine Menschenmenge versammelt; Kannen mit Bier wurden auf dem Gehweg herumgereicht. Wie eine Horde furchtloser Bettler mit Pappbechern in den ausgestreckten Händen hielten Vertreter der elektronischen Medien jedem sich nähernden Gesicht ein Mikrofon unter die Nase.

»Alle hier scheinen recht glücklich zu sein«, sagte eine flotte Blondine und richtete ihr Mikrofon auf Corinne.

»Hoffentlich haben sie morgen oder übermogen keinen Kater«, sagte Corinne.

»Was meinen Sie damit? Glauben Sie denn, die Börsenkurse haben schon ihren Höchststand erreicht?«

»Hoffentlich nicht«, entgegnete sie besonnen, während Duane sie weiterzerrte.

Schließlich gelang es Duane, eine Flasche Sekt zu ergattern, mit dem er sich und einige Umstehende bespritzte.

»Warum bist du so aus dem Häuschen, ist der Markt schuld daran?«

»Eigentlich wollte ich unser Jubiläum feiern«, gestand Duane.

»Welches Jubiläum?« erkundigte sie sich mißtrauisch.

»Wir sind vor zwei Jahren ins Schulungsprogramm eingestiegen.«

»Du bist süß.«

»Du auch«, sagte er ernst, und seine dichten blonden Augenbrauen stießen in der Mitte beinahe zusammen. Ihr fiel auf, daß ihn ein Anfall von Aufrichtigkeit überkam, wie ein plötzlicher Niesreiz. »Ehrlich, du bist das süßeste Mädchen, das mir je begegnet ist.«

Sie lachte, stieß mit ihm an und leerte ihr Glas auf ex. »Dann kennst du bestimmt eine Menge Zitronenköniginnen. Also, wie ist's heute bei dir gelaufen?« fragte sie, und strahlend schilderte er einen Coup, wie er von einer Firma gehört hatte, bei der sich in Kürze etwas tun werde. »Es wurde von einer Übernahme gemunkelt, das Gemunkel geriet an die

Öffentlichkeit, und schon steigt der Aktienkurs. Das Gerücht wird zur Tatsache. Vorher war diese Aktie vielleicht im Keller, aber jetzt nicht mehr. Gott segne Amerika.« Er schenkte nach.

»Ohren auf für das Gemunkel!« rief sie, den Krach übertönend.

Als Duane den Rest Sekt eingoß, auf den sie verzichtete, wurde er plötzlich wieder ernst. Er machte sich die durch den Menschenauflauf bedingte Intimität zunutze und gestand, er müsse unbedingt etwas loswerden. Corinne hätte am liebsten verhindert, daß er loslegte, doch offenbar hatte ihr der Sekt jeden Willen genommen; sie fühlte sich wie ein Tier in der Savanne, das, von einem Betäubungspfeil getroffen, reglos und mit glasigen Augen vor sich hinstarrt, während der Biologe herbeieilt, um seine Untersuchungen durchzuführen...

Er sagte ihr, sie sei die wunderbarste, schönste und intelligenteste Frau, der er je begegne sei, und er habe sich in sie verliebt, obwohl er natürlich wisse, daß das nicht passieren sollte. »Ich weiß auch nicht, ich kann nur sagen, ich bin nun mal in dich verknallt und würde alles tun, um mit dir zusammenzusein«, schloß er kläglich. Irgendwie fand sie seine Verehrung rührend. Aber sie mußte hart bleiben, und das tat sie auch, rückte von ihm ab und hob das Glas mit dem letzten Schluck an ihre Lippen. Am Ende gab sie sich ein wenig strenger, als ihr zumute war, denn etwas in ihr empfand Dankbarkeit, weil ihr plötzlich klar wurde, wie wichtig ihr dieses Gefühl gewesen war, das sie bei seinen großartigen Worten verspürt hatte, und in dieser ausgelassenen, semidionysischen Atmosphäre schien es ihr beinahe angemessen, sich der Kleidung zu entledigen und dem Geist des Augenblicks hinzugeben.

Natürlich war es ihm peinlich, doch wieder gelang es ihr unter Aufbietung aller Willenskraft, ihn behutsam in das helle Licht einer Alltagswelt zu führen, in der sie älter und verheiratet war, und sie beide Kollegen waren, die an ihren Arbeitsplatz zurückkehren mußten. Doch vorher wollte sie seinen verletzten Stolz beschwichtigen, und um ihm zu zeigen, daß sie nicht beleidigt war, bestellte sie noch eine Flasche Sekt, würde aber am nächsten Tag endgültig aufhören zu trinken, Ehrenwort, und nachdem sie die geleert hatten, fühlte sie sich durchaus im Einklang mit Duane und allen anderen um sie herum, war Teil eines großen Festes, ohne dessen Berechtigung so ganz einzusehen. Als ihr draußen Channel 4 ein Mikrofon unter die Nase hielt, sagte sie: »Ich weiß nicht recht, ich finde, eigentlich hat der Kaiser nichts an. Doch im Moment hat er einen ziemlich knackigen Körper.«

Als im Taxi die Wirkung des Sekts nachließ, fiel ihr ein, daß sie an diesem Abend in der Armenküche Dienst hatte. Das war ihr völlig entfallen. Sie schaute auf ihre Uhr. Zum Saubermachen wäre sie noch rechtzeitig gekommen, aber ihre Schuldgefühle und ihr Selbstekel machten es ihr unmöglich, einen mit Würstcheneintopfresten verkrusteten Topf zu schrubben, während gerade ein Sektkater einsetzte.

Russell hatte auf dem Anrufbeantworter eine Nachricht hinterlassen; er ging mit einem Autor noch einen heben, gefolgt von einem Abendessen mit dem dazugehörigen Agenten in einem Restaurant »Cambodia«.

Da sie sich ungemein fett und randvoll mit kalorienreichen vergorenen Trauben fühlte, beschloß Corinne, nichts zu essen; doch irgendwann ging sie runter und holte sich in dem koreanischen Laden einen Obstsalat, legte sich auf die Couch, sah sich dämliche Fernsehsendungen an und genoß das warme, schläfrige Gefühl, begehrt zu sein, das sie den ganzen Nachmittag nicht verlassen hatte, sich aber ansonsten eher selten einstellte.

Um zehn nach elf entdeckte sie verblüfft ihr eigenes Gesicht, als sie zwischen den Sendern hin und her schaltete – *einen ziemlich knackigen Körper.*

O Gott, eine grauenhaft liederliche, fette Schlampe, dazu noch voll wie eine Strandhaubitze, und über ihrer Schulter hing Duane, eine Art präkoitales Grinsen im Gesicht. Zum Glück bekam Russell das nicht zu sehen.

Sie schlief schon halb, als er, schnaufend, kurz nach eins auf Zehenspitzen heimkam. Er entkleidete sich im Dunkeln und schlüpfte unter die Decken. Gern hätte sie ihn wissen lassen, daß sie wach war und erfahren wollte, wie sein Abend verlaufen war, war sich aber nicht sicher, was sie ihm gegenüber empfand: Sie hatte zwar das Recht, wütend zu sein, war aber andererseits zu kühl, um sich richtig aufzuregen.

Und dann fing er an zu schnarchen.

Niemand erzählt einem solche Sachen, dachte sie benommen, beispielsweise über erste Verabredungen, bei denen man als Kostbarkeit behandelt wird, als etwas Seltenes und Besonderes, und daß dieser Zustand mit der Heirat zu Ende ist.

Warum erzählt einem das niemand?

In dieser Nacht hatte Corinne einen Traum. Sie nimmt eine Dusche. Es ist ein großes Gemeinschaftsbad wie früher im Sommercamp am Winnipesaukee-See, nur ist sie diesmal ganz allein, und ihre Kindheit liegt viele Jahre zurück. Sie ist jetzt Witwe, doch ihr nackter Körper ist immer noch jung und ansehnlich. Ihr Mann ist tot. Er starb in den Cola-Kriegen. Sie ist allein in diesem weißgekachelten, von warmem Dampf erfüllten Raum, wäscht sich mit einem weißen Stück Seife. Ein Stück Ivory-Seife. Wäscht sich am ganzen Körper. Aus irgendeinem Grund glaubt sie, das sei die Aufgabe ihres Mannes. Aber der starb in den Cola-Kriegen. Sie seift sich ein, die Arme rauf und runter, die Hüften rauf und runter, von den Zehen die Beine ganz nach oben, erst ein Bein und dann das andere Bein und dazwischen. In dem dichten Dampf schiebt sie die Seife die Innenseite ihrer Schenkel hoch. Die gleitet rauf und runter, weil sie so glitschig ist. Sie hat Schuldgefühle, weil sie sich allein wäscht, doch es ist kein anderer da, und dann ist da *doch* jemand anderes. Es ist Johnny Monokel. Er ist bei ihr in dem Bad und sagt: Ich werde dich waschen.

Anscheinend hat er nur ein Auge, sieht aber sehr elegant aus mit seiner schwarzen Augenklappe und dem kunstseidenen Anzug. Corinne ist nackt. Als sie die Augen schließt, wäscht er sie von oben bis unten. Bei seinen herrlich zarten Berührungen muß sie an Schmetterlinge denken, die sie mit ihren Flügeln streifen. Rauf und runter und hin und her – überall auf ihrem Körper hinterläßt Johnny Monorail Spuren. Das Seifenstück ist in Wirklichkeit seine Zunge. Jetzt liegt sie im Bett. Johnny hat seinen Anzug ausgezogen und ist jetzt ebenfalls nackt, während er ihren Körper erkundet, und plötzlich merkt sie, daß ihr Mann doch noch lebt, aber jetzt ist es zu spät, da Johnny ein Penis gewachsen ist, und nun muß etwas unternommen werden. Sie kann ihn ja schlecht bitten, er solle das selbst erledigen. Doch sie hören Geräusche, Corinnes Mann kehrt aus den Cola-Kriegen heim. Nicht Russell, irgendein anderer Ehemann, sie weiß nicht, wer. Und doch, fliehen müssen sie. Johnny hat einen sehr langen Penis, und einen glatten noch dazu, glatt wie Elfenbein. Sie macht ihm ein Kompliment darüber, und er bedankt sich. Aber sie müssen das Glied verstecken. Es ist zu groß, läßt sich nicht unter der Bettdecke verstecken, und während sie über das Ding spricht und es berührt, wird es immer größer. Es ist so groß, daß es über die Bettkante und aus dem Fenster hinaus wächst. Mach schon, schnell, sagt Johnny Monolith. Im Bett ist er nicht mehr, seine Stimme kommt von weit her, vom anderen Ende des Penis, der sich in die Dunkelheit hinaus erstreckt wie ein elfenbeinernes Geländer. Sie hört, wie sich Schritte nähern, die Schritte ihres Mannes, der aus dem Krieg nach Hause kommt. Sie kriecht bis zur Bettkante und setzt sich rittlings auf das glatte Geländer, stößt sich dann ab, rutscht hinunter und entschwebt in die köstliche Dunkelheit ... und wachte kribbelig und schuldbewußt auf; im Dunkeln leuchteten die roten Ziffern des Weckers, ihr Mann schlafend neben ihr, wie er mit seinem stachligen Atem kleine Löcker in die Stille pickte.

Als sie am Morgen erneut aufwachte, erzählte sie Russell nichts von ihrem Traum.

4

Glenda Banes haßte es, mit Babys zu arbeiten. Was nicht hieß, daß sie ganz wild darauf war, ihnen in ihrer Freizeit zu begegnen; sie mochte gar nicht daran denken, wie viele ihrer Freundinnen in letzter Zeit Propaganda von der Sorte »Du bist keine komplette Frau, wenn du's nicht tust« erlegen waren, unter dem Diktat einer angeblichen biologischen Uhr – lieber Himmel, es ist doch bloß eine *Uhr*, keine *Bombe*. In letzter Zeit fand sich Glenda immer häufiger bei Abendessen wieder, wo alle plötzlich aufsprangen, um zu Hause den Babysitter statt des Drogendealers anzurufen, und Gespräche degenerierten häufig zu Debatten über private Kindergärten und die Seuche, zu der sich die Entführung von Kindermädchen entwickelte – *Stellt euch vor, unser phantastisches jamaikanisches Kindermächen ... von irgendwelchen skrupellosen Yuppie-Eltern entführt, während sie den kleinen Brendan durch den Park schob; sie haben ihr einen schamlos hohen Lohn angeboten, eine Arbeitserlaubnis, ein Zimmer mit schöner Aussicht und einen neuen Videorecorder, es ist einfach unglaublich unmoralisch ...* Manchmal kramten doch Leute tatsächlich *Fotos* ihres Sprößlings aus der Tasche. Da mußte man glatt aufs Klo rennen, um diskret abzukotzen und für die bessere Stimmung rasch eine Nase voll zu schnupfen, obwohl Glenda vor fast einem Jahr damit aufgehört hatte.

Glenda kannte sich mit Fotos aus und war strikt dagegen, daß man sich vor der Pubertät fotografieren ließ. Unreife wirkte bei jeder Beleuchtung alles andere als schmeichelhaft. In diesem Moment stand für sie fest, was sie ihrem Agenten eintrichtern würde: Nie wieder Babyfotos. Darauf konnte Glenda Banes *gut* verzichten. Doch im Augenblick waren ein quengelndes Baby und ein ungezogenes Model in ihrem Atelier, und damit mußte sie fertig werden.

Wie eine riesige, irgendwie feindselige Möwe schwebte Glenda Banes über dem Boden ihrer Fabriketage, der sich in alle Richtungen in schier endlosem Weiß zu erstrecken schien, sie wedelte mit ihren langen Extremitäten, daß es fast so aussah, als wolle sie sich auf dem Stativ niederlassen, das aus dem Fußboden ragte wie ein Pfahl bei Ebbe aus dem Meer, preßte das Auge kurz auf die Öffnung der kastenförmigen Hasselblad, um sich sofort wieder zu erheben, kreischend, von einer heftigen Thermik davongetragen.

»Sagt mir die Werte und pudert ihr das Gesicht«, rief sie. Zwei junge schwarzgekleidete Männer sprangen wie Balljungen bei einem Tennisspiel hinter einer spanischen Wand hervor und rannten in Richtung Madonna mit Kind, auf die die Kamera gerichtet war.

Das Model hieß Nikki Christianson, zur Zeit sehr begehrt, Glenda hatte schon eine Million Fotos von ihr gemacht, und die Kamera war vernarrt in das Mädchen, ihr durch und durch gesundes, pferdeähnliches Äußeres, das in den letzten Jahren in Mode gekommen war. Probleme gab es mit ihr keine, von der Sprachbarriere abgesehen; eigentlich verstand sie kein Englisch. Dabei stand in den Klatschspalten, sie sei in Wyoming geboren und aufgewachsen, Englisch kam für sie vermutlich also einer Muttersprache am nächsten. Egal was sie in der Nacht zuvor gemacht hatte, man konnte sich darauf verlassen, daß sie sexy aussah, doch hier sollte sie mütterlich wirken, was eine gewisse schauspielerische Leistung ihrerseits verlangte. Eine normale, fürsorgliche Mutter zu verkörpern, war für Nikki Arbeit, und offenbar hatte ihre Gewerkschaft eine Vorschrift dagegen.

Doch gut sah sie aus, keine Frage, ihre Wespentaille noch ausgeprägter, seit sie sich der Operation unterzogen hatte, die heutzutage alle Models machten und bei der die untersten zwei Rippen aus dem Brustkorb entfernt wurden. Dabei hatte Adam damals eine seiner Rippen weggegeben. Und da sie schon mal dabei war, hatte sie sich das Fett von ihren Knien entfernen lassen, die andere modisch angesagte Operation.

Es ging also nicht voran in Glendas Atelier. Ganz gleich, wie laut Glenda ihren vier Helfern zubrüllte, sie sollten die

Scheinwerfer umstellen, neue Werte ablesen und einen neuen Film einlegen, ganz gleich wie liebevoll sie Nikki und dem ähnlich aufnahmefähigen, einjährigen Baby beruhigende Laute vorgurrte, es wollte einfach nicht klappen. Nikki hatte ein Zucken im Auge, das seinen Ursprung wahrscheinlich in ihrer Nase hatte, und zwischen den Aufnahmen reichte sie das Baby – was Glenda ihr weiß Gott nicht verübeln konnte – wie ein Bündel stinkender Fische der Baby-Betreuerin weiter, einer Filipina, während der Agent des Babys mit kleinen, gezierten Trippelschritten herbeikam, um wertlose orale Kurzfassungen anal-verklemmter Ratschläge zu erteilen. Der Zwischenstand lautete drei Schreikrämpfe und zwei frische Windeln für das Baby, ein Wutanfall für Nikki und fünf Milligramm Valium für Glenda.

Unterdessen richtete ein aalglatt-ehrerbietiger Knabe in roten Converse-Turnschuhen eine 35-mm-Automatik-Kamera auf Glenda, fotografierte sie beim Fotografieren für einen längeren Artikel in irgendeiner deutschen Zeitschrift, ein Porträt der berühmten Fotografin bei der Arbeit, eine Art Theaterstück innerhalb eines Theaterstücks oder wie das Bild auf der Cornflakes-Schachtel, wo ein Mann eine Schachtel Cornflakes hochhält, auf der ein Mann abgebildet ist, der eine Cornflakes-Schachtel hochhält. Klick surr klick ... Falls sie noch einmal diesen Filmtransport hinter ihrem Rücken hörte, würde sie dem Burschen seine Kamera da reinschieben, wo er keine Belichtungswerte mehr würde ablesen können.

»Gib ihr noch mehr von den blauen Augentropfen«, sagte Glenda zu dem für Frisur und Schminken zuständigen Knaben. »Ich sehe immer noch rot.«

»Francesco hat gesagt, die sind schädlich«, jammerte Nikki.

»Für die Kunst mußt du Opfer bringen, Nikki. Genau wie wir alle.« Und hättest du dich an das verdammte »Programm für gesundes und sauberes Leben« gehalten, bräuchten wir die Scheiß-Augentropfen gar nicht, stimmt's?

»Was?« sagte Nikki.

Was was? fragte sich Glenda. Man wußte nie, wie weit man bei Nikkis Fragen zurückgehen mußte. Mit grundlegenden Wortdefinitionen anfangen oder was? Zurück zum Urknall und sich dann langsam bis zu dem Zeitpunkt vorarbeiten, wo die Fische an Land krochen, wo ihnen lange Beine und lange Haare wuchsen, sie nach New York zogen und von der Model-Agentur Ford entdeckt wurden? *Opfer* hieß wahrscheinlich das Wort, das sie nicht verstand, vielleicht auch *Kunst*. Glenda hatte seit drei Tagen nicht geschlafen, weil sie erst von L. A. nach Rio geflogen und dann gestern morgen direkt vom Flughafen in ihr Atelier gefahren war; da an diesem Nachmittag noch zwei Fototermine angesetzt waren, stand verdammt fest, daß sie für irgend etwas büßen mußte. Und sei es auch nur für ihr neues Sommerhaus am Strand von Sagaponack.

»Es gab einmal einen Koch namens Carême, der für Talleyrand und die Kaiser von Österreich und Rußland gekocht hat«, sagte Glenda, weniger zu Nikki als zu dem feisten deutschen Reporter, dem Partner des überdrehten kleinen Fotografen. Da hatte er was zum Zitieren. »Das damals zum Kochen benutzte Kohlengas war überaus ungesund. Doch als ihn Talleyrand oder sonst jemand ermahnte, nicht so hart zu arbeiten, auch an seine Gesundheit zu denken, erwiderte er: ›Kürzeres Leben, längerer Ruhm.‹«

Der rundliche kleine Reporter hatte noch nicht mal seinen Kugelschreiber gezückt, sie konnte es nicht fassen.

»Kann hier eigentlich irgendwer Englisch?« kreischte Glenda.

»Na schön, probieren wir's noch mal, okay?« sagte Glenda, als ihre Jungs die Aufnahme vorbereitet hatten, die Betreuerin das Baby beruhigt hatte und Nikki von der Toilette zurück war.

Nikki behauptete später, sie sei in dem Glauben gewesen, die Kinderpflegerin habe das Kleine fest im Griff, doch die Frau war bereits ein paar Schritte rückwärts aus dem Bild gegangen, als das Baby auf den Boden schlug. Eben noch hielt Nikki das Baby, und im nächsten Moment fummelte sie schon mit beiden Händen an ihrem Ausschnitt herum...

Das weiche dumpfe Aufprallgeräusch ließ sie alle verstummen, bis die Filipina anfing zu kreischen.

»Was ist los?« fragte Nikki und sah nach unten.

Die Automatik klickte und surrte...

»Es bewegt sich nicht«, sagte der Agent, über seinen kleinen Klienten gebeugt.

»Jemand soll sofort neun-eins-eins anrufen!« schrie Glenda.

»Mein Gott«, murmelte der Agent. »Das ist mir noch nie passiert.«

Es war nicht zu glauben – was Glenda alles zustieß. Vorigen Monat hatte sie eine Modebeilage mit einem Ozelot geknipst. Zuerst hatte die Scheißkatze das Model gebissen, dann war sie aus dem offenen Fenster geflüchtet. Gott allein wußte, wo sie jetzt steckte, aber den Auftrag konnte sie sich natürlich abschminken.

Anderswo war jetzt Mittagessenszeit, aber im East Village nahm Jeff Pierce zum Frühstück im »Kiev« einen Schoko-Eiershake und einen halben Heidelbeerpfannkuchen zu sich.

»Wissen Sie, warum diese Dinger *Eier*shake heißen?« fragte er die Kellnerin.

»Da muhs isch passen«, sagte sie. Großes kräftiges Mädel mit Bizeps und noch nie rasierten, blonden Achselhaaren, osteuropäischer Akzent, eine Spur Dschingis-Khan und Konsorten in den mongolischen Backenknochen. »Warrum?«

»Keine Ahnung. Darum frag ich Sie ja. Welche Rolle spielen Eier bei der Herstellung?«

»Davon weiß isch garr nix. Wollen Sie was andäräs?«

»Es steht nicht auf der Speisekarte«, sagte er.

Er ging die Second Avenue hinauf und kam an der »B & H Dairy Bar« vorbei, wo er als frischgebackener New Yorker vor zehn Jahren seinen ersten Frühstücksversuch unternommen hatte, nachdem er mit dem größten Teil seiner Habseligkeiten aus dem müden alten Massachusetts in seine neue Unterkunft an der Bowery gefahren war. Nicht einmal die Entdeckung, daß irgendwann in der Nacht sein alter 2002 geklaut worden war, hatte sein Staunen darüber beeinträchtigen können, in seiner eigenen New Yorker Wohnung aufzuwachen. Durch die dampfenden, übelriechenden sommerlichen Straßen war er gegangen, recht flott, um nicht neu, uncool zu wirken, wollte zwar essen, traute sich aber nicht recht, ein Restaurant zu betreten oder lange genug stehenzubleiben, um seine Unsicherheit zu demonstrieren, aus Angst, seinen Status als Neuling in dieser Stadt zu verraten, aus Angst, unwissentlich gegen irgendeinen ungeschriebenen großstädtischen Kodex zu verstoßen, bis er das Schild entdeckte, MILCHBAR, mit seinen ländlichen wiederkäuerischen Anklängen. Er nahm auf einem Hocker in der Ecke Platz und sah einem alten Mann zu, der auf dem Grill Eier wendete und über die Schulter mit Gästen redete. Schließlich bat Jeff um die Speisekarte. »Sie wollen eine Speisekarte?« Altes, schlecht rasiertes Gesicht, Haare sprossen aus der Nase, ihn musternde, wie verdorbene Eidotter geäderte Augen. Jeff nickte, daraufhin sagte der Alte zu den übrigen Anwesenden: »Der Kleine will eine Speisekarte!« Was die anderen Gäste urkomisch fanden. Jeff klammerte sich an die Überzeugung, nach einer Speisekarte zu fragen, sei kein provinzieller Brauch, obwohl immer mehr auf das Gegenteil hindeutete. »Ich sag Ihnen was«, meinte der Alte. »Sie sagen mir, was Sie wollen, und ich sage Ihnen, ob wir's haben.« Jeff nickte vorsichtig. »Spiegeleier, einmal gewendet.« Der Wirt schien nicht abgeneigt. »Mit Schinkenspeck.« Und prompt hatte er sich wieder als Trottel vom Lande enttarnt. »Speck!« Der Alte zog für sein dankbares Publikum die wilden Augenbrauen in die Höhe. »Der Kleine will Speck haben!« Nachdem er aus den anderen Gästen auch noch den letzten Lacher herausgeholt hatte, sagte er schließlich: »Sie sind hier in einer *Milch*bar«, als erkläre das alles. Er brachte die Eier mit der Frage: »Waren Sie schon mal in einem Restaurant?« Drei Monate später – eine junge Jüdin hatte Jeff mittlerweile über die Grundlagen der koscheren Küche informiert – kehrte er in die »B & H Dairy Bar« zurück, und als ihn der alte Mann schließlich fragte, ob er schon mal in einem Restaurant gewesen sei, antwortete Jeff: »Keine Ahnung – haben Sie schon mal in einem gearbeitet?« Von da an war er ein New Yorker.

Als Jeff nun ein Jahrzehnt später die Second Avenue entlangschlenderte, bewunderte er ein Schild mit der Aufschrift INDUSTRIEHAARE. Hübsche Vorstellung, klang auch hübsch, ein wenig wie ein Oxymoron. Was mochte es bedeuten? Wurden da Maschinen rasiert? Doch kein richtiges Oxymoron. Und was bedeutete dann *moronoxy* – die Religion von *morons*, also von Geistesschwachen, die Glaubenselemente, die sie alle teilten? Wenn man von den Geistesschwachen absah, die heterodox waren. Er schmiß ein paar Münzen in den Becher eines beinlosen Puertoricaners. Kauf dir 'n Joint, Alter. Und der Ukrainer hing einen Zettel mit der Aufschrift »Komme in 5 Min. wieder« an die Tür, schloß seinen Schuhmacherladen ab und humpelte in kaputten Schuhen seines Weges. Schuster, besohl dich selbst.

Schriftsteller, dachte er, sind Leute, denen die richtige Antwort erst einfällt, wenn sie schon längst wieder zu Hause sind. Retardierte Retourkutscher. Auf der anderen Seite des St. Mark's Place Läden mit Kleidung und Schallplatten aus zweiter Hand, auf der Straße Benehmen aus zweiter Hand … harte Kids aus den Vororten übten, so zu gehen wie Sid Vicious.

Mit dem Taxi rauf ins Fotografenviertel. Ein Krankenwagen trötete hinter ihm den Verkehr an, aber niemand fühlte sich bemüßigt, Platz zu machen. Sirenen und der Lärm von Alarmanlagen sind heutzutage Alltag in der Stadt. Die Fotografen hatten sich in der Gegend um 20th Street und Sixth Avenue ein kleines Getto geschaffen. Jeff stellte sich vor, wie sie beim Nachbarn anklopften, um sich ein Täßchen Entwicklerflüssigkeit zu pumpen, und fragte sich, warum

Schriftsteller nicht zusammenfanden. Nur wenn es gratis was zu saufen gab. Einmal war er in einer Schriftstellerkolonie in New Hampshire gewesen, wurde aber wieder rausgeschmissen, als er aus einer Kneipe ein paar Einheimische zu einem nächtlichen Bad mitgebracht hatte. Die anderen Schriftsteller lagen, auf Inspiration hoffend, in ihren Betten und fanden das überhaupt nicht lustig. Besonders empörte sie angebliches Nacktbaden ungeladener Philister. Jeff von seinen Berufskollegen zensiert und exkommuniziert. Große, ernste Vollversammlung – alles sehr demütigend, schönen Dank auch.

Man öffnete mit dem Summer, er betrat den kleinen schmutzigen Eingangsbereich, drückte auf den Knopf am Fahrstuhl und lauschte dem beängstigenden Rasseln von Ketten und Rollen, als die Kabine herunterkam. Im Grunde genommen würde er lieber zum Zahnarzt gehen, als sich fotografieren zu lassen. Her mit den Lollies, Novocain, Gas – ganz egal, bitte. Aber Russell hatte gesagt, es sei wichtig, irgendein großartiger Zeitschriftenartikel.

Die Türen gingen auf, und im Flur standen zwei Polizisten. Jetzt hatten sie ihn doch noch erwischt. Jeff blieb wie angewurzelt stehen, ballte unwillkürlich die Fäuste. Sie suchten ihn seit seiner Geburt, die Anklage lautete auf Erbsünde. Seither zahlreiche weitere Verbrechen – Wiederholungstäter. Doch die beiden beachteten ihn nicht weiter und latschten in die Kabine. Kurz bevor sich die Türen schlossen, sprang Jeff heraus.

Glenda Banes' Atelier sah wie die anderen Lofts aus, in denen er in den letzten zwei Jahren fotografiert worden war, nur noch ausgeprägter – eine mit auf langbeinigen Stativen montierten merkwürdigen Gerätschaften übersäte Mondlandschaft. Ernste junge Männer liefen herum und kümmerten sich um diese Geräte und um die hochgewachsene, schlaksige Frau in dem weißen Overall und den Basketballschuhen, die er als Glenda Banes erkannte.

»Ist er das endlich?« fragte sie, drehte sich zu Jeff um und musterte ihn. »Ein bißchen dalli, wir sind spät dran.« Sie kam herüber und betrachtete Jeff skeptisch. »Sind Sie wegen des Fototermins hier?«

Er nickte, hielt dies für eine vernünftige Schlußfolgerung.

»Bestellt bitte einer etwas Sushi, ehe ich hier zusammenbreche?« schrie sie, ohne den Blick von Jeff zu wenden. »Herrgott noch mal, was Besseres hat die Agentur nicht zu bieten?« sagte sie. »Ziehen Sie schon die Hose aus.«

»Sind wir verabredet?« fragte Jeff.

»Kommen Sie mir nicht dumm. Ich muß Ihre Beine sehen.«

»Na schön.« Jeff, immer noch die Sonnenbrille auf der Nase, löste den Gürtel und stieg aus seiner Jeans.

»Und mit solchen Beinen soll ich Unterwäsche verkaufen?«

Sie sahen wie behaarte Albino-Wachsbohnen aus, das mußte er zugeben. Was ihm in Erinnerung rief, warum er sich während seiner langen Pubertät – die eigentlich immer noch anhielt – standhaft geweigert hatte, kurze Hosen zu tragen.

»Scheiße, was sind 'n das für Dinger?« sagte sie und zeigte auf die Wale auf seinen Boxershorts.

»Wale.«

»Warum?«

Er zuckte mit den Achseln. »Um eine subtile unterschwellige Assoziation in den Köpfen von Betrachterinnen zu verankern, ehe vor ihren Augen das Kleidungsstück fällt«, schlug er vor; in Wahrheit hatte sie ihm irgendein bescheuerter Verwandter aus Neuengland zu Weihnachten geschenkt.

»Ruft die Agentur an«, befahl Glenda.

»Ich glaube, hier liegt ein Irrtum vor«, sagte Jeff.

»Hat Ihr Agent schlechten Stoff genommen?«

»Ich bin kein Model.«

»Ach nein, was sind Sie dann?«

»Ich bin hier, um mich fotografieren zu lassen.«

»Sie sind hier, um sich fotografieren zu lassen, sind aber kein Model. Soll das ein Rätsel sein?«

»Also, ich bin Jeff Pierce. Wenn Ihnen das weiterhilft.«

»Jeff Pierce der Schriftsteller?«

Er nickte.

»O mein Gott, Jeff, das tut mir leid.« Das Bedauern in ihrer Miene verwandelte sich rasch in Wut, als sie sich im Atelier nach einem Sündenbock umsah. »Verfluchte Axt, warum hat mir keiner erzählt, daß das hier Jeff Pierce ist!« Und weiter, diesmal an ihn gewandt: »Ohne Ihre Sonnenbrille hab ich Sie nicht erkannt. Tschuldigung, ich dachte, Sie wären irgendein dämliches Model oder so was. Was zu trinken? Corona? Perrier? Bringt uns einer bitte mal 'ne verdammte Coke rüber? Tut mir leid, wenn ich ein bißchen... schroff war. Aber wir haben Sie gestern erwartet.«

»Tatsächlich?«

»Sollten wir Jeff nicht gestern knipsen?« brüllte sie.

»Klar, Dienstag, dreizehn Uhr«, antwortete jemand.

»Und was haben wir heute?« erkundigte sich Jeff hoffnungsvoll.

»Mittwoch, um genau zu sein. Mittwoch, fünfzehn Uhr fünfzehn Eastern Standard Time. Das zeigen alle unsere Instrumente an. Stimmt's, Leute?«

Ein begeisterter Chor zustimmender Lakaien hallte durch das Loft.

»Der Verkehr war ziemlich übel«, brachte er vor.

Jeff überlegte, welcher Tag ihm abhanden gekommen war. Gewöhnlich lag er nur ein paar Stunden daneben, auch wenn ihm in letzter Zeit längere Phasen seines Lebens fehlten.

»Vielleicht können wir Sie heute zwischenschieben«, sagte Glenda. »Wir hatten hier heute schon einen ziemlich unglaublichen Tag. Nikki Christianson – schon von Nikki gehört? Erfinderin des Silikon-Mikrochips? –, also, sie hat mitten während der Aufnahme ein Baby fallen lassen, auf den Kopf, und jetzt warten wir, daß sich das Krankenhaus meldet, ob das Kleine noch lebt, und anschließend sind die Aufnahmen für Unterwäsche dran, das Model hat sich zwar schon zwanzig Minuten verspätet, aber wenn Sie nichts dagegen haben, ein bißchen zu warten...«

»Verteilen Sie Lollis?« fragte Jeff.

»Wir verteilen alles, was Sie wollen.«

»Schützen Sie mich«, sagte Jeff, »vor dem, was ich will.«

Als das Model für die Unterwäschefotos kam, verlangte Glenda von ihm, Hose und Hemd auszuziehen. »Wir werden Ihnen wohl den Brustkorb rasieren«, sagte sie zu dem entsetzten Dressman, der wimmernd in einen Umkleideraum geführt wurde und zwanzig Minuten später in Jockey-Shorts, mit glattrasiertem Oberkörper und geschwollenen Augen wieder auftauchte. Jeff schien es, als habe er geweint.

»Prima Brustmuskeln« befand Glenda. »Sind die echt?«

Jeff ging aufs Klo und hielt dann auf einer Couch in der Ecke des Lofts ein Nickerchen, bis Glenda Zeit für ihn hatte.

»Erst einmal werden wir Sie wohl von links beleuchten. Sie sollten besser etwas von diesen Augentropfen nehmen, die Augentropfen sind hier eindeutig angebracht, es ist nicht ganz einfach, Ihre Pupillen zu finden, Großer ... Möchten Sie irgendwas trinken, Jeff?«

»Einen Schoko-Eiershake ...«

»Irgendwer soll die Deli anrufen ...«

»Vielleicht mit einem Schuß Wodka.«

»Unbedingt.«

»Lieber einen doppelten, und streichen Sie den Eiershake.«

Einer der Assistenten brachte Jeff auf einer alten hölzernen Schulbank unter, während ein anderer auf einem klapprigen Schreibmaschinentischchen eine uralte Remington heranrollte. Der in der Vergangenheit wurzelnde Schriftsteller. Von hinten schmierte ihm jemand Mousse in die Haare. Wenn Jeff eins zuwider war, dann Mousse, außer zum Nachtisch und aus Schokolade. Aber Jeff verschwand zusehends. Er hatte schon längst gelernt, daß er selbst bei solchen Fototerminen gar nicht präsent sein mußte. Früher verzerrten sich seine Gesichtszüge mit der Befangenheit des widerspenstigen Fotoobjekts, doch nach und nach hatte er gelernt, sich in einen Zustand orientalischer Indifferenz zu versetzen, was der Wodka in diesem Fall noch erleichterte. Auf jedem neuen Fotoabzug wies sein Bild weniger Ähnlichkeit mit ihm auf, die Blitzlichtlampen brannten die Landkarte seiner Seele immer mehr aus seinem Gesicht. Wenn man ihn nur oft genug fotografierte, würde er wie ein völlig anderer Mensch aussehen – die perfekte Tarnung für einen Autor.

Auf der Jagd nach Fotos für ihre Mappe tauchten zwei brandneue Models im Atelier auf, und Glenda beschloß, sie in Jeffs Aufnahmen unterzubringen. Er war zu fassungslos, um Einspruch zu erheben; sie gehörten zu den mythischen femininen Wesen, denen man meist nur in zweidimensionaler Form begegnete. Der Stylist steckte die Blonde in Männerkleidung, in einen Nadelstreifenanzug, und gab ihr einen Spazierstock. Das schwarze Mannequin entkleideten sie und wickelten es in Plastik-Efeu. Es sollte wohl Lorbeer darstellen, wie Jeff annahm. Da er kein bildender Künstler war, blieb ihm die Konzeption einigermaßen unverständlich. Um ihn herum setzten sich die Mädchen in Szene und posierten wie Wesen aus einem Traum, so daß ihm vor Angst und Verlangen ganz schwindlig wurde.

Als er damals beschlossen hatte, Schriftsteller zu werden, hatte er diesen Aspekt des Berufs irgendwie nicht vorhergesehen.

Ein Telefon klingelte, und gleich darauf flüsterte eine von Glendas Funktionären ihr etwas ins Ohr. »Dem Kleinen geht's gut«, gab Glenda bekannt. »Hat vielleicht später mal ein paar Problemchen mit Algebra, aber zur Zeit brüllt und strampelt er. Nun denn, sind wir hier alle soweit?«

Doch Jeff war eingeschlafen, einen Ellbogen auf die Schreibmaschine gestützt, den Kopf in die offene Hand gelegt; leise pfiff sein Atem durch die geöffnete Mundhöhle.

5

Während sich Russell auf der Toilette befand, zog Corinne das neue, im »Pleasure Chest« gekaufte Bustier an, das ihre Brüste weit nach oben schob, wo sie das letztemal gesessen hatten, als Corinne vielleicht siebzehn gewesen war, so daß sie jetzt beinahe über den Rand der langettierten, durchscheinenden, schwarzen Spitzenkörbchen quollen. Sie stieg in den ungewohnten Hüftgürtel, dann in die Strapse, streifte die schwarzen Netzstrümpfe die Waden hoch bis zu ihren Oberschenkeln, wo es ihr mit einiger Mühe gelang, sie an den Strapsen zu befestigen. Der Wasserhahn im Bad sang immer noch wie ein Teekessel. Anschließend streifte sie die Haare nach hinten, raffte sie dort möglichst schnell mit ein paar Haarklammern zusammen und lief zum Schrank, aus dem sie die Perückenschachtel holte. Während sie die steife, kupferfarbene Lockenpracht der Tina-Turner-Perücke zurechtrückte, suchte sie hektisch nach ihrem Lippenstift, zog die Kappen von etlichen alten Stiften und verstreute sie überall, bis sie endlich den neuen fand, dessen grellen, übernatürlichen Rotton sie im wirklichen Leben lieber nicht begegnen wollte. Noch eine Ladung Maskara, und fertig war sie, gerade als die Badezimmertür aufging.

Sie lief zum Bett, schmiß sich quer darüber und nahm eine unanständige Pose ein, wie eine Haremssklavin. Der nackt aus dem Bad kommende Russell fand verblüfft eine fremde Frau in seinem Bett. Aber sie sah – mehr als deutlich –, daß er recht schnell begriff, was los war.

Einmal in Stimmung, brauchte er keine Anleitung. Schließlich war Valentinstag, jedenfalls bis Mitternacht gewesen. Russell war früh aufgestanden und hatte ihr das Frühstück ans Bett gebracht; ein Tablett mit Bagels und Frischkäse, schottischem Lachs und verschüttetem Orangensaft – sehr lieb, auch wenn sie morgens höchst ungern etwas aß –, dazu eine Karte und eine Flasche Chanel No. 5. Auf die Innenseite der Karte hatte er geschrieben:

Schwarzsamtene Haarbänder
und französische Duftkerzen
John Stuart Mill und Skandale in Revolverblättern
Der Song, den Van Morrison singt
Solch alberne Dinge
Erinnern mich an dich.

Beim Ankleiden nach dem Frühstück hatte sie die Perückenschachtel im Schrank bemerkt und an die Nacht im letzten Jahr gedacht, als sie nach der Halloweenparty heimgekommen waren... wie er auf sie angesprungen war, noch während sie die Perücke aufhatte, und wie er nachher gestanden hatte, es sei so, als bumse man eine andere Frau, und ihr hatte es nichts ausgemacht, es war sogar ein aufregender Gedanke gewesen, die andere Frau zu *sein*.

Eigentlich hatte sie für so was keine Zeit, dachte sie, als Russell, nach dem Tête-à-tête mit Tina befriedigt und erschöpft, zu schnarchen begann. Aber das war ja der Punkt: Solange es neu war, hatte man für etwas anderes keine Zeit, und nach zehn Jahren hatte man überhaupt nie die Zeit. Es gab immer etwas anderers zu tun, arbeiten, schlafen, das Schlußkapitel eines Buches. Obwohl Sonntag war, mußte sie wegen einer Taufe früh raus, und nun konnte sie nicht mehr einschlafen; ihre Gedanken kreisten um erloschene Leidenschaft und um die gräßliche Geschichte, die sie von Jeff gehört hatte.

Sie hatten ihre alljährliche Valentinstagsparty gegeben; zum Dinner hatte Russell einen Wein serviert, der »Les Amoureuses« hieß, was sie wirklich lieb von ihm fand, bis sie das Etikett mit dem unverschämt hohen Preis entdeckte, das noch an einer der Flaschen klebte. Nach dem Abendessen war Jeff mit einer Clique von Cityleuten und Halbprominenten, Clubbesuchern, stillosen und stilvollen Typen, die morgens nicht ins Büro mußten, aufgetaucht – darunter ein Klatschkolumnist namens Juan Baptiste, der mit Russell über ein Buch sprechen wollte; Leticia Corbin, Erbin der Verlegerfamilie;

Glenda Banes, die Fotografin. Als Glenda gegangen war, erzählte Jeff eine schreckliche Geschichte von einem Model, das während einer Fotosession ein Baby fallen gelassen und dadurch getötet hatte. Kaum hatten die trauernden Eltern einen Anwalt eingeschaltet, erzählte Jeff, habe die Model-Agentur einen Privatdetektiv engagiert, der handfeste Beweise für früheren Marihuana- und wahrscheinlich auch Kokainmißbrauch fand; die Agentur drohte, den Arbeitgeber des Vaters davon zu unterrichten, falls sich die Eltern nicht mit einem vernünftigen Vergleich einverstanden erklärten. Man einigte sich auf fünfzigtausend, die für die Agentur steuerlich absetzbar waren.

Corinne wollte unbedingt etwas unternehmen, die *New York Times* anrufen, einen Boykott organisieren. Auch Stunden später war sie immer noch so empört, daß sie herausfinden mußte, ob die Geschichte stimmte. Sie schlüpfte aus dem Bett, tappte in das von giftigen Rauchschwaden und Alkoholresten durchzogene Wohnzimmer und tippte Jeffs Nummer ein. Sie wollte reden und hatte noch nie Bedenken, ihn aufzuwecken. Der Anrufbeantworter war dran; sie flüsterte ein Weilchen in die Muschel, weil er immer wissen wollte, wer anrief, doch diesmal nahm er nicht ab. »Hier spricht deine verheiratete Valentine, kleiner Kontrollanruf«, sagte sie. Wahrscheinlich war seine Nacht noch jung. So waren sie auch mal drauf gewesen. Durchmachen bis der Morgen graute.

Aber wo lernte Jeff nur solche Leute kennen, fragte sie sich, als sie wieder zurück ins Bett schlüpfte, und wie war es gekommen, daß sein Leben so merkwürdig geworden war, so anders als ihres? War man erst mal halbwegs berühmt, schickten sie einem offenbar eine Mitgliedskarte. Und die Mädchen, die Models und Schauspielerinnen Schrägstrich Kellnerinnen. Die aufreizend nuttigen jungen Dinger, die für Russell nicht ohne Interesse waren, und deren Anwesenheit in der verräucherten Wohnung auf sämtliche angetrunkenen Männer um die Dreißig eine belebende Wirkung ausübte.

Unter Leuten zu sein, wirkte auf Russell aphrodisisch. Ihn erregte, für Fremde seinen Charme spielen zu lassen. An den wenigen Abenden, die sie zu Hause blieben, in die Corinne manchmal ein wenig Romantik zu bringen versuchte, las Russell Manuskripte oder sah fern, als sei er nicht bereit, einzig und allein für sie den Motor anzuwerfen. Sie hatte beschlossen, sich an diesem Abend seinen Überschwang zunutze zu machen, die Reizwäsche abzustauben und die Perücke auszukämmen. Sie fragte sich nur, wie lange es wohl dauern würde, bis er Tina Turner satt hatte.

6

Sonntag ist der Tag der Rastlosigkeit... abgestandenen Nachrichten, Schuldgefühlen und Kultur gewidmet. Die Stadt liegt wie von ihren Exzessen betäubt darnieder, und wenn sich ihre Bewohner schließlich nach draußen wagen und über die Straßen schlendern, wirken sie ausnahmsweise nicht so, als hätten sie ein dringendes Ziel oder eine Besorgung im Kopf.

Dans le musée: Inmitten der Felsen und Bäume von Cézannes Provence war diese junge Französin geformt wie etwas, das Brancusi erträumt hatte, so fand Russell, eine Skulptur, die *Sex als Bewegung im Raum* heißen müßte, doch dieser Gedanke weckte eine nagende innere Stimme, die ebenso auf Kommentare in der *Times* und die anspruchsvolleren Medien zurückzuführen war wie auf progressive Freudinnen und altehrwürdige Schulen in Neuengland: *Solche Gedanken solltest du als angeblich aufgeklärter, liberaler und zudem verheirateter Mann nicht hegen. Frauen behandelt man nicht als Objekte; die Hohe Kunst zieht man nicht zu profanen Vergleichen heran.* Zwei Verstöße. Doch es war nun mal passiert. Sogar hier im Museum of Modern Art, wo eine Nicht-mehr-ganz-*jeune Fille* in Bluejeans vor Cézannes *Die*

Badende stand und ihrem Freund in der Muttersprache des Künstlers etwas zuflüsterte ... obwohl wir eigentlich *Le Château Noir*, gewöhnlich eines unserer Lieblingsbilder, bewundern sollten.

»Wenigstens läßt Cézanne sein Ego nicht in das Gemälde einfließen«, sagte Corinne.

»Wie war das?« Russell fiel häufig das Talent seiner Frau auf, mit ihren inneren Monologen urplötzlich an die Öffentlichkeit zu gehen und ihm eine Debatte aufzuzwingen, deren Thema ihm immer noch rätselhaft war.

»Ich mußte gerade an Hemingways Aussage denken, er habe von Cézanne gelernt, wie man schreibt«, sagte sie. »Seinen Naturbeschreibungen wohnt zwar die gleiche Dichte und Tiefe inne, aber man hat den Eindruck, als seien in sämtliche Bäume in Hemingways Wald seine Initialen geschnitzt, und seine Bäche gluckerten: ›Ich! Ich! Ich!‹«

Russell hielt »Ich! Ich! Ich!« nicht für gluckern und ärgerte sich über diesen angestaubten Revisionismus. »Lieber Himmel, Corinne, das ist wirklich abgedroschen.«

»Das finde ich nicht, Russell, ich habe es eben erst für mich entdeckt, und wenn du es schon mal gehört hast, tut es mir leid. Ich bin schließlich keine Literaturkritikerin, klar?«

»Und was meinst du mit ›*Wenigstens* läßt Cézanne nicht bla-bla-bla‹?«

Russell merkte, daß die Französin herüberschaute, dann in den angrenzenden Raum huschte. Das machte ihn noch wütender.

»Das sollte bloß heißen«, antwortete Corinne, »handwerklich ist es toll, aber Cézanne ist so, na ja, kalt.«

»Ohne ihn wäre das gesamte zwanzigste Jahrhundert nicht denkbar«, behauptete Russell.

»Das wäre vielleicht nicht einmal das schlechteste.«

»Herr*gott* noch mal, Corinne.«

»Russell, würdest du mich bitte nicht anschreien. Keine Ahnung, was dich bedrückt, aber in letzter Zeit reißt du mir wegen jeder Kleinigkeit gleich den Kopf ab.«

»Wann hast du das letztemal ›Großer doppelherziger Strom‹ gelesen?« Mit seiner dröhnenden Stimme füllte Russell die kleine Galerie. Noch während er sprach, kam er sich lächerlich vor – Verteidiger der Wahrheit, des *mot juste* und der amerikanischen Literatur. »Das solltest du tun und in dich gehen. Dann kannst du mir was von Ego erzählen.«

»Wie alt bist du eigentlich?« fauchte Corinne ihn an. Sie machte auf dem Absatz kehrt und ergriff die Flucht. Russell sah ihr nach, so wie alle anderen im Raum auch. Dann starrten sie ihn an... den Banausen in ihrer Mitte, der dieser entzückenden jungen Frau so zusetzte.

Warum kommen wir überhaupt hierher, fragte sich Russell. Dabei hatten sie bis dato nie Probleme mit den Postimpressionisten gehabt. Gewöhnlich schafften sie es bis zu den synthetischen Kubisten, ehe sie sich stritten.

Russell beobachtete die Französin noch eine Zeitlang, wie sie sich mit ihrem Freund über Rousseaus *Schlafende Zigeunerin* unterhielt, doch jetzt, nach Corinnes Abgang, sah sie nicht mehr so scharf aus.

Er ließ sich durch die stillen Räumlichkeiten treiben und dachte über seine Frau nach. War sie nicht da, sah er sie mit schmerzhafter Deutlichkeit vor sich, wohingegen er sie manchmal nicht sehen konnte, wenn sie *körperlich anwesend war* – ihre ihm momentan so deutlich gegenwärtigen Vorzüge verwischten sich, wenn sie leibhaftig zugegen war. Klug, witzig... die bestaussehende Frau im Raum, dachte er, obwohl sie es weit von sich weisen würde und immer sagte: *Ich muß unbedingt ein paar Pfund abspecken kam mir neulich auf der Fete so unförmig vor als ich neben Gloria stand die ist so schlank*, dabei ist Corinne in Wirklichkeit gertenschlank, während der Körperbau der fraglichen Dame eher an die Cheopspyramide erinnert.

Ihm fiel ein, wie er sie zum erstenmal gesehen hatte: Als sie im Haus einer Studentenverbindung am oberen Treppenabsatz stand und sich über das Geländer vorbeugte, eine Zigarette elegant zwischen den Fingern, ganz wie eine Blondine in einem Film aus den dreißiger Jahren; dabei spähte sie auf eine Party hinab, die Russell bis zu diesem Zeitpunkt wie der Höhepunkt seiner erst kürzlich erfolgten Flucht aus dem Elternhaus und dem Mittelwesten vorgekommen war. Er hatte alles Erreichbare in sich hineingeschüttet, mit seinen neuen Zimmergenossen zusammengehockt und geistreiche Bemerkungen – oder was er dafür hielt – auf Kosten von Mädchen abgegeben, die anzusprechen er sich noch nicht traute.

Dann entdeckte er oben auf dem Treppenabsatz Corinne. Seinem Gefühl nach kannte er sie bereits, und er erfaßte mit einem einzigen Blick die zentralen Elemente ihres Charakters. Er unterdrückte seinen ersten Impuls, seine Mitbewohner auf sie aufmerksam zu machen, mochte dieses Traumbild nicht mit ihnen teilen, wußte nicht recht, ob sie sehen würden, was er sah. Russell glaubte, insgeheim einer Aristokratie anzugehören, einer Kultiviertheit von Seele und Geschmack, die er – das war klar – für sich behalten mußte, und an die zu glauben er lange Zeit später beinahe vergaß. Später wurde ihm auch klar, daß die meisten von uns, so wie er in diesem Moment, an unsere Fähigkeit glauben, von der Physiognomie eines Menschen auf seinen Charakter schließen zu können. Während sie von ihrem Horst auf dem Gipfel der Treppe weder ihn noch den Adel seiner Seele wahrnahm, entdeckte er Intelligenz in ihrem Blick, edle Herkunft in ihrer leichten Stupsnase, Sinnlichkeit in ihren Lippen und Selbstsicherheit in ihrer lässigen Körperhaltung. Nur in letzterem mußte er sich später korrigieren. Noch während er sie beobachtete, tauchte hinter ihr auf dem Treppenabsatz ein auf dem Campus nicht unbekannter junger Mann auf, außerdem ein anderes strahlendes Paar. Sie drehte sich um, und auch wenn Russell ihren Gesichtsausdruck nicht sah, obwohl sie einander nicht berührten, herrschte zwischen ihr und dem jungen Mann unverkennbar eine Atmosphäre von Vertrautheit und Verbundenheit; und dann verschwanden die zwei Paare aus dem Blickfeld, zogen sich auf die eigentliche Party zurück, zu dem wahren Herzen der Welt, ein Vorgang, der schlagartig enthüllte, daß das Ereignis im unteren Stockwerk nur ein Besäufnis war – eine Versammlung der Zweitklassigen, der Duckmäuser, der Lahmen und Fußkranken.

Seine gesellschaftlichen Sporen in diesem ersten Semester verdiente er sich – ohne Corinnes Wissen – in ihrem Namen. Er mußte nicht groß Detektiv spielen, um Näheres über sie zu erfahren; Corinne war nämlich eine Art Legende und gehörte der Clique an, die in aller Munde war, was Corinne noch begehrenswerter und entrückter erscheinen ließ, genau wie ihre Liaison mit Kurt Sinclair, einem Basketballstar und Druggie – eine Kombination, die ihn damals zu einem gefährlichen Konkurrenten machte. Er war großgewachsen, schlaksig, leicht O-beinig und galt als gutaussehend, eine Einschätzung, die Russell nicht teilte. Russell spielte auf Zeit. Ihm blieben vier Jahre, doch Sinclair würde nach dreien weg sein.

In seinem zweiten Semester saßen Corinne Makepeace und er im selben Seminar über Dichtung der Romantik, und so lernten sie sich kennen, ohne sich je richtig vorgestellt worden zu sein. Er und Jeff, die einander auf den ersten Blick nicht ausstehen konnten, versuchten abwechselnd, das Seminar und den anderen zu dominieren; Corinne konnte nicht umhin, ihn zu bemerken: Er spielte sich dermaßen auf, daß er im nachhinein noch heute zusammenzuckte. Wenn sie sich gelegentlich einmal im Seminar zu Wort meldete, beispielsweise Coleridges Anleihen bei deutschen Philosophen herausstrich, zeigte sich, daß sie hochintelligent war. Gerüchte besagten, sie sei ein mathematisches Genie, und für ihn stand fest, daß Intelligenz in ihren Augen ein begehrenswertes sekundäres Geschlechtsmerkmal darstellte. Als er sich im folgenden Herbst einschreiben wollte, begegneten sie sich auf der Treppe des Uni-Verwaltungsgebäudes, und sie begrüßte ihn wie einen alten Freund. Angenehm überrascht, tat er gelangweilt, als sei er während der Sommerferien diesem öden Campus in Neuengland entwachsen, dabei war er nur zu

Hause in Michigan gewesen. Es war ein heißer Septembertag. Russell bewunderte die Konturen ihrer braungebrannten Beine, sah vor seinem inneren Auge einen auf Segelbooten und Tennisplätzen verbrachten Sommer vor sich und meinte fast zu spüren, wie die Wellen ihrer langen, goldenen Haare Hitze ausstrahlten. Er wartete darauf, daß sie sich verabschiedete. Sie redete immer weiter.

Während des Mittagessens bei »Spat's« quatschten sie ununterbrochen, füllten den Aschenbecher und leerten Weingläser. Sie redeten über alles – was ihren Sommer anging, hatte er nur halb recht gehabt; Nantucket und Segeln, außerdem hatte sie sechs Wochen lang als Freiwillige dem Roten Kreuz geholfen, eine Start- und Landebahn für ein abgelegenes Dorf im Süden Oaxacas anzulegen. Die Rollbahn hätte genausogut ein Mond des Planeten Saturn sein können... er mußte immerzu ihren Mund betrachten, ihre eine Zigarette haltenden Lippen anstarren, und bei den dicken Rauchwolken, die sie ausatmete, schien es sich um die sichtbare Spur eines in ihr lodernden Feuers zu handeln. Immer noch rauchend und redend, fanden sie sich am späten Nachmittag auf Russells Bude im Studentenwohnheim wieder, wo sie unvermittelt übereinander herfielen – eine Krise aus Lippen, Zungen und Extremitäten, die irgendwie vor dem ersehnten Abschluß abbrach. Sie ging immer noch mit Kurt, und er war mit einer gewissen Maggie Sloan zusammen.

Ihre Romanze schlief dann fast zwei Jahre lang, bis Corinne eines Abends anrief und mit ihrer leicht rauhen Stimme anfragte, ob sie vorbeikommen könne. Als sie schließlich eintraf, sagte sie, sie habe mit Kurt Schluß gemacht, aber offenbar, ohne dies auch Kurt klarzumachen; kurz nachdem Corinne bei Russell untergekrochen war, rief er zunächst an, kam dann persönlich vorbei, um im Suff Drohungen über den Keeney-Platz zu schleudern. Russell genoß diese Belagerungsatmosphäre, die ihrer Verbindung eine zusätzliche Dimension der Dringlichkeit verlieh, ein höchst anregendes Element von Gefahr, von Unrechtmäßigkeit. Er gab Maggie telefonisch den Laufpaß. Maggie weinte und beschwor das Gewicht der Tradition – sie waren zwei Jahre miteinander gegangen. Mit Corinne an seiner Seite – eigentlich an seinem ganzen Körper – hatte Russell zwar Verständnis, blieb aber in der rücksichtslosen Grausamkeit der neuen Liebe hart und selbstgerecht.

Außerhalb des Wohnheims hatte sich der kalte neuenglische Herbst verfrüht eingestellt; rote und gelbe Blätter glitten von den Bäumen und drehten sich im Wind. Fünf Tage lang verließen sie das Zimmer nur, um Essen zu holen, blieben die meiste Zeit im Bett, tranken »St. Pauli Girls«-Bier, rauchten Marlboros, redeten, lernten noch einmal von neuem, was körperliche Liebe war. Morgens erzählte Corinne Russell haarklein ihre Träume. Ihre Phantasie war seltsam präzise. Sie erinnerte sich an alles – was Leute anhatten, Brüche und Ungereimtheiten, über die sie ein wenig verblüfft und verärgert war, als erwarte sie von Träumen, den Alltagsnormen zu entsprechen. Doch war auch ihre Auffassung der wachen Welt ein wenig phantastisch. Gewisse Daten und Namen waren für sie mit einer unwahrscheinlichen Bedeutung behaftet, und mehr noch als Russell, der Poet, glaubte sie an die schamanistische Macht des Wortes. Wie sie daran glaubte, wenn er ihr seine Liebe erklärte, an die physikalische Tatsache der gesprochenen Worte, daran, wie die Silben laut ausgesprochen wurden, glich dem Glauben ihrer Heldin Franny Glass an die Wiederholung des Jesus-Gebets. Als ihr Russell viel später fernmündlich aus Oxford, England, nach New York, New York, einen Heiratsantrag machte, mußte er ihr versprechen, niemals das Wort »Scheidung« in den Mund zu nehmen.

Jetzt formte er das Wort mit den Lippen: *Scheidung*. Nichts geschah. Er konnte sich nicht vorstellen, daß sie nicht in der Nähe war; obwohl er im Moment noch immer wütend war, merkte er, wie er sich ihretwegen schon wieder sorgte. Beide waren verkatert – das war das eine Problem. Außerdem war er nervös wegen der Situation an seinem Arbeitsplatz.

Das Nicaragua-Buch war praktisch ein totgeborenes Kind, und Harold sprach nicht mal mehr mit ihm. Noch vor einem Monat war Russell der rechtmäßige Erbe gewesen, doch jetzt würde er sich ernsthaft nach einem anderen Job oder was auch immer umsehen müssen.

Nach einem lustlosen Rundgang durch die Abteilung »Malerei und Skulptur« stieß Russell auf Giacometti – zuerst kam er zur *Löffelfrau*, einer optischen Analogie zwischen dem weiblichen Torso und der Höhlung eines Löffels, eine Anspielung auf Fruchtbarkeit, Mutterschaft, den Triumph des weiblichen Prinzips. Er warf einen kurzen Blick darauf, blieb dann abrupt vor der Skulptur gegenüber stehen, einer Bronze, die ihn immer wieder in ihren Bann zog, ein Knäuel gliederartiger Fortsätze, *Frau mit durchschnittener Kehle* betitelt. Wenn er mit Corinne an diesem Werk vorbeikam, war er immer rasch weitergegangen, von Schuldgefühlen belastet, peinlich berührt, ein Beteiligter an sämtlichen Verbrechen, die im Lauf der Geschichte an ihrem Geschlecht begangen worden waren; seine Schuld rührte von der Faszination und der Anziehungskraft her, die dieses Objekt auf ihn ausübte, diese bronzene Frau mit dem Spalt im Kehlkopf, wie sie den Rücken durchdrückte und die gespreizten Beine in die Höhe streckte. Auch wenn er es sich nicht eingestehen mochte, gab ihm diese Figur doch das Gefühl, er könnte unter Umständen zu Bösem fähig sein.

Als er abrupt aufsah, stand die Französin ihm gegenüber und lächelte ihn an.

Wie Dioramen von Manhattan-Häuptlingen des späten zwanzigsten Jahrhunderts samt ihren Frauen, stellte »Bergdorf's« extravagant gewandete Schaufensterpuppen in Posen des Genießens und Feierns aus. Nachdem er die Ureinwohner um ihr Land betrogen und sie anschließend ausgerottet hatte, wurde dieser Stamm immer mächtiger, bis er gegen Ende des Jahrtausends... Corinne, die Anthropologin der Zukunft, hielt in ihrem Kommentar inne und versuchte herauszufinden, welches Verhängnis über ihren Stamm hereingebrochen war, nein, hereinbrechen *würde*. In letzter Zeit kam es ihr nämlich so vor, als sattelten die vier Reiter der Apokalypse ihre Pferde, als mache sich etwas daran, gigantische Löcher in die knallbunten Kulissen des Ronald-McDonald-Reagan-Landes zu reißen. In der Zwischenzeit verkaufte sie Aktien, eine bessere Hausiererin. Hi, ich heiße Corinne, kann ich Ihnen eine attraktive Wachstumsaktie anbieten, oder vielleicht eine niedliche kleine Rentenanleihe?

Bestimmt war sie verkatert. Kein Zweifel. Warum sollte sie sonst heulend aus dem Museum rennen? Allerdings hatte sich Russell wirklich eklig aufgeführt. Aufgeblasener Angeber. Fast war sie wütend genug, um auf seine Rechnung bei Bergdorf eins dieser hübschen Donna-Karan-Ensembles mit allem Drum und Dran zu kaufen. Wenn der Laden nicht zu wäre.

Corinne ging weiter, vorbei an dem Springbrunnen vor dem Plaza – Brunnen des Überflusses hieß er, jetzt war er trocken. Für sie war das immer der Nabel der schmalen Insel gewesen, auf der sie und Russell nun seit fünf Jahren kampierten; als frisch Verheiratete waren sie mit Seesäcken und Träumen gemeinsam hier angerückt, nach ihren Wanderjahren, dem Zusatzstudium und ihren halbherzigen experimentellen Versuchen, ohne den anderen zu leben. Hier wollten sie als Erwachsene wohnen, und so begann sie ein Jurastudium an der Columbia-Universität, um die Ungerechtigkeit in ihren zahlreichen Erscheinungsformen zu bekämpfen; er hielt sich damals immer noch für einen Schriftsteller und die Arbeit im Verlag für etwas Vorübergehendes, einen Notbehelf, damit man die Miete bezahlen konnte, bis er ein berühmter Dichter wurde. Und obwohl diese beiden Träume still verflogen waren, hielt sie sich und Russell normalerweise für glücklich, glaubte, die Stadt sei gut zu ihnen und sie beide seien gut zueinander gewesen.

Als sie auf das Apartmenthaus zuging, sah sie, wie zwei Jugendliche über einen Greis herfielen. Der eine hielt ihn aufrecht, damit ihm der andere Ohrfeigen verpassen und ihn ins Gesicht boxen konnte. Die beiden flohen, und Corinne eilte zu dem Alten. Er hatte sich zu einer sitzenden Position aufgerappelt und hielt die eine Hand vor sein blutig geschlagenes Gesicht. Corinne streckte ihm eine Hand entgegen. »Sind Sie verletzt?«

»Ich will keine Hilfe«, sagte er, ohne zu ihr aufzublicken.

»Nehmen Sie meine Hand. Soll ich Ihnen einen Krankenwagen rufen?«

»Verschwinden Sie.«

»Sie bluten.«

»Sehen Sie denn nicht, daß ich auf Ihre Hilfe verzichte? Lassen Sie mich in Ruhe!« Tränen der Wut schossen aus seinen Augen. Als Corinne ihm erneut die Hand entgegenstreckte, holte er mit seinem Stock aus, traf sie an der Hüfte und schlug nach ihr, bis sie so weit zurückwich, daß sie außerhalb seiner Reichweite war.

»Laß mich in Ruhe!« brüllte er.

Als Corinne sich an der nächsten Ecke umsah, war er auf den Knien und mühte sich heftig, auf die Beine zu kommen, bevor ihm noch jemand Hilfe anbot.

Sie hieß Simone. Russell fragte nicht, wo ihr Freund geblieben war, und sie machte keine Bemerkung über seinen Ehering, obwohl er ihr gewiß aufgefallen war, so wie er die schwere, massiv goldene Armbanduhr unter dem Ärmel ihres Sweatshirts bemerkt hatte. An Wochenenden gab es zwei Möglichkeiten, jemanden einer Einkommensgruppe zuzuordnen: Armbanduhr und Schuhe.

Russell saß ihr im Museumscafé gegenüber und erzählte von seiner Arbeit – sie hatte von Jeff und einem anderen seiner Autoren gehört und hatte eine gallische, als Gegensatz zur amerikanischen Einstellung zu Literaten, war also keineswegs enttäuscht herauszufinden, daß er weder Anlageberater noch Star einer Fernsehserie war. Offenbar gehörte sie nicht zu den Leuten, die sich irgendwann einmal auf einen Beruf festlegen mußten, hatte aber erst kürzlich als Tierfotografin an einer Expedition nach Tansania teilgenommen. »Ich spiele mit dem Gedanken, mich einer Amazonas-Expedition anzuschließen«, sagte sie in fehlerfreiem Englisch, wenn auch mit leichtem Akzent; sie sprach präziser als ein Muttersprachler, und wie sich herausstellte, gehörte sie zu den Menschen, die mitten im Atlantik aufgewachsen waren – in New York ebenso heimisch wie in Paris. »Aber ich weiß nicht recht. Ich glaube, ich würde diesmal gern etwas völlig anderes machen, Sie verstehen?«

Russell hatte sich gerade die klebrige Tropenluft des Dschungels vorgestellt, im Blätterdach kreischten grellbunte Vögel, und Simone hockte rittlings auf dem Bug eines der *African Queen* ähnelnden Kahns, eine heidnische Galionsfigur mit sonnengebräunten Schenkeln, die mit einem Teleobjektiv das Unterholz durchkämmte... sonnengebräunte Schenkel, mit blonden Härchen bedeckt, die wie Gold in der Pfanne des Prospektors glitzerten, Grubenabfälle aus der goldenen Stadt El Dorado.

Er sah jetzt, warum sich seine Einschätzung ihrer Reize im Verlauf einer Stunde geändert hatte; sie war zwar kein eindeutig schöner Mensch, aber noch ihre kleinste Bemerkung oder Bewegung enthüllte eine sexuelle Essenz.

»Mögen Sie Giacometti?« fragte sie.

Er nickte.

»Mein Vater hat einen.« Nach einer Pause fuhr sie fort: »Vielleicht möchten Sie ja mitkommen und ihn sich ansehen«, wobei sie ihm gerade intensiv genug direkt in die Augen schaute, um klar zu machen, daß ihr leidenschaftliches Interesse nicht nur der modernen Kunst galt.

»Vielleicht gar keine schlechte Idee«, sagte er und versuchte, die plötzlich auftretende Trockenheit in seinem Hals durch ein Räuspern zu beseitigen. »Und welcher Tätigkeit geht Ihr Vater nach?« ergänzte er, um seine Verwirrung zu verbergen. So eine Frage gehörte sich zwar nicht, er hätte aber gern gewußt, was für eine Sorte Leute Giacomettis besaßen.

»Och, er investiert das Geld für meine Familie.«

»Prima Job, wenn man an so was rankommt.«

»Interessieren Sie sich für das Finanzwesen?«

»Ein wenig. Leider bin ich hoffnungslos unterkapitalisiert.«

»Reden Sie mit meinem Vater. Er hat zuviel Geld.«

»Wirklich traurig.«

»Stimmt. Ich glaube, ich möchte, daß Sie mich intensiv bedauern.«

Als Corinne ihn gerade abschreiben und das Abendessen absagen wollte, kam er strahlend und reumütig nach Hause. Er umarmte sie und fuhr mit der Zunge über den Rand ihres Ohres.

»Ich gebe zu, daß Cézanne leicht unterkühlt ist«, sagte er, »wenn du einräumst, daß Chagall eine Memme ist.«

»Habe ich in letzter Zeit irgend etwas getan?« fragte sie. »Ist dein Interesse an mir neuerdings erloschen?«

»Ich bin zwar ein undankbarer Mistkerl«, sagte er, »verspreche aber, mich ab sofort zu bessern. Schließ die Augen ... Ich habe ein Geschenk für dich. Gut, streck die Hand aus.«

Ihre Finger schlossen sich um eine Postkarte, ein Foto von Matisses *Tanz*, auf dessen Rückseite stand: »Tut mir leid. Ich liebe Dich. PS: Diese Postkarte berechtigt den Empfänger heute zu einem romantischen Abendessen in einem teuren Restaurant eigener Wahl. Anschließend *Mystery Dance* – zwanglose Kleidung.« Sie lächelte über den nur für sie beide verständlichen Scherz, eine Anspielung auf ein Lieblingslied von Elvis Costello.

»Du bist lieb ... ich weiß gar nicht, ob ich diesen romantischen Jungen wiedererkenne, der eben in meine Wohnung gestürmt kam. Aber wir sind heute mit Colin und Anne verabredet, weißt du nicht mehr?«

»Scheiße.«

»Ich komme aber ein andermal darauf zurück«, versprach sie, steckte die Postkarte vorne ins Hemd und zwinkerte ihm zu.

Mitternacht lag schon hinter ihnen, als sie nach Hause kamen. Corinne war erschöpft, doch da Russell in Stimmung war, nutzte sie das aus. Er war sehr leidenschaftlich und außerdem aufmerksam... wenn sie miteinander schliefen, schien er manchmal zu vergessen, daß sie da war, als sei sie ein Auto, das er zu einem nur ihm bekannten Ziel fuhr.

Zufrieden schlief sie beinahe sofort ein.

Russell lag noch einige Minuten wach und dachte verträumt an ein Boot, das einen Dschungelfluß hinauffuhr, doch sein Gewissen war fast rein, ja, es war sogar mehr als rein. Noch heute morgen war seine Treue wie seit geraumer Zeit nicht mehr auf die Probe gestellt worden, heute abend hingegen war er ein Mann, der die Einladung einer Frau, sich ihre Grafiksammlung anzusehen, ausgeschlagen hatte... besser gesagt, den Giacometti ihres Vaters. Wie knapp er entkommen war, wie sehr ihn dieser Gedanke erregt hatte, war schließlich Corinne zugute gekommen: Daß er haarscharf an einem Seitensprung vorbeigeschrammt war, hatte seine Zellen erotisch aufgeladen; er hatte Corinne während des Abendessens ständig im Auge behalten, es nicht erwarten können, mit ihr nach Hause zu kommen, und das Glück, das ihm seine Selbsteinschätzung als aufrechter Ehemann verschaffte, hatte seine Wertschätzung der Frau gesteigert, der zuliebe er diesen heroischen Verzicht erbracht hatte.

Ihn beunruhigte kaum, daß Simone ihm ihre Telefonnummer gegeben hatte, schließlich wußte er, daß er sie nie benutzen würde.

7

War es eine unumstößliche Tatsache – ein Naturgesetz, wie das von der Erhaltung der Materie –, daß immer einer die Zeche zahlen mußte?

Während er im Taxi vom West Village zum Hotel Sherry-

Netherland fuhr, um mit seinem Lektor zu Mittag zu speisen, wendete Victor Propp diese Frage hin und her, und das angestrengte Nachdenken grub Furchen in den Kreidefelsen seiner Stirn. Schriftsteller zahlten buchstäblich nie die Zeche. Das übernahmen Agenten, Lektoren und Journalisten. So war der Lauf der Welt, eine gesellschaftliche Konvention, die dem Status einer universellen Wahrheit ziemlich nahekam. Victor hielt es für unabdingbar, daß man als Künstler in gewisser Hinsicht ein Kind blieb, verwöhnt und abhängig; ein undichtes, hilfsbedürftiges, orales Wesen – ein saugender Mund, ein monströses Ego, für das die gesamte objektive Realität aus Spiegeln und Brustwarzen besteht.

Einer muß die Zeche zahlen. Er fragte sich, wer das wohl als erster formuliert hatte. Es hatte die Prägnanz eines Ausspruches von Ben Franklin. Aber machte nicht genau das einen Amerikaner aus, vor allem an eine kostenlose Mahlzeit zu glauben? Der puritanischen Ethik dialektisch entgegengesetzt und ebenso fest in der nationalen Psyche verankert war der felsenfeste Glaube daran, etwas für nichts zu bekommen, die Vorstellung, für fünf zehn zu kriegen. Die nicht selbst bezahlte Zeche war der Marxsche Mehrwert, der Bonus der Arbeit, den das Kapital für sich beanspruchte. Es war die unverhofft entdeckte Goldader, die sprudelnde Ölquelle, das in Besitz genommene Land, die höchst erfolgreiche Spekulation an der Börse, der unerwartete Gewinn, der Filmvertrag. Europäer glaubten an das Nullsummenspiel... wenn einer Feste feierte, mußte der Nachbar fasten. Doch hier wartete sozusagen der gesamte Kontinent darauf, eingenommen zu werden. Den Eindruck hatte jedenfalls Victor Propp, amerikanischer Romancier.

An seiner eigenen Denkweise entdeckte er jedoch nichts ausgesprochen Amerikanisches, auch wenn er in Boise, Idaho, aus dem Ei gekrochen war, Sproß einer schwedischen Mutter und eines russischen Juden, der an der High-School Englisch unterrichtet und behauptet hatte, mit dem großen Geschichtenerzähler Isaac Babel verwandt zu sein. Victor hatte sich in Boise nicht einmal ansatzweise zu Hause gefühlt und seinen Platz in der Welt erst nach und nach gefunden, als er mit sechzehn in Yale eingetroffen war und in der Vergleichenden Literaturwissenschaft Europa entdeckte. Er zog sich zwar nicht wie der ebenfalls aus Idaho stammende Ezra Pound über den Ozean zurück, hielt sich aber für jemanden, der außerhalb der Kultur stand, kritisch und entrückt, mit der Krankheit seiner Kunst auf einer Ellis Island des Geistes unter Quarantäne gestellt. Noch hundert Jahre, nachdem Henry James dem unkultivierten Kontinent enflohen war, so sinnierte Victor, war das Bewußtsein seines Geburtslandes bestenfalls halb geformt. Noch immer waren Amerikaner radikale Materialisten. Naiver als Kalahari-Buschmänner, Experten im Deuten von Zeichen und Symbolen, nahmen Amerikaner alles – Worte, Zeichen, Rhetorik, Symbole – für bare Münze, als sei die Realität nichts weiter als ein gesetzliches Zahlungsmittel. In Victors Augen war die Realität ein von einem Scharlatan verfaßter trügerischer Text, der sich mit diabolischer Renitenz der Analyse entzog. Selbst bei einer Formulierung wie »etwas für bare Münze nehmen« mußte jemand wie Victor Propp an ein regelrechtes Interpretationslabyrinth denken, an Masken, Falschheit und Täuschung, an den Unterschied von Schein und Sein, an klaffende Abgründe zwischen Bezeichnendem und Bezeichnetem; auf den ersten Blick stabile Wörter zerbröselten einem vor den Augen, zerfaserten und zerflossen in derridaschem Zwielicht, wo Oberflächen plötzlich nachgaben, so wie die Straße, auf der in diesem Augenblick Victors Taxi entlangholperte, denn eine Explosion der Hauptgasleitung hatte deren Fahrbahn aufgerissen und abgeschält und den Blick auf Netze von Röhren, Leitungen und rattenverseuchten Tunnels freigegeben.

In ein kleines Notizbuch schrieb Victor: *Unbezahlte Zeche ... Manifestes Schicksal ... Amerikanischer Geist.* Damit erhöhte sich seine Gesamtproduktion für diesen Vormittag auf etwa vierzig Wörter, da er die letzten drei Stunden mit der

Konstruktion eines aus dreiunddreißig Worten bestehenden Satzfragmentes sowie sechs eingeflochtenen Telefonaten verbracht hatte. Schreiben war eine selbstauferlegte Tortur, das *déjeuner* eine segensreiche Wohltat.

Die heutige Zeche zahlte der junge Calloway. Propp fand Calloways Denkweise genau deshalb so faszinierend, weil sie so amerikanisch war, sich so sehr von seiner eigenen unterschied, sozusagen auf festem Boden stand, wo Victor Treibsand wahrnahm. Calloway erinnerte Victor an jene Zeichentrickfiguren, die so lange durch die Luft weitergehen konnten, wie sie nicht wußten, daß unter ihnen ein Abgrund gähnte. In einem Wort: naiv, aber eine interessante, beinahe exemplarische Naivität, die mit Jugend und einer bewundernswert naßforschen Grundeinstellung zu tun hatte. Wie bei einem Sportler war sein Wissen rein und praktisch, und Victor wollte darauf zurückgreifen. Calloway hatte die Karrieren von Jeff Pierce und etlichen anderen nicht unbedeutenden Schriftstellern in einem Alter in die Wege geleitet, in dem die meisten Verlagssklaven noch Briefe tippten. Propp ging mittlerweile auf die Sechzig und fragte sich oft, ob er mit seinem entscheidenden literarischen Vorstoß nicht zu lange gewartet hatte, doch das gespannte Interesse des jungen Mannes beruhigte ihn. Harold Stone und Konsorten hatten zwar noch das Sagen, aber Propp wußte, welche Generation das Urteil über ihn und seine Zeitgenossen fällen würde. Und in seinen dunkleren Momenten hegte er den Verdacht, daß er Harolds Glauben an sein Genie ebenso erschöpft hatte wie dessen Geduld. Womöglich konnte Russell etwas Beachtenswertes oder sogar Spektakuläres erreichen, besonders wenn man ihm einen Schubs gab, und Victor hatte eine Idee, die er gern umsetzen wollte. Da er der Welt zugunsten seiner priesterlichen Berufung abgeschworen hatte, kultivierte Victor ein geradezu jesuitisches Interesse an den Mechanismen der Macht.

Was die Zeche anging, so erwarteten Calloway und seine Arbeitgeber von Propp, daß er eines Tages das Buch ablieferte, an dem er seit zwanzig Jahren arbeitete; bis es soweit war, fühlte sich der junge Mann durch die Gesellschaft des legendären Romanciers und die Gespräche mit ihm reich belohnt, während Victor versuchte, Russells Arglosigkeit zu ergründen, inwiefern er für die Besten und Brillantesten einer barbarischen einheimischen Kultur repräsentativ war. Es war ein angenehm verschleiertes System des Gebens und Nehmens, bei dem Victor Propp seiner Auffassung nach erheblich im Vorteil war. Propp schätzte, daß er fünf- bis sechshundertmal mit Lektoren gespeist hatte, seit er an seinem zweiten Roman schrieb.

Russell konnte mit Planung und Durchführung eines Mittagessens einen halben Tag zubringen. Er bezweifelte nicht, daß es die frühen Jäger und Sammler einfacher gehabt hatten – raus aus der Höhle und ein paar Beeren pflücken, ein Mammut mit dem Speer durchbohren und warten, bis der Blitz in einen nahegelegenen Baum einschlug, schließlich brauchte man ja Feuer zum Braten, kein Problem. Der Lektor des ausgehenden zwanzigsten Jahrhunderts hingegen sah sich mit bedrückenden logistischen Problemen konfrontiert. War man der Initiator des Essens, mußte man ein Restaurant auswählen – gar nicht so einfach, wie es sich vielleicht anhörte, da sich alle naselang neue Fragen auftaten, die mit dem Prestige, den Erwartungen und der geographischen Lage der Eßlokale zusammenhingen. Fraglich war auch, ob man überhaupt einen Tisch bekam. Victor Propp führte zwar ein recht bescheidenes Leben, war aber ein Snob, wenn es darum ging, anderer Leute Geld auszugeben, und heute hatte er ausdrücklich nach einem Treffen in dem hiesigen Ableger von »Harry's Bar« in Venedig verlangt, im Hotel Sherry-Netherland gelegen, den er wegen seiner levantinischen literarischen Assoziationen und der himalayamäßigen Preise mochte.

Also rief auf der Jagd nach dem täglichen Mittagessen deine Assistentin an und reservierte einen Tisch, oder aber sie blieb, wie in diesem Fall, erfolglos. Dann gerietst du in Panik.

Früher, in einem anderen Leben, hättest du Harold Stone angerufen, deinen Chef, und ihn gebeten, ein gutes Wort für dich einzulegen, mochte auch dein Stolz darunter leiden, ihm zu zeigen, daß du, sein handverlesener Nachfolger und ein allem Anschein nach auf der Höhe der Zeit befindlicher Typ, der sich draußen in der großen Welt gerade einen Namen machte, offenbar noch keinen Namen hattest, der dir einen eigenen Tisch garantierte. Doch mittlerweile hattest du sogar deine Zweifel, ob er dir auch nur einen Tisch bei McDonalds reservieren würde. Statt dessen hast du also lieber Jerry Kleinfeld angerufen, den Verleger von Corbin, Dern. Anschließend ein Telefonat mit deinem Essensgast, zwecks Bestätigung, dann gewöhnlich ein Taxi im Mittagsverkehr... auf den Tisch warten, die Frage, ob du einen Cocktail bestellen solltest, ein Glas Wein zum Essen, eine Flasche Wein... man wollte ja heutzutage nicht wie ein hoffnungsloser Alkoholiker dastehen oder jemand, für den die ganze Gesundheitsdebatte ein Fremdwort war, andererseits auch nicht als Spießer oder Geizkragen. Wenn man mit den alten Martinischluckern der Branche und den Romanschriftstellern im allgemeinen essen ging, mußte man bereit sein, den Nachmittag in den Wind zu schreiben, um nicht den Anschluß zu verlieren. Aber Victor, dieser Epikuräer, gönnte sich bloß ein Glas Wein, da gab es also keine Schwierigkeiten. Victor benebelte seinen Verstand nicht, sondern behielt lieber einen klaren Kopf für Selbstbetrachtungen, Syntax-Aikido, Verschwörungstheorien und andere Spielarten der Hirnwichserei.

Die Betreuung und Abfütterung Victor Propps anvertraut zu bekommen, galt als Zeichen besonderer Wertschätzung, obwohl Russell gelegentlich seine Zweifel hegte. Victor war eine langfristige, äußerst spekulative literarische Investition, ein hochempfindlicher Wert – Corbin, Derns exotischste Anlageform. 1961 hatte Propp einen sensiblen Roman über das Erwachsenwerden geschrieben, der den Titel *Abende in New Haven* trug. Die Geschichte eines Propp ähnlichen Amerikaners der zweiten Generation, der nach Yale geht, dort Dichter wird und sich in eine doppelzüngige Tochter der amerikanischen Revolution verliebt, erntete nicht nur respektvolle, ermutigende Rezensionen, sie brachte dem jungen Autor auch ein »Prix de Rome«-Stipendium ein. Danach hatte sich Propp auf einen fast rein theoretischen Bereich verlegt, in dem, wie einmal jemand über E. M. Forster gesagt hatte, sein Ruhm mit jedem Buch wuchs, das er nicht veröffentlichte. Immer häufiger tauchte im Zusammenhang mit seinem Namen der Begriff »Genie« auf.

Propps in Arbeit befindliches Werk legte in jedem Jahr, in dem es nicht erschien, an Bedeutung und Ansehen zu, während der Ruhm seiner Zeitgenossen laut überkommener Marktmechanismen mal zu-, mal abnahm, wenn sie – durchaus kalkulierbar – ihre fünften, sechsten und siebten Romane veröffentlichten. Fragmente des Romans, der noch keinen Titel hatte, fanden gelegentlich den Weg in literarische Zeitschriften; mit der prometheischen Arbeit ihrer Erschaffung belastet, erinnerten sie irgendwie an Samisdat: in der Gefängniszelle des Autors auf die feuchten, kahlen Wände gekratzt, immer und immer wieder abgeschrieben, auswendig gelernt, geschluckt und nach einer qualvollen Reise durch baltische Städte und auf Frachtschiffen bis in die Druckerei im Kellergeschoß wieder abgesondert. Thema dieses seit langem erwarteten Werkes war offenbar der Autor selbst in jeder Phase seiner Entwicklung, angefangen beim Embryo; eine der bislang berühmtesten Passagen war der heroische Monolog des embryonischen Protagonisten, in dem dieser von den in der Fruchtwasserwelt tobenden Gezeiten, Rhythmen und Entwicklungskämpfen berichtete, während er sich mittels bloßer Willenskraft selbst aus dem Schoß gebar. Eine feministische Kritikerin, die sich fragte, welche Rolle seine Mutter bei diesem schrillen Vorgang spielte, beklagte, bei Propp finde »die Ontogenese als Rekapitulation der Misogynie« statt. Vor allem die Sprache beeindruckte Propps Bewunderer, die, wie es in einem Kommentar hieß, an »Henry James mit Stuhlgang« erinnere – ein Proppscher Satz sei eine labyrinthische Darmverschlingung aus Modifikationen, Diversionen und Rekapitulationen –, ein anderer Fan verkündete, Propp habe als einziger amerikanischer Schriftsteller dieses Jahrhunderts das *Semi*kolon richtig verstanden.

Fast als einziger der angeblich bedeutenden Autoren des ausgehenden Jahrhunderts war Victor Propp sein eigener Agent, und auch wenn es heißt, ein Mann, der sich vor Gericht selbst vertritt, habe einen Narren als Anwalt, hatte Propp sämtliche Agenten der Branche um Längen geschlagen. 1966 hatte Propp für seinen zweiten Roman einen bescheidenen Vorschuß erhalten. Nach fünf Jahren pochte man bei Corbin, Dern ungeduldig auf Ablieferung, woraufhin Propp einen Romanauszug im *Esquire* veröffentlichte und andere Verlage wissen ließ, er stehe Mittag- und Abendesseneinladungen aufgeschlossen gegenüber; angesichts des drohenden Verlustes eines Romanciers, dessen Kultstatus wuchs, hatte der junge Harold Stone den Vertrag geändert und den Vorschuß erhöht. Dieser Vorgang hatte sich im Laufe der Jahre regelmäßig wiederholt; bis heute hatte Propp für das unvollendete Meisterwerk fast eine Viertelmillion Dollar eingestrichen.

Wie um sein Desinteresse an verlegerischen Belangen auszugleichen, beteiligte sich der halbblockierte Autor intensiv an den Intrigen der literarischen Welt und sorgte sich hingebungsvoll um Leistungen, Reputation und Verbrechen anderer Schriftsteller, vorzugsweise seiner Feinde, deren Zahl seiner Ansicht nach Legion war. Zwangsläufig zerstritten sich Harold und Victor. Welcher Art ihr Disput war, wußte Russell nicht genau, aber diese Männer des Wortes sprachen nicht mehr miteinander, auch wenn Harold noch immer das Buch veröffentlichen wollte. Zur Behebung der Krise war Russell zu Propps offiziellem Lektor bestimmt worden. Russell hatte Propp schon als Student bewundert, als Jeff – wie ein Mann, der geheimes Priesterwissen weitergab – ihm ein zerlesenes Exemplar der *Paris Review* vermacht hatte, die den Monolog des Embryos enthielt.

Sie unterhielten sich häufig – Propp verbrachte den halben Tag am Telefon und brauchte viele Ohren, in die sich der Sturzbach seiner verbalen Ergüsse Bahn brechen konnte – und trafen sich einmal monatlich zum Essen. Sie unterhielten sich über Victor Propp und diejenigen, die er für ebenbürtig hielt: Richardson, Flaubert, James, Musil und den späten James Joyce. (Russell hätte schwören können, einmal gehört zu haben, wie Victor ihn »Jim Joyce« nannte.) Propp wollte mit Russell über Marketing und Popkultur sprechen, während Russell sich mit dem bedeutenden Mann gern über das Thema Literatur austauschte. Russell mußte an George Bernard Shaws Klage über seine Begegnung mit Bennett Cerf denken – der amerikanische Verleger wünschte, über Kunst zu reden, während der große Dramatiker nur ein Thema kannte, nämlich Geld. Mittlerweile fragte sich Russell, wie sehr er sich auf Freundschaft und Interessengleichheit verlassen konnte. Seine Beziehung zu Victor und etlichen anderen Autoren gab ihm eine Art minimale Arbeitsplatzsicherheit bei Corbin, Dern. Würde Victor, so fragte er sich, wohl mit ihm gehen, falls man ihn rauswarf?

»Wie berühmt ist Jeff eigentlich?« fragte Victor, kaum daß er Platz genommen hatte; seine Raubvogelaugen und die hohe weiße Stirn ließen seinen Tischgenossen an einen ausgehungerten Weißkopf-Seeadler denken (Falconiformes Accipitridae, Audubon, Tafel 107).

»Verglichen mit wem?«

»Ich meine, erkennen ihn die Leute auf der Straße? Schikken ihm Mädchen parfümierte Slips mit der Post? Ich finde es faszinierend, wenn ein Schriftsteller in das Bewußtsein der Leser von Boulevardblättern oder von Fernsehzuschauern eintritt. Wie funktioniert diese Dynamik eigentlich?«

An die Sogwirkung von Victors Blick hatte sich Russell nie so recht gewöhnen können. Wenn Victor einen mit fragenden Augen und kursiv gestellten Brauen musterte, hatte man das Gefühl, man müsse sich an seinem Stuhl und allem anderen festklammern, sonst bestehe die Gefahr, daß einem die Kraft seiner Neugier die inneren Organe durch den offenen Mund herauszog. Von Semikolons abgesehen, hielt ihn Russell für einen Meister des Fragezeichens. Für Victor wollte man unbedingt die richtige Antwort finden, auch wenn einen, wie gerade jetzt, die Frage nicht besonders interessierte. Anders als die meisten Russell bekannten Schriftsteller, deren körperliches Erscheinungsbild nur ein blasser Abklatsch ihres platonischen Wesens zu sein schien, hatte Victor eine starke, raumgreifende physische Präsenz, die teilweise erklärte, welche Ausmaße sein Mythos angenommen hatte.

»Jeff ist nicht berühmt«, entgegnete Russell fast ungehalten, als sei er dieses Thema leid. »Ein paarmal war er im Frühstücksfernsehen ... aber für den Typ, der seinen Stromzähler abliest, ist er ein völlig unbeschriebenes Blatt.«

Victor wirkte zwar enttäuscht, aber unbeirrt. »Ich habe über den Nutzen des Ruhms nachgedacht, über die Spannung zwischen den privaten Zwängen des Schaffens und dem Gezwungensein des Künstlers und des fertigen Kunstobjekts, sich der Allgemeinheit aufzudrängen, eine öffentliche Dimension anzunehmen. Zwei Drittel meines Lebens habe ich das Private auf Kosten der Öffentlichkeit kultiviert.«

»Aber Sie haben eine Legende daraus gemacht.«

»Glauben Sie wirklich?« fragte Victor eifrig. »Ich bezweifle aber, daß Leute Ihres Alters wissen, wer ich bin.«

»Für die Gebildeten sind Sie ein Begriff.«

»Weiß denn irgendwer außerhalb New Yorks oder, seien wir doch ehrlich, außerhalb der Abonnentenkartei der *New York Review of Books*, wer ich bin?«

Russell litt einen Moment lang unter der Illusion, einer alternden Diva gegenüberzusitzen, die ihre Reize selbst in Frage stellte, um sie bestätigt zu bekommen. Ihn irritierte, daß der Mann, den er wegen seiner kompromißlosen Konzentration auf das Schreiben bewunderte, sich in letzter Zeit so lebhaft für die Funktionsweise der Publicity interessierte.

»Nehmen wir mal den Rock 'n' Roll«, fuhr Propp fort,

»bei dem aus dem Bauch heraus, direkt mit dem Publikum kommuniziert wird. Wie viele Platten verkaufen die großen Stars? Oder anders gefragt, wer sind überhaupt die großen Stars?«

Genau solche Dinge konnte ihm Harold Stone nicht beantworten.

Russell erklärte, seiner Meinung nach sei Rock 'n' Roll von kommerziellen Erfordernissen unterwandert worden, heutzutage würden Hits nach erprobten Mustern von Studioproduzenten hergestellt. »Es geht um so viel Geld, daß sie in der Musikbranche ein Oligopol aufgebaut haben. Das sind bloß noch Produkte, Victor. Und das ist übrigens das Gute an Büchern, Geld spielt da nur eine untergeordnete Rolle.«

»John Irving verdient Geld. Doctorow verdient Geld.«

»Verglichen mit Madonna nicht.«

Victor ließ nicht locker, wollte wissen, welche Musik Russell hörte. Als der die Dire Straits und ihren Song »Money for Nothing« erwähnte, trat ein Leuchten in Victors Augen. Er bat Russell, den – zum Glück kurzen – Text vorzutragen, holte sein Notizbuch heraus und schrieb ihn sich unter der Überschrift *Einer muß die Zeche zahlen* auf, bekam aber nicht mit, daß er von einer britischen Band stammte.

»Wie wäre es, wenn ich eine Lesung hielte?« fragte Victor und strich sich nachdenklich über das kräftige, eingekerbte Kinn. »Glauben Sie, wir könnten das als bedeutendes literarisches Ereignis verkaufen? Ich habe seit sieben Jahren nicht mehr öffentlich in New York gelesen.«

»Das Interesse wäre bestimmt riesig«, sagte Russell. »Machen Sie's im YMCA oben an der East Side. Könnte 'ne große Sache werdern.«

»Und wenn Jeff die einleitenden Worte sprechen würde?«

»Jeff? Meine erste Wahl wäre das nicht gewesen.«

»Gerade das Unerwartete daran sagt mir zu, die disjunktive Konjunktion. Pierce und Propp. Wie wär's mit einer gemeinsamen Lesung? Wir könnten unsere Wahlkreise quasi zusammenlegen.«

»Ich werde sehen, was sich tun läßt.«

»Aber halten Sie das wirklich für eine gute Idee?« bohrte Victor nach, als sei es Russells Vorschlag gewesen, und machte sich daran, die Nachteile und potentiellen Gefahren des Plans aufzulisten. Nach einem viertelstündigen, dialektischen Ein-Mann-Disput hatte er sich mit sich selbst auf eine vorsichtige Vorgehensweise geeinigt. Unterdessen hatte er vor seinem Teller eine ganze Batterie Tabletten und Kapseln ausgebreitet – insgesamt neun, die in einer festgelegten Reihenfolge eingenommen werden sollten. »Diese hier sind ein Tip von Bellow«, erklärte Victor und schluckte zwei davon. »Bei mir haben sie den Cholesterinspiegel um zwanzig Punkte gesenkt. Man kriegt sie von einer Firma in Connecticut.«

»Sie sollten sich mal mit Jeff unterhalten«, murmelte Russell. »Er hat ein reges Interesse an Pharmakologie.«

»Wie schätzt Ihre Frau den Markt ein?« erkundigte sich Victor später, als sein Tintenfisch-Risotto gebracht wurde ... eine Speise, so ließ er durchblicken, die an ionische Dichter und Gelehrte erinnerte: weißer Reis in einer Brühe aus schwarzer Tinte. Victor hatte seinen eigenen Makler, dem er ebenso mißtraute, wie er dem Meteorologen oder überkommenen Weisheiten mißtraute und wie er auch Russell Calloway mißtrauen würde. Nichts war einfach, nichts war so, wie es zu sein schien.

»Sie ist vorsichtig.«

»Frauen *sind* vorsichtig«, sagte Victor, den, was für ihn charakteristisch war, direkten Weg von einer äußerst spezifischen Beobachtung in die Sphäre des Allgemeinen nehmend. »Männer sind die großen Romantiker, die Träumer und Narren. Frauen sind Realistinnen. Nehmen Sie Jane Austen.«

»Und was ist mit *Jane Eyre*?«

Victor wedelte energisch und weitausholend mit der Hand, als verscheuche er ein unsichtbares Insekt. »Ein Produkt sexueller Repression«, sagte er ungeduldig. »Kommen Sie mir nicht mit den Brontës, das ist doch Kinderkram. Aber mich interessiert Corinnes Perspektive. Dies könnte der erste Konjunkturzyklus der Geschichte sein, wo es in der Finanzwelt eine weibliche Perspektive, einen weiblichen Einfluß gibt. Wird das zur Mäßigung führen, die Testosteron-Wallungen des Marktes glätten, so wie die Zulassung von Mädchen in einem alten neuenglischen Internat das Ausmaß von Glasschäden und Speisesaalschlachten vermindert ... wird es zur Überlagerung mit einem anderen, einem Mondphasen-, Gezeiten- oder Menstruationsrhythmus führen? Jemand sollte dazu ein Computermodell entwickeln oder wenigstens eine Monographie verfassen.«

»Der Markt war in den letzten Jahren nicht besonders zurückhaltend. Obwohl sich da mittlerweile jede Menge Frauen rumtreiben.«

»Heutzutage wird jeder reich, Russell«, vertraute ihm Victor an, beugte sich vor und musterte ihn mit seinem zugleich beunruhigenden und schmeichelhaften Toiletten-Saugglokkenblick. »Jedes auch nur annähernd empfindungsfähige Wesen, abgesehen von Ihnen und mir. Wären Sie zur Zeit in irgendeinem anderen Beruf tätig, würden Sie das Doppelte, was sag ich: Zehnfache verdienen. Sie sind ein pfiffiges Kerlchen. Und ich weiß, was man Ihnen bezahlt ...«

Das war für Russell das Stichwort, um zu erröten. Wahrscheinlich wußte er es wirklich, der Mistkerl.

»Ein kluger Kopf wie Sie, in Ihrem Alter schon ganz oben. Man braucht sich nur die Bücher anzusehen, die Sie im letzten Jahr herausgebracht haben. Sie sind sozusagen berühmt. Und ich. Mir bereitet es mehr Schmerz als Freude, wenn ich darüber nachdenke, daß ich der vielleicht einzige Schriftsteller meiner Zeit bin, der in der Lage ist, den Roman neu zu erfinden. Ist Ihnen klar, welche Verantwortung das mit sich bringt? Und permanent daran denken zu müssen – Ihnen muß ich das wohl nicht erzählen –, daß ich schon längst mehrfacher Millionär wäre, wenn ich eine Laufbahn als Geschäftsmann eingeschlagen hätte. Warum sollte ich in Armut leben? Ich kenne den Aktienmarkt besser als mein Makler.

Aber mir fehlt das Kapital. Ich brauche mehr Geld. Es steht mir zu. Genau wie Ihnen.«

»Heißt das, Sie wollen Ihren Vertrag neu aushandeln?«

»Ich finde, wir sollten beide neue Verträge aushandeln«, antwortete Propp klipp und klar und schluckte rasch hintereinander drei orangefarbene Pillen.

»Diese Idee wird Master Harold und Company wohl kaum zu Begeisterungsstürmen hinreißen«, sagte Russell, alles andere als unglücklich.

»Ich will mehr Geld. Sie wissen, daß ich mehr bekomme, wenn ich woandershin gehe. Sie wollen dieses Buch auf den Markt bringen. Damit machen wir uns einen Namen, Sie genauso wie ich. In meinen Augen sind Sie mein natürlicher Verbündeter, Russell. Harold ist, bitte verzeihen Sie mir das Klischee, der Stolperstein. Ich will Harold umgehen. Harold ist müde, er hat alles schon hinter sich. Seiner Meinung nach befindet er sich am Ende des gesamten Hegelschen Reigens der Geschichte. Offenbar hält er *sich selbst* für das Ende. Für was Neues kriegt der alte Wichser keinen mehr hoch.«

»Ganz so weit würde ich nicht gehen«, sagte Russell und dachte daran, wie er Harold auf der Couch mit Carlton erwischt hatte. Ihm gefiel aber, von Victor die gleichen Kritikpunkte zu hören, die er bisher nicht aussprechen konnte, obwohl er es so gern getan hätte.

»Sie sollten den Verlag leiten.«

»Wenn Wünsche Porsches wären, müßten arme Jungs nicht mehr zu Fuß gehen.«

»Mein lieber Junge, ich möchte durchaus behaupten, daß in dieser Phase amerikanischer Geschichte Wünsche Porsches sind. Meiner Ansicht nach leben wir in dieser verrückten Stadt in einem Zeitalter, in dem alles passieren kann. Wissen Sie noch, was Nick Carraway sagte, als er in Gatsbys großem Auto nach Manhattan fuhr und über der Queenboro Bridge die Skyline der Stadt in Sicht kam? Als sie über die Brücke in die Stadt fahren, sagt Nick: ›Nun haben wir die Brücke überquert, und alles ist möglich … wirklich alles.‹«

Russell nickte prompt, obwohl er nicht sicher war, daß er sich an den *genauen* Wortlaut erinnerte; aber eine Formulierung wie »mehr oder weniger« benutzte man Propp gegenüber einfach nicht. Gatsby und andere Schlüsseltexte hatte man wohl einfach präsent.

Nachdenklich rieb sich Victor über sein Kinn. »Meine Quellen verraten mir, daß Ihr Stern bei Corbin, Dern im Sinken begriffen ist. Vielleicht ist die Zeit reif für einen Staatsstreich der Jugend«, sagte er, und wie die Schatten zweier Habichte erhoben sich dunkle Augenbrauen über der steilen Felswand seiner Stirn.

»Wie sagte einmal jemand über den Papst – ich habe keine Armee.«

»Haben Sie einen Bankier?«

»Nur einen Geldautomaten.«

»Warum kaufen Sie die Firma nicht?« sagte Propp plötzlich, als sei dies die naheliegende Lösung, auf die sie bisher unerklärlicherweise nicht gekommen waren.

»Ich kann mir nicht mal eine Eigentumswohnung leisten, Victor.«

»Das ist unwichtig. Sehen Sie sich um, Russell. Sie brauchen nichts weiter als Ehrgeiz, Phantasie und Fremdkapital.«

»Soweit ich weiß, müssen die Naturgesetze noch aufgehoben werden.«

»Sie haben in letzter Zeit wohl keine Zeitungen gelesen.«

Tatsächlich war die Vorstellung weder so absurd noch so ausgefallen, daß Russell nicht selbst schon darauf gekommen wäre, doch er fand es erstaunlich, beinahe peinlich, daß der ältere Mann seine heimlichen Sehnsüchte in Worte faßte.

Victor beugte sich über den Tisch und legte seine riesige Pranke auf Russells Hand. »Kredit, Russell, der Stein der Weisen unserer Zeit. Das Blei der Arbeit als Lohnsklave können Sie in eine goldene Zukunft verwandeln – wenn Sie den Mut dazu haben.«

»Könnte ich auf Sie zählen, Victor?«

»Mein lieber Junge, habe ich mich nicht schon klar genug

ausgedrückt?« sagte der ältere Mann, die scharfen Klingen seiner Lippen zu einem verschwörerischen Lächeln aufeinandergepreßt.

8

»Andauernd träum ich von 'nem Lotteriegewinn, Mann, hab mir aber noch nie 'n Los gekauft.«

»Genau wie in der Werbung – nur wer mitspielt, gewinnt.«

»Ich weiß, daß ich mitspielen muß, wenn ich gewinnen will. Man braucht bloß 'n Dollar und einen Traum, wie's so schön heißt. Tja, den Traum hab ich schon. Jetzt fehlt mir nur noch der Scheißdollar.«

»Meine Rede. Dein Dollar muß auf den Tisch.«

Die beiden in der Schlange vor der Mission wartenden alten Haudegen trugen die feuchte Kameraderie neuer Saufkumpane zur Schau, vorübergehend entspannt, nachdem sie gemeinsam ein verwirrendes Rätsel gelöst hatten. Beide waren für die Kälte zu dünn angezogen und beugten sich vor, als wollten sie sich an der Glut eines verglimmenden inneren Feuers wärmen. Einer trug eine Bommelmütze mit dem Text »Ski Mad River Glen«, der andere eine Baseballmütze, auf der »Drexel Burnham Lambert Bond Conference '86« stand, die er mit einem aus einem grünen Müllsack geschnittenen Innenfutter isoliert und wasserdicht gemacht hatte.

Weiter hinten in der Schlange sagte eine Stimme: »Die Lotterie ist eine regressive Steuer, die der faschistische Staat genau den Schichten aufdrückt, die sie sich am wenigsten leisten können.«

Wie Sportler, die ihre Energie sparen wollen, drehten sich die beiden Wermutbrüder langsam und kräfteschonend zu dem Sprecher um – ein pickliges Gesicht und ebensolcher Hals ragten aus einer fransenbesetzten Wildlederjacke, an deren Revers ein »Eat the Rich«-Button steckte; die zu einem

Pferdeschwanz zusammengebundenen langen Haare erinnerten an eine Waschbärenmütze.

»Den darbenden Massen die ökonomische Realität des faschistischen Staates zu verheimlichen, ist ein Trick der herrschenden Klasse. Glaubt ihr, die reichen Leute spielen in der Lotterie? Glaubt ihr, Donald Trump kauft Lose?«

»Hat er nicht nötig«, sagte der Mann mit der Drexel-Mütze. »Der hat seine Schäfchen schon im Trockenen.«

»So isses«, stimmte sein Kumpel zu. »Ich frag bloß: Wo sind meine Schäfchen? Mehr will ich gar nicht wissen, Dan'l Boone. Ich will mein Stück von dem verdammten Kuchen.«

»Da hast du verflucht noch mal recht. Genau darum geht's meinem Freund, Mister Hillbilly. Er will bloß wissen, wo seine verdammten Schäfchen sind.«

»Oho, da kommt es angetrippelt. Seht euch das an.«

»Das ist nicht dein Schäfchen. Das ist Miss Corinne. Die ist verheiratet.«

»Ich hatte schon 'ne Menge verheiratete Frauen. Soll das heißen, ich krieg keine verheiratete Frau rum?«

Aus der Richtung Cooper Union eilte Corinne in ihren belgischen Slippern die Bowery hinunter und musterte die vor der Mission wartende Schlange. Wie Restaurants hatten auch Missionen und Armenküchen jeweils ihre eigene Klientel, wobei die Kundschaft in diesem Fall hauptsächlich Männer waren, jeweils zur Hälfte weiße und schwarze, von denen die meisten ihre Sonntagsmanieren herauskehrten, weil das Essen hier ordentlich und der Platz begrenzt war. Einige wenige, von denen sie die Mehrzahl kannte, redeten laut, beschwerten sich, prahlten oder stritten sich mit den Nebenmännern über kleine Fragen der Etikette oder der Glaubwürdigkeit – »Du glaubst nicht, ich könnte im Handumdrehen einen Job bei der Bank bekommen, wenn ich nur wollte, nennst mich einen verfluchten Lügner? Ich rede hier von einem *guten* Job« – und in ihrem Bettlerdasein umgab sie etwas von der Atmosphäre eines Boxers vor dem Kampf, dem Verhalten kleiner

Betrüger, die von einer nichtsahnenden Behörde eine kostenlose Mahlzeit abstaubten, eine Haltung, die den Erfordernissen ihrer noch verbliebenen Würde entsprach. Andere warteten ruhig, um anzunehmen, was immer man ihnen geben würde. Die wenigen Betrunkenen versuchten, sich nichts anmerken zu lassen. Einige waren von ihren körpereigenen Chemikalien so erledigt, daß sie kaum wußten, wo sie sich befanden: Schizophrene, die Augen wie mit Fensterläden von der Außenwelt abgeschottet, ein Autist in einem weißen Overall machte zwanghaft immer die gleichen vier Schritte, vielleicht ein Foxtrott. Die Tunten trieben sich weit vorne in der Schlange rum, schrill und überdreht wie Tropenvögel, mit kunstvollen Haartrachten als Kopfputz und farbenfrohen Halstüchern – die Dandys der Straße.

»Hey, Schnucki!«

»Co-reen!«

»Unsere Herzensdame!«

Corinnes Winken galt allen Anwesenden, dann schlüpfte sie durch die Tür ins Haus, wo sich der Essensgeruch mit dem durchdringenden Anstaltsgeruch, Desinfektionsmittel auf Linoleum, vermischte. Die anderen Freiwilligen deckten gerade die Tische mit Plastikgeschirr, Traubengelee in Schalen und Körbchen mit weichem Weißbrot.

»Wollen Sie das Manna verteilen?« fragte Irene Goldblum und reichte Corinne eine Rolle mit gelben Essensmarken. Die verhärmte Sozialarbeiterin mit den graumelierten Haaren kümmerte sich seit ihrem Studienabschluß am Barnard College 1969 um die armen, müden und bedrängten Außenseiter der Lower East Side; daß diese Anstrengung an ihr zehrte, konnte man ihrem Gesicht ablesen. Corinne fand, daß sie eine zynische Einstellung zu ihrem selbstgewählten Beruf hatte... doch Corinne suchte die Lower East Side nur zweimal die Woche auf, und das erst seit einem Jahr.

»Sie sind zu gefühlsduselig, *Bubeleh*«, hatte Irene gesagt, nachdem Corinne an ihrem ersten Tag ihr gesamtes Bargeld den Klienten der Mission geschenkt und somit Krawalle ausgelöst hatte. »Sie können den Leuten und uns besser helfen, wenn sich Ihr Mitleid in Grenzen hält. Zwei Drittel der Männer da draußen nehmen regelmäßig Betäubungsmittel, und neunzig Prozent sind ausgekochte Schwindler und Betrüger, geben Sie also acht, daß Ihr Mitleid nicht mit Ihnen durchgeht.«

Vielleicht war sie wirklich zu gefühlsduselig, aber Corinne war der festen Überzeugung, daß ihr Mitgefühl eine logische Basis hatte. Als Großstädterin fühlte sie sich in ein empfindliches, komplexes Netz gegenseitiger Abhängigkeiten eingebunden und war fest entschlossen, ihren Part zu übernehmen. Das Elend wie auch die Vitalität der Metropole gingen ihr an die Nieren. Nach all den Jahren in der Stadt hatte sie es noch immer nicht geschafft, eine undurchlässige Hülle um sich her aufzubauen.

Als Corinne vor der Tür auftauchte, ging eine nervöse Unruhe durch die Schlange. Schmierige, rissige Handflächen streckten sich ihr entgegen. Genau in diesem Moment kam es meist zu Reibereien, obwohl sich die Schlange eher im Zaum hielt, wenn eine der freiwilligen Helferinnen die Essensmarken verteilte. Corinne war bei den Stammkunden besonders beliebt.

Die Tunten schlugen sich wechselseitig auf die Finger und prüften Corinnes Garderobe mit professionellem Desinteresse.

»Ist das 'n Kostüm von Chanel, Kleine?«

»Schön wär's.«

»Wie heißt dein Coiffeur, Schätzchen... gib mir mal die Adresse, das laß ich mir auch machen.«

»Die Kleine geht in diesen schicken Gore-Vidal-Salon.«

Weiter hinten in der Schlange sagte ein gutaussehender, vom Leben auf der Straße gezeichneter Mann: »Zu meiner Gastgeberin geh ich gerne hin.« Es war Ace, erst kürzlich Corinnes Partygast. Seit etlichen Wochen hatte er den anderen Männern in der Schlange nun schon immer phantasievoller und detaillierter von dieser Party erzählt und inzwischen den Eindruck vermittelt, er sei mit Corinne und ihren schikken Freunden gut bekannt. Der Videorecorder wurde nie erwähnt. »Hab heute meinen Appetit dabei. Bin runter vom Crack und auch vom Suff, ich bau jetzt auf Gott und bin gut druff.«

Die Erwähnung Gottes schien eine Kettenreaktion in Gang zu setzen. Die mit Wetter und Naturkatastrophen bestens vertrauten Männer der Straße hatten einen starken Hang zur Religion, besonders zu den schicksalsbetonten, fundamentalistischen Spielarten des christlichen Glaubens.

»Ihr eßt doch kein Schweinefleisch, hä?« sagte der schielende Nebenmann wütend. »Ein einziges Mal hätte ich gern ein paar leckere Schweinekoteletts.« Die Yeshiva-Schule leitete diese Mission, und etliche Männer fühlten sich bemüßigt, die Hand zu beißen, die ihnen zu essen gab, zumal es eine jüdische Hand war.

»Diese Juden haben unseren Heiland nicht erkannt«, sagte der Mann neben ihm und umklammerte seinen Einkaufswagen, als habe er Corinne im Verdacht, ihn stehlen zu wollen. »Sie erkannten ihn nicht, o nein, auch die Frau nicht, die ihm die Füße mit Öl salbte, und sie töteten ihn.«

»Sie heißt Calloway«, behauptete Big George, ein stattlicher alter Schwarzer, den sie wegen seiner langen Amtszeit auf der Bowery auch Bürgermeister nannten. »Das ist ein katholischer Name.«

»Eigentlich der meines Mannes«, sagte Corinne.

»Sie … Sie sind eine Arierin, wie sie im Buche steht, wie man so sagt«, erklärte George.

»Wo wohnen *Sie* eigentlich, George?« wollte Corinne wissen.

»Och, ich hab einen Wohnwagen. Ich schlafe in der U-Bahn Linie E.«

»Katholiken sind genauso schlimm«, sagte das Schielauge. »Wißt ihr, warum es mit dem neuen Jerusalem nicht vorangeht? Der Papst und seine Truppen sind schuld, sie haben die goldenen Straßen geplündert und die gläserne Stadt ausgeraubt. Das ist jetzt alles im Vatikan – und er baute sich einen Thron aus Gold, spricht der HERR. Jetzt warten sie darauf, daß die Versicherung die Kosten für das neue Jerusalem erstattet. Doch es wird der Tag kommen, daß die Gerechten werden auffahren und sitzen zur Rechten Gottes, und die Sünder werden geworfen in die ewige Finsternis.«

»Das Volk muß sich erheben und die Banker, die Anwälte und Immobilienmakler davonjagen«, forderte der mit dem Pferdeschwanz. »Diese Stadt, diese Gegend hier gehört dem Volk, aber die Sushifresser verschlingen sie mit ihren Designer…«

»Welche Fresser?«

»Meinst du die Japse?«

»Nein, Mann, die nicht…«

Corinne drückte dem Foxtrottmann, dessen Füße auf dem Gehsteig unsichtbaren Anweisungen Folge leisteten, eine Marke in die Hand. Weiter hinten in der Schlange stritt man sich, ob es wirklich einen gemeingefährlichen Leoparden gab, der in den Straßen Manhattans sein Unwesen trieb. Etliche Männer behaupteten, das Untier gesehen zu haben, und einer erklärte, einer seiner Freunde sei angegriffen und übel zugerichtet worden.

Am Ende der Schlange angekommen, entdeckte Corinne die vertraute, großgewachsene Gestalt eines Mannes, der sich weiter hinten auf der Straße vornübergebeugt mit zwei Motorradfahrern unterhielt. In seiner abgerissenen alten Schulkluft sah er wie eine Vogelscheuche aus, die man auf der Bowery aufgestellt hatte, um die Tauben zu verscheuchen. Die Motorradfahrer hockten im Damensitz auf ihren Harleys, die sie nach dem Motto »Scheiß drauf« wild durcheinander am Bordstein abgestellt hatten; das Manhattan-Hauptquartier der Hell's Angels lag gleich um die Ecke, und Jeff wohnte ein paar Straßen weiter in einer Fabriketage an der Great Jones Street. Während sie zusah, hob einer der Angels die Hand und stupste Jeff mit einem Finger auf die Brust. Instinktiv wäre sie am liebsten rübergelaufen, aber sie hielt sich zurück. Schließlich verabschiedete sich Jeff mit einem komplizierten Handschlagritual von den beiden Männern, schlenderte die Straße entlang und war schon fast an ihr vorbei, ehe er sie erkannte.

»Corinne! Meine Güte... was machst du...« Er wischte sich die schlaffen blonden Strähnen aus dem überraschten Gesicht. »Wie geht's denn so?«

»Ganz gut. Und bei dir alles in Ordnung?«

»Soviel Ordnung wie üblich. Und, verbringst du hier heute deinen Bußtag?«

»So isses, ich habe meinen Teelöffel mitgebracht, um den Ozean menschlichen Elends leerzuschöpfen.« Sie nickte in Richtung Angels. »Was treibst du da... Recherchen?«

Sie schlenderten auf dem Gehsteig zurück zur Mission. Als Corinne nach unten blickte, entdeckte sie ein Grafitto, das sie schon anderswo gesehen hatte, ein durchgestrichenes Martiniglas.

»Ich gebe den neuenglischen Familienroman zugunsten eines herben großstädtischen Realismus auf.« Er sah sie mit einem beinahe verlegenen Lächeln an.

»Is das dein Freund, Krin?« rief jemand aus der Schlange. »Irgendwo hab ich sein Foto schon mal gesehen. Das ist doch dieser Schauspieler.«

»Ey, Alter, dich hab ich doch drüben in Reagantown gesehen, stimmt's?« sagte Ace; er zitterte in seinem Kapuzen-Sweatshirt der Columbia-Universität, das er unter einem speckigen Smokingjackett trug.

»Ein Double von mir«, antwortete Jeff.

»He, wenn ich dir genau sage, wo es solche Handschuhe gibt, krieg ich die dann von dir?«

»Wo *genau*?« fragte Jeff, fixierte seine in Schweinsleder gehüllten Hände und überlegte, woher er die Handschuhe hatte.

Ace schlug sich mit den Armen auf den Oberkörper, um sich zu wärmen. »Ich sag's dir ganz genau.«

»Die Wette gilt«, sagte Jeff.

»Die gibt's an deinen Händen, Trottel. Stimmt's, oder hab ich recht?«

»Recht hat er, das müssen Sie zugeben«, sagte der Mann neben Ace. Die Umstehenden waren offenbar seiner Meinung.

Sofort zog sich Jeff die Handschuhe aus und reichte sie weiter. Der Empfänger wirkte fast so überrascht wie Corinne.

»Das hättest du nicht tun müssen«, sagte Corinne.

»Eine Wette ist eine Wette.«

»Du bist merkwürdig, Jeff. Was hast du gerade vor?«

»Nichts Besonderes«, sagte er. »Ich treffe jemanden, es geht um einen Hund.«

»Wollen wir anschließend einen Drink nehmen?«

Er schien zu zögern. »Einverstanden, treffen wir uns im ›Great Jones‹.«

An der Tür gab er ihr einen Kuß. Die Tunten johlten, als er wegschlurfte. »Ey, du, Bohnenstange. Komm zurück.«

So dünn hatte sie Jeff nicht in Erinnerung, dachte Corinne, als sie den nächsten halben Laib Brot zu einem der Tische brachte; würde er sich hier in der Schlange einreihen, fiele das kaum auf.

»Mehr Brot, bitte, Miss.« Besonders im Winter baten sie immer wieder um Brot, bis man ihnen keins mehr gab, bunkerten Kohlehydrate gegen die Kälte. Und Marmelade – alles bestrichen sie fingerdick mit »Smucker's«, wegen des Zukkers.

An Tisch drei kam es zu einem Streit um zusätzliche Zukkerpäckchen, und ein Mann versuchte, Ace mit einem Schal zu würgen. Sie fielen zu Boden. Hier, fast am unteren Ende der Nahrungskette, war Zucker die Grundlage eines primitiven Tauschsystems. Mrs. Goldblum stürzte herbei und schüchterte die Streithammel so ein, daß sie in einen Waffenstillstand einwilligten. In den Vertragsklauseln, die das Ende der Zwistigkeiten besiegelten, sicherte sich Ace zwei zusätzliche Päckchen Zucker.

Ace war gut drauf, heute abend standen seine Sterne wirklich günstig. Er machte an der Bowery halt, schlug mit seinen neuen Handschuhen ein paar Finten gegen seinen Schatten und versuchte, sein Glück zu spüren. Wie viele Männer, die auf der Straße lebten, war Ace Fatalist. Egal was geschehen würde, es geschah halt. Man mußte bloß achtgeben, nicht im Weg zu stehen. Als er einem Typ im Anzug begegnete, bat er ihn um einen Vierteldollar. Der Kerl ging an ihm vorbei, als sei er der Unsichtbare, aber Ace war daran gewöhnt, die Leute sahen und hörten ihn nicht; der Normalbürger war mit dem rationellen New Yorker Tunnelblick ausgestattet – Augen strikt geradeaus und auf den nächsten Halt gerichtet, damit der Blick nicht an irgend etwas Häßlichem hängenblieb –, mit Radar versehen, der seine Anwesenheit als Hindernis anzeigte, dem man wie einem Stein oder einem Haufen Hundescheiße auswich. Das konnte einen dermaßen nerven, daß man sich manchmal nach einem bürgerlichen Leben sehnte, und doch hatte diese Art nackter Existenzsicherung auch eine gewisse Romantik für ihn, dieses an die frühen Pioniere erinnernde Sammeln und Jagen in einer feindlichen Umwelt, das viel aufregender war als Hamburger umzudrehen, Möbel zu schleppen oder als Fahrradkurier durch die ganze Stadt zu gurken.

Er schlenderte zu dem Musikpodium im Tomkins Square Park hinüber, wo einige der Jungs gerade Crack rauchten, ging aber gleich weiter, da er blank war, und bummelte die Avenue C entlang zu dem großen Grundstück, auf dem ein Obdachlosenlager zwischen dem Schutt eines abgerissenen Wohnblocks entstanden war, ein improvisiertes städtisches Lager aus Zelten, die man aufgebaut hatte, nachdem auf der Houston Street ein mit Stoffballen beladener Laster umgekippt war. Die Mitglieder eines spontan entstandenen Trinker-Clubs, der sich um eine Flasche »Night Train« konstituiert hatte, fanden heraus, daß der Fahrer bewußtlos war, stemmten den Laderaum auf und entdeckten ballenweise Dekostoffe aus Seide und Baumwolle, auf denen Einhörner jagende Ritter zu Pferde abgebildet waren und die viel zu wertvoll aussahen, um sie in der Gosse liegenzulassen, daher hatten die Männer die Fracht zu dem Baugrundstück gerollt, auf dem sie gerade schliefen. Am nächsten Tag wuchs das erste Tipi in die Höhe. Inzwischen stand schon ein Dutzend, der ursprünglich scharlachrote Stoff war von Regen, Sonne und Schnee durchweicht und verblaßt, mit Müllsäcken und Aluminiumfolie bedeckt. Zwischen den Tipis waren Wellblech- und Sperrholzhütten entstanden, und andere Obdachlose hatten das verlassene Mietshaus nebenan besetzt. Ein riesiges Wandgemälde auf der Brandmauer des Gebäudes mit einer idealisierten paradiesischen Variante der Siedlung trug den Titel DAS NEUE JERUSALEM, doch die meisten Leute nannten sie Reagantown. Insgesamt hatten hier mehrere hundert Menschen Zuflucht gefunden, darunter Familien mit Kindern und Haustieren; so wie Ace kamen viele andere auf der Suche nach Essen, Partys und einem Dach über dem Kopf vorbei. Informeller Herrscher dieser kleinen Gemeinschaft war ein riesiger Vietnamkriegsveteran namens Rostenkowski, der die gespendeten Lebensmittel verteilte, für einen Dollar pro Nacht Übernachtungsplätze verkaufte und den Drogenhandel beaufsichtigte.

Die Nachtluft war von Qualm geschwängert und roch durchdringend nach Essen, Schweiß und Urin. Bewohner des Camps drängten sich um die in Mülleimern kokelnden Feuer, teilten Flaschen und Zigaretten miteinander. Als Ace zu Rostenkowskis Tipi hinüberschaute, sah er Corinnes Freund, den hochgewachsenen Typ, der ihm die Handschuhe gegeben hatte, aus dem Zelt treten und hinauf in den Himmel starren, als wolle er sich anhand der Sterne orientieren. Ace für sein Teil suchte eine gewisse Sally Sweet.

»Warst wohl im Oval Office?« fragte ein Mann, den alle Sixtoe nannten, obwohl er insgesamt elf Zehen hatte.

»Genau wie der Präsident«, erwiderte Ace.

Dann erzählte ihm jemand, Rostenkowski habe sie rausgeworfen und ihr gesagt, sie solle sich nie wieder blicken lassen;

sie habe nämlich lila Beulen an den Armen bekommen, und Rostenkowski habe behauptet, das komme vom Aids.

»Wieso muß eigentlich immer der weiße Mann den Scheiß-Hausherrn spielen?«

»Laß du dich lieber testen, Brother.«

»Wenn Schluß ist, ist Schluß«, lautete Aces tautologische Antwort, aber das mit Sally tat ihm leid, sie war erst sechzehn.

Nach dem Saubermachen in der Mission traf sich Corinne mit Jeff im »Great Jones Café«, einer kleinen überfüllten Straßenbar, die zu seinen Stammkneipen zählte.

»Wenn ich dir genau sagen kann, wo du dieses Hemd gekauft hast, ziehst du's dann aus?« fragte er die Barfrau, eine gebleichte Blondine in einem engen schwarzen Mieder.

»Meine Freundin hat es in dem Laden geklaut, wo sie früher mal gearbeitet hat.«

»*Genau* das wollte ich gerade sagen. Runter damit – und zwar sofort!«

Die Barfrau verzog sich. Hier wirkte Jeff beinahe entspannt. Er war zwar nie ein leicht zugänglicher Mensch gewesen, doch in den letzten Jahren war er noch unnahbarer geworden und hatte sich zunehmend abgekapselt. Als er damals sein Buch beendet hatte, dachte sie, mußte es eine Phase gegeben haben, in der er abschalten konnte, doch mit wachsendem Erfolg des Buches schien seine Zufriedenheit nachzulassen. Russell behauptete, als elitärer Misanthrop könne Jeff gar nicht anders, er müsse sich selbst hassen, da sein Buch so vielen Leuten gefallen habe. Seine Freundin Caitlin, die ihm drei Jahre lang durch dick und dünn die Treue gehalten hatte, ließ ihn sitzen, als er endlich Erfolg hatte. Die viele neue Konkurrenz gefalle ihr nicht, sagte sie.
»Hast du was von Caitlin gehört?« fragte Corinne.

»Angeblich ist sie mit einem Investmentbanker verlobt. Man käme nie auf den Gedanken, daß so was jemandem passiert, den man wirklich kennt, und plötzlich – wumm!

Einfach so. Eine Lektion für uns alle. Vermutlich ist es eine Reaktion auf die drei Jahre mit mir.«

»Also, ich bin *Börsenmaklerin*, wie du mir an meinem Geburtstag freundlicherweise in Erinnerung gerufen hast.«

Die Barkeeperin, die durchaus nebenher beim Damencatchen arbeiten mochte, ließ ihr einen gründlichen, abschätzig-mißtrauischen Frauenblick zukommen.

»Du bist keine richtige Maklerin. Manche Leute gehen in ihrer Arbeit auf. Du nicht.«

»Bin ich vielleicht eine Heuchlerin, wenn ich etwas tue, woran ich nicht glaube?«

»Du bist wie ... eine Missionarin auf dem dunklen Erdteil namens Wall Street, die ein wenig Freundlichkeit und Licht in den Finanzsektor bringt. Was willst du haben, ein Bier?«

»Einfach irgendwas Kalorienarmes.«

»Irgendwas Kalorienarmes«, äffte die Blondine nach und umklammerte den Pistolengriff der Soft-Drink-Zapfanlage. Sie erweckte den Eindruck, als sei es unter ihrer Würde, Soft Drinks auszuschenken, geschweige denn *kalorienarme* Soft Drinks, und sie mache das nur, weil Corinne – unerklärlicherweise – eine Freundin Jeffs war.

»Hast du das Trinken aufgegeben? Dann wird sich dir das gesellschaftliche Leben Manhattans in all seiner ordinären Gräßlichkeit offenbaren, und du wirst uns schließlich alle verachten.«

»Vielleicht sollten wir alle wegziehen.«

»Allerdings. Aber wohin nur?«

»Wir müssen hier leben, aber du könntest überall leben. Gern stelle ich mir vor, wie du auf einem Campus in Neuengland Pfeife rauchst und angeln gehst.«

»Ich bin ein Frauenangler.«

»Hast du mal mit der geschlafen?« flüsterte sie, als die Barfrau endlich außer Hörweite war. »Auf mich macht sie den Eindruck, als würde sie mich am liebsten mit dem Kopf zuerst in den Mixer stecken.«

»Ich glaube, sie würde ganz gern deine Füße zuerst reinschieben und sich dann langsam weiter vorarbeiten, um dir möglichst heftige Schmerzen zuzufügen.«

»Du hast meine Frage nicht beantwortet.«

»Da hast du recht.« Er hielt ihrem Blick stand.

Sie trank ein Schlückchen, leckte sich das Prickeln der Kohlensäure von den Lippen. »Wünschst du dir manchmal, du hättest Caitlin geheiratet?«

»Wir waren so gut wie verheiratet – in meinen Augen war es so was wie eine Unvernunftehe. Wir haben uns genausoviel gestritten wie ein Ehepaar ... haben die Schwächen des anderen studiert ... Das zählt doch wohl als Ehe, oder?«

»Du weißt, daß ich weiß, daß du dich nur als Zyniker ausgibst.«

»*Wir sind das, als was wir uns ausgeben, deshalb müssen wir uns vorsehen, als was wir uns ausgeben.*«

»– Vonnegut.«

»Stimmt, ausgezeichnet. Allerdings hat es Aristoteles wohl als erster gesagt.«

»Nun ja, ihr habt wie ein gutes Paar gewirkt.«

»Wie ein gutes Paar zu *wirken*, ist nicht schwer«, sagte Jeff zerknirscht. »Ich habe immer auf dich gewartet.«

»Ich finde, wir haben uns in letzter Zeit nicht mehr richtig unterhalten.« Corinne wollte vermeiden, daß ihr Gespräch diese Richtung nahm. »Willst du nie zur Ruhe kommen?«

»Das überlasse ich dir. Einer muß schließlich die Drinks kippen und die zweifelhaften Mädchen vögeln, damit du ein normales Leben führen kannst.«

»Früher hast du über deine Gefühle geredet, Jeff. Nicht nur Witze darüber gerissen.«

»Im Grunde ist es doch so«, entgegnete er, »daß Männer mit Frauen reden, weil sie mit ihnen schlafen wollen, während Frauen mit Männern schlafen, weil sie mit ihnen reden wollen.«

»Wo ist da Platz für uns?« fragte sie leichthin.

»In einem Zen-Garten. Grünes und gelbes Moos, geharkter Kies. Stille.«

Sie nickte enttäuscht und wandte den Blick ab. »Komm heute abend zum Essen zu uns«, schlug sie endlich vor.

»Bedaure. Schon verabredet.«

»Mit dem Hund Gassi gehen?«

»So ähnlich.« Er zündete sich eine Zigarette an.

»Vergiß bitte die alten Freunde nicht«, sagte sie kokett.

Er legte den Kopf schräg, als höre er eine leise Melodie. »Ach ja, ›die alten Freunde‹. Kommt mir bekannt vor. *Du* hast mir also dieses Yeats-Gedicht geschickt.«

»Welches Gedicht?« Sie tat unschuldig.

Er zitierte:

»Bist du auch in deinen glänzenden Tagen,
Da Stimmen in der Menge
Und neue Freunde manch Lob dir sagen,
Sei weder stolz noch strenge,
Sondern vor allem alter Freunde eingedenk:
Bla didel bla Jambus Anapäst...

Den Rest weiß ich nicht mehr. Entweder du oder Crash. Aus Sorge, ein paar gute Kritiken könnten eurem Jeffer zu Kopf steigen. Tja, trotz all eurer Bemühungen bin ich ein Arschloch geworden.«

»Du bist doch *schon immer* ein Arschloch gewesen«, sagte sie und wünschte, sie hätte eine Zigarette. Hatte sie die Jungs um sich, redete Corinne irgendwann wie sie – schnoddrig und grob.

»Ich glaube, ich hab diesen Scherz versaut, ich hätte sagen sollen, ›wo's dieses Hemd *gibt*‹, nicht ›wo du dieses Hemd *gekauft* hast‹. Der Fluch grammatikalischer Genauigkeit...«

Jeff ließ sie nicht mit der U-Bahn fahren, sondern schob sie mit einem rauchigen Kuß in ein Taxi. »Eins wollte ich dich schon immer fragen«, sagte er, zu ihrem Ohr hinuntergebeugt.

Fast ängstlich blickte sie zu ihm auf. »Was?«

»Wie war Salinger wirklich?«

9

Ruhm
von Juan Baptiste

... Natürlich wird dein Penis größer. Oder deine Brüste. Und im allgemeinen änderst du deinen Namen. Mit einem Namen wie Norma Jean, Archie Leach oder James Gatz fängst du an. Natürlich ist es kein Muß. Aber man sollte nicht vergessen, daß wir es hier in Amerika gern haben, wenn die Leute klein anfangen (gilt nicht für die KENNEDYS*). Wir mögen Erfinder. Und Kreativität beginnt zu Hause – Selbsterfindung heißt das nationale Geburtsrecht. Du kamst in irgendeinem öden Vorort zur Welt? Bist es leid, den ewig gleichen Hackbraten vorgesetzt zu bekommen, tagein tagaus dasselbe alte Gesicht im Spiegel zu sehen? Kein Problem, zieh nach New York – die Stadt, die das Konzept des Neuen sogar in ihrem Namen trägt. Nase zu groß, Titten zu klein? Nichts wie hin zu einem Schönheitschirurgen. Sei ein Model, oder seh wenigstens wie eins aus. Sei da, wo die Action ist. Laß die Sau raus. Leben und Freiheit hast du schon, jetzt hol dir das Glück. Hip werden. Gevögelt werden. Reich werden. Nie wieder Kleinkram.*

Seht euch JOHNNY MONIKER *an, vor einem halben Jahr hat der Bursche noch in einer Pizzeria gearbeitet, vor einem Jahr lebte er noch im Mittelwesten. Oder nehmen wir* BERNIE MELMAN, *glaubt ihr vielleicht, der wurde schon als Millionär geboren? Und* MADONNA *fing ihr Leben in Detroit mit einem unaussprechlichen Namen an. Sogar meine Wenigkeit,* JUAN BAPTISTE, *könnte euch das eine oder andere über niedrige Herkunft erzählen. Und auch über die Operationen und Denunziationen, die Fälschereien und Sauereien hinter den großen Namen.*

Als ich beispielsweise uneingeladen in ein Bankett mit Smokingzwang platzte, das im TEMPEL VON DENDUR *im Met stattfand, auf dem mein mieser Vermieter für seine Verdien-*

ste an der Menschheit und Förderung der Kultur ausgezeichnet wurde. Ich nahm eine endlos lange Taxifahrt auf mich, weil ich von ihm wissen wollte, weshalb es in der von mir bewohnten Mietskaserne kein warmes Wasser gab. Seine Frau, der Filmstar im arschbetonten Abendkleid von CHRISTIAN LACROIX, *erhebt sich, um die Vorklatscherin für den Beifall zu machen – hört mal, klatsch klatsch klatsch, es ist der Sound moderner Gebete, die Geste umgekehrten Neides, in Heldenverehrung aufeinandergepreßte Hände. Und während sie dasteht, seht euch die berühmte Frau meines Vermieters an, seht sie euch gut an, ein Mädel vom Lande, erst auf den Knien, hat sich aufgerappelt, um ein großer Star zu werden – immer dran denken, Jungs und Mädels, was Juan verrät: Willst du ganz nach oben rutschen, mußt du blasen oder lutschen. Und der weltweit beste Freund meines Slumlords, der Milliardär Bernie Melman, steht da am Mikrofon und sagt, mein Slumlord sei wahrscheinlich, ohne Übertreibung, der großartigste Mensch, der je gelebt habe …*

… Könnt ihr euch vorstellen, die Mauern des Tempels von Dendur hätten Ohren, dieses antike Ding, das ein paar tausend Jahre lang in der ägyptischen Wüste herumgestanden und den ganzen Pharao-Klatsch belauscht hat, bevor es Stein für Stein numeriert und weggeschafft und in seinem eigenen Flügel des Met wieder zusammengebaut wurde? … Haben sie damals schon die gleichen Lügen erzählt? Keine Ahnung, ich stelle mir gern vor, daß die Lügen, die wir heute hier in dieser neuen, noch besseren Hauptstadt des gesamten zwanzigsten Jahrhunderts erzählen, die größten, schlimmsten, schamlosesten Lügen aller Zeiten sind …

Jeder war auf der Party, auch wenn man versäumte, meine Wenigkeit einzuladen … zweifellos ein Versehen …

Davor hatte ich mir im Kino den Film »Eine verhängnisvolle Affäre« *angesehen, mit* MICHAEL DOUGLAS *und* GLENN CLOSE *in den Hauptrollen, in dem man erfährt, was dir und deinem Häschen passiert, wenn du deine Frau betrügst … Juan verleiht zwei Sterne für guten Fahrstuhlsex und schlech-*

ten Schmutzrand in der Badewanne. Diese Stadt behandelt die Monogamie brutal. Und dann, apropos Ehe – und da ich mich ungewohnterweise gerade in der Upper East Side aufhielt –, stolperte ich in RUSSELL *und* CORINNE CALLOWAYS *Samstagabendsalon. Er ist Lektor bei Corbin, Dern, und sie ist die klassische Ostküsten-Schönheit, die uns ein klein wenig an die junge* KATHARINE HEPBURN *erinnert, oder an* ALEX KATZ' *jüngst entstandenes Gemälde* »Alba in Schwarz« *in der* MARLBOROUGH GALLERY. *Meine Downtown-Begleiter* TONY DUPLEX, LETICIA CORBIN *(zufällig von den Corbin, Dern Corbins) und* JOHNNY MONIKER *mischten sich unter die Leute, die einen beim Kennenlernen fragen: »Und was machen Sie so?« Nicht vergessen, Jungs und Mädels, Juan Baptiste verrät's euch, es kommt nicht darauf an, was man macht – sondern mit wem man's macht...*

Eilmeldung! Juans Modetips der Woche: Für Männer – der Hosenbeutel wird wieder ganz groß in Mode kommen... Und nun zu euch Mädels – nicht vergessen, daß Party-Titten, auch bekannt als Silikon-Brustimplantate, an Bord der Concorde gern explodieren... hat irgendwas mit der Schallmauer zu tun...

Dieser Essay gehörte zu Russells Morgenpost und lag ganz oben auf einem Stapel Belegseiten aus einem Stadtmagazin, das *Down Under* hieß, samt einem Brief von Juan Baptiste, offenbar der Autor, der ihn an ihren Gesprächstermin erinnerte, auf den Werbeeffekt hinwies und die Auffassung vertrat, seine gesammelten Kolumnen könnten ein interessantes Buch abgeben, eine Chronik des städtischen Nachtlebens.

Russells Assistentin Donna hatte einen gelben Post-it-Zettel an die Vorlage geheftet: »Wußte nicht, daß Sie Juan kennen – ich finde die Idee irgendwie cool.«

Er rief Donna zu sich, die in einem »Stirb-Yuppie-Abschaum«-T-Shirt in der Tür erschien.

»Interessiert Sie so was?«

»Klar. Ich fände es hervorragend, wenn wir zur Abwechslung mal was Interessantes veröffentlichten.«

»Tut mir leid, daß das Programm Sie so enttäuscht hat, Donna. Hören Sie, wie wär's, wenn Sie sich das mal genau ansehen und mir nach meinem Urlaub Bericht erstatten?«

Sie nickte, brachte ihr Kaugummi zum Platzen. Vor Dankbarkeit schier überwältigt, dachte er.

Ziemlich weit unten in seiner Post lag ein Schreiben von einer Kreditkartenfirma. *Herzlichen Glückwunsch, Sie wurden für unsere Goldkarte vorgemerkt.* Eine Überraschung. So weit er wußte, hatte er bei allen anderen überzogen und war im Rückstand. Gerade wollte er den Brief wegschmeißen, als ihm auffiel, daß er wegen einer gehobenen beruflichen Stellung außerdem *für einen Kreditrahmen von fünfzigtausend Dollar vorgemerkt* war. Er mußte bloß ein Formular unterzeichnen und binnen dreißig Tagen zurückschicken. Da mußte irgendein Irrtum vorliegen, und doch stand sein Name auf der Karte und ebenfalls auf der Einverständniserklärung des Karteninhabers. Rasch unterschrieb er die Erklärung, klebte den Umschlag zu und legte ihn in seine Ablage für die ausgehende Post. Er konnte es kaum erwarten, Corinne davon zu erzählen.

Schon auf dem Weg zur Tür nahm er einen Anruf von Tim Calhoun entgegen; er klang betrunken. Tim sagte, er sei mit dem neuen Buch fast fertig, und lud Russell zum Angeln und Feiern nach Georgia ein. Russell bedauerte – »Urlaubsreise mit der Frau, mein Lieber«. Aber dieser Anruf war ihm angenehmer als der letzte, als Tim dringend jemanden gebraucht hatte, der seine Kaution bezahlte.

Auf dem Weg zum Mittagessen traf Russell Harold in der Toilette. »Hi, Harold«, sagte er, als er sich Richtung Urinbekken wandte. Der am Nachbarbecken stehende Harold sah ihn kurz an und gab einen unverständlichen Laut von sich.

»Stellen Sie durch«, sagte Russell. Donna hatte Zac Solomon aus Los Angeles am Telefon. Seit der Fete vor über einem Monat hatte Russell nicht mehr mit ihm gesprochen.

»Mr. Calloway? Einen Moment, ich verbinde Sie mit Mr. Solomon.«

»Danke.« In Wirklichkeit verabscheute Russell dieses »Ich verbinde«. Vermutlich hätte er Donna auch dazu bringen können. »Ich verbinde Sie mit Mr. Calloway.« Eine Menge Arschlöcher im Verlag taten so was.

»Rus-*sell.* Bist du das, Alter? Hör ich da ein Gerussell im Busch? Ein *Blätter*-Russeln vermutlich.« Dann, mit Falsettstimme: »Lieber Himmel, seht euch das an, im Wald da drüben, das nackte Pärchen... die beiden bringen die Blätter zum *Russelln,* die kopu... kopul... mein Gott, ich kann's nicht aussprechen.«

Russell hätte das wahrscheinlich lustiger gefunden, wäre es nicht sein Name gewesen. Aber vielleicht bin ich auch bloß müde, dachte er. Als es vorbei war, fragte er: »Für welche Rolle sprichst du eigentlich vor, Zachary?«

»Die Frage lautet, wofür sprichst *du* vor, Alter? Paß auf, ich werd dir verraten, für welche Rolle du vorsprichst. Ich hab dir einen Job anzubieten.«

»Warum mir? Ich habe nicht die geringste Ahnung von Filmen.«

»So wie alle anderen auch. Das ist doch das Schöne an dieser Branche. Noch vor drei Jahren hab ich für Manny Hanny am Compi gehockt. Dann hab ich mitgeholfen, für United Artists ein Finanzierungspaket zu schnüren. Vor zwei Jahren fällt mir eine blöde Idee für einen Film ein, ich ziehe los und gründe meine eigene Produktionsgesellschaft. Heute ruft mich jeder schon gestern zurück, ich habe so viel Geld, daß ich nicht weiß, was ich damit anfangen soll, und jede Nacht bumse ich eine andere Schauspielerin. Gott, ich liebe dieses Land.«

»Warum die Beute mit mir teilen?«

»Sagen wir: aus Großzügigkeit. Ich brauche hier ein wenig Hilfe, Alter. Ich brauche Grips. Und ich brauche Material. Du kennst die Buchbranche, du könntest mir helfen, bei gedrucktem Material aus New York die Nase vorn zu haben.

Scheiße auch, du kannst deinen eigenen Namen buchstabieren, womit du hier in L. A. konkurrenzlos dastehst. Du könntest mir bei der Zusammenarbeit mit Jeff helfen, der zwar ein Genie ist, einem aber auch gewaltig auf den Sack geht, wenn du verstehst. Da wir nun mal beim Thema sind, ich wollte dich fragen – es bleibt selbstredend unter uns, streng vertraulich –, ob er nicht ein, äh, du weißt schon, vielleicht ein kleines Problem mit dem Substanzmißbrauch hat.«

»Nein«, antwortete Russell, »hat er nicht.« Jeff mochte mehr Scheiße bauen, als gut für ihn war, mochte sich gelegentlich zudröhnen, aber das gehörte nun mal zu ihm. Diese Leute drüben in L. A., dachte Russell, waren inzwischen alle Abstinenzfreaks geworden, nachdem da vor ein paar Jahren der Schneesturm durchgeweht war. Aber selbst wenn Jeff ein beinharter Junkie gewesen wäre, hätte Russell das weder Zac Solomon noch irgendeinem anderen ihm relativ fremden Menschen erzählt. Das gehörte nun mal zur Freundschaft, wie er sie verstand.

»Na ja gut, egal«, sagte Zac. »Trotzdem könntest du der Sache mal nachgehen. Die Leute hier draußen sind heutzutage ein bißchen schreckhaft, sogar ein Gerücht kann eine Karriere abrupt beenden. Ich meine vor allem folgendes, du hast einen Namen – Jeffs Buch und den Roman von Wieheißt-er-doch-gleich, den du letztes Jahr auf den Markt gebracht hast. Wir haben Power, wir passen zusammen, wir haben *Syn*ergie.«

»Nun mal ernsthaft, Zac.«

»Warum sollte ich ernst sein? Wo lebe ich denn? Ich werd doch nicht bezahlt, um ernst zu sein.«

Dave Whitlock schlenderte in das Büro, setzte sich auf die Armlehne von Russells Couch und schnappte sich eine Zeitschrift vom Beistelltisch. Russell hielt einen einzelnen Finger hoch.

»Ich laß dich einfliegen, bring dich bei mir unter. He, komm doch am Donnerstag mit Jeff rüber. Oder ich treffe dich nächsten Monat in New York.«

»Zac, ich mag Filme genug, um zu wissen, daß ich von ihrer Herstellung keine Ahnung habe. Bei Büchern weiß ich Bescheid.«

»Was machst du so, fünfundsiebzig, hundert?«

Aus Verlegenheit blieb Russell stumm. So viel hätte er gern.

»Egal wieviel, ich biete dir das Doppelte, Alter.«

Whitlock stand auf, um zu gehen, doch Russell bedeutete ihm zu bleiben. Er sollte mithören.

»Ich fühl mich hier ganz wohl, Zac. Außerdem muß ich gleich zu einer Besprechung. Wir wär's mit ein bißchen Bedenkzeit?«

»Früher oder später kriegen wir dich«, sagte Zac. »Hier draußen fällt das Geld von den Scheißpalmen. *Sayonara.*«

»Stellenangebot?« erkundigte sich Whitlock, als Russell aufgelegt hatte.

»Ich bin ein gefragter Mann«, sagte Russell. »Das kannst du denen oben ruhig mitteilen.«

»Werd versuchen, dran zu denken«, sagte Whitlock düster und ließ die Zeitschrift wieder auf den Tisch fallen, als habe auch sie es versäumt, die Frage nach dem Sinn des Lebens oder höheren Unternehmensgewinnen zu beantworten.

»Dein Rappaport-Buch wird uns schweinemäßig viel Geld kosten.«

»Es wird nicht schweinemäßig viel Geld kosten«, sagte Russell gereizt. »Vielleicht reicht's nicht für die Liste...«

Whitlock schnaubte abfällig. »Kein Mensch will was über Nicaragua wissen, und kein Mensch will schlimme Dinge über den netten alten Mann im Weißen Haus wissen.«

»Wenn Harold sich hinter die Scheißschwarte klemmen würde, wäre alles klar.«

»Was hast du ihm eigentlich getan, daß er so sauer auf dich ist?« fragte Whitlock.

»Ich bin dreißig geworden, ich hab das Büro gewechselt, keine Ahnung.« Daß Whitlock fragte, warum er in Ungnade gefallen war, als sei das eine feststehende Tatsache, versetzte ihm einen Schock, zumal nach Solomons Anruf, der ihm in Erinnerung gerufen hatte, wie wenig Geld er verdiente.

Während Whit zum Abschied mürrisch winkte, fielen Russell die Lebensregeln seines Vaters ein, die dieser ihm am Tag vor seiner Abreise zum College mit auf den Weg gegeben hatte: Gefährde nie den Ruf einer Frau, benutze nie einen anderen Mann als Steigbügelhalter, rede nie darüber, was du verdienst oder was die Dinge kosten. Inmitten von Rechen, Säcken mit Unkrautvertilgern und Rasendünger in der Garage in Michigan, wo er das Auto mit Stereoanlage, Büchern und Kleidung vollpackte, wurde sein Dad plötzlich zum Haushaltsvorstand, ein Phänomen, das sie noch jedesmal alle beide in Verlegenheit gestürzt hatte, so auch, als ihn der alte Herr vor vielen Jahren aufgeklärt hatte. Russell hatte peinlich berührt dagestanden, eine Kiste Schallplatten in den Armen, während sein Vater die goldenen Regeln vortrug. Später wiederholte er diese Maximen zum Vergnügen seiner Freunde, aber er wurde sie nicht wieder los. Er versuchte, sich in eine herablassende Stimmung gegenüber Zac zu versetzen, aber daß er sich wegen seines Gehalts schämte, wog stärker, außerdem deprimierte ihn, daß die Zacs dieser Welt reich wurden.

Falls er überhaupt Geld machen würde, befand Russell, dann wahrscheinlich an der Börse. Er mußte anfangen, mit Duanes Papieren zu arbeiten – Termin- und Optionsgeschäfte. Wenn er nur ein wenig Kapital hätte ... da fiel ihm sein brandneuer Kreditrahmen ein: fünfzig Riesen. Er könnte in kurzfristigen Papieren investieren. Warum nicht?

Donna stürmte herein, wutentbrannt. »Muß ich mir dieses arrogante Ekel Carlton anhören? Ehrlich, ich dachte, *Sie* wären mein Chef. Wenn die nun auch noch mein Chef ist, kündige ich.«

»Was«, fragte er, »reden Sie da eigentlich?«

Ein tiefes Rot strahlte durch ihre weiße Schminke. Sie ging beim Sprechen auf und ab, zwei Schritte in jede Richtung.

»Sie hat mir gesagt, ich soll das abmachen.« Sie zeigte auf ihren »Eat the Rich«-Button. »Sie behauptet, Sie wüßten Bescheid. Wo sind wir hier, in 'ner beschissenen *High-School* oder wo? Wußten Sie wirklich Bescheid?« Und damit pflanzte sie sich mit trotzig verschränkten Armen direkt vor ihm auf.

Russell nickte. »Man bat mich, Sie aufzufordern, sich des Buttons zu entledigen.«

»Wer, diese blonde Fotze?«

»Bitte. Nein, es war Harold.«

»Und?«

»Und ich schenkte der Aufforderung augenscheinlich keine Beachtung.«

»Und ich möchte jetzt wissen, wer mein Chef ist.«

»Zur Zeit bin ich das. Und als Ihr Chef befehle ich Ihnen, diesen Button auch weiterhin zu tragen.«

10

»Jetzt hör ich wirklich auf zu trinken«, verkündete Corinne.

Mit einer Hand drehte Russell am Radio, während er mit der anderen das Lenkrad des Mietwagens umklammerte; er durchstöberte atmosphärische Störungen und blinzelte gleichzeitig angestrengt in den weißen Scheinwerferkegel.

»Ich glaube, in Manchester gibt's einen guten Sender«, sagte er. »He, wenn wir schon annähernd in der Gegend sind, sollten wir vielleicht mal deinen alten Freund Salinger besuchen.«

»Russell, hast du mich nicht gehört? Ich sagte, ich höre wirklich auf zu trinken.«

»Ich hab's gehört.« Er stellte eine Abfolge schroffer Akkorde genauer ein und fragte: »Wie meinst du das?«

»So, wie ich es gesagt habe.«

»Heißt das, du hörst auf zu trinken? Punkt, Sense, *finito*?«

»Warum akzeptierst du nicht, was ich gesagt habe?«

»Ich hab nicht gedacht, daß du's ernst meinst.« Zum erstenmal seit ihrer Ankündigung sah er sie an, die Augen fragend zusammengekniffen.

»Warum sollte ich es nicht ernst meinen?«

»Das sagst du immer mal wieder.«

»Aber diesmal ist es mir ernst.«

»In Ordnung.«

Sonntagabend, auf der Fahrt von Vermont zurück in die Stadt. Nach einem Skiwochenende fühlte sie sich weniger gesund denn je. Am Vorabend ein großes Essen mit Freunden in der Nähe von Middlebury, einem Ehepaar, das sie noch von der Uni kannten. Beide arbeiteten für die Staatsregierung in Burlington, Jeannie als Umweltbiologin und Chip als Verbraucheranwalt. Sie bemühten sich gerade, ein Kind zu adoptieren. An Wochenenden betrieben sie Sportarten wie Klettern, Wildwasser-Rafting oder Skilanglauf.

»Was ist das für Musik?« fragte Corinne. »Klingt, als würde es Jeff gefallen.«

»The Cure«, antwortete Russell.

»Eine Kur, ein Heilmittel? Für was?«

»So heißt die Band, Corinne.«

»Woher weißt du das?«

»Ich weiß es eben.«

»Ich aber nicht.« Es ärgerte sie, wenn ihr solche Diskrepanzen in ihrem Wissen über die alltägliche Welt auffielen, als habe sie beim Durchsuchen seiner Taschen mit Lippenstiftzahlen und kryptischen Notizen beschriftete Serviettenfetzen entdeckt. Fünf Jahre verheiratet, davor fünf Jahre lang mal enger, mal weniger eng befreundet... wie eignete er sich solche Kenntnisse ohne sie an? Sie führten doch ein gemeinsames Leben. Oder etwa nicht?

Als sie am Vorabend in dem großen, zugigen Haus gesessen, Wein getrunken und Trivial Pursuit gespielt hatten, war Corinne voller Bewunderung und Neid für das Leben gewesen, das ihre Gastgeber führten, und doch kam es ihr ein wenig unwirklich vor. Auch wenn sie mit ihrer großstädtischen Existenz nicht rundum zufrieden war, glaubte sie doch nicht, das dies hier – Holzöfen und Gemüsegärten – für sie noch erreichbar war. Zwei Straßen gabelten sich im Wald, und ich... ich habe es jetzt erst bemerkt. Russell, als er gestern abend Frost vorgetragen hatte. *Weit und Tief.* Dann gabelten sich noch zwei Straßen und noch zwei, und plötzlich ist man hier mitten im... im *Irgendwo* und gibt vor zu wissen, wohin der Weg führt.

Als sie an diesem Morgen in dem mörderisch weißen, vorhanglosen Gästezimmer aufwachte, war ihr speiübel von dem vegetarischen Chili und dem billigen Rotwein. Russell bestand darauf, eine Bloody Mary wäre jetzt genau das richtige. Nichts Rotes, um Gottes willen. Lieber tot als rot. Also genehmigte sie sich einen Screwdriver.

»Warum?« meldete sich Russell nach kilometerlangem Schweigen zurück.

»Warum was? Warum ich aufhöre zu trinken?«

»Genau.«

Hinter diesem Entschluß lauerte etwas Wichtiges, aber das erklären zu müssen, hielt sie für zu anstrengend. »Keine Ahnung. Hauptsächlich eine Frage der Gesundheit.«

Nach weiteren fünfzehn Kilometern auf der salzgebleichten Straße, die sich wie ein graues Band zwischen Mauern aus schmutzig-beigem Schnee abspulte, drehte sie sich zu ihm. »Keine Angst. Ich komme dir schon nicht selbstgerecht. Okay?«

»Gut«, erwiderte er. »Und paß auch auf, daß du nicht langweilig wirst.«

Die Sonntagabende waren am schlimmsten, dachte er. Während er in feuchten Skiklamotten am Lenkrad saß – Corinne war inzwischen neben ihm eingeschlafen –, spürte er, wie ihn die vertraute Angst wieder umhüllte... er raste auf die Stadt, das Büro, das erdrückende Gefühl des Eingesperrtseins zu, hinzu kam eine neue Beklommenheit wegen seiner Beziehung zu Harold. Es war eine Frage der Zeit, das wußte er. Wahrscheinlich war er bei Corbin, Dern schon auf dem absteigenden Ast gewesen, bevor er Harold mit Carlton überraschte. Er mußte etwas unternehmen, sonst war er ein gescheiterter Lektor, mit vierzig am Ende seiner Karriere.

Früher hatte er sich vor der Schule gefürchtet. Nach der sonntäglichen Tortur durch kratzende graue Hosen und Verwandtenbesuche drohte das Schreckgespenst unerledigter Hausaufgaben und irgendein Junge, der einem eine Abreibung versprochen hatte. Als Kind kann man es kaum erwarten, erwachsen zu sein, und den Rest des Lebens verklärt man seine Kindheit. Montag. Jede Woche einen neuen Kaltstart für den Motor. In einem Song bringt ein Knabe ein Gewehr mit in die Schule und ballert auf seine Klassenkameraden; als sie ihn fragen, warum, antwortet er, er könne Montage nicht leiden. Alles klar, Mann. Wenn auch radikal. Auch Corinne war ein wenig radikal – diese neue Abstinenz. Herrgott noch mal, sie hatten doch schon das Rauchen aufgegeben. War jetzt zwei Sommer her, ein Alptraum. Jeder läßt die lästigen Laster hinter sich. Der neue Puritanismus. Trägheit, Völlerei, Partydrogen waren out. Narzißmus, blinder Ehrgeiz und Habgier hingegen wiesen weder Neben- noch Nachwirkungen auf, wenigstens in diesem Leben, und wer rechnete eigentlich noch mit dem anderen?

Corinne hob den Kopf, blickte hinaus auf die austauschbare Straße. »Wo sind wir?«

»Taconic State Parkway.«

»Liebst du mich noch?« fragte sie schläfrig.

»Laß mich überlegen.«

»Russ.«

Er begriff nicht, warum sie alle paar Tage eine mündliche Bestätigung brauchte. Frauentypisch oder corinnetypisch? Inzwischen hatte er Schwierigkeiten, das zu unterscheiden.

»Ja, ich glaube schon.«

»Wie sehr?«

Es war ein Spiel zwischen ihnen, aber es steckte mehr

dahinter. Er stemmte seine Beine gegen das Lenkrad und breitete die Arme so weit aus wie im Auto möglich. »Ungefähr so sehr.«

»Na schön.« Sie legte den Kopf in seinen Schoß und schlief weiter, wachte dann erneut auf, als ihr die Taschenlampe eines Polizisten in die Augen leuchtete und im Rückspiegel Blaulicht pulsierte – Russells zweite Geschwindigkeitsübertretung in drei Tagen.

»Russell, warum hast du es bloß immer so eilig?«

»Weil ich hinter mir immer den mit Einspritzmotor und Turbolader bestückten Leichenwagen der Zeit heranrasen höre.«

»Stimmt doch gar nicht. Du *glaubst* ja gar nicht mal an deine Sterblichkeit. Du tust, als würdest du ewig leben.« So war er das ganze Wochenende über Ski gelaufen, kompromißlos, ein spektakulärer Sturz – da lag er dann der Länge nach quer über einem Hubbel, einer Rauchwolke gleich setzte sich der von ihm aufgewirbelte Schnee auf seinem bunten Leichnam. Hinter ihnen blitzte immer noch drohend das Blaulicht auf.

»Man muß sich selbst weismachen, daß man unsterblich ist. Sonst wäre man todunglücklich.«

»Wenn einem nicht klar ist, daß es jeden Augenblick zu Ende gehen könnte, würdigt man es nicht richtig. Manchmal befürchte ich, daß deine Gefühle nicht sehr tief gehen.«

»Arbeitsteilung. Du fühlst für mich mit.« Er drückte ihr Knie und küßte Corinne, während der Polizist seine Autotür zuschmiß und auf dem Seitenstreifen wieder zu ihnen zurückstapfte. »Nimm doch nicht immer alles so übertrieben ernst.«

»Warum probierst du's nicht mal?« gab sie zurück. »Nur ein einziges Mal.«

Minuten später, so kam es ihr vor, war sie im Büro, Montag morgen, die Hand am Telefonhörer. Einen Moment lang war jede Erinnerung wie weggeblasen – sie wußte nicht mehr, wen sie anrufen wollte, was sie vorher getan hatte –, bis sie ein paar Schritte weiter Duane Peters sagen hörte:

»Ich prophezeie, daß sich der Wert dieser Aktie noch vor Jahresende verdoppeln wird ... Nein, vergessen Sie's. Lassen Sie bloß die Finger von Biotech. Danken Sie Ihrem Schutzengel, daß ich Sie noch rechtzeitig da rausholen konnte. Das reinste Dünkirchen. Der Strand voller Leichen. Angesagt sind heutzutage Gesundheit und Freizeit. Mit diesem Angebot rufe ich Sie als ersten an ...«

Wenn sie Duane so zuhörte, wurde sie nur noch mißmutiger. Mit vom Bildschirmleuchten ihres Quotron grünem Gesicht blickte sie auf eine vor ihr liegende Namensliste: amtlich zugelassene Wirtschaftsprüfer im Großraum New York. Wirtschaftsprüfer waren harte Brocken – konservativ, geizig, und sie kannten sich unangenehm gut aus.

Sie fing mit Ablomsky, Leon, an. Eine Frau meldete sich mit kratziger, unwirscher Stimme.

»Könnte ich bitte mit Mr. Ablomsky sprechen?«

Am anderen Ende der Leitung blieb es still.

»Hallo, ist Mr. Ablomsky da?« Als immer noch keine Reaktion erfolgte, fuhr sie fort: »Hier spricht Corinne Calloway von der Firma Wayne, Duehn. Erwarten Sie ihn später zurück?«

»Nein.« Ein erstickter Laut.

»Nein, Sie rechnen nicht damit, daß er bald zurückkommt?«

»Er ist vor zwei Wochen gestorben.«

Sie spürte, wie es ihr kalt den Rücken runterlief und wie sie kalte Ohrläppchen bekam, als sei der Wind durch den Telefonhörer aus Brooklyn herübergeweht. »O Gott, das tut mir leid«, sagte sie und brachte danach zwar kein weiteres Wort heraus, konnte aber auch nicht auflegen.

An Stelle des Schweigens trat am anderen Ende ein immer heftiger werdendes Atemholen, das schließlich in Schluchzen umschlug. Als Mrs. Ablomsky sprach, klang ihre Stimme trocken und brüchig wie ein alter Brief, der nun gerettet und aufbewahrt wird, nachdem er ein halbes Jahr im Regen und Schnee gelegen hat.

»Er ist nicht mehr. Ermordet. Einmal im Monat fahren wir in die Stadt ... einmal im Monat haben wir uns fein gemacht und die Bahn genommen ... er hatte seine braune Jacke an ... wir sind zu Macy's gegangen ... und plötzlich kommt von hinten ein Junge und reißt mir die Handtasche weg ... Das war zuviel für Leon. Einen Herzinfarkt hatte er schon hinter sich. Ist auf der Straße umgekippt ...«

»Es ... Es tut mir so ...«

»Zweiunddreißig Jahre. Entschuldigen Sie, ich sollte das nicht, ich dachte nur ... Ihre Stimme, die einer jungen Frau, aber ernst. Ich meine, Sie klingen nicht albern. Rauchen Sie? Sie hören sich an, als wären Sie Raucherin.«

»Das war ich mal. Ich habe aufgehört.«

»Gut so«, sagte Mrs. Ablomsky. »Das freut mich. Lassen Sie's.«

Sie fing wieder an zu weinen.

Was konnte Corinne schon sagen? »Hat die Polizei ...«

»Die Polizei! Was weiß die schon?«

»Kommen Sie ... zurecht? Kann ich etwas für Sie tun?«

»Er war ein guter Ehemann, ein guter Versorger. Er hatte mir bei Macy's gerade ein neues Paar Handschuhe gekauft, ich hatte sie noch im Kaufhaus angezogen. Früher gingen wir immer zu Gimbels, bevor der ... der Laden zugemacht hat. Leon war sehr aufgebracht, als Gimbels geschlossen wurde, das war ein schwerer Schlag für ihn ...«

Mit wehenden Hemdschößen und offenen Schnürsenkeln tauchte Jeff in Russells Büro auf, als sei er eben erst aus dem Bett gestiegen, das Hemd noch fadenscheiniger als üblich, der Button-down-Kragen nicht zugeknöpft und hochgeschlagen, durch die zerschlissene Drillichhose sah man seine Knie. Einzig der blaue Blazer vermittelte eine vage Andeutung von Förmlichkeit. Er rückte den Schirm seiner Mütze zurecht, die das Motto »Rettet mich vor dem, was ich will« zierte, fläzte sich auf Russells Couch und klaubte die *Post* von Russells Schreibtisch.

»›Raubkatze terrorisiert die Stadt‹«, las er vor.

»Wer ist diese Person?« wollte Russell von Donna wissen.

»Der ist mit Ihnen zum Essen verabredet.«

»Dein Brötchengeber«, korrigierte Jeff.

Washington Lee wollte sich gerade mit einem Agenten zum Mittagessen treffen, als seine Assistentin einen Anruf von Donald Parker meldete. Die zweieinhalbstündige Mittagspause hatte Washingtons Ansicht nach bereits begonnen, und normalerweise war diese Institution für ihn sakrosankt, aber Donald Parker rief nicht jeden Tag an. Zum Glück. »Durchstellen«, sagte er und zog sich voller Argwohn in sein Büro zurück.

»Donald. Was kann ich für Sie tun, mein Bester?«

»Washington, folgendes ... ich dachte, wir sollten mal ein wenig darüber plaudern, wieso Sie nicht mit uns an einem Strang ziehen, warum Sie ihre eigenen Leute vernachlässigen.«

»Was soll das heißen?«

»Das heißt, daß Ihre Firma keine afro-amerikanische Literatur verlegt. Das heißt, daß ein angesehener afro-amerikanischer Autor ausgerechnet in Ihrem Büro beleidigt und tätlich angegriffen wird, Brother.«

»Verschonen Sie mich mit diesem Scheiß, dieser Nigger hat 'ne Schraube locker. Kommt in mein Büro und bedroht mich.«

»Da hab ich etwas anderes gehört.«

»Der bindet Ihnen doch 'n Bären auf.« Bei aller Empörung, Washington war nervös. Parker war ein Aktivist, der höchst empfindlich reagierte, wenn jemand wegen seiner Hautfarbe benachteiligt wurde, der kahle schwarze Rächer. Er und Washington kannten sich flüchtig, und obwohl es Washington vor seinen weißen Freunden nicht unbedingt betonte, so bewunderte er gelegentlich doch die Guerrilla-Theatralik, mit der dieser Anwalt die Medien für seine Zwecke einspannte. Legte sich einer seiner Leute auf spektakuläre Weise mit dem

System an, war am nächsten Tag Parkers Foto in den Sensationsblättern, die hohe Stirn in Sorgenfalten gelegt, über dem Bart eine wutverzerrte Miene, umgeben von einem Trupp zorniger Anhänger. War der Beschuldigte schwarz, fungierte Parker als sein Verteidiger, geißelte Polizei und Staatsanwaltschaft, stellte das Rechtssystem in Frage; galt ein Schwarzer als Opfer weißer Gewalt, forderte Parker unmißverständlich rasche und harte Bestrafung. Kein Anlaß war zu gering; ging es um die Sache, konnte Parker tausend Anhänger auf die Straße bringen. Auch wenn man ihn nicht leiden konnte, erwähnte man das besser nicht. Washington ließ Parkers Jugendorganisation alljährlich einen Scheck zukommen.

»Das Ganze ist nicht der Rede wert«, sagte Washington ruhig, »und keine Frage der Hautfarbe.«

»Alles ist eine Frage der Hautfarbe, Lee. Wären Sie beispielsweise *nicht* schwarz, würde Jamal Sie wegen tätlichen Angriffs mit einer Schußwaffe verklagen, aber ich konnte ihn davon überzeugen, daß ein solches Verfahren gegen einen Brother die Angelegenheit nur verschleiern würde.«

»Es war eine Wasserpistole. Farbe *Grau*, soweit ich weiß.«

»Das sagen Sie.«

»Der Brother kann nicht schreiben, Donald. Ein Defizit, das ihn mit der breiten Masse der verfluchten Bevölkerung verbindet. Mehr nicht. Ende der Geschichte. Traurig, aber wahr.«

»Womöglich wurde Ihr Urteil ein wenig eingefärbt – oder besser gesagt: gebleicht –, weil Sie ständig Umgang mit diesen gelackten Weißen pflegen. Mir ist zu Ohren gekommen, daß Sie gar keine Zeit für Farbige haben. Offenbar vergessen Sie Ihre Verpflichtungen.«

»Ich bin in diesen Scheißjob nicht gewählt worden. Man hat mich eingestellt, mich persönlich. Ich habe nicht bemerkt, daß Sie mir beim Einstellungsgespräch zugejubelt hätten.«

»Schon möglich. Aber ohne Malcolm, Martin und tausend andere hätte man Sie nicht mal durch die beschissene Tür gelassen. Sie wurden als Hausnigger eingestellt, das steht fest.

Und Sie müssen Ihren Leuten Rede und Antwort stehen. Wir haben da einen Forderungskatalog«, sagte Parker.

»Ich dachte, Lektoren gingen mit erfolgreichen Autoren ins ›Four Seasons‹ oder so«, bemerkte Jeff und sah sich in der Kneipe an der 18th Street um.

»Da würde man dich gar nicht reinlassen. Aber deine Filmfreunde nehmen dich bestimmt mit in den ›Russian Tea Room‹, wenn du sie nett bittest.«

Jeffs langer, bohrender Blick spießte schließlich die Bedienung auf; er bestellte eine Bloody Mary, doch Russell verzichtete. Er mußte an Solomons Worte denken und betrachtete Jeffs – war es nur Einbildung? – ausgezehrtes Gesicht.

»Wie ich höre, fliegst du nächste Woche nach L. A.«, sagte Russell und bemerkte einen gereizten Unterton in seiner Stimme. Ärgerte ihn, daß er es von dritter Seite erfahren hatte, oder ärgerte ihn allein schon der Gedanke? Er hielt sich gern für weniger beschränkt als jene literarischen Fundamentalisten, die es bereits als Verdammnis empfanden, für den Film zu arbeiten.

»Nenn mich Faust«, sagte Jeff.

»He, ich hab nicht gesagt, es sei eine schlechte Idee. Immerhin kommst du so aus New York raus. Du könntest ein wenig Sonne gebrauchen.«

»Würdest du das Buch eines braungebrannten Schriftstellers kaufen?«

»Hemingway«, sagte Russell.

»Hemingway zählt nicht.«

»Wie läuft's denn so?« fragte Russell und warf damit ein großes Netz aus, dessen Maschen weit genug waren, daß alles Unangenehme durchrutschen konnte. Russell fragte Jeff grundsätzlich nicht nach seiner Arbeit; wenn er soweit war, würde er es schon zeigen. Sie waren beide der Ansicht, daß sich Bücher zerreden ließen. Russell befürchtete zwar, daß Jeff nicht schrieb, wollte ihn aber nicht direkt fragen.

»Eitel Sonnenschein.«

Beide beachteten im Umgang miteinander eine dezente Etikette männlichen Gleichmuts, die nur unter starkem emotionalen Druck oder bei Trunkenheit außer Kraft gesetzt wurde – zwei Bedingungen, die oft genug zusammenfielen. Russell tat, was er konnte, nämlich die Formen des Rituals zu beachten, das sie gegen extreme Emotionen abschirmte.

»Ich nehme jetzt doch diesen Drink«, sagte Russell.

»Du *Tier*, du.«

Dreißig Straßen weiter südlich saß Corinne mit Mrs. Leon Ablomsky in einer Nische in einem kleinen griechischen Restaurant. Corinne war zu früh gekommen... damit Mrs. Ablomsky nicht vor ihr eintraf und sich in ihrem Glauben bestätigt sah, daß es sich bei ihrer Verabredung um eine Laune Corinnes handelte, die diese bald bereuen würde, daß eine junge Frau mit einer so gepflegten Stimme, die für eine große Brokerfirma arbeitete, wahrscheinlich eine Unzahl anderer Termine hatte, daß in dem Zeitraum zwischen Corinnes Essenseinladung an eine ältere Witwe wie sie und der Zeit, die sie selbst für die U-Bahn-Fahrt von Brooklyn brauchte, gewiß irgend etwas dazwischenkam, aber das verstand sie voll und ganz, sie würde bloß ihre Suppentasse auslöffeln, ein wenig Hüttenkäse zu sich nehmen und anschließend mit der U-Bahn zum Rockefeller Center fahren, um sich die Schlittschuhläufer anzusehen, was Leon immer so gern getan hatte.

Und tatsächlich kamen Corinne Zweifel, kaum daß sie aufgelegt hatte; sie konnte sich nicht vorstellen, jemandem zu erzählen, daß sie sich zum Essen mit einer trauernden Witwe traf, die sie versehentlich beim Telefonmarketing erwischt hatte. Vor halb zwölf hatte sie dreimal die ersten Ziffern der Telefonnummer gewählt, um abzusagen, hätte es aber wohl kaum ertragen, diese Stimme sagen zu hören: »Ist schon in Ordnung, *ich* verstehe Sie ja.«

Als Corinne ankam, sah sie sich prüfend in dem Restaurant um und entdeckte mindestens fünf Kandidatinnen, die ihren

Vorstellungen von einer Witwe entsprachen. Dann ging hinter ihr die Tür auf, und eine Frau, die nicht annähernd alt oder klapprig genug war, legte den Kopf schräg und fragte: »Sind Sie Corinne?« Sie trug einen haselnußbraunen Nerzmantel, der in Schnitt und Farbe vielleicht nicht dem neuesten Schrei entsprach – jüngere Frauen, Corinne eingeschlossen, kauften die satteren, dunklen Farben, ihre Mäntel bedeckten das Knie –, aber augenscheinlich qualitativ hochwertig war und ihr hervorragend stand. Sie hatte ein zerfurchtes, aber nicht unattraktives Gesicht, ihre hellen Augen lagen nur ein wenig tief. Fast hätte Corinne gesagt: Sie müssen einmal sehr schön gewesen sein.

Nach einem verlegenen Händeschütteln nahmen sie schließlich in einer Nische Platz, wo sich jede umständlich den Mantel auszog und faltete, den Rock zurechtrückte und überprüfte, ob die Handtasche noch da war. Als Corinne genau im gleichen Moment wie Mrs. Ablomsky erneut ihre Handtasche betatschte, bestätigten sie beide lachend und achselzuckend ihre Verlegenheit.

»Nennen Sie mich einfach Muriel«, sagte Mrs. Ablomsky. »Bestimmt denken Sie, daß Sie sich auf so eine verrückte Geschichte noch nie eingelassen haben.«

»Aber nein...«

»Ich verstehe das. Es macht doch nichts. Was mich betrifft, ich sitze im Haus herum... Tja, ich hatte nichts zu verlieren.«

»Es muß für Sie...«

Muriel nickte. »Das stimmt.« Ihr Blick richtete sich nach innen, und Corinne sah sich gezwungen zu schweigen, bis sie wieder aus den Tiefen ihrer Grübeleien auftauchte.

»Bestellen wir?« sagte Muriel, schaute auf und rang sich ein Lächeln ab.

»Prima, klar, bestellen wir«, sagte Corinne und klappte die riesige, in Plastik geschweißte Speisekarte auf, als brenne sie schon seit ihrem Studium darauf, diese endlich einmal zu lesen.

»Was liest du gerade?« fragte Russell und kaute Rindfleisch, während Ketchup von seinen Fingern tropfte.

»Kataloge. Ich hab sie alle abonniert. Einfach erstaunlich, was man in diesem Land kaufen kann, einen Wecker, der einen Lichtstrahl an die Zimmerdecke wirft, damit man die Zeit ablesen kann, ohne den Kopf zu heben. Orthopädische Haustierbetten, Golftaschen aus Krokoleder.« Auf Jeffs Teller erkalteten die Lammkoteletts, während er seinen Drink leerte. »Eigentlich lese ich gerade ein bißchen Cheever.«

»Angst in den Vorstädten«, bemerkte Russell abfällig. Früher einmal hätte er Cheever vielleicht gemocht, aber seit der Autor heiliggesprochen worden war, hielt er es für seine Pflicht, der herrschenden Meinung zu widersprechen. Als Angehöriger der gebildeten weißen Mittelschicht sah er auf seinesgleichen herab, sobald er ihnen in der Literatur begegnete.

»Du glaubst wohl, das Wahre und Schöne beschränkte sich ausschließlich auf dreckige Slums und eiskalte, windgepeitschte Steppen, auf Basare und Schützengräben? Kerl, die gähnenden Tore von Himmel und Hölle lauern gleich draußen vor der Tür.«

In Russells Ohren klang das so, als plädiere Jeff für seine eigenen Erzählungen.

»Davon abgesehen, keine Ahnung. Mit dem Lesen habe ich zur Zeit Probleme. Es hat etwas... Man muß dabei stillsitzen, stimmt's? Es kommt einem alles so unecht vor, und damit meine ich nicht nur das schlechte Geschreibsel. Der Kunstgriff des Sichsetzens, wie dich die Sprache sofort in die Lüge mit hineinzieht. ›Der April ist der grausamste Monat.‹ Ach ja? Blödsinn. Wie wär's mit Februar? Doch wenn man erst mal damit anfängt, steckt man voll in der Sache drin; die Rhetorik hat einen am Schlafittchen, verstehst du?« Er packte ein Lammkotelett am Knochen und schüttelte es wie einen Taktstock dreimal in Richtung Russell.

»Scheiße, nein, hab nicht die leiseste Ahnung.«

»Ich hab mal eine Anekdote über einen Vortrag von J. L.

Austin gehört«, sagte Jeff, als er das Kotelett auf seinen Teller zurückgelegt und sich die Hände abgewischt hatte. »Der Sprachphilosoph. Also, Austin hält irgendwo einen Vortrag, quasselt und quasselt, bis er schließlich sagt: ›Es ist eine interessante Tatsache, daß zwar in den meisten Sprachen eine doppelte Verneinung eine Bejahung ergibt, daß aber aus einer doppelten Bejahung niemals eine Verneinung wird.‹ Daraufhin sagt ganz hinten im Saal einer in abfälligem Tonfall: ›Yeah, yeah.‹ Und recht hat er – ich bin seiner Meinung. Ich sage: *Yeah, yeah.*«

Im Grillroom des »Four Seasons« nippte Washington eine Bloody Mary und tat so, als höre er zu, wie ein Agent ihm ein Buch andrehen wollte. Es war zwar nicht gerade seine Stammkneipe, doch von dem ihm zugewiesenen Tisch in der Mitte des Raums, ziemlich genau dort, wo sich auf einer Landkarte der Vereinigten Staaten Nebraska befände, war er alles andere als begeistert; die Tische der Mächtigen hatten gepolsterte Sitzbänke, standen ringsum an den Wänden und waren zur Mitte des Raums hin ausgerichtet, so daß die leitenden Herrschaften einander im Auge behalten konnten. Harold Stone und all die anderen großen Verlagsheinis.

Überflüssig zu erwähnen, daß Schwarze hier im Grill Room eher dünn gesät waren – eine erhabene rosenholzgetäfelte Bühne, auf der keine störenden Requisiten oder Dekorationselemente von den Auftritten und Abgängen beachtenswerter weißer Burschen ablenkten. Sauber und hell, genau das Richtige für Geschäftstermine, aber auf Geschäftliches konnte sich Washington genausowenig konzentrieren wie auf die Weinkarte, solange ihm Donald Parker im Nacken saß. Parker würde ihm mächtig die Hölle heiß machen, und das war höchst ärgerlich. Niemand lag Russell in den Ohren, sich für die Sache der Weißen einzusetzen. Parker forderte eine feste Bücherquote von schwarzen Amerikanern und über schwarze Amerikaner, und er forderte mehr Personal; Corbin, Dern hatte er sich vorgeknöpft, weil es ein renommierter

Verlag war, und wegen der angeblichen Mißhandlung des in Washingtons Büro eingedrungenen Geisteskranken. Jetzt hatte Washington die Wahl, die Geschäftsleitung davon zu überzeugen, daß Parkers Forderungen vernünftig waren, oder vielleicht zu erleben, wie dieser Drecksack die Öffentlichkeit auf seine Seite zog und ihn zum Speichellecker abstempelte. Selbst im blütenweißen Verlagswesen – vor allem im blütenweißen Verlagswesen – konnte Washington es sich nicht leisten, seine Glaubwürdigkeit und sein Ansehen zu verlieren. Seine Berufskollegen erwarteten von ihm, vernünftig *und* ungeheuer cool zu sein. Er konnte wirklich nicht brauchen, daß man sein Programm in Frage stellte. Wenn ihn die Brothers als Onkel Tom beschimpften, mußte er womöglich demnächst pünktlich im Büro antreten.

»Die jungen Frauen heutzutage, sie mußten wohl nicht so etwas durchmachen wir wir. Erst fand ich es schrecklich, und als ich schließlich soweit war, daß es mir gefiel, war er nicht mehr interessiert. Ich fühlte mich angeschmiert, glauben Sie mir. Man hört nie auf, es zu vermissen. Aber nach einiger Zeit kommt es in einer Ehe auf andere Dinge an.«

Noch während Muriel mit ihrem Hähnchenschnitzel beschäftigt war, hatte das Gespräch die Wendung genommen, daß Corinnes Beileidsbekundungen von Muriels Ehetips abgelöst wurden.

»Ich wünschte, wir hätten Kinder bekommen«, sagte Muriel. »Haben Sie es vor?«

»Ich hoffe es.«

»Warten Sie nicht zu lange, meine Liebe.«

»Ich bin bereit, aber er nicht.«

»Stellen Sie ihn doch vor vollendete Tatsachen.«

Russell konnte sie unmöglich von diesem Essen berichten. Es würde nur gewisse Vorstellungen zementieren, die er von ihr hegte – das, was er ihr Mutter-Teresa-Syndrom nannte.

Ohne die Bedienung aus den Augen zu lassen, die gerade in Richtung Küche tänzelte, fragte Russell: »Was ist aus dem Mädchen geworden, mit dem du an Corinnes Geburtstag bei uns warst? Das Model, die mit den ...«

»Sie ging den Weg allen Fleisches.«

»Sie ist *tot*?«

»Nein, sie ist bloß verblaßt. Mußte sie gegen ein neues Modell eintauschen.«

»Herrgott, wie ich dich hasse«, sagte Russell bewundernd. »Darf ich mir mal eine Weile dein Leben pumpen?«

»Willst du tauschen?«

»Würdest du's tun?«

Jeff schürzte die Lippen und ließ einen zittrigen Rauchkringel aufsteigen. »Na klar, Mann.« Dies war nur ein Aspekt des Rauchens, der Russell fehlte, wie man nämlich Rauch zur Hervorhebung und Interpunktion nutzen konnte. »Ich hielt dich immer für den kommenden Schriftsteller«, fuhr Jeff fort. »Du warst besser als ich.«

»Dazu bin ich nicht Spieler genug. Außerdem haben wir geheiratet.« Russell dachte drüber nach, schüttelte den Kopf. »Manchmal wünschte ich mir, ich hätte noch ein Weilchen gewartet, es auf einen Versuch ankommen zu lassen.« Russell hatte das Gefühl, Jeff werde schon verstehen, daß er mehrere Sehnsüchte in sich vereinte – die Vorstellung, daß mit der Berufung zum Schriftsteller eine gewisse Einstellung einherging, selbst den Bankrott zu riskieren, eine kategorische Weigerung, die Konventionen anzuerkennen oder hinzunehmen. Wenn er je über den Weg nachdachte, den er nicht eingeschlagen hatte, sah er sich als Dylan Thomas, Scott Fitzgerald oder Hunter Thompson, nie als Uni-Professor, der die Raten für seinen Wagen abstotterte, auch wenn letzteres die wahrscheinlichere Variante einer zeitgenössischen amerikanischen Literatenkarriere war.

»Wer zu lange wartet, verdirbt«, sagte Jeff. Es hörte sich wie ein Spruch aus ihrer Studentenzeit an, aber inzwischen waren sie beide über dreißig, und zumindest Russell mußte sich einiger seiner extravaganteren jugendlichen Anmaßungen entledigen. Die tragische Sicht, die rebellische Attitüde wurden immer unvertretbarer. In letzter Zeit fand er, daß Jeff sich als *Figur* ein wenig zu ernst nahm, als Schriftsteller hingegen nicht ernst genug, sprach es aber nicht aus, um ihn nicht zu verärgern. Außerdem hatte er den vagen Verdacht, daß Jeff in seinem, Russells, Ökosystem eine zentrale Rolle spielte – er folgte dem Weg, den Russell nicht eingeschlagen hatte, und ersparte seinem besten Freund dadurch die Reise.

Im Büro angekommen, erhielt Russell einen Anruf von Corinne.

»Was gibt's?« sagte er.

»Wollte bloß mal hallo sagen. Geht's dir gut?«

»Mir geht's prima, schätze ich.«

»Russ, sollte dir was zustoßen, ich würde glatt sterben.«

»Wie kommst du jetzt darauf?«

»Keine Ahnung... irgendwie wurde mir plötzlich angst und bange.«

»Du brauchst vor gar nichts Angst zu haben, Corinne.«

»Das stimmt nicht – sieh dich doch um.«

Die Scheidung ihrer Eltern, dachte Russell, hatte bei Corinne zu einer apokalyptischen Grundstimmung geführt. Nachdem er sie beruhigt und aufgelegt hatte, kam Donna mit der Nachmittagspost und knallte sie auf seinen Schreibtisch.

»Schon gesehen? Harold hat Ihr Lyrikgenie abgeschossen.« Sie deutete auf ein auf dem Stapel liegendes Manuskript, an dem ein Zettel Harolds befestigt war. Auch wenn Russells Verzicht, eigene Gedichte zu verfassen, ihn zwang, die Bedeutung von Lyrik im Gesamtzusammenhang der Dinge abzuwerten, galt ihr noch immer eine gewisse Zuneigung, eine schuldbewußte Bewunderung, wie für eine edle kleine Frau, die er sitzengelassen hatte, um in die große Stadt zu ziehen. Er hielt die fragliche Lyriksammlung für die beste, die er seit Jahren gesehen hatte, und zwischen ihm und Harold bestand eine stillschweigende Vereinbarung, laut der er etwa einmal pro Jahr einen Band herausbringen durfte. Jedenfalls nahm er das an.

Auf Harolds Zettel stand: »Das ist vermutlich gut genug, um irgendwo verlegt zu werden, aber ich sehe nicht ein, warum ausgerechnet bei uns.«

Später am selben Abend erzählte Russell Corinne von dieser Notiz. »Ich muß mir wohl einen neuen Job suchen«, sagte er.

»Du findest bestimmt einen besseren Job.«

»Und dann ist da auch noch Jeff«, fuhr Russell fort, der sich nicht trösten lassen wollte. »Er ist in einer ganz merkwürdigen Stimmung.« Sie saßen vor dem Fernseher auf dem Boden, ihre Teller standen auf dem Couchtisch.

»Warum? Weshalb?«

»Weiß ich nicht.«

»Du weißt es nicht?« Sie legte die Gabel weg, auf die sie gerade einen Bissen Pasta gedreht hatte, und sah ihn an. »Du warst mit deinem besten Freund essen und weißt nicht, was ihm fehlt?«

»Ich habe nur gesagt, daß er in einer ganz merkwürdigen Stimmung ist. Man bohrt nicht unbedingt in anderer Leute Stimmungen herum, Corinne.« Er schenkte sich Wein nach und prüfte den Flüssigkeitspegel der Flasche. »Wenn du ernsthaft mit Trinken aufhörst, muß ich mir jetzt allabendlich die ganze Flasche hinter die Binde kippen.«

»Der Korken funktioniert in beide Richtungen.« Sie hielt ihm das Stück zur Prüfung unter die Nase. »Du kannst ihn in die Flasche stecken und den Rest Wein für einen anderen Abend aufheben.«

»Dann schmeckt der Wein anders.«

»Was war mit Jeff? Was hat er gesagt?«

»Er hat sich beklagt, wie knauserig ich sei. Sehr feinfühlig und poetisch von ihm.«

»Mir will nicht in den Kopf, daß dein bester Freund praktisch einen Nervenzusammenbruch hat, und ihr sprecht nicht mal drüber.«

»Er hat gar keinen Nervenzusammenbruch. Er ist bloß müde. Seine Arbeit läuft nicht besonders. Meine übrigens auch nicht, und ich verdiene nur halb soviel wie er. Weißt du eigentlich, daß er letztes Jahr gut und gern seine zweihunderttausend gemacht hat? Ich geh zwar nicht immer gern zur Arbeit, aber ich gehe. Irgendwann muß sich auch Jeff wieder an die Arbeit machen.«

»Lieber Himmel, es ist unglaublich.« Sie hielt die Gabel auf halbem Weg zum Mund und rückte ein Stückchen von ihm ab, als wolle sie ein besseres Bild von ihm bekommen. »Weißt du, wie du dich eben ganz genau angehört hast? Und zwar bis in den Tonfall hinein?«

»Wie wer?«

»Wie dein Vater.«

Er wußte, daß sie recht hatte, doch diese Erkenntnis stimmte ihn auch nicht gnädiger.

Sie fand das süß; richtig Angst bekam sie nur, wenn er sie an *ihren* Vater erinnerte. »Und eine kleine Wampe hast du auch schon«, sagte sie und tätschelte sein Bäuchlein.

Er schob ihre Hand weg. »Das kommt bloß daher, weil ich gerade sitze.«

»Klar, und wenn ich mit dem Gesicht nach unten von der Zimmerdecke baumele, ragen meine Möpse weit vor.« Dann sagte sie: »Übrigens habe ich auch einen Job, und ich hatte einen ziemlich anstrengenden Arbeitstag. Außerdem habe ich meiner Gesundheit zuliebe gerade erst diese wichtige Entscheidung getroffen, an die ich mich gern halten möchte; dabei könntest du mich ruhig ein bißchen tatkräftiger unterstützen.«

Er legte den Arm um sie und zog sie dicht an seinen Oberkörper. »Wir sind beide urlaubsreif. Noch eine Woche, dann aalen wir uns am Strand von Colombier.« Er machte eine Kopfbewegung in Richtung Fernsehgerät. »Was zeigen die da eigentlich für einen Dreck?«

»Ich hab ein Video ausgeliehen. *Hannah und ihre Schwestern.*«

Russell verzog das Gesicht. »Angst im Penthouse.«

Corinne schaltete den Videorecorder ein. »Hat tolle Kritiken bekommen.«

»Eben. Was hast du eigentlich gegen *Blue Velvet*?«

»Den hast du schon fünfmal gesehen.«

Mitten im Film sagte sie: »Wenn du mit meiner Schwester schlafen würdest...«

»Es ist nur ein Film, Corinne.« Wenn ein Film von Ehebruch handelte, sah Corinne diese Möglichkeit voraus, bekam unweigerlich schlechte Laune und wurde mißtrauisch. Auch um sie abzulenken, beklagte sich Russell über die tollen Wohnungen in dem Film. »Das hat mich bei Woody Allen schon immer gestört«, sagte er. »Sieh dir das an, alle wohnen in zwei Millionen Dollar teuren Wohnungen, ohne über ein entsprechendes Einkommen zu verfügen. Hier lebt ein hungernder Künstler – stimmt's? – in einem Loft von der Größe des Shea-Stadions.« Wie er das manchmal gern tat, betrachtete er den Bildschirm mit einem Auge durch eine Pappröhre, um die sich früher eine Rolle Küchentücher gewickelt hatte.

»Russell, laß das bleiben, du machst dir noch die Augen kaputt. Das tust du, obwohl du weißt, daß es mich verrückt macht.«

»Das wirkt als zusätzliche Herausforderung«, erklärte er.

»In der Entwicklung zurückgeblieben«, entgegnete sie; er fuhr, so befand sie, wie ein Zehnjähriger auf Requisiten ab. Falls sich irgend etwas auch nur annähernd Hutartiges im Zimmer befand, setzte Russell es sich früher oder später auf. Corinne fand das köstlich oder grauenhaft, je nachdem. Zuerst fand man alle Eigenheiten eines geliebten Menschen liebenswert; allmählich wurden sie, eine nach der anderen, ein wenig lästig.

Eine Stunde später hatte er die Flasche Wein geleert und schlief, den Kopf nach hinten gegen die Couch gesackt, mit offenem Mund, wie ein Vogelküken, das versucht, aus dem Himmel Nahrung zu saugen. Leider erinnerte sie das an ihren

Vater, der auch regelmäßig vor dem Fernseher einschlief... und die Frauen blieben mit all dem zurück, was sie gern sagen wollten. Als Corinne auf das College ging, zog er schließlich aus, aber eigentlich hatte er sich schon Jahre zuvor verabschiedet.

Wie die Stadt um sie herum war auch Corinne hellwach. Als sie den Recorder ausschaltete, hörte sie auf der Second Avenue eine Sirene, Autohupen, Stimmen und Musik. Sie trat ans Fenster und sah hinaus auf die Lichter, Sternen gleich, jedes eine eigene Welt. Wenn weiter unten in der Straße jemand in dem gewaltigen neuen Hochhaus Richtung Norden sah und dieses Licht entdeckte, was würde er denken? Gar nichts. Sie verspürte eine langsam um sich greifende Panik und wußte nicht recht, ob es in dieser erstarrten Galaxis einen Platz für sie gab, ob sie in diesem Augenblick überhaupt existierte.

»Russ, aufwachen«, sagte sie und rüttelte ihn am Arm. Russell gähnte, schüttelte den Kopf und stand auf.

»Was?« sagte er. »Was gibt's?«

Jetzt kam sie sich albern vor, doch eben noch hatte sie das Gefühl gehabt, gleich zu verschwinden. »Gar nichts«, sagte sie, drückte seine Hand und suchte dabei in seinen Augen sich selbst.

II

»Na, wie ist das Wetter?« erkundigte sich Zac Solomon mit morbidem Vergnügen, als er Russell in Manhattan anrief, um sein Jobangebot zu erneuern.

Wenn Produzenten, Agenten, Anwälte, Manager, Promoter und Kundenbetreuer in Kalifornien ihre Gesprächspartner, Klienten, Geliebten oder Opfer während des Winters in New York anriefen, stellten sie irgendwann unweigerlich die Frage nach dem Wetter, wobei sie im Geiste einen langen, mühseligen Kampf gegen feindliche arktische Elemente vor sich sahen – als hätten sie noch nie etwas von Zentralheizung oder wollener Wäsche gehört, stellten sie sich ihre armen Vettern im Nordosten vor, wie sie in verräucherten Höhlen um offene Feuer zitterten und gefrorene Knochen benagten, um an das Mark heranzukommen. Alle Statistiken besagten zwar, daß tatsächlich immer mehr Menschen auf dieser elementaren Stufe ums Überleben kämpften, aber für Russell, Corinne und ihren Stamm waren die New Yorker Jahreszeiten irgendwie abstrakt und basierten eher auf einer Abfolge von Urlaub, Wirtschaftsjahr und Mode als auf der Natur.

Dennoch, es kam ein Zeitpunkt im Februar, wenn der graue Himmel so tief zu hängen schien, daß man ihn mit den Haarspitzen streifte; zugleich schwappte einem der Schneematsch in die Schuhe, und die trockene Gesichtshaut fühlte sich an, als werde sie auf einen Rahmen gespannt und zu Handschuhleder gegerbt. Selbst die Liebe wirkte alt und abgetragen, wie die vom Streusalz weißen und spröden Schuhe. An diesem Tag riefen die Neubürger der Stadt ein Reisebüro an, die alten Hasen hingegen hatten schon längst Tickets für Flüge auf warme Inseln in der Tasche.

Russell und Corinne hatten ihre eigene Lieblingsinsel, wo sie für eine Woche ein Haus mieteten. Corinnes Großvater hatte dort einmal eine Villa besessen, und obwohl er sie schon vor Jahren verkauft hatte, waren Russell und Corinne seit ihren Flitterwochen alljährlich dorthin zurückgekehrt. Im Verlauf ihrer Geschichte war die Insel fast immer ein kleines Geheimnis geblieben; erst von Schweden, dann von Bretonen besiedelt, Zufluchtsort für Piraten, Schmuggler und umherstreifende Segler, ein Fußballplatz diente dann und wann Charterflugzeugen als Landepiste. Man registrierte zufrieden, daß kaum Amerikaner dorthin kamen, daß die französischen Siedler und Besucher nicht *zu* französisch und die Rockstars nicht *zu* zahlreich waren, daß es weder große Hotels noch ein Kasino gab. Für ihre Flitterwochen hatten sie einen kleinen Bungalow gemietet. Später brachten sie dann

Freunde mit und mieteten größere Ferienhäuser; als sie im vergangenen Jahr mit neun Leuten und einem großen Beutel psychedelischer Pilze zu einer Zeit dort gewesen waren, die auf einmal als Hochsaison galt, war sich Corinne viel zu sehr wie in New York vorgekommen und hatte Russell das Versprechen abgenommen, daß sie dieses Jahr allein dort Urlaub machten.

Mitte März – und für beide keinen Augenblick zu früh – bestiegen sie auf dem Kennedy-Flughafen eine 737, leichte Kleidung unter ihren Wintermänteln. Als sie an einem Frachtterminal vorbeikamen, beobachteten sie, wie zwei Polizeiautos einen roten Lieferwagen verfolgten, der einen Gabelstapler streifte, ins Schleudern geriet und hinter einem Hangar aus ihrem Blickfeld geriet – eigentlich beobachtete das nur Corinne, da Russell wie üblich las; als sie ihn dazu brachte, nach draußen zu sehen, war der Wagen verschwunden. Ein paar Stunden später landeten sie in St. Maarten, und kaum traten sie auf die Rollbahn, schienen Hitze und Sonne den letzten Rest von Hektik wegzubrennen, den sie aus New York mitgebracht hatten. Sie bestiegen ein kleines zweimotoriges Flugzeug, schauten händchenhaltend aus dem Fenster auf das blaugrüne, mit dunkelgrünen Riffen gesprenkelte Wasser, und Corinne beobachtete, wie die kleinere Insel in Sicht kam, ein aus dem blauen Wasser ragender, gezackter grüner Saurierrücken. Unter der zitternden Tragfläche tauchte eine riesige vanillefarbene Jacht auf; sie ankerte außerhalb des Hafens, und an den kleineren Segelbooten, die respektvoll um sie herum kreuzten, konnte man erkennen, wie groß sie war. Eine gen Himmel gerichtete Satellitenschüssel war auf dem obersten, mit Elektronik und Spezialantennen vollgepfropften Deck angebracht. »Sieh dir das an«, sagte sie zu Russell, doch unvermittelt ging das Flugzeug wie ein Jagdfalke in einen steilen Sturzflug über und hielt auf die kurze Rollbahn zu, die man auf einer Sandfläche zwischen einem steil abfallenden felsigen Gebirgskamm und dem Meer markiert hatte.

Alles war unverändert, einschließlich der putzigen kleinen Jeeps, dem Haupttransportmittel der Insel; sie mieteten einen am Flughafen und fuhren zu dem Haus hinaus, in dem sie ihre Flitterwochen verbracht hatten – drei Zimmer und eine auf Balken an einem steilen Hang klebende Terrasse mit Blick auf eine seichte Bucht und die dahinter liegende Karibik.

»Ich hatte vergessen, wie steil die Berge sind«, sagte Corinne.

»Die Insel ist vulkanischen Ursprungs«, erklärte Russell, als sie die letzte Haarnadelkurve nahmen und sich der Einfahrt näherten. Ihr gefiel, daß er solche Dinge wußte.

»Warum können wir nicht hier leben?« fragte sie abends, als sie in der Stadt in einem ihnen bekannten Restaurant saßen. Ihr Kellner war ein Amerikaner etwa ihres Alters; er war einmal als Mannschaftsmitglied einer motorisierten Segeljacht hier eingetroffen, hatte in einer Hafenbar eine Französin kennengelernt und geheiratet. Der ehemalige New Yorker strahlte heute eine sonnengebräunte, tropische Gelassenheit aus.

»Weil keiner von uns aus einer reichen Familie stammt«, sagte Russell, der mit seiner zweiten Piña Colada sehr zufrieden war und sich ein wenig nackt vorkam, so in einem kurzärmeligen Hemd und ohne Jackett in einem Restaurant zu sitzen. Er war nicht der geborene Freizeitprofi und hatte sich das obskure Prinzip angeeignet, wenn man abends auswärts essen ging, sei zwar vielleicht nicht unbedingt eine Krawatte, aber zumindest ein Sportsakko erforderlich, und daß er heute ohne mitgekommen war, stellte einen Sieg für Corinne dar. »Wenigstens bin *ich* nicht aus einer reichen Familie, und dein verfluchter Großvater hat sein ganzes Geld weggegeben. Ich begreife immer noch nicht, warum er *alles* verschenken mußte.« Unterwegs waren sie an dem alten Makepeace-Anwesen vorbeigekommen, und Russell kam es so vor, als sei der Verlust eben erst eingetreten.

»Ich hab's dir doch erzählt – er war wütend auf meinen Dad, weil der meine Mom geheiratet hat. Und seine angeheiratete Verwandtschaft aus den Südstaaten war ihm verhaßt. Als George Wallace damals diesen Schwarzen nicht auf die Universität von Alabama lassen wollte, beschloß er, alles einem schwarzen College zu schenken, das zufällig anderthalb Kilometer von Großmutters Elternhaus entfernt lag.«

Trotz Corinnes Vorliebe für diese schillernde Variante, die sich anhörte, als sei ihr Großvater lediglich ein Sonderling gewesen, wußte Russell, daß in Corinnes Familie väterlicherseits traditionell patrizische Philanthropie gepflegt wurde, worauf er stellvertretend stolz war. Dennoch begriff er nicht, warum Opi nicht wenigstens das Ferienhaus am Berghang behalten hatte.

»Wir könnten uns hier Arbeit suchen«, sagte Corinne. »Wenn ich im Momemt daran denke, kommt mir New York so gräßlich vor.«

»Nicht mal ein Monat, und wir würden uns zu Tode langweilen.«

Ihre Idee mochte sich zwar nicht umsetzen lassen, aber mußte er deshalb so brutal realistisch sein? Warum sollte ihm ihre Gesellschaft nicht für alle Ewigkeit ausreichen? Offenbar fehlten Russell die New Yorker Action, die Freunde und die Fachsimpeleien; *sie* hatte vorgeschlagen, dieses Jahr allein hierherzukommen, ohne Jeff, Washington und Co.

Corinne fragte den Kellner nach der großen Jacht, die vor dem Hafen ankerte.

»Das ist J. P. Haddads zweiundsechzig Meter lange *Feadship*. Liegt seit zwei Wochen dort vor Anker. Der kommt nie an Land.«

»J. P. wer?« fragte Russell.

»Du hast schon von ihm gehört«, sagte Corinne. »Der besitzt nur ungefähr die halbe Welt.«

»Hat seit drei Jahren kein Bein mehr an Land gesetzt.« Der Kellner kam in Fahrt. »Kreuzt ständig zwischen den Inseln und kauft oder verkauft Firmen per Funktelefon. Vor ein paar Tagen war einer seiner Leute hier, hat erzählt, daß er seine Kabine nie verläßt. Die Mannschaft besteht aus neunzehn Personen, von denen ihn keiner je zu Gesicht bekommen hat. Wiegt keine vierzig Kilo, heißt es, und leichenblaß soll er sein.«

Im Lauf der nächsten Woche sollten sie noch mehr über Mr. J. P. Haddad hören, aber kaum etwas war plausibel oder verifizierbar. Fest stand nur, was Haddad besaß – große Teile der amerikanischen Unternehmenslandschaft. Corinne hatte einmal gehört, daß er seine nautische Abschottung nach Ivan Boeskys Festnahme auf die Spitze getrieben hatte, und daß Bundesbehörden einen Haftbefehl gegen ihn besaßen, sollte er je den Boden der USA betreten. Auf der Insel kursierte das Gerücht, er stehle sich nachts verkleidet an Land. Es hieß, ein sehr berühmter weiblicher Filmstar wohne bei ihm an Bord. Ein junges schwules Pärchen, das sie eines Nachmittags am Strand kennenlernten, versicherte ihnen, ein sehr guter Freund von ihnen sei sein Liebhaber, und sie hätten Haddad in einer Schwulenbar am Hafen gesehen. Corinne nickte überzeugt, übertrieben ernst, als einer der beiden nackten Fremden, eine Art perfekter männlicher Android, in dem sie ein Model erkannte, Haddad als großgewachsenen muskulösen Matrosentyp beschrieb. Es gab auf der Insel sehr wenig Grund zur Sorge, und die Nähe von J. P. Haddads Jacht lieferte Gesprächsstoff für einen Tratsch mit nackten Fremden.

Früh an ihrem ersten Morgen weckte sie die dissonante Musik testosteronirrer Hähne, von denen es auf der Insel nur so wimmelte. In dem warmen türkisfarbenen Licht frühstückten die beiden auf ihrer Terrasse und schauten aufs Meer, atmeten die blumenduftgeschwängerte Luft. Im Garten raschelten Eidechsen im trockenen Laub und erinnerten Corinne an ihre Flitterwochen, als sie eine im Bett gefunden hatten. Am ersten Morgen nach der Hochzeit hatte sie geweint, ohne so recht den Grund zu kennen, und der arme Russell hatte sich verwirrt und verärgert erkundigt, was denn los sei.

Nach dem Frühstück fuhren sie an den Strand. Corinne

bestand darauf, daß Russell wenigstens am ersten Tag keine Manuskripte mitnahm. Weder war sie mit den zwei Romanen einverstanden, die er mitgebracht hatte – beides seriöse, von der *New York Review of Books* gebilligte Werke –, noch mit den Druckfahnen einer komplizierten Aufdeckung von CIA-Übergriffen. »Du machst Urlaub«, sagte sie. »Lies lieber mal so richtigen Schund.« Sie durchforsteten die muffig riechenden, aufgequollenen Taschenbücher und Reader's-Digest-Auswahlbände in den Wohnzimmerregalen, die Hinterlassenschaft von tausend Ferien, bis sie sich auf einen Krimi von James M. Cain für ihn und einen dicken Bestseller für sie einigten, vor ein paar Sommern die Lektüre an sämtlichen Stränden, die Geschichte zweier Schwestern, die sich in große Höhen der Macht und des Glamours bumsen und kratzen, sich aber im stillen nach dem Mann fürs Leben sehnen.

»Du Schlampe«, sagte Russell und hielt sich das Buch auf Armeslänge vom Leib.

»Die saftigen Stellen lese ich dir vor.«

»Meine Frau liest S-und-F-Romane«, sagte er voller Trauer.

Sie musterte ihn fragend.

»Shopping und ficken«, erklärte er.

Sie waren an der sichelförmigen Bucht fast allein, breiteten ihre Badetücher aus und stellten ihre Sonnenschutzmittel griffbereit, entsprechend dem Schutzfaktor durchnumerierte Flaschen, eine Tube mit Sunblocker für Nase und Lippen. Die sehr blonde und besonders hautempfindliche Corinne bereitete sich geschlagene zehn Minuten lang auf die Sonnenanbetung vor und ließ sich beim Rücken von Russell helfen.

»Soll ich mein Oberteil anlassen?« fragte sie.

Russell zuckte unschlüssig mit den Achseln; manchmal wirkte er in dieser Hinsicht eher besitzergreifend, dann wieder schien er mit ihr angeben zu wollen... wenn er sie beispielsweise ermutigte, in der Stadt leichte, weitausgeschnittene Kleider zu tragen. Jetzt fragte sie sich, ob er gleichgültig war. Sah er sie nicht mehr als geschlechtliches Wesen? Vielleicht war sie in letzter Zeit nicht besonders sexy gewesen... Sie zog das Oberteil aus...

»Laß uns einen richtig romantischen Urlaub verleben«, sagte sie.

Russell knurrte etwas, blätterte eine Buchseite um.

Sie flüsterte ihm ins Ohr: »Sobald wir wieder im Haus sind, blas ich dir einen wie noch nie in deinem Leben.«

Er schaute augenscheinlich irritiert auf, nickte verlegen und widmete sich dann erneut seinem Buch, das ihn sofort wieder in seinen Bann schlug. Während sie neues Sonnenschutzmittel auftrug, betrachtete sie ihren Körper und verglich ihn mit dem, was sie an Vorübergehenden sah. Manchmal kam ihr der Gedanke, daß er las, um ihr und ihren Aufmerksamkeiten zu entkommen.

»Hat es deiner Meinung nach greifbare Auswirkungen, daß wir nicht mehr in New York sind?« fragte sie unvermittelt und in einem Tonfall, der erfahrungsgemäß für ausufernde metaphysische Diskussionen reserviert war. »Anders gesagt, die Stadt stellt ein gewaltiges System unendlich komplexer Beziehungen dar, auch wenn es für uns zu komplex ist, als daß wir es entschlüsseln könnten. Unsere Abwesenheit dort ist Teil einer Gleichung dessen, was dort passiert. Angenommen, ich *wäre* in diesem Moment in New York und müßte auf dem Weg zum Mittagessen gerade auf einem Gehweg stehenbleiben, bis eine Ampel auf Grün umspringt, und ein Auto raste über die Bordkante, wäre ich womöglich tot. Aber da ich nicht dort bin, habe ich eventuell diese Stelle auf dem Gehsteig für jemand anderen freigemacht, der dort stehen und überfahren werden könnte. Und falls das zuträfe, wäre ich für diesen Tod partiell verantwortlich. Am Ende einer langen Kausalkette wäre ich in abgeschwächter Form verantwortlich. Über solche Kausalketten sind wir alle mit allen in unserer Umgebung verbunden. Das gilt besonders für die Großstadt.« Sie stellte sich ein Geflecht von Schicksals- und Verschwörungssträngen vor, die wie das Netz aus Röhren, Tunnels und Leitungen unter der Stadt zusammenliefen und sich wieder trennten – es war unsichtbar, verband sie aber alle miteinander.

»Nicht mehr lange«, sagte Russell, »dann werden wir alle durch Aids miteinander verbunden sein.«

»Wir nicht«, entgegnete Corinne rasch, einerseits froh darüber, hinter den Mauern der Ehe geschützt zu sein, andererseits voller Schuldgefühle, weil sie sich sicher fühlte, während draußen die Seuche tobte. Doch womöglich war sie gar nicht sicher; auf einmal fragte sie sich, was hinter Russells Bemerkung stecken mochte. »Oder etwa doch?«

»Vielleicht auch nicht.« Er las weiter, wie er es während des gesamten Wortwechsels getan hatte, und unversehens schienen die anderen Frauen am Strand eine potentielle Bedrohung zu sein.

Corinne suchte vergeblich nach einem Makel an dem sonnengebräunten Körper, der gerade an ihnen vorbeiging. Plötzlich blieb der Körper stehen, und der blonde Kopf schwenkte in ihre Richtung.

»'Allo.«

»Äh, hi.«

Corinne drehte sich um, sah ihren Mann an und fragte sich, ob der Frosch in seinem Hals auf Schuld schließen ließ, und wenn ja, auf was für welche.

»Das ist Corinne«, nuschelte Russell.

»Ich bin Simone«, sagte der Körper hilfsbereit. »Sind Sie gerade erst angekommen?« fragte sie, für Corinne eine herablassende Anspielung auf ihre Blässe.

Russell nickte. »Wo wohnen Sie?«

»Bei Freunden«, antwortete sie. »Vielleicht sehen wir uns ja noch.«

Die Banalität dieser Unterhaltung deutete, wie Corinne fand, auf eine akute sexuelle Spannung hin. Sie zog ihrem Mann die Sonnenbrille vom Gesicht..

»Eine flüchtige Bekanntschaft von irgendwoher. Sie hatte mal eine Idee für ein Buch.«

»Für ein *Buch*? Und das soll ich glauben?«

»Corinne, ich kenne sie kaum.«

»Offenbar fühlt sie sich sehr wohl, wenn sie in deiner Gegenwart nackt herumläuft.«

»*Corinne.*« Er streckte die Hand aus und wollte sie anfassen, wie um die sich in ihr aufstauende negative Spannung zu erden. Sie wich bei seiner Berührung zurück, sprang auf und rannte den Strand entlang. Männern konnte man nicht trauen, nicht einmal Russell; das hatte ihr Vater bewiesen. Sie würde in ein eigenes Apartment ziehen, sich irgendwo ein kleines Studio mit tristen Zimmerpflanzen und rissigen Korbmöbeln nehmen. Ihren Kinderwunsch würde sie aufgeben müssen, brauchte aber wenigstens nicht mehr ins Grübeln zu kommen, wenn er nachts lange weg blieb, wenn er geschäftlich auf Reisen war. Eins hatte sie in Russells Augen gesehen, nämlich daß er, und das war das mindeste, diesen Körper *wollte*. Eines Abends nach drei Margaritas würde er sie betrügen, und das würde sie wohl nicht ertragen.

Wie um diesen Ängsten zu entkommen, indem sie ihnen keine Beachtung schenkte, widmete sie sich nun in den Felsen am anderen Ende des Sandstrandes der Muschelsuche. Sie entdeckte das im Inneren noch rosarot schimmernde Gehäuse einer Wasserschnecke und überließ es widerwillig Russell zur Betrachtung, als er kam, um sie zurückzuholen.

Da Russell an die sturzbachähnlichen Überschwemmungen in Corinnes emotionaler Landschaft gewöhnt war, ließ er ihr ein paar Minuten Zeit, sich zu beruhigen. Genaugenommen hatte er sich zwar nichts zuschulden kommen lassen, war aber im Prinzip doch schuldig. Am liebsten hätte er Simone gefickt, in hundert verschiedenen Stellungen, sofort. Dabei war er noch leicht verlegen geworden, als Corinne erwähnt hatte, sie wolle ihm einen blasen. Ihr gemeinsames Liebesleben stellte den Gipfelpunkt seiner sexuellen Erfahrungen dar, und doch fiel ihm in letzter Zeit auf, daß er fremde Frauen begehrte. Als er nun über den Strand ging, um seine Frau zu holen, dachte er sich, das werde sich schon wieder geben.

Nachdem sie eine Weile gebadet hatten, wollte Russell gern eine Runde schnorcheln. Sie gingen zu der Stelle des Strandes hinüber, wo das Riff anfing, und schwammen hinaus; Corinne unterdrückte ihre Angst, die nichts Konkretem, sondern etwas in der Tiefe lauerndem Unbekannten galt. Doch plötzlich waren sie von farbenfrohen, seltsam geformten Fischen umgeben, und Corinne vergaß, sich zu ängstigen.

Nach einer Weile sagte sie ihm, sie wolle jetzt zurückschwimmen. Er wollte lieber noch ein wenig draußen bleiben. Als sie lesend im Sand lag, versuchte ein Franzose, sie anzubaggern. Hübsch, sehr drahtig und braungebrannt, Muskeln wie Knoten und ein schmales, gallisches Gesicht. Auf seine Frage, wo sie wohne und ob sie sich nicht verabreden könnten, sagte sie lachend, sie sei verheiratet, und hatte ihre Eifersucht von vorher fast vergessen.

»Das sind viele andere auch«, entgegnete er, hockte sich neben sie und ließ aus einer kleinen Öffnung in seiner Faust Sand rieseln.

»Aber einige von uns«, sagte sie, »sind glücklich.«

Er lächelte unbeirrt und verabschiedete sich... bis zum nächstenmal.

»Wer war das denn?« fragte Russell und schmiß Schnorchel und Taucherflossen neben sie.

»Für jede Franzfrau einen Franzmann«, antwortete sie kühl.

»Du solltest mal deinen Rücken sehen«, sagte er.

Sie spürte schon, wie sich unter ihrer Haut die Hitze staute, wie sich der Sonnenbrand von innen heraus aufbaute.

»Ich hab einen Hai gesehen«, verkündete er fröhlich. Tief in ihm drin schlummerte irgendein maskulines Bedürfnis nach in der Nähe lauernder Gefahr.

»Ich hatte mir unsere erste Nacht hier so romantisch vorgestellt«, jammerte sie, denn sie spürte den Sonnenbrand.

»Letzte Nacht war unsere erste Nacht«, sagte Russell.

»Stimmt nicht ganz. Heute verbringen wir hier den ersten vollen Tag und die erste volle Nacht.«

»Egal, jedenfalls bleiben uns noch sieben«, sagte er.

»Nur noch sechs«, korrigierte sie ihn und klang unglücklich.

Am nächsten Morgen litt Corinne noch immer ein wenig unter ihrem Sonnenbrand, also blieben sie im Haus oder in dessen Nähe. Russell war lieb, linderte ihren Schmerz mit Solarcaine-Spray und las ihr aus ihrem unanständigen Buch vor, doch sie merkte, daß er immer noch in New York war, wenigstens ein Teil von ihm.

»Hast du Harold eigentlich mal auf die Gehaltserhöhung angesprochen?« fragte sie beim Mittagessen.

»Er sagte, da ein paar wichtige Bücher durchgefallen seien, hätten wir im letzten Jahr schwere Verluste gemacht, und wies darauf hin, daß die Aktien unserer Firma im Keller stehen, als ob ich das nicht wüßte. Schließlich besitze ich ein paar dieser Scheißdinger.«

»Deine Bücher sind prima gelaufen«, sagte Corinne. »Hast du ihm das nicht gesagt?« Eine Eidechse raste hinter Russells Kopf die Wand hoch. Er las wieder, hatte das Buch flach neben seinen Teller gelegt. Als er nicht antwortete, sagte sie: »Ich weiß zwar nicht, wie die Firma insgesamt dasteht, doch das Kurs-Gewinn-Verhältnis sieht glänzend aus. Ich hab mich mal darum gekümmert. Ich glaube, sie sind kräftig unterbewertet. Was mir Whitlock übrigens bestätigt hat.«

Er schaute von seinem Teller auf, wo er gerade ein Stück Meeresbarsch verstümmelte. »Wann?«

»Auf meiner Geburtstagsparty.«

Er nickte nachdenklich und sagte: »Komm, wir fahren nach Gustavia.«

In der Stadt kauften sie T-Shirts mit der Aufschrift: »Sorry, kein Telefon.« Fans der Insel waren stolz auf diese technologische Lücke, weil sie die schlimmsten Hollywood- und Wall-Street-Heinis fernhielt.

Als sie aus dem T-Shirt-Laden kamen, begegnete ihnen

Simone, deren Körper zur Abwechslung teilweise bedeckt war. Sie ging die Straße entlang, als sei sie seit Generationen Familienbesitz. Auch wie sie Russell begrüßte, hatte etwas Besitzergreifendes. Lässig stellte sie die beiden einem Freund vor und empfahl ihnen eine Bar im Ort. Auch bekleidet war sie Corinne nicht sympathischer.

»Allmählich wird's mir hier ein wenig zu schick«, stellte Corinne später am Abend fest, nachdem sie neben einem sehr lauten neoexpressionistischen Maler und dessen Entourage gesessen hatten. Doch Russell äußerte sich nicht zu ihrer Klage. Corinne kam es so vor, als diene die Nähe zu Eleganz und Reichtum Russell als Bestätigung seines eigenen Anspruchs.

»Russ? Warum könnten wir nicht – nicht sofort, aber irgendwann mal – ein, du weißt schon, ein Kind kriegen?« Sie hatte eine Stunde lang auf den richtigen Zeitpunkt gewartet, ihm das zu sagen, und als sie nun beim Dessert damit herausgeplatzt war und von Russell nicht sofort eine Antwort bekam, überlegte sie, ob sie sich ihre Frage wieder einmal nur eingebildet hatte. Er unterzog das Etikett der Weinflasche einer gründlichen Prüfung, und sie wußte nicht mal, ob er überhaupt zuhörte. Irgendwann sah er sie an.

»Bloß weil Tom und Casey ein Kind kriegen...«

»Russell, mit Tom und Casey hat das gar nichts zu tun.«

»Sie können sich ein Kind leisten.«

»Glaubst du, nur Reiche kriegen Kinder?«

»Wo sollten wir es unterbringen?«

»Wir packen es in einen Karton neben unser Bett. Was weiß ich. Was spielt das für eine Rolle? Warum verhältst du dich bei diesem Thema immer so affig? Immer konzentrierst du dich auf Nichtigkeiten. Besteht die Möglichkeit, daß es außer unserem Apartment in New York noch andere Wohnungen gibt – größere beispielsweise?«

»Sie sind teurer.«

»Wir könnten uns eine Dreizimmerwohnung in einem weniger schicken Gebäude nehmen. Du sagst doch immer, du willst in der City wohnen, wir könnten uns da unten umsehen. Vielleicht eine Fabriketage, ein Loft finden.«

»Lofts sind mir zuwider.«

»Lieber Himmel, du bist so...«

»Du weißt, was ich verdiene, Corinne. Ohne dein Gehalt, und wenn noch ein hungriges Maul gestopft werden muß...«

»Wir verzichten eben auf das eine oder andere. Es ist eine Frage der Prioritäten. Ich dachte, du *willst* Kinder.«

»Ich will ja. Nur nicht... jetzt.«

»Wann denn, mit deiner zweiten Frau?«

Mit diesem Satz hatte Corinne sich offenbar selbst mehr erschreckt als Russell. Als er sie ansah, merkte er, was in ihrem Kopf vorging; schon nahmen die Worte in ihrer Phantasie Gestalt an – die Auflösung ihrer Ehe fand statt, die einsamen Nächte der Geschiedenen.

Er nahm ihre Hände in seine und schüttelte sie aus ihrem Tagtraum. »Hör mal, laß mir ein bißchen Zeit zum Nachdenken, okay? Wegen der Gehaltserhöhung rede ich vielleicht mal mit Kleinfeld.«

»Ich werde alt, Russell«, sagte sie weinerlich.

»Ein paar Jahre bleiben dir noch, bevor wir dir den Gnadenschuß geben müssen.«

In den folgenden paar Tagen gewöhnten sie sich den Rhythmus von Strand und Mittagessen, Strand und Abendessen so gründlich an, daß er am Ende der Woche selbst Russell wie ein Geburtsrecht vorkam, genau wie das gemietete Haus, das phantastische Wetter und die Hahnenschreie, die mit der leiseren Musik selten zu sehender Vögel verflochten waren und sie beide manchmal – genau wie bestimmte Songs – zu der Morgenröte ihrer Ehe zurückbrachte und mit plötzlichem Verlangen erfüllte. Später blickten sie beide mit Staunen und Wehmut auf diese wenigen Tage zurück... der Zeit entrückte, mit langen Mittagessen und Nickerchen ausgefüllte Nachmittage, an denen sie auf Chaiselongues träumten und sich liebten. Doch dann, als sie die Grundprinzipien des Genießens gerade wiederentdeckt hatten, war es Zeit, zu packen und nach Hause zu fliegen.

12

Die Bewohner Manhattans zeigten die Tendenz, sich an Straßendemonstrationen zu gewöhnen. Über Nacht entstanden blaue Polizeiabsperrungen vor Botschaftsgebäuden und Firmenzentralen. Verärgerte Iren oder Gewerkschaftsmitglieder, wütende Araber oder Juden – die marschierten, Slogans riefen, Transparente schwenkten – gehörten ebenso zur Landschaft wie die unsichtbaren Obdachlosen. Ein solches Milieu erzeugte zwangsläufig ein gewisses Maß an demonstrativem Wegsehen, und wenn Russell Calloway in der Stadt unterwegs war, sah er noch mehr weg als die meisten anderen. Wenn er sich auf den überfüllten Gehsteigen bewegte, las er häufig ein Buch oder eine Zeitschrift, weshalb er gelegentlich mit Verkehrszeichen oder anderen Passanten zusammenstieß. Doch als er von den Inseln zurückkehrte, war er vorübergehend sensibilisiert für die Eigenheiten des Großstadtlebens, sich zeitweilig des phantastischen Netzes profaner Konventionen bewußt, die diesen sonderbar komplexen Organismus ausmachten: das Zeichensystem etwa, das es ihm ermöglichte, durch Heben seines Armes ein auf der Second Avenue fahrendes Taxi neben ihm zum Halten zu bringen, oder das Wechselspiel von Signalen, die während des Stoßverkehrs das dynamische Ineinanderfließen von Passanten und Fahrzeugen regelte, wenn mehrere Millionen Menschen zu ihren Arbeitsplätzen oder in die Gegenrichtung strömten. Selbst die Kamikaze-Fahrradkuriere auf ihren anarchischen Wegen durch das Straßengewirr waren Teil des Gesamtplans. Millionen Menschen auf ihren unbewußten, individuellen Wegen durch das Labyrinth – nach einer Woche Sand und blaugrünem Wasser wirkte diese geballte Ansammlung von Menschen überwältigend. Genauso faszinierend fand Russell die Parolen rufenden, demonstrierenden Menschen auf der Straße, als er sich dem Büro näherte, allerdings nicht aufmerksam genug, um zu merken, daß diese Bemühungen seinem eigenen Arbeitgeber galten.

Etliche Dutzende überwiegend schwarze Demonstranten marschierten innerhalb der Polizeisperren auf dem Bürgersteig vor dem Bürogebäude, in dem sich Russells Arbeitsplatz befand, und hielten Transparente hoch. Russell erkannte unter ihnen den berüchtigten schwarzen Aktivisten, dessen Name ihm immer wieder entfiel, dessen Kopf eine Umkehrung des durchschnittlichen Männerkopfes darstellte – sein Vollbart endete genau da, wo normalerweise vielleicht die Koteletten ansetzten, der glattrasierte Schädel glänzte schwarz. Er kleidete sich wie ein Anwalt, was er auch war; im Augenblick trug er einen makellosen Chesterfield. Heftig Gefühle mimend, nutzte er das ihm entgegengereckte Mikrofon einer Reporterin. Die große symbolhafte Pose dieser Epoche – das umgekehrte Bild des Königs, der seinen Untertan mit dem Schwert zum Ritter schlägt.

»Noch nicht«, rief ein Techniker, »ich muß den Ton noch justieren.«

»Am besten wechseln wir gleich die Batterie, wenn wir schon mal dabei sind«, sagte die Reporterin, eine forsch-attraktive, demographisch korrekte Blondine.

Sofort entspannten sich die Demonstranten, wie Schauspieler während einer Drehpause, und Russell schlüpfte in das Gebäude.

Die Dame am Empfang schien überrascht, als Russell aus dem Aufzug trat, als sei ihr das Konzept eines Apparates völlig neu, der in Sekundenschnelle dreißig Meter in die Höhe schnellte und einen Menschen in den Empfangsbereich des achten Stocks entließ.

»Maureen, ich war doch bloß zehn Tage weg«, sagte er.

»Die Mitteilungen für Sie liegen auf Ihrem Schreibtisch«,

gab sie zurück, als wolle sie sich dafür entschuldigen, daß sie ihn nicht auf einem Silbertablett erwarteten.

Wo sollten sie auch sonst liegen? dachte er. »Was ist da draußen los?«

»Eine Demonstration«, antwortete sie entgegenkommend.

Donnas Schreibtisch war nicht besetzt und erstaunlich aufgeräumt. Normalerweise sah er wie ein Gehsteig auf der Lower East Side aus, übersät mit Papierfetzen, Zeitschriften und leeren Getränkebehältnissen. Überall auf seinem Schreibtisch waren chaotische Bücher- und Briefstapel emporgewachsen. Er rief einen Stock höher an und fragte Kleinfelds Assistentin, ob er in zehn Minuten raufkommen könne; sie ließ ihn warten und verkündete dann, Kleinfeld erwarte ihn um halb vier. Da er sich noch nicht imstande sah, die Post zu bewältigen, schlenderte Russell zur Kaffeemaschine. Eine Lektoratsassistentin, Kate Soundso, schien zurückzuweichen, als er näherkam.

»Was ist hier so passiert?« fragte er. Die Kanne war gerade leer, aber Kate hatte schon eine neue aufgesetzt. »Wer schläft mit wem?«

»Wegen, äh, Donna wissen Sie ja wohl Bescheid«, sagte sie.

»Mit wem schläft *sie* denn zur Zeit?« fragte er begeistert und sah zu, wie sich die Kanne füllte ... mit einem dünnen Strahl braunen Wassers.

»Ich meine was ganz anderes. Aber vielleicht wissen Sie's ja noch gar nicht.«

»*Was* weiß ich noch nicht?«

Harold war nicht in seinem Büro. Russell beachtete Carlton überhaupt nicht und tat erst gar nicht so, als warte er auf ihre Erlaubnis, sein Zimmer zu betreten.

»Um elf ist er wieder da«, sagte sie mit neutraler Stimme.

»Dann haben Sie die verdammte Freundlichkeit, ihm auszurichten, daß ich hier war«, sagte Russell.

Washington war noch nicht im Haus – es war erst zehn –, daher verzog sich Russell in Whitlocks Büro.

»Was weißt du darüber, daß Harold meine Assistentin rausgeschmissen hat?«

Nach einem letzten Blick auf den Computermonitor mit den bernsteinfarbenen Ziffern drehte Whitlock seinen Stuhl herum und blickte zur Tür. »Würde uns das verfluchte Haus nicht gehören, hätten wir, glaube ich, überhaupt kein Eigenkapital.« Er rollte den Stuhl von seinem Schreibtisch weg... ein seltener Hinweis darauf, daß er ein paar Minuten übrig hatte, in denen er sich nicht der Last seiner Verantwortung für die verschwenderischen Ausgaben ausgeflippter Lektoren widmen mußte. »Und, wie gefallen dir unsere Demonstranten?« fragte er.

»Worum geht's da überhaupt?«

»Washington hat irgendein Buch abgelehnt, keine Ahnung. Jeder hier dreht durch.«

Russell ließ sich auf die graue Ledercouch fallen; Whits Büro war das zweitgrößte auf dieser Etage – der Verleger und die großen Tiere der Firma residierten weiter oben – und sah mit seinen geschmackvoll gerahmten Plakaten aus dem MoMA und einer aufeinander farblich abgestimmten italienischen Ledergarnitur eher als Harolds Büro wie das Machtzentrum aus. »Wo waren wir – Donna. Keine angenehme Geschichte«, sagte Whit, wobei in seiner besorgten Miene kurz ein gewisses boshaftes Vernügen aufflackerte, wie Silber in Vermeil. »Harold hat Donna durch Carlton ausrichten lassen, sie solle ihren Button abnehmen. Offenbar hat sie sie angespuckt.«

»Wer, Donna hat Carlton angespuckt?«

»Genau. Dann kam's zu einer Art Prügelei.«

»O Gott.« Russell ließ den Kopf nach hinten auf das kühle Leder sinken und starrte an die Decke. »Wie stehen die Chancen, daß...«

»Vergiß es, Russ. Harold ist über die Geschichte gar nicht glücklich. Angeblich hat er dich aufgefordert, sie zu bereinigen.«

»Stimmt.«

»Und?«

»Ich hab's nicht getan.«

»Das hier ist ein Unternehmen, Russell.«

»Ach ja, wirklich? Es ist ein Scheißverlagshaus. Hätte ich für ein *richtiges* Unternehmen arbeiten wollen, wäre ich Betriebswirtschaftler geworden, Herrgott noch mal.« Er brach ab und seufzte. »'tschuldigung, aber du weißt, was ich meine.«

»Klar, weiß ich, weiß ich.« Whitlock stand auf und ging zum Fenster. »Es hat mir viel bedeutet, dieses Büro zu bekommen. Aber manchmal bedeutet es einen Scheißdreck, dann durchschaut man die ganze Sache. Wenn sie in ihrem schwarzen Leder vorbeikam, kam ich mir mit meinem Anzug manchmal richtig albern vor. Vielleicht lag darin das Problem – sie war eine von denen, die den Erwachsenen das Gefühl geben, daß sie nur simulieren.«

»Schicker Anzug«, warf Russell ein, um die Stimmung ein wenig aufzulockern. Wenn Whit persönlich wurde, hatte man ein wenig den Eindruck, seinen eigenen Vater weinen zu sehen. So hölzern Whit auch sein konnte, Russell hatte das dumpfe Gefühl, er könnte zu einer Pfütze dahinschmelzen, wenn man nicht auf die Gesprächstemperatur achtete.

»Paul Stuart.«

»Du verdienst *wirklich* mehr als ich.«

»So viel auch wieder nicht«, sagte Whit, und da er für die Finanzen zuständig war, mußte er es ja wissen. »Außerdem zahle ich noch mein Studiendarlehen ab.« Er bekam wieder seinen persönlichen Gesichtsausdruck. »Rat mal, wessen Bitte um eine Gehaltserhöhung gerade abgelehnt wurde?«

»Deine auch?«

Whit nickte. »In meinem Mietshaus wird alles in Eigentumswohnungen umgewandelt. Ich hätte mein Apartment gern gekauft, könnte aber zur Zeit nicht mal das Klo abzahlen.«

Russell stand auf. »Ich begreife das nicht. Drei meiner Taschenbücher hatten letztes Jahr sechsstellige Verkaufszahlen, und ich weiß noch von zehn anderen Knüllern – wieso hatten wir angeblich ein so schlechtes Jahr?«

»Das sind Außenstände«, antwortete Whit. »Die tauchen erst in ein oder zwei Jahren in unseren Bilanzen auf. Wir erleben gerade das schlechte Jahr, das in Wirklichkeit vor etwa zwei Jahren stattfand, als wir das B-eins-Geschwader der Branche waren und haufenweise unsere dicken Blindgänger in den Buchläden abluden.«

»Und deshalb ist mein Gewinnbeteiligungsplan eine Nullnummer?«

»So ziemlich.« Als Russell sich zum Gehen wandte, ergänzte Whitlock: »Mach keine Machtprobe daraus... aus der Sache mit Harold. Das ist die Geschichte nicht wert.«

In seinem Büro nahm Russell einen Anruf Leticia Corbins entgegen, der flippigen Schwester des Firmenchefs. Er fragte sich, warum sie vor ein paar Monaten bei ihm zu Hause aufgetaucht war; offenbar hatte sie zu Jeffs Gefolge gehört.

»Ich habe einen Vorschlag, der Sie eventuell interessiert«, sagte sie. »Würden Sie mich wohl morgen aufsuchen, um die Angelegenheit mit mir zu besprechen?« Russell pflegte gemeinhin nicht in den Häusern potentieller Autoren vorzusprechen, wenn es ihnen gerade paßte, aber Leticia Corbin besaß dreizehn Prozent der Firma und wohnte außerdem gleich um die Ecke. Sie gehörte zum Dunstkreis des verstorbenen Andy Warhol, und es bestand die vage Möglichkeit, daß sie mit ihren Memoiren hausieren ging. Warhol war erst vor ein paar Wochen gestorben, und die Geier setzten gerade zur Landung an. Womöglich hatte bei diesem Anruf sogar ihr Bruder seine Hand im Spiel, obwohl die beiden sich angeblich nicht gut miteinander vertrugen.

Washington schlurfte herein und rauchte nachdenklich. »Mann, dein Mädel hier hatte ja eine ziemlich große Klappe. Was die hier so rumgebrüllt hat, als sie den Tritt in den Arsch bekam – also echt, ich sah aus wie 'n Weißer, so blaß bin ich geworden. Aber jetzt muß ich mir was einfallen lassen, nämlich wie ich diesen Parker ruhigstelle.«

»Was für 'n Scheiß läuft da eigentlich ab?« fragte Russell, obwohl er mit den Gedanken ganz woanders war; gerade mal eine Stunde wieder im Büro, beschränkte sich sein Interesse schon auf seine eigenen unmittelbaren Sorgen.

Bis Harold eintraf, hatte Russell seinen Ärger so weit im Griff, daß er sich Gedanken machte, was noch zu retten war. Den Stich des virginischen Uhus hatte er von seinem ursprünglichen Platz entfernt und an dem Dartsbrett befestigt, doch da Donna nicht mehr ins Zimmer kam, war die Geste weitgehend verschenkt.

Außerdem hatte er vor Wut schäumend Corinne angerufen, die darauf hingewiesen hatte, daß mit einer Konfrontation nicht viel gewonnen war. Russell konnte nur hoffen, daß ihm Harold – nachdem er ihn so verletzt hatte – nun ein Versöhnungshäppchen zuwerfen würde und ihn bei dem Rappaport-Buch unterstützte. Am späten Nachmittag war diese Hoffnung erloschen, als Russell erfuhr, daß die Erstauflage noch vor seinem Abflug in den Urlaub um weitere zweieinhalbtausend Exemplare gekürzt worden war.

Um sechzehn Uhr fünfundzwanzig erklomm Russell die Treppe im Gebäudeinneren, die ganz unterschiedliche Reiche miteinander verband. Oben befand sich die Unternehmensleitung, das mutmaßliche Hirn, das die Körper in den unteren Stockwerken antrieb. Die Inneneinrichtung von Lektorat, Herstellung und Design stellte eine Mischung aus Flohmarkt und Ausstellungsräumen für Büromöbel dar; im Gegensatz dazu hielten sich im neunten Stock offenbar seit Gründung des Unternehmens in den zwanziger Jahren existierende Flächennutzungspläne. Gerahmte Schutzumschläge von uralten Bestsellern und pulitzerpreisgekrönten Büchern wechselten sich im kastanienholzgetäfelten Empfangsbereich mit Stichen von Jagdszenen ab; letztere spiegelten die Pferdebegeisterung Whitney Corbin seniors wider, des genialen Gründers von Corbin, Dern und Co. Besagte Jagdszenen hingen überall in den Fluren des Stockwerks herum, die Kastanienholztäfelung erstreckte sich allerdings bis in das großzügige Büro von Whitney »Trip« Corbin III., Enkel des Gründers, circa Mitte Fünfzig und selten im Gebäude anzutreffen, da er Golfschläger und Cocktail-Shaker den Diktiergeräten und Computern vorzog. Seit die Firma in der dynamischen Phase der späten sechziger Jahre an die Börse gegangen war, hatten die Aktienanteile der Familie Corbin einen beständigen Wertzuwachs erlebt, während die Zuständigkeiten des ewig namensgleichen »Vorsitzenden« entsprechend zurückgegangen waren. Zufällig hielt er sich heute in seinem Büro auf und hatte – Füße auf dem Schreibtisch, Augen in Richtung Tür – die ideale Haltung eingenommen, um Russell auf dem Flur vorbeigehen zu sehen.

»Calloway!« brüllte er, laut genug, daß ihn jemand am anderen Ende des Fairways hören konnte. »Los, kommen Sie rein.«

Russell nahm in der Tür Aufstellung und hoffte, nicht weitergehen zu müssen. »Tag, Whitney. Sie sind ja sehr beschäftigt.«

In einer Hand hielt Corbin den Griff einer Angelrute, während er mit der anderen die Schnur von einer Spule, die beim Drehen über den Teppich hüpfte und tanzte, auf die Rolle kurbelte. »Scheiße, halten Sie mal dieses Kackding für mich fest, ja?« Er reichte Russell einen Bleistift, den der als Zapfen durch die Spule mit Angelschnur stecken sollte. »Und lassen Sie mal hören, was unten so läuft.«

»Wir beschaffen uns halt irgendwie Manuskripte und versuchen, sie in Buchform zu verkaufen.« Die Spule mit der Angelschnur wickelte sich rasch um den Bleistift, während Corbin kurbelte.

»›Versuchen‹ ist ein prima Wort – in diesem Fall genau das richtige. War 'ne Scheißsaison. Angeln Sie?«

»Nur nach Erfolg.«

Die Schnur hatte sich irgendwo an der Spule verheddert; Russell entwirrte sie, während Corbin geduldig wartete, Angelrute in der Hand.

»Wie geht's Ihrem Freund, der für uns dieses fabelhafte Buch mit Geschichten geschrieben hat? Pierce, so heißt er. Sein Vater und ich haben auf St. Paul's studiert ... hab ich Ihnen das mal erzählt? Wann legt er uns seinen Nachfolgeband vor?«

»Bald, hoffe ich.«

»Nun denn, was bringt Sie hier rauf?« fragte Corbin, als die Angelschnur endlich entwirrt und korrekt auf die Rolle gespult war.

»Besprechung mit Jerry.«

»Guter Mann. Sehr solider Golfspieler. Handicap drei. Sie spielen nicht, was?«

Whitney Corbin, Sproß einer Familie aus dem Mittleren Westen, die mit Kurzwaren steinreich geworden war, und Frederick Dern, Sohn eines Geschichtsprofessors an der Columbia University, hatten die Firma im Frühling 1925 begründet, nachdem der dreiundzwanzigjährige Corbin von einem »Wanderjahr« in Europa mit einer unangenehmen Geschlechtskrankheit sowie – und da bestand durchaus ein Zusammenhang – zahlreichen neuen Kontakten zu der im Ausland lebenden Literatengemeinde zurückgekehrt war. Dern, früherer Studienkollege von ihm in Princeton, arbeitete damals als junger Lektor bei Scribner's. Sie fingen mit einer bescheidenen Unterstützung durch Corbins Vater an. Der Verlag spezialisierte sich auf modernistische europäische Texte und schuf sich so eine Nische, überlebte Jahr für Jahr, bis er schließlich – in den bescheidenen Größenordnungen verlegerischen Erfolges – florierte, da einige seiner Autoren und Titel zu Klassikern wurden; und der Name Corbin, Dern wurde ein Gütesiegel, eine Art Markenzeichen für seriöse Literatur. Wären Corbin, Dern ein Auto gewesen, dann ein Bentley; als Fisch, wie es sich Whitney Corbin gelegentlich gern vorstellte, wäre es die Lachsforelle gewesen – unnahbar und empfindlich, mit europäischen Manieren, nicht der größte oder kräftigste Fisch im Wasser, aber vielleicht am schwersten an die Schnur zu bekommen.

In den vierziger Jahren zahlte Corbin seinen kinderlosen Partner aus und gab das Unternehmen später an Whitney junior weiter, der Kinderbücher in das Programm aufnahm und just zu dem Zeitpunkt eine einträgliche Reiseführerreihe auf den Markt brachte, als die amerikanische Mittelschicht das Reisen entdeckte. In den sechziger Jahren ging er mit der Firma an die Börse, beließ aber einundvierzig Prozent der Aktien im Familienbesitz. Whitney junior interessierte sich mehr für den finanzielllen als für den literarischen Aspekt des Geschäfts und stellte andere ein, beispielsweise Harold Stone, die sich um das kümmern sollten, was er »Proesie und Posa« nannte. Juniors Erben brachten kaum Interesse für die Firma auf; Leticia interessierte sich, so kam es jedenfalls ihrem Vater vor, in erster Linie für homosexuelle Männer, darunter »dieser Drecksack, der Suppendosen gemalt hat«, während ihre Schwester Candace sich hingebungsvoll bemühte, sein Geld auf konventionelle Weise durchzubringen. Die Zeit des Sohnes, Whitney Corbin III., wurde weitgehend von dessen sportlichen Aktivitäten in Anspruch genommen – seine Hauptbeschäftigungen waren Golf, Fliegenfischen und die Jagd auf Wassergeflügel. Nach dem Tod seines Vaters tauchte er gelegentlich im Büro auf; die kaufmännische Seite des Geschäfts legte er in die Hände seines Verlegers Jerry Kleinfeld, Proesie und Posa überließ er dem legendären Harold Stone.

Kleinfeld hatte sich in den Reihen der Buchvertreter hochgearbeitet und war stolz darauf, für jeden zu sprechen und mehr oder weniger einer von ihnen zu sein. Anders als Harolds Büro enthielt seines eine fotografische Geschichte des Lebens und der Laufbahn seines Insassen, darunter zahllose Vertrautheit bezeugende Fotos von Kleinfeld mit Prominenten aus Politik, Showgeschäft und Sport – die ausnahmslos den Eindruck erweckten, sie hätten Wichtigeres zu besprechen, als man selbst in diesem Büro vorzubringen hatte.

»Was steht an, Junge?« sagte Jerry Kleinfeld zur Begrüßung. Der weitgehend kahlköpfige Endvierziger war so ungeduldig, ja aufgekratzt wie ein jüngerer Mann – oder wie ein Mensch, der vor geraumer Zeit gemerkt hatte, daß er nicht mehr jung war und deshalb keine Sekunde vergeuden durfte. In der relativ betulichen Welt des Buchverlagswesens galt er als Unruhestifter.

Noch ehe Russell antworten konnte, sagte er: »Ist das nicht unfaßbar, was da draußen vorgeht? Wir veröffentlichen mehr Dritte-Welt-Mist als sonstwer in dieser Kackbaracke, wir zahlen nicht nur Washingtons exorbitant hohes Gehalt, sondern seine verflucht gigantischen, weltrekordmäßigen Spesen, und jetzt sollen wir auch noch eine afro-amerikanische Sparte einrichten, mehr Schwarze einstellen und Parkers ›Komitee zur Füllung der Taschen mediengeiler Nigger‹ Bestechungsgelder zahlen. Gott steh mir bei!«

»Folgendes, Jerry, ich mache mir Sorgen wegen des Rappaport-Buches«, sagte Russell, der wegen des anderen Themas alle Hoffnung im voraus fahren ließ. »Wir setzen das falsche Signal, wenn wir die Startauflage kürzen. Wenn wir uns dahinterklemmen, schafft das Buch bestimmt den Durchbruch.«

»Ich wünschte, was ich dir jetzt verrate, wäre nicht wahr«, sagte Kleinfeld, lehnte sich zurück und hob das eine Bein hoch, um kurz seinen Halbschuh zu inspizieren, sprach dann betont flapsig, als wolle er seine Volksnähe demonstrieren. »Ich finde, dieses Buch sollte die Regierung in ihren verfluchten Grundfesten erschüttern. Das ist das eine. Das andere ist, es geht doch allen am Arsch vorbei, Russ. Wir kommen nicht in die Nachrichten, wir kommen auf keinen grünen Zweig. Mir tut's leid, aber so sieht's von hier aus aus. Ich will dir keinen Scheiß erzählen, Kumpel. Und in dem Fall muß ich Harold recht geben. Ist das nicht unglaublich, da lasse ich diese Kackschuhe in Italien von Artioli maßanfertigen, und dann passen die verfluchten Dinger nicht richtig.« Er senkte das Bein. »Sonst noch was?«

»Der Fall Nicaragua-Buch ist abgeschlossen?«

»Du sorgst für die nötige Begleitmusik durch die Presse,

und wir drucken mehr Bücher. Fall bis dahin abgeschlossen. Sonst noch was?«

So sparsam und pragmatisch wie möglich brachte Russell das Thema Lyrik aufs Tapet, unterstrich die immateriellen Vorteile, die mit der Veröffentlichung qualitativ hochwertiger Literatur verbunden waren, und sprach von wichtigen Autoren wie X, Y und Z – bedeutende Autoren von der Güte, die Corbin, Dern damals erst...

Kleinfeld wischte diese heiße Luft mit seinen von drei Ringen geschmückten Wurstfingern beiseite. »Diesen Scheißvortrag kenn ich, Russell. Den krieg ich von euch Burschen andauernd zu hören. Komm zur Sache.«

Russell versuchte kurz und knackig, ihm sein Lyrikmanuskript schmackhaft zu machen, während Kleinfeld ins Leere starrte und mit einem Stück Telefonschnur auf seine Schreibtischplatte einschlug. Nach einer halben Minute unterbrach er. »Paß auf, ich lese es selbst, okay? Persönlich. In der Zwischenzeit besorgst du mir ein paar Lobhudeleien von den Starkritikern, klar? Mehr kann ich zur Zeit nicht tun.«

»Na schön«, willigte Russell ein, zwar nicht zufrieden, aber wohl wissend, daß seine Zeit um war. Um das Thema Gehaltserhöhung anzuschneiden, war er mittlerweile zu demoralisiert.

»Du leistest gute Arbeit für uns, Junge«, sagte Kleinfeld, erhob sich, legte eine Hand auf Russells Schulter und begleitete ihn auf den Flur hinaus. »Wir alle können nicht nur gewinnen. Aber ich werd sehen, was ich bei diesen Gedichten für dich tun kann. Mir gefällt dein Engagement. Die Hälfte der Luschen da unten sind so eifrig damit beschäftigt, den nächsten Aerobic-Bestseller zu finden, die würden Ernest Hemingway nicht mal erkennen, wenn er seinen Hosenstall öffnen und ihnen seinen dicken Lümmel mitten auf den Schreibtisch packen würde.«

Als Russell nach Hause kam, war er zwar besorgt, aber offenbar nicht so außer sich, wie Corinne befürchtet hatte –

nur sehr entrückt, wie ein Heiliger, der gerade eine Vision hatte. Er schaltete die Nachrichten ein, während sie die Post durchsah. Im Zuge der Evolution ehelicher Arbeitsteilung war der Postdienst Corinne zugefallen. Heute abend hatten sie zwei Kreditkartenrechnungen, die sie zuerst öffnete, außerdem zwei Kreditkartenangebote – anscheinend lud man sie täglich ein, noch ein Konto bei Visa oder MasterCard zu eröffnen.

Es folgten Einladungen zu einer Wohltätigkeitsveranstaltung zugunsten des American Museum of Natural History und zur Vernissage eines ihr unbekannten Künstlers, außerdem die stark gravierte Einladung zu einer Party in Minky Rijstaefels Haus zu Ehren des Grafen Eurotrash.

»Kennen wir eine Minky Soundso?«

»Sie ist uns irgendwo über den Weg gelaufen«, sagte Russell. »Jeff hat wohl mal mit ihr geschlafen.« Seine schlechte Laune war wieder da.

»Willst du auf ihre Party?«

»Könnte gut werden. Zumindest was Ausgefallenes. Warum nicht?«

Corinne notierte es in ihrem Terminkalender. »Und wie wär's mit Dinner im Museum für Naturgeschichte?« Sie verschwieg, daß der Einladung ein Brief von Casey Reynes beilag, die im Förderverband des Museums saß.

»Wieviel?«

»Hundertfünfzig pro Kopf.«

»Falls wir nicht 'n völligen Schaden haben, sind wir an diesem Abend schon anderweitig verabredet.«

Corinne zerriß diese Einladung. Da sie beide noch nie etwas von dem Künstler gehört hatten, versah sie die Vernissage mit einem Fragezeichen.

Danach kam die richtige Post dran, die immer vergleichsweise dürftig ausfiel – heute abend nur eine Postkarte von Jeff, auf der ein Astronaut im Raumanzug vor einem Pissoir stand, mit der Legende: *Drehpause, New World Pictures.* Corinne las Russell die Karte vor, ließ aber die Anrede »Liebe

Corruss« weg, Jeffs Akronym für ein Paar, das seiner Meinung nach ein wenig *zu sehr* verheiratet war.

> Alles was Ihr über die Filmbranche & das Wetter gehört habt, trifft zu, also schweige ich darüber. Nun bleibt nicht mehr viel zu erzählen, außer daß abends um zehn alle im Bett sind – aber nicht mit mir. Habe 6 Seiten Skript in zwei Wochen geschrieben. & die Seiten sind überwiegend leer. Habe Solomon gesagt, ich schreibe schneller, wenn er mir einen Ferrari mietet.
> Tic tac toe – Jeff

Als Corinne fertig war, las sie es noch einmal durch. »Ich rufe ihn an. Meinst du nicht auch? Er hört sich nicht gut an. Russell?« Er hielt einen Finger hoch, ohne aufzusehen. Sie rief Jeff aus dem Schlafzimmer an, aber niemand meldete sich.

Als sie zurückkam, schaute Russell hoch. »Kannst du Gewinn- und Verlustrechnungen lesen?«

»Klar, ich bin eine ziemlich gute G-und-V-Leserin.« Und prompt trat sie den Beweis an, ging mit ihm nicht nur einen Stapel Unterlagen durch, sondern gab ihm auch noch einen knappen Abriß der Unternehmensfinanzierung. Stunden später spürte Corinne im Schlaf seine Unruhe, wachte auf und massierte seine verspannten Nackenmuskeln.

»Russell?«

»Was ist?«

»Hast du mit ihr geschlafen?«

»Mit wem?«

»Donna. Geht's dir im Grunde darum?«

»Blödsinn, nein.« Seine Stimme brachte die Entrüstung recht überzeugend rüber.

»Es hat sich also zwischen dir und Harold kein Hahnenkampf abgespielt?«

»*Unglaublich*, was du dir so denkst.«

»Ich will ja nur rausfinden, warum du dich so merkwürdig benimmst. Rede mit mir, Russell.«

»Ich möchte nicht, daß du dich sorgst.«

»Glaubst du etwa, ich merke nicht, wenn du so fix und fertig bist?« Mehrere Minuten lang hörte sie ihm beim Atmen zu.

»Manchmal halte ich mich für den cleversten Burschen auf der Welt, den besten in der Branche. Dann wieder wache ich morgens auf und weiß, daß ich ein totaler Schwindler bin, daß bei allem, was mir gelang, reines Glück im Spiel war, und daß mich dieses Glück jetzt verläßt. Ich hocke hier mit schlechten Karten, sogar die Spielregeln sind mir entfallen. Harold ist auf meinen Bluff nicht reingefallen. Eine Zeitlang hielt ich mich für den tollsten Hecht der Branche, und jetzt... Hast du mal diesen Spruch gehört, den irgend jemand, ich glaube ein Kritiker, gesagt hat: Der Kaiser hatte nicht nur keine Kleider an, sondern auch eine Hautkrankheit. Tja, genauso fühle ich mich in letzter Zeit. Wie ein nackter Ekzempatient.«

Sie rieb ihm über den Hinterkopf. »He, Harold führt sich bloß wie ein Arschloch auf. Du darfst dir das einfach nicht bieten...«

»Ich weiß, ich weiß. Genau das läßt mir ja keine Ruhe. Entweder muß ich gehen oder kämpfen.«

»Wie willst du denn kämpfen?«

»Ich kann die Firma kaufen.«

»Schlaf jetzt ein, Russell.«

13

Ihr Bruder sah genau wie jemand aus, der wenigstens der dritte dieses Namens war, der Sproß geadelten, sich selbst vermehrenden Kapitals, Leticia Corbin hingegen schien aus völlig anderen Lenden zu stammen und sich selbst mehrmals neu erfunden zu haben, mit der Absicht, dabei sämtliche Spuren ihrer Herkunft zu verwischen. Während unter Trip

Corbins permanenter Bräune eine gerötete Trinkerhaut lag, wurde Tishs gepflegte Gespensterblässe durch eine dicke weiße Schicht Schminke noch betont, ersetzte sie die altehrwürdigen Pink- und Grüntöne der Country-Clubs durch Boheme-Noir, und gelegentlich tauchte – etwa in einem gewagten Make-up – eine Spur Karminrot auf.

Die andere Schwester, Candace Corbin van Duyn, wohnhaft in Palm Beach, Southampton und New York, war viel eher eine typische Corbin, wenn sie auch ein wenig mehr im Licht der Öffentlichkeit stand als die restliche Sippe, eine gut verheiratete passionierte Reiterin und Gastgeberin, über deren Streifzüge von Haus zu Haus und von Party zu Party in Zeitschriften wie *Town & Country* und *Women's Wear Daily* getreulich berichtet wurde. Tish hingegen tauchte häufig in eher halbseidenen Presseprodukten auf, gewöhnlich in grell ausgeleuchteten, nächtlichen Gruppenfotos mit Trashrockern, Performancekünstlern und Modedesignern aus dem East Village, und sie schien immerzu mit stoisch geschlossenem Mund demonstrativ breit zu gähnen. Gerüchteweise hieß es, sie sei Junkie.

Ihr Stadthaus, von Russells Büro aus leicht zu Fuß erreichbar, stand am Gramercy Park, in einer der letzten romantischen Wohngegenden Manhattans. Von der Fassade ihrer mit holzigen Kletterpflanzen bewachsenen pseudoitalienischen Villa blätterte der alte senffarbene Anstrich. Russell drückte auf die Klingel und wartete. Gerade wollte er erneut klingeln, da öffnete ihm ein junger, hellhäutiger Schwarzer mit Weste die Tür. »Folgen Sie mir bitte«, sagte er in gepflegtem, diffus britischem Akzent. Als Russell ihm die lange, staubige Treppe vom Erdgeschoß in das Obergeschoß folgte, bot sich ihm ausreichend Gelegenheit, die kniehohen Schnürstiefel und die sich über ihnen bauschende Reithose zu bewundern. Er wurde in einen dunklen Salon im vorderen Teil des Hauses geleitet und gebeten, Platz zu nehmen. »Ich werde Miss Corbin von Ihrer Anwesenheit in Kenntnis setzen«, teilte man ihm mit.

Der Raum atmete Melancholie. Schwere Brokatvorhänge verdunkelten die Fenster an der Hausfront; einen Großteil des spärlichen Lichts im Inneren spendeten Kerzen. Von einer unsichtbaren Quelle ausgestrahlt, durchdrang Mozarts Requiem mit seinem begräbnishaften Pomp das Zimmer wie Weihrauchduft. Die Innenausstattung kombinierte Orient und Art déco mit zeitgenössischem SoHo, der dominierende Stil war klassische Opiumhöhle. Den Ehrenplatz über dem aus Marmor gemeißelten Kamin nahm ein riesiges Warhol-Porträt Leticias ein. Nicht lange, und das Original trat ein, in einem schwarzen Kimono und roten Pantoffeln. Das lange, blasse Gesicht schien den darunter liegenden Schädel zu sehr zu betonen, und die dunklen Ringe unter ihren Augen wirkten aufgemalt. Ihre streng geschnittenen schwarzen Haare erinnerten an Louise Brooks und die chinesischen Rotgardisten.

»Hallo, Russell Calloway.«

»Hallo ...«

»Nennen Sie mich Tish. In den Sixties nannte ich mich Serenity, was ich irgendwann satt hatte – so wie alle anderen auch. Wäre wohl kaum der richtige Name für die achtziger Jahre, stimmt's? Setzen Sie sich, Claude wird uns Getränke bringen. Sie erinnern sich vermutlich nicht mehr an die Sixties, oder, Russell Calloway?«

»Meines Wissens kamen sie direkt vor den Siebzigern.« Als Russell den Raum nach einer Sitzgelegenheit durchforstete, blieb sein Blick an einem eisernen Stuhl hängen, der durchaus der Dornenkrone nachempfunden sein mochte, eine stachlige Angelegenheit, die, so hoffte er, nicht zur Benutzung gedacht war.

»Lustig, wie?« sagte sie, seinem Blick folgend. »Der ist für meinen Bruder, falls er je zu Besuch kommt.«

Russell nahm auf der Kante einer gepolsterten Chaiselongue Platz, während sich Tish ihm gegenüber in einen Sessel sinken ließ und eine lange braune Zigarette anzündete.

»Rauchen Sie?« fragte sie.

»Nicht mehr.«

»Gott, wie langweilig. Ich will nichts davon hören. Vermutlich halten Sie sich durch Sport gesund. Sind Mitglied in einem Fitneßclub und was noch alles. Ziehen sich Kondome über und putzen sich nach jeder Mahlzeit die Zähne.«

»In Wirklichkeit bin ich ein bisexueller Junkie mit einem Hygienedefizit und ausgeprägtem Interesse an Sado-Maso-Praktiken.«

»Lächeln Sie, wenn Sie so was sagen, mein Lieber, sonst muß ich darauf bestehen, daß Sie mich ehelichen.«

Russell fragte sich, welche Qualifikation sie am meisten interessierte.

»Allerdings muß ich sagen, nehmen Sie mir das bitte nicht krumm, aber modemäßig sehen Sie schrecklich konventionell aus.«

»Thomas Mann hat gesagt: Kleide dich wie ein Bourgeois, denke wie ein Revolutionär.« Wie kam eigentlich diese Morticia Addams dazu, ihm eine Modekritik zu verpassen, dachte Russell, auch wenn er sich nicht gerade cool vorkam.

»Ach wirklich? Hat er das tatsächlich *gesagt*, mein Lieber, oder hat er es einfach aufgeschrieben? Ich habe immer so meine Bedenken, was diese tollen Dinge betrifft, die irgendwelche Leute angeblich gesagt haben. Ich finde, man sollte Bonuspunkte kriegen, wenn man sie wirklich bei Tisch von sich gibt, statt nachher an einem Schreibtisch in irgendeinem miefigen Arbeitszimmer, wenn man alle Zeit der Welt zum Nachdenken hat. Truman ist mit solchen Sachen einfach herausgeplatzt, und Andy, tja, der auch, *besonders* eloquent war er aber nicht. Armer Andy.« Sie seufzte. »Also, wie Sie sich kleiden, kann man sehen. Nun drängt sich die Frage auf, ob sie wie ein Revolutionär denken. Und falls ja, wie können Sie dann bloß für meinen Bruder *Mortmain* Corbin in diesem schauderhaft öden Verlag arbeiten?«

»Ich sehe mich mit der tristen Notwendigkeit konfrontiert, meinen Lebensunterhalt verdienen zu müssen.«

»*Gefällt* Ihnen Ihr Job?«

Russell wußte nicht recht, ob Offenheit klug war, aber die

Frage hatte etwas höchst Zielgerichtetes. »Ich kann nicht behaupten, daß ich mit der dortigen Leitung völlig zufrieden wäre.«

Leticia betrachtete ihn durch eine mächtige Qualmwolke. »Nur weiter.«

»Einiges würde ich anders ...«

»Ich möchte Ihnen eine Geschichte erzählen«, unterbrach ihn Leticia. Dann berichtete sie von einem befreundeten Dichter, der außerdem bildender Künstler und Fotograf sei, ein Berliner und »einer der faszinierendsten kreativen Köpfe ganz New Yorks«. Russell nickte, als er den ihm vage geläufigen Namen hörte. »Ein wahrer Poet im *weitesten* Sinne des Wortes. Der Mann war ein Genie. Das hat Andy gesagt. Bis ans Ende seiner Fingerspitzen, und er hatte extrem lange Fingerspitzen. Also, ich hab ihn zu Trip geschickt. Raten Sie mal, was ist wohl passiert?«

»Was?« fragte Russell, nahm den Blick nicht von ihrer Zigarette und kämpfte mit dem plötzlichen Verlangen, eine zu schnorren.

»Trip hat seinen Vorschlag abgelehnt. Können Sie sich vorstellen, wie peinlich mir das war? Mir gehören dreizehn zwei Drittel Prozent des Verlages. Und Trip sagt einfach, er sehe da kein echtes Potential. Nicht daß mich das überrascht hätte. Trip könnte nicht mal seine eigene Nasenspitze sehen, wenn er sie nicht allabendlich rot färbte. Es ist ein herber Verlust. Corbin, Dern hat einmal etwas bedeutet. Als mein Großvater den Laden gründete, war der Verlag Black Sun Press der Crosbys sein Vorbild. Er war mit Harry Crosby befreundet, wußten Sie das? Bevor der sich damals bei diesem grandiosen Doppelselbstmord umbrachte. Opa wollte jedenfalls die Avantgarde heim nach Amerika holen. Sein allererster Autor war André Breton, wußten Sie das? Ganz zu schweigen davon, daß er nicht mal den Aktienkurs oben halten kann, wo er hingehört. Unter uns, mein Lieber, ich habe da so meine Zweifel, ob er überhaupt noch was oben halten kann.«

Russell brauchte eine Weile, um zu begreifen, daß sich die letzten beiden Sätze auf Whitney Corbin III. bezogen, und daß sie wieder in der Gegenwart angekommen waren; oder zumindest in dem Bereich der Gegenwart, wo Tish Corbin lebte.

»Wie kommt es, Mr. Russell Calloway, daß mitten in der, wie ich mir sagen ließ, größten Börsenhausse der Geschichte meine Corbin, Dern-Aktien beständig an Wert verloren haben? Sogar die Portiers irgendwelcher Clubs unterhalten sich über das Geld, daß sie an der Börse verdienen.«

»Fragen Sie doch Ihren Bruder.«

Als sie die Zigarette zu den Lippen führte, rutschte ihr Kimonoärmel ein Stück nach oben; möglichst unauffällig suchte Russell ihren Arm nach Einstichstellen ab, fand aber keine.

»Ich verabscheue meinen Bruder. Wir haben seit drei Jahren kein Wort miteinander gewechselt.«

Der gestiefelte Claude kam wieder, in den Händen ein Tablett mit einem schweren georgianischen Teeservice und gemischtem Gebäck.

»Bei meiner Geburt war mein Bruder elf. Als ich ein Jahr alt war, versuchte er, mich mit einem Kissen zu ersticken, eine Erinnerung, die ich nach etlichen Jahren teurer Analyse endlich ausgraben konnte. Als ich vier war, kaufte mein Vater mir ein Lama, zwei Jahre lang mein liebster Gefährte, bis es mein Bruder erschoß.«

»Darf es noch etwas sein?« fragte Claude, nachdem er den Tee serviert hatte.

Ein Lama?

»Meine Füße.«

»Jawohl, Ma'am.«

Claude kniete sich vor sie hin, zog ihr einen Pantoffel aus und begann, den Fuß zu massieren. Russell gab sich alle Mühe, seine Verblüffung zu verbergen. In seinem Kopf setzte die Titelmelodie von *Unbekannte Dimensionen – Twilight Zone* ein.

»Mein Bruder ist ein Killer, Russell Calloway. Gern würde er mich umbringen, keine Frage. Wären nicht die Gesetze, die das erschweren, er täte es. Candace, meine ältere Schwester, ist genau wie er, eine Null, und macht ihm keine Schwierigkeiten, aber mich würden die beiden liebend gern loswerden. Ich habe Grund zu der Annahme, daß ein Autounfall mit beinahe tödlichem Ausgang, in den ich vor ein paar Jahren verwickelt war, nicht...« Die Stimme sank zu einem Flüstern herab, und Leticia Corbin schien sich auf ein tiefes Urerlebnis zu konzentrieren. Als sie schließlich aufblickte, lag Trauer in ihrer Miene. »Die Seelen der von ihm hingemetzelten Tiere werden meine Familie wohl noch Generationen verfolgen. Wie ich sehe, tragen Sie Lederschuhe«, fuhr sie fort und machte endgültig Füße zum zentralen Thema. »Es gibt zahlreiche attraktive Alternativen zu tierischen Produkten. Ehe Sie gehen, gebe ich Ihnen gern etwas Literatur mit.«

»Sie sagten, Sie hätten einen Vorschlag für mich.« Russell wurde das alles ein wenig zu verrückt.

»Einen Vorschlag? Vielleicht. Vielleicht könnte man es so nennen.« Claude nahm sich jetzt des anderen Fußes an. »Mir schwebt etwas Größeres als nur ein Vorschlag für ein Buch vor. Ob ich Ihnen wohl trauen kann?«

Russell gab ihr mit ausgebreiteten Händen achselzuckend zu verstehen, dies liege ausschließlich bei ihr, und sein Interesse lasse ohnehin rasch nach.

»Ich trage mich mit dem Gedanken, meinen eigenen Verlag zu gründen. Klein und geschmackvoll. Aber auch verrückt und verwegen. Philosophie, Mode, Ästhetik, einige von Andys nie verwirklichten Projekten...«

Das konnte sich Russell lebhaft vorstellen.

»Ist es so besser?« fragte Claude.

»Ein klein wenig, danke, Claude. Damit muß ich nun mal leben. Es sei denn, diese idiotischen Ärzte kriegen endlich die Ursache des Schmerzes raus. Die halbe Nacht liege ich wach, kann vor lauter Schmerzen nicht schlafen, und die sagen, es sei Einbildung. Klar, was die technische Seite des Verlagswesens angeht, fehlt mir die Erfahrung. Mein Bruder hat mich nie in die Nähe der Firma gelassen. Ich bräuchte also Hilfe.«

»Haben Sie Kapital?«

»Ich beabsichtige, meine Corbin, Dern-Aktien zu verkaufen.«

»Das wird Ihrem Bruder aber gar nicht gefallen. Die Familienanteile beträchtlich reduziert – es könnte sogar dazu führen, daß andere die Firma übernehmen.«

»Das hat mir an dieser Idee so ziemlich am besten gefallen, Russell Calloway. Dem großen Bruder ordentlich eins auszuwischen.«

Vielleicht wirkte ihre Ausgeflipptheit ansteckend, jedenfalls war Russell auf einmal sehr interessiert.

»Beim Verkauf eines so großen Aktienpaketes muß man sehr vorsichtig sein. Wenn das Unternehmen so klein ist, kann man nicht einfach dreizehn und noch was Prozente dem börsenfreien Optionshandel überlassen. Sie sollten sich besser nach einem einzelnen Käufer umsehen.«

»Offenbar kennen Sie sich in diesen Dingen bestens aus«, sagte sie mit schelmischem Lächeln.

»Ich lerne noch. Aber ich halte mich für jemanden, der schnell lernt.«

»Tatsächlich? Ich finde, Sie sehen zu vertrauensselig aus.«

»Das wollen wir doch erst mal sehen, nicht wahr?«

»Kennen Sie jemanden, der meine Aktien kaufen könnte?«

Russell blieb noch eine Stunde, und während Claude aus der kunstvoll gearbeiteten Teekanne aus Sterlingsilber einschenkte, entdeckten sie – trotz aller Differenzen in Modefragen – ein Stück Gemeinsamkeit. Als Russell schließlich ging, war er zu der Überzeugung gelangt, daß sie einige hervorragende Instinkte hatte, und Leticia war zu dem Schluß gelangt, daß sie es hier, ungeachtet seiner langweiligen Klamotten, mit einem recht brillanten jungen Mann zu tun hatte.

Sie verabredeten sich für die kommende Woche zum Essen.

14

Mit Ach und Krach erwischte Trina die Concorde um neun Uhr zwanzig ab Heathrow, mit der sie noch am selben Morgen um acht Uhr dreißig in New York ankommen und nur eine Stunde später an ihrem Schreibtisch sitzen würde, praktisch ohne einen Arbeitstag zu verlieren. Ihre Umhängetasche gab sie der Stewardeß, glitt an einer wunderschönen asiatisch aussehenden Frau vorbei und ließ sich neben einem etwa gleichaltrigen Mann im blauen Anzug auf ihren Platz fallen. Hermès-Krawartte, Nadelstreifen, Gesicht sorgfältig aus einem neueren Dartmouth-Jahrbuch kopiert.

Er schaute auf seine Uhr, eine eckige weißgoldene Cartier, und seufzte. »Wenn sich diese Maschine auch nur eine einzige Minute verspätet, könnte sie mir alles versauen, und zwar mächtig«, sagte er, und zwar, wie es schien, den rosafarbenen Seiten seiner *Financial Times*.

Trina nickte unverbindlich.

»Verflucht, hätte ich alle Zeit der Welt, würde ich Air India oder so was fliegen.«

Er schien erpicht aufs Reden – wenn auch in schroffen selbstgefälligen Ausbrüchen –, was völlig gegen die Regeln für seriöse Geschäftsflüge verstieß. Aber andererseits hatte sie ihr eher für späte Abende im »Tramps« oder »Annabel's« geeignetes Giorgio-Sant'Angelo-Kleid an, um ihr dezentes Kostüm nicht zu zerknittern; das würde sie sich während der Fahrt vom Kennedy-Flughafen in der Limousine anziehen. Klar, daher hielt er sie wahrscheinlich nicht für eine Geschäftsreisende, sondern für eine vielfliegende internationale Nutte.

»Bradley Seaver«, sagte er und drehte sich abrupt um, als hätte er sie eben erst bemerkt.

»Trina Cox.«

»Angenehm«, erwiderte er. Er schüttelte heftig den Kopf und schaute erneut auf die Uhr, als sei es ein persönliches Accessoire, das sich wirklich ausgesprochen schlecht benahm. Als Trina ihn weiterhin ignorierte, murmelte er theatralisch: »Herrgott, hoffentlich schaffe ich diese Sitzung.«

Trina kramte in ihrer Tasche nach einem Geschäftsbericht.

»Ich bin Anlageberater bei Morgan«, sagte er. »M und A. Das steht für *mergers and acquisitions*, also Firmenfusionen und Übernahmen.«

»Klingt sehr interessant«, sagte Trina, ließ den Geschäftsbericht wieder in ihre Tasche gleiten und etwas einschmeichelnden Südstaatendialekt in ihre Stimme einfließen.

»Und *wie* interessant. Sie würden staunen.«

»Übrigens –«, setzte sie an, doch seine weltverändernde Vision hatte ihn fest im Griff.

»Praktisch täglich kaufe und verkaufe ich milliardenschwere Firmen, und im ganzen verdammten Land begreift kaum jemand die Größenordnung dieser Vorgänge. Nicht einmal die Regierung begreift es. Diese Leute haben keine Ahnung. Was uns ganz recht ist.« Weiter erklärte er, wie er und seine Kollegen sich aufgedunsene Unternehmen vornahmen, korrupte und genußsüchtige Geschäftsleitungen stürzten, die Drachen namens Unproduktivität und Selbstgefälligkeit erschlugen, die trägen Königreiche in stromlinienförmige Stücke zerteilten und diese auf dem Markt verkauften.

Nach jahrelanger Inflation habe jemand festgestellt, daß das Eigenkapital amerikanischer Unternehmen, wie es sich in den Aktienkursen widerspiegelte, unterbewertet sei. Ein neuer, unternehmensfreundlich eingestellter Präsident habe verkündet, in Amerika sei ein neuer Morgen angebrochen, die Inflation habe sich gelegt, und kluge Käufer seien aufgewacht und hätten ihre Börsenmakler angerufen. Die Finanz-Dienstleistungsindustrie sei aufgeblüht wie eine boomende Ölförderstadt. Und wenn man dadurch seine Rendite verdoppeln könne, daß man bei steigenden Preisen auf Marge Aktien kaufte, so könne man sich doch wohl keine schnellere Methode vorstellen, sagenhaft reich zu werden, als Firmen nur fremdfinanziert aufzukaufen und Teile davon einzeln wieder zu verkaufen. Zinszahlungen seien steuerlich absetzbar, daher sei es einfach dämlich, sich nicht möglichst viel Geld zu leihen und alles Erreichbare aufzukaufen. Schulden seien gut, Eigenkapital langweilig. Er beackere, so Bradley Seaver, das lukrativste Feld seiner Epoche.

Nach etwa zwanzig Minuten nahm er sich die Zeit zu fragen: »Und was tun Sie?«

»Ich bin in M und A bei Silverman«, sagte sie, deren Firma auf diesem Gebiet viel bedeutender war als seine.

Mit hochrotem Gesicht griff sich Bradley Seaver seinen Kopfhörer und gab sich im weiteren Verlauf des Fluges alle Mühe, Trina demonstrativ zu ignorieren.

Eine Stunde vor der Landung in New York ging Trina auf die hintere Toilette. Das Mannequin, das ihr zu Beginn des Fluges bekannt vorgekommen war, wartete auf ein »Frei«-Zeichen und sah nervös an ihrer Bluse herunter. »Kennen Sie sich mit Implantaten aus?« fragte sie Trina. »Sie fühlen sich nämlich irgendwie komisch an, als ob sie sich irgendwie ausdehen oder so.« Die Frau kniff sich in eine ihrer Brüste und zuckte dabei zusammen.

Dann sah sie hoch, und ihre Miene schien Trina aufzufordern, sich durch einen Griff selbst zu überzeugen, ein Experiment, auf das Trina sich nicht einließ.

»Ich weiß nicht recht, ich hab sie erst letzte Woche bekommen, und gerade ist mir eingefallen, daß mir vor ein paar Monaten ein Typ erzählt hat, bei einer Frau seien die Implantate in der Concorde praktisch explodiert. Jetzt bin ich irgendwie nervös.«

»Ich habe keine Warnhinweise auf meinem Flugticket gesehen«, sagte Trina.

»Echt?« Sie schien ein wenig beruhigt und warf einen Blick auf Trinas Brüste. »Sind *die* echt?«

Ein paar Stunden später holte sich Trina unter der Strahlung des Computerbildschirms in ihrem Büro in Midtown-Manhattan eine scheckige Bräunung, während sie eine Bildschirmtabelle studierte. Über die Tastatur gebeugt, hing sie so dicht vor dem Monitor, als stehe sie kurz davor, in das smaragdgrüne Zahlenlabyrinth einzutauchen. Seit sie an der »Street« arbeitete, war ihre absolut normale Sehkraft auf Werte abgesackt, die sich eher nach ihrem Blutdruck anhörten, und im Moment tränten ihre Augen hinter den Kontaktlinsen; aber wenn sie bedachte, wie sich ihr Einkommen in diesem Zeitraum entwickelt hatte, war sie gar nicht auf Mitgefühl aus. Im Augenblick versuchte sie nur, den Cash-Flow des Geschäftsbereiches eines Sportbekleidungsmultis zu ermitteln, den das Management gerade in eine Personengesellschaft umwandelte. Seit Bekanntgabe des Übernahmeangebots waren noch zwei andere Bieter eingestiegen, hatten den Preis in die Höhe getrieben und Trina faktisch eine weitere Woche Schlaf geraubt. Sie lehnte sich zurück, reckte den Hals und genehmigte sich einen Schluck koffeinhaltigen Urschleims aus ihrem Harvard-Business-School-Becher.

Ihr Assistent Christopher klopfte und trat ein, über die ausgestreckten Arme mit beinahe zeremonieller Behutsamkeit etliche Kleidungstüten gehängt. Christopher hatte einen ausgezeichneten Geschmack und – dank des Fashion Institute of Technology – eine semiprofessionelle Sachkenntnis in Kleidungsfragen, weshalb sie ihn jede Saison losschickte, neue Kostüme einzukaufen. »Die werden Ihnen mit Sicherheit gefallen«, sagte er, legte die Tüten auf Trinas Couch und strich sie glatt. »Die neuen Kollektionen sind phantastisch. Besonders die von Chanel.«

»Sie sind garantiert toll«, sagte Trina, da klingelte das Telefon. »Gehen Sie bitte ran?«

Christopher stakste zum Schreibtisch und nahm den Hörer ab. Er schmollte immer noch, als er unerwarteterweise »Russell Calloway?« sagte.

Sie hatte ihn vor Jahren das letztemal gesehen. Trotz ihrer Überlastung nahm sie den Anruf entgegen, weil ihre Neugier geweckt war. »Hallo, Russell? Hat da jemand die Zeitmaschine in Gang gesetzt oder was?«

»Es ist schon eine Weile her«, gab er zu. »Vor ein paar Jahren bei Gene Fishers Hochzeit?«

»Und schon fühle ich mich schrecklich alt, aber zumindest wirst du immer älter sein als ich. Schon fett und erste Spuren einer Glatze?« Und willst du Geld für den Verband ehemaliger Studenten auftreiben? spekulierte sie. Aber Russell war nicht der Ehemaligen-Fonds-Typ.

»Man sagt, ich habe mich gut gehalten. Ich würde dich gern zum Mittagessen einladen.«

Das klang nach Anmache. Sollten sich etwa er und die wunderschöne, die perfekte Corinne Makepeace getrennt haben?

»Liebend gern«, sagte sie und kombinierte die zweideutige Ehrlichkeit dieser Aussage mit einem reflexhaften Rückfall in die Sprachfärbung ihrer Südstaatenheimat. »Bin aber für die nächsten drei oder vier Jahre ziemlich ausgebucht. Ich mußte so etwa sechs meiner letzten sieben Nichtgeschäftsessen absagen, womit ich mich mächtig beliebt gemacht habe, wie du dir denken kannst...«

Sie war aber neugierig genug, um ihren Kalender durchzublättern und Ende April nach einem offenen Termin zu suchen. Normalerweise hätte Christopher ihr gesagt, ob noch ein Essenstermin frei wäre, aber er war leicht eingeschnappt abgezogen.

»Wie wär's mit nächstem Dienstag? Dann muß ich irgendwo in der Nähe sein. Kennst du ›Smith and Wollensky‹? Wenn ich nicht telefonisch absage, treffen wir uns um halb eins.«

Bestimmt hatte er den Artikel gelesen, in dem sie zu einer der Spitzenfrauen in M&A hochgejubelt wurde, befand Trina, auch wenn er wohl kaum der typische *Fortune*-Leser war. Doch im Moment fehlte ihr die Zeit zum Spekulieren. Auch für ein Liebesleben hatte sie keine Zeit, aber es war wichtig, dann und wann das Prickeln sexueller Spannung zu spüren, die Frequenz nur für den Fall offen zu halten, daß sie in einem Flugzeug jemand wirklich Tolles kennenlernte, wenn der Laptop ausgeschaltet und die Toilette zufällig gerade nicht besetzt war.

Russell war ihr an der Uni ein Jahr voraus. Gut hatten sie einander nicht gekannt, und wenn ihn sein Gedächtnis nicht trog, war ihre Abneigung gegen ihn genauso groß gewesen wie ihre irgendwie vorhandene Zuneigung zu ihm. Ihre Clique waren die Sportskanonen und die Burschen, deren Nachnamen an den Wänden von Studentenwohnheimen und Collegegebäuden standen. Das alles schien er abzulehnen – ein Junge aus dem Mittelwesten, wild entschlossen, sich auf Kunst und Politik zu konzentrieren. Sie wußte noch, daß er nach Asphalt stinkende französische Zigaretten geraucht hatte, während er beim Kaffee in der Snack Bar hockte und mit Jeff Pierce konspirative Gespräche über Literatur führte, diesem Typ mit der schlechten Haltung, dessen Großvater die Turnhalle gebaut hatte, und mit dem zusammen Trina gern ins Schwitzen gekommen wäre.

Trina Cox war nie eine große Bohemienne gewesen und hatte sich gleich nach dem Studium dem Emissions- und Anlagegeschäft gewidmet, gerade als die Hektik einsetzte. Als Trainee war sie zu ihrem Glück in der Abteilung Fusionen und Übernahmen der First Boston gelandet, wo damals das neue Spiel erfunden wurde. Ihre Abteilung beriet Unternehmen bei Übernahmen und half – gegen Honorare in Millionenhöhe – bei der Finanzierung; bald wurde klar, daß der Bank das große Geld durch die Lappen ging, weil sie bei solchen Multi-Millionen-Dollar schweren Hochzeiten nur als Trauzeugin fungierte. Und so investierte die First Boston schließlich bei diesen Geschäften ihr eigenes Geld. In jener Frühphase war es ein Segen, im Finanzsektor beschäftigt zu sein, doch erst bei M&A war man im Himmel.

Nach zwei Jahren als Analystin machte sie den obligatorischen Studienabschluß in BWL; nach der Uni brachte Cox ihre aufblühende Sachkenntnis bei einer renommierten Investmentbank an der Ostküste ein, der es in den Fingern juckte, ein Stück von dem neuen Fusionen-und-Übernahme-Kuchen zu ergattern, die sich aber – sehr zu Trinas Ärger – nur widerwillig die Hände mit feindlichen Übernahmen schmutzig machen wollte. Trina wirkte auf ihre Arbeitgeber ein, in dieser Hinsicht etwas unverkrampfter zu werden.

Daß Trina eine Frau war, machte es nicht einfacher; der *Fortune*-Artikel war insofern ein Witz, als nur etwa drei Frauen im Bereich M & A tätig waren. Die Männerumkleideraum- und Machogesinnung an der Wall Street hatte ebensosehr damit zu tun, daß die Hälfte der Typen früher Spießer und Streber gewesen waren, wie damit, daß die andere Hälfte wirklich körperbetonte Sportarten gespielt und während des Studiums Studentenverbindungen angehört hatte. Dies zu wissen, war für eine Frau von Vorteil. Trina für ihr Teil war alles andere als eine Spießerin und mit jener weiblichen Selbstsicherheit ausgestattet, die im Handumdrehen die Rüstung männlicher Protzerei durchdringt. Ihre ständig heisere, rauhe Stimme besaß die Autorität von Geld und Herkunft; und wie man von manchen Männern sagt, sie könnten mit ihren Blicken Frauen ausziehen, war Trina in der Lage, gewissen Männern jede sexuelle Fehlfunktion in Erinnerung zu rufen, die sie je erlebt hatten. Ihr Sexappeal beruhte eher auf ihrer Vitalität als auf bloßer Schönheit; ihre vollen Wangen ließen sie jugendlicher erscheinen als sie war, ihre Haarfarbe war ein unauffälliger Braunton. In einem Zimmer voller Menschen war sie selten die attraktivste Frau, schnitt aber meist sehr gut ab.

Da sie in Virginia in eine, wie man immer noch ohne jede Ironie sagt, gute Familie hineingeboren wurde, hätte sie sich gut verheiraten und an Fuchsjagden teilnehmen können, wie es ihre Mutter und ihre ältere Schwester getan hatten. Als Rebellion gegen die von einem Treuhandvermögen finanzierte Trägheit ihres Vaters, eines Privatiers und Ornithologen, der sich im Amazonasgebiet nach neuen Papageien und Seetauchern umsah, trat sie in die Fußstapfen früherer Generationen männlicher Coxes und ging an die Wall Street. Es konnte nichts schaden, daß sie besser reiten, skifahren, schießen und Tennis spielen konnte als die meisten Männer, mit denen sie zusammenarbeitete – Leistungen, von denen diese mehr beeindruckt waren als Trina selbst. Wenn du einem Mann vor einer Woche beim Squash eine Lektion erteilt hattest, fiel es ihm später schwerer, dich wie eine Lusche zu behandeln. Vielleicht haßte er dich, vielleicht machte er dir auch einen Heiratsantrag, aber er forderte dich garantiert nicht mehr auf, ihm eine Tasse Kaffee zu holen.

Nach einer weiteren Stunde Cash-Flow-Analyse blickte sie hoch und sah die Tüten mit den Kleidungsstücken auf der Couch liegen.

»Christopher«, rief sie. »Los, wir sehen uns die neue Garderobe an. Zeigen Sie mir, was Sie haben.«

»Das hat keine Eile«, sagte er, immer noch bockig.

»Nein, ehrlich, ich sterbe vor Neugier.«

Am nächsten Dienstag kam sie eine Viertelstunde zu spät, und Russell wartete schon an der Bar. Er hatte zugelegt, seit sie ihn das letztemal gesehen hatte, könnte aber immer noch als Student durchgehen. Jungenhaftes Gesicht, blauer Blazer über Jeans und – nette Note, das – eine Fliege. Ihr kam es so vor, als sei ihr schon seit Jahren kein Mann mehr begegnet, der nicht mindestens komplett in Nadelstreifen gekleidet war.

Ihre Bekanntschaft war so flüchtig und eingerostet genug, daß der Wangenkuß ein klein wenig unbeholfen geriet, als beide den Kopf zur gleichen Seite drehten, beide gleichzeitig zur anderen Seite korrigierten.

»Warst du in letzter Zeit mal oben in Providence?« fragte er, als sie Platz genommen hatten.

»Hatte nicht die Zeit.« Er wirkte nervös, was ihren Verdacht erhärtete, daß es sich um ein Rendezvous handelte. Der Kellner kam, begrüßte sie mit hartem mitteleuropäischen Akzent und knallte das schwere Besteck hin.

»Eßgerät für die Männer, die Amerikas Großunternehmen

zerlegen«, sagte Trina und nahm ein enormes Steakmesser in die Hand. »Das ist eine Art vorgeschobener Außenposten der Street«, fuhr sie fort und erklärte, ihr erster Boß sei mit ihr und Kunden immer hier essen gegangen. »Es gibt eine Art Luxusgesetz, das von Investmentbankern verlangt, umgeben von Mahagonitäfelung und Messinggeländern erstklassiges Rindfleisch zu verzehren.«

Sie sah sich in dem Raum um. Zwei Tische weiter winkte ihr ein dicker Mann zu. Seine Begleiter riefen nach dem Ober, zeigten auf leere Gläser und säbelten an Riesenhummern oder mächtigen Rippenstücken herum, die über die Ränder ihrer Teller hingen.

»Freunde von dir?«

Sie schüttelte den Kopf. »Wertpapierhändler«, sagte sie, »die Neandertaler der Finanzwelt. Zwanghaft oral. Den ganzen Tag lang brüllen und fluchen sie ins Telefon, angetrieben von Martinis, Rindfleisch und Zigarren.«

»Ihr M-und-A-Leute seid auch nicht gerade schüchtern und zurückhaltend.«

»Nö, wir können ordentlich zulangen«, sagte sie mit tiefer maskuliner Stimme. »Ich bezweifle aber, daß solches Geschwätz Sie interessiert, Mr. Calloway.«

»Seltsamerweise doch.«

»Russell Calloway, Uni-Poet? Gib's zu, du fühlst dich uns Geldraffern gewaltig überlegen.«

»Im Gegenteil. Ich finde deine Arbeit faszinierend. Vor allem jetzt. Unter anderem deshalb habe ich dich zum Essen eingeladen.«

Das klang nicht gerade vielversprechend, dachte sie. »Ich hatte gehofft, daß du dich noch an meinen tollen Arsch erinnerst.«

»Eigentlich stehe ich eher auf Brüste«, gab er mit boshaftem Grinsen zurück, den Blick peinlich genau auf ihre Augen gerichtet.

»Ich hab in der Concorde ein Mädchen kennengelernt, das dir eventuell gefallen könnte.«

»Genau was ich brauche.«

»Was brauchst du denn *wirklich*?«

»Neulich wurde mir ein, wie ich finde, guter Roman angeboten. Der Protagonist arbeitet für ein mittelgroßes Unternehmen. Er befürchtet, man wolle ihn rausschmeißen, und kommt auf die verrückte Idee, das Unternehmen zu kaufen.«

»Das ist doch nicht verrückt.«

»Das wollte ich ja wissen. Ich hatte gehofft, du würdest dir die Sache anhören und mir verraten, ob es realistisch ist. Dieser Typ hat nämlich überhaupt kein Geld. Er pumpt sich so etwa siebzig Millionen.«

»Ein Taschengeld«, sagte Trina und schmierte Butter auf eine dicke Scheibe Brot. »Warum machst du nicht siebenhundert draus – bloß um nicht einzuschlafen.«

»Laß uns mal kurz bei dem bleiben, was wir haben. Diese Figur ist nicht reich.«

»Noch nicht, aber genau darauf kommt es bei fremdfinanzierten Übernahmen nun mal an. Früher haben große Firmen kleine Firmen geschluckt, aber heutzutage erleben wir praktisch Tag für Tag, daß Wale von Elritzen geschluckt werden. Die Elritze geht zur Bank und leiht sich Geld, um Moby Dick aufzukaufen. Für einen Kredit braucht man Sicherheiten, daher verpfändet die kleine alte Elritze den Wal, der ihr noch gar nicht gehört, als Sicherheit. Wenn dann der Deal im Sack ist, bezahlt sie den Kredit mit Walspeckbrocken.«

»Klingt absolut vernünftig«, behauptete Russell spöttisch.

»Wer hat noch mal gesagt: ›Gebt mit einen Hebel, der groß genug ist, und ich werde die ganze Erde bewegen‹? Na, gebt mir genug Fremdkredite, und ich werde General Motors kaufen.«

»Ich persönlich würde darauf verzichten«, sagte er. »Mein Vater ist bei GM.«

»Du kommst doch aus Grosse Point, stimmt's? Ich glaube, die Pistons haben in den Basketball-Playoffs gute Karten.« Sie wandte sich an den Kellner, der bereit neben dem Tisch stand. »Krabben-Cocktail, Sirloin medium roh, Cremespinat und noch was von diesem Diät-Koffein. Hast du schon ausgesucht?«

Russell warf einen Blick auf die Speisenkarte, bestellte dann die Seezunge und einen Salat.

»Um welchen Industriezweig geht's hier überhaupt?«

Als Russell zögerte, hob sie fragend die Handflächen. »Schweinezucht, Software?«

»Im Grunde ums Verlagswesen.«

»Im Grunde?«

Mit einem Schulterzucken verzog er die Lippen zu einem festen, schwermütigen Grinsen, und als er zu ihr aufsah, schien sein Blick um Verständnis zu bitten: Entweder mußte er unbedingt auf die Toilette gehen, oder er würde gleich eine Liebeserklärung abgeben. Sie griff quer über den Tisch und legte ihre Hand auf eine seiner Hände. »Was ist los, Schätzchen?« Wenn sie sich recht erinnerte, war er früher alles andere als schüchtern gewesen. Ja, ihr war gerade eingefallen, wie sie nach einer Bierfaßparty auf irgendeiner Couch im Suff herumgeknutscht hatten. Es gab aber noch eine Möglichkeit.

»Ich kann zwar keine Gedanken lesen, aber spontan würde ich sagen, entweder willst du mich flachlegen oder ein Unternehmen kaufen.«

Russell wurde tatsächlich rot.

Sie schüttelte lachend den Kopf. »Du gerissener Hund. Du willst also deinen Verlag kaufen, hab ich recht?«

Er zuckte reumütig die Achseln.

»Und du hast absolut kein Geld. Was hast du denn, Kerl? Da draußen beugen sich hundert Jungs und Mädels wie ich über die Computerbildschirme und suchen Übernahmekandidaten. Es ist Jagdzeit, Russ, und in letzter Zeit ist das Verlagswesen ein heißer Tip. Wieso hat sich vorher noch keiner Corbin, Dern gegriffen? Wieso ist die Firma noch nicht attackiert worden? Und sprich immer schön leise, hörst du, denn wenn du's nicht tust, *wird* das Unternehmen attackiert. Noch heute nachmittag.«

»Ich verfüge über Informationen, die nicht in der Bilanz auftauchen.«

»Moment mal, kontrolliert die Familie nicht die Aktien?«

»Einundvierzig Prozent.«

»Dadurch wird es fast unmöglich.« Während dieses Verhörs beobachtete sie ihn, nahe genug zu ihm hinübergebeugt, um seinen nach Kaffee riechenden Atem zu spüren. Er hatte ausgesprochen einladende Augen, ein helles Himmelblau. Leichter zu deuten als dunkle Augen. »... Falls du nicht ein Familienmitglied hinter dir hast.«

»Was bleibt mir noch, wenn ich dir jetzt alles verrate?«

»Vielleicht hast du eine Chance. Du bist ja Mr. Inside.«

»Das ist ein sehr schönes Kostüm«, sagte Russell und sah schräg an ihr herunter.

»Das hat jemand für mich gekauft.«

»Er hat einen guten Geschmack.«

»Und tippen kann er auch.«

»Laß ihn nicht gehen.«

»Verlaß dich drauf.« Sie tunkte die große rosarote Sichel einer Garnele in die Cocktailsoße und biß die Hälfte ab, völlig zufrieden damit, einen falschen Eindruck von dem fraglichen Mann zu hinterlassen.

»Was hast du sonst noch, Russell?«

»Immobilien. Das Bürogebäude ist bezahlt und vor Jahren aus den Büchern verschwunden. Es ist mindestens zehn wert.«

»Wir könnten es verkaufen und ein paar Etagen zurückmieten. Das ist gut, aber du bist vermutlich nicht der erste, der auf diese Idee gekommen ist. Irgendwelche versteckten Außenstände?«

»Ein halbes Dutzend großer Taschenbuchverkäufe, die nicht von dem nächsten, übernächsten Jahr in den Büchern auftauchen.«

Der mit Fleischplatten beladene Kellner kam wieder.

»Du müßtest ein paar Abteilungen abstoßen, um deine Schulden zu begleichen.«

»Hier habe ich die Zahlen für dich«, sagte er, hob eine Ledermappe in die Höhe und verschüttete dabei ein Glas Wasser über dem Tisch.

»Macht nichts«, sagte sie. »Ich bin kaum naß geworden.«

»Jetzt weißt du, warum mich meine Familie ›Crash‹ genannt hat.«

»Nicht jedermanns Lieblingswort in meiner Branche. Egal, was ist mit dieser Diskriminierungsgeschichte, dieser Demonstration?«

»Die könnte sich vielleicht sogar zu unseren Gunsten auswirken«, antwortete er und tupfte mit seiner Serviette den Tisch trocken. »Drückt die Aktienpreise.«

»Vielleicht kriegen wir die Sache in Gang«, sagte Trina eine halbe Stunde später und ließ das Steakmesser auf ihren leeren Teller fallen. »Allmählich klingt es machbar.«

»Du ißt wie ein Vögelchen«, bemerkte Russell spöttisch, der nach der Hälfte der Seezunge aufgegeben hatte.

»Ich arbeite es ab.«

»Im Fitneßcenter?«

»Im Büro. Zu meinem Übungsplan gehören Schlafentzug und Adrenalinproduktion.«

»Offenbar wirkt es bei dir.«

»Wie geht's Corinne? Seid ihr zwei noch zusammen?«

»Wir halten irgendwie durch. Ihr geht's gut. Sie ist Broker bei Wayne, Duehn.«

»Ach tatsächlich? Ist das nicht schön«, sagte Trina mit ihrem dicksten Südstaatenakzent. Sie hatte Corinne Makepeace nie gemocht, und daß sie als Privatkundenmaklerin arbeitete, änderte gar nichts an ihrer Meinung. Privatkunden waren Pipikram. Unaufgefordert irgendwelche Tölpel anrufen. Genausogut könnte man an der Haustür Versicherungen verkaufen. »Hast du ihr davon erzählt?«

»Na klar. Sie hat mir bei den Zahlen geholfen.«

»Sie würde doch keine dieser Informationen an ihre Kunden weitergeben, oder?«

»Trina, sie ist meine Frau.«

»Mein Boß, Nicholas Aldridge, ist seit fünf Jahren verheiratet – frag mich nicht, wie er Zeit für die Zeremonie gefunden hat. Er ist etwa zweihundert Tage im Jahr unterwegs. Und wenn er seine Frau von unterwegs anruft, sagt er weder, wo er ist, noch wen er gesprochen hat oder wann er nach Hause kommt. So läuft das in diesem Geschäft.«

»Corinne weiß schon Bescheid.«

»Sei ein wenig vorsichtig, sogar bei Corinne. Wenn wir weitermachen, kannst du ihr einfach nicht alles verraten. Wenn es um ein Geschäft geht, sind mir abhörsichere Informationskanäle wichtig.« Sie übertrieb ein bißchen, weil sie nicht vorhatte, sich ständig von Corinne Makepeace über die Schulter glotzen zu lassen. Sie lächelte Russell an. »Ich will damit nur sagen, daß du ihr schließlich nicht alles erzählen mußt, oder?«

»Wohl nicht.«

Der Kellner trat an den Tisch und teilte ihr mit, sie werde am Telefon verlangt. Sie entschuldigte sich und nahm den Anruf am Platz des Oberkellners entgegen, wo sie dem Kellner ihre Kreditkarte reichte. Aldridge brauchte sie umgehend. Sie unterschrieb die Rechnung und eilte zum Tisch zurück.

»Tut mir leid, ich muß mich sputen. Ich seh mir die Sache durch, und dann treffen wir uns nächste Woche wieder und reden drüber, okay?« Sie küßte ihn auf beide Wangen und rannte zur Tür.

Trina traf sich am folgenden Samstag mit Russell und Leticia Corbin. Sie arbeitete für ihren Boß ein Exposé aus, doch es verging fast eine Woche, ehe sie schließlich Zeit fand, mit Aldridge darüber zu sprechen. Nachdem sie zwischen Montag und Donnerstag durchschnittlich drei Stunden pro Nacht geschlafen hatte, fühlte sie sich nach geleisteter Arbeit rechtschaffen und kräfteverleihend erschöpft, als sie endlich Samstag nachmittag in Aldridges Büro Platz nahm. Schlafentzug war zu einem Kick geworden, wie das High eines Langläufers, wie die äußerst ertragreichen Junk Bonds in einem Anlage-Portefeuille. Sie war bereit, einen neuen Deal anzugehen.

Obwohl die Bürofluch die oberste Etage eines brandneuen gläsernen Hochhauses in Midtown-Manhattan füllte, glich Aldridges Höhle dem Arbeitszimmer des Rektors einer Privatschule in Neuengland, wie sie auch Aldridge besucht hatte. Das auffälligste Element der Inneneinrichtung war seine Modellschiffsammlung. Auf seinem Hepplewhite-Schreibtisch lag die unglaublich präzise, maßstabsgetreue Nachbildung der USS *Constitution* von 1812 im Trockendock; Miniaturklipper, -schaluppen und -galeonen ruhten in der Flaute eines polierten Mahagoni-Sargassomeeres namens frühes amerikanisches Sideboard. Einige der Schiffsmodelle waren Kundengeschenke und nicht nur mit dem Namen des Schiffes beschriftet, sondern auch mit Datum und Namen des zu feiernden Deals.

Mit seinem Bezug zu altem Holz, Segeltuch, marokkanischem Leder und kubanischem Tabak betonte Aldridge seine Herkunft von den Handelsbankiers alter Schule. Trinas Bewunderung für seinen Stil wurde durch eine gewisse Ungeduld relativiert. Seine Vorsicht würde verhindern, daß er je der größte Hai in der Branche wurde.

Zu der Besprechung hatte Trina Chip Rockaby mitgebracht, einen jüngeren Kollegen, der bei den Berechnungen behilflich gewesen war. Er war eine echte Spürnase, sah sogar wie ein Golden Retriever aus – großer blonder Kopf und tumbe, glückliche, blaue Augen. Hatte Chip von einem Geschäft erst einmal Witterung aufgenommen, ließ er erst davon ab, wenn man ihm den Deal aus dem Maul riß und ihn nach Strich und Faden verdrosch.

»Ich verstehe, warum Ihnen dieser Deal gefällt«, sagte Aldridge und sog Luft ein, seinen Kopf himmelwärts gerichtet, während er sich eine Montecristo anzündete, die Wangen aufgeblasen wie die von Dizzy Gillespie.

Trina richtete sich auf die Gegenrede ein.

»Die Zahlen sind ziemlich gut...« Er brach ab, nahm die

Zigarre aus seinem Mund und betrachtete sie, als empfinde er es als angenehm, daß es immer noch Dinge im Leben gab, auf die man zählen konnte. »Auch wenn sie nicht sehr groß sind.«

»Wir halten das für einen möglichen Selbstläufer«, meldete sich Chip. »Einen Elfmeter ohne Torwart.«

Hol ihn dir, Junge. Wau wau. Apportieren, Chipper.

Das Telefon klingelte. »Eine Sekunde.«

Während er Silben in den zwischen Kopf und Schulter gequetschten Hörer knurrte, zwirbelte Aldridge seine Manschettenknöpfe, geschmackvolle goldene Rauten mit Monogramm. Den Jungs im Büro galt Aldridge in Kleidungsfragen als Vorbild. Seine in England handgefertigten Hemden und Anzüge wirkten so schlaff und flüssig, daß sie Trina an abgenutzte Dollarscheine erinnerten. Seine Manschetten waren aus Frankreich, seine Kragen aufgeklappt oder mit Kragenknöpfchen befestigt. Die Muster seiner Krawatten, falls sie überhaupt gemustert waren, waren für das bloße Auge nahezu unsichtbar. Rockaby trug die Firmenuniformvariante des unteren Managements: weißes oder blaues Hemd von Brooks Brothers mit Button-down-Kragen, blauer oder grauer wollener Einreiher und Strickkrawatten desselben Herstellers. Heute war Blaues-Hemd-und-grauer-Einreiher-Tag. Soweit Trina wußte, hatte nie jemand ausdrücklich gesagt, daß es sich für den erst fünfundzwanzigjährigen Chip nicht schickte, in einem Maßanzug oder mit Manschettenknöpfen im Büro zu erscheinen. Das konnte warten, bis sie ihn zum Sozius machten. Mit der zunehmenden Internationalisierung der Branche sah man bei anderen Firmen gelegentlich Typen mit Hosenträgern oder clownesk gestreiften Hemden von Turnbull & Asser mit hochstehenden weißen Kragen, aber mit so einer Garderobe brachte man es hier nie zum Sozius. Trina für ihr Teil blieb bei maßgefertigten Kostümen der konservativeren Couturiers und bei Säumen in Kniehöhe, um gerade genug Bein zu zeigen, daß die Herren nicht vergaßen, welche Toilette sie aufsuchte.

Nachdem er aufgelegt und die Zigarre wieder zwischen seine Zähne gesteckt hatte, stärkte sich Aldridge mit einer Lunge voller Rauch und seufzte.

»Sie halten das für machbar?« fragte er Trina.

»Unbedingt.«

»Ich gestehe Ihnen zu, daß es auf dem Papier prima aussieht. Aber dabei geht es nicht nur um die Finanzen. Dieser junge Calloway hat keinerlei Erfahrung als Manager. Wir müßten ohne die erfahrene Geschäftsführung planen.«

»Ballast«, befand Chip.

»Er ist ein guter Mann«, sagte Trina. »Er war als zukünftiger Cheflektor vorgesehen.«

»Schon möglich. Aber in dem Geschäft spielen persönliche Beziehungen eine zentrale Rolle. Wenn wir die Stadt einnehmen, stellen wir unter Umständen fest, daß das Gold, das Getreide und die Girls verschwunden sind.«

Jetzt geht's los, dachte Trina. Zeit für die Parabel.

»Nennen wir in diesem Fall die Autoren die Girls. Nennen wir die Geschäftsbeziehungen mit anderen Verlegern und Agenten ... das Getreide, und nennen wir den guten Namen der Firma das Gold. Dies alles könnte über Nacht verschwinden, falls wir eine feindliche Übernahme anstreben.«

Aldridge zog besonders heftig an seiner Zigarre, wie ein zögernder Taucher, der sich auf die Unterwasserphase vorbereitet. »Ich habe mit dem geschäftsführenden Vorstand gesprochen. Wir müssen auf diese Gelegenheit wohl verzichten, Trina. Ich weiß, daß sie Ihnen gefällt. Womöglich haben Sie recht. Und wir wissen zu schätzen, daß Sie uns den Vorschlag unterbreitet haben. Aber Sie wissen ja, wie wir zu feindlichen Übernahmen stehen. Wir wollen die Kundenbeziehungen nicht gefährden ... noch dazu durch ein so kleines Geschäft.«

Er schraubte seine Zigarre aus dem Mund und schaute auf die Armbanduhr. »Donnerlüttchen, ich muß los, ich muß zu einem Drink in den Racquet Club.«

»Wann werden Sie mich für die Mitgliedschaft vorschlagen?« wollte Trina wissen.

Aldridge lächelte lahm. Es war ein alter Scherz, der ihn aber immer noch verunsicherte; Frauen war die Mitgliedschaft im Racquet Club untersagt. Er lachte verlegen, murmelte: »Tut mir leid...«

»Es wird dir noch leid tun«, prophezeite Trina ein paar Minuten später in der Sicherheit der Damentoilette. »Alter Furz.«

15

»Was genau will dieser Parker eigentlich?« fragte Trip Corbin, seine sonnengebräunte Stirn in Falten gelegt; er befand sich so weit außerhalb seines Elements wie der über seinem Kopf an die Wand genagelte Lachs.

Deine Autos klauen und deine Frauen vergewaltigen, hätte Washington am liebsten gesagt, merkte aber, daß seinem weißen Publikum überhaupt nicht nach Scherzen zumute war. Hier in Corbins Büro, unter den anklagenden Glasaugen ausgestopfter Vögel und anderen Getiers, teilte sich Washington das troddelverzierte, rissige Ledersofa mit Harold und Kleinfeld, versuchte verzweifelt, einen bevorstehenden Furz zu unterdrücken und hoffte, sich zuversichtlicher anzuhören, als er sich fühlte.

»Erstens will er Publicity. Der Tpy ist wie 'ne Pflanze, heliotroph, der wird jedesmal größer, wenn ein Blitzlicht aufleuchtet. Wir haben es hier mit Polittheater zu tun, klar? Er muß ein wenig auf uns eindreschen. Seine Leute müssen *sehen*, daß er auf uns eindrischt. Schließlich möchte er gern Einfluß gewinnen – ein paar Jobs für die Brothers, ein bißchen Geld für die Organisation. Doch am wichtigsten ist das öffentliche Aufsehen.«

Auch wenn die Berichterstattung über den Protest gegen Corbin, Dern gerade abgeflaut war und Parker nur noch selten persönlich vorbeikam, hielt ein kleines Kontingent seiner Anhänger noch immer hinter den Polizeiabsperrungen um das Verlagsgebäude mit Transparenten Wacht. Der mit einer Halsschiene versehene Rasheed Jamal hatte eine Zivilklage gegen die beiden Wachleute, die ihn rausgeschmissen hatten, und gegen den Verlag eingereicht. Unter anderem deshalb waren die Aktien von Corbin, Dern im Freiverkehr von fünfzehn auf zwölfeinhalb Dollar gefallen.

»Wie werden wir dieses Arschloch los?« wollte Kleinfeld wissen.

Offenbar erwartete man von Washington, dem einzigen Schwarzen im Zimmer, solche Dinge zu wissen – er sollte den weißen Sahibs die aus dem Dschungel dringenden Trommelrhythmen auslegen. Doch im Moment beschäftigte er sich viel intensiver mit der Vorstellung, daß keiner von ihnen ein Wort sagen würde, wenn er einen fahren ließe; sie dächten dann: Na klar, diese Neger, die essen eben haufenweise Kuhbohnen und so 'n Zeugs.

»Wir sitzen die Sache aus«, schlug Washington vor, »oder wir reden mit offenem Scheckbuch.«

»Warum sagen wir ihm nicht einfach, er soll sich ins Knie ficken«, erwiderte Kleinfeld.

»Weil wir einen ungemein wertvollen Ruf schützen müssen«, sagte Harold ungehalten. Wenn er auch kein Vollidiot wie etwa Whitney III. war, konnte Kleinfeld doch, wie Harold fand, ein beschissener Philister sein.

»Und das weiß Parker«, erklärte Washington laut und mit zusammengekniffenen Schließmuskeln. »Deshalb hat er sich uns vorgeknöpft. Er dachte sich, wir würden nur ungern unseren Kredit bei den liberalen Intellektuellen verspielen.«

»Was wissen wir über Parkers Privatleben?« fragte sich Kleinfeld laut. »Anders gesagt, ist er verwundbar? Können wir ihn irgendwie drankriegen?«

»Meine Güte, Jerry«, fuhr ihn Harold an. »Lassen Sie uns einfach ein Meeting ansetzen und die Leute anhören.«

»Wir müssen mit ein paar Scheinchen wedeln«, sagte Washington.

»Tja, das kostet es nun mal, wenn man sich an die Spielregeln hält«, erklärte Kleinfeld und funkelte Harold an. »Washington, arrangieren Sie das?«

»Das muß einer von Ihnen regeln. Mich als Boten zu schikken, wär genau das Falsche.«

»Schon gut, schon gut.« Kleinfeld war einverstanden.

»Du lieber Himmel«, meldete sich Corbin im Tonfall eines Mannes, dessen Geduld und Aufmerksamkeit auf eine harte Probe gestellt wurden. »Als ich ein kleiner Junge war, hat Opa Ralph Ellison in sein Haus nach Connecticut bestellt.«

Washington konnte sich nicht länger beherrschen.

Da es schon Mittag war, beschloß Washington, allmählich zu seiner Essensverabredung im »Lola« aufzubrechen, was ihm Zeit ließ, unterwegs an einem Geldautomaten haltzumachen; er hatte seit etlichen Monaten seinen Spesenbericht nicht abgegeben, weshalb ihm seine Auslagen womöglich nicht erstattet worden waren, weshalb er womöglich nicht voll bezahlt und sein Plastikgeld nicht benutzbar war.

Am Geldautomaten mußte er in einer langen Schlange warten. Als Washington endlich an der Reihe war, schob er seine Karte in den Schlitz und tippte die Geheimzahl ein. Während er auf den Computer wartete, spürte er, wie sich alle hinter ihm Wartenden, sämtliche weißen Körper auf ihn zuschoben. Er konnte ihre Gedanken lesen: *Hoffentlich hält uns dieser farbige Knabe nicht auf. Nicht daß ich Vorurteile hätte, aber wenn man's eilig hat, schleichen sie immer auf dem Gehsteig vor einem her – eine alte Gewohnheit aus der Sklavenzeit, als sie fürs Arbeiten nicht bezahlt wurden, oder aus Afrika, weil es da so heiß war, aber im Augenblick ist mir das egal, ich hab's eilig, verdammt noch mal, wir Weiße müssen schließlich arbeiten.*

WIR KÖNNEN IHREN VORGANG ZUR ZEIT NICHT BEARBEITEN.

»Scheißdreck«, sagte Washington laut. Mit seinem Konto war alles in Ordnung, müßten mindestens zwei Riesen drauf sein. Er drückte auf die KONTOSTAND-Taste, hörte hinter sich das Scharren von Füßen und ungeduldiges Stöhnen, spürte, wie sich Blicke in seinen Rücken bohrten. Wenn sich so etwas früher einmal ereignet hatte, war er meist auf einen möglichen Fehlschlag gefaßt gewesen, doch jetzt war er sicher, daß es sich um einen Irrtum handelte und er nichts dazu konnte, verflucht, er war schließlich nicht irgendein Gettonigger, der ständig in den Miesen war, obwohl der Automat anzeigte, daß sein Konto beträchtlich überzogen war. Hätte er vor seiner Bank gestanden, wäre er hineingestürmt und hätte sein Recht gefordert. Er gab sich Mühe, den Lärm der wütenden Weißen auszublenden, während er ein letztes Mal versuchte, Geld abzuheben, riß schließlich seine Karte aus dem Automaten und stürmte hinaus in die Anonymität des überfüllten Gehsteigs.

Als Washington ein paar Stunden später in Russells Büro auftauchte, hatten sich die geballten Demütigungen in amüsante Anekdoten verwandelt. Er erzählte Russell, wie er, als die Rechnung gebracht wurde, aufs Herrenklo marschiert und dort eine Weile geblieben war, um einem berüchtigt geizigen holländischen Verleger die Bezahlung zu überlassen und schließlich überrascht und entrüstet zu tun, als er zurückkam und die Rechnung beglichen war. Und sein vormittäglicher Flatulenz-Anfall – hoho, ein echter Lacher, ein vorsätzliches *épatement* der Bourgeoisie. Nach ein paar Minuten merkte er zu seinem Erstaunen, daß er sich eine Spur besser fühlte.

Falls ihn jemand fragte, konnte er wahrheitsgemäß antworten, Russell sei sein Kumpel – einer seiner besten Freunde –, dennoch würde er lieber aus dem Fenster springen, als vor ihm zu verletzlich zu wirken. Seiner Ansicht nach erwartete Russell von ihm, cool zu bleiben und den Schein zu wahren. Nicht daß er sich seiner Heuchelei groß bewußt gewesen wäre; es war ihm in Fleisch und Blut übergegangen, sich bei Russell so zu verhalten, bei Harold anders und in schwarzer Gesellschaft wieder völlig unterschiedlich.

Selbst wenn sich Washington Russell hätte anvertrauen wollen, wäre dem die Sache mit der Hautfarbe nicht recht verständlich geworden, daß sich Washington immer wie die einzige Frau im Raum vorkam, wenn im Fernsehen gerade Tampon-Werbung lief. Wenn er etwas verbockte, spürte er immer das leuchtendrote N auf seinem Brustkorb aufleuchten. Die Sache mit der Hautfarbe ging Russell völlig am Arsch vorbei. Manchmal vergaß er, daß Washington schwarz war, dann wieder hielt er es für eine feine Sache, obwohl es eigentlich keinen Unterschied mache – das hat doch alles die Bürgerrechtsbewegung gelöst, Bro', und wir intelligenten, gebildeten, korrekt denkenden Weißen freuen uns einfach wie die Schneekönige darüber, schwarze Kumpel zu haben. Yeah, die Hand drauf! Gelegentlich, so dachte Russell, bekam er ein paar Bonuspunkte, weil er mit einem Schwarzen um die Häuser zog. Aber Crash war schon in Ordnung, nicht wie die Weißen, die sich so verflucht *bemühten* – die beiläufig Sätze fallenließen wie: »Wissen Sie, eigentlich gefällt mir das neue Album von Michael Jackson wirklich gut«, oder: »Neulich hat Jessie Jackson in Chicago eine interessante Rede gehalten.« Nein wirklich? Na, ei der Daus, schönen Dank, weißer Mann. Und ich kann den ollen Jackson Browne richtig gut leiden.

Gerade jetzt schien Russell weit weg zu sein; er trug eine bekümmerte, und, wenigstens in Washingtons mißtrauischen Augen, schuldbeladene Miene zur Schau. »Mir geht's prima«, antwortete er lahm auf eine dahingehende Frage.

»Häusliche Probleme?« An die Vollkommenheit der Callowayschen Verbindung hatte Washington nie geglaubt, und sei es auch nur, weil es alle anderen taten. Monogamie hielt er nicht für einen realisierbaren Zustand.

Als Antwort schüttelte Russell nachdenklich den Kopf. »Wußtest du, daß dieses reiche Miststück Casey Reynes schwanger ist?« fragte er aus heiterem Himmel.

»Gott, nein.«

»Und jetzt will Corinne unbedingt ablaichen.«

»Hoffentlich wird das Baby weiß.«

»Was? Moment mal…« Russell musterte das Gesicht seines Freundes prüfend. »Das hast du nicht. Nie und *nimmer*.«

»Schon gut, ganz wie du willst, ich hab nicht…«

»Ich glaub dir kein Wort«, sagte Russell, deutlich bemüht, sich überzeugen zu lassen. »Casey Reynes? Ihre Majestät, Königin von Wilmington, Southampton, Park Avenue und Belgravia? Du hast sie gefickt?«

»Über so was spricht ein Gentleman nicht.«

»Du bist kein Gentleman.«

»Also gut, ich hab sie gefickt.«

»Wann?«

»Ich hab solche Daten nicht im Kopf.«

»Du Wüstling«, sagte Russell vergnügt.

»Apropos ficken, was hältst du von Jeffs neuer Story?«

»Welche neue Story?«

»Letzte Nummer von *Granta*«, sagte Washington beiläufig. Solche Neuigkeiten gab er gern persönlich weiter, und das war unübersehbar ein Volltreffer – Russells Gesichtsausdruck wechselte von verdutzt zu verärgert. Auch wenn Jeffs Kurzgeschichte harmlos wäre, hätte es Russell gekränkt, durch jemand anderen von ihrer Existenz zu erfahren.

»Über ein flottes New Yorker Szenepaar. Keine üble Story, ein bißchen gewagter als seine frühen Sachen. Eigentlich wollte ich von dir wissen, ob das aus seinem Roman stammt, aber offenbar…« Er überließ es Russell, den Satz zu vollenden, wohl wissend, daß dieser zu stolz oder wütend war, ihm um sein Exemplar der Geschichte zu bitten, und in dem plötzlichen Gefühl, daß es beinahe grausam gewesen war, sie zu erwähnen. Doch schuld daran war seine Neugier; die Protagonisten waren offensichtlich an Russell und Corinne angelehnt. Washington erhob sich. »Du hast vielleicht Zeit, herumzusitzen und zu tratschen, aber ich muß arbeiten.« Und in vertraulichem Ton: »Deine hübsche neue Assistentin, du hast doch wohl nichts dagegen, wenn ich sie zu ’nem netten Drink einlade, oder?«

Als Washington seinen Arbeitstag beendete, hatten sich die Demonstranten, diese räudigen Bastarde, verzogen. Wollten ihn hier behindern. Doch er, er schritt hinaus in einen kühlen Abend, atmete den in der Luft liegenden Geruch von tauendem Beton, Partysporen und weiblichen Hormonen ein, nachdem er auch an diesem Tag der Kugel entkommen war. Eigentlich hatte er vorgehabt, sich heute mit dem Buch von Fanon zu beschäftigen, doch selbst in seinem hermetisch abgeriegelten Büro spürte er den wilden Lockruf des Frühlingsabends. Er hörte an der Tür seines Herzens das Kratzen eines Hundes, der unbedingt ausgeführt werden mußte.

16

An einem Maienmorgen so frisch wie eine neue Banknote rollte um sechs Uhr fünfzehn eine graue extralange Limousine an den Bordstein vor einer Beaux-Arts-Sandsteinvilla, dahinter – wie eine Art Limousinenkind – ein graues Auto. Dieser Flotte entstiegen vier von Steroidmißbrauch gezeichnete Personen, bewaffnet und in dunkle Anzüge mit Weste gekleidet, von denen zwei den Gehsteig vor der Tür bewachten, während die beiden anderen an jedem Ende des Blocks Stellung bezogen.

Um halb sieben tauchte am oberen Treppenabsatz der Hauptbewohner des Stadthauses auf, von einem weiteren Leibwächter überragt. Beinahe mollig, den rosigen Kopf hutlos und weitgehend unbehaart, die gepflegte Gestalt in einen wie angegossen sitzenden, anthrazitfarbenen Zweireiher gehüllt, dessen Schnitt für einen Banker zu aufdringlich und für einen Gangster nicht dramatisch genug war, maß er in schuhlosem Zustand eins sechzig, eins siebzig in seinen maßgefertigten Slippern mit extrahohen Einlagen. Unten warteten die Männer nervös in ihren Gabardineanzügen, während ihr Anführer die Straße rauf- und runtersah, einen Finger in den

Mund steckte und anschließend in den Wind hielt. »Wie schon Bobby Dylan gesagt hat, man braucht keinen Wetterkundler, um zu wissen, woher der Wind weht. Hab ich recht?«

Die Truppe ließ einen fröhlichen und zustimmenden Chor ertönen.

»Und ihr braucht keinen Detektiv, um zu wissen, wer wen einen bläst. Verzeihung, *wem*. Das ist mein kostenloser Ratschlag des Tages, Jungs. Gehen wir.«

An jedem Wochentag brach Bernard Melman auf diese Weise zur Arbeit auf. Sein von einem Nachkommen des Finanzvampirs Jay Gould erbautes Haus war eins der größten Privatwohnhäuser der Stadt und teilte sich gegenwärtig einen Häuserblock zwischen Fifth und Madison mit einem Herrenclub, einem Unterschlupf der CIA, etlichen in Eigentumswohnungen unterteilten Villen sowie den Konsulaten zweier unruhiger ausländischer Mächte.

Wenn es das Wetter erforderte, stieg Melman dann eventuell in die wartende Limousine, und zwei der Männer gesellten sich zu ihm, während die anderen in den wartenden Sedan sprangen; anschließend bewegte sich die Karawane die Fifth Avenue hinunter. Heute jedoch setzte er sich zu Fuß in Richtung Madison in Bewegung, woraufhin die Leibwächter sich rasch in einer mobilen Keilformation um ihn gruppierten, während die Fahrzeuge die Gegenrichtung einschlugen und auf der Fifth Avenue nach Süden abbogen; während hupende Taxis auf die mittleren Fahrspuren schwenkten und vorbeirasten, schlich die traurige Kavalkade im Schrittempo die Avenue hinunter, parallel zu der auf der Madison befindlichen Fußgängergruppe und mit jener durch Walkie-talkie verbunden. Bis vor kurzem waren die Wagen schwarz gewesen, doch als in einem Zeitschriftenartikel stand, sie sähen aus wie eine allmorgendliche Beerdigungsprozession, hatte Melman sie umgehend gegen hellere Autos ausgewechselt, mit der Bemerkung, das habe wenig mit Aberglauben zu tun, vielmehr sei ihm die Vorstellung zuwider, die Leute könnten denken, irgendwelche anonymen Leichen finanzierten Autos, die *ihm* gehörten.

Unterdessen machten auf der Madison Avenue frühmorgendliche Jogger und Hundebesitzer den Gehweg für den in schwarze Gabardine gewandeten Moloch frei. Melman genoß es, seine Truppe zu verwirren, indem er abrupt stehenblieb oder spontan vom Kurs abwich, um seine Männer auf die Probe zu stellen, als wäre er ihr Trainer.

Der an diesem Maimorgen zu Melmans Linken trabende Leibwächter, dem das Interesse seines Chefs an King Charles Spaniels völlig unbekannt war, wurde geschnitten, weil er nicht Platz machte, damit Melman zwei dieser Hunde bewundern konnte, die vor einer gepflegten schlanken Dame mit bläulich gefärbten Haaren die Straße entlangtrippelten.

»Macht mir hier mal ein wenig Platz, Boys.« Melman bellte praktisch selbst, als er sich zu den kauernden braunweißen Spaniels niederbückte. »Brave kleine Burschen. Wir haben zu Hause fünf davon«, teilte er dem Frauchen mit.

»Sind sie nicht einfach entzückend?« sagte sie nervös. »Ich weiß nicht, was ich ohne Paolo und Reggie täte.«

Ob das nun ein ungemein bedeutender Mann war, den sie eigentlich kennen müßte, oder nur ein Gangster, wie sie zunächst vermutet hatte – sie fand es klug, ihn bei Laune zu halten, außerdem sprachen seine fünf King Charleses zweifellos für ihn, da genau die richtige Sorte Leute diese Rasse hielten ... Pat Buckley und dergleichen. Bei den aufstrebenden jungen Freiberuflern war es gegenwärtig angesagt, den einen oder anderen Sharpei zu besitzen – haarlose, faltige, chinesische Monstrositäten, die wie in halbtrockenen Teig gewickelte Schweine aussahen, was nach Ansicht der Dame nur jemand schätzen konnte, der sich gnadenlos von der Mode tyrannisieren ließ. King Charleses hingegen waren niedliche Schoßhündchen, wie die meisten von reifen, kultivierten Frauen bevorzugten Hunde, verglichen mit Yorkshire-Terriern oder Zwergpudeln zudem relativ leise und ausgeglichen; sie konnte sich des Gedankens nicht erwehren, in einem Mann, der fünf davon hatte, müsse einfach etwas Gutes stecken.

»Gute Hundchen. Und Ihnen einen guten Morgen, Madam«, sagte Melman im Gehen, zuckte ein wenig, als er sich aufrichtete – er litt unter chronischen Schmerzen im Steißbereich – und sich der Schutzschirm wieder um ihn schloß.

Melmans ausgeklügeltes Sicherheitssystem war, wie seine Gegner sagten, unnötig – es diene dem gleichen Zweck wie sein Tintoretto oder die Rubine seiner Frau. Allerdings gab es durchaus einige Leute, die über die Nachricht von Bernard Melmans Ableben glücklich gewesen wären. Im Zuge von einem Dutzend Firmenübernahmen, davon vier feindlichen, hatte er sich Feinde gemacht, von denen ihn aber wahrscheinlich keiner auf offener Straße über den Haufen schießen würde. Und obwohl sein Name und Foto oft in der Presse auftauchten, war es ebenso unwahrscheinlich, daß ihn bewundernde Fans bedrängten. Seine Rivalen machten sich über sein Gefolge genauso lustig wie über seinen hochherrschaftlichen Lebensstil; regelmäßig stellten gewisse Stimmen in der Presse und in der Geschäftswelt seine Methoden in Frage.

Melman war kein um Anerkennung bettelnder Mensch; die Animositäten, die er bei einigen weckte, führte er auf Neid, auf Antisemitismus und auf Angst und Abscheu des abgeschotteten Geldadels der amerikanischen Geschäftswelt zurück. Er war der unbekannte Außenseiter, der hereingeplatzt war und um die zarten Hände ihrer Töchter anhielt, unternehmerisch gesprochen – mit denen er durchbrennen würde, falls man sie ihm verweigerte. Angefangen hatte er mit einer heruntergekommenen kleinen Möbelfabrik, die dem Onkel seiner ersten Frau gehörte und die er als Vehikel benutzte, um andere, größere Unternehmen zu erwerben. Er war ein Guppy, der einen Thunfisch verschlang; die großen Fische machten sich so lange über ihn lustig, bis plötzlich die Lichter ausgingen. Dann nannten sie ihn einen Hai. Meist verkaufte er Teile seiner neuen Firmen, behielt diejenigen mit riesigen übertragbaren Abschreibungen oder anderen nützlichen Aktiva und verschmolz sie mit seinem übrigen Imperium. Ihm fielen Werte auf, die kein anderer bemerkte – in der Nahrungsmittelverarbeitung, in der Spielzeug- und Betonherstellung, in Einzelhandelsketten und im Autozubehör. Immer und immer wieder war er cleverer als die Wertpapieranalysen, nicht nur wenn er kaufte, sondern auch, wenn er in letzter Sekunde verkaufte.

Nach einem Nervenzusammenbruch hatte Melman sein Collegestudium ein Jahr lang unterbrochen. Schließlich lautete die Diagnose manisch-depressiv, und seine Stimmungsschwankungen hatte man teilweise medikamentös in den Griff bekommen. Seine späteren Phasen hektischer Firmenkäufe wurden von Zeiten der Zurückhaltung unterbrochen, die, was nur seine engsten Mitarbeiter wußten, häufig mit seinen Depressionsschüben zusammenfielen. In diesem Rhythmus war ihm der Erwerb eines Vermögens gelungen, das jeden Moment eine Milliarde Dollar übersteigen konnte, und urplötzlich hatte Melman seine historische Ader entdeckt. Er las Biographien von Reichsgründern wie Alexander dem Großen, Julius Caesar oder den Handelsherren aus Amerikas goldenem Zeitalter und registrierte zufrieden, daß in dem seither vergangenen Jahrhundert weltweit kein Privatmann auch nur annähernd soviel Geld verdient hatte wie Melman und eine Handvoll anderer Männer, die in einem Radius von fünf Straßenzügen um sein Haus herum wohnten. Einige dieser neuen Plutokraten hatten ihren Sitz in Los Angeles oder London, aber die Finanzmärkte, denen sie diese neuen Vermögen verdankten, befanden sich – falls man ihnen einen geographischen Standort zuordnen konnte – in New York, und sämtliche neuen Titanen hatten einen Wohnsitz, der nicht weiter als einen Kilometer von Park Avenue und 72nd Street entfernt lag und von denselben zwei, drei Innenarchitekten eingerichtet worden war.

An Freunden und Bewunderern litt Bernard Melman keinen Mangel. Kein Journalist hatte je Schwierigkeiten, zitierfähige Aussagen zu finden, die für seine Güte und Großzügigkeit sprachen. Seine zweite Frau, eine umwerfend schöne, blonde Amazone und ehemalige Assistentin eines Innenarchitekten, als Melman vor fünf Jahren eine seiner Wohnungen neu einrichten ließ, war ihm treu ergeben. Sie war ein Waisenkind, stammte aus ungeklärten Verhältnissen in den Appalachen, und viele hielten sie nicht nur für die schönste der Vorzeigefrauen der New Yorker nouvelle Society, man munkelte auch, sie sei ihrem Gatten absolut treu.

Melmans Bankiers und Anwälte fanden ihn hinreißend; der Vorstand des Metropolitan Museum, das er gerade mit einer Spende von zehn Millionen Dollar ködern wollte, war des Lobes voll. Viele der Arbitrageure, die mit den Kursbewegungen von Übernahmeaktien spekulierten, waren ihm zutiefst dankbar. Und es gab nur sehr wenige Angehörige der alteingesessenen, weißen, protestantischen Oberschicht und des jüdischen Finanzadels, die sich nicht voller Begeisterung auf seinen Partys sehen ließen; nach der rasanten Demokratisierung der sechziger Jahre waren die Reste der New Yorker Gesellschaft auch nicht annähernd vital genug, um sich dem Eindringen dieses brandneuen Geldes der achtziger Jahre zu widersetzen. Und warum sollten sie auch, befanden einige ihrer Mitglieder. Wenn die Rockefellers eine Generation gebraucht hatten, um in die Salons der Astors vorgelassen zu werden, so brauchten die heutigen Finanzgenies 1987 nur noch etwa hundert Millionen Dollar, um eine Gästeliste mit erstklassigen alten Namen und Prominenten erster Güte zu erwerben.

Einige jüdische Mitglieder der Finanzgemeinde hegten die nur selten geflüsterte Befürchtung, Melman und andere finanzielle Freibeuter brächten sie alle in Verruf. Melmans öffentlichkeitswirksames Auftreten ärgerte das alte Geld nicht schlecht, dessen Familien seit hundert Jahren in aller Ruhe an der Fifth Avenue gewohnt und die großen jüdischen Investmentbanken gegründet hatten, die Melman in seinem ungeduldigen, parvenühaften Kaufrausch hatte links liegen lassen, und die stolz behaupteten, sie könnten Cleveland – Melmans Geburtsort – nicht auf der Landkarte finden. Doch die meisten tauchten pünktlich zu seinen Abendgesellschaften auf.

Melman und seine Bande stießen an der Kreuzung 59th Street und Fifth Avenue zu der motorisierten Karawane und trafen kurz vor sieben im Büro ein. Er beugte sich vor, um die Hand seiner Privatsekretärin Denise zu küssen, die daraufhin nervös kicherte, wie jeden Morgen aufs neue geschmeichelt und aufgeregt.

In seinem Büro half ihm einer der beiden verbliebenen Leibwächter, sein Jackett auszuziehen, und hing es in einen Schrank. Dann zogen sich beide diskret zurück. Als Melman gerade das ordentlich auf seinem Schreibtisch liegende *Wall Street Journal* in die Hand nahm, humpelte ein zerbrechlich aussehender Mann in das Büro; bei jedem Schritt zog er das rechte Bein nach, der rechte Arm war seitlich seltsam angewinkelt.

»Ich habe eben mit London gesprochen«, sagte der Mann und nahm gegenüber von Melmans Schreibtisch Platz.

»Scheiße, die da drüben sollten Sie zu einem britischen Staatsbürger machen«, sagte Melman vergnügt. »Sie haben ja praktisch einen Akzent. Reden ständig mit London, wenn ich Sie brauche. Gottverdammte Teebeutel. Kaum zu glauben, daß diesem Volk mal die Welt gehört hat. Das haben sie bloß hingekriegt, weil sich alle anderen vor dem Akzent fürchteten. *Well, bitte um Verzeihung, aber wir müssen wirklich darauf bestehen, Ihr Land zu übernehmen. Seid so brav und tragt unser Gepäck, all right?*«

»Wir haben da drüben eine Problemabteilung. Es könnte nichts schaden, wenn Sie sich eine Zeitlang darauf konzentrierten.«

»Und ehe ich mich versehe, reden Sie auf einmal auch so«, sagte Melman, was allerdings keiner für wahrscheinlich hielt, der Linder zuhörte. Melman für sein Teil fand die Idee mächtig amüsant. »Kommen in einem verdammten Kilt hier reinmarschiert.«

»Sie müssen heute noch mit ihnen reden.«

»Was soll ich denn tun, mich den lieben langen Tag um *alles kümmern*? Ich mache Geschäfte.«

»Das weiß ich.«

»Ich hab seit *Wochen* kein Geschäft mehr gemacht, Carl. Das ist, als würde man nicht mehr vögeln.«

»Das weiß ich auch.« Melmans Lieblingsanalogie war die zwischen Sex und Geschäft, obwohl sich Carl Linder häufig nebenher fragte, wann sein Chef das letztemal gevögelt hatte, und ob er es auch nur annähernd so interessant fand wie einen Geschäftsabschluß.

»Ich glaube, ich werde dieses Verlagshaus kaufen.«

»Ich wüßte nicht, warum.«

»Ich mag Bücher.«

»Das wußte ich *nicht*.«

Melman deutete auf die mit ledergebundenen Bänden gefüllten Regale aus Rosenholz. Er stand auf und ging hinüber, zog ein Buch heraus und hielt es hoch, stemmte es, um dessen Masse zu demonstrieren. »Eine Menge Burschen kaufen für ihre Büros getürkte Bücher, einfach lange Reihen sogenannter Bücher – auf ein Brett geklebte Lederstreifen.«

»Sie reden mit mir, Bernie. Ihr Innenarchitekt hat sie meterweise bestellt.«

Melman rollte die Augen und schüttelte traurig den Kopf. »Was nicht heißt, daß ich sie nicht mag. Zu Hause habe ich meine eigenen Bücher. Haben Sie Plutarch gelesen?« wollte Malman wissen. »Plutarch über Caesar? Sollten Sie tun. Vielleicht lernen Sie dabei noch was außer Zahlen.« Trotz seines Studiums an der Denison University und der Wharton School of Business hatte Melman etwas von der unschuldigen Begeisterung des Autodidakten, was die Geisteswissenschaften anging, mit denen er sich erst seit kurzem befaßte. Die Leute begriffen nicht, wie schwer man arbeiten mußte, so dachte er oft, wenn man mit vollem Einsatz im Geschäftsleben reüssiert hat, um sich die Angewohnheiten, Hobbys und Interessen eines reichen Mannes anzueignen.

Bernie Melmans rechte Hand und Chefbuchhalter machte sich wegen dessen neuestem Plan Sorgen. Der ohnehin bereits unberechenbare Melman entledigte sich zunehmend der alltäglichen Beschränkungen und des gesunden Menschenverstands, je gewaltiger sein Reichtum und seine Macht anwuchsen. Und es bestand immer die Gefahr, daß seine Krankheit wieder zum Ausbruch kam, mochte sie auch von Lithiumsulfat gedämpft sein. Carl Linder befürchtete, daß Bernie seit den letzten anderthalb Jahren auf eine größere Panikphase zusteuerte. Er wurde immer herrschsüchtiger. Der kürzliche Erwerb des riesigen Modeimperiums, in dessen Büro sie nun untergebracht waren, schien für Linder und andere von extrafinanziellen Erwägungen motiviert zu sein. Der Vorstand des alten Unternehmens wies Melmans Avancen zurück und umwarb andere Bieter, und der Preis, den Melman schließlich zahlen mußte, überstieg selbst die optimistischsten Schätzungen des Firmenwertes und schien zu belegen, wie sehr Melman darauf aus war, nach all den Jahren Zement und Verbrauchermärkten ein großes, prestigeträchtiges Unternehmen zu besitzen. Am Tag, nachdem er die Reißleine seines sieben Millionen Dollar teuren goldenen Fallschirms gezogen hatte, bemerkte der scheidende Vorstandsvorsitzende gegenüber der *New York Times* verärgert, dies sei der höchste Preis, der je für einen guten Tisch im »21« bezahlt worden sei. Linder für sein Teil hielt es für legitim, aus Imagegründen Picassos und Légers zu kaufen. Außerdem hatten sie sich als ausgezeichnete Investitionen entpuppt. Er persönlich hatte weder für den Akt von Modigliani, den Harlekin aus Picassos Blauer Periode noch für die Collage von Braque viel übrig, die im Büro hingen. Doch das war eine Sache. Er dachte sich, daß Bernie eben mit all den anderen Typen und deren Frauen wetteiferte. Sogar die zehn Millionen, die Melman eventuell dem Metropolitan spenden wollte – die Voraussetzungen waren klar. Man erwirbt Prestige, eine gute Presse und nimmt die Steuerabschreibung mit. Aber eine Firma zu kaufen, war etwas anderes. Linder hielt viel von Informationen und Zahlen, die – neben den Steuergesetzen, die Schulden vor Eigenkapital begünstigten – die Grundlage von Melmans Imperium bildeten.

Melman umkreiste jetzt hektisch seinen Schreibtisch mit dem, was der normalerweise nicht zu bildhaften Ausdrücken neigende Linder seinen Rennmausgang nannte. Linders kleine Tochter hatte einmal ein paar Rennmäuse besessen, die im Laufrad unaufhörlich auf der Stelle liefen, und wenn Bernie mitten in einem Geschäft war, konnte er sich kaum setzen, nicht einmal bei Telefonieren. Er war immer nur im Uhrzeigersinn unterwegs. Am Ende jedes Arbeitstages entwirrte eine seiner Sekretärinnen die Schnüre der Telefone im Büro, indem sie sie entgegen dem Uhrzeigersinn aufdröselte.

Bernie Melman hatte seine eigenen Gründe, warum er Corbin, Dern kaufen wollte, aber er genoß es auch, Linder in die Verzweiflung zu treiben. Zu den Geheimnissen von Führungspersönlichkeiten gehörte es, die Funktionäre und Anhänger zu verwirren. Corbin, Dern war Kleinvieh und versprach keine raschen Profite, auch nicht, wenn er die Firma zerschlug, doch das Verlagswesen hatte ein gewisses Prestige, und strategisch gesehen paßte die Übernahme in seine langfristigen Pläne, brachte seinen einen Fuß in die Tür einer Industrie, an der er beteiligt sein wollte. Medien waren die kommende Sache, keine Frage. Außerdem faszinierte ihn die Kleine, die ihm den Deal vorgeschlagen hatte. Eine Menge Baby-Banker rannten ihm die Türe ein, aber diese war anders.

Melman zündete sich gerade seine erste Zigarette an, als ihm seine Sekretärin Trina Cox meldete. »Sie bleiben hier«, sagte er zu Linder und nahm hinter seinem Schreibtisch Platz. Trina wurde in den Raum und zu einem Ledersessel geführt. Sie trug ein eng sitzendes hellrotes Kostüm.

»Hübscher Fetzen – Donna Karan, stimmt's?«

Trina warf einen kurzen Blick auf ihr Kostüm und zuckte mit den Schultern. »Fragen Sie Christopher.« Der schräge

Ledersitz des Sessels ließ den Hintern nach hinten absacken und die Knie aufragen, so daß es eine Anstrengung erforderte, sich nach vorn zu beugen oder einen Rock geschlossen zu halten.

»Sie kennen sich, stimmt's? Trina – Carl, etcetera; Carl kann nicht lange bleiben ... er ist mit Prinzessin Di zur Fuchsjagd verabredet.« Während er beobachtete, wie Trina im Sitzen ihr Kleid zurechtzog, ergänzte er: »Neulich hab ich im ›Mortimer's‹ Ihren Chef Aldridge gesehen. Was ist das für einer? Ziemlich verkniffener Typ, oder?« Melman wollte nicht nur ihre Loyalität auf die Probe stellen, sondern auch ihre Beobachtungsgabe.

»Ein Banker der alten Schule. Ein wenig konservativ, stimmt.«

»Für Ihren Geschmack etwas zu lasch, was?«

»Ich finde, uns gehen ein paar hervorragende Gelegenheiten durch die Lappen.«

»Wie Corbin, Dern?«

»Das ist ein Beispiel.«

»Sehen wir es uns genauer an. Erzählen Sie mir von Ihrem Calloway. Er kann wirklich ein Mitglied der Familie einbringen? Wen, die Junkie-Schwester? Die muß es sein. Die andere habe ich in Palm Beach kennengelernt, eine echte Eva Braun – unnahbar, steinreich, der steckt eine Reitpeitsche im Arsch. Also die Junkiebraut, stimmt's?«

»Sagen wir, die Karten werden offengelegt, sobald wir uns einig sind.«

»Hören Sie, Schätzchen, machen wir hier Geschäfte oder reißen wir wechselseitig an unseren Ketten?«

»Wir entscheiden gerade, ob wir miteinander ins Geschäft kommen, Bernard.«

Melman runzelte anläßlich dieser unerwarteten und womöglich respektlosen Verwendung seines Taufnamens die Stirn. Wie viele mächtige Männer genoß er es, mit seinem Kosenamen angeredet zu werden. Er lehnte sich in seinen Sessel zurück, schaute zur Decke hinauf und seufzte eine riesige Qualmwolke aus, die wie ein sorgenvoller Gedanke über ihm hing. Den Marmoraschenbecher in der Tischmitte verschmähend, ließ er seine Asche in eine halbvolle Kaffeetasse fallen. »Sie sind eine echte alte Angelsächsin, hab ich recht?« sagte er.

Sie zuckte die Achseln. »Die *Mayflower* haben wir Cox' verpaßt, aber dann so ziemlich das nächste Boot erwischt.«

»Bumst Calloway die Junkiebraut?«

»Das wäre für mich eine Riesenüberraschung.«

»Ach ja, tatsächlich? Aber genau wissen Sie's nicht? Hören Sie, Schätzchen, das Wichtigste – wenn Sie mit mir Geschäfte machen, klar? – das Wichtigste ist, daß Sie Ihren Kram in- und auswendig kennen, Sie werden zur weltweit führenden Kapazität über Ihr Thema, klar? Sie finden heraus, wessen Namen die Frau des Vorstandsvorsitzenden im Schlaf murmelt, mit wem sie sich im ›La Cirque‹ zum Essen trifft, und was *dessen* Lieblingsstellung ist. Sie erfahren alles, was es zu wissen gibt. Wissen ist Macht, klar?«

»Calloway bumst nicht mit der Schwester.«

»Bumst er mit Ihnen?«

»Nur in seinen Träumen.«

Melmam lächelte. »Nur in seinen Träumen, genau. Das gefällt mir.«

»Russell ist glücklich verheiratet. Seine Frau ist Börsenmaklerin. Und meine Informationen besagen, daß keiner von beiden rumvögelt.«

»Entweder gehören die in ein Museum, oder mit Ihrer Information stimmt etwas nicht.« Melman beugte sich vor und strich die Zigarrenasche am Rand seiner Kaffeetasse ab. »Treue – heutzutage gibt's Treue doch nur noch als Treuhandfonds.«

Trina merkte sehr wohl, daß ihr Rock immer dann hochrutschte, wenn sie sich bewegte, und sie war beinahe überzeugt, daß der Sessel genau zu diesem Zweck entworfen worden war. »Ihrer Meinung nach gibt es keine glückliche Ehe?«

»Klar, natürlich gibt es glückliche Ehen. Ich führe ja schließlich eine, stimmt's? Carl hier führt eine ...« Carls Grunzen ließ sich unter Umständen als Protest gegen diese Beschreibung seiner Ehe interpretieren. »Ich glaube einfach nicht daran, daß es so was wie Treue gibt. Was meinen Sie?«

»Keine Ahnung, ich bin ledig.«

Er nickte rasch und versuchte, sie so lange anzustarren, bis sie wegsah, doch sie hielt seinem Blick erstaunt und konzentriert stand. »Wie groß sind Sie?« fragte er.

»Verzeihung?«

»Wie groß sind Sie? Ihre Körpergröße?«

»Eins zweiundsiebzig.«

»Sie sind keine eins zweiundsiebzig.«

»Als ich das letztemal gemessen habe, doch.«

»Stehen Sie auf.«

Trina zögerte.

»Na los, ich will sehen, wie groß Sie sind.«

Sie nutzte die Gelegenheit, ihren Rock zu richten, bevor der in Hüfthöhe verschwand, und erhob sich, was gar nicht so leicht war. Der Sessel glich einem Sumpf.

Melman kam hinter seinem Schreibtisch hervor. »Carl, Sie messen.«

Sie traten ihre Schuhe weg und nahmen Rücken an Rücken Aufstellung. Trina spürte, wie sich Melman auf den Fußballen aufrichtete. Er war mindestens fünf Zentimeter kleiner.

»Carl, Ihr Urteil?«

Der Humpelnde hinkte müde zu ihnen herüber. »Ich nenne es unentschieden«, sagte er. »Und jetzt, Bernie, muß ich London anrufen. Morgen, Miss.«

Melman zwinkerte Trina zu, als Linder die Tür hinter sich zuzog. »Ich bemühe mich, sämtliche mir zur Verfügung stehenden Vorteile auszunutzen. Beispielsweise, daß der Kampfrichter mir gehört.« Er zog seine Slipper wieder an und setzte sich auf seinen Schreibtisch.

»Wenn nötig, kann ich klein sein«, sagte Trina.

»Ich ziehe Carl immer auf, aber ohne ihn könnte ich nicht –«

Plötzlich verzog er das Gesicht und griff sich an die Hüfte. Laut stöhnend rollte er den Kopf von einer auf die andere Seite, wobei sich seine Miene allmählich entspannte. »Kennen Sie sich mit Rückenschmerzen aus?«

»Nur an welcher Stelle sie auftreten.«

»Ich habe gräßliche Kreuzschmerzen.« Vorsichtig ließ er sich von seinem Schreibtisch gleiten und humpelte langsam zu seinem hinter dem Tisch stehenden orthopädischen Stuhl. Widerwillig nahm Trina wieder auf ihrem Sessel Platz. »Der Rücken ist ein geheimnisvolles Ding, stimmt's? Ich hab mich von den besten Chiropraktikern im Land behandeln lassen, und genutzt hat es einen Scheißdreck. Aber das ist mein Problem. Also, was ist mit der Demo, von der ich gelesen habe? Mit diesem Typ, diesem Parker?«

»Erstens hat sie die Aktienpreise sinken lassen. Zweitens hat ihn die alte Geschäftsleitung am Hals, nicht wir. Neue Besen kehren gut, heißt die Devise, wir zeigen unseren guten Willen und zahlen Mr. Parker ein bißchen was.« Sie hielt inne. »Zumal ich weiß, daß Sie in aller Stille wohltätige Einrichtungen unterstützen, die für die schwarze Gemeinde tätig sind.«

Melman lächelte wohlwollend, zog seine Schultern hoch und spreizte die Hände. Er steckte einen Kuli in seinen Mundwinkel und sagte: »Und Calloway? Ich sollte ihn kennenlernen. Cleverer Bursche?«

»Ein guter Mann. Vielleicht einer der besten Lektoren der Stadt, und soviel ich weiß, hat er den Chef der Finanzabteilung auf seiner Seite, wir sind also auch mit Managerqualitäten ausgestattet. Unter Anleitung könnte er die Kernfirma leiten. Den Rest stoßen wir sofort ab.«

»Ehrgeizig?«

Sie nickte.

»Aber doch hoffentlich nicht *zu* clever und ehrgeizig. Stimmt's? Sie wissen doch, was ich meine?«

»Ich glaube, ich empfange Ihr Signal, Käpt'n. Er läßt sich lenken.«

»Und wenn es mit ihm nicht klappt?«

»Das bliebe dem überlassen, der das Geld bereitgestellt hat.«

»Und was ist mit Ihnen? Sie sind klug, ehrgeizig, hübsch. Was erwarten Sie vom Leben?«

»Meine eigene Firma, Geschäfte machen.«

»Machen Sie gern Geschäfte?«

»Ich liebe es, Geschäfte zu machen.«

»Damit meine ich: Machen Sie *wirklich* gern Geschäfte? Das wäre nämlich besser. Es wäre besser, wenn Sie nichts auf der Welt lieber täten. Einige von euch Yuppies mit BWL-Studium möchten gern reich werden. Ihr wollt Sachen kaufen, stimmt's? BMWs und eigene Häuser in den Hamptons. Klar, jeder will reich werden, aber man muß ein leidenschaftlicher Geschäftemacher sein, man muß leidenschaftlich gern gewinnen wollen. Mit Geld hält man nur den Spielstand fest.«

Trinas Rock rutschte wieder ihre Oberschenkel hoch. Das und die Gardinenpredigt gingen ihr mächtig auf den Geist. Sie quälte sich aus dem Sessel. »Dieser Trick-Gucki-Sessel ist doch Scheiße, Bernie. Wollen Sie meine Muschi sehen? Seien Sie ein Mann. Wollen Sie sie sehen?« Damit hob Trina ihren Rock hoch. Während sie mit einer Hand den Rock über der Taille hochhielt, zog sie mit der anderen ihren Slip bis zum Oberschenkel hinunter, drehte sich dann wie ein Model und präsentierte den Anblick dem Rund. Bernie konnte weder wegsehen noch ein Wort herausbringen.

Nach einem angemessen unzüchtigen Zeitraum zog sie ihr Höschen wieder hoch und ließ den Rock runter. »Würden Sie mir jetzt freundlicherweise einen richtigen Stuhl holen, verdammt?«

Bernie erholte sich von seiner Starre und ließ ein breites, zahnreiches Lächeln aufblitzen. »Sie haben Mumm«, sagte er, als hätte sie einen von ihm bewußt ersonnenen Test bestanden. »Vielleicht kann ich Ihnen geschäftlich behilflich sein.«

Er kam hinter seinem Schreibtisch hervor und schob seinen eigenen Stuhl heran, bot ihn ihr an. »Probieren Sie den, bequemster Stuhl der Welt, für mich in Mailand handgefertigt.«

17

»Bernard Melman?« sagte Corinne. »Soll das ein Witz sein? Der Typ ist ein Pirat.« Sie kramte in dem Chaos ihrer Schmuckschachtel nach ihrem zweiten Perlenohrstecker. Sie wollten zu einer Dinnerparty, waren spät dran, und die einzigen Ohrringe, die sie fand, waren alte Hippiedinger aus der Junior-High-School. Silberreifen und gehämmerte Kupferscheiben. Falls sie mal dringend Geld brauchten, konnte sie jederzeit ihren Schmuck für zwanzig oder dreißig Dollar versetzen.

»Für meine Zwecke schickt ihn der Himmel. Herrje, sieht dieser Schlips gut aus?«

»Nimm den burgunderfarbenen mit dem Lilienmuster.«

»Was will er mit einem Verlag, der im Jahr siebzig Millionen Dollar umsetzt? Für ihn ist das Kleingeld.«

»Wahrscheinlich hat er es auf das Prestige abgesehen. Sieh es doch mal als Geldwaschanlage.«

Diesen Begriff mit seinen Anklängen an Gangster und Drogenhändler fand Corinne eigentlich recht passend. Alles andere als loyal, hoffte sie, Russells Plan werde von selbst einschlafen. In letzter Zeit war sie so eingespannt gewesen, daß ihr die Kraft fehlte, ihm die Stirn zu bieten.

»Können wir heute abend bitte zu Hause bleiben?«

»Mein Gott, ja. Keine Ahnung. Sieh im Terminkalender nach.«

»Ich kann dieses Kleid nicht ausstehen«, schrie sie. »Ich sehe fett aus. Ich komme mir vor wie die Königin des Cholesterin-Festivals. Wenn ich so aussehe, kann ich nicht gehen.«

Sie ging zu ihrem Schrank, riß die Schranktür auf und ging dann die Reihen von Stoffschultern durch, vorbei an den schlichten Kostümen für den Arbeitsplatz und den farbenfrohen Kattunkleidern von Laura Ashley bis zu ihrer ungenügenden Auswahl von Abend- und Cocktailkleidern in Schwarz und Rot und Grün und wieder in Schwarz.

»Corinne, wärst du noch dünner, würde das Kleid sofort wieder vom Körper fallen. Außerdem sind wir spät dran.«

»Seufz nicht so.«

»Nicht wie?«

»So herablassend, als stünde ein Kind oder Haustier vor dir.«

»'tschuldigung«, sagte Russell und hielt die Luft an. Zog man sich gemeinsam mit Corinne für eine Party an, konnte das zu einem traumatischen Erlebnis ausarten. Sie wurde von heftiger Kritik an ihrem eigenen Aussehen und ihrer Garderobe geschüttelt. Das Ganze konnte damit enden, daß Tränen flossen und Gewaltdrohungen ausgestoßen wurden.

»Du machst es immer so.«

»Was?«

»Mich so ansehen.« Sie seufzte tief durch. »Na schön, ich werde so gehen. Wenn du willst, darfst du den Leuten sagen, ich sei deine fette, häßliche Cousine vom Lande.«

»Das tu ich doch schon seit Jahren.«

Unten im Taxi sagte sie: »Triffst du dich mit Melman?«

»Ich sehe ihn morgen.«

»Eigentlich wolltest du mehr Gedichtbände und politische Bücher herausbringen. Jetzt triffst du dich mit Bernie Melman, dem Mann, der Habgier in Verruf gebracht hat. Kommt dir das nicht irgendwie ironisch vor?«

Doch zu diesem Zeitpunkt konnte Russell sein Gespür für Ironie durchaus unterdrücken.

Am nächsten Tag, es war früher Nachmittag, deutete Bernard Melman mit einer Gabel auf Russells Brustbein, während er einige seiner Vorstellungen über Geld vortrug. Mit seiner rosa Halbglatze, dem grimmigen Blick und dem gutgeschnittenen schwarzen Anzug erinnerte er Russell an den Truthahngeier (Falconiformes Cathartidae, Audubon, Tafel 87).

»J. P. Morgan hat mal gesagt, wenn er Geld verleihe, interessiere ihn nur eines, nämlich der Charakter des Antragstellers.«

Russell Calloway dachte darüber nach. »Hätte er dem heiligen Franziskus von Assisi eine Kette Tierkliniken finanziert?«

Entweder konnte Melman mit dieser Bemerkung nichts anfangen oder sie ließ ihn kalt. »Der Tierarzt drüben an der Lexington Avenue, zu dem meine Frau ihre Spaniels bringt, macht drei oder vier Millionen im Jahr. Egal wie er heißt, dem würde ich Geld leihen. Was sind Sie eigentlich, Katholik?«

»Gewesen.«

»Wie groß sind Sie?«

»Eins sechsundachtzig.«

»Na hören Sie mal. Wissen Sie, welche Durchschnittsgröße die Männer in diesem Land haben? Eins achtundsechzig. Sie hätten mehr geschätzt, stimmt's? Aber das ist der Durchschnitt. Eins achtundsechzig. Wenn Sie den Rest der Welt mit einberechnen, wird er noch viel kürzer. In manchen Ländern könnte ich Profi-Basketball spielen. Sie bleiben also bei eins sechsundachtzig, hm? Okay, schön. Allerdings muß ich Ihnen sagen, daß größere Kerle im allgemeinen kleinere Pimmel haben, je größer der Typ, desto kleiner das Ding, 'ne Art umgekehrte Proportionalität, meinen Sie nicht?«

»Ich habe das nicht persönlich *erforscht*.«

»Aua, ich glaube, eben hab ich eins verpaßt gekriegt«, sagte Melman. »Carl, gerade hab ich wohl eins verpaßt gekriegt. Ich glaube, dieser ehemalige Meßdiener nennt mich einen Homo.«

Carl Linder grunzte etwas Unverständliches.

»Sie müssen Carl entschuldigen, er ist irgendwie abgelenkt. Erwartet einen Anruf von der Königin von England, mit dem sie seine Erhebung in den verfluchten Ritterstand bekanntgibt. *Sir Carl.* Klingt doch hübsch?« Melman ließ den Oberkellner kommen und erklärte, falls die Königin von England anriefe, solle man ihr ausrichten, Carl sei damit beschäftigt, einen Shepherd's Pie zu verspeisen, und könne nicht ans Telefon kommen.

»Also keine Bange«, informierte er Russell, nachdem sich Carl nicht gewehrt hatte. »Ich werfe niemandem seine Körpergröße vor. Doch der Gang verrät mir eine Menge über den Menschen. Schon allein als ich Sie vom Büro rübergehen sah, sagte ich mir: Da ist jemand, der ungeheuer selbstsicher ist. Sie haben so einen ausgreifenden, zuversichtlichen Schritt und treten nicht defensiv auf wie jemand, der mit einem Schuß aus einer unerwarteten Ecke rechnet oder damit, daß sich die Erde vor seinen Füßen öffnet und ihn verschluckt. Sie haben wohl noch nie einen Tritt in die Eier bekommen, was? Das sieht man sogar daran, wie Sie sitzen.«

Russell fand, daß Melmans Sitzhaltung einen zweifelhaften Triumph der Stagnation widerspiegelte; offenbar war er bereit, jeden Moment in die Luft zu springen.

»Ich habe Ihre Liste durchgesehen«, sagte Melman. »Sie haben ein paar tolle Bücher herausgebracht.«

»Ich veröffentliche, was mir gefällt«, gab Russell kühl zurück, fest entschlossen, Melman keinesfalls in den Hintern zu kriechen.

»Sie haben Geschmack. Ich bewundere Geschmack«, schwärmte Melman, als sei er auf der einzig wichtigen Skala zu erfolgreich, um anderen ihre speziellen Tugenden zu neiden.

Sie speisten im »21«, der teuersten ehemaligen »Flüsterkneipe« aus der Prohibitionszeit. Der Mann, dessen Aufgabe es war, Leute an der Tür zu empfangen, hatte Melman überschwenglich freundlich begrüßt und ihn zu einem anderen Begrüßer geleitet, der wiederum die Gruppe in den Speiseraum eskortierte, wo sie an den Oberkellner weitergereicht wurden, der die letzten paar Schritte ihres Wegs zu der direkt hinter der Tür zum Salon gelegenen erhöhten Tafel ebnete. Den zwei Leibwächtern wurden Plätze an der Bar zugewiesen.

Das Restaurant hielt einen für Melman maßgefertigten orthopädischen Stuhl bereit, an dem in Steißbeinhöhe ein Polster zur Stützung des unteren Rückenbereiches angebracht war. Auf einen anderen Unternehmenskäufer, dessen Gewicht zwischen dreihundertsechzig und vierhundertsechzig Pfund schwankte, wartete ein doppelbreites Modell – von Bernie Autoerotikmöbel genannt –, wann immer er aus Los Angeles einflog. Von den Dachsparren im Salon des Erdgeschosses hingen eine Sammlung von Spielzeugen, Modellen und Wimpeln, die an das Schlafzimmer eines wohlhabenden Dreizehnjährigen erinnerten, und jedes stand für den Aufstieg eines Stammgastes an die Spitzenposition eines Großunternehmens – ein Football für den Gast, der sich einen NFL-Club gekauft hatte, ein Flugzeug für den Kunden und Vorstandsvorsitzenden einer Fluggesellschaft. Melman wies auf seine eigenen Trophäen hin, darunter ein mit dem Namen seines Modeimperiums beschrifteten Wimpel sowie ein Fleischermesser aus Plastik, das seine Übernahme eines Fleischverarbeitungskonzerns symbolisierte.

»Wenn wir diese Sache hinkriegen, hängen wir ein Buch an die Sparren und schreiben Ihren Namen auf den Umschlag«, schlug Melman vor. Dann enttarnte er für Russell die Identität einiger anderer Firmenhäuptlinge mit minderwertigen Tischpositionen. »An der gesamten Wand hier vorn ist die Goldküste. Da drüben« – und damit wies er auf die anderen beiden Räume – »liegt Sibirien.«

Sichtbarkeit machte einen Tisch besonders begehrenswert. Zum jetzigen Zeitpunkt galt das zwar überall, doch zur Zeit der Prohibition, als Spieler und Alkoholschmuggler zu den Erwählten gehört hatten und eine Aura illegalen Handels und heimlicher Vergnügungen herrschte, standen die begehrenswerten Tische im »21« in den entlegensten Ecken des hintersten Zimmers. Als Filmstars ihren außerehelichen Affären nachgingen, beeinflußt von längst aufgegebenen Verhaltenskodizes und primitiven, manichäischen Vorstellungen von Publicity, hatten sie sich ihre Tische nach den gleichen Prinzipien ausgesucht. Doch im Moment herrschte die Ära des Exhibitionismus.

»Wenn Sie mal ohne mich hierherkommen, sorgen Sie dafür, daß man sich an Sie erinnert – erwähnen Sie meinen Namen. Lassen Sie sich bloß nicht in die Salzbergwerke schicken.«

Mochte diese Sorge um die Hackordnung dem präzisen Beobachter auch zwanghaft und neureich erscheinen, so wirkte Melmans jungenhafter Enthusiasmus doch entwaffnend, und Russells Kritikfähigkeit hatte in diesem der männlichen Vorliebe für das alte New York errichteten Schrein ein wenig gelitten, wo symbolträchtige Cocktails mit Namen wie Manhattan oder Sidecar noch immer von livrierten alten Männern serviert wurden, die nie einen Schauspielkurs besucht hatten, und sich Zigarrenrauch Weihrauch gleich vor dem Altar von Macht und Geld emporkräuselte.

Russell verband naiv-romantische Vorstellungen mit dem Restaurant, was er seinem Vater zu verdanken hatte, der geschäftlich nach New York gereist war und unglaubliche Geschichten über die Metropole im Osten mit nach Michigan gebracht hatte, eine der unglaubhaftesten jene über die schicke Schenke mit einer Nummer als Namen, wo ein Hamburger neun Dollar kostete. Das reihte sich für Russell gleichberechtigt neben die riesigen Alligatoren in den Abwässerkanälen und den auf den Gehsteigen gebratenen Eiern zu den herausragenden Legenden der Stadt, die sich für ihn nach und nach zum Schauplatz seiner Träume mauserte.

Russell bestellte den Hamburger, der inzwischen einundzwanzig fünfzig kostete und ohne obere Brötchenhälfte gebracht wurde. Linder aß Hühnerfrikassee und sagte wenig.
»Er nimmt immer Hühnerfrikassee«, bemerkte Melman.

»Stört Sie was an meinem Hühnerfrikassee?«

»Sie sollten Ihre Proteinaufnahme variieren, Herrgott noch mal. Ein wenig Fisch essen.«

»Ich mag keinen Fisch.«

»Fisch ist gesund.«

»Wenn etwas nicht mindestens zwei Beine hat, will ich es nicht essen.«

»Wenn das kein Prinzip ist!« verkündete Bernard Melman. »Falls einer behauptet, Carl Linder sei kein ehrenwerter Mann, sagen Sie ihm einfach, der Typ hat Skrupel, will nichts essen, was nicht mindestens zwei Beine hat, klar? Scheiße, keine armen, schutzlosen, einbeinigen Wesen, keine amputierten Hühnchen. Was glauben Sie also ...«, damit wandte er sich an Russell. »Glauben Sie, ich hätte keine Prinzipien?«

Russell, den Mund voller Rinderhack, merkte plötzlich, daß aus dem Wortgeplänkel Ernst geworden war.

»Warum sollte ich das glauben?«

»Sie sind ein braver liberaler Intellektueller, wahrscheinlich halten Sie mich für den Teufel in Menschengestalt.« Er griff nach unten, hob einen schuhlosen Fuß auf den Tisch. »Da sehen Sie's, kein Pferdehuf.«

»Der eine oder andere hier versucht zu essen«, beschwerte sich Linder.

»Eine Menge Leute verstehen nicht, was ich mache. Und es ist einfach zu verachten, was man nicht versteht, vor allem, wenn sich diese Tätigkeit so lohnt. Das Kapital soll dahin fließen, wo es am meisten gebraucht wird, wie Wasser. Aber unsere Wirtschaft steckt voller Engpässe, Dämme und Stauwässer, wo sich in letzter Zeit niemand hat sehen lassen. Ich bin so etwas wie ein Ingenieurkorps der Armee. Ich baggere den Schlick aus den Wasserstraßen.«

Angesichts des Rufes dieser Institution in Umweltfragen hielt Russell diesen Vergleich für verunglückt, wollte aber Melmans Rede nicht unterbrechen, um das zu sagen.

»Die meisten Unternehmen werden von festangestellten

Managern ohne Besitzanteil geleitet, stimmt's? Kümmern sie sich um die Interessen der Aktionäre? Nein. Bleiben sie innovativ, entwickeln sie neue Produkte und Dienstleistungen für die Öffentlichkeit? Einige schon, die guten. Aber viele rosten ein. Das Management wird träge, fährt auf eingefahrenen Geleisen, sorgt für kurzfristige Gewinne, um ihre Hintern zu retten, statt für langfristige. Was kümmern sie langfristige Erträge? Sie besitzen keine Aktien, sie haben ihre vertraglich gesicherte Altersversorgung. Sie schützen ihre eigenen Interessen und Bezüge, und die Aktionäre sind die Gelackmeierten. Dann kriegen sie ihre Kündigungsschreiben von mir. Ich komme und biete den Aktionären Geld bar auf die Hand. Ich sage: ›Für fünf kriegt ihr zehn‹, und jede Wette, daß ich am Ende immer noch einen Gewinn mache. Ich bin der Bursche, der aus einem Nachbardorf anmarschiert kommt und sagt: ›Was, ihr kriegt bloß zehn Cent für eure Kokosnüsse? Drüben in meinem Dorf sind sie zwanzig wert. Darum zahle ich euch fünfzehn.‹«

»Sie zahlen ihnen zehneinhalb«, sagte Linder.

»Ich zahle ihnen zehndreiviertel, und sie nehmen das Geld mit Kußhand. Dann latsche ich in ein anderes Kackdorf, wo Muschelschnüre nutzlos rumliegen, klar? Also leihe ich mir ein paar Gürtel, um die Kokosplantage zu kaufen. Ich sage: ›Ihr kriegt wieviel, acht Prozent Zinsen von den alteingeführten Pflanzern und ihren Banken? Ich gebe euch zwölf Prozent.‹ Also schön, vielleicht zehn. Aber alle verdienen daran, oder? Kapital fließt dorthin, wo es gebraucht wird. Ich rationalisiere den Vorgang, und alles läuft besser; ich stürze die alten repressiven Regimes. In Wirklichkeit bin ich nichts weiter als ein unternehmerischer Revolutionär. Ich bin der Che Guevara der Vorstandsetage.«

Auf dem Weg von seinem Büro ins Restaurant hatte Melman ihn gebeten, nicht in der Öffentlichkeit über das mögliche Geschäft zu sprechen. Während sie auf Kaffee warteten, beugte er sich vor und sagte leise: »Falls jemand fragt, wir beide haben uns auf einer Party kennengelernt, und ich habe Sie um Hilfe bei einem Buch gebeten, das ich eventuell schreiben will. Denn glauben Sie mir, wenn ich mit jemandem Essen gehe, kann eine Aktie durch die Zimmerdecke schießen, noch ehe die Schlußglocke ertönt.«

Er beugte sich noch näher herüber, seine leutselige Essensmiene war verschwunden. »Ich glaube, Sie haben die Junkie-Schwester in der Tasche. Das ist nur eine Vermutung – niemand hat mir etwas verraten. Hab ich recht, Carl?«

»Wir haben keinerlei Informationen hinsichtlich der Verfügbarkeit von Aktien in irgendeinem Unternehmen erhalten.«

»Vielleicht könnte ich sie also selbst zum Abendessen einladen, ihr etwas Heroin oder Kokain oder so was besorgen. Und vielleicht mag sie mich aus dem einen oder anderen Grund, beschließt, mir ihre Aktien zu verkaufen. Inzwischen habe ich mir auf dem offenen Markt vier Komma neun Prozent zusammengekauft. Wozu brauche ich dann Sie?«

»Bei allem gebührenden Respekt«, sagte Russell, »aber Bücher sind keine Klimaanlagen oder Vergaser.«

»Von Ihrem Standpunkt aus vielleicht nicht.«

Melmans Truthahngeierblick verschwand in einer mächtigen Zigarrenqualmwolke, und als sich der Qualm verzog, lächelte er nett.

Zurück in seinem Büro, legte Russell einen Bogen Firmenpapier in seine alte IBM und verfaßte einen Brief.

»Lieber Jeff«, schrieb er:

> Gerade habe ich die Story in *Granta* zu Ende gelesen und wünschte, ich könnte Dir schreiben, daß sie mir gut gefallen hat. Ich habe Dir immer gesagt, daß Deine besten Geschichten die völlig *fiktiven* sind, in denen Du Dich am weitesten von den direkten Umständen Deiner unmittelbaren Erfahrung entfernst. Meiner Ansicht nach ist es also keine Heuchelei, wenn ich feststelle, daß ich Deine beiläufige Aneignung *meiner* Erfahrung nicht

zu schätzen weiß. Und ich würde lügen, wenn ich behaupten würde, daß ich mich nicht hintergangen fühle.

Deine Ausschmückungen wirken durch die Bank wenig schmeichelhaft und verletzend, vor allem wenn Du »Connie« einen Akt der Untreue zuschreibst. Was, nehme ich an, das elliptische Ende der Story andeuten soll.

Soll ich daraus schließen, daß Du etwas weißt, was ich nicht weiß – z.B. daß Corinne mit Duane Peters geschlafen hat –, oder einfach nur, daß Du uns mißgönnst, was Du so offensichtlich für unser Wolkenkuckucksheim hältst? Ich glaube nicht, daß wir jemals ein Schild draußen aufgehängt und uns als der Welt perfektes Paar angekündigt haben. Wir hatten weiß Gott unsere Probleme, aber es sind *unsere* Probleme. Ich kann mich nicht entsinnen, Dich gebeten zu haben, sie gedruckt zu kommentieren...

Aus irgendeinem Grund hatte er Corinne nichts von der Story erzählt, vielleicht weil ihm die Auswirkungen Sorgen machten. Eigentlich glaubte er nicht, daß Jeff etwas wußte, was er nicht wußte, und es wäre unangenehm, das Thema zu Hause einfach anzusprechen.

»Es ist für dich«, sagte Corinne ein paar Abende später und streckte ihm den Hörer entgegen wie einen miefigen Tennisschuh. Russell lag bäuchlings auf der Couch und las gerade ein Manuskript.

»Wir haben Melmans Unterstützung«, verkündete Trina.

Als Russell jubelte, blickte Corinne mit gespielt verhaltenem Ärger von ihrer Buchlektüre auf.

»Am Telefon möchte ich nicht mehr verraten«, sagte Trina.

»Sind wir Spione oder was?«

»Treffen wir uns auf einen Drink.«

Russell sah zu Corinne hinüber, die ihn vom Sessel aus beobachtete, Buch auf dem Schoß. »Es ist praktisch elf«, sagte er.

»Wenn wir diese Sache durchziehen, solltest du dir besser die Vorstellung abschminken, irgendwelche normalen Arbeitszeiten einzuhalten. Und das gleiche gilt für deine Frau.«

Corinne begriff tatsächlich nicht, warum sie nicht mitkommen durfte. »Hab ich dir nicht die ganze Zeit über geholfen?« fragte sie.

»Trina nimmt Sicherheit sehr wichtig«, erläuterte Russell.

»Ich glaube, sie nimmt dich sehr wichtig.«

»Es geht nur ums Geschäft, Corinne.« Er nahm ihr übel, daß er sich des Schuldgefühls nicht erwehren konnte, es handele sich eben *nicht* nur ums Geschäft. »Schau mal, ich bleib nicht lange und erzähle dir nachher alles.«

»Tu mir bloß keinen Gefallen«, sagte sie und wandte sich ab. »Wahrscheinlich werde ich schlafen. Falls ich nicht mit einem meiner attraktiven Arbeitskollegen ausgegangen bin.« Das brachte Russell im Aufzug nach unten wieder ins Grübeln, was das Thema von Jeffs Kurzgeschichte anging.

Die in ein enges rosarotes Mantelkleid gewandete Trina verdrückte an einem Tisch in der »Oak Bar« gesalzene Nüsse. »Sie haben mich so richtig pampig gefragt, ob ich noch auf jemanden warte«, sagte sie. »Offenbar hielten sie mich für eine Nutte. Früher durften hier Frauen ohne Begleitung nicht rein. Was möchtest du trinken?«

Russell versuchte, ein Glas Weißwein zu bestellen, doch Trina bestand darauf, daß er einen richtigen Drink kippte. »Wir sind kurz davor, eine andere Dimension zu betreten. Bald geht es nur noch um das Geschäft. Und nur wer hart ist, überlebt.«

»Du hast eine Erdnußhaut an der Lippe«, sagte er.

»Wo, hier?« Sie fuhr sich über die falsche Seite der Lippe. »Zeig's mir.«

Russell streckte die Hand aus und wischte den braunen

Fleck von ihrer rosa Lippe. Sie schürzte die Lippen und küßte dann die Luft zwischen sich und Russell.

»Danke, Schatzi. Bist du nun aufgeregt?«

»Ich glaube schon.«

»Na *hör* mal.« Sie drückte Russells Oberschenkel. »Melman wird für uns eine Kriegskasse von hundert Millionen einrichten. Und mich bringt er in seiner eigenen Firma unter.«

Der Kellner kam und teilte Trina mit, sie werde am Telefon verlangt. Während sie weg war, bemühte sich Russell, die schwammige Tundra seiner Gefühle zu erkunden. Er wußte nicht recht, ob er nicht am liebsten alles so belassen würde, wie es war, und Trina sagen, er habe bloß Spaß gemacht. Für wen hielt er sich eigentlich, daß er einen Verlag übernehmen wollte? Ein Fremder wollte ihm hundert Millionen Dollar borgen. Das gesamte Konzept war ein tödlicher Cocktail aus Selbstüberschätzung und zeitweiliger Unzurechnungsfähigkeit. Das erkannte er jetzt, und er hatte gräßliche Angst, verspürte eine vorzeitige Sehnsucht nach der Dimension und den Umständen seines jetzigen Lebens mit seinen schlichten Gewißheiten und Eigenheiten, das nicht mehr lange existieren würde. Wenn er sich vorstellte, wie Corinne zu Hause hockte, machte ihn das traurig, als flirte er mit einem Schicksal, das sie letztlich irgendwie ausschließen könnte. Er könnte jetzt sofort aufstehen und gehen, ehe Trina zurückkam, einen Zwanziger hinwerfen und seinen halbvollen Drink neben ihrem auf dem Tisch schwitzen lassen. Wenn er blieb und seinen Drink leerte, würde er sich, so befürchtete er, dem unausweichlichen Gang der Ereignisse ausliefern.

In der Tür tauchte eine atemberaubende Rothaarige auf, der sich alle Augen zuwandten; sie trug ein enges, winziges, trägerloses schwarzes Kleid. Prüfend sah sie sich im Raum um, und in diesem Moment hätte Russell erwogen, sein Königreich einzutauschen, um der Mann zu sein, den sie suchte. Als sie ihn glotzen sah, lächelte sie plötzlich und winkte, als *sei* er tatsächlich derjenige, den sie die ganze Zeit über gesucht hatte. Mit steigender Erregung und Furcht beobachtete er, wie sie auf ihn zukam.

»Hi.«

»Hallo.«

»Gegen ein Glas Champagner hätte ich nichts einzuwenden.«

»Kenne ich Sie?« Zwar hielt er sich für einigermaßen gutaussehend, war aber die Aufmerksamkeit wunderschöner fremder Frauen nicht so gewohnt, um abgestumpft zu sein.

Sie beugte sich vor, schaute ihm in die Augen, was ihn verunsicherte. »Möchten Sie mich kennenlernen?«

Russell brachte keine Antwort über die Lippen.

Sie beugte sich noch näher und flüsterte: »Für dreihundert Dollar mach ich absolut alles, was du willst.«

Endlich begriff er und errötete angesichts seiner eigenen Naivität, merkte aber zugleich, daß seine Phantasie in die schwindelerregenden Sphären abschweifte, die das Wort »alles« eröffnete.

Sie befeuchtete ihre geschürzten Lippen mit der Zungenspitze.

Seine Lippen waren trocken, die Kehle verengt und ausgedörrt. »Eigentlich bin ich in Begleitung«, krächzte er. »Sie telefoniert gerade.«

»Zu schade«, sagte sie, glitt anmutig zu dem benachbarten Hocker und wandte ihre Aufmerksamkeit einem Mann mit rosiger Halbglatze zu, der nachdenklich die Eiswürfel in seinem Scotch umrührte. Als sie ihn begrüßte, nickte er höflich lächelnd.

»Alles?« fragte er gleich darauf laut genug, daß Russell es hörte.

Während sie nickte, hoben und senkten sich ihre roten Haare wieder über ihrem Nacken, züngelten wie eine umgekehrte Flamme am Rückenteil ihres Kleides.

Der rosa Mann kramte im Jackett nach seinem Portemonnaie. Er wiederholte die Frage, und sie nickte, diesmal sowohl mit dem Oberkörper wie mit dem Kopf. Er schob ein paar

Scheine über den Tresen und legte ihre Hand drauf. Dann befahl er, klar und deutlich, mit einer Pause zwischen jedem Wort: »Streich ... mein ... Haus!«

»Ich will tanzen gehen, feiern«, sagte Trina, als sie zurückkam. »Du hast ja schon ausgetrunken.«

»Du wirst nicht glauben, was eben passiert ist«, flüsterte er.

»Ich weiß, eine Hure hat dich angemacht. Gratuliere. Jetzt geh mit einer richtigen Frau tanzen.«

»Ich kann nicht tanzen gehen«, sagte er, obwohl die Idee auf einmal etwas für sich hatte; nach seiner kurzen Begegnung mit der Rothaarigen war er aufgewühlt, seine Hormone brodelten.

Sie streckte die Hand aus und tätschelte seine Wange. »Russell, von jetzt an werden wir eine Menge Zeit miteinander verbringen. Da darfst du vor der kleinen alten Trina keine Angst haben.«

»Ich habe keine Angst. Auch mit einer Hand auf den Rücken gebunden könnte ich dich verhauen.«

»Zeig's mir.«

Irgendwie klang das in seinen Ohren sehr nach dem Wort »alles«, wie es vor kurzem gefallen war.

»Nimm mich mit in die ›Au Bar‹. Auf einen Drink.«

Er warf einen Blick auf seine Uhr: Mitternacht. Russells Ritterlichkeit obsiegte über häusliche Loyalität. Sie genehmigten sich einen Drink an der Bar und setzten sich anschließend noch zu einigen Freunden von Trina. Als er nach Hause kam, war es kurz vor zwei. Daran, wie Corinne auf der anderen Seite des Bettes atmete, merkte er, daß sie wach war, aber da sie vorgab zu schlafen, spielte er mit, obwohl die Möglichkeit bestand, daß sie wußte, daß er wußte, daß sie sich verstellte und sie deshalb nur noch wütender wurde. Er hatte Schuldgefühle, weil er so spät nach Hause kam, und war sauer, weil sie diese Schuldgefühle in ihm weckte. Corinne, sagte er sich beim Einschlafen im stillen, müßte ein wenig lockerer werden.

18

Minky Rijstaefel erhielt ihren Spitznamen, als *Town & Country* kurz nach ihrem siebzehnten Geburtstag enthüllte, daß sie dreiundzwanzig Pelze besaß. Minky gehörte der jungen transatlantischen Clique an, die sich in ihren expansiveren Phasen mit einigen der einheimischen Bevölkerungsgruppen rieb – wie einer der Küsse, mit denen ihre Mitglieder einander begrüßten. Der Kuß war eigentlich zwei Küsse, einer auf jede Wange, oder besser gesagt: zwei simulierte Küsse; echter Körperkontakt wurde im Intersse der Make-up-Erhaltung vermieden, außerdem sollte jenen, die sich auf den Tod nicht ausstehen konnten, der schauspielerische Aufwand erspart werden. Der Kuß war aus Kontinentaleuropa gekommen, genau wie ein Drittel der Gäste auf Minkys Party. Etwa zehn Prozent waren Briten, das amerikanische Kontingent bestand aus jungen sozial Progressiven von der Upper East Side sowie – in der Mischung lag die Würze – aus Freaks und Originalen aus Downtown Manhattan.

Corinne trug ein schwarzes Kleid von Calvin Klein, das zu ihrem Leidwesen mehr *pour le décolleté* erforderte, als sie ihm geben konnte; vielleicht kam sie kurz vor ihrer Periode damit durch, aber Russell insistierte, es sehe gut aus, wobei sein Tonfall allerdings besagte: Mach hin und zieh dich an. Russell trug seinen Smoking. Sie fand, daß er in dem Smoking toll aussah, den sie vier Jahre zuvor mit ausgesucht hatte – ein von seinem Vater finanziertes Weihnachtsgeschenk. Als er das erste Mal darüber sprach, wo sie ihn kaufen sollten – Brooks Brothers, Paul Stuart oder Barneys –, war Russell aufgeregt gewesen, hatte dies aber zu vertuschen versucht, um anschließend mit dem Verkäufer bei Barneys die knifflige Frage von eingekerbtem oder Schal-Revers zu diskutieren und dabei den Eindruck zu vermitteln, er habe im Laufe seines Lebens schon drei oder vier Smokings getragen.

»O Russell, du bist völlig irre«, sagte sie, drehte sich von dem Schminkspiegel weg und sah zu, wie er auf dem Bett saß und sich mit seinen Hosenträgern abmühte. Und sehr gut siehst du aus, dachte sie. Der solche unerklärliche Ausrufe gewohnte Russell stand auf und fragte, ob sie seine Manschettenknöpfe einstöpseln würde – eine Bitte, die zwangsläufig auf seinen krampfhaften Versuch folgte, es selbst zu tun. Früher hatte er sie eingefügt, bevor er das Hemd anzog, aber seine Hände waren zu groß geworden. Sie hatte diesen Augenblick während ihrer gemeinsamen Toilette immer genossen, belustigt ob Russells Frustration und Hilflosigkeit.

Zwanzig Minuten später stiegen sie vor einer Villa an der East 72nd Street aus einem Taxi. Auf dem Gehsteig fand ein informelles Wiedersehen statt, bei dem sich blonde, dunkel gewandete Frauen umarmten und die Luft küßten, während ihre Begleiter Hände drückten. Im Haus nahm ihnen ein alternder Domestik die Mäntel ab, um sie dann sowohl auf die Treppe als auch auf einen Fahrstuhl hinzuweisen.

»Aber ja, laß uns unbedingt den Fahrstuhl nehmen«, sagte Corinne, die plötzlich anfing zu hinken und kicherte.

Das nächste uniformierte Faktotum geleitete sie in den Aufzug, der zwar von bescheidenen Ausmaßen, aber üppig mit prächtigem, knorrigem Holz getäfelt und mit Messing besetzt war, wo sich eine italienischsprechende Gruppe zu ihnen gesellte, deren konkurrierende Düfte die Kabine sehr eng wirken ließen. Der Fahrstuhlführer schob die Tür zu. Mit einem kaum hörbaren Summen fuhren sie eine Etage höher, wo sie einen Ballsaal betraten, in dem es von kühlen Blondinen mit hohen Wangenknochen und gekappten Nasen sowie dunkelhaarigen, mit Schärpen herausgeputzten Männern nur so wimmelte. Sobald sich die Fahrstuhltür öffnete, begannen die Italiener zu winken.

»O Gott, das sieht gräßlich aus«, flüsterte Corinne.

Sie begaben sich zu einer Bar auf der anderen Seite des Raumes, wo der Barkeeper gerade zu einem Gast sagte: »Ich glaube, der Dow hat noch mindestens fünfhundert Punkte drin.« Meine Güte, dachte Corinne, wenn die Barkeeper

Experten werden, ist es wirklich Zeit, sich aus dem Staub zu machen.

Wie aus dem Nichts tauchte ihre Gastgeberin auf, eine mittelgroße Blondine, die mit ihren rundlichen Wangen und dem niedlichen Schmollmund wie ein Teenager ausgesehen hätte, wären da nicht die grimmigen grünen Augen gewesen, die aussahen, als hätten sie vor geraumer Zeit einmal einer Mörderin aus der Familie der Borgias gehört. Sie hatte einen vollen, wohlgerundeten Körper, der Männern zu gefallen schien, obwohl sich Corinne eher das Wort »drall« aufdrängte. Und ihrer Ansicht nach sollte mal jemand Minky sagen, daß sie den im Augenblick modisch so angesagten Rock mit Turniküre besser *nicht* tragen sollte, mit dem die Hälfte der Frauen hier herumliefen. Hebe dich hinweg in einen Badekurort, Schätzchen. Dicke Blase um den Arsch.

Minky begrüßte in rascher Folge Russell, Corinne und sieben andere, und Corinne war sicher, daß sie bei keinem wußte, mit wem sie es zu tun hatte. Dann huschte Minky davon, und Russell sagte: »So 'n Mist, da ist Harold.« Der mit seiner jungen Begleiterin näher tretende Harold hatte zunächst gezögert, als er sie sah, war aber offenbar zu dem Schluß gelangt, es wäre peinlicher, die Richtung zu ändern.

»Corinne, Harold kennst du ja«, sagte Russell. »Und das ist Carlton...« Plötzlich fiel ihm ihr Nachname nicht mehr ein.

Beide Männer wirkten nervös, allerdings schien sich Harold bei gesellschaftlichen Ereignissen immer unwohl zu fühlen.

»Wir wollten uns gerade einen Drink holen«, sagte Harold, zeigte auf die Bar und verzog sich dorthin.

Corinne sah auf der anderen Seite des Raumes Casey Reynes und ließ Russell bei einigen Engländern stehen, die er zu kennen schien.

Die Engländer stellten gerade Vermutungen darüber an, wie authentisch die Brüste einer Schauspielerin sein mochten, die soeben vorbeigegangen war. »Ein Kumpel von mir ist letzte Woche mit der Concorde geflogen, und von dem Druck sind einer Frau die Titten explodiert.«

»Erstaunlich.«

»Haben Sie Jeff Pierce gesehen?« fragte Russell, dem einfiel, daß einer der Engländer ein Journalist war, der kürzlich etwas über Jeff geschrieben hatte. Russell hatte Jeff nicht gesehen, seit er seinem Unmut mit dem Brief an ihn Luft gemacht hatte; inzwischen machte er sich Sorgen, daß er zu grob gewesen war.

»Er ist mit einem Model da, Nikki soundso, der Mistkerl.«

»Ich hörte, daß sie einem Kult angehört, der Babys tötet«, sagte der andere Engländer.

»Was du nicht sagst!«

»Eine Art Jungbrunnengeschichte à la Ponce de Léon. Ihre Agentur mußte den Eltern Entschädigung zahlen.«

»Das will ich meinen.«

Die Gastgeberin hatte auf einmal einen Neuankömmling ausgemacht. »Johnny, wie lieb, daß du kommen konntest«, sagte sie, obwohl sie dem Mann, dessen Wange sie gerade küßte und gegen dessen schwarze Sonnenbrille sie dabei stieß, noch nie persönlich begegnet war. Der Adressat dieser Begrüßung wirkte verwirrt. Er stellte seinen Begleiter vor, ein schmales blondes Gespenst in einem schwarzen Rollkragenpulli. »Das ist Juan Baptiste, der, äh, Klatsch, äh, Kolumnist.«

»Ich finde es einfach umwerfend, wie du deine Fliege trägst, Johnny«, krähte Minky und zupfte an seinem Binder, den er sich unter einem offenen klassischen Hemd und einem schlechtsitzenden grauen Anzug wie eine Schleife um den nackten weißen Hals gebunden hatte. Minky zerrte Johnny Moniker fort, um ihn einigen Leuten vorzustellen. Ein paar Minuten später, Juan bestellte gerade einen Drink, fragte der Barkeeper: »War das Johnny von Monaco?«

»Ein Hochstapler«, antwortete Juan, als er an der Bar Russell entdeckte. »Vermutlich«, sagte er zur Begrüßung,

»kann ich es als Zeichen intensiven Interesses Ihrerseits werten, daß Sie mein Manuskript noch nicht zurückgeschickt oder anderweitig auf meinen Vorschlag reagiert haben.«

Da Russell keine Ahnung hatte, wer dieser Mensch war, spielte er auf Zeit. »Ich lasse es gerade von einigen Kollegen durchsehen.«

Zum Glück schwenkte Juan eine Visitenkarte mit dem Signet einer größeren Boulevardzeitung. »Ich selbst bin nach Norden gezogen, finde aber, daß die Artikel über die Innenstadt von historischem Interesse sind.«

»Zweifellos, Juan«, sagte Russell vergnügt, weil er ihn nun unterbringen konnte. »Übrigens, meine Assistentin ist ein großer Fan von Ihnen.« Auf einmal fragte er sich, was Donna, die ja nicht mehr seine Assistentin war, mit dem verdammten Manuskript angestellt hatte, und rief sich in Erinnerung, daß er ihr bei der Suche nach einem neuen Job helfen mußte. Außerdem auf neununddreißig andere Einsendungen antworten, ein Empfehlungsschreiben an das Guggenheim-Komitee verfassen, Colin und Anne ein Hochzeitsgeschenk besorgen, die Visa-Rechnung bezahlen... und sofort einen neuen Drink holen...

Als Corinne wieder zu Russell rübersah, unterhielt er sich gerade mit einer Frau, die ihrer Meinung nach ziemlich sicher die Schlampe war, die sie auf St. Barts getroffen hatten; er beugte sich zu ihr hinüber, um besser hören oder, was noch wahrscheinlicher war, ihr besser in den Ausschnitt gucken zu können. Plötzlich schaute er auf, sah Corinne und – bildete sie sich das ein oder spiegelte sich da ein Schuldgefühl in seiner Miene wider? Während sie sich mit ihrer schwangeren und abstinenten Freundin Casey unterhielt, merkte Corinne, daß alle anderen Anwesenden mehr oder weniger angetrunken waren und es keinen großen Spaß machte, das von außen zu betrachten. Sie hatte eine kleine Offenbarung, etwa in der Art, wenn man merkt, daß das Wetter jeden Tag wärmer wird: Die gesellschaftliche Welt Manhattans war eine Maschine, deren Schmiermittel Alkohol hieß. Und ohne ihn fühlte man sich sehr eingerostet und mißmutig. Sogar die während ihrer letzten Schwangerschaftsmonate abstinente Casey klang töricht, als sie von irgendeiner kleinen gesellschaftlichen Intrige brabbelte. Selbstredend würde Russell bis zum bitteren Ende ausharren wollen.

Offenbar erregte ein neuer Auftritt das allgemeine Interesse, ein in Secondhand-Armeeklamotten gewandeter massiger Mann mit Pferdeschwanz stand in der Ballsaaltür, flankiert von zwei muskulösen Männern in T-Shirts.

»He, das ist Paul Rostenkowski, der Obdachlose«, rief hinter ihr eine Frauenstimme aus. »Er wohnt downtown in einem Tipi, ich hab ihn letztens im Fernsehen gesehen.«

Minky rauschte hinüber, den neuen Gast zu seinem Eintreffen beglückwünschen.

Es war eine seltsame Veranstaltung, die vor allem um sich selbst kreiste. Die Leute fragten einander andauernd nach ihrer Meinung über die Fete, verglichen sie mit früheren Ereignissen, befragten einander über zukünftige Einladungen. Auf der Suche nach Corinne entdeckte Russell auf der anderen Seite des Raums Jeff, aber zwei junge Partylöwen versperrten Russell den Weg.

»Warst du Dienstag bei Pablos Dinner?« fragte der eine.

»Ich war bei Constantine, und danach sind wir in den ›Club A‹.«

»Warum gibt Minky eine Party für Ury?«

»Er hat letztes Jahr eine für ihren Weisheitszahn gegeben.«

»*Weisheits*zahn? *Minky?*«

»War das eben nicht dieser Schauspieler... der mit dem komischen Schlips? Wie heißt er doch gleich, Johnny Soundso.«

»In Wirklichkeit ist er ein Doppelgänger, den Minky für die Party engagiert hat. Der Barkeeper hat's mir erzählt.«

»Ist sie schon *so* verzweifelt?«

»Johnny Mannequin.«

»Genau.«

Angesäuselt und ein wenig gelangweilt sah Russell, wie Jeff am hinteren Ende des Tanzbodens in eine Toilette schlüpfte, und wollte hinterher. Er stieß mit einem Model zusammen. »Kenne ich Sie?« fragte er. Er wußte, daß sie ein Model war, weil sich das Wort *Model* in großen dünnen Lettern von den Zehen ihrer hoch gewölbten Füße bis zu den vorstehenden Klingen ihrer Schlüsselbeine erstreckte. Unter einer offenen Lederjacke blinzelten ihm die Spitzen ihres schwarzen BH zu. Das lange, glatte Haar brach sich an ihren Schultern; ihr eckiges Gesicht war faltenlos. Nur Models trugen zu formellen Anlässen Blue Jeans. Sie war das perfekte Exemplar ihres Typs, und es tat ihm plötzlich in der Seele leid, daß er verehelicht war, daß ihm dieses Mädchen und alle anderen Mädchen auf dieser Welt in ihrer unglaublichen Vielgestaltigkeit und Identität für immer fremd bleiben würden.

»Ich meine«, ergänzte sie, »sind Sie nicht jemand?«

»Ich bin ein Subjekt im eingeschränkten, Humeschen Sinn«, schlug Russell vor.

Wie sich herausstellte, war Marina tatsächlich Model, studierte aber auch an der New York University Lyrik, was als dürftige Begründung für den sich anschließenden Austausch von Telefonnummern ausreichte.

»Ich werde Sie mal zum Essen einladen«, sagte er beim Gehen, um sich sofort zu fragen, warum er das angeboten hatte. Auf einmal wollte er Jeff sprechen, mit dem er sich wenigstens über das Dilemma austauschen konnte, ein männlicher *Homo sapiens* zu sein.

Die Badezimmertür war zu. Russell klopfte einmal und drückte dann gegen die Tür, die überraschenderweise nachgab. Jeff hockte auf dem Waschbecken. Er drehte ein wenig den Kopf und musterte Russell mit einem milchigen, abwesenden Blick, der schwaches Erkennen verriet. Seine Fliege war fest um den linken Arm gebunden, und ein Blutstropfen war von seiner Austrittsstelle knapp unterhalb des Bizeps bis zu der von dem angewinkelten Ellenbogen gebildeten Delle geflossen. Zwischen zwei Fingern seiner anderen Hand baumelte eine Spritze wie eine Zigarette.

»Lieber Gott, Jeff.«

Langsam überzog ein benommenes Lächeln Jeffs Gesicht. »Russell«, sagte er. Russel verschloß die Tür und sah erstarrt zu, wie Jeff die Fliege abband und den Ärmel nach unten rollte. »Früher haben wir mal gemeinsam auf Klos Drogen genommen«, sagte Jeff mit leichtem Tadel in der Stimme.

»Aber... nicht so.«

»Nein, das war alles bloß eine gute, saubere Entspannung.« Jeff legte den Kopf in seinen Nacken, schloß die Augen und stieß einen Seufzer animalischer Zufriedenheit aus. Er nuschelte: *»Day tripper.«* Schließlich senkte er den Kopf und öffnete die Augen, als führe er ein mattes Wahrnehmungsexperiment durch. Er wirkte irgendwie erstaunt, Russell zu sehen. »Würdest du mir, äh, glauben, wenn ich behauptete, ich sei Diabetiker? Nicht genug Süßes in meinem Leben, ein Mangel und Fehlen an Süßem. Oder war es zu viel? Und du? Was ist deine Ausrede? Was bist du? Mal sehen – wie wär's mit *dilettante?*«

»Geht's dir gut?« Kaum hatte er das gefragt, kam Russel sich dämlich vor, wußte selbst nicht recht, was er meinte.

»Einfach bombig. Präzise in diesem Augenblick bin ich absolut eins mit der Welt.«

»Los, verschwinden wir hier«, sagte Russell, während er von hinten zu Corinne trat.

Und da ihr plötzlich einfiel, daß sie böse auf ihn war, fragte sie: »Wer war diese Brünette, die dich so fasziniert hat?«

»Irgendeine Lyrikerin, die ich von irgendwoher kenne«, antwortete er, wie sie fand, ein wenig zu beiläufig, während er sie die Treppe hinunterlotste.

»Lyrikerin?« Sie wollte das nicht einfach so hinnehmen, doch Russell wirkte abgelenkt, verstört. »Alles okay?« fragte sie.

Er nickte wenig überzeugend.

»Gott, das war die Eurotrash-Hölle«, sagte Corinne, als sie auf die Straße traten.

»Und was für eine Hölle«, murmelte Russell.

»Geht's dir gut?«

»Ich muß nur etwas Luft schnappen.«

Sie war froh und erstaunt, daß er schon gehen wollte. Normalerweise mußte sie rabiat werden, um ihn aus einer guten Party zu reißen, aber heute wirkte er erledigt.

Hinter ihnen war die Party noch in vollem Gange. Eine Stunde später fand der englische Journalist eine Frau mit aufgeschnittenen Pulsadern auf der Toilette. Ein Notarztwagen kam. Schließlich erfuhren alle, daß es sich um Delia handelte, kein Nachname, die vor ein paar Jahren das Szenemädchen schlechthin gewesen war. Der englische Journalist schrieb einen Artikel über sie, der etliche Monate später in *Vanity Fair* erschien. Und Minky Rijstaefel gab zur Feier des Erscheinens eine Party.

19

Am Detroiter Flughafen mietete Russell einen Wagen, eins der einheimischen Produkte, die heutzutage genauso fade und nichtssagend aussahen wie die rollenden Gehsteige, die ihn von seinem Flugsteig zur Gepäckausgabe befördert hatten. Die großen Autoproduzenten stellten im Flughafengebäude ihre attraktivsten Modelle aus, die wie ausgestopfte Exemplare einer gefährdeten Tierart auf flachen Podesten standen, schließlich war man in der Metropole des amerikanischen Transportwesens. Er war nicht auf die Idee gekommen, am Mietwagenschalter einen Wagen von General Motors zu verlangen, obwohl das seine Familie immer so gehalten hatte, und zwar noch ehe er in einem von diesem Unternehmen finanzierten Krankenhaus zur Welt kam ... und anschließend in einem mit Heckflossen versehenen Chevy

Coupé nach Hause verfrachtet wurde, in ein Haus in Birmingham, dessen Hypothek vom Lohn seines bei GM arbeitenden Vaters bezahlt wurde. Erst als er sich auf der Autobahn I-94 befand, fiel ihm auf, daß er die Konkurrenz fuhr.

Er war zum erstenmal seit dem Labor-Tag wieder zu Hause, also nach acht Monaten. Die gesichtslose Landschaft neben der Straße erinnerte ihn an die Bemerkung eines Kommilitonen aus New York/Exeter, der im ersten Studienjahr mit ihm in einem Wohnheim gehaust hatte: »Ich war mal im Mittleren Westen. Es gab nichts zu sehen und nichts hielt einen davon ab, es zu sehen.« In diesem Augenblick hatte er alle New Yorker und alle Snobs gehaßt. Daher sein Versuch, sie zu imitieren, und deshalb erzählte er Corinne, als sie sich kennenlernten, er sei aus Grosse Pointe – Detroits wohlhabendem, vornehmem Villenvorort, von dem sogar die höheren Töchter an der Ostküste gehört hatten. Gott sei Dank hatte sie das offenbar vergessen, und falls nicht, wäre es ihr egal gewesen. Im Auto schüttelte er bei dem Gedanken an sein altes Ego laut grunzend den Kopf, schaltete dann das Radio an, kramte in seinem Gedächtnis nach der Frequenz des Uni-Senders, betrachtete fast fünfzehn Jahre, nachdem er weggezogen war, die Gegend mit seinem Ostküstenblick, mit den Augen eines Städters, und fand sie weder besonders interessant noch schön.

Während er auf die 24 nach Norden abbog, versuchte er, sich die Ruinen der Stadt zu seiner Rechten vorzustellen. Als er sehr jung gewesen war, hatten sie sich vor den 68er Unruhen, die sie in den regionalen und nationalen Nachrichten verfolgten, gelegentlich im Hudson Stadion ein Baseballspiel angesehen. Er konnte sich nicht erinnern, daß er danach noch einmal in der Innenstadt gewesen wäre, bis er mit seinen Freunden von der High-School hinfuhr, um im Griechenviertel Gras zu kaufen und sich zu besaufen. Er dachte an Steins Bemerkung über ... welche Stadt? Oakland? Dort gab es kein dort. Oder was Chrissie Hynde über Akron gesagt hatte. Meine Stadt war weg. Aber Detroit war nie seine Stadt gewesen. Er war so nahe von Motown aufgewachsen wie jeder andere weiße Jugendliche, der je Marvin Gaye und die Supremes gehört hatte.

Er nahm die Ausfahrt Birmingham und hielt an einem Schnapsladen, um eine Flasche Glenfiddich zu kaufen. Sein Vater war Scotchtrinker, kaufte sich aber das billige Zeug, was sein Sohn für eine absurde Angewohnheit hielt, genau wie eine Stadt weiter zu fahren, um pro Gallone bleifreiem Super drei Cent zu sparen. Diese kleinen Macken falscher Sparsamkeit bereiteten dem alten Herrn große Befriedigung, trieben aber Russell die Wände hoch. Als Russell die Weine durchsah, entdeckte er zu seiner Überraschung eine Flasche 79er Lynch-Bages, die er fürs Essen mitnahm – mit Sicherheit ein ordentlicher Batzen rotes Fleisch, das sein Vater vor Monaten als Sonderangebot erstanden, aus der Gefriertruhe gezogen und im Ofengrill aufgetaut hatte.

Nach Verlassen der Hauptstraße fuhr er durch grüne, hekkenbestandene Wohngebiete, vorbei an Häusern mit vier oder fünf Schlafzimmern, die man nach dem Krieg auf parzelliertem Farmland gebaut hatte. Er bog in eine Sackgasse. Das im Kolonialstil errichtete weiße Haus, in dem er einen Großteil seines Lebens verbracht hatte, tauchte hinter den spitzen, roten Blättern der Fächerahornbäume auf, von denen er und sein Vater etliche neben der Straße gepflanzt hatten. Russell hatte den Schlauch genommen und die tiefen Löcher mit Wasser gefüllt, während sein Vater die mit Sackleinen umwickelten Wurzelballen an ihren Platz wuchtete.

Heute beobachtete sein Vater die Straße und kam zur Tür, als Russell aus dem Mietwagen stieg. Sie umarmten sich in der Auffahrt, eine unbeholfene Männerumarmung, und murmelten Begrüßungsworte. Als sie sich wieder gelöst hatten, betrachtete Russells Vater den Wagen, während Russell seinen Vater musterte – grauer, schmaleres Gesicht. Aber Russell bemerkte erleichtert, daß er keinen alten Mann vor sich hatte. Im großen und ganzen war er immer noch ein gutaussehender Mann in den besten Jahren.

»Warum ein Plymouth, junger Mann?«

»Ist das einer?« entgegnete Russell. »Woran siehst du das? Ich hab ihn für einen Chevy gehalten?«

»Natürlich, immer noch der Klugscheißer.« Er machte Anstalten, Russell einen scherzhaften Klaps auf den Hinterkopf zu geben, war aber nicht schnell genug.

»Fährst du immer noch den Buick?« erkundigte sich Russell.

»Klar, aber unter uns, ich würde verdammt viel lieber einen Mercedes fahren.«

»Tu's doch einfach«, sagte Russell.

»Warum eigentlich nicht«, sagte sein Vater grimmig, als Russell seine Reisetasche vom Beifahrersitz nahm. »Mit leichtem Gepäck unterwegs«, sagte sein Vater, und Russell hörte eine leichte Enttäuschung heraus. Er hatte eigentlich vorgehabt, nur eine Nacht zu bleiben, war aber seinem Vater gegenüber am Telefon nicht konkret geworden. Vielleicht konnte er noch eine Nacht dranhängen, dachte er.

»Corinne geht's gut?« fragte sein Vater, als sie sich gerade automatisch auf den Weg in die im hinteren Teil des Hauses gelegene Küche machten.

»Prima. Eine Freundin aus Denver wollte zu Besuch kommen, sonst wäre sie mitgekommen«, sagte Russell.

»Es gibt also keine Probleme zwischen euch?« sagte sein Vater und bezog sich damit auf den Grund für Russells plötzlichen Besuch.

»Nein, wie ich schon sagte. Ganz im Gegenteil.«

»Da fällt mir ein Stein vom Herzen. Sie ist ein prima Mädel.«

Russell überreichte seinem Vater die Flasche Glenfiddich.

»Mein wohlhabender Sohn.«

»Die traditionelle höfliche Reaktion ist ein simples ›Danke‹«, bemerkte Russell und dachte, vielleicht sei der Scotch doch ein taktischer Fehler gewesen.

»Trinkst du einen Cocktail mit mir?« fragte sein Vater und tastete schon im Kühlfach nach dem Eis.

Das hatte Russel an seinem Vater immer gefallen, die leicht förmliche Art, mit der er solche rituellen Beschwörungen wie *Trinkst du einen Cocktail mit mir?* oder *Was kann ich dir anbieten, junger Mann?* von sich gab. Seine Zustimmung nickend, musterte Russell seine Umgebung mit diffusem Mißtrauen. »Warum wirkt die Küche viel kleiner?«

»Fällt dir keine Veränderung auf?« fragt sein Vater spröde.

»Irgendwas ist anders.«

»Fußboden und Schränkchen neu«, sagte sein Vater stolz. »Das Holz ist dunkler als vorher. Das ist dir aufgefallen. Scotch?«

»Klar. Warum hast du das gemacht?«

»Seit wir hier eingezogen sind, war die Küche unverändert.«

»Kommt einem irgendwie überflüssig vor«, sagte Russell.

»Zufällig wohne ich hier, junger Mann.«

»'tschuldigung, hatte ich vergessen.«

»Ich hab's bemerkt.«

Beide nippten probeweise an ihren Drinks, dann hob sein Vater sein Glas zur Versöhnung. Sie stießen an.

»Ich dachte, wir bleiben hier, tauen ein paar Steaks auf.«

»Klingt gut.«

»Eigentlich sollten wir Fisch essen«, sagte sein Vater, vermutlich eine Anspielung auf Kalorien und Cholesterin. »Erinnerst du dich noch an Fischstäbchen-Freitage?« fragte sein Vater und meinte damit die uralte katholische Sitte, freitags auf Fleisch zu verzichten, bis sich die unwandelbaren Gesetze der Kirche geändert hatten.

»Klingt in meinen Ohren ziemlich verrückt«, sagte sein Vater, als das Abendessen beendet war und Russell seinen Plan dargelegt hatte. Er wollte weniger die finanzielle Unterstützung seines Vaters als dessen Segen.

»Ich weiß. Ich meine, das läßt sich nicht vermeiden. Neue Geschäftsideen hören sich immer ausgefallen an.« Russell hatte nicht mit spontanem Wohlwollen gerechnet. Sein Vater war während der Weltwirtschaftskrise groß geworden und hatte sein Leben lang für dieselbe Firma geschuftet, sich allmählich hochgearbeitet und in solide Aktien investiert, die im Laufe der Jahre seine Geduld belohnt hatten. Der Gedanke, seinen eigenen Arbeitgeber aufzukaufen, mußte ihm radikal vorkommen.

Sein Vater lächelte. »Ich hätte nie gedacht, daß mir mein linksradikaler Sohn mal Vorträge über neue Geschäftsideen hält. Ich weiß noch, wie wir in diesem Zimmer über Watergate gestritten haben, junger Mann. Du fandest, man sollte Nixon umgehend zur Guillotine führen.«

»Das finde ich immer noch«, sagte Russell, doch da mußten beide grinsen. Früher waren sie wegen politischer Differenzen manchmal fast handgreiflich geworden, so daß Russells Mutter schlichten mußte, damit der Anschein von Frieden gewahrt wurde.

Russell kam auf sein ursprüngliches Thema zurück. »Was hast du schon? Zweihunderttausend in GM-Aktien, die während deiner Lebenszeit keine großen Sprünge mehr machen werden. Das sind Luschen. In drei Monaten verdoppele ich dir dein Geld.«

»Du hast absolut keine Garantie, daß du damit durchkommst.«

»Selbst wenn wir scheitern, wird der Aktienkurs in die Höhe schnellen, sobald wir unsere Übernahmeabsicht bekanntgeben. Im schlimmsten Falle verlassen wir den Tisch mit einem Riesenstapel Chips.«

»GM *produziert* wenigstens etwas. Vielleicht ist es nicht das am effektivsten geführte Unternehmen der Welt. Vielleicht sind wir wirklich Dinosaurier. Aber irgend etwas ist mit der Wirtschaft faul, wenn sie die Spekulanten, Anwälte und Banker reich macht, ohne daß etwas produziert wird. Kein Wunder, daß die Japse uns fertigmachen.«

Mit finsterem Blick zündete sich sein Vater eine Zigarette an. Russell wußte noch, wie dieser Blick seinen Freunden eine Heidenangst eingejagt hatte. Und früher sogar Russell. Jetzt stimmte er ihn fürsorglich – fast, so fand er, als wäre er das besorgte Elternteil. Und in der gewohnten Umgebung des Wohnzimmers, wo er auf dem mit den Jahren schlabbriger gewordenen alten Sofa saß, ließ er sich von einigen Zweifeln seines Vaters anstecken. Hier war er aufgewachsen, und auch wenn er sich dagegen gewehrt hatte, hatte er etwas von der Weltsicht seines Vaters aufgenommen, genauso unbewußt, wie er dessen Zigarettenrauch inhaliert hatte.

»Was würde wohl deine Mutter sagen?« fragte sein Vater auf einmal.

»Sie würde verstehen, daß ich das tun muß«, sagte Russell. »Sie würde sich darauf verlassen, daß wir tun, was wir tun müssen.«

Sein Vater blickte nickend an die Zimmerdecke, und aus seinen Nasenlöchern quoll Zigarettenqualm. »Weißt du«, sagte er mit leicht zittriger Stimme, »ich hab euch Jungs nicht aus Schikane euer Taschengeld selbst verdienen lassen. Sie fand damals, ich sei zu streng mit dir gewesen. Besonders als du im Sommer während der Semesterferien mit Jeff nach Europa wolltest.«

»Mein Gott, war ich sauer auf dich.«

»Du solltest bloß wissen, daß... Du solltest bloß für dich selbst sorgen können.«

»Ich verstehe«, sagte Russell ein wenig kurz angebunden, da er das nicht zum erstenmal hörte.

»Ist dir klar, wie ich das meine?« fragte sein Vater, als hätte er ihn nicht gehört.

»Ja, ist mir klar. Keine Sorge. Auch wenn du kein Geld investierst, werde ich dich nicht hassen. Ein gewisser Melman hat sein Engagement zugesagt. Du solltest nur erfahren, was ich vorhabe, und ich dachte, vielleicht möchtest du bei dem Geschäft einsteigen.«

»Man darf auch deinen Bruder nicht vergessen. Es wäre nicht richtig, das gesamte Erbe dir zu geben.«

»Ihn würde ich auch beteiligen.« Kaum hatte er das gesagt, erschrak Russell selbst über sein protziges Auftreten. »Ein toller Hecht, hm?«

Sein Vater sah zu, wie sich der Rauch von der Spitze seiner Zigarette kringelte. Als Russell mit dem Rauchen aufhörte, hatte er als besonderes Manko empfunden, nun kein Spielzeug, keine Ablenkung mehr in den Händen zu halten. »Ich empfehle dir gar nicht, deinem alten Herrn nachzueifern und dein Leben lang von einem großen Unternehmen Lohn zu kassieren. Denn weißt du was?« Er senkte den Blick und sah Russell direkt an. »Das sind Dreckskerle. Denen sind Menschen im Grunde scheißegal. Das hat mir mein Vater gesagt, ein Gewerkschaftler bis in die Knochen, am Fließband hat er gestanden, immer den Blick des Unterprivilegierten nach oben gerichtet, und ich hielt mich für viel schlauer als er. Aber recht hatte er.«

Russell hatte Angst, seinen Vater weinen zu sehen. Darum sagte er, so leichthin wie möglich: »Ärger im Büro, Dad?« So sehr er seinen Vater verstehen wollte, so sehr befürchtete er, nach all den Jahren vorsichtiger Nähe könnte echte Vertrautheit irgendein schreckliches genetisches Geheimnis ans Tageslicht bringen.

»Ich gehe in den Vorruhestand. Ihre Entscheidung, nicht meine.«

»Du hast keine Wahl?«

Er schüttelte den Kopf.

»Scheiße.«

»Hübsch formuliert«, sagte sein Vater nach einer Weile, und die gedrückte Atmosphäre verschwand. Er schob das Tablett vor und brachte ihre Teller in die Küche.

»Ich kann verstehen, daß du jetzt mit deinen Ersparnissen konservativ umgehen willst«, sagte Russell, der ihm folgte.

»Vielleicht. Entweder das oder eine Pleite riskieren. Genehmigen wir uns einen Schlummertrunk.«

20

Allein zu schlafen war wie der Tod. Selbst während sie träumte, spürte sie manchmal Russells Körper oder dessen Fehlen. Als hätte sich etwas Schreckliches ereignet, das sie vergessen hatte, träumte sie davon, verfolgt zu werden, davon, mit rasiermesserscharfem Metall geschnitten zu werden, und wenn sie nach solchen Träumen aufwachte, war das Alleinsein wie eine zusätzliche Verletzung. All die Jahre mit Russell hatten ihr nicht das Gefühl genommen, sie könnte jeden Augenblick verlassen werden. Ihre Mutter war regelmäßig verschwunden, zum erstenmal, als Corinne sechs war – Corinne und Hilary spielten gerade im Kinderzimmer, als plötzlich die Tür aufflog und ihre Mutter sie mit bösen roten Augen anschrie, sie seien gräßliche Mädchen, sie hätten ihr Leben zerstört, dabei Bilder von der Wand riß und Spielsachen und Kleidungsstücke durch die Gegend schmiß. Corinne und Hilary verkrochen sich in der Ecke, bis ihre Mutter so plötzlich verschwand, wie sie gekommen war. Damals sahen sie sie erst nach drei Tagen wieder. Ihr Vater, der es nicht leiden konnte, wenn kleine Mädchen zu viele Fragen stellten, schwieg. Als sie zurückkam, war sie wieder normal, die gute Mutter, die mit ihnen Karten spielte und fernsah. Und jeden Morgen sprang Corinne aus dem Bett und die Treppe hinunter, um nachzusehen, ob ihre Mutter noch unter ihnen weilte.

Als sie Samstag morgen ohne Russell aufwachte, fragte sie sich, ob sie ihm fehlte, wenn sie getrennt waren. Irgendwie stellte sie sich vor, es sei für ihn beinahe eine willkommene Abwechslung, mal etwas anderes als ihre ständige Anwesenheit, ihre erdrückende Aufmerksamkeit.

Sie lag in dem warmen Kokon unter der Decke und starrte auf den dünnen Streifen staubigen Sonnenscheins, der an der Stelle ins Zimmer drang, wo die Vorhänge aufeinandertrafen, schwere Chintzgardinen, die sie gekauft hatte, als vor ein paar Jahren der englische Country-Look Manhattan erobert hatte. Russell hielt die Vorhänge für mädchenhaft, überließ Corinne aber das Schlafzimmer, das sie in ein mit weißen Korbmöbeln und blumengemusterten Stoffen ausgekleidetes Nest verwandelt hatte, während in Wohn- und Eßzimmer ein von Ledersofas und stabilen Sesseln bestimmtes dunkles, maskulines Flair herrschte. Als sie auf dem Bett lag, fiel ihr die von der Decke blätternde Farbe auf. Die ganze Wohnung mußte mal gestrichen werden.

Im Wohnzimmer stellte sie zur Gesellschaft den Fernseher an, machte Kaffee und las die *Times*. Samstagausgabe – keine großen Horrorgeschichten auf der Titelseite. Der Skandal um Jim und Tammy Bakker. Gary Hart machte Dampf. Als Kompensation für Andover und Yale ißt Bush Schweineschwarten. Bloß einfache Leute – die den Sommer in Kennebunkport verbringen. Vorsichtiger Optimismus im Wirtschaftsteil. Sagen weiteres Wirtschaftswachstum voraus und stabile Zinsen in dem bla bla ... Kreuzworträtsel, o Gott, dachte sie, warum muß 4 senkrecht ausgerechnet »ehebrecherisch« sein? Wenigstens versuchte heute morgen niemand, sie zwangszuernähren. Frühstück war ihr zuwider, aber Russell bedrängte sie immer, etwas runterzuwürgen, als wollte er sie mästen oder so was, bloß weil sie vor ein paar tausend Jahren als Teenager ein kleines Problem hatte. Praktisch alle ihr bekannten Mädchen durchliefen so eine Phase. Das gehörte nun mal zu Privatschulen, genau wie Fair-Isle-Pullover und alberne Spitznamen. Miss Anorexia Nervosa 1972 – Corinne Makepeace. Gegen das plötzliche Reifen des Körpers ankämpfen. Dabei hatte sie nur ein Jahr zuvor zusammen mit den anderen Mädchen im Umkleideraum der Junior-High-School rhythmisch die Handflächen aufeinandergepreßt, um die Brustmuskulatur zu kräftigen, so wie die Jungs Furzgeräusche erzeugten, und dabei gesungen:

Man müßte, man müßte,
vergrößern uns're Brüste.
Schön groß, ja, das ist unser Fall,
macht die Pullis rund und prall...

Katie Petrowski hatte schon richtig große, und Corinne trug ihren Übungs-BH. Sie räumte den Tisch ab, fand den chinesischen Glückskeks vom Vorabend: »Bescheidene Wünsche gehen in Erfüllung.« Aufbewahren und Russell zeigen. Die Realität meldet sich. Erde an Finanzhai Calloway.

Sie brachte *Jules und Jim* in den Videoladen zurück und ging anschließend zur Madison Avenue, um sich mit Casey Reynes im »Marigold« zu treffen, wo sie kalorienarme Colas zu sich nahmen, Casey rund vom Stammhalter. Corinne fand, daß sie wunderschön aussah, und sagte es ihr.

»Ich bitte dich. Ich bin schon glücklich, wenn ich bloß *überlebe*. Bei Armani gab's die umwerfendsten Kostüme, und ich so rund wie eine Stadtmaus. Findest du nicht, es wäre rücksichtsvoll von Tom dem Vierten, das Feld ein paar Monate früher zu räumen, damit Mama wieder umdekorieren kann?«

Corinne hätte liebend gern mit ihr getauscht. Sie lutschte ihren Zitronenschnitz und sagte: »Ich halte es für eine Erleichterung, nicht schick sein zu müssen. Ich hab's dermaßen satt, mir morgens Kleidung aussuchen zu müssen. Ich hab's satt, mich *anzuziehen*. Ich will nichts weiter sein als barfuß und schwanger.«

»Ich zeige dir ein Kleid von Valentino, danach änderst du deine Meinung.«

Trotz ihrer Umstände war Casey schon einkaufen gewesen und zeigte jetzt Leinenbettwäsche vor, die sie bei Pratesi für ihr Gästezimmer gekauft hatte. »Viel gesünder als Baumwolle«, behauptete Casey. »Und verschone mich mit Mischgewebe.« Ihr Mann war Gewerbetreibender und verdiente offenbar mehr Geld, als sie ausgeben konnte, obwohl sie sich große Mühe gab. Auch ohne seine Geschäfte war er schon am

Tage seiner Geburt Millionen wert gewesen. Shopping war Caseys Hauptbeschäftigung. Nach dem Mittagessen gingen sie zu Valentino und Versace, wo Corinne ein Kostüm kaufte und Casey zusah. Eine Bluse, die ihr gefiel, hätte fast soviel wie eine Monatsmiete gekostet. Hätten sie nicht früher einmal zusammen gewohnt, hätte Corinne Casey für oberflächlich und dekadent gehalten; aber in ihrer Erinnerung spukte noch immer das dicke Mädchen mit der herrlichen Singstimme herum, deren Idol Sylvia Plath war, so daß die Madison-Avenue-Casey für Corinne mehr Substanz hatte als für irgendeine neue Bekannte Caseys.

Sie machten im Whitney Museum halt, und dieser Besuch hätte bedeuten können, daß Caseys Kaufrausch nachließ, wenn sie sich nicht nach ein paar Minuten zu Corinne umgedreht und gesagt hätte: »Tom und ich tragen uns mit dem Gedanken, einen Fischl zu kaufen«, als erinnere sie die Reihung von an den Wänden hängenden Leinwänden an nichts so sehr wie an Schaufenster.

»Komm, wir trinken Tee im Plaza«, sagte Casey auf einmal und wandte sich von einem Hopper-Bild ab.

Sie nahmen ein Taxi dorthin, rauschten am Rand des Parkes entlang, vorbei an der Reihe wartender Kutschen, deren scheuklappenbewehrte Pferde blind in ihren Futterbeuteln kauten. Wie viele andere Bewohner dieser Stadt wirkten auch sie aus der Entfernung attraktiver – Corinne mochte die *Vorstellung* einer romantischen Kutschfahrt durch den Park, während der Mond und die den Park umgebenden Wohnhochhäuser über den struppigen Baumwipfeln auftauchten und wieder verschwanden.

Mit ihren gesellschaftlich korrekten Einkaufstüten marschierte Casey durch die benommenen Touristen im Foyer, führte Corinne einen von Topfpflanzen und Osterlilien gesäumten Gang entlang bis zu der Lichtung im Grün, wo die dünnen Klänge eines Streichquartetts gegen das Geklapper von Besteck und die hauptsächlich weiblichen Stimmen der an Tischen sitzenden Gäste ankämpften – Frauen eines bestimmten Alters, mit chemisch aufgehellten Haaren und sonnengebräunter Haut, ältere Ausgaben von Casey.

Tee im Plaza – das hatte Corinne schon immer vorgehabt, war aber nie dazu gekommen. Immer zu beschäftigt gewesen. In dieser Stadt könnte man wunderbar leben, wenn man drei verschiedene Körper hätte. Einen, um wie eine Geisteskranke zu arbeiten, Karriere zu machen, den zweiten, um im »Café des Artistes« Mittag zu essen, Auktionen bei Sotheby's, Ausstellungen im Met und Lyriklesungen im YMCA zu besuchen, den dritten Körper, um spätnachmittags aufzuwachen und bis zum Morgengrauen auszugehen. Arbeiten, sich amüsieren und leben: Mit einem einzigen Körper ist das unmöglich, außer man ist sehr jung und erst seit kurzem hier, dann ist es eine Weile zauberhaft, wenn man nämlich den ersten Job hat und die Stadt wie ein Forschungsreisender entdeckt und überhaupt keinen Schlaf braucht, aber plötzlich merkt man, daß man älter ist, und es wird einem klar, daß man verglichen mit allen anderen Bewohnern dieser Stadt kein Geld hat, oder man hat ein wenig Geld, ist aber älter geworden und hat inzwischen die Fähigkeit eingebüßt, drei Menschen auf einmal zu sein. Oder man ist reich, wie Casey, und alle Regeln sind außer Kraft gesetzt.

Casey befreite die Serviette von ihrem Ring und sagte: »Du wirst nie und nimmer glauben, was der werdende Vater neulich getan hat. Du kennst doch die Goodharts, oder? Er ist Engländer, aber praktisch in Blenheim aufgewachsen. Jedenfalls sind sie für einen Monat nach Kenia und befürchteten wohl, das Baby zu verpassen, deshalb kommen sie zum Dinner vorbei und bringen zwei kleine Tiffany-Schachteln mit. Ich lege die eine auf Toms Teller. Er macht die Schachtel auf und sagt: ›He, so was hab ich mir schon immer gewünscht.‹ Wir sehen ihn alle an, bis ich schließlich sage: ›Tom, Liebling, das ist nicht für dich. Es ist eine Rassel für das Baby.‹ ›Eine Rassel?‹ sagt er und wird rot. Tja, wie sich herausstellt, hielt mein lieber Gatte die Babyrassel für einen Penisring.«

Die Kellnerin kam und stellte ein Teeservice sowie eine Art

silbernes Tablett ab, auf dem Gebäckstückchen und entrindete Sandwiches lagen, die aussahen, als wären sie zu hübsch zum Essen.

»Es ist gräßlich, wenn man andauernd essen will«, sagte Casey. »Und mein Arzt erzählt mir ständig, ich soll zunehmen. Und dann ist da auch noch Sex. Man fühlt sich allmählich so unattraktiv ...«

»Hat Tom kein Interesse mehr?« fragte Corinne und schlug ein winziges Sandwich auf wie ein Buch, um den Belag zu überprüfen, bereit, sich über die Perfidie des anderen Geschlechts zu empören. Patres unfamilias.

»Eigentlich dachte ich dabei gar nicht an Tom.«

Corinne blickte von ihrem dünnen Büchlein mit gebutterter Gurke auf, ein wenig schockiert, eine Reaktion, mit der Casey – trotz ihres raffiniert ermatteten Tonfalls – offenbar gerechnet hatte.

»Du willst doch nicht etwa behaupten, du hättest in all den Jahren nie ... Will sagen, Tom ist nun mal die Hälfte der Zeit weg, und ich habe ja auch so etwas wie einen Geschlechtstrieb. Außerdem hat die Ehe nichts mit Sex zu tun. Die Europäer wissen das.«

Corinne beugte sich vor, fasziniert: »Hast du denn keine Angst wegen ...«

»Diese Aids-Geschichte ist so aufgebauscht«, sagte Casey und nahm einen selbstgefälligen Schluck Tee. »Ehrlich, wie viele von Karposis Sarkom gesprenkelte Heterosexuelle hast du schon gesehen?«

»Ich meinte eigentlich: wegen des Kindes?«

»Nun, bis zum letzten Schwangerschaftsmonat kann ihm nichts passieren, und ob du es glaubst oder nicht, einige Männer finden das sogar irgendwie geil.«

»Aber wenn ... wenn es nicht von Tom ist?«

»Es ist seins. Hätte ich deswegen irgendwelche Zweifel gehabt, hätte ich es ihm nicht mal gesagt. Ich habe schon zwei absaugen lassen, als ich mir nicht sicher war.«

Schon allein beim Zuhören kam sich Corinne lasterhaft

vor. »Ich glaub's einfach nicht... ich meine, wie schaffst du das eigentlich?«

»Kein Problem. Zahl das Zimmer im voraus und nimm auf keinen Fall eins dieser verräterischen kleinen Shampoos mit nach Hause.«

21

Nach dem Essen ging Trina die wenigen Blocks die Park Avenue hinunter bis zum Raquet Club, einer rosa Steinfestung, die zwischen den Glasdickichten der Bauhausgebäude hockte wie ein edwardianischer Bankier mit Weste, der von Pöbel umgeben geduldig in einem Busbahnhof wartete.

Als sie am Morgen im Büro eintraf, hatte sie erfahren, daß Aldridge tagsüber im Cincinnati war; er hatte aber einem der leitenden Herren die Nachricht hinterlassen, er werde abends um sieben im Grill des Raquet Club sein, und trotz der Vorschrift, die Frauen den Zutritt zu dem Club verwehrte – oder vielleicht gerade deshalb –, beschloß Trina, ihn dort aufzusuchen. Eigentlich hatte sie vorgehabt, nach ihm zu fragen, aber der steingesichtige Ire am Empfang verschwand bei ihrem Eintreffen gerade mit einem großen Paket in der Garderobe; sie schlich am Empfang vorbei und verschwand im Fahrstuhl, bevor der Portier zurückkam. Noch während sie überlegte, welche Etage sie drücken sollte, setzte sich der Fahrstuhl langsam und lärmend aufwärts in Bewegung. Wie aus eigenem Antrieb öffneten sich im dritten Stock die Türen; kurz hinter der Tür flezten sich nackte Männer auf Bänken herum, schlenderten durch den Dampf und riefen einander in einem unnatürlich herzlichen Tonfall. Keiner bemerkte sie, als sie den »Türe schließen«-Knopf betätigte, aber als sich die Türhälften schlossen, befahl eine Graue-Maßanzug-Stimme: »Mit dem Fahrstuhl warten!«, während sich auf der anderen Seite des feuchten Flurs ein junger, klassisch proportionierter

Sportler/Banker, den Trina beobachtet hatte, plötzlich umdrehte und einen ganz kurzen Blick auf sie erhaschte, dann aber gleich wieder wegsah, um sich aber später, nach Bestätigung des Gesehenen, zur Freude seiner Kumpane im Grillroom zu erinnern: *Ich spüre, wie mich jemand beobachtet – ihr kennt doch dieses Gefühl? –, und als ich in Richtung Fahrstuhl sehe, schließen sich gerade die Türen, und ich schwöre, da steht eine junge Frau im Fahrstuhl, und zwar eine verdammt gutaussehende junge Frau, aber ich sage mir: Nö, unmöglich.*

Als Trina in der zweiten Etage den Fahrstuhl verließ, befand sie sich in einer höhlenartigen Welt aus dunklem Holz, alter Politur und rissigen Lederpolstern, die von dem Duft eines längst vergessenen Herren-Haarwassers durchdrungen zu sein schien. An den Wänden hingen Drucke von Sportszenen, alte hölzerne Schläger und Messingplaketten, in die Namen von Turniersiegern und Daten eingraviert waren, die bis ins letzte Jahrhundert zurückreichten, darunter die Namen etlicher Vorfahren von Nick Aldridge. Einige Plaketten bezogen sich auf Wettkämpfe in einer halbvergessenen Form von Hallentennis, die nur hier und in einer Handvoll Orten der Alten Welt überlebt hatte. Es herrschte Grabesstille, die Gemeinschaftsräume waren menschenleer. Trina, die eine Zweizimmer-Eigentumswohnung in einem fünf Jahre alten Wolkenkratzer an der Second Avenue bewohnte, kam der Gedanke, wenn Aldridges Urgroßvater mit der Zeitmaschine in das Manhattan des Jahres 1987 transportiert würde, wäre dies eine der wenigen Stellen in der Stadt, die er wiedererkennen und wo er sich heimisch fühlen würde.

Sie folgte Stimmengeräuschen in den Grillroom. Dort saß Aldridge allein an einem Tisch und beförderte einen großen Klacks weichen Cheddar-Käse aus einem Topf auf einen Cracker, einer von sieben oder acht Männern, die in einem Raum saßen, in dem Platz für eine große Hochzeitsfeier gewesen wäre.

Als er aufsah, schien er zunächst angenehm überrascht,

doch als ihm klar wurde, wo er war, sagte er: »Trina, was zum Teufel…«

»Wollte bloß Ihr geheimes Männerbaumhaus sehen. Sehr hübsch.«

Stille legte sich auf den Raum, als die Männer an den anderen Tischen den Eindringling bemerkten.

»Wie lief's denn so in Cincinnati?« Sie streckte ihre Hand aus, zog das Zigarrenetui aus Aldridges Brusttasche, entnahm ihm ein Torpedo und biß ein Stück der Spitze ab.

»Sie bestehen auf einem halben Prozent mehr.« Er schaute sich nervös um. »Hören Sie, vielleicht verschwinden Sie jetzt besser.«

»Ich verschwinde«, sagte Trina. »Um genau zu sein: Ich verschwinde aus der Firma.«

Nicky nickte langsam und schob sich einen mit leuchtend orangefarbenem Käse bestrichenen blaßorangenen Cracker in den Mund. Auf einmal überstieg sein Interesse an Trinas Verhalten seine Sorge um die Clubvorschriften. »Haben Sie die Corbin, Dern-Sache woanders untergebracht?«

»Genau.«

»Wohin gehen Sie?«

»Ich gründe meine eigene Firma. Kennen Sie Peter Risch, meinen Freund von der First Boston? Er begleitet mich. Und Rockaby nehme ich auch mit. Cox, Rockaby und Risch.«

»Klingt vorteilhaft.«

»Danke.« Sie fand in ihrer Handtasche Streichhölzer und zündete mit augenscheinlicher Befriedigung die Zigarre an.

»Kann nicht behaupten, ich wäre damit *vollkommen* glücklich. Lieber hätte ich Sie um mich. Und Rockaby auch.«

Trina zuckte die Achseln. Das war der Lauf der Welt, und Aldridge wußte es. Er konnte sich aussuchen, ob er sich deswegen wie ein Ekel verhalten wollte oder nicht.

Am Tisch erschien der Barkeeper, ein untersetzter Mann in malvenfarbener Uniform. »Dürfte ich Ihnen in Erinnerung rufen, Sir, daß die Clubvorschriften den Aufenthalt von Frauen in sämtlichen Clubräumen außer dem Wartezimmer im Erdgeschoß untersagen.«

Aldridge nickte. »Trina, Sie haben den Mann gehört. Müssen diese Unterhaltung anderswo fortsetzen.«

»Schafft sie raus hier!« dröhnte eine Stimme von der anderen Seite des Raums.

»Nein«, sagte Trina. »Ich bleibe lieber.« Sie lächelte in Richtung Aldridge und zog die Augenbrauen hoch, um ihm zu zeigen, daß sie es ihm nicht übelnahm, aber entschlossen war, dieses Abenteuer bis zum Ende durchzustehen.

»Evan hier muß dann wohl ... Gott, ich weiß gar nicht, *haben* wir hier überhaupt einen Sicherheitsbeauftragten?« fragte er, die fröhliche Unwissenheit der rundum bedienten Klasse an den Tag legend.

Evan nickte.

Trina zuckte erneut mit den Achseln.

»Nun denn, walten Sie Ihres Amtes«, sagte Aldridge zu dem Barkeeper und breitete als Zeichen seiner Hilflosigkeit die Hände aus.

»Zu wem sind Sie mit dem Deal gegangen?« fragte er Trina.

Trina zog an ihrer Zigarre. »Zu Bernie Melman.«

Aldridge zog die Augenbrauen hoch und pfiff. »Als Sie sagten, daß sie verschwinden, hatte ich ja keine Ahnung, wie weit Sie gehen würden.«

Das hatte sie erwartet. Es sprach der Gentleman. »Da draußen liegen Milliarden Dollar herum, über die wir die Nasen rümpfen. ›The times they are a-changin‹ – die Zeiten ändern sich, Nicky.«

Aldridge kaute nachdenklich auf einem Cracker. Cox' letzter Satz amüsierte ihn. Er hatte an der Columbia University studiert, als Dylans Song mit diesem Titel herausgekommen war, hatte 1968 dort an den Demonstrationen teilgenommen und war von einem Polizeiknüppel bewußtlos geschlagen worden. Vielleicht dachte Cox ja gar nicht an Dylans Song, aber die Formulierung und die sich daraus ergebende Perspektive weckten in ihm eine seltsame Besorgnis um diese junge, so kluge und dabei doch so unerfahrene Frau.

»Da mögen Sie recht haben«, sagte er. »Ich werde Ihnen deswegen nicht in die, äh, Eier treten. Aber ich mag Sie und möchte, daß Sie sich da draußen vorsehen. Vielleicht hinken wir ein bißchen hinter der Zeit her. Oder vielleicht haben sich andere ein wenig zu weit vorgewagt. Einiges ändert sich nie. Tod, Steuern – und einer zahlt immer die Zeche.«

Aldridge nahm sein Zigarrenetui vom Tisch und wählte sich eine Zigarre aus. Er betrachtete sie zärtlich und zündete sie an. »Schon mal von Jimmy Ling gehört?«

»Nein.« Sie merkte, daß sich eine Geschichte anbahnte. Gott, war sie froh, keine dieser Geschichten mehr hören zu müssen.

»Jimmy Ling war der Mike Milken Schrägstrich Bernie Melman seiner Zeit, nämlich der frühen siebziger Jahre. Klingt chinesisch, aber in Wahrheit war er Texaner...«

Während er innehielt, um seine Zigarre zu schmauchen, nahm sich Trina einen orangefarbenen Cracker und bestrich ihn mit orangefarbener Cheddarpaste; sie fand es angemessen, daß man in diesem Club eine Käsesorte und eine Crakkersorte führte, die anderswo in der Stadt schon jahrelang nicht mehr gesehen worden waren.

Ein uniformierter Wachmann raste in den Grillroom. »Sind Sie unversehrt, Sir?« fragte er und starrte Trina an.

»Sehe ich vielleicht gefährdet aus?« Aldridges vernichtender Hohn blieb dem Wachmann nicht verborgen. »Bitte begleiten Sie meine Bekannte hier bis zum Foyer, falls Sie sich das zutrauen.«

»Habe ich noch einen letzten Wunsch frei?« fragte Trina.

»Klar.«

»Erzählen Sie die Geschichte zu Ende.«

»Nun, um es kurz zu machen, Jimmy Ling fing mit dreitausend Dollar aus seiner Autowerkstatt an, und nach ein paar Jahren war Ling-Temco-Vought das meines Wissens vierzehntgrößte Unternehmen des Landes. Kaufte haufenweise

Firmen auf, und zwar alle auf Kredit. Erfand ein spezielles Verfahren, wo er kein Geld pumpen und sich dann an die Firmen ranmachen mußte, sondern den Aktionären Anleihen anbot. Papiergeld. Er bot ihnen Anleihen – nachrangige Schuldverschreibungen – im Austausch für ihre Aktien. Irgendwann nannten die Leute Aktien chinesische Papiere. Einige von uns halten sie für die ersten Junk Bonds. Der nominelle Wert sah ganz gut aus. Doch dann schossen die Zinsen in die Höhe, und die Papiere waren substanzlos. Ling-Temco-Vought brach zusammen wie eine Tonne Katzengoldbarren. Im Grunde war es von Anfang an ein Kartenhaus.«

Er zog heftig an der Zigarre und atmete dann Rauchschwaden aus. Trina war aufgefallen, daß Melman beim Zigarrenrauchen weiterredete. Nicht daß ihr so richtig klar wäre, was das bedeuten mochte. Nachdem Aldridge ihn runtergeputzt hatte, war der Wachmann während des Vortrages in Habachtstellung stehengeblieben.

»Chinesische Papiere, hm?«

Aldridge zuckte mit den Schultern. »Bloß eine Geschichte. Erst fünfzehn Jahre her, aber keiner erinnert sich mehr daran.«

»Ich werd dran denken.« Sie stand auf und streckte die Hände von sich, als sollten ihr Handschellen angelegt werden – eine Geste, mit der sie die Männer noch mehr in Verlegenheit brachte.

Aldridge griff sich noch einen orange beschmierten Cracker und bestellte bei dem Barkeeper per Zuruf noch einen Drink. Im Grund jagten ihm junge Dinger wie Cox eine Heidenangst ein. Er und viele seiner Altersgenossen waren mehr oder weniger in Investmentbanking und Finanzierung hineingeschlittert; sie kamen von Hochschulen und aus Familien, wo das als respektabler Beruf galt, wie das geistliche Amt für vornehme britische Familien des neunzehnten Jahrhunderts oder das Militär für eine bestimmte Sorte Südstaatenfamilien. Und wie Berufsoffiziere pflichtgemäß in den

Krieg marschieren, dienten sich er und seine Mitbanker durch Schlamm und Blut der siebziger Jahre, als der Aktienmarkt schwere Verluste einsteckte und Zinssätze unerträglich hoch stiegen wie Opferzahlen in einer eigentlich verlorenen Schlacht. Harte Zeiten. Sie hatten soweit standgehalten, um zu einem Gegenangriff antreten zu können, als sich das Kriegsglück in den achtziger Jahren wendete, und plötzlich mußten sie sich dranhalten, um ganz vorn dabei zu sein. Aber diese Neuen, die so etwa um 1980 von den Unis kamen, das waren Abenteurer. Opportunisten ohne einen Sinn für Geschichte oder für Treue zu Institutionen. Erschreckend, wenn man es recht bedachte, Knaben mit Hosenträgern, die sich das Recht anmaßten, Millionen zu verdienen, auf ihre Art ebenso beängstigend wie die erbarmungslosen Kindermörder aus den Ghettos aus dem Norden, die auf jeden die Waffe richteten, der zwischen ihnen und ihren akuten Begierden stand.

»Scheiß junge Leute«, hörte man Aldridge murmeln, als ihm der Barkeeper seinen Drink brachte. Es war bald an der Zeit, sich aus dem Staub zu machen, sich mit den ihm rechtlich zustehenden, kriminell hohen Profiten zur Ruhe zu setzen. In ein paar Tagen wurde er vierundvierzig.

Bull Soames, alter Kumpel von Salomon Brothers, watschelte rüber, Chivas in der Faust.

»Was zum Teufel sollte das alles, Nick?«

»Kurzer Einblick in die Zukunft, Bull.«

22

»Was geht hier eigentlich ab – laßt ihr an euren Fenstertischen keine Minderheiten sitzen?«

Der spröde Panzer der Haltung bewahrenden Wirtin wurde von dieser Bemerkung sichtlich durchlöchert, obwohl sie selbst asiatischer Abstammung war. Nervös schaute sie zwischen den vorderen Tischen und ihrem Reservierungsblock hin und her. »Julian reserviert mir immer einen Tisch ganz vorn«, ergänzte Washington, womit er fast im selben Atemzug an die gleichermaßen exklusiven Vorstellungen von einer elitären gesellschaftlichen Hierarchie und die demokratische Norm der Gerechtigkeit appellierte. Offenbar entging dieser Widerspruch ihrer Wirtin, die sie nach kurzem quälenden Zögern an den von Washington geforderten Tisch brachte.

Seiner Ansicht nach war das Leben zu kurz, um in einem nicht angesagten Restaurant zu speisen, und dieses Etablissement war gegenwärtig in aller Munde. Das Bemerkenswerte an ihm war weniger seine feste als seine bewegliche Ausstattung, es hatte nämlich den Anschein, als seien die anderen Gäste von einem Innenarchitekten ausgewählt worden. Vorherrschend war eine gepflegte, katzenhafte Schönheit. Die Schauspieler und langbeinigen Mannequins trugen zerrissene Jeans und T-Shirts, alle anderen Schwarz. Die Beleuchtung war taghell, wie für Fotoaufnahmen. Normalerweise hätte sich Russell hier wohl gefühlt, aber ihm gingen, wie er fand, größere Probleme durch den Kopf.

Whitlock in seinem blauen Straßenanzug war hier augenscheinlich fehl am Platz. »Wie ist denn hier das Essen?« fragte er, nachdem sie sich gesetzt hatten.

»Wir sind nicht zum Essen hier«, entgegnete Washington. »Es ist sogar in zu sagen, man finde das Essen gräßlich.«

»Warum *sind* wir dann hier?«

»Wir sind hier, um uns von dieser scharfen, kleinen, asiatischen Braut beleidigen zu lassen und anschließend um die Aufmerksamkeit der arroganten Models zu buhlen, die sich hier als Kellner und Kellnerinnen unters gemeine Volk mischen. Weil hier die Action ist. Weil es in einem bestimmten Moment nur einen einzigen Ort gibt, den man das präzise Zentrum des In-Bewußtseins nennen kann, und um einundzwanzig Uhr dreißig an einem Mittwoch im Mai des Jahres 1987 ist das nun mal hier. Also genieß es, Whit. Und probier gefälligst, nicht so auszusehen, als wärst du gerade aus dem Bus gestiegen, verdammt.«

Whitlock schien nicht überzeugt. »Zum Feiern ist es ein wenig zu früh«, sagte er, als Washington den Kellner herangewinkt und eine Flasche Sekt bestellt hatte.

»Wir feiern noch nicht«, sagte Washington. »Wir trinken nur. Wenn wir erst einmal anfangen zu feiern, wirst du es schon merken, Häuptling.«

Russell hatte ihnen seinen Plan Anfang der Woche verraten. Washington hatte ihm eine Reihe von Zugeständnissen und Versprechen abgerungen, hatte schließlich zu einer letzten Besprechung einen Anwalt zum Essen mitgebracht und so lange insistiert und verhandelt, daß es Russell beinahe bedauerte, ihn überhaupt eingeweiht zu haben. Doch Washington war ein guter Lektor mit hervorragendem politischen Instinkt. Am nötigsten brauchte Russell allerdings David Whitlock. Der kannte sämtliche Zahlen, war mit den finanziellen Verhältnissen der Firma so vertraut wie kaum einer ihrer zukünftigen Widersacher. Und falls mit Melmans Kampagne irgend etwas nicht stimmen sollte, würde Whit es merken.

»Ich habe bei alldem ein mehr als ungutes Gefühl«, setzte Whitlock an. »Gestern abend habe ich vor dem Computer gesessen und Zahlen, Berechnungen und Modelle durchlaufen lassen, als mir plötzlich klar wurde, daß ich mich des Handels mit Insiderinformationen schuldig machte. Ich habe Zugang zu Daten, die niemand von außen in die Finger bekommt.«

»Das trifft auf jeden Versuch eines Managment-Buyouts zu.«

»Tja, vielleicht ist es nicht illegal, aber ist es ethisch einwandfrei? Wir werden Leuten die Aktien unter dem Hintern wegkaufen, die nicht wissen, was wir wissen. Ist das fair?«

»Das liegt in der Natur des Marktes«, sagte Russell. »Niemand muß verkaufen.«

»Scheiß auf fair«, sagte Washington, »ich will wissen, ob

das funktioniert. Was sagt dir dein Computer darüber, Whit?«

»Machbar ist es. Russell hat recht, die Firma ist unterbewertet. Scheiße, das ist Exxon auch. Trotzdem würde ich gern wissen, woher ihr das übrige Geld nehmen wollt.«

»Ist vorhanden«, sagte Russell. Keiner der beiden brauchte zu erfahren, daß Melman ihm fast zehn Prozent des Eigenkapitals gab, vorbehaltlich zukünftiger Leistungen. Als eine Art Nebenwette hatte Russell Aktien im Wert von hunderttausend Dollar erworben; dazu hatte er seinen gesamten brandneuen Kreditrahmen ausgeschöpft und das Geld mit einem Zuschuß seines Brokers verdoppelt – Aktien, deren Wert bei Bekanntgabe eines Übernahmeangebots in die Höhe schnellen würden. Trina Cox bekam einen kleinen Anteil; Melman, der über Banken den Großteil des Kapitals aufbrachte und den Großteil des Eigenkapitals für sich behielt, hatte Russell autorisiert, nötigenfalls für Whitlock eine dünne Scheibe abzuschneiden.

»*Wo* vorhanden?«

»Im Moment sehen wir es nur dunkel durch ein Glas; aber bald...«

»Die andere Seite kann auch Geld aufbringen. Harold und Kleinfeld und der Rest. Wenn sie eine erfolgreiche Verteidigung aufbauen, sitzen wir auf der Straße. Und was ist mit Loyalität?«

»Wie buchstabiert man das?« fragte Washington.

»Harold hat für euch zwei eine Menge getan. Er hat für das Verlagswesen eine Menge getan.«

Washington verdrehte die Augen, und dann verstummten sie, als alle drei über die Figur nachzudenken schienen, die sie nur widerstrebend als Gegenspieler in dem zu erwartenden Drama besetzen wollten.

»Was hat er in letzter Zeit für mich getan?« Washington brach den Bann. »Außer meine letzten beiden Bücher abzuschießen? Harold hat mir hauptsächlich Steine in den Weg gelegt.«

»Dito.«

Als sei er Zeuge von etwas Unschicklichem, wandte sich Whitlock ab, während Washington und Russell die Hände aneinanderklatschten und mit ihren Gläsern anstießen. »Ist das die, für die ich sie halte?« fragte Whitlock plötzlich und deutete mit dem Kopf seitlich auf die nächste Sitzgruppe und eine Schauspielerin mit krausen blonden Flechten und so vollen Lippen, daß sie fast aufgepumpt aussahen.

Washington beugte sich vor. »Wenn du mitmachst, erklären wir diesen Laden zu unserer offiziellen Firmenkantine, wir lassen die Tussi in unsere Nische kommen und auf deinem Schoß sitzen, Whit, weil wir solche Wahnsinnsmacker sein werden, daß uns jede Frau in der Stadt kennenlernen will. Uns kennen heißt mit uns pennen, hast du mich verstanden? Sobald wir erst mal an das große Geld rankommen, garantiere ich dir persönlich, daß du den Schritt deiner Anzughosen auflassen mußt. Wir machen dich zu einem Neger ehrenhalber. Scheiße, dann kannst du dir neue Anzüge kaufen – wir lassen den alten Paul Stuart persönlich ins Büro kommen und dich eigenhändig vermessen. Wir sind zu beschäftigt und bedeutend, um ...«

»Machst du deshalb dabei mit?«

»Deshalb machen alle alles.«

»Hat Russell nicht erst gestern was über Literatur und gesellschaftlich verantwortliches Verlegen erzählt?«

»Weil er ein im Verdrängen geübter Weißer ist, so 'n Scheiß muß er sagen, um sich selbst zu foppen. Dafür bist du zu intelligent, Whit. Du bist Geschäftsmann, stimmt's? Du hast Betriebswirtschaft studiert, nicht wie dieser Penner hier, dieser Kulturgeier. Du lebst in der echten Welt, du weißt, warum sie sich weiterdreht. Das hier ist Amerika, das Land des Opportunismus.«

Russell registrierte zufrieden, daß Washington voll dabei war. Washington war zwar dezidiert unaufrichtig – bis zu einem gewissen Grad war für ihn jede Rede ein Auftritt –, hatte aber dennoch die Gabe zu überzeugen, wenn auch vielleicht nur davon, daß man es irgendwann für ausgesprochen spießig hielt, ausschließlich an seine eigene Position zu glauben – oder überhaupt an irgendwas. Mit dieser Methode blieb er oft der Sieger. Niemand wollte ausgeschlossen sein. Wie Hamlet fand Whitlock bei einer Auseinandersetzung immer Argumente für beide Seiten; am Ende mußte man an seine Gefühle appellieren, um ihn auf eine Seite zu ziehen. Jetzt, mit Washington an Russells Seite, lief es auf folgendes hinaus: Wollte er dazugehören?

Nachdem sich Whitlock auf die Suche nach dem Herrenklo begeben hatte, wollte Washington von Russell wissen, ob er Jeff gesagt habe, was im Busch sei.

»Noch nicht.«

»Ich würde nicht warten, bis er es von jemand anderem erfährt«, sagte Washington, als Whitlock zurückkam.

An ihrem Tisch ging eine elfenhafte Gestalt vorbei, ein vollkommen schwarzgekleideter junger Mann, dessen langes, blasses Gesicht von einer schweren Sonnenbrille in zwei Hälften geteilt wurde. Er wedelte mit einer Hand in Washingtons Richtung.

»Sind wir heute abend nicht wichtig?« sagte er.

»Jeden Abend«, sagte Washington.

Dann wieder der Blonde, zu Russell: »Sehen Sie sich immer noch meine Buchidee an?«

»Wir prüfen sie gründlich«, antwortete Russell. Wer *war* das eigentlich?

»Wie aufregend.«

»Wer war das?« fragte Whitlock. »Ich dachte, Truman Capote sei tot.«

»Seine Reinkarnation ist ein Klatschkolumnist«, sagte Washington.

»Was?« fragte Whit.

»Das ist Johannes der Täufer. Chronist nächtens vorbeihuschender Bonmots.«

»Scheiße – *der* Typ«, murmelte Russell. »Ich glaube, ich hab sein Buchexposé verlegt.«

»Wird er über uns schreiben?« wollte Whit wissen. »Und wenn Harold davon Wind bekommt?«

Washington verdrehte die Augen. »Wovon denn? Drei Typen, von denen noch niemand je gehört hat, essen gemeinsam zu Abend? Druckerpressen anhalten. Wie auch immer, keine Angst, er schreibt über keinen Menschen, der sich so anzieht wie du.«

Aus Furcht, Whit könnte sich ausgeschlossen fühlen, nahm Russell das schwarze Leinen von Washingtons Versace-Jakkett zwischen die Finger und sagte: »Apropos Kleidung, haben sie dich oben in Harvard solche Klamotten tragen lassen? Haben sie dir nichts über Oxford-Stoff und Tweed beigebracht?«

»Versucht haben sie's. Und ich hab versucht, ihnen das Tanzen beizubringen.«

»Offensichtlich eine Sackgasse.«

»Ja, aber wir hatten immer Mädchen von der Brown Uni, die uns getröstet haben«, konterte Washington. »Die sind aus Providence raufgefahren und waren ganz wild auf richtige männliche Begleitung.«

»Die meisten von denen waren dir von Herzen gegönnt«, sagte Russell.

»Äußerst ritterlich von dir.«

Als Washington sich entschuldigte, wurde Whitlock lockerer. Er fand an seiner Rolle als Argloser im Ausland Gefallen, weigerte sich, seine Umgebung zu akzeptieren, beschwerte sich über das grelle Licht und die dürftige Größe der Portionen. Wiederholt bat er die Kellnerin um eine Sonnenbrille und ein Elektronenmikroskop; als Nachtisch verlangte er spitz dreieinhalb Gramm Sorbet. Aber er riß sich zusammen und schüttelte seriös Julian Heath die Hand, als der elegante, beunruhigte Besitzer des Restaurants vorbeikam und sie begrüßte. Trotz seiner relativen gesellschaftlichen Ignoranz begriff Whitlock, daß die Bedeutung des Besitzers eines gerade angesagten Restaurants in etwa der eines Zeitschriftenherausgebers, des Dirigenten eines Symphonieorchesters oder eines Malers entsprach, der eine Einzelausstellung im Whitney hatte, auch wenn dieser Restaurantbesitzer zufällig gern als Bildhauer bekannt sein würde und zutiefst verärgert war, daß er nicht nur zu Bildhauern und Malern freundlich sein mußte, die keine Restaurants besaßen, sondern auch zu Filmemachern, Rockstars, Romanciers und den Modelemmingen in ihrem Kielwasser. In die Leitung eines Restaurants war Heath praktisch hineingeschlittert, um die Miete zahlen zu können, bis sich seine Bildhauerei rentierte, doch jetzt war das Lokal, das er vor ein paar Jahren für die Kunstszene SoHos eröffnet hatte, so erfolgreich, daß er es am Hals hatte, einen Mietvertrag über fünf Jahre dazu und das Etikett, ein Restaurateur zu sein. Dieses, sein zweites Restaurant, war sogar noch angesagter als das erste. Er fand das ungerecht: Wäre er gescheitert, stünde er in diesem Moment in seinem Atelier und würde auf Stahl einhämmern, statt hier auf ein Schwätzchen bei Washington Lee haltzumachen, auch wenn Washington in Ordnung war, er hatte in Julians Restaurants einen Haufen Geld gelassen, sah gut aus, war amüsant und obendrein noch ein Bimbo, und gewöhnlich brachte er die gleiche Sorte Leute mit – wenigstens bis heute abend. In dem Restaurant galt der Grundsatz, die Anzüge in der hintersten Ecke zu verstecken. Was zum Teufel suchte diese Truppe in der vordersten Nische?

»Schon gut, schon gut«, sagte Whitlock, als Heath entfloh, nachdem es ihm gelungen war, kleine Feuer der Selbstzufriedenheit in den Brustkörben der drei Verlagskollegen zu entfachen. »Ich ergebe mich. Bestellt Champagner. Ihr wußtet, ich würde zustimmen, also bringen wir es hinter uns.«

23

Das Kribbeln kommt durch seine Lunge und breitet sich wie ein elektrischer Strom in den Blutkreislauf aus, vorbei an START, wo es zwei Millionen Dollar einstreicht, jagt das Rückgrat hinauf, deponiert es im hinteren Teil des Schädels, wo es in einem weißen phosphoreszierenden Ausbruch explodiert – dieses Prickeln in der Kopfhaut fühlt man auch, wenn man vor den kreischenden Leuten auf die Bühne tritt, in die Hauptleitung eingestöpselt, die absolute Power anzapft und mit dem reinen weißen Licht brennt...

Doch das Licht verlöscht. Das Licht verlöscht immer, das Kribbeln verändert sich zu einem krächzigen Grundrauschen; das im Inneren seines Schädels entstandene Kitzeln hat sich tief in seine Gehirnfalten verzogen. Ace lehnte sich zurück und rieb den Kopf gegen die Mauer, als könnte das das plötzliche Jucken lindern – ein brennender subkutaner Ausschlag, der um jeden Preis gekratzt werden muß.

In der Hand eine geschwärzte Glaspfeife, saß er mit fünf anderen Personen, drei Männern und zwei Frauen, auf einem welligen Linoleumfußboden. In der Zimmermitte stand eine alte, vor langer Zeit grün gestrichene und mittlerweile abblätternde Badewanne, die mit Softdrink- und Bierdosen, Zigarettenkippen, Plastikverpackungen, Glasröhrchen und organischem Müll gefüllt war. Aus ihrem Inneren drang das Rascheln von Papier, Kratz- und Kaugeräusche. Krallen.

O *Mann*, dachte er. *Igitt.*

An einem Ende des halbdunklen schmalen Raums thronte ein dicker Mann in einem aufgeblähten Billy-Idol-T-Shirt auf einem hohen Chromhocker, der offenbar aus einem alten Imbiß stammte, und füllte mit seinem massigen Körper die Tür. Am anderen Ende des Raums befand sich eine zweite geschlossene Tür. Der Stahl war grob mit einem Schneidbrenner in Brusthöhe aufgeschnitten und eine verschiebbare Platte eingesetzt worden. Hinter der Tür hockte ein schwitzender Knabe wie ein Astronaut in einer gepanzerten Kapsel, ein ehemaliges Schlafzimmer war ebenfalls mit Stahl ausgeschlagen; eine schulterbreite, von drei Riegeln gesicherte Luke aus Stahl, hinter der sich ein durch die Backsteinmauer der anschließenden Wohnung geschlagenes Loch befand, stellte einen brauchbaren Fluchtweg dar.

Zwei psychotisch aussehende Brothers in Netzhemden lümmelten sich in der Ecke – Ace schaute ganz schnell weg, damit sie nicht glaubten, er wolle sie ausspionieren. Ein weißer Knabe schaute sehnsüchtig auf die rätselhafte Glaspfeife in seiner Hand; in seinem Football-Trikot sah er aus, als sei er gerade erst aus den Vororten gekommen, ein Knabe, der sich am nächsten Tag zu seinem Geographieunterricht verspäten würde. Nachdem er mehrere Minuten lang auf die geschwärzte leere Röhre gestarrt hatte, stand er auf und stakste zu der Hintertür, wo er mit aller ihm zur Verfügung stehenden Würde an die kleine stählerne Platte klopfte. Die Platte wurde zurückgeschoben, und eine Stimme blaffte: »Ja?«

»Nimmst du auch Schecks?«

»Geh mir aus den Augen, Kerl.«

Die Platte wurde zugeknallt. Die Hände vor sein Gesicht geschlagen, sank der Knabe zurück gegen die Wand.

Ace verspürte so etwas wie Mitgefühl, er hatte seins gerade aufgebraucht, hatte ihn vierzig Piepen gekostet. Sechs waren übrig, was so gut wie nichts war, es sei denn, man teilte sich einen Zehner mit einem dieser ekelhaften Drogensüchtigen. Er warf einen Blick auf seine Füße und fragte sich, ob wohl jemand etwas für ein Paar einigermaßen neue, knöchelhohe Ponys zahlen würde.

Die Geräusche aus der Badewanne gingen ihm wirklich unter die Haut. Bildete er sich das ein, oder war wirklich eine Ratte oder irgendein anderes Vieh da drin? So oder so, es war eklig. Er betrachtete den Fuß der Wanne in Form einer um einen Ball geschlungenen Kralle, die den Ball zerquetschte, aus dem armen hilflosen Scheißball alles Leben herausquetschte.

Ein dürres weißes Mädchen mit Waschbärenaugen kam in

Aces Richtung gekrochen. »Ich mach's dir für zwanzig«, sagte sie.

Ace schüttelte sorgfältig den Kopf, ökonomisch, wollte nicht erleben, wie er sich von seinem Hals löste.

»Zehn.«

»Verpiß dich«, sagte er, da sich das Kopfschütteln als schmerzhaft erwiesen hatte, und überlegte krampfhaft, wie er zu Geld kommen könnte. Wenn er jedenfalls auf eins verzichten konnte, dann auf eine Reise in irgendso'n *oval office*.

Sie kroch zu dem Dicken an der Tür rüber. »Wie isses mit dir?«

»Ich arbeite«, sagte der.

Mit einem Blick auf sein prall gefülltes Rockstar-T-Shirt sagte sie: »Ich war in Nassau drei Tage zusammen mit Billy Idol.« Das hatte sie in Aces Gegenwart schon mehrmals behauptet. Es von Billy Idol besorgt zu kriegen, war eindeutig der Höhepunkt ihres Lebens, auch wenn es mit Sicherheit gelogen war.

»Ach ja?« sagte der Dicke. »Er war mal in 'ner Kneipe, wo damals mein Vetter gearbeitet hat. Hat Wodka mit Tonic getrunken.«

»Genau das trinkt er«, sagte das Mädchen im Brustton der Überzeugung.

»Er kam einfach rein, verstehste, als wär er irgendein ganz normaler Mensch, und hat sich irgendwie hingesetzt. Verstehste?«

»Genauso ist er«, sagte das Mädchen.

Ein Weilchen dachten sie schweigend über ihre jeweiligen, aber übereinstimmenden Visionen von Billy Idol nach, sie lang auf dem Fußboden liegend, er auf dem Hocker thronend, dessen gutes Recht es gewesen wäre, unter ihm zusammenzukrachen, während Ace herauszufinden versuchte, wie er zu etwas Geld kommen könnte, um dieses irre Jucken zu kratzen.

»Was ist dein Vetter, Barkeeper?«

»Tellerwäscher. Wurde aber gefeuert.«

»Ach, das ist wirklich schade.«

Ace hätte am liebsten gebrüllt. Entweder verlor er gerade völlig den Verstand, oder er hatte diese Unterhaltung vor zwanzig Minuten oder am Vortag schon mal gehört. Vielleicht auch von irgendeinem anderen netten Pärchen.

»Hör mal, für zwanzig Piepen besorg ich's dir echt gut.«

»Du hast's mir schon für zehn besorgt, du dämliche Schlampe.«

»Ach ja? Wann denn?«

Der Dicke nickte in Richtung Badewanne und sagte: »Ich geb dir zehn Piepen, wenn du die Ratte fängst. Aber mit bloßen Händen. Und sie kaltmachst«, fuhr er lächelnd fort, wobei seine Augen in den waagerechten Fettpolstern seines Gesichts verschwanden.

Bereitwillig kroch das Mädchen auf die Wanne zu.

Ace erkannte in ihrer Verzweiflung eine schlimmere Variante seiner eigenen Verzweiflung und wurde von plötzlichem Ekel erfaßt. Das Kribbeln war weg, an seine Stelle trat eine unstillbare Leere. Er stand auf, schlurfte an dem dicken Mann vorbei die Stufen hinunter. Auf der Treppe stolperte ihm ein schwer gezeichneter Cowboy entgegen, in den Armen ein in seine Anschlußkabel gewickelter Videorecorder; müde musterte er seine Last, als wäre sie ein mit dem Lasso eingefangenes Kalb, das plötzlich in hektische Bewegungen ausbrechen könnte.

An der frischen Luft wurde aus dem erstorbenen Kribbeln ein wütendes Zischen und Knistern in seinem umwölkten Hirn, wie ein Blitz, der bald in das höchste Objekt der Landschaft einschlagen würde. Doch auf der Avenue D bewegte sich nichts, von Ace und den Würmern unter seiner Haut abgesehen. Er redete sich ein, sie seien gar nicht da; nach seinem letzten Exzeß hatte er sich bei dem Versuch, sie herauszukratzen, die Arme blutig geschabt.

Es war dunkel, wahrscheinlich früher Morgen; schon Stunden zuvor hatte er seine Swatch gegen ein Röhrchen eingetauscht. Um diese Nachtzeit konnte er nicht mal mehr irgendwen ausnehmen.

Als er einen schwer angeschlagenen Weißen im Smoking auf sich zutorkeln sah, überlegte er kurz, den Typ auszurauben, doch als der näherkam, sah er doch mächtig hoch aufgeschossen aus. Ace überlegte immer noch, wie er vorgehen könnte, als er Corinnes Freund erkannte, den Schriftsteller. Nach reiflichem Nachdenken beschloß Ace, den Mann förmlich anzusprechen.

»Ey, Mann, ich kenn dich von Corinnes Party. Du solltest hier nicht rumspazieren, nicht um diese Uhrzeit.«

Jeff glotzte auf ihn hinab. »Soll das 'ne Drohung sein?«

»Nein, Mann, überhaupt nicht.« Der große Kerl konnte zwar kaum noch stehen, trotzdem entdeckte Ace eine gefährliche Drohung in seinem finsteren glasigen Blick. Er schlurfte weiter, bevor Ace die Worte fand, ihn um Geld anzuhauen.

Mit diesen finsteren Slumgestalten wollte Ace nichts zu tun haben, deshalb machte er sich zu einem unbebauten Grundstück an der 3rd Street auf, kroch durch ein Loch in dem Maschendrahtzaun und sprang durch den Müll zum hinteren Teil des Grundstücks. Im Gebüsch neben dem dort stehenden Gebäude bewegte sich etwas, wie eine Rückblende auf die Scheißbadewanne mit der Ratte – oder vielleicht breitete sich gerade ein anderer an seiner Schlafstelle aus. Versuchsweise trat Ace gegen ein Stück Sperrholz, das zu explodieren schien. Aus dem Chaos tauchte ein fauchender Pelzmantel auf – eine große, gefleckte Katze, die über den Schutt sauste und durch das Loch im Zaun verschwand.

Bald machten Verblüffung und Furcht wirtschaftlichen Erwägungen Platz. Wäre er schneller gewesen, hätte er sich irgendwas schnappen und dem Kackbiest über den Schädel ziehen können. Ey, für das Fell hätte ihm jemand leicht dreißig, vierzig Dollar gezahlt.

24

Harold Stone erfuhr die Neuigkeit in Washington, D. C. Er war gerade auf dem National Airport, auf dem Rückflug von einem Geschäftsessen mit einem Senator, der ein Buch schreiben wollte. Die Lammkoteletts im Speisesaal des Senats waren besser als die Buchidee: Bekenntnisse eines bekehrten Liberalen, ein Genre, das man mindestens bis zum heiligen Augustinus zurückverfolgen konnte, der sich in den vergangenen sieben oder acht Jahren einer sensationellen Renaissance erfreut hatte, in denen die Liberalen nicht viel zu tun hatten als sich zu reformieren und darüber Bücher zu schreiben. Dennoch, beschloß Harold, würde er es vielleicht herausbringen müssen, und sei es nur als Teil eines verlegerischen Plans, mit dem sich die Informations- und Machtkanäle zwischen Washington, New York und Cambridge offenhalten ließen. Das Buch des Senators würde Geld verlieren, könnte sich aber in anderer Hinsicht auszahlen, obwohl Harold wohler gewesen wäre, wenn dieser selbsternannte Staatsmann nicht so verwirrt dreingeschaut hätte, als gesprächsweise der Name Metternich fiel.

Da bis zum Abflug der nächsten Maschine noch eine Viertelstunde Zeit war, rief er im Büro an und fragte sich, während er die Nummer eintippte, was er wegen Carlton unternehmen sollte, die als Geliebte ausgedient hatte, aber immer noch seine Assistentin war. Die Affäre würde noch eine Zeitlang fortdauern, wie ein Patient auf der Intensivstation vor sich hinvegetieren, aber im Grunde war es aus und vorbei. Wahrscheinlich würde er sie befördern müssen, um sie loszuwerden, sie in eine andere Etage oder wenigstens auf die andere Seite des achten Stocks abschieben. Klar, einige waren so liebenswürdig, sich anderswo nach Beschäftigung umzusehen, und er war immer für eine Referenz gut. Doch die letzte, Judy Setsenbaum, hatte etwas von juristischen Schritten erzählt, und deshalb mußten sie die mit beträchtlich erhöhten Bezügen die Treppe rauftreten, was Kleinfeld, das kleine Aas, veranlaßt hatte, ihm einen Vortrag zu halten, er solle gefälligst nicht in den eigenen Garten scheißen.

Er überlegte gerade, wie Judy Setsenbaum ausgesehen hatte, als er endlich Carlton an den Apparat bekam.

»Harold«, sagte sie, »ich versuche schon...«

Plötzlich war Kleinfeld am Apparat. »Harold, Ihre verdammten kleinen Protégés weiter unten im Gang haben die verdammte Firma auf den Markt gebracht. Sie haben sechs Prozent der Aktien. Heute haben sie eine Dreizehn D angemeldet. Die kleinen Wichser wollen uns rauskaufen.«

»Wer denn?« So erstaunlich es klang, Harold konnte nicht umhin, sich zu fragen, weshalb ein Mann, der kaum über das Armaturenbrett seines Mercedes sehen konnte, so freigebig mit Verkleinerungsformen um sich warf.

»Calloway, Washington und Whitlock.«

»Whitlock? Hilf Himmel.«

»Genau, sie haben unseren Chefbuchhalter. Aber Calloway ist der Bandenchef.«

»Großer Gott, das sind doch *Kinder*.«

»Sagen Sie das deren Finanziers, Harold. Sie haben Bernie Melman und wahrscheinlich Drexel hinter sich. Scheiße, ist das nicht unfaßbar?«

»Ich gehe jetzt an Bord. Wo ist Corbin?«

»Der angelt in Belize oder Gott weiß wo. Wir versuchen, ihn zu finden.«

Als Harold schließlich im Büro eintraf, waren die jungen Verschwörer nach Hause gegangen.

»Als erstes lassen wir ihre Büros ausräumen und abschließen«, sagte Kleinfeld. »Sollten sie es wagen, morgen früh hier anzutanzen, stehen sie vor verschlossenen Türen. Ich habe die Sicherheit verständigt und dafür gesorgt, daß sie außer den Klamotten am Leib nichts mitgenommen haben. Wäre es nach mir gegangen, hätten sie das Haus nackt verlassen.«

»Die haben mit Sicherheit schon alles, was sie brauchen,

Jerry. Das haben sie nicht gestern beim Abendessen ausgeheckt.«

Sie saßen in Kleinfelds Büro, umgeben von den Fotos seiner prominenten Freunde. Harold hatte immer vermutet, daß ein oder zwei der weniger bekannten Gesichter Mafiosi gehörten.

»Ich warne Sie, ich werde das nicht zulassen«, sagte Kleinfeld, als zweifle er an Harolds Entschlossenheit. Stunden nachdem er die Neuigkeit erfahren hatte, war er immer noch verstört und verbittert, wie ein Mann, der soeben entdeckt hatte, daß seine Frau ihn betrog. »Ist das nicht unglaublich, was Calloway heute nachmittag zu mir gesagt hat? Er sagt zu mir: ›Ist nicht persönlich gemeint.‹ Darauf entgegne ich: ›Und ob das persönlich gemeint ist, du kleiner Wichser. Noch ehe diese Geschichte beendet ist, mache ich dich *persönlich* fertig.‹«

»Wie sind die eigentlich an Bernie Melman geraten?« Harold hatte in den letzten Jahren große Mühe darauf verwendet zu untersuchen, wie das System funktionierte, mit dessen Kritik er seinen Ruf begründet hatte, und er war sich Melmans Machtposition sehr wohl bewußt.

»Woher soll ich das wissen, verdammt? Vielleicht sind sie ihm im ›Le Cirque‹ über den Weg gelaufen.«

»Zahlen wir ihnen genug, daß sie im ›Le Cirque‹ essen können?«

»Scheiße, niemand *zahlt* mehr für irgendwas, da liegt doch das Problem. Alles läuft nur noch per Fremdkapital. Überbrückungskredite, Junk Bonds, egal. Das Geld ist vorhanden. Geld ist billig. Früher waren die Banken wie Klosterschülerinnen, ohne eine Heiratsurkunde ließen sie einen nicht ran. Dann fing Drexel an, es praktisch zu verschenken, und heute leuchten bei allen rote Lampen über der Tür.«

Harold war Kleinfelds einfältige, ahistorische Ansichten über den Kapitalismus leid, von seiner Vorliebe für sexuelle Vergleiche einmal ganz abgesehen. Er war schon vor geraumer Zeit zu dem Schluß gekommen, falls auf Sport und

Unzucht basierende Redewendungen plötzlich verboten würden, würde sich die amerikanische geschäftliche Kommunikation auf reine Mathematik reduzieren.

Teils aus taktischer Angewohnheit, teils um nachzudenken, schaute Harold aus dem Fenster und ließ eine Stille entstehen, überschlug geistesabwesend, wie lange Kleinfelds Geduldsfaden halten mochte. Durch ein Fenster auf der anderen Straßenseite beobachtete er den dicken Hintern einer Frau mit einem Kopftuch, die einen Staubsauger schob – Osteuropa, wahrscheinlich Polen. Er mußte an den von Bolschewiken erschossenen Isaac Babel denken, Victor Propps mutmaßlichen Vorfahren; er fragte sich, wie er selbst als junger Stalinist all diese brutalen Fakten hatte verdrängen können, obwohl er sich trotz seiner Jugendtorheit den Kleinfelds dieser Welt überlegen gefühlt hatte, die nie die Phantasie besessen hatten, so naiv zu sein. Während Harold in den Cafés von Greenwich Village saß und sich auf die Revolution vorbereitete, zog Kleinfeld mit einem Kofferraum voller Bücher als College-Vertreter durch den Mittleren Westen. Seit Kleinfeld seinen Job als Verleger angetreten hatte, um dem chronischen Geldverlust der Firma abzuhelfen, bestand ein wackliges Bündnis zwischen ihnen. Doch dem ehemaligen Marketing-Manager und dem ehemaligen radikalen intellektuellen Wunderkind war es gelungen, sich zu arrangieren. Jetzt mußten sie ihr Bündnis stärken.

»Ich glaube, wir müssen nicht in Panik verfallen«, sagte Harold schließlich. »Wenn sie fünfzig aufbringen, bringen wir hundert auf. Für solche milchgesichtigen Himmelsstürmer wie Russell ist alles ad hoc. Sie begreifen nicht, daß dies eine von Netzen durchzogene Stadt ist – wenn man die Seile nicht kennt, fällt man wahrscheinlich auf die Nase.«

»Ja, ja. Ich weiß bloß, daß sie schon halb am Ziel sind, Harold. Sie haben nicht die Bastille gestürmt, sondern Bernie Melman angerufen.«

»Wie wär's mit der Gambino-Familie?«

»Vorsicht«, sagte Harold und legte in Gedanken einen

Finger an die Lippen, seine Aufmerksamkeit zur Hälfte auf die Carlton-Problematik gerichtet. Als Geschichtskundigem, der nicht nur Gibbon und Carlyle, sondern auch den Prediger Salomo gelesen hatte, war ihm bereits klar, daß auch diese Krise vorbeigehen würde. Irgendwie wußte er, daß sie das Unternehmen nicht verlieren würden.

Der angespannte Firmenleiter und Ein-Mann-Spähtrupp Kleinfeld sah sich rasch um. »Glauben Sie, die haben den Laden verwanzt?«

»Seien Sie nicht albern, Jerry.« Harold redete Kleinfeld höchst ungern mit Vornamen an, aber manchmal ließ es sich nicht vermeiden. »Das heißt, generell kann man nicht vorsichtig genug sein. Aber nein, elektronische Abhörmaßnahmen sind wohl eher nicht Calloways Stil. Whitlock stellt das größte Problem dar. Hat er einen Arbeitsvertrag? Wegen Verletzung seiner Vertragsbedingungen können wir ihn sofort mit einem Haufen juristischer Verfahren eindecken. Wir begraben sie unter Verfahren.«

»Washington hat mich überrascht. Ich hätte gedacht, er wäre clever genug, sich zuerst bei uns nach einem besseren Angebot umzuhören.«

»Dann sollten wir uns vielleicht mit ihm unterhalten.«

Harold nickte nachdenklich, wußte zum erstenmal zu würdigen, wie nützlich sein Kollege, eigentlich ein Straßenkämpfer, womöglich noch sein könnte.

Sie unterhielten sich noch eine halbe Stunde über Anwälte und Investmentbanker. Beide zusammengenommen waren mit vielen der besten in der Stadt bekannt, und dieses Wissen empfanden sie als beruhigend. Mit dem Anwalt, der eine wirksame Verteidigungsstrategie gegen feindliche Übernahmen erfunden hatte, traf sich Jerry gelegentlich zum Abendessen. Sie stellten eine Telefonliste für Carlton zusammen, die erwartungsvoll vor Harolds Büro wartete, als die beiden Männer herauskamen.

»Gehen Sie heute abend ins Whitney?« erkundigte sich Kleinfeld.

»Keine Ahnung«, sagte Harold, wegen Carlton, die er wirklich nicht mitnehmen wollte. Heute abend wollte er Erwachsene um sich haben.

»Mir sind diese Burschen unbegreiflich«, jammerte Carlton und legte Harold eine Hand auf die Schulter, als Kleinfeld gegangen war. »Für wen halten diese Typen sich eigentlich?«

»Sei bloß still«, sagte Harold.

»Die Whitney Biennale ist ein regelmäßiger Versuch, jeden, der mit Kunst zu tun hat, zu verärgern und die Außenstehenden zu verwirren«, teilte Victor Propp Juan Baptiste in der Hoffnung mit, zitiert zu werden; die beiden schwankten wie von den Menschen in der Eingangshalle des Museums umbrandete Bojen.

Die Ausstellung war vor einem Monat eröffnet worden, doch erst jetzt nahm die Verlagswelt Notiz davon, auf einer von der *New York Times Review of Books* veranstalteten Party. Alle sprachen über die Videoinstallationen, die in einem Aquarium schwimmenden Basketbälle und die von Zwillingen geschaffenen Fotocollagen, die von bekannten Namen eingerahmten *brandneuen* Arbeiten, und stellten Mutmaßungen darüber an, ob die de Koonings »Zitate« oder glatte Fälschungen waren, was ihnen immerhin den Ruch der Neuheit verliehen hätte.

Im zweiten Stock stand Russell gebannt vor einem Gemälde, das ausschließlich aus obszönen Wörtern bestand, die mit einer Schablone unterschiedlich schräg über die gesamte Leinwand gemalt worden waren. Das faszinierte ihn, weil ihm der »Künstler« vor ein oder zwei Jahren einen Roman vorgelegt hatte, einen Thriller, der im Berlin der zwanziger oder dreißiger Jahre spielte. »Und jetzt stellt er hier im Whitney aus?« beschwerte sich Russell bei Corinne. »Nimm ein paar Wörter – zugegeben, anschauliche Wörter – aus deinem Manuskript, mal sie auf eine Leinwand, und rumms! bist du ein berühmter Maler.«

»Ist schon irgendwie komisch«, sagte Corinne.

»Beängstigend ist das richtige Wort. Und wenn du es aussprichst, bist du ein Philister. *Sieh* dir diese Leute an.«

»Psst.«

»Seit den zwanziger Jahren will keiner mehr zu den Flegeln gehören, die Strawinsky oder Duchamp ausgepfiffen haben. Das ist das große Erbe des Modernismus – die Furcht, als Bauerntölpel dazustehen.«

»Beruhige dich«, sagte sie, obwohl sie merkte, daß er sich für seine Verhältnisse köstlich amüsierte, sich die Anspannungen des Tages abreagierte.

Sie streckte die Hand aus, rückte seine schwarze Fliege zurecht und steckte sie unter den Stehkragen seines Hemdes. »Wenn du ein Kapitän des Verlagsgewerbes werden willst, mußt du auch wie einer aussehen.« Sofort bereute sie, überhaupt etwas gesagt zu haben; Russells Körper erstarrte, als ihm nach ein paar Augenblicken des Vergessens alles wieder einfiel, was ihn während der letzten Wochen unerträglich beängstigt hatte. Sie spürte, daß er erwartete, jemand werde auf ihn zukommen und die heutige Absichtserklärung zum Kauf des Unternehmens dankbar anerkennen, dessen Aktien heute dreieinhalb Punkte höher notierten. Vergangene Nacht hatte er keinen Schlaf gefunden. Sie hatte versucht, ihm die nächsten Schritte auszureden, doch da es nun zu spät war, einen Rückzieher zu machen, wollte sie nur noch, daß er abschaltete.

Nancy Tanner, eine periodische Single, trieb in ihre Nähe, küßte Russell, und ihre Kopfbewegung sorgte dafür, daß sie den Mann hinter ihr mit ihren üppigen blonden Haaren peitschte.

»Da drüben neben dem Julian Schnabel«, sagte sie, »ist das nicht Johnny Moniker? Ich muß ihn unbedingt kennenlernen, war seit Wochen nicht verabredet. Seit ich nicht mehr trinke, *sehe* ich diese Dumpfbacken richtig, denen ich um Mitternacht begegne, und das ist dermaßen ...«

»Ich hab auch aufgehört zu trinken«, sagte Corinne.

»Tatsächlich? Zu welchem Treffen gehst du denn?«

»Ich, äh, gehe eigentlich zu gar keinen Treffen. Ich habe einfach aufgehört.«

»Du machst nicht bei der Gruppe mit?« Sie sah Corinne an, als wisse sie nicht recht, ob es überhaupt zählte, wenn man allein aufhörte. »Ich gehe immer zu dem Meeting im Keller einer Kirche drüben zwischen Park und Madison, das ist echt spitze. Du mußt unbedingt auch kommen. Für die Typen könnte man sterben.«

Russell war weitergeschlendert; als ihn Corinne einholte, stand er vor dem riesigen Farbfoto einer Gruppe, die wie der Vorstand von IBM aussah.

»Weißt du was«, sagte er, »ich finde, wir sollten eventuell ein paar Fotografien kaufen.«

»Ich glaube, du bist echt albern.« Seit er sich mit dem Gedanken trug, ein siebzig Millionen Dollar teures Unternehmen zu erwerben, hatte sich Russell aufgeführt wie ein Mensch, den Erwerbungen kleineren Kalibers nicht schrekken. Durch den Umgang mit diesen negativen Millionen waren ihm vier- und fünfstellige Beträge sehr vertraut geworden. In der Woche zuvor hatte er vorgeschlagen, ein zehntausend Dollar pro Monat teures Sommerhaus in Southampton zu mieten, obwohl er ihres Wissens keine fünf Cent flüssig hatte. »Aber eigentlich wollte ich dich vor Harold warnen. Der wurde vor kurzem in der Nähe gesichtet.«

»Wo?«

»Drüben bei der Drahtskulptur.«

»Vielleicht sollte ich die Angelegenheit hinter mich bringen.«

»Vielleicht sollten wir hier einfach verschwinden. Sonst kommen wir noch zu spät zum Dinner.«

Getragen von der herrschenden Flut von Menschen, hatten sie beinahe den Fahrstuhl erreicht, als ihnen eine Gegenströmung Harold und Carlton in wenigen Zentimetern Entfernung zutrug; unversehens war Harold so nah, daß Russell seinen Atem roch, seine Augen fixierten Russell wie Klauen, die sich in Fleisch bohrten, und erfüllten den Jüngeren mit

Angst und Scham. Wäre die Auseinandersetzung zwischen ihnen vor Urzeiten ein Streit um die Führung des Clans gewesen, hätte Russell sie womöglich schon jetzt verloren, als er dem älteren Häuptling gegenüberstand. Er hätte sich umgedreht und wäre in den hinter dem Schein des Lagerfeuers liegenden Wald geflohen.

»Erstaunlich, daß Sie sich in der Öffentlichkeit zeigen.« Carlton brach den Bann.

»Ich finde nicht, daß sich Russell wegen irgend etwas schämen müßte«, erwiderte Corinne.

»Nach allem, was Harold für Sie getan hat.«

»Es ist nicht persönlich gemeint, Carlton«, warf Russell ein, ohne Harold in die Augen zu sehen. »Es gibt noch Leute, die Privat- und Berufsleben strikt voneinander trennen.«

Carlton kippte Russell den Inhalt ihres Weinglases ins Gesicht, wobei mehrere Umstehende etwas abbekamen. Der zeitweilig blinde Russell spürte, wie ihn Corinne zum Fahrstuhl zerrte.

Am nächsten Morgen vermerkte die *New York Times* das Übernahmeangebot in einer kurzen Notiz im Wirtschaftsteil: »Melman-Gruppe strebt feindliche Übernahme eines Verlagshauses an.«

Am selben Morgen beobachtete Whitney Corbin III. an Bord eines siebzehn Meter langen Sportanglerbootes etliche Kilometer vor der Küste Costa Ricas, wie von den Auslegern baumelnde Köder auf türkisfarbenem Wasser tanzten, und träumte davon, wie blaue Seglerfische am Ende der Schnur sprangen, als er über Funktelefon einen Anruf erhielt.

Zuerst überkam ihn Entrüstung bei dem Gedanken, daß ein paar Jungchen das von seinem Großvater aus dem Nichts geschaffene Unternehmen übernehmen wollten. Dennoch wies er seinen Helfer an, die Schnüre auszulegen, und machte sich einen Drink. Als das Glas leer war, hatte er den aktuellen Wert seiner Aktien auf der Grundlage des Übernahmeangebots ausgerechnet und über die Vorteile des Ruhestands nachgedacht. Womöglich war frisches Blut genau das richtige für das alte Haus. Und diese Sache mit den Schwarzen war schrecklich entmutigend. Corbin fand, daß sein Großvater, früher selbst ein hitziger junger Unternehmer, vielleicht ebenso gedacht hätte. Harold Stone und Jerry Kleinfeld, die selbst kleine Aktienpakete besaßen, erkannten diese Vorteile wohl nicht, vielleicht im Gegensatz zu den älteren Vorstandsmitgliedern. Wenn überhaupt, hielt er das Angebot für eher niedrig. Als er sich noch einen Drink eingoß, bekam seine Entrüstung neue Nahrung bei dem Gedanken, daß jemand die Firma so billig kriegen sollte, nur weil die Aktien in letzter Zeit unterbewertet wurden. Wer Corbin, Dern kaufen wollte, sollte verdammt noch mal besser zu schätzen wissen, daß er nicht nur eine Immobilie und eine Backliste bekam. Allein der Name war zwanzig Millionen wert.

Mittlerweile sah alles nach einem vielversprechenden Tag für Segelfische aus.

Zwei Tage nach der Wohltätigkeitsveranstaltung im Whitney widmete sich Juan Baptiste in der Gesellschaftsspalte einer führenden Boulevardzeitung damit verbundenen Vorkommnissen:

> Auf der Schnarchparty der *New York Review* wurden Differenzen über die der Qualität der Kunst an den Wänden – jawohl, im Whitney! – von einer live und vor aller Augen stattfindenden Auseinandersetzung überschattet. Die Fetzen – und der Wein – flogen ganz gewaltig, als der aufstrebende junge Lektor RUSSEL CALLOWAY auf den Verlagsboß HAROLD STONE von Corbin, Dern stieß, und zwar nur Stunden nach Bekanntgabe von Calloways feindlichem Übernahmeangebot an das renommierte Verlagshaus. Nur zu Ihrer Information, Calloway genießt die Unterstützung BERNIE MELMANS, seines Zeichens kleinwüchsiger Milliardär und Firmenaufkäufer.

Als er auf den jungen Calloway und dessen entzückende Frau CORINNE traf, die gerade die vieldiskutierte Fotocollage von BRUCE WEBER bewunderten, schüttete Stone den Inhalt eines Rotweinglases auf seinen ehemaligen Protégé, wobei *tout le monde* zusah. Wer behauptet da, Literatur sei langweilig? Bestimmt nicht *moi.* Nach einem für eine Familienzeitung zu pikanten Wortwechsel zogen sich die glamourösen jungen Calloways zurück, Russells Smoking und die trägerlose CALVIN-KLEIN-Création seiner Frau Corinne ein wenig durchnäßt. Und da fragen Sie noch, warum die Schickeria Schwarz trägt? Bleiben Sie dran – hier haben wir es fraglos mit einer Story zu tun, die nicht auf die seriösen Spalten des Wirtschaftsteils beschränkt bleiben wird.

25

Als Jeff eines Freitag abends nicht zu einer Dinnerparty erschienen war, machte sich Russell am folgenden Vormittag auf die Suche nach ihm. Er wartete bis elf, nahm die U-Bahn in die City, stieg am Astor Place aus und trieb sich zwischen den auf dem Gehsteig ausgebreiteten sogenannten Schnäppchen herum ... eine reichhaltige Auswahl ausgesonderter Bücher, Schallplatten, Zeitschriften, Kleidungsstücke, Haushaltsgeräte und nicht identifizierter Objekte, darunter ein fast kompletter 1984er Jahrgang der Fernsehzeitschrift *TV Guide.*

»Wer kauft denn so was?« erkundigte sich Russell.

»Sammler«, antwortete der Eigentümer dieser Auslage, der auf dem Gehsteig hockte und einen Joint paffte.

»Die Leute sammeln so was?«

Der Händler sog ein letztes Mal an seinem Joint und drückte die Kippe zwischen den Fingern aus. »Scheiße, das will ich hoffen.«

Die Bowery entlang, in der Nähe von Corinnes Mission, bevölkerte ein in einheitlich schwarzes Leder gekleidetes, mit Bierdosen und schartigen Frisuren ausgestattetes Heer den Gehsteig vor dem Club CBGB's, wo es vorübergehend die Wermutbrüder verdrängte.

Es war fast Mittag, als Russell vor Jeffs Loft in der Great Jones Street ankam und auf die mit »Sweetness & Lite, Inc.« beschriftete Klingel drückte, umgeben von einer Reihe chaotisch verdrahteter Klingelknöpfe neben der Haustür. Er klingelte mehrmals. Schließlich schob sich Jeff waagerecht aus einem im zweiten Stock gelegenen Fenster – ein zerzauster Wasserspeier. Eine ganze Weile, nachdem er wieder verschwunden war, summte der Türöffner für Russell.

Der Aufzug war ein Relikt aus der industriellen Revolution. Bei dem Ding fragte man sich, wieso die Maschinen gesiegt hatten, pflegte Jeff zu sagen; es weckte in einem auch eine nostalgische Sehnsucht nach Treppen. Russell ließ sich im zweiten Stock aus dem Käfig und klopfte an die Wohnungstür. In Augenhöhe war mit Klebeband ein alter Glückskeks befestigt: »Sie werden kultivierte und künstlerisch tätige Menschen in Ihrem Heim empfangen.«

Mit abstehenden Haaren, die weißen Extremitäten komisch aus den Öffnungen eines schwarzen Kimonos ragend, hielt Jeff endlich die Tür auf.

»Wir gehen ins Dampfbad«, sagte Russell, dessen Stimme in dem düsteren Raum widerhallte.

Jeff rieb sich mit einem herabhängenden Ärmel über die Augen. »Eigentlich *ist* mir gar nicht danach, ins Dampfbad zu gehen.«

»Warum nicht?«

»Nenn mich hydrophob.«

»Wir waren seit Monaten nicht mehr da. Na los, davon wirst du wach. Was hast du vor, willst du ins Bett zurück?«

»Warum sollte ich ins Dampfbad gehen, wenn ich gar nicht will?«

»Weil ich dich drum bitte.«

Jeff beäugte die direkte Umgebung wie jemand, der in einer fremden Umwelt aufgewacht ist. Seufzend sagte er: »Meinetwegen«, und schlurfte ins Badezimmer.

Warf man einen Blick durch die offene Tür des Lofts, mußte man an einen Campingplatz denken, der kürzlich von Bären heimgesucht worden war. Direkt hinter der Küche stand ein langer, von Bänken umgebener Picknicktisch. Auf dem breiten Parkettfußboden verstreut lagen Dosen, Flaschen, Kippen und gelegentlich ein Kleidungsfetzen. An der Wand lehnte das lebensgroße Gemälde eines Mannes in einem Anzug, der in einer gequälten, unnatürlichen Pose festgehalten worden war, bei der man unwillkürlich an das gerade zu Boden fallende Opfer eines Herzanfalls oder eines Schusses dachte – das Bild war soviel wert, wie Russell in einem Jahr verdiente. Mit der diffusen Absicht zu spionieren, schlenderte er zu Jeffs Arbeitsbereich hinüber. Eine Büchermauer ragte fünf Meter hoch bis an die Decke. Leer leuchtete ein bernsteinfarbener Monitor auf der stählernen Brandschutztür, die Jeff als Schreibtisch diente, und Russell hielt es für ein hoffnungsvolles Zeichen, daß überall stapelweise Bücher und Papier herumlagen, als würden sie benutzt.

»Okay, gehen wir«, sagte Jeff, der heiter aus dem Bad auftauchte.

»Du könntest das Gemälde verkaufen und dir eine Putzfrau gönnen«, schlug Russell vor.

»Ich hab's verkauft«, sagte Jeff, »und mir ein verpfuschtes Wochenende gegönnt.«

Als sie die Great Jones entlanggingen, deutete Jeff auf ein Schild im Fenster des Nachbargebäudes: ACHTUNG UNTERHÖHLTER GEHSTEIG. »Das ist wirklich ein guter Titel«, befand er. »Bestätigt irgendwie den vagen Verdacht, den man hat, wenn man durch die Straßen schlendert. Trügerische Oberflächen.«

»Letzteres wäre ein guter Titel für dein neuestes Elaborat in *Granta*«, erwiderte Russell. »Trügerische Oberflächen –

wie wahr.« Jeff zuckte zwar nicht gerade zusammen, hatte aber zur Abwechslung mal keine freche Replik parat.

Sie gingen zur 10th Street hinüber, wo immer noch das alte, verblichene »Russisches Dampfbad«-Schild hing, von dem die Farbe abblätterte, ein von den ersten Kunstgalerien dieser Gegend umgebenes Fossil. »Das Blöde an der Kunst ist«, sagte Jeff zu Russell, »welchen Umgang sie anzieht. Kunst ist wie eine Nutte, die das große Geld mit der Einladung umwirbt, mal eben mit raufzukommen und sich ihre Strumpfbandsammlung anzusehen.«

Ihr letzter Besuch im Dampfbad lag Monate zurück; Jeff hatte sich gefragt, ob es überhaupt noch existierte. In der Stadt verschwanden Gebäude über Nacht wie schwarze Nashörner aus der afrikanischen Savanne. Am Morgen war dann nur noch ein qualmender Stein- und Mörtelhaufen übrig, die Haut und die Knochen, am Tag darauf stand da ein »Pasta Fasta« oder eine »Younique Boutique«.

Sie zahlten am Eingang, verstauten Schlüssel und Portemonnaies im Safe und ließen sich Schließfachschlüssel geben. Alte Männer mit üppigen Wampen und schlaff von ihren Extremitäten hängenden Muskeln stolzierten zwischen Umkleideraum und Imbißtheke hin und her, klatschten sich auf Schenkel und Brustkorb, bewegten sich übertrieben zwanglos, unterhielten sich in verschiedenen Zungen und Akzenten mit immer gleicher Schroffheit, wie es die internationalen Regeln brüderlich-männlicher Nacktheit geboten. Jeff und Russell zogen sich aus und gingen nach unten, jetzt in gürtellosen grünen Bademänteln und übergroßen Badelatschen. Vor dem Dampfraum bearbeitete der Masseur einen Körper, der, unter einem Berg aus Seifenschaum versteckt, lang auf einem hölzernen Katafalk lag. »He, Jungs«, brüllte Sidney, der Masseur, dessen Stimme durch die feuchte Luft waberte. »Wie wär's später mit 'ner Wäsche und abrubbeln?«

»Kann ich mir nicht leisten, Sid«, antwortete Jeff.

»Kommt euch am Ende viel teurer zu stehen, wenn ihr mit erhöhtem Blutdruck beim Hausarzt landet oder beim Seelenklempner wegen der Nerven.« Sidney glaubte fest daran, Bestandteil eines funktionierenden Teils der Präventivmedizin zu sein; tatsächlich hatten viele seiner Kunden die biblischen siebenzig Jahr, oder was heutzutage als natürliche Lebenserwartung galt, offenbar schon längst überschritten.

»Nehmen Sie auch Krankenscheine?« fragte Jeff, worauf der Masseur zur Antwort gab: »Ich nehm die langen grünen Scheine.«

Als sie sich zum Duschen auszogen, warf Russell einen Blick auf Jeffs Arme, konnte aber nicht viel erkennen, außer daß der linke in der Nähe der Ellbogenbeuge Flecken aufwies. Sie ließen sich in den Dampf fallen, wo schon sieben oder acht Stammgäste hockten, die bei ihrem Eintreten verstummten, mit den Holzbänken zu verschmelzen schienen. Die jungen Männer wurden begutachtet, und bald darauf setzte man die Unterhaltung fort.

»Der Fahrer dieses Wagens ist also Paraplegiker. Führerschein hat er keinen. Er hätte das Fahrzeug nicht lenken dürfen.« Es sprach Abe, ein älterer Herr mit fleckigem, weißrosa Fleisch, inoffizieller Patriarch des Dampfes.

»Was ist aus dem anderen Typ geworden?« fragte jemand.

»Dem Busfahrer?«

»Nein, aus dem Typ, der angefahren wurde.« Es gab mehrere zustimmende Grunzer, als bestünde in diesem Punkt Klärungsbedarf.

»Wie gesagt«, fuhr Abe fort, »der Paraplegiker, der den Wagen überhaupt nicht hätte lenken dürfen, fährt den Fußgänger an, erwischt ihn ziemlich gründlich, und der wird über die Straße geschleudert. Ein Bus kommt und überrollt ihn.«

Abe stand auf und goß sich einen Eimer Wasser über den Körper.

»Wer ist von dem Bus überfahren worden, der Sanitäter?«

»Paraplegiker. Das heißt doppelseitig gelähmt.«

Nach einer langen Pause fragte einer: »Wie ist er denn aus dem Auto gekommen, wenn er gelähmt war?«

Abe stöhnte auf. »Nein, der Typ, den er angefahren hat,

wurde vom Bus überfahren. Der Paraplegiker saß am Steuer.«

Die Schwitzenden verstummten und sahen durch die Dampfschwaden Abe an, ob es noch eine Moral, irgendeinen erbaulichen Abschluß dieser Geschichte geben würde. Nach ein paar Minuten erzählte er von einem Schulinspektor in Brooklyn, den man mit einem achtjährigen Mädchen im Schrank entdeckt hatte. »Hat behauptet, er hätte Verstecken gespielt.«

»Und was ist mit dem Panther, der Leute angreift?« unternahm ein anderer den Versuch, die Nachrichteninitiative zu ergreifen.

»Kein Panther«, schnaubte Abe. »Er ist gefleckt.«

»Was auch immer. Tiger, Leopard, egal.«

Die feuchten, hingelümmelten Körper erstarrten und erschauderten merklich, als drei kräftige Gestalten in den Dampfraum stolzierten. Auf den eben noch vollbesetzten Holzbänken gab es urplötzlich ein langes Stück leere Sitzfläche. Die Neuankömmlinge besetzten ihr Territorium, indem sich der kleinste auf der Bank breit machte, während die zwei anderen steif auf beiden Seiten Platz nahmen. Der kleine Mann glich einem behaarten Bierfaß. Er stieß einen lauten, selbstzufriedenen Seufzer aus und stimmte auf Russisch ein Lied an. Die Melodie – falls existent – blieb unkenntlich, doch das Publikum war wie gebannt, und wer sich eventuell mit dem Gedanken getragen hatte, den Dampfraum zu verlassen, verschob seinen Aufbruch bis nach diesem Auftritt.

Russell lehnte sich in dem atemeinschnürenden Dampf zurück und ertappte sich dabei, wie er über Sex mit Frauen nachdachte, die nicht seine Frau waren. Nachdem er sich die Französin aus dem Museum vorgestellt hatte, wanderten seine lüsternen Gedanken in Richtung Trina Cox. Als das Lied zu Ende und sein Körper warm war, stand er auf, verließ den Raum und ließ sich in das eiskalte Becken vor der Tür sinken, kasteite das Fleisch. Das Organ, das ärgern würde, wenn es denn könnte, zog sich zurück und schrumpfte.

»Das ist Ivan Matlovich«, sagte Jeff, als sie sich angezogen und in der Snack Bar an einem Tisch Platz genommen hatten. »Ist vor sieben Jahren aus Odessa eingewandert und hat innerhalb von achtzehn Monaten seine erste Million verdient. In Little Russia, drüben in Brighton Beach, ist der Typ eine Legende. Hat mit Schutzgeld und Erpressung angefangen, weiter ging's mit Ausschlachtwerkstätten, die gestohlene Autos innerhalb von Stunden in ihre Einzelteile zerlegen, bis er sich schließlich auch noch auf Entführungen und Benzinsteuerbetrug verlegt hat.«

Jeff überraschte Russell immer wieder mit solchen fundierten Berichten aus den Gassen und Gossen New Yorks, wobei er auf ein offenbar unerschöpfliches Reservoir anekdotenhaften Wissens über die Halbwelt zurückgreifen konnte. Russell verbuchte das unter der Rubrik *nostalgie de la boue*.

»Diese Ausschlachtwerkstätten in Brooklyn, da zerlegen sie Autos mit Schneidbrennern und verkaufen die Innereien an einen Großhändler für Autoteile in North Carolina, der sie schließlich wieder an einen Chevy-Händler in Queens zurückverkauft. Der Junkie und Autodieb kriegt hundertfünfzig Dollar, doch vermittels einiger wundersamer Brot-und-Fische-Vermehrungs-Deals sind die Teile dreimal soviel wert wie das komplette Fahrzeug. Bei solchen Rechenkünsten fragt man sich, wieso überhaupt noch intakte Automobile auf den Straßen herumfahren. Autos sind offenbar ineffizient und ökonomisch unbrauchbar. So ähnlich wie das, was an der Wall Street passiert. Ivan Matlovich ist die ungeschliffene Version deines neuen Kumpels Bernard Melman, des allseits bekannten Firmenausschlachtkönigs.«

Diese Geschichte hatte, wie Russell herausfand, also *doch* eine Moral. »Ich wollte es dir sagen.«

»Hast du aber nicht«, erinnerte ihn Jeff und schärfte die Spitze seiner Zigarette am Rand eines Aschenbechers.

»Ich konnte nicht.«

»Hat dich jemand gefesselt und geknebelt?«

»Mehr oder weniger. Es ging hier um eine Menge. Ich

konnte nicht einfach tun, wozu ich Lust hatte. Sonst hätte das ganze Geschäft den Bach runtergehen können.«

»Was hast du denn gedacht, daß ich die Presse anrufe? Früher mal hättest du es mir im selben Augenblick erzählt, als dir der Gedanke kam. Noch bevor du dich entschieden hättest, hättest du mich nach meiner Meinung gefragt.«

»Je älter wir werden, desto komplizierter wird das Leben, Jeff.«

»Mir hat's besser gefallen, als du einfach das getan hast, wozu du Lust hattest. Nicht mehr lange, Crash, und du bist bloß noch irgendeine Berufsbezeichnung in 'nem beschissenen Anzug.«

Da Russell seine eigene Liste mit Beschwerden nicht aufrollen wollte, trank er einen Schluck Kaffee.

»Ist dir eigentlich mal der Gedanke gekommen, für mich könnte dabei auch etwas auf dem Spiel stehen?«

»He... tut mir leid.«

»Ich darf es dann aus der Zeitung erfahren, wie alle anderen auch?«

»Ich hab probiert, dich vor der offiziellen Bekanntgabe anzurufen. Du warst in letzter Zeit nicht gerade leicht erreichbar.«

»Washington hat mich gefunden.«

»Hat er's dir erzählt?«

»Sagen wir: Er hat versucht, mich darauf vorzubereiten.«

Russell speicherte diese Information, während Jeff sein Bier leerte.

»Ich begreife nicht, warum du das machst. Verrat mir doch, was Bernie Melman von unserem singenden Gangsterfreund Ivan Matlovich unterscheidet.«

»Werd endlich erwachsen, Jeff.«

»Ich finde, du wirst allmählich alt genug für uns beide.«

»Wie sieht denn dein toller Plan aus: Heroin spritzen, jung und hübsch sterben?«

Russell wußte, daß er diese Sache ansprechen mußte – die widerwärtige Szene im Badezimmer sah er immer noch in allen Einzelheiten vor sich –, doch er hatte Angst, Jeff vor den Kopf zu stoßen, und wußte nicht recht, was er sich erlauben konnte. Er hatte keine Ahnung, wie er Jeffs Übertretung der Gesundheitsnormen und Vorschriften für eine saubere Lebensführung gegen seinen eigenen Verrat an den jugendlichen Grundwahrheiten wie romantische Lyrik und Rock 'n' Roll aufrechnen sollte. Und obwohl er zahlreiche stichhaltige Gründe vorbringen konnte, warum er seine Pläne nicht Jeff anvertraut hatte, sah er doch ein, wie berechtigt Jeffs Beschwerde war. Er hätte es seinem besten Freund sagen sollen. Doch angesichts zweier einander widersprechender Imperative war es offenbar unvermeidlich, daß man ein Vertrauen enttäuschte, wenn man sich des anderen Vertrauens würdig erwies. Was hatte eigentlich Kant über so eine Situation zu sagen?

Russell bestellte ein Bier und schnorrte eine Zigarette – indirekte Gesten der Kameradschaft. Er hatte seit zwei Jahren keine Zigarette mehr geraucht. Jeff reichte ihm eine Marlboro, zündete sie mit seinem Bic an. Rauchen war einmal eine Zerstreuung gewesen, der sie beide gehuldigt hatten – endlose Debatten über Sex und Literatur, in Qualm gehüllt. Als sie sich kennenlernten, war Jeff von Joyce hingerissen, in Irland und den Katholizismus vernarrt gewesen. Russell, ein Katholik irischer Abstammung aus dem Mittleren Westen, der ein College reicher Leute besuchte, wäre insgeheim am liebsten der höhere Sohn einer alten Familie gewesen, damit er es sich leisten konnte, so sorglos und zynisch wie Jeff zu sein. Beide waren mit ihrer Herkunft unzufrieden und glaubten an die metamorphe Qualität der Literatur.

Nach drei Zügen fühlte sich Russell high und suchte nach Waffenstillstandsangeboten.

»Hast du schon entschieden, ob du nächste Woche im YMCA lesen willst?«

»Ich dachte mir, ich könnte deinen letzten Brief vorlesen.«

»Keins meiner besten Werke. Mit heißer Nadel gestrickt.«

»Wie wahr.«

Beide pafften friedlich ihre Zigaretten. »Victor treibt mich in den Wahnsinn«, sagte Russell, »ruft mich ständig an und probiert Passagen an mir aus. Liest sie mir am Telefon vor.«

»Und wann beabsichtigt er, sein großes Meisterwerk zu beenden?«

Russell zuckte mit den Schultern und dachte, diese Frage könnte er durchaus zurückgeben. Wie Alkoholiker waren blockierte Schriftsteller von morbider Neugier auf ihre Berufskollegen erfüllt. Seit Jeff seinen Erstling verfaßt hatte, waren über drei Jahre vergangen, und Russell hatte nicht die mindeste Ahnung, wie weit er mit dem zweiten Buch war.

Sie streiften nun entfernte Bekannte und Prominentenskandale, bestellten noch zwei Biere und gaben ihr Duell kommentarlos auf, weil beide wußten, daß alte Freundschaften wechselseitige unerklärte Akte der Amnestie sowie eine gewisse stoische Bereitschaft erforderten, Kränkungen wegzustecken. Sie ließen sich auf die Straße treiben, wo ihnen die warme zähflüssige Luft des Frühsommernachmittags jeden Ehrgeiz raubte. Es war ein Tag zum Biertrinken. Sie kamen überein, ein Sechserpack zu kaufen und bei »Julian's« Pool zu spielen, ein Ritual, das noch aus der Zeit vor Russells Heirat stammte, als sie nach Russells Rückkehr aus Oxford kurzzeitig gemeinsam Jeffs altes Apartment an der Bowery bewohnt hatten. Später, als Jeffs Buch einschlug, waren sie mit einem Gramm Koks ins Billardzimmer stolziert und hatten stundenlang gespielt, nur von Ausflügen auf die Toilette unterbrochen. Reguläres Pool Billard, Eight Ball, Nine Ball und Cowboy... Pool hatte Russell von Jeff übernommen, der mit einem Billardtisch im Haus aufgewachsen war, aber, so glaubte Russell, das Spiel wegen des Milieus, den Assoziationen zur Halbwelt ausübte.

»Weißt du noch, wie wir pleite waren?« sagte Russell; der Mief von auf der First Avenue vor sich hin gärendem Abfall und Urin hatte diese Erinnerung ausgelöst. »Samstags sind wir dann zu Corbin, Dern geschlichen, haben die Kästen mit der ausgehenden Post nach Büchern durchstöbert und sie ins

Antiquariat Strand geschleppt. Fünfundzwanzig Cent pro Dollar, Scheiße, an manchen Tagen kam uns das wie ein Vermögen vor.«

»Apropros Vermögen... jetzt hast du herausgefunden, wie du ihnen *wirklich* ans Leder kannst.« Er hielt inne. »Nicht daß ich nicht selber ziemlich gut abgesahnt hätte.«

Sein Eindruck, daß sich das Leben rasch veränderte, und seine Reue darüber, Jeff enttäuscht zu haben, stimmten Russell nostalgisch; Jeff nahm ihm das nicht so ganz ab, allerdings war ihm Russell für sein Eingeständnis dankbar, daß sein Agent für das zweite, ungeschriebene Buch zehnmal mehr herausgeschlagen hatte, als sie beide erwartet hatten. Als er am »Palladium« an der 14th Street vorbeikam, überlegte Russell, daß sie beide besser über die Runden gekommen waren, als sie sich je hätten träumen lassen, wenn auch nicht besser, als sie es ihrer Meinung nach immer verdient hatten. Und doch hätte er vermutet, daß man sich dabei eigentlich besser hätte fühlen müssen.

26

Sasha Melman und ihre Privatsekretärin kümmerten sich gerade um die Tischkarten, als Bernie nach Hause kam. Er schlich sich von hinten heran und stellte sich wie eine Ballerina auf die Zehenspitzen, um den langen kühlen Hals seiner Frau zu küssen.

»Wer ist Washington Lee?« fragte sie und bückte sich, um ihm die Wange hinzuhalten.

Einen Moment lang war er verdutzt. »Wer?«

»Das möchte ich ja wissen. Er steht auf der Gästeliste, und ich habe ihn gewiß nicht dort eingetragen.«

»Er ist unser Ersatzmann«, sagte die Privatsekretärin, eine korpulente Blondine im Kaftan. »Mr. Melman schlug ihn nach Cappie Raymonds Absage vor.«

»Ach der. Er ist Lektor.«

»Warum haben wir ihn eingeladen?«

»Aus geschäftlichen Gründen.«

»Und neben wen soll ich ihn plazieren? Ist er alt, jung?«

»Genaugenommen ist er schwarz.«

»Tatsächlich? Wie interessant«, sagte sie, und ihr abwesender Tonfall deutete offenbar an, daß sie auf gesellschaftlicher Ebene mehr Erfahrung mit Tibetanern hatte.

»Ja, das dachte ich mir auch«, sagte Melman, inzwischen sehr mit sich zufrieden. Außerdem war es nur eine kleine Dinnerparty, nichts Großes.

»Wie wär's, wenn wir ihn neben Minky setzen?« schlug sie der Sekretärin vor. »Sie ist die jüngste unverheiratete Frau im Haus, und nach diesem Vorfall in Southampton bin ich mir nicht sicher, ob ich ihr den Platz neben dem Botschafter anvertrauen möchte...«

Der an der Tür von einem Hausdiener im Smoking begrüßte Washington wurde in ein riesiges Foyer eingelassen, Marmor unten und Malergold oben, wo er unter dem mißtrauischen Blick zweier Sicherheitsschläger seinen Regenschirm abgab. Auch ohne sie zu befragen, stand fest, daß sie, vom Sicherheitsstandpunkt aus betrachtet, für junge, männliche, schwarze Gäste nicht viel übrig hatten. Ein entgegenkommenderer Bediensteter geleitete ihn mit einer Verbeugung zur Treppe. Washington gelang der Aufstieg aus eigener Kraft, bis er schließlich auf ebenem Boden in einer Umgebung ankam, die sehr einem Museum ähnelte – antike Mumien mit Champagnergläsern in der Hand in Habachtstellung; hohe Wände, behangen mit Gemälden in kunstvoll vergoldeten Rahmen, und an jedem war eine mit Künstler, Titel und Jahr beschriftete Plakette angebracht. Während Melmans Büroräume ausschließlich modernistische Kunst beherbergten, stammte die heimische Sammlung – genau wie die Möbel – aus früheren Jahrhunderten: Sargents lebensgroßes Porträt einer strengen Bostonerin war das neueste Gemälde.

Die Gastgeberin löst sich aus einer Gruppe gepflegter, bunt herausgeputzter Frauen, die offenbar allesamt mittelhohe Aufbauten aus blondem Haar hatten. Sie begrüßte Washington wie einen alten Freund. Er erkannte sie aufgrund der Fotos von ihr in *W*; sie erkannte ihn an seiner Hautfarbe. »Wie schön, Sie zu *sehen*. Ich möchte Sie gern vorstellen.«

Sie nahm seinen Ellbogen mit einer überraschend großen Hand. Aus der Nähe erinnerte die legendäre Schönheit Washington eher an ein Produkt aus einem neuen synthetischen Material, eine formbeständige Kopie der menschlichen Epidermis. Als sei sie dazu bestimmt, nicht persönlich, sondern als Fotografie betrachtet zu werden.

Von vielen der Gäste hatte Washington schon gehört, reiche und erfolgreiche Menschen, bereit, seinem Konto schon allein deshalb einen gewissen Betrag gutzuschreiben, weil er unter *ihnen* weilte. Die Melmans luden nicht *jeden* ein. In erster Linie, so schien es Washington, kamen große, dünne, tiefdekolletierte Frauen und kleine, pummelige, hochverschuldete Männer. Vorsichtig schlenderte er durch den reichlich mit vergoldeten und gepolsterten Antiquitäten bestückten Raum, versuchte, nichts umzustoßen und gab sich Mühe, viel weniger zu trinken, als er eigentlich wollte, damit ihm nicht irgendein Fauxpas unterlief. Er wäre weit glücklicher gewesen, wenn er jemanden gekannt hätte. Schließlich tauchte Minky Rijstaefel auf, verpaßte atemlos jedem im Raum einen Kuß, wobei sie Washington sogar berührte, noch dazu auf die *Lippen*, und ihm dadurch ein Ziel für den Abend vorgab. Er hatte sie schon eine Weile im Auge. Wenn er bloß dieses Scheißessen überstand, würde er sie später einladen, mit ihm auszugehen und sich *richtig* zu amüsieren.

Höflich hörte er zu, wie sich ein Knäuel New Yorker Plutokraten über reiche Texaner lustig machte. »Joe Bob fragt: ›Was wünschst du dir zu Weihnachten, Sally Sue?‹ Und Sally Sue antwortet: ›Eigentlich hatte ich mir überlegt, daß ich diese Weihnachten gern eine Scheidung hätte.‹ Darauf Joe Bob nach langer Pause: ›Eigentlich, Darling, hatte ich nicht vor, *so* viel auszugeben.‹« Washington überlegte kurz, ob er ihnen den Witz von der schwarzen Mother Hubbard erzählen sollte, deren Kinder alle den gleichen Vornamen haben, doch dann nahm Melman ihn beiseite und ging mit ihm in ein Zimmer, dessen Wände mit Büchern bestückt waren. Bei näherem Hinsehen erwiesen sie sich als ledergebundene Ausgaben der gesammelten Werke von Autoren des neunzehnten Jahrhunderts; Washington wäre nicht überrascht gewesen, wenn Bernie, der einen Augenblick lang die Ansammlung von Bänden liebevoll zu betrachten schien, ein Buch aus dem Regal gezogen und gesagt hätte: »Sehen Sie mal, *echte* Bücher«, um sich von den Innenarchitekten abzugrenzen, die meterweise falsche Buchrücken bestellten.

»Wollte Ihnen bloß sagen, wie froh ich bin, Sie an Bord zu haben, klar?« sagte Bernie; außerdem wollte er Washington aber auch bitten, als Vermittler tätig zu werden, von einem Schwarzen zum anderen, und herauszufinden, womit man Donald Parker glücklich machen könnte. »Bei diesem Geschäft werden alle profitieren, und wir möchten gern gleich zu Anfang unser Entgegenkommen demonstrieren. Hab ich mich klar ausgedrückt?«

Washington verspürte das dringende Bedürfnis, Melman zu empfehlen, er solle sich ins Knie ficken, merkte aber, daß ihn hier in Melmans Haus eine unerklärliche Sanftmut überkam, in Gegenwart der Kunst, der Bediensteten und der frankensteinhaften Ehefrau. Melman persönlich schien sich in seiner Umgebung pudelwohl zu fühlen, auch wenn er irgendwie überhaupt nicht dorthin paßte. Als Washington ihn sich als Buchhalter in New Rochelle vorstellte, half ihm das einen Moment lang, direkt zu sein: »Eins kann ich Ihnen gleich sagen, wenn Sie mich als Boten zu ihm schicken, wird er stinksauer sein.«

»Wieso, kommen Sie beide nicht miteinander klar?«

»Da liegt nicht das Problem. Ich denke mir bloß, wenn Sie Ihren einzigen, äh, schwarzen Mitarbeiter schicken, dann röche das nach, wie sagt man auf englisch ...«

»Hat der Mann Vorurteile oder was? Dieser Scheißkerl brüllt sofort Rassismus, sobald sich irgend jemand in Harlem auch nur eine Scheißgrippe holt, und da erzählen Sie mir, er will mit Ihnen nicht reden, weil Sie Schwarzer sind? So ein Schwachsinn.« Bernie legte Washington eine Hand auf die Schulter, blinzelte ihn an und flüsterte, als sei die vorangegangene Tirade für versteckte Mikrofone zweifelhafter Qualität bestimmt gewesen: »Hören Sie, ich weiß, was Sie meinen. *Ich* meine nur, arrangieren Sie ein Treffen. Sagen Sie Parker, ich sei ein echtes Arschloch. Machen Sie mich so richtig schlecht, erzählen Sie ihm, was Ihnen einfällt. Dann wollen wir mal sehen, ob er auftaut, ob Sie für mich irgend etwas vorab herausfinden, klar?«

»Mal sehen, was ich tun kann«, antwortete Washington skeptisch; er war sich seiner Fähigkeit durchaus bewußt, unangenehmen Pflichten aus dem Weg zu gehen, war aber auch gern bereit, seinen guten Willen zu demonstrieren. Mittlerweile mußte er sich bücken, als sie durchs Zimmer gingen, weil Bernie ihm den Arm um die Schulter gelegt hatte.

Beim Essen saß Washington an einem von vier Tischen, und zwar zwischen Minky Rijstaefel und einer dicken Frau, deren Gatte im Vorstand des Met saß. Normalerweise, flüsterte Minky, luden die Melmans keine stark Übergewichtigen zum Essen ein, aber Bernie wolle unbedingt in den Vorstand des Museums. »Er lockt mit zehn Millionen, was übrigens der letzte Sitz gekostet hat, aber bei der aktuellen Hausse muß er vielleicht noch ein paar drauflegen...«

Nachdem er fleißig dem Taittinger und dem Pétrus zugesprochen hatte, mußte sich Washington erleichtern; er wollte nicht gehen, als das Essen angekündigt wurde, und inzwischen hatte sich der Drang noch verstärkt, aber zwischen den Gängen konnte er auch nicht gut vom Tisch aufspringen. Er hatte seine Wein- und Wassergläser ignoriert und so getan, als interessiere er sich für die Ausführungen der Dicken über Jean Michel Basquiat und andere afro-amerikanische Künstler. Doch schließlich, als er die zwei waffeldünnen Kalbfleischscheiben verdrückt hatte, aus denen der Hauptgang bestand, hielt er es nicht länger aus.

»Hast du Stoff dabei?« flüsterte ihm Minky ins Ohr, als er sich für ein Weilchen entschuldigte. Das hatte er zwar nicht, machte sich aber plötzlich Sorgen, daß seine Gastgeber genau das vermuten würden, wenn sie ihn vor dem Dessert auf die Toilette rennen sahen. Der drogensüchtige Neger mit dem wilden Blick. Andererseits nahm er nicht an, daß seine Popularitätskurve in ungeahnte Höhen schnellen würde, wenn er auf den Perserteppich pinkelte.

Er schüttelte den Kopf, verneinte jeden Drogenbesitz, aber Minkys Blick kombinierte – wenn er die weibliche Miene korrekt las – Skepsis und Begierde.

Als er aus dem Eßzimmer stakste, traf er auf einen hochaufgeschossenen, kahlköpfigen Hausdiener, der à la Jeeves in Habachtstellung dastand, direkt vor der Tür.

»Männerklo?« erkundigte sich Washington knapp.

»Eine *Toilette* befindet sich gleich um die Ecke, zu Ihrer Linken, Sir.« Seine Stimme mit dem leichten Akzent übermittelte einen festen Kern ihm übertragener Autorität, als wäre er der Haushofmeister und nicht irgendein Lakai.

»Wollte bloß die Armaturen klauen, Mann.«

Als er um die Ecke bog, stieß er mit einem Körper zusammen, wobei seine Blase einen schmerzhaften Stoß abbekam und er den Körper, den einer Jugendlichen, zu Boden warf.

»Verzeihung«, sagte er und wollte dem Mädchen die Hand reichen. Sie war mehr als eine schwer Last, kicherte und trat um sich, während er versuchte, sie auf die Beine zu stellen, bevor es jemand mitbekam. Sie war, das merkte er, sehr betrunken.

»Wer sind *Sie* denn?« wollte sie wissen, als er sie bei den Schultern nahm und aufrecht gegen die Wand lehnte.

»'n Gast.«

»N. Gast. Hübscher Name. Wofür steht das N?« Sie hielt das für einen phantastischen Witz; er mußte sie festhalten, als sie sich vor Lachen hängen ließ.

»Wie heißt du?«

»C. Melman. Das C steht für Caroline. Oder ...« Der Gedanke war so urkomisch, daß sie ihn unmöglich vollenden konnte. Etwas rutschte von ihrem Handgelenk; sie griff nach unten und hob ihre Armbanduhr auf, schaukelte auf den Fersen nach hinten und wäre fast umgefallen, als sie sich wieder aufrichtete. Sie hielt die Uhr in die Höhe, eine Cartier Panther, deren Verschluß bei ihrem Zusammenstoß kaputtgegangen war. »Ausgangssperre ab halb elf. Noch drei Minuten Zeit.«

»Gratuliere. Wenn du mich jetzt entschuldigen würdest«, fuhr er fort, »ich muß auf die, äh, Toilette.«

»Ich auch.«

»Nicht mit mir.«

»Se könn' allein gehen, wennse versprechen, dasse zurückkomm'.«

Sie waren zwar allein auf dem Gang, wahrscheinlich würde aber jeden Moment einer der Sklaven auftauchen und Zeuge der miesen Szene werden, in die Washington verwickelt war.

Er ließ sich im Bad Zeit, in der Hoffnung, sie würde einen der endlosen Korridore entlangtorkeln. Es gab jede Menge zum Gucken – eine Reihe Drucke von Jasper Johns, vergoldete Armaturen, spitz gefaltetes Toilettenpapier, wie im Hotel. Er zog mutwillig an der Rolle und schwor, später noch einmal wiederzukommen und die Haushaltsführung zu überprüfen.

Das Mädchen lehnte immer noch an der Wand, wo er sie stehengelassen hatte. »Irgendwie ist mir ein bißchen schwindlig«, gab sie zu. »Ich glaube, ich sollte mich ein Weilchen hinlegen, ich fühl mich ein wenig ... Bringen Sie mich auf mein Zimmer?«

»Ich gehe wohl besser zurück zu den Erwachsenen.« Wenn er sie beobachtete, wurde ihm selber schwindlig.

»Ich will Ihnen etwas zeigen«, sagte sie neckisch.

Er winkte und wollte gerade aufbrechen, als sie quer über den Flur sprang und ihn am Arm packte.

»Na schön, ich komme mit«, schlug sie vor. »Wünsche Dad und der lieben alten Stiefmutter gutes Nächtchen.«

Washington hatte nicht vor, mit der besoffenen Tochter seines Gastgebers behängt das Eßzimmer zu betreten. Hier ging es nicht mehr um Unschuld.

Kichernd zog sie lazsiv ihre Augenbrauen in die Höhe, ein Vorgang, der sie zu verwirren schien. Sie sackte in seine Arme und ließ ihre Armbanduhr zu Boden fallen. »Gehen wir zu Dad und der Lesbe«, schlug sie verträumt vor.

Er bückte sich, um das glitzernde, in gewissen Kreisen als Mätressenuhr bekannte Zeiteisen aufzuheben, und ging langsam in die Knie, während er mit seiner Schulter ihr Gewicht stützte. »Hast du eine Tasche?« Sie schüttelte den Kopf viel häufiger, als nötig gewesen wäre.

»Halten Sie es für mich. Halten Sie mich.«

»Warum gehst du nicht einfach nach oben auf dein Zimmer?« schlug er verzweifelt vor und verstaute die Uhr vorläufig in seiner Jackettasche.

»Bring mich.«

Unversehens bog ein weiteres Jeeves-Imitat um die Ecke. »Ist alles in Ordnung?«

»Ich glaube, Ms. Melman sollte sich in ihr Zimmer begeben«, sagte Washington unschuldig.

»Du hast mir eine Gutenachtgeschichte versprochen«, wimmerte Caroline, als Washington versuchte, sie an den Butler weiterzureichen.

»Vielen Dank auch«, sagte er zu Jeeves, der ihn kühl musterte, nachdem sie Carolin Melmans Griff um Washingtons Hals gelöst und sie in die Arme des Butlers verlagert hatten.

Washingtons Instinkte – im Gegensatz zu seinem Hirn – bestanden auf Flucht. Er hatte zwar nichts Böses getan, doch die uralte Weisheit seiner Rasse sagte ihm, man würde ihm Vorwürfe machen, und vielleicht in Erwartung dessen fühlte er sich schuldig. Er glaubte nicht, daß er mit dem ganzen Drumherum fertig würde, mit den Erklärungen, den Scheintoten da drüben im Eßzimmer.

Als er rasch die für großartige filmmäßige Auftritte und Abgänge statt ordinäre Fluchten gedachte Treppe hinaufgestiegen war und den marmornen Eingangsbereich erreicht hatte, wähnte er sich in Sicherheit, bis er die beiden Leibwächter sah, die gerade ihre Köpfe mit dem Haushofmeister zusammensteckten, der ihm, mit so katastrophalen Folgen, den Weg zur Toilette gewiesen hatte. Alle drei drehten sich um und beobachteten ihn bei seinem Aufstieg. Er bemühte sich, die Schuld- und Angstgefühle zu unterdrücken, die sich von seinem Hirn in sein Gesicht ausbreiteten, wollte sich einreden, daß er sich lediglich einen Verstoß gegen die Umgangsformen hatte zuschulden kommen lassen, als er ohne förmlichen Abschied gegangen war... und daß die Etikette kein Bereich war, in dem das Personal irgendwelche Befugnisse hatte. Er bemühte sich, diesen Domestiken ein wenig Überheblichkeit zu bieten – *Mein Schirm, Mann, der hundertfünfzig Dollar teure Stab von Sulka mit dem knotigen Malakkastöckchen, schönen Dank auch.* Unter den finsteren Augen der Leibwächter verspürte Washington die rechtschaffene Entrüstung des heilig Unschuldigen: Wie können Sie es *wagen*, auch nur mit dem *Gedanken* zu spielen, im Widerspruch zu einem der eisernsten Grundsätze der Gastlichkeit einen von Mr. Melmans Gästen zu belästigen? Als er gedankenverloren seine Taschen abklopfte, um zu demonstrieren, daß er wirklich keine der Badezimmerarmaturen aus achtzehnkarätigem Gold abgeschraubt und in die Tasche gesteckt hatte, fühlte er einen verdächtigen Klumpen in seiner Tasche und erinnerte sich voller Entsetzen daran, daß er die zehntausend Dollar teure goldene Uhr der Tochter seines Gastgebers bei sich trug. Als er sich dem zwischen ihm und der Haustür befindlichen wachsamen Triumvirat näherte, fingen seine Hände und Knie an zu zittern.

In seiner Angst wie ein Besoffener schwankend, brach er auf dem blassen, pfirsichfarbenen Läufer zwischen Tür und Treppe beinahe zusammen. Um die Chancen zusätzlicher Demütigungen zu vermindern, fischte er die Uhr aus seiner

Tasche, reichte sie dem Glatzkopf, nuschelte etwas von er habe sie auf dem Teppich gefunden und floh hinaus in die einladende Nacht.

27

Zur Showtime war das Haus beinah voll, wenn auch mit buntgemischtem Publikum: Studenten in Blue Jeans und praktischen Baumwollklamotten betrachteten die in schwarzes Leder gekleideten innerstädtischen Ästheten, die sich umgeben von so vielen Anzugträgern nicht gerade wohl fühlten, jenen kulturbeflissenen Grundstücksmaklern und führenden Medienmanagern, die nicht die Zeit gefunden hatten, sich nach der Arbeit umzuziehen, darunter ein junger, freiberuflicher Gesellschaftskritiker in blauen Nadelstreifen, der nach einer Eintrittskarte anstand und sich beschwerte: »Der Laden hier ist voller Yuppies.« Auch am Sutton Place und in Bar Harbor wohnende Witwen waren da, die zu sämtlichen Lesungen kamen und großzügig Lyrikzeitschriften oder experimentelle Theater unterstützten, sowie hagere Zwanzigjährige, die in Buchhandlungen, Verlagen oder Werbeagenturen arbeiteten, wenn sie sich nicht gerade an ihrem ersten Roman abrackerten. Harold Stone war da – mit einer der jungen Literaturstudentinnen –, genau wie die Bosse von einem halben Dutzend Verlage und Zeitschriften. Die Presse war anwesend, um die Realität des Ereignisses zu bestätigen: Juan Baptiste, der sich zufrieden in seiner Klatschkolumne in einer der Boulevardzeitungen eingerichtet hatte, ein Aushilfskorrespondent für den *Cleveland Plain Dealer*, ein Reporter von der *Times*.

Der Sommerhitze trotzend, hatte sich ein Mann in einem riesigen grünen Parka mit Kapuze in der ersten Reihe breitgemacht, umgeben von Büchern, Zeitungen und Tüten. Er stand mit Victor Propp in Briefwechsel und besaß eine komplette Sammlung der in Zeitschriften erschienenen Veröffentlichungen des Autors sowie zahlreicher verwandter und sonstiger Materialien, die er in seinem winzigen Apartment in Jamaica, Queens, in Pappschachteln verstaut hatte. Andere mit ähnlich hungrigem, wenn auch weniger besitzergreifendem Auftreten lungerten in den Gängen herum – jene häufig auf literarischen Veranstaltungen auftretenden, wild dreinblickenden Männer und Frauen, die auf irgendeine unmögliche, heilsame Botschaft des Dichterfürsten hofften, des weisen Mannes, in dessen Worten sie eine einzigartige, nur für sie gültige Bedeutung fanden, oder dessen Worte sie noch nicht gelesen hatten, aber fest dazu entschlossen waren, und in der Zwischenzeit warteten sie auf ein Zeichen – ein Wort, einen Segen, die Telefonnummer eines guten Agenten. Bernie Melman kam spät, von Sasha an seiner Seite blond überragt, dazu zwei seiner Leibwächter, und nahm in der ersten Reihe seinen reservierten Platz neben dem Mann mit dem grünen Parka ein, der sein papiernes Reich zur Abwehr umschichtete.

Russell hatte für Werbung gesorgt und einen befreundeten Journalisten überredet, für die ersten Seiten des Stadtmagazins *New York* einen kurzen, mit »Wer zum Teufel ist Victor Propp?« überschriebenen Artikel zu verfassen. Bernie Melmans Frau hatte nach der Lesung in ihrem Haus einen »kleinen Imbiß« geplant, den die Gesellschaftskolumne der *Post* an diesem Morgen »die heißeste Einladung der Stadt« genannt hatte.

Russell und Corinne warteten hinter dem Podium mit Victor und seiner Begleiterin Camille Donner, einer ausgewiesenen Geliebten von Literaten. Die Dreißigerin mit den berühmten roten Haaren hatte mit zwei anderen Romanciers zusammengelebt, bevor sie zu Propp gezogen war. Neben ihrer Funktion als Muse kümmerte sie sich um die alltäglichen Dinge des Lebens, wozu Victor nicht in der Lage war, fungierte als Haushälterin, Sekretärin und Schatzmeisterin – obwohl es den meisten Beobachtern schwerfiel, sich Camille mit einem Mop in der Hand vorzustellen. Man munkelte, daß sie ebenfalls einen Roman schrieb. Vor Jahren, auf der Party zu einer Buchveröffentlichung, hatte Harold Stone sie mit Russell bekanntgemacht; während sie durch ihn hindurchsah, dessen Körper seinerzeit die für Lektorassistenten und andere Personen unbedeutender Position geringe Dichte und Durchsichtigkeit aufwies, hatte sie sich dennoch die Zeit genommen, ihn nach dem seiner Ansicht besten Romancier Amerikas zu fragen. Als Russell – zum Teil aus dem Wunsch eines jungen Menschen heraus, unkonventionelle Ansichten zu vertreten – den Insidertip Victor Propp vorschlug, war sie so verblüfft gewesen, daß sie einen Moment lang ihren Gesprächspartner mit ihren grünen Augen fixierte und seine Überzeugung abschätzte. »Wer?« fragte sie und merkte sich den Namen, um diese offenbar exzentrische Einschätzung von anerkannteren Experten überprüfen zu lassen. Froh über ihre Aufmerksamkeit, hatte Russell enthusiastisch das Werk dieser unbekannten Kultfigur, seines Helden, geschildert, während er sich abmühte, mit den über ihn hereinbrechenden Wellen aberwitziger Lust fertig zu werden – er bezweifelte, daß sie an jene Unterhaltung erinnert werden wollte, und Victor hatte er nie davon erzählt. Jetzt stand sie neben dem bedeutenden Mann, ihrem Liebhaber, gelassen im Wissen einer schönen Frau, die es nicht nötig hat, sich auf irgendeiner Veranstaltung lautstark bemerkbar machen zu müssen.

Zunehmend nervös, schritt Victor im Vorraum auf und ab. Nur kaum weniger aufgeregt war Mathilde Fortenbrau, die wohlwollend schullehrerinnenhafte Vertreterin des YMCA, die um dreiviertel acht an ihren stahlgrauen Zöpfen zu zupfen begann. »Vielleicht sollten wir ihn noch einmal anrufen«, murmelte sie immer und immer wieder. Russell hatte vorgehabt, Jeff vorher auf einen Drink in der Innenstadt zu treffen, doch als er anrief, um alles klarzumachen, war eine Frau mit spanischem Akzent am Apparat gewesen und hatte verkündet, er sei beschäftigt und werde statt dessen direkt zur Lesung kommen.

Corinne versuchte, Victor von Jeffs Vertrauenswürdigkeit zu überzeugen. Russell war weniger zuversichtlich. Er hatte immer wieder vor, etwas zu tun oder zu sagen, schob aber das Thema Drogenmißbrauch sogar insgeheim systematisch von sich weg.

»Ehrlich gesagt, in meinen Augen war dieses Böse-Buben-Image lediglich eine literarische Rolle«, protestierte Victor. »Schließlich stammt er doch aus einer angesehenen Familie aus Neuengland, oder nicht?«

Russell wählte Jeffs Nummer und schrie erfolglos den Anrufbeantworter an. Mathilde zog abwechselnd fest an ihren Zöpfen und trat von einem Fuß auf den anderen. »So etwas ist noch nie passiert«, sagte sie. »Nicht einmal mit Dylan Thomas.« Ihre Mitarbeiter hopsten wie Spatzen zwischen der Garderobe und dem Zuhörersaal hin und her. Um zwanzig nach acht war man einhellig der Meinung, es bleibe nichts anderes übrig, als ohne Jeff anzufangen. Russell erbot sich, statt seiner die einführenden Worte zu sprechen.

»Ich kann da nicht rausgehen«, beharrte Victor. »Ich werde mich nicht zum Narren machen.« Seine hohe Stirn war von Sorgenfalten zerfurcht, er zupfte an seinen Barthaaren herum.

»John Berryman hat ein paar Minuten vor seiner angekündigten Lesung aus einer Bar in der Third Avenue angerufen«, erinnerte sich Mathilde. »Wir haben ihn von einer Delegation holen lassen.«

»Was soll ich machen?« wollte Propp von Camille wissen, die dasaß und eine Nummer des *TriQuarterly* durchblätterte, was, wie Russell fand, so aussah, als suche sie in einem Katalog nach einem neuen Begleiter.

»Entweder mußt du anfangen oder die Lesung absagen«, antwortete sie zartfühlend. Ihre Reaktion trieb Victor zur Verzweiflung.

Russell massierte ihm die Schultern. »Ganz ruhig, Victor. Es sind Ihre Fans«, sagte er. »Die stehen eigentlich gar nicht hinter Jeff.«

»Ich habe keine Fans, im ganzen Land *begreifen* überhaupt nur zehn Menschen, was ich mache.« Victor brach beinah in Tränen aus. »Sie sind zu irgendeiner Kuriositätenschau gekommen, wollen den Boo Radley der amerikanischen Literatur sehen ... Ich denke nicht im Traum daran, mit dieser ... dieser *Katastrophe* fortzufahren.«

Propp riß sich von Russell los und rannte fort, mit einem Satz aus der Hintertür durch einen Tunnel, der am Zuhörersaal vorbeiführte. Russell folgte ihm und kam rechtzeitig am Gehsteig an, um ihn in einem Taxi verschwinden zu sehen.

Unmittelbar nach Bekanntgabe der Absage arbeitete sich Bernie Melman dank seines Charmes und seiner Leibwächter bis zur Garderobe vor.

»Was soll der Scheiß?« blaffte er Russell an. »Wir zahlen diesem Arschloch ... wieviel?, und er kann sich nicht mal da hinstellen und aus seinem eigenen Scheißbuch vorlesen? Nachher kommen fünfzig Leute zum Dinner in mein Haus, um diese gräßlich Katastrophe zu feiern. Zum Teufel auch, was soll ich denen erzählen?«

»Künstler sind launisch«, schlug Russell vor.

»Ich bin auch launisch. Und im Augenblick könnte meine Laune gar nicht mieser sein. He«, sagte er, an seine beiden Leibwächter gewandt, »findet ihr, daß mich das zum Künstler macht? Herrgott noch mal, was ist das eigentlich für eine Kackbranche?«

»Kennen Sie meine Frau schon?« fragte Russell und schob Corinne nach vorn, bemüht, Öl auf die tosenden Wogen zu gießen.

»Ich grüße Sie«, sagte Bernie, der sich schnell beruhigt hatte und sie mit uneingeschränktem Wohlwollen von oben bis unten musterte. »Ich freue mich sehr, Ihre Bekanntschaft zu machen.«

»Russell«, sagte Corinne mit Nachdruck und weigerte sich, ihre Rolle zu spielen, »wir müssen Jeff finden.«

»Und das ist Camille Donner«, sagte Russell. Camille war

entgegenkommender als Corinne und eilte nicht sofort an die Seite ihres Geliebten. Als Russel und Corinne gingen, waren sie und der Tycoon in ein angeregtes Gespräch vertieft.

»Fahren wir einfach zu ihm«, schlug Corinne vor, als sie wieder in ihrer Wohnung waren. Sie hatte schon dreimal angerufen.

Russell wußte nicht recht, hatte Angst vor dem, was sie vorfinden mochten.

»Wir haben immer noch einen Schlüssel«, sagte sie. »Oder nicht?«

»Ich gehe hin.«

»Ich komme mit«, sagte sie, griff sich das tragbare Telefon und drückte den Wahlwiederholungsknopf.

»Corinne, vorher solltest du etwas ...«

Corinnes Aufschrei unterbrach seinen Gedankengang.

»Ist das nicht unerhört, er ist eingeschlafen«, sagte sie, als sie schließlich aufgelegt hatte, ihre Verärgerung von Erleichterung gemildert. Als er Corinne ansah, konnte sich Russell vorstellen, wie berechtigt ihre Vorwürfe sein würden, falls er ihr verriet, was er auf Minky Rijstaefels Party gesehen hatte. Wenn Jeff das nächstemal eine Verabredung nicht einhielt, war er vielleicht gar nicht mehr in der Lage, ans Telefon zu gehen. Eigentlich wollte er es ihr sagen, konnte sich aber nicht von der unrealistischen Vorstellung lösen, daß er mit seinem Schweigen die beiden Menschen schützte, die er am meisten liebte.

Die Reaktion auf das Nichtereignis im YMCA war merkwürdig gemischt und stellte am Ende die zufrieden, die anfangs den meisten Grund zur Verärgerung hatten. Victor Propps angestaubter, enigmatischer Ruf wuchs ins Unermeßliche, während Jeffs Verhalten den Erwartungen entsprach. Mangels einer offiziellen Erklärung waren die kursierenden Gerüchte weit interessanter als jede mögliche Reaktion auf eine tatsächlich stattgefundene Lesung. Man munkelte, die beiden hätten sich durch den Hinterausgang davongeschlichen. Es hieß, der Abstinenzler Propp sei in klassischer Literatenmanier im Suff umgekippt. Viele zeigten Verständnis angesichts der Berichte über den sensiblen Künstler und Einsiedler, den im Hinterzimmer Agoraphobie gelähmt oder Lampenfieber übermannt habe. Andere hielten die Absage für einen geschickten taktischen Schachzug des berüchtigten Taktikers Propp, die Nichtlesung für eine Fortschreibung seines Grundsatzes der Nichtveröffentlichung. In seiner neuen Kolumne schloß sich Juan Baptiste dieser Theorie an und schloß: »Ebensowenig trat der Romanschriftsteller und Bestsellerautor JEFF PIERCE an, der später am Abend soweit genesen, wenn auch nicht unbedingt compos mentis war, um die Premierenparty für TONY DUPLEX im ›Nell's‹ zu besuchen.« Eine Woche später trug ein gerade angesagter Kritiker ganz untypisch dick auf, als er in einem New Yorker Wochenblatt Propp »das Quark und schwarze Loch der zeitgenössischen amerikanischen Literatur« nannte, »ein nahezu theoretisches Gebilde, dessen Größe, Form und Bedeutung sich nur teilweise aus sichtbaren Manifestationen ableiten läßt«, und damit schloß, daß »nachdem Derrida den Autor zugunsten eines endlosen Pergaments von *écriture* und Intertextualität überflüssig gemacht hat, nun Propp mit seinem langen Schweigen, unterbrochen vom kurzen Aufblitzen blendend geschriebener Prosa, offenbar plant, sogar den Text auszulöschen – das Schweigen selbst nimmt legendäre Proportionen an, das seit langem unerfüllte Versprechen des Romans, den wir in Bruchstücken zu sehen bekommen, wie ein Stück Haut unter einem Rocksaum hervorblitzt, eine immer wieder verschobene Befriedigung.«

Victor Propp persönlich gefiel dieser Artikel besonders gut; er schnitt ihn aus und klebte ihn in das schwere ledergebundene Sammelalbum, das er vor etlichen Jahren in Florenz erworben hatte, in Erwartung der Rezensionen seines großen Romans, und das nun fast voll von Artikeln war, die in Erwartung dieses seligen Ereignisses geschrieben wurden.

28

Jessie Makepeace war mit ihrem Schwiegersohn schon immer gut ausgekommen – besser, so schien es Corinne manchmal, als mit ihrer älteren Tochter. Als Jessie Russell kennengelernt hatte, hatten sie sich die halbe Nacht in einer Küche in Stockbridge um die Ohren geschlagen und eine Flasche Wodka geleert, während Corinne in ihrem alten Kinderzimmer schlief. Für Russell hatte Jessie eine Menge Mumm, was er als Kompliment verstand. Jessie benutzte den Ausdruck »bombig«, um zu beschreiben, wie blendend die beiden sich verstanden... Corinne allerdings fand es ziemlich unerklärlich, wie dieser Begriff zur Beschreibung von Freundschaft herhalten konnte, denn sie sorgte sich immer wieder ein wenig um die seltsamen, in der Sprache verborgenen Haken, als seien sie – wie Knoten in der Brust – ein schlechtes Omen, oder als enthielten sie gefährliche Wahrheiten.

»Als kleines Mädchen hat sie einem Löcher in den Bauch gefragt. Hat mich wahnsinnig gemacht«, sagte Jessie und klirrte mit den Eiswürfeln in ihrem Drink. »›Warum, warum, warum‹... Ein neugierigeres kleines Mädchen als dich hat's überhaupt nie gegeben.«

Im Schneidersitz saß Jessie auf dem Fußboden des Wohnzimmers, gegen die Klappcouch gelehnt, auf der sie schlief, wenn sie Russell und Corinne in New York besuchte. »Hat ihre Lehrer verrückt gemacht, die wußten nicht, was sie mit ihr anfangen sollten. Und als man ihren IQ testen wollte, hat sie das Diagramm gesprengt.«

Warum hatte Corinne den Eindruck, daß sich das aus dem Munde ihrer Mutter wie ein Defekt anhörte, eine genetische Mutation, die sich glücklicherweise als relativ harmlos erwiesen hatte, da Corinne, wie man allgemein fand, nach einer behüteten Kindheit attraktiv geworden und unter die Haube gekommen war? Ihre Mutter war erst seit zehn Minuten hier, aber schon merkte Corinne, wie sie selbst empfindlich und humorlos wurde.

»Was ist so schlimm daran, neugierig zu sein? Oder klug?«

»Wir ziehen dich nur auf, Schätzchen«, sagte Jessie und zündete sich eine Pall Mall an.

Wir? dachte Corinne, während Russell in die Küche ging, einen Aschenbecher holen.

»Ich kann's kaum erwarten, deine Neuigkeiten zu hören, Russell«, sagte Jessie. »Wann wird mein Schwiegersohn seinen eigenen Verlag übernehmen? Hab ich dir schon gesagt, daß es sogar in unserer Lokalzeitung stand? Ich habe den Ausschnitt in meinem Koffer, erinner mich daran.«

Der wie gewohnt enthusiastische Russell faßte gern die aktuellen Entwicklungen in diesem Drama zusammen und schmückte sie sogar aus, so daß es sich wie eine Mischung aus *Zwölf Uhr mittags* und *Das verlorene Paradies* anhörte: die schwindelerregenden Geldbeträge, die Nacht der Rotweinattacke, Kurzbiografien der diversen Beteiligten.

»Ich finde, du verhältst dich nicht ganz anständig Harold gegenüber«, unterbrach ihn Corinne. »Er hat schrecklich viel für dich getan.«

»Und ich habe ihm und der Firma viel zurückgegeben«, entgegnete Russell. »Was nicht heißt, daß ich danebenstehen und zusehen muß, wie Harold und die anderen sie auf Grund setzen, neue Ideen und neue Talente abwürgen. Die Frage ist: Was tut Harold für die Aktionäre und die lesende Öffentlichkeit?«

In den vergangenen Monaten hatte sich Russells Ausdrucksweise geändert. Er griff auf Formulierungen wie »die lesende Öffentlichkeit« zurück, gab sich päpstlich, redete von den Rechten der Aktionäre und der Stagnation im amerikanischen Geschäftswesen. Natürlich hatte er viel von Bernie Melman und dieser Ziege Trina Cox übernommen. Corinne war das schon bei einigen ihrer Studienfreunde aufgefallen... daß sie sich immer wie an ihrem Arbeitsplatz unterhielten. Männer mehr als Frauen. Wie sie redeten, war das Frühwarnzeichen, der Kanarienvogel im Bergwerk. Beim Essen war ein völlig vernünftiges Gespräch über Kunst oder das

Liebesleben Prominenter im Gange, bis plötzlich aus irgendeinem Mund die Formulierung »Prioritäten setzen«, kam, als hätte jemand einen Knorpelbrocken auf das Tischtuch gehustet. Gebildete Menschen benutzten auf einmal Substantive wie Verben – »kontakten« oder »kontaktieren«. Die passenden Ideen und die politischen Ansichten folgten auf dem Fuß. »Man kann über Reagan sagen, was man will, aber...« Vielleicht stimmte mit ihr etwas nicht, daß es ihr nicht gelungen war, sich in eine echte Börsenmaklerin zu verwandeln, mit passender Börsenmaklerinnenfrisur, -garderobe und -Weltsicht. Irgendeine kindische Sturheit. An manchen Tagen glaubte sie tatsächlich, etwas Nützliches zu tun – daß sie den Leuten half, einen ordentlichen Ertrag für ihr Geld zu bekommen. Dann nahm sie an einer Verkaufsbesprechung teil, auf der von Kunden wie von Lämmern auf der Schlachtbank die Rede war, die man mit Unmengen kombiniertem Müll zuschütten müsse, der hohe Provisionen versprach, und schon wurde ihr klar, daß sie wirklich das Allerletzte *war*.

Russell erklärte Jessie gerade die Prinzipien der fremdfinanzierten Übernahme, als trage er die amerikanische Unabhängigkeitserklärung vor.

»Und das alles macht man mit geliehenem Geld?« fragte Jessie in argloser Bewunderung, womit sie direkt zu des Pudels Kern vorstieß.

Russell blinzelte ihr zu. »Das ist das Schönste daran. Kaufen Sie jetzt, zahlen Sie später.«

»Übrigens, was ich dich fragen wollte – da das Haus jetzt mir gehört, habe ich überlegt, eine zweite Hypotkek aufzunehmen.«

»Das hat zweifellos Vorteile.«

Moment mal, hätte Corinne am liebsten gebrüllt, wer in diesem Haushalt *arbeitet* eigentlich im finanziellen Sektor? Außerdem hätte sie gern eine Zigarette geschnorrt, zwei Jahre nach dem Aufhören. Statt dessen fragte sie: »Hast du mit Dad gesprochen seit... in letzter Zeit?«

»Wir verkehren über Anwälte miteinander«, sagte Jessie.

»Das ist hygienischer. Wieso, hat sich Mr. Zweiter Frühling mit dir in Verbindung gesetzt? Kann ich mir nicht denken. Der Mann hat die Vatergefühle eines Reptils. Weißt du, daß er zwei Stunden nach deiner Geburt eine Runde Golf gespielt hat? Hab ich dir diese Geschichte schon mal erzählt, Russell?«

»Du siehst aus, als könntest du noch einen Drink gebrauchen, bevor wir aufbrechen«, sagte Russell, der mittlerweile gemerkt hatte, wie heikel Corinnes Stimmung war.

»Und als ich ihn gefragt habe – na klar, wenn Zeit ist, trinke ich *schrecklich* gern noch einen –, ihn gefragt habe, wie wir Corinne nennen sollten, antwortete er: ›Das überlaß ich dir.‹ Ist das nicht unglaublich? Der stolze Vater. Überläßt es mir. Schönen Dank auch.«

Corinne stand auf und schritt ins Schlafzimmer. Kurz bevor die Tür hinter ihr ins Schloß fiel, hörte sie ihre Mutter fragen: »Was hab ich denn jetzt wieder gesagt?«

Sie wußte, daß ihr Vater ein pflichtvergessener, offenbar zur Liebe unfähiger Mistkerl war, wollte das aber nicht unbedingt laut ausgesprochen hören. Schließlich war Jessie auch nie Mutter des Jahres geworden. Ihre Kindheit kam Corinne manchmal wie eine einzige lange Wunde vor, und die kürzliche Scheidung wie ein Messer, das die Narbe wieder weit geöffnet hatte.

Sie lag bäuchlings auf dem Bett, zu wütend, um zu merken, daß sie weinte. Nach ein paar Minuten hörte sie die Tür aufgehen und spürte, wie sich Russell aufs Bett setzte.

»Sie wollte dich nicht...«

»Da liegt das Problem, sie ist so verdammt unsensibel.«

Er strich ihr übers Haar. »Wir müssen gehen, Corinne.«

»Geh allein.«

»Ich geh nicht ohne dich.«

»Amüsiert euch nur, ihr beiden. Sie ist sowieso lieber mit dir zusammen.«

»Corinne...« Das sagte er nun auf die erwachsene Art, womit man angeblich erreichen konnte, daß sie wieder vernünftig wurde und sich an ihre Pflichten erinnerte. »Ich will nicht wieder *Cats* sehen.« Er kraulte sie mit seinem Finger hinter dem Ohr. »Ich mag *Hunde*.« Jetzt wollte er sie zum Lachen bringen. »Da senke ich nun meine arroganten ästhetischen Standards, weil sich deine Mutti dieses pelzige Spektakel mit Musikberieselung ansehen will, und dann kommst du nicht mal mit, um mir einen Teil der Last abzunehmen. Und wenn mich jemand sieht, wie ich das Theater betrete?«

»Sag ihm, du hättest vor, es zu kaufen. Das wird keinen überraschen, der dich kennt.«

»Na los, wir verspäten uns noch.« Jetzt wurde er ungeduldig.

»Ich komm nicht mit.«

Er atmete heftig aus, verzweifelt. Eine Minute später erhob er sich vom Bett. Die Schlafzimmertür öffnete sich und fiel ins Schloß, ein paar Minuten später die Wohnungstür. Sie hörte helles Gelächter im Hausflur, das Rattern und Quietschen von Kabeln und Rollen aus dem angrenzenden Fahrstuhlschacht, dann war sie allein.

»Hatte schon immer ihre Launen«, sagte Jessie im Fahrstuhl. »Wenn sie lieb war, war sie sehr, sehr lieb, aber wenn sie böse war, war sie gräßlich. Tagelang verfiel sie in eine ihrer finsteren Stimmungen, und plötzlich war sie so vergnügt, daß man sie hätte erwürgen können. Was soll das eigentlich mit dieser Abstinenzlerei?«

»Keine Ahnung, von mir hat sie das bestimmt nicht.« Weil er sich unsolidarisch vorkam, fuhr Russell fort: »Ich glaube, die Scheidung hat ihr zugesetzt.«

»He, wem sagst du das«, sagte Jessie und hängte sich bei ihm ein, als sie am Portier vorbei auf die Straße traten. »Mir gefällt euer Wohnhaus, aber meinst du nicht, ihr könntet ein größeres Domizil brauchen? Jetzt, wo dir sozusagen eine Firma gehört.«

»Wir fangen gerade erst an zu suchen«, sagte Russell.

»Kinder, ihr könnt euch glücklich schätzen. Euch liegt doch die Welt zu Füßen, oder?«

»Vielleicht ein kleines Stückchen davon«, sagte Russell, dachte aber, daß sie gar nicht so unrecht hatte. Wenn Corinne nur etwas fröhlicher werden und mitmachen würde. Gerade jetzt mußte sie eins ihrer Stimmungstiefs haben – ihr inneres Barometer weit unten und immer noch fallend, genau wie ihr Körpergewicht – wo er das Gefühl hatte, mitten im Frühling seines Lebenskalenders angelangt zu sein. Aber manchmal war sie halt so, da hatte ihre Mutter recht. Etwa ein Jahr nachdem sie nach New York gezogen waren, hatte sie eine schlechte Phase gehabt und ihr Jurastudium einfach abgebrochen. Eine Gewissenskrise oder mangelndes Selbstvertrauen, wozu sie sich bis heute nicht hatte äußern können. Sie war zu Hause geblieben, hatte sich alte Filme angesehen, den halben Tag verschlafen, Kierkegaard gelesen, Schokoladeneis und Kartoffelchips gegessen und doch irgendwie abgenommen. Die Wende stellte sich allmählich ein, und was sie auslöste, war für Russell genauso unerklärlich wie die Ursache ihrer Depression. Als er eines Abends nach Hause kam, verkündete sie: »Weißt du, ich habe versucht herauszufinden, warum wir überhaupt körperliche Wesen sein müssen. Anders gesagt, warum müssen wir uns in diesen Körpern aufhalten, die sich die Hälfte der Zeit ohnehin nicht anfühlen, als ob sie uns gehörten, und ich bin schließlich zu dem Schluß gekommen – na ja, wie soll ich sonst meine ganzen Klamotten tragen?« Sie nahm ihr Jurastudium nicht wieder auf; zwar hatte sie hervorragend abgeschnitten, doch das Studium hatte ihr keinen Spaß gemacht, und Russell riet ihr zu, etwas weniger Stressiges zu machen. Die Arbeit bei Sotheby's diente als eine Art Rekonvaleszenzphase mit Weiterbildungseffekt.

Corinne horchte, wann er zurückkam. Bestimmt würde er sich nicht die gesamte Aufführung ansehen können, in dem Bewußtsein, wie unsensibel und gemein er gewesen war, wohl wissend, daß sie ganz allein hier hockte, wie sie es immer befürchtet hatte, seit ihre Mutter damals in unbegreiflichem Zorn hinaus in die unwegsame Nacht gefahren war.

Wochenlang machte Corinne die Schulbrote und las Gutenachtgeschichten vor; eines Abends war Jessie damals in der Schlafzimmertür aufgetaucht, hatte die Bilder von den Wänden gerissen und, bevor sie fortfuhr, zu Corinne gesagt, sie sei ein schrecklich böses Mädchen. Am Morgen danach saß ihr Vater stumm hinter der Zeitung, während sie und ihre Schwester ihre Cornflakes löffelten.

Russell sah sich nicht nur die Aufführung an, anschließend lud er Jessie auch noch zu einem Drink ein. Als sie zurückkamen, war die unglückliche Corinne eingeschlafen.

Am folgenden Morgen verkündete Russell mit dem Gehabe eines Despoten, der einen Nationalfeiertag festsetzte, sie gingen jetzt einkaufen. Corinne brauche einen aufreizenden neuen Badeanzug für die Hamptons, behauptete er, und vielleicht ein neues Sommerkleid. »Und ich glaube, ich brauche einen alten Chefanzug aus weißem Leinen, weil es ja so heiß ist und ich so bedeutend bin, und vielleicht noch ein paar hübsche Krokodillederslipper, und bestimmt findet Jessie irgend etwas, ohne das sie einfach nicht leben kann.«

Ein Gast am Frühstückstisch hätte den Eindruck gehabt, Mutter und Tochter gingen beinahe übertrieben kameradschaftlich und liebevoll miteinander um. Russell, der auf diesem Gebiet eine gewisse Erfahrung hatte, registrierte immer noch leicht erstaunt, wie Corinne sich ins Zeug legte und ihrer Mutter eine spontane Nackenmassage verabreichte, während sie Klatsch und Tratsch über Freunde und Nachbarn in Stockbridge austauschten, in dieser Art vorsätzlicher Amnesie Russell deutlich überlegen. Dem aufmerksamen Kritiker wäre vielleicht aufgefallen, daß sie ein wenig dick auftrugen, daß drei Personen für die letzte Reihe im Theater spielten.

Corinne ihrerseits war voller Reue aufgewacht, fest entschlossen, sich mit ihrer Mutter und ihrem Mann zu vertragen, und mit dieser Einstellung gelang es ihr beinahe umgehend, nicht nur ihre Skepsis bezüglich Russells Einkaufenals-Therapie-Plan zu unterdrücken, sondern auch bezüglich des umfassenderen Programms, zu dem er gehörte. Sie wollte alles leichter nehmen, das wollte sie unbedingt. Sie hatte sich vorgenommen, von der Übernahme von Corbin, Dern und dem Sommerhaus und allem anderen begeistert zu sein, und sei es auch nur vor dem Hintergrund, daß sie nicht besonders wild darauf war, allein und blasiert am Abgrund zu stehen, wenn ihr Mann über eine Klippe marschierte.

Und so gingen sie einkaufen, schlenderten zur Madison Avenue hinüber und begannen in dem neuen Ralph-Lauren-Laden, der, laut Russell, aussah nach Whitney Corbin III. und wie er die Welt sah, ein Wunderland für Möchtegern-Angelsachsen aller Altersstufen, Rassen und Glaubensrichtungen. Doch es stellte sich heraus, daß Russell diesem Wunder gegenüber ebensowenig immun war wie Dutzende anderer Kauflustiger an diesem Samstag, die um Waren und die Aufmerksamkeit von Verkäufern buhlten, obwohl er wissend behauptete, alles in diesem Laden sei bei Brooks Brothers und Savile Row abgekupfert. Weniger zögerlich als dies sonst beim Einkaufen seine Art war, wie bei einer Art Aufwärmtraining für Größeres, erwarb Russell – von den beiden Frauen ermutigt – die gewünschten Slipper, schicke Mokassins aus Krokoleder, die so unaufdringlich teuer aussahen.

Dann umschifften sie mit Müh und Not die Meerenge der von den Sirenen mit teurer italienischer Kleidung dekorierten Fenster – Pratesi, Valentino, Armani und Versace –, und bei Sherry-Lehmann gab Russel erneut dem lockenden Verlangen nach, eine von Harold Stone übernommene Angewohnheit, und erwarb eine Flasche Les Amoureuses sowie eine Flasche Champagner; diese Übung beschwingte ihn und schärfte seine Übernahmeinstinkte.

Der letzte Halt war Bergdorf Goodman, wo ihnen als erstes – was, wie Russell fand, vorhersehbar war – Casey Reynes über den Weg lief, die *entzückt* war, Mrs. Makepeace wiederzusehen, und die ihnen alles über das Neugeborene erzählte, wozu sie auf dem Parfümtresen die Fotos ausbreitete. Den detaillierten Beschreibungen seiner verblüffenden Angewohnheiten und Eigenheiten nach zu urteilen, dachte Russell, könnte man zu dem Schluß kommen, man habe es hier mit dem ersten neugeborenen Homo sapiens zu tun.

»Er ist ein wenig bleich«, sagte Russell und lächelte Casey an. »Eigentlich dachte ich, er hätte etwas mehr Farbe.«

Einen Augenblick lang wirkte Casey verdutzt, wurde dann selbst ein wenig bleich und betrachtete prüfend Russells Gesicht; sie erholte sich aber schnell. »Nach all den Monaten in Umstandskleidern bringe ich meine Garderobe wieder auf Vordermann«, teilte sie den Frauen mit. »Nach allem, was ich durchgemacht habe, soll ich mir unbedingt kaufen, was ich will, hat Tom zu mir gesagt, der Süße. Er ist geschäftlich in Minneapolis.«

Russell hörte einen versteckten Vergleich von Ehemännern und Kreditrahmen heraus. »Casey will immer noch nicht so recht glauben, daß man nicht einfach jemanden bezahlen kann, sein Kind auszutragen«, lästerte er, nachdem sie sich in die Chanel-Boutique verzogen hatte, um sich eine dieser göttlichen samtenen Stretchhosen anzusehen.

»Sie ist ganz in Ordnung«, befand Jessie.

»Was sollte der Spruch über die Gesichtsfarbe des Babys?« fragte Corinne.

Corinne kaufte ein paar Dyptique-Kerzen; Russell kaufte beiden Parfüm, Shalimar für Jessie und Joy für Corinne. Als sie gerade im Untergeschoß waren, fiel Corinne ein, daß sie womöglich neue Strümpfe brauchte und die neue schwarze Strumpfhose von Donna Karan, die mit den Vierziger-Jahre-Nähten hinten; sie brauchte aber auch eine durchsichtige Strumpfhose, und Russell sagte, sie solle beide nehmen. Dann bestand Russell darauf, daß Corinne ein kleines Schwarzes von Azzedine Alaia erstand, obwohl sie fand, es sei ein klitzekleines bißchen zu eng und viel zu teuer für ungefähr einen halben Meter Stoff. Russell sagte: »Jedes brave Mädchen verdient ihr KSK«, und erklärte der verwirrt dreinschauenden Jessie, das stehe für kleines schwarzes Kleid, worauf Jessie erwiderte, sie hätte gedacht, das hätte etwas mit FFÜ, fremdfinazierten Übernahmen, zu tun, und Russell erwiderte, eigentlich nicht, aber in diesem Fall vielleicht doch. Corinne erinnerte ihn pflichtschuldigst daran, daß sie in letzter Zeit nicht gerade ein *braves* Mädchen gewesen sei, doch als sie es anprobierte, gefiel es ihr, und als sie darin herumspazierte, gefiel es ihr immer besser, obwohl es ein wenig *modischer* war als das, was sie sonst trug, doch genau das machte es wohl erst aufregend, wie die Tina-Turner-Perücke, wie ein Kostüm, das sie in einen anderen Menschen verwandelte, der sexier war als Corinne Calloway.

Gerade machte sie in der Umkleidekabine den Reißverschluß am Rücken auf, als die Tür aufging und Russell hineinschlüpfte. Er fuhr mit seinem Finger von ihrer nackten Schulter ihren Arm bis ganz nach unten zum Handgelenk, hob dann ihre Hand, küßte das Gelenk und zupfte mit den Zähnen daran. Als er zwei ihrer Finger in den Mund nahm und daran sog, fingen die Innenseiten ihrer Oberschenkel an zu kribbeln, und ihre Knie zitterten. Als sie wissen wollte, wo Jessie sei, antwortete Russell, sie sei die Damentoilette suchen gegangen. »Aber was ist mit der Verkäuferin?« flüsterte sie. Dann war es ihr ziemlich egal, als Russell ihr das Kleid von den Schultern zog und sie mit seinen glasigen, geweiteten blauen Augen ansah, ehe er mit seiner Zunge ihren Unterarm hinauffuhr, und seine Beine zuckten, als sie nach seinem Hosenstall griff; wie er noch stehen konnte, war ihr ein Rätsel. In der Nachbarkabine berieten sich zwei Frauen näselnd über einen Rock, die eine fand ihn zu groß. Er war *wirklich* groß, dachte Corinne, unterdrückte ein Lachen, als Russell sie gegen die Wand drückte ... und sie fickte, bis sie ihn in die Schulter beißen mußte, damit sie nicht laut herausschrie, allerdings hatte sich die Verkäuferin zu diesem Zeitpunkt schon zweimal erkundigt, ob jemand da drin sei, doch ihrem Tonfall merkte man an, daß sie die Antwort wußte, und die Stimmen in der benachbarten Umkleidkabine waren nur noch als empörtes Flüstern zu hören.

29

Der Sommer war in die Stadt gekommen wie eine unvermutet an der Ecke auftauchende Jugendbande: mißmutig, körperbetont, duftend und aufregend, mit nicht geerdeter Elektrizität aufgeladen. Alles konnte geschehen. Es gab Fata Morganen, von Hitze flirrende Gerüchte, eine gesteigerte Anfälligkeit für seichte Unterhaltung und Mord.

Die meisten Stadtbewohner trugen sich mit Fluchtgedanken, doch die schmelzenden Straßen boten auch ein gewisses beißendes Vergnügen. Es schien, als leite die zähflüssige Luft zwischen einer Million dampfenden Fußgängern sexuelle Ströme weiter, genau wie die Tage dauerten die eindeutigen Blicke schläfrig interessierter Beteiligter länger als in anderen Jahreszeiten. Trotz Anzeichen der Seuche lag der intensive Geruch verräterischer Begierde in der Luft; nachts lagen Ehepaare und die So-gut-wie-Verheirateten wie im Schwebezustand auf feuchten Laken, bemüht, an ihrer Liebe festzuhalten.

Tagsüber ging man im Inneren klimatisierter Bürotürme seinen Geschäften nach. Nachdem man sie aus ihren Büros bei Corbin, Dern geworfen hatte, nahm sich das Triumvirat Calloway–Whitlock–Lee ein Büro in dem an der West Side gelegenen Brill Building. Sie nannten es Hauptquartier. Die Sprache hatte einen deutlichen Zug ins Martialische bekommen, auch wenn das Leben großzügiger und luxuriöser wurde. Trina Cox' neue Firma belegte eine Suite im Rockefeller Center. Ihre Kantine in Midtown Manhattan war das »21«. Hier warben Russell und Whitlock in ihren neuen, auf tropische Verhältnisse zugeschnittenen Anzügen unter Trinas Anleitung um Bankiers, Makler und Aktionäre. Der Mann, dessen Aufgabe darin bestand, Gäste willkommen zu heißen, sobald sie das Restaurant betraten, begrüßte sie mittlerweile mit Namen. Die Rechnungen gingen an die Dachgesellschaft, die Bernie gegründet hatte, um Corbin, Dern zu schlucken. Russell, der mit seinem Spesenkonto immer zurückhaltend umgegangen war, genoß den neuen Überfluß.

Autoren wurden zusammen mit Washington in »The White Room« in Downtown-Manhatten umworben, eine ebenso wichtige Tätigkeit, da Agenten die Situation ausnutzten und weder Russell noch Harold erleben wollten, daß Schriftsteller zur anderen Seite überliefen. Niemand kam auf den Gedanken, daß die Männer in den grauen Anzügen vielleicht lieber das in ihren Augen flott-elegante City-Restaurant aufgesucht hätten, oder daß es die Autoren, als Berufsgruppe neidisch auf und abhängig von anderer Leute Spesenkonten, vorgezogen hätten, in dem gediegeneren und teureren Etablissement zu speisen. Harold Stone, Jerry Kleinfeld und die alte Geschäftsleitung führten ihre Kampagne im »Four Seasons« durch, das ein paar Straßen östlich vom »21« an der 52nd Street lag. Vorstandsmitglieder, die montags mit Russell und Whit Brot brachen, speisten dienstags häufig mit Harold und Jerry. Harold, dem dieses Taktieren zuwider war, machte dennoch das Beste aus der Kampagne, indem er sich alle Mühe gab, die ältesten und besten Flaschen im Weinkeller des »Four Seasons« aufzustöbern. Die Autoren, die gerade nicht den Anonymen Alkoholikern angehörten, waren in der Regel hingerissen, wenn eine zwanzig Jahre alte Flasche Petrus oder Romanée-Conti an den Tisch gebracht wurde, später waren sie dankbar. Und Harold dachte sich, falls er – trotz aller Gastfreundschaft – den Kampf um die Kontrolle des Unternehmens verlieren sollte, müßten die neuen Eigentümer die Zeche zahlen.

Der immer noch an seinem zweiten Buch arbeitende Victor Propp gehörte zu strittigen Beutestücken. Eines Nachmittags schnüffelte er im »Four Seasons« kritisch an einem honigfarbenen Glas Montrachet, als Harold Stone sagte: »Ich schätze, wir können auf Sie zählen, Victor. Wir hatten zwar unsere Differenzen, aber ich kann nicht glauben, daß Sie... Seien wir ehrlich – Russell hat sich noch nicht recht bewährt, und Bernie Melman ist trotz all seiner Post-Impressionisten ein gnadenloser Philister.«

»Allerdings gehört ihm ein Cézanne, den ich liebend gern sehen würde.«

»Was macht das Buch?« fragte Harold knapp.

»Bildet in fast jeder Jahreszeit neue Schichten aus«, bekannte Victor und sog den Wein durch die Zähne, um ihn zu belüften. »Ich betrachte es inzwischen als Palimpsest, wenn auch durchaus nicht ohne linearen Erzählstrang. Ich bin sogar so vermessen zu glauben, es könnte ein Beitrag zu unserer Literatur sein. Natürlich wäre mir wohler bei dem Gedanken, daß mein Verlag, wer auch immer das sein mag, meinen vorsichtigen Optimismus teilt.«

»Das tun wir. Wir haben das immer getan. Darum haben wir ja einen *Vertrag* mit Ihnen, Victor.«

Propp führte das Beispiel eines literarischen Rivalen an, der kürzlich von einem anderen Verlag einen siebenstelligen Vorschuß bekommen hatte, ein Betrag, den Victor für einen echten Vertrauensbeweis hielt.

»Seien Sie Realist, Victor.«

»Die Zeiten haben den Realismus überholt, Harold. Probieren Sie doch mal, eine Spur Absurdität zu kultivieren. Womöglich hilft Ihnen das, wieder Anschluß zu finden. Schmeckt der Montrachet nicht ein wenig säuerlich?«

Zwei Tage später aß Victor mit Russell, Trina und Washington im »White Room« zu Abend.

»Ist das ein Rock 'n' Roller?« fragte er, als er am Nebentisch einen Gast mit pomadigen Haaren bemerkte.

»Ein Haarmodel«, antwortete Washington

»Was hat sich Harold ausgedacht?« erkundigte sich Russell.

»Er hat mich zu einem netten Mittagessen eingeladen.«

»Was hat er angeboten?« frage Trina.

»Wenn ich ihn recht verstanden habe, gibt er mir eine Million, wenn ich bei ihm bleibe.« Victor legte als Zeichen von was auch immer seine Hand auf Trinas Oberschenkel. Was auch immer er an der anderen Seite anziehend finden mochte, augenscheinlich gefiel ihm Russells Investmentbankerin.

»Wir geben Ihnen eineinviertel Millionen«, schlug Trina vor. »Hälfte bar, Hälfte Papier.«

»Hübsches, hochverzinsliches, kalorienarmes Papier«, ergänzte Washington.

»Junk Bonds? Wohl kaum, Ladies und Gentlemen. Schließlich bin ich Schriftsteller und möchte behaupten, alles über wertloses Papier zu wissen.«

»Man nennt das Risiko«, sagte Trina. »Wie wir es mit Ihnen und Ihrem unsichtbaren Roman eingehen.«

»Ich will Bargeld.«

»Der Kerl ist meschugge«, sagte Trina zu Russell. »Wo hast du den aufgetrieben?«

Spätabends an warmen Wochentagen versammelten sich Trina, Chip Rockaby und Dave Whitlock in Trinas neuem Büro im Rockefeller Center und sahen sich unter Russells ängstlichem Blick grüne Ziffern an, um herauszufinden, ob sich ein höheres Übernahmeangebot rechtfertigen ließ, falls der Vorstand das erste ablehnen sollte. Melman war telefonisch beteiligt, ebenso Victor Propp, der zwar bei der Übernahme keine offizielle Rolle spielte, es aber entweder nicht ertrug, ausgeschlossen zu sein oder den leeren Schirm seines Textverarbeitungscomputers zu betrachten. Der von den Mysterien der Finanzwelt faszinierte Russell wollte alles miterleben, doch als sich Corinne über seine Arbeitszeiten beschwerte, vermittelte er – ohne sie bewußt täuschen zu wollen – den ernsten Eindruck eines von seiner neuen Verantwortung ermüdeten und belasteten Mannes.

Zwangsläufig legten die Bilanzfritzen beim Berechnen zukünftiger Erträge und des Wertes der einzelnen Firmenabteilungen auf dem Auktionsblock Optimismus an den Tag. Je haussierender die Voraussagen, desto höher der Preis, den sie bieten konnten. Es war unbedingt erforderlich, das Positive zu sehen, was nicht nur zu Russells Temperament, sondern auch zu der herrschenden Zeit paßte. Seit Jahren gingen die Preise nach oben; was heute teuer aussah, war nächste Woche billig. In dieser Hinsicht war Whitlock ein echter Klotz am Bein. Ständig beklagte er sich über zu rosige Prognosen und wies auf die zyklische Natur des Geschäftes hin, doch Russell beeindruckte, wie Trina ihn zum Mitmachen überredete.

Eines Sommerabends machten sie endlich um zehn Uhr abends Schluß. Einen hohen Energielevel beizubehalten, war so sehr in Fleisch und Blut übergegangen, daß Russell wußte, er würde erst Stunden später abschalten können. Er schlug vor, essen zu gehen. Die Anwälte waren bereits nach Hause gegangen. Auf der Straße merkte Chip, daß er zu erschöpft war, um noch irgendwohin zu gehen. Er ließ sich in ein Taxi fallen. Damit blieb die, wie Russell fand, ein wenig ungünstige, aus Whitlock, Trina und ihm selbst bestehende Dreierkonstellation übrig.

»Wohin willst du?« fragte Trina.

»In den ›White Room‹?«

»Da ist alles so aufgesetzt«, sagte Trina.

Der in der vom Pflaster aufsteigenden Hitze heftig schwitzende Whitlock verfolgte diesen Wortwechsel interessiert, während Russell versuchte, eine Kommunikationsebene zu finden, auf die Whitlock nicht eingestellt war.

»Ich bin sowieso ziemlich erledigt«, sagte Trina mit einem bedauernden Blick auf Russell, der nickte.

»Na los, Leute«, drängte Whitlock. »Essen wir noch einen Happen.«

»Ich müßte wirklich nach Hause«, sagte Russell.

Ohne Whitlocks Proteste zu beachten, winkte er ein Taxi für Trina heran und gab ihr einen Kuß auf die Wange; ihre hochgezogenen Augenbrauen interpretierte er als freundliche Herausforderung.

Russell bestieg ein anderes Taxi und nannte seine Adresse. Eine milchige, kugelsichere Scheibe aus Lexan trennte ihn nicht nur vom Fahrer, sondern auch von der lebenspendenden klimatisierten Luft, die schwach durch die winzigen Löcher drang, dank denen es ihm theoretisch möglich war, sich mit dem Fahrer zu verständigen – falls dieser Englisch sprach. Wie berechtigt das Vorhandensein dieser Scheibe war, ergab ein perfekter Zirkelschluß: Der in dem stinkenden Rücksitz vor sich hin schwitzende Russell verspürte tatsächlich das dringende Bedürfnis, den wohltemperierten, isoliert dasitzenden Fahrer zu erwürgen.

Er merkte, daß ihn eine jener extremen Stimmungen im Griff hatte, die einen Stadtbewohner überkommen, dessen eingemauerter Geist von der ständig vorhandenen, elektrisierenden Spannung gesellschaftlicher und monetärer Aktivitäten um ihn herum beeinflußt wird. Diese nervöse Energie mußte Russell aus seinem Körper entfernen, sie wegreden oder auch auf einem lauten, überfüllten Tanzboden von sich abschütteln.

Corinne war zweifellos von ihrem Arbeitstag erschöpft, schlief vielleicht schon. Er steckte voller Pläne, wollte über das Geschäft reden, das seit Wochen seine gesamte Aufmerksamkeit beanspruchte. Doch sie war dieses Thema leid. Das nahm er ihr wohl nicht übel, aber sie sollte es ihm auch nicht übelnehmen. Bald würde er wieder zur Ruhe kommen, doch zur Zeit wollte er sich über die private Sphäre seiner Familie und Freunde hinaus ein Stück Aufmerksamkeit der größeren Welt sichern. Stürbe er in diesem Moment, in diesem erbärmlichen, brütendheißen Sarg von einem Taxi, er würde nichts hinterlassen; ein paar Bücher hatte er herausgebracht, unter Duldung Harold Stones, von denen die meisten ohnehin veröffentlicht worden wären, und sie mit seinem blauen Stift minimal verbessert. Die Vorstellung, daß er nur seinen Freunden, seinem Vater und Corinne fehlen würde, machte ihn wütend. Er hatte zwar großes Zutrauen in seine Fähigkeiten, aber nicht die Macht, sie auch einzusetzen.

Manchmal fragte er sich, ob er seinen Ehrgeiz durch seine frühe Heirat gedämpft hatte. Corinne akzeptierte und liebte ihn so, wie er war. Da sie ihn nicht mehr forderte, bremste sie ihn vielleicht. Er hatte nie eine aggressive, konkurrenzbetonte Einstellung entwickelt. Auf einmal kam es ihm vor, als sei sexueller Appetit eine natürliche Folge des Willens zu Macht und schöpferischen Handelns; er sah sich als stubenreine Kreatur, die sich in pantoffeltragender Selbstzufriedenheit wiegte. Verdammt, warum sollte er nach Hause fahren, wenn ihm gar nicht danach war?

Zwei Straßen von seiner Wohnung entfernt beugte er sich vor und blaffte eine Adressenänderung in das durchlüftete Plexiglas; einige Minuten später wurde er vor Trinas Wohngebäude herausgelassen, einem neuen Luxushochhaus an der Second Avenue. Er hatte sie vor ein paar Wochen hier abgesetzt. Jetzt schritt er auf einem roten Teppich durch einen grünen Hain aus Topfpflanzen und meldete sich beim Portier. Der fragte: »Werden Sie erwartet?«

Diese Routinefrage bereitete ihm Unbehagen, da sie Russells angeblich aus einer Laune geborenen Entscheidung, bei Trina vorbeizuschauen, etwas Komplotthaftes verlieh: Der ethische Aspekt drohte, sich nachdrücklich in den Vordergrund zu drängen.

»Gut möglich.«

»Ich bin ja *so* froh, daß du vorbeigekommen bist«, sagte Trina mit Südstaatenakzent in der Stimme. »Mit dem alten Whitlock konnte ich heute abend nicht allzuviel anfangen, bin aber auch keinesfalls bettreif. Gott, entschuldige das Chaos...«

Das alles andere als aufgeräumte Apartment war im Grunde genommen leer. Im Wohnzimmer befanden sich keine Möbel, außer einem einzelnen Regisseurstuhl, einem Hometrainer sowie einem alten, mit Zeitschriften, Zeitungen, Geschäftsberichten und leeren Lebensmittelpackungen vollgestopften Koffer von Vuitton. In einer Ecke außerhalb des offenen Küchenbereichs nistete eine Sammlung leerer Perrier- und Diet-Coke-Flaschen. Russell ging zu dem Panoramafenster mit Blick über den East River auf Queens und seine semiurbane Häuserwüste.

»Wie lange wohnst du schon hier?«

»Keine Ahnung. Ein Jahr? Vielleicht doch eher zwei. Ich weiß, ich weiß – ich muß mir ein paar Möbel besorgen. Willst du irgendwohin ausgehen?«

»Klar.«

»Oder wir trinken hier einen Schluck.«

»Einverstanden.«

»Ich glaube, irgendwo hab ich noch eine Flasche Dom, die mir mal ein Klient geschenkt hat.«

Sie stöberte die Flasche auf und sah sich dann nach einem passenden Platz um, wo man sie trinken konnte. »Das Bett ist das einzige richtige Möbelstück. Du hast doch nichts dagegen, oder? Wir können uns draufsetzen und es uns gemütlich machen.«

Russell hielt es für spießig, Anstoß zu nehmen, wenn zwei Kollegen ein Gläschen miteinander tranken. Und wenn sie im Schlafzimmer einen Drink nahmen, was war schon dabei? Die spartanische Ausstattung war geschlechtsneutral – an der Wand lehnten ein Paar Skier und ein gerahmtes Plakat von der Van-Gogh-Ausstellung im Met. Sie lümmelten sich aufs Bett, und Russell erkundigte sich nach der Finanzierung, den Bargeldoptionen eines höheren Angebotes.

»Also, unter dem Beta-Faktor«, erklärte Trina, »versteht man den Risikofaktor einer bestimmten Investition. Er ist die multiple Rate jenseits des Schatzwechsel-Zinssatzes, mit der man die erforderliche Eigenkapitalrendite errechnet. Findest du das unsäglich langweilig?«

»Nein, überhaupt nicht.«

»Ich weiß... ich bin eine Art Investmentbanker aus der Hölle. Herrgott noch mal, Trina, halt bloß den Mund.«

»Nein, ehrlich.«

»Also, egal, ein Beta-Faktor von eins ist die Marktrate. O

weh, hab ein klein wenig verschüttet.« Sie leckte ihr Handgelenk ab und fuhr fort: »Ein hoher Beta, beispielsweise zwei, bedeutet höheres Risiko und eine höhere erforderliche Eigenkapitalrendite. Klar?«

Russell nickte ernst, begriff einen Bruchteil des Konzepts. Unversehens tauchte auf dem Nachttisch eine Flasche Moët auf. Es war leicht, sich mit Trina zu unterhalten, und ihm schien es, als rede sie wie ein Mann, erzählte Kriegsgeschichten aus ihrer Zeit bei Silverman, skizzierte groteske Porträts ihrer Kollegen. Er wurde zunehmend lockerer. Daß Corinne etwas gegen das hier haben könnte – herumsitzen und quatschen, wie mit den Kumpels um die Häuser ziehen –, war eine absurde Vorstellung, allerdings sollte er sie bald mal anrufen. Lieber Himmel, schon halb zwölf. Aber sie saßen ja bloß so da, Seite an Seite auf einem Möbelstück, das rein zufällig ein Bett war.

Selbst als Trina sich über Russell beugte, um ihm noch ein Glas einzuschenken, und ihm statt dessen einen Kuß gab, so als ob sie nur ganz zufällig in unmittelbarer Nähe wäre... das alles war völlig harmlos. Warum sollte jemand etwas gegen dieses Aufeinanderdrücken von Lippen einzuwenden haben, das sich ja schließlich so gut anfühlte? Warum sollte Vergnügen eine Nullsummenware sein, wo es sich doch so leicht vermehren, der Reichtum sich durch Teilen vergrößern ließ?

Bis zu einem gewissen Punkt wirkte alles völlig natürlich, doch irgendwann, ungefähr in dem Augenblick, als seine Hand fast unabsichtlich eine Brust entdeckte, erwachte sein Gewissen aus dem Champagnerschlummer.

»Ich muß weg«, sagte er, entzog sich ihr und rollte zum anderen Ende des King-size-Bettes. Dieser Versuch, sich durchzusetzen, klang unsicher, wie ein Versuchsballon; wäre sie in diesem Moment zum Angriff vorgegangen, hätte er vielleicht die Waffen gestreckt.

Statt dessen sagte sie nur: »Bist du *sicher*?«

Eine halbe Minute später war er sicher oder zumindest ausreichend überzeugt, um aufzustehen und gute Nacht zu wünschen.

»Erzähl mir nicht, du warst Corinne all die Jahre treu«, sagte sie, als er ging.

Das war er zwar, aber da dieses Geständnis unglaubwürdig und ein wenig peinlich geklungen hätte, zwinkerte er ihr nur zu, als er zum Abschied winkte. Vielleicht war er doch ein Typ mit niedrigem Beta-Faktor. Als er im Fahrstuhl nach unten stürzte, regte sich kurz sein schlechtes Gewissen. Doch kaum hatte er das Gebäude verlassen und befand sich an der warmen Nachtluft, entschied er, der Haupt- und Schlußpunkt sei, daß er gar nichts *getan* hatte, und so machte er sich forsch zu Fuß auf den Weg nach Hause.

30

Das Wetter war ein nivellierendes Element: Unter seinem Regiment schien alles gleich zu werden, auch wenn sich in diesem Sommer die Obdachlosen ausbreiteten wie tropisches Grünzeug, das sich durch die Gehsteigritzen zwängte, während Einwanderer noch lange nach Einbruch der Nacht außerhalb fegefeuerheißer Zimmer auf Mietshaustreppen kampierten, wo sie Domino und perkussionslastige heimische Tanzmusik auf neuen tragbaren Stereoanlagen spielten. Das einzige, das aus dem Inneren der monolithisch dastehenden Hochhäuser des Geldes drang, war das permanente Summen und Tropfen der Klimaanlagen. Die Reichen blieben in temperierten Festungen oder fuhren an den Strand.

Zum erstenmal hatten die Calloways ein eigenes Sommerhaus gemietet: ein mit Holzschindeln gedecktes Bauernhaus aus dem neunzehnten Jahrundert, das am Rand eines Kartoffelackers in der Nähe des Meeres stand. In ihrem Schlafzimmer hörten sie nachts die Wellen, und wenn die See an bedeckten Tagen nicht zu sehen war, gab es zum Ausgleich den Sonnenuntergang, der sich über den flachen Horizont wie ein abkühlender Barren geschmolzenen Goldes ausbreitete, das rosig durch die Kumuluswolken schimmerte. Hohe Hecken und etliche gut plazierte Ahornbäume schirmten sie von den meisten der Millionen Dollar teuren Ferienhäuser ab, die dreist zwischen den Knollen sprossen, die Früchte neuer, an der Wall Street und an der Madison Avenue gemachter Vermögen. Rücksichtslose geometrische Experimente konkurrierten mit klotzigen Kopien der einheimischen schindelgedeckten Häuschen. In den letzten Jahren waren die zwischen den traditionell beliebten Städten Southampton und East Hampton gelegenen Kartoffeläcker der neueste Schrei geworden. Als Russell scherzte, die Gegend vermittele ihm das Gefühl, seinen irischen Wurzeln näherzurücken, wies Corinne darauf hin, in Irland könne man ein Haus für zwanzigtausend Dollar *kaufen* – soviel Miete zahlte man für die zehnwöchige Saison in den Hamptons. Trotz ihrer Vorbehalte mochte sie das Bauernhaus, das im Unterschied zu seinen protzigen neuen Nachbarn einen gewissen baufälligen Charme aufwies.

David Whitlock und Washington Lee waren zu Gast und teilten sich ein Bad mit dem einen oder anderen Romancier aus dem Mittelwesten, der sich von seinem Lehrauftrag an der Uni erholte, oder einem Dichter aus dem East Village, der ein tiefes Mißtrauen gegen Sonnenschein und sportliche Betätigung hegte. Tim Calhoun, von dem der Ausspruch stammte, nur ein toter Dichter sei ein guter Dichter, war aus Georgia angereist, um seinen neuen Roman abzugeben, Russells neuer Initiative Treue zu schwören und etwas Bourbon zu trinken; eines Samstags fing er an, mit einem nicht registrierten Revolver vom Kaliber 44 Magnum im Vorgarten Kaninchen zu schießen. Victor Propp hielt es fast einen Tag lang aus, ehe er, von plötzlicher Inspiration gequält, mitten während des Abendessens aufsprang und der erzürnten, aber willfährigen Camille Donner befahl, ihn an seinen Schreibtisch in der Stadt zurückzufahren. Trotz wiederholter Einladungen blieb Jeff in der Stadt, und als Corinne ihn bedrängte, sagte er: »In den Hamptons haust der Teufel.«

Um zu ihrem Sommerhaus und zurück zu gelangen, erwarben sie einen Jeep, in diesem Jahr das erforderliche Transportmittel jugendlicher Stadtkrieger, das somit seinen Platz neben den schon sprichwörtlichen BMW und Saabs in den Garagen der East Side einnahm – genau wie auf den schäbigeren Straßen der Bronx und in Queens, wo sich die bessergestellten Crackdealer vorzugsweise in ihm fortbewegten, und wo seine Herkunft als Kriegsvehikel und seine Fahreigenschaften auf rauhem Terrain angebrachter waren. Früher hatten sich die Calloways nie ein Auto leisten können, geschweige denn die in ihrer Wohngegend übliche dreihundert Dollar teure Garagenmiete. Doch angesichts der siebzig oder achtzig Millionen Dollar Schulden, an denen Russell bald partizipieren würde – und eines beträchtlichen Gehaltsvorschusses von Melman –, kamen ihm das Darlehen für den Wagen wie auch die Kosten für das gemietete Haus verhältnismäßig unbedeutend vor.

Als eines Nachts das Autoradio gestohlen wurde, während sie den Jeep fünf Minuten lang vor ihrem Haus stehenließen, schlossen sie ein herausnehmbares Modell an, und Russell krakelte auf ein Stück Hemdenpappe aus der chinesischen Wäscherei von Hand die Worte KEIN RADIO. Dieses Vorgehen erinnerte Corinne nur an die in ihrer Umgebung existierenden Ungleichheiten. Für sie klang es wie der selbstgefällige Slogan eines Clubs, dessen Mitglied sie nicht sein wollte, ein Mantra ängstlich gehüteter Privilegien.

Einmal legten sie die Reise zur Insel in Bernard Melmans Hubschrauber zurück, hoben vom Ufer des East River ab und sahen die Skyline, stachlig wie ein Nagelbrett, hinter sich im Dunst verschwinden. Alles fühlte sich so schwer an, daß Corinne nicht begriff, wie der Hubschrauber sie in die Luft heben und auch dort würde halten können. Ihr Körper glich einer Blase, die mit einer dichten, eklig riechenden Substanz gefüllt war. In letzter Zeit war ihr der Appetit vergangen. Doch sobald die Stadt erst einmal außer Sicht war, ging es ihr normalerweise langsam besser.

Auf dem Land luden sie häufig Gäste ein – mit »Land« bezeichneten die Bewohner Manhattans die Region dicht bevölkerter Ortschaften an der Ostspitze Long Islands. Ihre Partys erwarben sich einen gewissen Ruf, weil sie ein attraktives neues Paar in den Hamptons waren, jünger als die meisten Leute, die sich östlich von Westhampton niederließen, weil Russell kurz davor stand, eine wichtige Stellung in jener Welt zu bekleiden, deren Außenposten diese sandige Landzunge war, und weil sie in aller Unschuld Menschen in ungewöhnlichen Konstellationen zusammenbrachten.

Binnen Tagen schien Russells Bekanntenkreis exponentiell gewachsen zu sein. Er selbst hatte nur Momente in der Presse zugebracht, doch plötzlich waren seine Nachbarn dort regelrecht zu Hause – auf den Seiten von Illustrierten. Gelegentlich saßen am Eßtisch Popstars, führende Literaten und Wirtschaftsmoguln. Russell hinterfragte seine neue gesellschaftliche Position nicht und ärgerte sich über Corinne, wenn sie auf die plötzlich veränderten Umstände zu sprechen kam, die sie teils auf die lockeren gesellschaftlichen Bedingungen der Jahreszeit und des Ortes zurückführte, teils auf die Gönnerschaft Bernard Melmans, der den Sommer nahebei in Southampton in einem riesigen Haus am Meer verbrachte, das alle unbedingt von innen sehen wollten, und sei es auch nur, um sich an der allgemeinen Entrüstung zu beteiligen, die durch die Hamptons gefegt war, als er das neunzig Jahre alte, von dem berühmten Architekten Stanford White errichtete Landhaus ausgeweidet hatte, um es einer zentralen Klimaanlage wegen abdichten und isolieren zu lassen.

Als sich Corinne Sorgen machte, wie aufwendig ihr gesellschaftliches Leben geworden war, bestand Russell darauf, daß er im Grunde geschäftlich tätig sei; tatsächlich hatten sich viele Schriftsteller, die den Sommer hier verbrachten, im Gästebuch der Villa Pommes de terre verewigt. Ein zwei Meter großer Romancier und Pulitzerpreisträger, der aussah wie ein großer Blaureiher mit Haaren à la Albert Einstein, erbot sich eines Abends bei den Calloways nach sieben

Wodka-Martinis und einer Flasche Chardonnay, wegen Corinne seine Frau zu verlassen; dies tat er auf so traurighöfliche Art und Weise, daß Corinne sehr an sich halten mußte, um nicht laut herauszulachen. Gegenüber einem anderen Besucher und literarischen Monument, einem kompakten fünfzigjährigen Sportler und Verfasser humoristischer Epen und Bestseller, erwähnte Russell, er habe auf dem College ein wenig Baseball gespielt, woraufhin er prompt eingeladen wurde, im alljährlichen Softballspiel der Schriftsteller und Künstler Shortstop zu spielen, trotz der großen Konkurrenz zahlreicher Angehöriger der örtlichen Elite, die weder schrieben noch malten – die Besitzer von Medienimperien, Galerien und Filmstudios lagen den jeweiligen Trainern in den Ohren, flehten sie an und drohten ihnen, um auch einmal Schlag- und Wurfmal betreten zu dürfen.

Unter den Augen Corinnes und etlicher hundert Urlauber schlug Russell zwei Doppel und ein Tripel, erwischte drei Flugbälle und beförderte zwei Läufer ins Aus, seine im Alltag auftretende Unbeholfenheit war vergessen. Er war, wie Corinne stolz einfiel, als sie ihm zusah, ein richtiger Sportler, der fast elegant wirkte, wenn er sich auf das Körperliche konzentrierte. Einige hörten, wie sich ein Galeriebesitzer im rechten Feld, der gerade von der Witwe eines verstorbenen abstrakten Expressionisten auf fünfzehn Millionen verklagt wurde, über den eingeschmuggelten Profi in der Schriftstellermannschaft beschwerte.

Es kursierte das Gerücht, ein bekannter Romanschriftsteller, vor nicht allzulanger Zeit im Herbst der gefeierte Star der literarischen Saison, habe sich während seines einzigen Einsatzes bei diesem Spiel blamiert. Danach sei seine Karriere am Ende gewesen – ein paarmal Pech gehabt und eine Reihe schlechter Kritiken, schon ging es rasant bergab in die Bedeutungslosigkeit –, und für die meisten Intelligenzler beruhte dieses Schicksal auf seiner glücklosen Vorstellung auf dem Spielfeld. Der abergläubische Russell interpretierte sein eigenes Spiel als gutes Omen für die Zukunft.

Gebräunt und triumphierend saß Russell auf der Veranda des schindelgedeckten Hauses, auf dem Knie einen Gin-Tonic, und sagte: »Baseball ist supper, also, wirklisch einfach suppergut.« Es fiel schwer, seine gute Laune nicht zu teilen, doch als er hinzufügte: »Das Leben ist gut«, fürchtete Corinne, er habe sie beide verhext, und sie klopfte mit den Fingerknöcheln gegen den Türrahmen, doch der war aus Metall, nicht aus Holz.

Russell sah sich im Fernsehen die Iran-Contra-Hearings an und schrie vor Entrüstung auf angesichts der, wie er fand, Perfidie der Reagan-Regierung. Eines Freitagnachmittags leistete ihm Washington vor dem Fernseher Gesellschaft. Er war alles andere als entrüstet, sondern schien es zufrieden zu sein, daß sich sein Eindruck zu bestätigen schien, offiziell werde endemisch mit schmutzigen Tricks gearbeitet. »Diese Scheiße gibt es doch nicht erst seit heute«, erklärte er Russell. »Bloß sind sie diesmal erwischt worden.« Besonders freute es Washington, als Russells Kandidat, Gary Hart, über seine eigenen Hosenbeine stolperte, die ihm zufällig gerade um die Knöchel hingen, und sich aus dem Rennen zurückziehen mußte. Später sollte sich auch Joseph Biden verabschieden, als man die Worte eines anderen in seinem Mund entdeckte.

In der Stadt wie auf dem Land, Bernard Melman feierte nur in hochherrschaftlichem Rahmen, und die Calloways besuchten etliche seiner Partys im Haus am Strand, die sie – wie viele andere Gäste auch – insgeheim ein wenig *zu* aufwendig fanden, und die sie noch insgeheimer genossen.

Als Bernie Melman eines Julimorgens in der Stadt zur Arbeit ging, eingekapselt von seiner Traube Leibwächter in ihren schwarzen Anzügen, dachte er über seine bevorstehende Party nach, das Topereignis seiner Saison. Zu den Empfängern seiner per Boten zugestellten Einladungen gehörten drei Senatoren, drei Kabinettsmitglieder, fünf Filmstars, zwei Fernsehmoderatoren, ein ehemaliges Footballidol, zwei Prinzessinnen, ein Baron, zwei Herzöge und eine Marquise, drei Klatschkolumnisten, ungezählte Mannequins, ein Popsänger und siebzehn der Forbes Four Hundred, der reichsten Amerikaner. Die üblichen Verdächtigen. Zu denen, die schriftlich abgesagt hatten, gehörten wieder einmal seine Eltern.

Melman *père* besaß ein Teppichreinigungsunternehmen; Bernies älterer Bruder war Chirurg, sein jüngerer Bruder Patentanwalt. Die drei machten zusammen keine halbe Million im Jahr, doch seine Brüder hatten angesehene Berufe ergriffen, während Bernie – wieviel er verdienen mochte – nie den Verdacht seiner Eltern ausräumen konnte, eine Art Gangster zu sein. Ja, fast mißbilligten sie seinen Reichtum. Erst vor einer Woche hatte ihm sein Vater einen obskuren Zeitschriftenartikel geschickt, der feindliche Übernahmen scharf kritisierte. Außerdem hatten Bernies Eltern ihm die Scheidung von seiner ersten Frau immer noch nicht verziehen, die sie gemocht hatten und von der sie an Feiertagen besucht worden waren, während sie der neuen gegenüber, die sie »die Queen« nannten, kaum die Grundregeln der Höflichkeit befolgten. Den Begriff *Scheidung* gab es in ihrem Wortschatz nicht, höchstens in der Form, daß sie sie eine widerliche Unsitte der Gojim nannten.

Erst in letzter Zeit zeigten sie ein gewisses Interesse an seinen Erwerbungen. Als er ihnen sagte, er wolle einen Verlag kaufen, erkundigte sich sein Vater, ob er vorhabe, Saul Bellow zu verlegen. »Noch nicht«, antwortete Bernie.

»Hmmm«, machte sein Vater, ein abwesendes Brummen, das seinem Sohn anzeigte, sein Geist habe sich soeben zu einem langen, einsamen Spaziergang verabschiedet.

»Es gibt keinen Grund, weshalb ich ihn nicht in Zukunft verlegen könnte«, sagte Bernie und fügte hinzu: »Hast du schon mal von Victor Propp gehört?«

»Was hat er geschrieben?«

Da hatte ihn der Alte erwischt. »Ich finde Saul Bellow, okay?« Und das hatte Bernie wirklich versucht, war durch offizielle und private Kanäle an den Nobelpreisträger herangetreten, doch bislang erfolglos. In der Zwischenzeit hatte er angeboten, sein Privatflugzeug nach Cleveland zu schicken – dann konnten seine Eltern zur Party kommen und noch in derselben Nacht wieder zu Hause in Chagrin Falls sein. Die gesellschaftliche, politische und geschäftliche Elite des Landes traf sich in Bernie Melmans Sommerhaus, einige flogen sogar aus weit entfernten Orten wie Los Angeles ein, aber seine Mutter war nicht bereit, auf ihren Bridgeabend zu verzichten.

Eines feuchten Samstagabends, ein paar Wochen nach dem ersten Übernahmeangebot durch Russells Gruppe, fand sich Corinne auf einer Veranda hinter dem Melmanschen Sommerhaus wieder und suchte den Rasen nach Russell ab, nachdem sie ein Trio jüngerer Kennedys abgeschüttelt hatte, die vom Cape Cod zur Party angereist waren. In fünfzig Meter Entfernung rauschte das Meer gegen den Strand; auf dem Rasen schossen smokingtragende Kellner wie Pilotfische um Jeans und Polohemden tragende Firmenchefs herum. Sie entdeckte Sasha Melman, einen Kopf größer als die meisten Anwesenden. Corinne hatte sich an diesem Nachmittag mit ihr unterhalten. Sie wirkte wie etwas, das man nach genauen Angaben für einen reichen Mann hergestellt hatte, in Edelsteine eingefaßt, dermatologisch straff. Während Corinne über die Geheimnisse reicher, hochgewachsener Frauen nachgrübelte, entdeckte sie etwas – vielleicht das Spritzwasser eines Wals? – im Meer direkt hinter der Brandung.

Corinne zog sich auf der Suche nach einer Toilette ins Haus zurück und ging eine Hintertreppe hinauf, um dem Gedränge im Erdgeschoß zu entgehen. Nach der Sonne und dem Lärm draußen wirkte der kühle Korridor oben düster und unheimlich. Als sie hinter einer Tür im ersten Stock Musik und Stimmen hörte, schlich sie näher, lauschte und erkannte Jeffs Stimme über der schwermütigen Musik. Als sie klopfte, brach das Gespräch abrupt ab. »Scheiße«, sagte die andere Stimme.

Da es zu spät war, um sich würdevoll zurückzuziehen,

nannte Corinne ihren Namen, und endlich öffnete Jeff die Tür.

Vorsichtig betrat sie das Zimmer. Der erste Eindruck war der einer Bar kurz vor dem Zapfenstreich, die Luft rauch-, schweiß- und biergeschwängert, obwohl das Zimmer Meerblick hatte und dank tropischer Stoffe und weißen Holzes hell wirkte. Doch die Jalousien waren heruntergelassen, und die Luft hatte sich seit Stunden nicht bewegt. Auf dem ungemachten Bett lag der Länge nach Tony Duplex, der neoexpressionistische Maler.

»Klar, ich erinnere mich«, antwortete er auf ihre nervöse Begrüßung mit dem reflexiven Solipsismus des Prominenten.

»Du hast uns nicht gesagt, daß du hierherkommen wolltest«, sagte sie zu Jeff.

»Tony hat mich überredet, ihn zu begleiten.« Jeff sah aus wie immer, jungenhaft alternd, die schlaksige Gestalt in Jeans und Oxfordhemden gehüllt sowie, der Jahreszeit zu Ehren, in ein übel zerknittertes, ehedem weißes Leinenjackett.

»Mein Scheißgalerist hat mich überredet herzukommen, und allein wollte ich mich dem hier nicht aussetzen«, erklärte Duplex. Er trug die Haare zu einem Pferdeschwanz zurückgekämmt, Sonnenbrille und ein schwarzes T-Shirt, sein Gesicht war in einem bedeutenden neuen Weißton gehalten.

»Ihr Galerist?«

»Genau. Diesem Arschloch Melman gehört ungefähr die Hälfte meines Werks, darum muß ich auf seine Partys gehen. Mein Galerist hat Angst, weniger abzusetzen, wenn sich meine Einstellung nicht bessert. Darum bin ich das Scheißwochenende über in den Scheißhamptons. Jeff hab ich mitgeschleppt.«

»In den Hamptons haust der Teufel«, stellte Jeff fest.

Tony streckte die Hand aus und drehte die Lautstärke des auf dem Nachttisch stehenden Radios auf, aus dem eine nasale Stimme klagte: *»If you ask me why I hate you, I'll try to explain ...«*

»Gefallen Ihnen The Cure?« schrie Tony zu Corinne hinüber, auf einmal freundlicher, da er nun genau wußte, daß sie wieder gehen würde.

»*The cure*, das Mittel? Wogegen?«

»Gegen diesen beschissenen Phil Collins«, sagte Jeff.

»Kommst du mit runter?« fragte sie Jeff.

»Ich komm schon noch runter.«

»Warum übernachtest du heute nicht bei uns?«

»Wahrscheinlich fahr ich wieder zurück. Ich ruf euch aber an.«

Vor der Tür drehte sich Corinne zu Jeff um. »Bitte komm.« Sie stellte sich auf die Zehen und schlang die Arme um seinen Hals. »Stoß uns nicht weg.«

»Ich werd's versuchen«, sagte er.

Wieder auf der Veranda angekommen, wollte sie gerade die Treppe hinuntergehen und sich in die Menge stürzen, als sie merkte, daß Bernie Melman neben ihr stand. Leger gekleidet, sah er in Corinnes Augen mit seinen haarigen Armen und dem aus der giftgrünen Hose quellenden Bauch ein wenig lächerlich aus. Einige Menschen waren einfach nicht dafür geschaffen, in Zivil gesehen zu werden. Da sie fand, ihm gegenüber ungerecht zu sein, sagte sie: »Es ist ein sehr schönes Fest. Danke für die Einladung.«

»Amüsieren Sie sich?«

Sie nickte.

»Woran merkt man das?«

Corinne zuckte hilflos mit den Schultern.

»Sie sollten sich unters Volk da draußen mischen, Ihren zweiten Mann kennenlernen«, schlug er, verschmitzt lächelnd, vor. »Einige der reichsten Männer Amerikas treiben sich in Bermudashorts auf dem Rasen herum, und mindestens drei davon haben sich schon nach Ihnen erkundigt. Ich sagte, Sie seien verheiratet, aber diese Burschen glauben, wenn sie was sehen, was ihnen gefällt, kriegen sie's auch. Die möchten Ihnen Kundenkreditkonten bei Bulgari und Bendel eröffnen, Sie brauchen es nur zu sagen. Ich persönlich kann mich für keinen dieser Schnösel verbürgen«, fuhr er fort, als er sah, daß sich ihre Belustigung in engen Grenzen hielt. »Ja, wenn Sie drauf bestehen, lasse ich sie umgehend vom Anwesen entfernen. Sie brauchen es nur zu sagen. Ein Wort genügt. Platsch. Scheiße, rein mit ihnen ins Meer, stimmt's? Haben Sie meinen Mitarbeiter Ralph schon kennengelernt, den da drüben?« fragte er und wies auf einen in der Verandaecke erkennbaren dunklen Schatten. »Für Ralph ist der schwarze Gürtel schon lange kein Thema mehr, verdammt, er hat den Platingürtel in irgendeiner koreanischen Kampfsportart, von der man noch nie was gehört hat, so geheim ist sie. He, he, Ralphie-Boy... wie heißt diese Kungfu-Geschichte, die du machst?«

»Taekwondo, Mr. Melman«, rief der Experte zurück.

»Genau, egal. Hören Sie, man könnte ihn töten, nur weil er das laut ausgesprochen hat. Streng geheim. Einmal hat irgendso'n Volltrottel tatsächlich versucht, mich zu berauben, den hat Ralph quer über die Fifth Avenue geschleudert, alle vier Fahrspuren, direkt in so 'n Scheißkarren. Brezeln flogen durch die ganze Gegend. Ein Wort von Ihnen genügt, und er schickt diese Typen in 'ne Erdumlaufbahn. Oder jede andere Person, wie Sie wollen. Beispielsweise die kleine Tussi da unten, die gerade Ihren Mann anbaggert. Wumm! Weg isse.«

Unten auf dem Rasen unterhielt sich Russell tatsächlich gerade mit einer beunruhigend mageren Brünetten mit den für ein Model charakteristischen füllenhaften Gesichtszügen und theatralischen Gesten.

»Oder auch *ihn*«, schlug Melman augenzwinkernd vor.

»Man sollte meinen, Sie wären Ihrem neuen Geschäftspartner gegenüber ein wenig loyaler.«

»Russell, he, ich mag Russell. Intelligent, gutaussehend. Aber Geschäftspartner würde ich ihn nun nicht gerade nennen. Für ihn ist es Geschäft, für mich eher Wohltätigkeit.«

Auf und hinter dem Rasen entstand irgendeine Unruhe, ein lärmendes, hektisches Brodeln, das Leiber ans Meer zu treiben schien. Ralph roch Gefahr und näherte sich Melman, der zu dem plötzlich aufgeregten Stimmengewirr hinsah, das vom Meer herübergetragen wurde.

Gemeinsam gingen sie zum Strand, folgten den Nachzüglern über den Rasen. Die vom Ufer zurückwehenden Rufe und Schreie übertönten das Tosen der Brandung, und einige der Menschen von ganz vorn drängten wieder zurück, wodurch eine Gegenströmung zu dem vorherrschenden Zug in Richtung Strand entstand. Corinne drängte weiter nach vorn und wurde plötzlich gegen Russell geschleudert, der ihre Hand ergriff.

»Siehst du ihn?« fragte sie genau in dem Moment, als eine große, silberblaue Sichel wie ein glänzender Mondsplitter über den Köpfen auftauchte und sie infolge des allgemeinen Rückzugs beinahe zu Boden gerissen wurden.

»Komm weiter«, sagte Russell mit vor Aufregung jungenhaftem Gesichtsausdruck. Er zerrte sie vorwärts, bis sie sich am Rand des von der Flut übriggelassenen Sandstrands aus der Menge lösten.

Das im seichten Wasser zuckende Wesen lag nur noch zur Hälfte im Meer; an seiner freiliegenden Flanke stand eine mannshose Flosse fast senkrecht und überragte die bis zu ihren Hüften in der Brandung steckenden Menschen. Es wühlte Schaum und Sand auf und versuchte, weiter ans Ufer zu schwimmen, als hätte es sein Leben im Wasser aufgegeben und hoffte, dem Ahnen aus grauer Vorzeit nachzueifern, den es mit diesen mickrigen, aufgeregten Landbewohnern teilte. Ein durchdringender Geruch lag in der Luft – etwas Uraltes, aus den Tiefen des Ozeans nach oben Befördertes. »Schwimm zurück«, flüsterte Corinne. Als sie in das riesige schwarze Auge schaute, das über den grauen Furchen des Bauchfleisches lag, spürte sie, wie sie in einen Abgrund aus Traurigkeit gezogen wurde.

Russell entledigte sich seines Hemdes und warf sich ins Wasser, um den Männern zu helfen, die versuchten, den Wal zurückzuschieben, fort von der Küste.

»Achtet auf die Schwanzflosse!« brüllte jemand.

Es gelang ihnen etliche Male, das Tier ein paar Meter nach draußen zu drücken, doch die Flut und der Drang des Tieres, sich selbst an den Strand zu setzen, ließen nicht nach. Der bis zur Hüfte im Wasser stehende Russell schrie Anweisungen und warf sein Gewicht gegen den glitschigen todgeweihten Koloß. Bei Einbruch der Dunkelheit tauchte hundert Meter vor dem Ufer ein Kutter der Küstenwache auf. Als Russell endlich aus dem Wasser kam, strampelten sich neun oder zehn Polizisten hilflos im Sand ab.

Die Party hatte einen Schwerpunkt bekommen; sämtliche Gäste waren alte Hasen, wenn es ums Geldspenden für wohltätige Zwecke ging, und jetzt hatte man ihnen eine Krise direkt vor die Füße gelegt. Niemand wußte, was zu tun war. Ein Mann von der First Boston ging bereits mit einem silbernen Sektkühler den Strand entlang und sammelte für die Rettung des Wals.

»Es ist entsetzlich«, sagte Corinne.

»Ich weiß.« Russell war jetzt weniger aufgedreht, außer Atem und zitterte. »Nimmst du den Wagen?« fragte er. »Ich bleibe noch.«

»Jeff ist hier.«

»Ach ja? Ich dachte, er schmilzt im Sonnenschein.«

»Versuch, ihn zu überreden, daß er heute nacht zu uns ins Haus kommt, ja? Er hat sich mit diesem unheimlichen Tony Duplex in einem abgedunkelten Zimmer verkrochen.«

»Ich werd's probieren. Aber halt nicht vor Spannung den Atem an. Er hat mit diesem verfluchten Fisch 'ne Menge gemein.«

Sie hatte sich schon gedacht, daß Russell bis zum Ende bleiben und helfen wollte, so gut er konnte. Er ertrug die Vorstellung nicht, daß etwas Aufregendes ohne seine Mitwirkung passierte, und sein sonniger, pragmatischer Charakter machte ihn glauben, er könne das Resultat positiv beeinflussen. Doch der Wal lag im Sterben, das hatte Corinne in seinem Auge gesehen, und sie hatte genug gesehen.

Der Spendensammler, rotgesichtig und mit glasigem Blick

unter seiner Mets-Mütze, hielt ihr den Sektkühler unter die Nase.

»Rettet'n Wal, rettet'n Wal.«

»Wie?«

»*Wie?*«

»Was haben Sie mit dem Geld vor.«

Langsam löste sich sein Unterkiefer von dem übrigen Gesicht und hing schlaff herab. Augenscheinlich hatte sich ihm diese Frage noch nicht gestellt.

31

Sonntags nachts zog sich ein hundertfünfzig Kilometer langes Band roter Rücklichter und Bremsleuchten wie eine Schnur trister Perlen, die das Ende des Wochenendes anzeigte, zwischen Montauk und Manhattan hin, mittendrin auch Russell und Corinne.

Als sie am Abend nach Bernie Melmans Party langsam auf die Stadt zurollten, hörten sie sich im Radiosender WINS die neuesten Meldungen über den gestrandeten Wal an. Um dreiundzwanzig Uhr wurde er für tot erklärt. Unterdessen spielten alle Musiksender immer und immer wieder dieselben schwermütigen Songs – »With or Without You« und »I Still Haven't Found What I'm Looking for«, echte Rettet-die-Wale-Musik. Jeden Moment würde sich jetzt unweigerlich Phil Collins in Hörweite winseln. Corinne fand, daß Rockmusik mehr Spaß gemacht hatte, als sie nach New York gezogen waren, als sie die halbe Nacht ausgegangen waren und durchgetanzt hatten. Was war bloß aus Blondie, den Cars, den Clash geworden?

»Ich wüßte gern«, sagte sie, »wer berufsmäßig Wale für tot erklärt?«

Russell nahm sich diese Niederlage sehr zu Herzen. In seiner Persönlichkeitsstruktur war wenig Platz für Fatalismus, für den Verdacht, daß tierisches Fleisch lediglich das hilflose Gefäß tyrannischer Aminosäuren war, daß menschliche Schicksale von einer launischen Gottheit unveränderlich vorherbestimmt wurden. Corinne glaubte, ihm fehle es an Gespür für das Böse, und deshalb sei er auf ein Leben als Geschäftsmann schlecht vorbereitet.

Als wolle er sein Unvermögen demonstrieren, ihre Gedanken zu lesen, sagte Russell unvermittelt: »Ich mag Bernie. Er hat sich als wirklich anständiger Typ entpuppt.«

»Du hältst jeden für einen wirklich anständigen Typ.« Bei all seiner Intelligenz war Russells Menschenkenntnis schon immer ein wenig unterentwickelt gewesen, im Zweifelsfall hatte er immer dem Burschen mit dem gewichsten Schnurrbart geglaubt.

Sie erzählte ihm von ihrem Verandagespräch mit Bernie. »Ich weiß nicht, wie weit man ihm trauen kann. Zugegeben, er ist witzig und alles, aber man hätte meinen können, er machte mir einen Antrag.«

»Nun ja«, antwortete Russell nach kurzem, nur von der Klimaanlage gestörtem Schweigen, »das kann ich ihm nicht verdenken.«

»Mehr hast du dazu nicht zu sagen?«

»Was soll ich deiner Meinung nach sagen?«

Erst in diesem Augenblick gestand Corinne sich ein, daß sie eigentlich wollte, er solle alles aufgeben – seine Beziehungen zu Melman beenden, die Firma nicht kaufen. Sie steckten bis über beide Ohren in der Sache drin. Diesen Eindruck hatte sie auf der Party gehabt. Und darum legte sie Wert darauf – obwohl sie es bei der Gelegenheit als keinen großen Affront empfunden hatte –, die Kränkung zu übertreiben.

»Du würdest mit einem Mann Geschäfte machen, der mit deiner Frau pennen will?«

»Großer Gott, Corinne, mach mal halblang. Einige meiner besten Freunde wollen mit dir pennen.« Das hielt er für ein geistreiches Kompliment, doch als er zu ihr hinübersah, starrte sie erschüttert in die reflektierende Windschutzscheibe und überlegte, an welche besten Freunde er wohl gedacht haben mochte.

Zwischen den roten Lichtern vor ihnen und den weißen Lichtern hinter ihnen eingezwängt, legten sie die restliche Strecke nach Manhattan schweigend zurück. Russell grübelte über das nach, was er für Corinnes manichäische Natur hielt: Sie war so verdammt extrem, daß sie all das fürchtete, was sie nicht lieben konnte. In letzter Zeit waren die Extreme verstärkt hervorgetreten. Außerdem wurde sie immer dünner, ihre Eßgewohnheiten zeigten beinahe die Symptome einer Anorexie – ein Problem, das seit der Schule bei ihr mit Unterbrechungen immer wieder aufgetreten war. Wenn sie das Gefühl hatte, andere Aspekte ihrer Existenz nicht befriedigend kontrollieren zu können, entschloß sie sich, ihren Körper zu kasteien.

Mehrmals versuchte er, den Gesprächsfaden wieder aufzunehmen, als wäre nichts passiert, doch ihre Antworten fielen ausgesprochen einsilbig aus.

Die Überschrift der *Daily News* lautete: »Wal Überraschungsgast auf Finanzhai-Party.« Die *Post*: »WALsinniger Gast auf Hampton-Beach-Fete.« Man nahm an, daß der Buckelwal der größte Meeressäuger war, den es in diesem Jahrhundert an Long Islands Küste angetrieben hatte. Einen Tag später druckte die *Times* einen Zweispalter unter der Überschrift: »Wal in Long Island angetrieben.« Ein Kolumnist der *Village Voice* behauptete, Melman habe am Tag vor der Party mehrere Kanister Walpheromon an seinem Strand ins Meer geschüttet, was ein Sprecher Melmans »lachhaft« nannte und zum Beleg mehrere Meeresbiologen zitierte, die sich über diese Vorstellung lustig machten. Viel später wurde in einem Abschiedsessen über die achtziger Jahre in *Harper's* die Party, auf der Bernie Melman einen gefangenen Wal ausgestellt habe, als Beleg für die ungeheuerlichen Exzesse dieses Jahrzehnts angeführt.

In jenem Sommer fuhr Corinne immer noch montags bis freitags mit der U-Bahn ins Büro, aber alles andere hatte sich geändert. Ihrer Meinung nach war Russell schon immer zu sehr darauf erpicht gewesen, sich bei anderen beliebt zu machen, und seine Kampagne zur Übernahme von Corbin, Dern hatte ihn fast in einen Politiker verwandelt. Er mußte mit Dave Whitlock, Washington Lee und Leticia Corbin kollegialen Umgang pflegen, er mußte für die Aktionäre und die unternehmensfremden Vorstandsmitglieder ein Lächeln aufsetzen, außerdem die Autoren mit Essenseinladungen und Streicheleinheiten versorgen. Offenbar war keiner außer Corinnes Ehemann dazu imstande. Außerdem mußte er ungeheuer viel Zeit mit Trina Cox verbringen. Und anscheinend mußte er auch eine Menge Schnäpse trinken, um das alles zu bewältigen, da er gewöhnlich rotgesichtig und mit Sprachschwierigkeiten nach Hause kam, nachdem er vorher aus einer Telefonzelle angerufen und ihr mitgeteilt hatte, die Gruppe sei von einer Lokalität in eine andere gewechselt, und ob sie sich nicht anschließen wolle. Das sie keinen Alkohol mehr trank, genoß sie diese nächtlichen Eß- und Trinkorgien nicht besonders; sie fühlte sich am Tisch als Fremde, ohnehin ging es gewöhnlich um Interna, daher blieb sie meist zu Hause und wartete darauf, daß er eintrudelte.

Zu Beginn des Sommers kam er häufig erotisch aufgeladen nach Hause, als hätte er sich einer Art Testosteron-Transfusion unterzogen, und manchmal fragte sie sich, wen er da eigentlich fickte... Durch das Gefäß ihres Körpers schien er die Welt zu übernehmen. Ab Juli hatte er kaum noch die Energie, ihr auch nur einen Gutenachtkuß zu geben. Offenbar war die Ehefrau die Person, die keine zusätzliche Aufmerksamkeit erforderte, vielleicht weil er sie als selbstverständlich hinnahm.

Das erste Übernahmeangebot war nach wochenlangen erbitterten Diskussionen vom Vorstand abgelehnt worden. Zur Abwehr der Melman-Gruppe hatte man verschiedene Maßnahmen eingeleitet; Melmans Anwälte reichten in Delaware Klage ein mit dem Ziel, diese Maßnahmen zur Abwehr der feindlichen Übernahme gerichtlich für »ungültig und unrechtmäßig« erklären zu lassen. Corbin, Dern reichten Gegenklage ein. Jerry Kleinfeld fand einen Investor und Partner, einen deutschen Verlag, der sich bereit erklärte, sie zu unterstützen, und der als Anreiz zwei Dollar mehr pro Aktie bot. Dann gab J. P. Haddad, der Offshore-Investor, dessen Schiff Russell und Corinne im März desselben Jahres in der Karibik gesehen hatten, ein Angebot ab, das mit dem Angebot der von den Deutschen unterstützten Management-Gruppe beinahe identisch war. Wegen der Schwierigkeiten, die beim Vergleich beider Angebote – unterschiedlich zusammengesetzte Kombinationen von Bargeld und Aktien – auftraten, rief der Vorstand noch einmal zur Abgabe von Angeboten auf. Russell war niedergeschlagen, aber Trina blieb optimistisch. Nachdem Trina in den Büroräumen von Melmans Anwälten den Anruf Whitney Corbins entgegengenommen hatte, rief sie Melman in Southampton an und stellte den Telefonlautsprecher an. Von den Deutschen hatte er gewußt, aber nicht von Haddad. »Dieses Arschloch. Der hat mir das letzte Geschäft weggeschnappt, ich lasse auf keinen Fall zu, daß dieser Irre das hier auch noch kriegt. Wir spielen auf alles oder nichts. Wie hoch können wir gehen, Trina?«

»Ich wüßte nicht, wie wir mehr als einen Dollar pro Aktie rechtfertigen könnten.«

»Wir sollten überlegen, noch zwei fünzig pro Aktie draufzulegen und ein zweistufiges Angebot draus zu machen.«

Einen Tag später hatten Trina und die Bilanzfritzen ein Angebot zusammengestellt, das den Verlag um vier Millionen verteuern würde; als Grundlage dienten die etwas optimistisch geschätzten Erlöse, die sie beim Verkauf der Lehrbuch-Abteilung herauszuschlagen hofften. Melman kehrte mit seinem Hubschrauber in die Stadt zurück. Bei ein paar Drinks mit Russell rückte Washington mit einer wertvollen

Information heraus: Die Deutschen waren bereit, auf einundzwanzig zu erhöhen.

»Woher weißt du das?« fragte Russell.

»Ich habe meine Quellen.«

»Das reicht nicht. Ich muß es genau wissen.«

»Bettgeflüster, mein Lieber.«

Russell täuschte einen seiner gelegentlichen Anfälle von Begriffsstutzigkeit vor und hielt verblüfft die Hände hoch.

»Sagt dir der Name Carlton etwas?«

»Du treibst es mit Carlton? Harolds Schnucki?«

»He, Boß, wir alle müssen unseren Beitrag leisten.«

»Lieber Himmel. Können wir ihr trauen?«

»Hier geht's um Rache, verstehst du? Harold hat eine neue Flamme, und Carlton sitzt direkt vor der Tür, wenn er sich zu Geschäftsbesprechungen mit seinen Jungs trifft.«

»Ich *glaub* dir nicht, Washington.«

»Manchmal bin sogar *ich* erstaunt.«

Die Frist für die letzten Angebote war vor sechs Stunden verstrichen, und die Melman-Gruppe wartete darauf, von der Anwaltsfirma zu hören, die den Corbin, Dern-Vorstand vertrat. Nach seiner Rückkehr in die Stadt hatte Bernie liebenswürdigerweise darauf bestanden, daß sich das Verhandlungsteam in seinen Büroräumen niederließ. Dort trieben sie sich jetzt seit dreizehn Stunden herum, redeten, bestellten im »21« Essen, nahmen gelegentlich Anrufe von Anwälten und Ehefrauen entgegen und schlugen rosa Golfbälle über die flauschigen gold- und pfirsichfarben angehauchten Aubusson-Teppiche des großen Konferenzzimmers in liegende Weingläser.

Es ging bei ihnen nur noch um dieses Geschäft, es herrschte eine Adrenalin-Kameraderie. Jeder einzelne von ihnen kam den anderen intelligenter und witziger als sonst vor. Zwei Themen dominierten: der Abschluß und Sex. Man erzählte den Witz über den Löwen und den Affen; über den schiffbrüchigen Matrosen, den Dobermann und die Schafe; über den

Franzosen, den Engländer und den Juden. Die Juden erzählten Judenwitze, Russell Irenwitze und die Anwälte Juristenwitze.

Trina erzählte den Witz über den Investmentbanker Dennis Levine, der wegen Insiderhandels verurteilt wurde: »Der Typ muß geistig behindert sein, hat elf Abschlüsse gebraucht, um lausige acht Millionen zu verdienen.« Melman hatte ein enzyklopädisches Repertoire, und bei ihm wurde am lautesten gelacht. Vor Erschöpfung und Passivrauchen war Russell halb im Delirium. »Früher bin ich nur zum Spaß die halbe Nacht aufgeblieben«, sagte er zu Rockaby.

»Es macht mehr Spaß, wenn man's für Geld tut«, erwiderte Rockaby.

Offenbar blühten Melmans Banker bei dieser ritualisierten, höheren Form von Schlafentzug regelrecht auf, doch Russell registrierte beeindruckt, daß sich Trina neben dieser teuren Mannschaft sehr gut hielt.

Obwohl seine Anwesenheit weder erforderlich noch völlig korrekt war, hatte Washington nach seinem Abendessen auf einen Sprung vorbeigeschaut, um etwas von der Stimmung mitzunehmen. Als er im fünften Stock ankam, war er unter seinem Comme-des-Garçons-Anzug leicht zerknittert; die Sicherheitsleute im Foyer – einen davon erkannte er mit ziemlicher Sicherheit aus der Nacht seines entwürdigenden Rückzugs aus der Casa Melman – hatten ihm das Leben schwer gemacht, sich zuerst geweigert, ihn oben zu melden, und gedroht, statt dessen die Polizei anzurufen.

»Ich trage mich mit dem Gedanken, Ihre Schläger anzuzeigen«, sagte er zu Melman, »weil sie meine Bürgerrechte mit Füßen getreten haben.« Zu seinem Verschwinden von Melmans Dinnertisch hatte sich Washington nie geäußert, da er befürchtete, es werde zu endlosen Peinlichkeiten kommen, sollte das Thema einmal angesprochen werden. Er hatte Sasha Melman ein konventionelles Dankschreiben geschickt und das Treffen mit Donald Parker wie angewiesen in die Wege geleitet, was er sonst wohl eher unterlassen hätte.

»Trinken Sie einen Cognac«, sagte Bernie. »Möchten Sie einen Cognac? Möchten Sie eine Zigarre? Carl, holen Sie dem Mann um Himmels willen einen Cognac. Mögen Sie Kunst?« fragte er, als Washington die Gemälde an den Wänden betrachtete.

»Der Dubuffet ist langweilig, aber der Duplex gefällt mir.«

»Von diesem Arschloch habe ich die größte Sammlung im Land. Wenigstens noch ein, zwei Tage lang. Vor ein paar Wochen hat er beinahe mein Sommerhaus in Schutt und Asche gelegt. Sehen Sie sich um, ich muß ein paar Telefonate führen.«

Im Vorzimmer quatschte Russell mit ein paar Anzugträgern. Washington war es unmöglich, ihre Namen oder Gesichter auseinanderzuhalten. Das, sagte Russell, sei das juristische Team. Drei rosagesichtige Kerle in blauen Anzügen, einer mit einem Golfschläger in der Hand. Nicht klassisches Weißbrot, eine Spur Roggen – ein wenig kahler und kleiner als das durchschnittliche Mitglied des Harvard Club. Wie hielt man diese Knaben eigentlich auseinander? Würde es ihren Frauen auffallen, falls ihre Männer am Bahnhof von Chappaqua die Autos tauschten und zu den falschen Häusern führen? Schatz, heute abend siehst du kleiner aus – einen anstrengenden Tag im Büro gehabt?

»Wie sieht's aus?« fragte Washington.

»Es ist ein Dampfhammer«, sagte Russell.

»So gut?« fragte Washington mehr oder weniger aufrichtig.

»Ja, das heißt, du weißt schon...«

»Wann wissen wir, ob wir unsere Scheißjobs behalten?«

»Wahrscheinlich irgendwann heute nacht.«

»Ich melde mich wieder«, versprach Washington. »In der Zwischenzeit feilt ihr weißen Knaben noch ein wenig an euren langen Putts.«

Als er im Erdgeschoß aus dem Fahrstuhl stieg, rief er dem halslosen Gorilla, der ihm Ärger gemacht hatte, ein »Bis später, Guido« zu. Sieben unterschiedlich lange Limousinen standen wartend am Gehsteig. Washington bestieg einen schwarzen Lincoln.

Er musterte den verblüfften Fahrer im Rückspiegel. »Sie fahren für Fried, Flotte und Cadwaller, stimmt's?«

Der Fahrer nickte.

»Dann nichts wie los. Fifty-eighth Street zwischen Park und Madison.«

»Haben Sie einen Coupon?«

»Den werd ich brauchen, danke.«

Der Wagen fuhr an und bog aus seinem Parkhafen in die Fifth Avenue.

»Zurück nehme ich den Helikopter«, sagte Washington, als sie vor der »Au Bar« hielten, wo ihn der Portier begrüßte und die lila Kordel anhob, um ihn passieren zu lassen. Kein großer Triumph – der Laden war halb leer, ein paar vereinzelte Abkömmlinge griechischer Reeder und Debütantinnen des vergangenen Jahres. Er trank etwas und gabelte ein Mädchen auf, das behauptete, sie habe ihn im Frühjahr kennengelernt. In diesem Fall dachte er über die Bedeutungserweiterung nach, die das Verb »kennenlernen« erfahren hatte. Er erinnerte sich zwar nicht an sie, hätte es aber tun sollen; sie war zweifellos flachlegenswert, eine Engländerin, die kaum in ihr goldbesetztes Bustier paßte. Sagte, sie heiße Samantha. »Laß uns irgendwohin gehen, Sam«, schlug er vor. »Dieser Schuppen ist erledigt.«

Sie sagte, sie warte auf ein paar Freunde, eine Antwort, die ihm zuwider war.

»Die können wir doch in der City treffen«, schlug er vor, da er sich von etwas säubern mußte, das er oben in Melmans Büro abbekommen hatte, den Mief höflicher, weißer Habgier, der wie schlechtes After-shave an einem haftete. An der Upper East Side wird man diesen Mief einfach nicht wieder los.

»An der Ecke 77th und Park gibt's 'ne Party.«

Die Verhandlungen sahen nicht vielversprechend aus. Mangelnder Enthusiasmus der Beteiligten: Er wollte nicht bleiben, und sie wollte nicht weg. Alles in allem hatte er nicht das Gefühl, es unbedingt tun zu müssen. So fuhr er also mit dem Taxi ins »Nell's«, wo er ein paar Bekannte traf, wenn auch nicht die Person, die ihm – wenn auch nur für ein paar Stunden – das Gefühl hätte geben können, wegen ihr um die Häuser gezogen zu sein, wo er sich doch zu Hause hinter das Buch von Frantz Fanon hätte klemmen können.

Die zu Hause auf Nachricht aus dem Büro wartende Corinne ärgerte sich über ihre Rolle als Abwesende. Bevor sich Russell ein Beraterteam zugelegt hatte, war sie mit ihm die Zahlen durchgegangen. Eine Woche lang waren sie regelmäßig bis spätnachts aufgeblieben. Als erste hatte sie ihm gesagt, es sei theoretisch möglich, die Firma zu kaufen, zu errechnen, wieviel sie wirklich wert sein könnte, ein plausibles Szenario zu erstellen. Was nicht hieß, er solle es ihrer Meinung nach *machen*. Sie hielt es für verrückt.

Daß etwas machbar war, bedeutete noch lange nicht, daß man es tun mußte. Russell hatte kein Gespür dafür, wie brüchig das Leben sein konnte, welche Grenzen man womöglich überschritt, wenn man zuviel erreichen wollte. Seine Jugend war für Russell so reibungslos verlaufen wie eine Abfolge regelmäßiger Beförderungen, und der zehn Jahre zurückliegende Tod seiner Mutter war ihm wie eine grausame Ausnahme in der generellen Freigebigkeit der Natur erschienen.

Tagelang hatte Corinne versucht, ihn im Gespräch zur Vernunft zu bringen. »Das ist bloß irgend so ein blöder Männerkonflikt zwischen dir und Harold. Warum geht ihr beiden nicht morgen zusammen aufs Männerklo und meßt eure Lümmel, erklärt einen zum Sieger?«

»Vielleicht ist ja die gesamte Historie irgendwo ein blöder Männerkonflikt.«

»Russell, hör dich doch reden. Laß es sein, solange dir dein Humor noch nicht abhanden gekommen ist.«

»Seit wann ist Ehrgeiz ein Verbrechen?«

»Wenn er überzogen ist.«

»*Du* willst schließlich Kinder haben«, sagte er.

»Brrr! Auszeit wegen Unsachlichkeit.«

»Na, willst du dein Kind etwa in einer Zweizimmerwohnung großziehen?«

»Ich finde deine Schamlosigkeit unglaublich.« Auf die Herabsetzung des männlichen Geschlechts reagierte er mit einem Appell an das, was er für weibliche Empfindlichkeit hielt. »Heißt das, wenn ich deinem verrückten Projekt zustimme, läßt du dich dazu herab, mich zu schwängern?«

Als feststand, daß er es sich nicht ausreden ließ, hatte sie aufgegeben und versucht, ihn zu unterstützen. Vielleicht waren ja Menschen, denen nicht klar war, daß sie gewisse Aufgaben nicht schaffen konnten, manchmal aus schierer Naivität erfolgreich, wie Hummeln, die noch nie gehört hatten, daß sie aus aerodynamischen Gründen gar nicht fliegen konnten. Außerdem war er so aufgeregt, daß man das Gefühl hatte, ihn nach einem langen, lieblosen Winter wieder aufblühen zu sehen. Da er sich über ihre Bedenken im klaren war, umwarb er sie häufig mit Blumen und spontanen Geschenken. Das wollte sie unterstützen, fand es aber manchmal traurig, daß er so ganz andere Ansprüche an das Leben stellte. Sie wollte ein Zuhause haben, wie sie es als Kind nie gekannt hatte, dessen zarte Ansätze irgendwann mit der Scheidung ihrer Eltern endgültig zerbrochen waren. Sie begriff nicht, warum Russell unbedingt die Welt beherrschen mußte oder warum es ihm soviel bedeutet hatte, als in einer Illustrierten ein Foto von ihnen beiden erschienen war.

Nach einer jener langen, verschlüsselten, weitgehend schweigend verlaufenen Vertragsverhandlungen, aus denen das Eheleben bestand, trafen sie eine stillschweigende Übereinkunft, die ihn zu begünstigen schien: Sie hielt den Mund, und er benahm sich einfühlsam. Dafür, daß er in Zukunft Rücksicht nahm, war sie mit seinen Plänen einverstanden. Das glich einem jener Umschuldungsabkommen von Firmen, bei denen man nicht rückzahlbare Papiere akzeptieren mußte, in der Hoffnung, daß sie igendwann etwas wert sein würden, und weil einem keine andere Wahl blieb.

Daß Corinne sich dagegen ausgesprochen hatte, das Geschäft durchzuziehen, hieß noch lange nicht, daß sie gegenüber der Spannung des Versuchs unempfindlich gewesen wäre oder glücklich darüber, nicht daran beteiligt zu sein. War sie wieder einmal allein zu Hause, blätterte sie in Illustrierten, zu unruhig, um ein Buch zu lesen. Binnen einer Stunde hatte sie sich durch einen aus *Architectural Digest, Self, Vanity Fair, Vogue, Elle, Details* und *Manhattan* bestehenden Stapel gekämpft. Sie fühlte sich erschöpft. Illustrierte lesen war so ähnlich wie der Besuch einer Cocktailparty – eine Abfolge dreiminütiger Gespräche. Sie hatte das Abendessen ausfallen lassen und später eine ganze Tüte Kartoffelchips vertilgt, was wirklich abscheulich war. Sie wog jetzt neunhundertunddreizehn Pfund.

Elf Uhr abends. Corinne schaltete den Fernseher ein, drehte die Klimaanlage höher. In der Küche fand sie ein Snickers. Etwas von dem widerwärtigen Öl und Salz der Chips aufsaugen ... sie fühlte sich, als wäre in ihrem Zwölffingerdarm ein Supertanker auf Grund gelaufen.

Sie überlegte, ob sie noch einmal anrufen sollte. Warum rief er nicht an?

Männerwirtschaft in der Glotze, Felix kochte gerade für Oscar Abendessen. Corinne merkte, daß sie nicht so hungrig wäre, wenn sie ordentlich zu Abend gegessen hätte. In der Küche fand sie ein Lasagne-Fertiggericht von Lean Cuisine. Nicht einmal dreihundert Kalorien – warum nicht. Aber morgen, beschloß sie, würde sie richtig Diät machen. Schnell. Richtig einen abhungern. Es wäre gräßlich, im Sommer dick zu sein. Während sie die Lasagne mit Strahlen bombardierte und durch die Tür der Mikrowelle zusah, welche Fortschritte sie machte, drang die Erkennungsmelodie von *Honeymooners* aus dem Wohnzimmer herüber. »Koch der Zukunft.« Russells Lieblingsfolge. Corinne gefiel die Serie nicht besonders, sie fand all die Armut und das Gezänk eher trist. Doch manchmal sah sie sich eine Folge an, wenn Russell nicht zu Hause war, stellte sich vor, wie er mit den Händen auf den Couchtisch schlug und johlte, während sie versuchte herauszufinden, was daran so komisch war.

Ein Bekannter, sie hatte vergessen, wer, hatte einmal gesagt, wenn man jemanden vermisse, verbringe man allein dadurch seine Zeit mit ihm.

Nach den *Honeymooners* kramte sie im Kühlschrank nach etwas Süßem, stöberte einen DoveBar auf und hatte das Gefühl, bei jedem Biß dicker zu werden. Es war halb eins. Sie sah sich *Raumschiff Enterprise* an und kramte in ihrer Erinnerung nach ihrer platonischen Theorie aus ihrer Studienzeit. Wie war das doch gleich? Spock stand für den Intellekt, McCoy für Emotion, und Kirk war der integrierende, herrschende Faktor, den Plato das geistige Element nannte. Beleg für die Bedeutung einer geisteswissenschaftlichen Bildung, QED.

Nach dem Ende der Folge aß sie den anderen DoveBar, weil er da war, in seiner perfekten Verpackung im Kühlschrank herumlag, sie lockte, ihren Namen zitterte. Nachts um halb zwei ging sie ins Bad, steckte sich einen Finger in den Hals und übergab sich.

Um halb vier Uhr morgens fand sich Washington unten in der Lower East Side wieder, in einer Straße mit ausgebrannten, verrammelten Mietskasernen. Soweit er hatte herausfinden können, war nirgendwo in der Stadt etwas los. Ein weißer Toyota mit Jersey-Kennzeichen bog um die Ecke und verlangsamte vor ihm die Fahrt. Ein weißes, pickelübersätes Gesicht rief nach draußen: »Verkaufst du?«

»Ich halte nicht mal welche, verdammt!«, brüllte Washington zurück.

Einige Türen weiter sprangen ein paar Jugendliche vor, die in einer Einfahrt gehockt hatten, und winkten den Wagen heran. Washington hockte sich hin und klopfte gegen eine rostige, in den Gehsteig eingelassene Kellerluke. Eine Minute später ging die Tür auf, ein Kopf schoß heraus und nickte Washington zu, der auf der wackligen Eisentreppe nach unten stieg. Unsicher betrat er einen feuchten, gewölbeartigen Gang und klopfte gegen eine stählerne Tür.

Als sich seine Augen an das rauchige Halbdunkel des Kellers gewöhnt hatten, erspähte er unter den geschundenen Körpern und verzerrten Gesichtern an der Bar Juan Baptiste und Leticia Corbin. Er winkte in Zeitlupe. Keine Frage, wenn man froh war, diese Unterweltschatten zu treffen, ging es einem echt dreckig. »Gut dich zu sehen, mein Lieber«, sagte er zu Juan und küßte die kalte, weiße Wange Leticias, die sagte, sie feiere den bevorstehenden Sturz ihres Bruders. Washington zog eine Braue hoch und deutete an, die Dinge seien komplizierter, als sie aussähen, man solle den Tag nicht vor dem Abend loben, ja, er persönlich sei ein integraler Teil streng geheimer Verhandlungen, die in diesem Augenblick im Gange seien, und sah dabei interessiert dem Paar zu, das leise in der Ecke fickte.

Kurz vor dem Morgengrauen saß er in einem Taxi Richtung Norden. Er zögerte, seinen Anzug genau zu betrachten, da er die Strecke von der Delancey bis rauf zur 14th Street auf der Ladefläche eines Müllwagens zurückgelegt hatte – das einzige Fahrzeug, das sich in der frühmorgendlichen Wüste der Lower East Side bewegt hatte. Zwar waren zwei Taxis an ihm vorbeigerast, einem jungen Schwarzen in einer verlassenen Straße, der eine Fahrer hatte aus dem Fenster »Scheiße, lauf gefälligst!« geschrien.

Im Foyer von Melmans Bürogebäude bremsten zwei uniformierte Schlägertypen seinen unaufhaltsamen Vorstoß in Richtung Fahrstühle. Waren das nicht dieselben Ärsche, mit denen er vor kurzem schon aneinandergeraten war? Gar nicht so einfach, diese Weißen auseinanderzuhalten. Sie jedenfalls erkannten ihn offenbar nicht wieder.

»Kann ich Ihnen helfen?« Ein halsloser Typ in einem schlechtgeschnittenen Anzug baute sich zwischen Washington und dem Fahrstuhl auf.

»Nur wenn Sie eine Zigarette haben.«

»Tut mir leid. Zutritt nur für autorisierte Personen.«

Dieser ganze Ärger machte Washington müde und durstig. In der Hoffnung, noch den einen oder anderen Spritzer übrig zu haben, griff er in seine Jackentasche...

»Achtung! Er ist bewaffnet!«

Auf einmal wimmelte es überall von echten Schußwaffen, eine große 45er zielte direkt auf seine Nasenspitze, und eine andere sauste auf seinen Kopf nieder...

Gegen Morgengrauen klingelte das Telefon.

»Sag dem neuen Cheflektor guten Tag«, sagte Russell.

»Was?« Sie hatte geschlafen und geträumt, sie habe geschlafen und gewartet, daß er von einer Verabredung mit dem Vampir Leticia Corbin nach Hause kam.

»Wir haben's geschafft. Wir haben gewonnen.«

32

»Nicht zu glauben, daß ich an einem Samstagmorgen um halb acht herumlaufe. Hab ich noch saubere Socken?«

»Russell, riech nicht an deinen Socken. Das ist widerlich.«

»Wenn die Schublade leer ist, kommt der Schnüffeltest zur Anwendung. Vielleicht laß ich die Socken ganz weg. Hältst du es für unschicklich, wenn man als Mitglied einer Lynchmeute ohne Socken rumläuft?«

»Es ist keine Lynchmeute, Russell. Du willst sein Leben retten. Warum kriegst du das nicht auf die Reihe, statt dich mit seinem Problem zu identifizieren?«

»Ist das eine verschämte Anspielung darauf, daß ich vom Saufen einen Kater habe?«

»Ich habe nicht –«

»Was wir vorhaben, würde ich nicht mal meinem... das würde ich nicht mal Harold wünschen.«

Als Zac Solomon aus Kalifornien anrief und erzählte, Jeff sei mitten während eines Verkaufsgesprächs mit leitenden Managern eines Filmstudios eingenickt, hatte sich Russell endlich dazu durchgerungen, Corinne in seine Befürchtungen wegen Jeffs Drogenkonsum einzuweihen. Nachdem ihr Zorn auf ihn verraucht war, weil er ihr nicht früher Bescheid gesagt hatte, gewann rasch ihre praktische Ader die Oberhand, sie kümmerte sich um Entgiftungsprogramme und Kliniken, rief Jeffs Eltern an. Jeff war wieder in New York, und Zac war in der Nacht zuvor eingeflogen, um die Einweisung zu überwachen. Bei derartigen Einsätzen war er ein alter Hase, war nicht nur selbst ein ehemaliger Süchtiger, sondern hatte kürzlich erst bei einem Filmstar eingegriffen, der gerade auf dem besten Weg war, sich in die John-Belushi-Ruhmeshalle zu koksen. Außerdem war er aus beruflichen Gründen an Jeffs Rehabilitation interessiert, da er die Filmrechte an zwei Geschichten aus Jeffs Buch gekauft hatte.

Um acht Uhr früh versammelte sich die Gruppe in einem Coffee Shop an der Lafayette Street. Der unfreundliche griechische Kellner, die mürrischen Mienen der frühmorgendlichen Gäste aus der Arbeiterschicht, die stumpfe Resignation eines Pärchens im Partnerlook – schwarze Lederkluft und schwarzgefärbte, spitz aufragende Haare –, das hier vor dem abrupt anbrechenden Tag Zuflucht suchte... das alles verstärkte Russells Niedergeschlagenheit noch. Immer wieder versetzte er sich in Jeffs Lage, stellte sich vor, wie er sich fühlen würde. Er kannte die Wegweiser und Abzweigungen, die Jeff auf Minkys Toilette gebracht hatten. Russell hatte dieselben Bücher gelesen, dieselbe Musik gehört. Hätte er Corinne nicht geheiratet, wäre er vielleicht derjenige gewesen, der aus sich ein lebendes Labor gemacht und sämtliche Chemikalien zusammengeschüttet hätte, der mit BETRETEN VERBOTEN beschriftete Türen aufgestoßen hätte.

Aber lieber Himmel, dachte er, man sollte das alles nicht so wörtlich nehmen. Sie waren mit Drogen groß geworden, den sechziger Jahren so eng verbunden, um Gras und Acid fast als

Sakramente einer diffusen Befreiungstheologie zu akzeptieren, aber nicht eng genug, daß sie nicht bald alltäglich geworden wären. Es war noch gar nicht so lange her, daß sie als vermeintliche Erwachsene gemeinsam auf Feten Koks geschnupft und sich eingebildet hatten, das Lustprinzip entdeckt zu haben. Gar nicht lange davor hatten sie auf dem College das Literaturmagazin herausgegeben, waren auf Bierpartys gegangen und hatten Baudelaire gelesen.

Jeffs Eltern trafen ein, ausnahmsweise zusammen, allerdings mit der Ungezwungenheit zweier Menschen, die im Laufe der Jahre eine Abneigung gegeneinander entwickelt hatten und denen ihre Streitereien große Befriedigung verschafften – Treffsicherheit und Timing waren nach all den Jahren perfekt. Jeffs Mutter Bev, eine hochaufgeschossene, gebräunte, elegante Brünette, sah wie eine wohlhabende Freizeitsportlerin aus, die regelmäßig Tennisplätze und Jachthäfen nutzte. Sie war aus Santa Fé eingeflogen, wo sie kürzlich einen Kunsthandwerksladen eröffnet hatte.

Mit Tränen in den Augen umarmte sie Russell, küßte dann Corinne auf die Wange; in vollem Ernst, denn solche Dinge waren ihr wichtig, hatte sie Russell einmal erklärt, nur snobistische Parvenüs und Europäer küßten auf beide. Sie wischte sich über die Augen, sagte: »Ich habe ein kleines Mitbringsel für euch beide«, und reichte Russell ein in Geschenkpapier gewickeltes Päckchen von der ungefähren Größe einer zerlegten Angelrute. Es gab ein rasselndes Schnarren von sich und schien irgendeine Flüssigkeit zu enthalten. »Es ist ein Regenstock«, erklärte sie, als Russell vorsichtig die Verpackung entfernte und ein dicker, lackierter Stock zum Vorschein kam. »Er enthält kleine Muscheln, Bohnen und Kiesel, und wenn man ihn umdreht, hört es sich an wie Regen.«

»Welch ein ungemein nützliches und geschmackvolles Geschenk«, sagte Wick Pierce.

»Wick ärgert sich, weil es uns noch nicht gelungen ist, das Geräusch von auf Eiswürfel spritzendem Scotch zu imitieren«, gab sie postwendend zurück.

»Ich bin ein anderer geworden, Bev. Mit Eis gebe ich mich schon seit Jahren nicht mehr ab.«

»Ich lasse sie in Mexico herstellen«, erklärte sie Corinne, die den Stock hin und her drehte. »Bei meiner Abreise habe ich ihn im Foyer des Hotels ausprobiert, und da sagte ein kleiner Junge, der mit seinem Vater in der Nähe stand: ›Daddy, ich muß mal.‹ Ist das nicht süß?«

»Darf in keinem Haushalt fehlen«, sagte Wick, dessen schöne, ehedem ebenmäßige Gesichtszüge vom Trinken leicht aufgedunsen und verfärbt waren. Nach seinem Studium am Amherst College war Wick ins Greenwich Village gezogen, um nach der Stanislawskij-Methode Schauspielerei zu lernen, bis Bev, damals im letzten Studienjahr am Smith College, schwanger geworden war, was ihn bewogen hatte, wieder nach Massachusetts zu ziehen und eine Stelle als Englischdozent am Deerfield College anzunehmen. Es war als Zwischenlösung gedacht, während Wick sein Theaterstück schrieb, doch das Stück wurde nie geschrieben, und Wick kam mit fündundzwanzig an sein Treuhandvermögen. Er entstammte einer alten, neuenglischen Textilfabrikantenfamilie, und obwohl das Vermögen zahlreiche Teilungen hinter sich hatte, ehe es bei ihm ankam, war sein Teil gerade noch groß genug, um seine Ambitionen zu ersticken. Er führte nun das seltsame, aber nicht so seltene Leben eines neuenglischen Hobbyakademikers, dessen Gehalt gerade zur Begleichung seiner Schnapsrechnungen ausreicht. Die aus einer mäßig wohlhabenden Mittelschichtsfamilie stammende Bev widmete sich hingebungsvoll diesem Leben zwischen Club für den College-Lehrkörper und Country-Club, hielt Pferde und markierte gegenüber weniger glücklichen Dozenten und Ehepartnern die feine Dame. Jeff war mit privatem Kunst- und Tennisunterricht und einer im Haus wohnenden Köchin aufgewachsen, in großem Stil, was Russell bei seinem ersten Besuch dort sehr bewundert hatte, im ersten Studienjahr, dem Jahr, als sich Jeffs Eltern scheiden ließen. Wick wohnte immer noch in Deerfield, mit seiner zweiten Frau, einer gewissen Jennifer – alle jungen zweiten Ehefrauen hießen Jennifer, hatte Jeff einmal kommentiert. Dessen Verachtung seiner Herkunft und Familie fand Russell übertrieben, doch Jeff benutzte sie als Hintergrund für den exzentrischen Clan in seinen Geschichten, obwohl er in Interviews gerne behauptete, er sei auf der Straße geboren und von tollwütigen Hunden großgezogen worden.

Vor Veröffentlichung der Storys hatte Russell befürchtet, Jeffs Eltern würden nie wieder mit ihrem Sohn sprechen – auch wenn damals zwischen ihnen eher eine Kommunikationsflaute bestand. Die beiden erkannten sich zwar in den Geschichten wieder, doch offenbar glaubte jeder, der andere käme schlechter weg, und was sonst noch an Verärgerung übrig war, verblaßte, als die ersten Leute sie fragten, ob sie mit dem Schriftsteller Jeff Pierce verwandt seien.

»Ist das nicht unglaublich«, sagte Bev und schüttelte ihre Haare unter dem Schal hervor. »Da erwische ich diesen Typ hier heute morgen dabei, wie er in der Hotelbar eine Bloody Mary trinkt. Ausgerechnet heute morgen!«

»Verdammt, ich hab's dir doch gesagt, es war eine *Jungfrau* Mary.«

»Aber ja, Wick. Genau wie Jennifer.«

Kurz darauf traf Zac Solomon ein, braungebrannt und robust.

»Damit Sie Bescheid wissen«, sagte er, nachdem er den Eltern vorgestellt worden war, »ich halte Ihren Sohn für ein Genie. Ihm steht eine phantastische Zukunft bevor – sobald er mit sich ins reine kommt.«

»Jedenfalls sind wir Ihnen für Ihre Hilfe dankbar«, sagte Bev. »Wir haben von Russell erfahren, daß Sie so etwas schon einmal getan haben. Wissen Sie, neulich habe ich in der Zeitschrift *People* von einem jungen Schauspieler gelesen, der Kokain genommen hatte, kurz bevor er an den Dreharbeiten zu dem Anti-Drogen-Werbespot ...«

»Mein *Gott*, Bev.«

»Zu deiner Information: Zufällig hat Jeff diesen Schauspieler kennengelernt, als er drüben in Hollywood war, ja, sie haben wohl eine Weile zusammen verbracht, und ich hielt das für eine interessante Vergleichsmöglichkeit.«

»Meine Exfrau hielt sich einmal für eine Schauspielerin«, erklärte Wick entschuldigend.

»Und im Gegensatz zu seinem begabten Sohn ist mein Exmann ein gescheiterter Schriftseller.«

Corinne legte einen Arm um Bev. »Wir sind alle ein wenig angespannt, Bev.«

»Ich möchte Mr. Solomon nur mitteilen, daß Jeffs Vater Alkoholiker ist. Ich finde, das ist, wie sagt man doch gleich? Den Bock zum Gärtner machen. Will sagen, wahrscheinlich hätte Jeff dieses Problem gar nicht, wenn er von seinem Vater Mäßigung gelernt hätte. Es kommt mir ein wenig heuchlerisch vor...«

»Am wichtigsten ist«, warf Zac ein, »daß Jeff sieht, die Menschen, die ihn lieben, sind sich seines Problems bewußt und bereit, ihm zu helfen. Wir wollen also da anfangen. Sie sollen wissen, daß dies auf gar keinen Fall ein Sonntagsausflug wird. Er wird böse, gekränkt und fix und fertig sein. Er wird gegen uns alle wüten. In den nächsten Stunden dürfen wir uns durch nichts beleidigen lassen, was er sagt oder tut. Also, Leute, sind wir soweit?«

Keiner sagte etwas.

»Hier *wohnt* er?« sagte Bev, als sie in die Great Jones Street einbogen, und ließ mit ihrem Tonfall durchblicken, daß diese Wohngegend an seinem Problem schuld oder zumindest eine geeignete Umgebung für Drogensucht sein könnte. Russell fand Great Jones kaum heruntergekommener als die durchschnittliche Straße in Manhattan, jedenfalls besser als andere. Ein in einem Hauseingang schlafender Penner, Müll auf der Straße, die Häuserfassaden blätterten ab und zerfielen. Doch hinter diesen dreckigen Fenstern lagen Millionen Dollar teure Fabriketagen. Er fühlte sich bemüßigt, Bev darauf hinzuweisen, und hätte fast noch erwähnt, daß ein berühmter

Künstler in dem Gebäude neben Jeffs Wohnhaus lebte, als ihm einfiel, daß dieser Künstler auch ein berüchtigter Junkie war.

»Ich werde nie begreifen, wie jemand auf die Idee kommen kann, in dieser Stadt zu leben.«

An diesem Morgen war niemand in Stimmung, sie über diesen Punkt aufzuklären.

»Wir sind da.« Russell bemerkte nicht unbedingt erfreut, daß sein Schlüssel noch in die Haustür paßte. Es kam ihm einfach brutal vor, einen Mann auf diese Art in seinem Unterschlupf zu überfallen, um diese nachtschlafene Zeit. Die Gruppe drängte sich in den antiken Stahlkäfig des Fahrstuhls. »Müßte da nicht eine Prüfmarke draufkleben?« fragte Corinne nervös. Alle lauschten konzentriert dem Schnarren des Regenstocks, den Russell trug. Sie betraten den schwach beleuchteten Flur in der zweiten Etage. Neben Jeffs Tür standen Lenkergabel und Griffe einer Harley-Davidson, wie ein zyklopischer Wachtposten starrte sie der Scheinwerfer unverwandt an. Der zwischen die Griffe auf den Scheinwerfer geklemmte braune Filzhut unterstrich den anthropomorphen Eindruck noch. Russell verbeugte sich respektvoll vor diesem Talisman und führte den Schlüssel in das Medeco-Sicherheitsschloß.

»Sind wir bereit?« fragte er.

Von dem bernsteinfarbenen Leuchten eines Computerbildschirms auf der anderen Seite des Zimmers abgesehen, war das Loft dunkel. Die Luft roch beißend und abgestanden, alter Tabakrauch vermischt mit Wäschemief und einem intensiven medizinischen Geruch. Russell fand den Lichtschalter.

Das Chaos bestätigte sie in ihrer Mission. Es war viel schlimmer als bei Russells letztem Besuch, sogar schlimmer, als es irgendeiner erwartet hatte – der mit breiten Bohlen getäfelte Fußboden mit Kleidungsstücken, Pappbechern, Essenskartons und Zigarettenkippen übersät –, zugleich entsprach es genau den Vorstellungen, die man von der Wohnung eines Junkies hatte. Denn genau das war sie, wie Russell klar wurde, der endlich kapierte, was er bisher nicht hatte wahrhaben wollen.

»Mein Gott«, sagte Bev.

»Treten wir ihm gegenüber«, sagte Zac und nickte in Richtung des am anderen Ende des Raums stehenden Bettes. »Die Damen, sind Sie sicher, daß Sie das schaffen?«

Bev schüttelte den Kopf, schloß sich aber der Gruppe an, die sich durch das Schlachtfeld zum Bett pirschte, wo Jeff in seine Laken gewickelt dalag, auf der rechten Körperseite und mühsam durch die Nase atmend. Eine benutzte Spritze und ein blutbefleckter Waschlappen lagen auf der als Nachttisch dienenden Milchkiste.

Mit einer Stimme, die, wie er selbst fand, falsch, hoch und gestelzt klang, rief Russell Jeffs Namen.

Jeff öffnete die Augen. Nachdem er die Szene betrachtet hatte, schloß er sie wieder und bohrte seinen Kopf ins Kissen. Er drückte sich tief in die Matratze.

»Jeff, wir gehen nicht wieder fort.« Zac tippte ihn auf die Schulter.

»Scheiße, das ist ein Alptraum«, sagte Jeff. »Sagt mir, daß das ein Alptraum ist.«

»Du weißt, warum wir hier sind, Sohn«, sagte Wick, mit dem man geprobt hatte.

»Du hast ein Problem, Alter«, sagte Zac.

Russell fand keine Worte.

»Ich pack's einfach nicht, daß hier so 'n Scheiß abläuft«, sagte Jeff.

»Wir sind hier, um dir zu helfen«, sagte Wick.

»Wir sind hier, weil wir dich lieben«, sagte Bev.

»Spart euch die Scheißgeigen«, sagte Jeff. »Ich glaub, mir wird übel.«

Corinne sagte: »Wir bringen dich an einen Ort, wo du das in den Griff kriegst.«

»Verschwindet!« schrie er.

»Ohne dich gehen wir nicht«, sagte Zac.

Jeff sah wieder hoch und sagte: »Wenn ich gewußt hätte, daß ihr kommt, hätte ich Staub gewischt.«

Zac ließ nicht locker. »Du weißt, was wir meinen, Mensch.«

Ohne zu überlegen, drehte Russell den Regenstock in seiner Hand. In diesem Augenblick hörte er sich wie ein ganzer Wasserfall an.

»Was'n das für 'n Scheiß?« fragte Jeff.

»Ein Regenstock«, erklärte Bev.

Jeff setzte sich im Bett auf und betrachtete den Gegenstand in Russells Händen, als wäre er für seinen gräßlichen Weckbesuch verantwortlich. »Ohne 'ne Spritze werd ich damit nicht fertig.« In einem kurzen Anflug von Schamgefühl zog er sich die Decke um die Hüfte. Dann warf er sie wieder beiseite. »Was soll's, das habt ihr alle schon mal gesehen«, und ging nackt ins Bad.

Russell sah zu Corinne hoch, die seinem Blick auswich und sich die Augen wischte.

Die fünf standen hilflos um das Bett herum, wie eingefroren. »Hält ihn denn keiner auf?« fragte Bev.

»Der Arzt hat gesagt, man solle ihn gewähren lassen, bis wir ihn ins Krankenhaus gebracht haben«, erinnerte sie Wick.

»Jedenfalls werde ich hier nicht wie ein Idiot herumstehen.« Bev kniete nieder und sammelte die um das Bett verstreuten Kleider auf. Corinne ging ihr bereitwillig zur Hand.

»Ich glaube, er kommt mit uns«, sagte Zac. Er ging zur Straßenseite des Lofts und zog die Jalousien hoch.

Jeff tauchte aus dem Badezimmer auf, um die Hüften ein Handtuch.

»Alles in Ordnung?«

»Na klar. Ich find's *prima*, so aufzuwachen.« Er wirkte normal, sah nicht schlimmer aus als Russell zwei Stunden zuvor.

Bev drückte seine miefige Wäsche an sich und schluchzte: »O Jeff.«

»Das war ernstgemeint. Wirklich wunderbar, euch alle zu sehen.«

»Begleitest du uns in die Klinik, Alter?«

»Bleibt mir was anderes übrig?«

Eine halbe Stunde später gingen Jeff und Russell auf der 4th Street, tief in der Alphabet City, in östliche Richtung. An der Ecke zur Avenue C forderte Jeff Russell auf zu warten, während er sich in eine Bodega schlich. Der Arzt hatte ihnen geraten, Jeff zu erlauben, sich selbst alles zu verschreiben, was er für die Fahrt in die Klinik nach Connecticut brauchte. Daß er sich Stoff besorgen mußte, kaum daß er sich eine Spritze gesetzt hatte, zeigte Russell, wie sehr er der Sucht verfallen war.

Zwei Latinos lungerten verdächtig unter der roten Plastikmarkise herum. Ein dritter saß auf dem Gehsteig, der Kopf kippte von einer Schulter auf die andere, ein Speichelfaden verband seinen offenen Mund mit der einen Schulter. Die Gebäude auf beiden Seiten der Bodega waren ausgebrannt. Aus einem der nicht verrammelten Fenster hing ein Bettlaken mit der Aufschrift BESETZT HÄUSER. Neben der mit Ketten gesicherten Tür hatte jemand die Worte STOPPT DIE SPEKULANTEN aufgesprüht. Auf einem unbebauten Grundstück in der Nähe war eine Siedlung aus Tipis, Zelten und Schuppen entstanden.

Jeff tauchte kopfschüttelnd aus der Bodega auf. »Wir müssen wohl rüber in die Reservation«, sagte er und deutete auf Hooverville, in seiner Stimme schwang leichte Panik mit. »Die Qualität ist instabil. Das ist ein reines Glücksspiel, die Reinheit beträgt vielleicht vier bis zehn Prozent.«

»Gefällt dir denn ... *das hier*?«

»Es ist eine feine Sache, unterprivilegierte Freunde zu haben.« Jeff seufzte. »Warte hier«, sagte er und ließ Russell am Bordstein stehen, damit der sich der Betrachtung eines Rattenkadavers hingeben konnte, den jemand auf die Speichen eines reifenlosen Fahrradrades aufgespießt hatte. Ein durchdringend fauliger Gestank hing in der Luft. Jeff konferierte mit einem Mann in Tarnhose, den Russell als Paul Rostenkowski identifizierte, den Obdachlosenaktivisten, dessen Foto häufig in der Zeitung war. Sie verschwanden in einem Tipi. Eine um ein offenes Kochfeuer gescharte Gruppe musterte Russell mit unverhohlenem Mißtrauen. Mit Blick auf ihn hob ein in ein Bettlaken gehüllter Weißer einen Baseballschläger vom Boden auf und schlug sich damit versuchsweise auf die Handfläche. Ein junger Schwarzer löste sich von der Gruppe und näherte sich vorsichtig Russell, der sich auf eine Auseinandersetzung gefaßt machte und die Gegend nach möglichen Waffen absuchte.

»Yo, Russell, was steht an? Ich war mal bei dir zu Hause auf 'ner Party. Wie geht's der Frau?«

»Ihr geht's prima, ihr geht's gut.« Russell erinnerte sich nicht, diesen Mann je in seinem Leben gesehen zu haben, hatte aber im Augenblick nichts dagegen, so zu tun als ob. »Was treibst du so?« fragte er.

»Immer das gleiche, immer das gleiche. Ich hab einiges am Laufen, vielleicht den einen oder anderen Job in Aussicht...«

»Ach ja? Ausgezeichnet.«

»Sozusagen 'n paar Eisen im Feuer.«

»Na *prima.*«

»Dann richte mal Corinne einen schönen Gruß von Ace aus«, sagte er und schüttelte Russells Hand, als Jeff gerade das Tipi verließ.

Vor Jeffs Wohnhaus wartete Wick in seinem Auto. Russell und Jeff gingen nach oben, wo Bev aufgeräumt und ein paar Kleidungsstücke und Toilettenartikel gepackt hatte. Zac war weg. »Noch einen mit auf den Weg«, sagte Jeff und verschwand fünf Minuten lang im Bad.

Er ließ sich von Corinne umarmen und schüttelte Russell schlaff die Hand. Russell hatte den Eindruck, als sei er beinahe erleichtert, sein Schicksal endlich in die Hände anderer legen zu können. Auf den Rücksitz des Jaguars gepackt, stierte er unverwandt geradeaus, als der Wagen anfuhr, nahm seine Krise mit sich und beraubte Russell und Corinne dadurch einer entscheidenden Möglichkeit, sich von ihren eigenen Problemem abzulenken.

33

Draußen war es noch dunkel, als Russell aufwachte, hellwach und voll einsatzbereit. Er stand um sechs Uhr auf und duschte, drehte in dem erfolglosen Versuch, die Wassertemperatur zu regeln, hektisch an Heiß- und Kaltwasserknöpfen, verbrühte sich eine Hand, um anschließend seine schaumige Kopfhaut unter einem eiskalten Sturzbach zu betäuben, als er das Shampoo herauswusch. Doch diese augenscheinliche Divergenz zwischen Ursache und Wirkung in den sanitären Anlagen konnte seinem munteren Wohlbefinden nichts anhaben.

Als er um halb sieben die Wohnung verließ, hielt Corinne ein unruhiges Nickerchen zwischen dem Intervallklingeln ihres Weckers. In letzter Zeit hatte ihre Begeisterung merklich nachgelassen, wenn es galt, morgens aus den Federn zu kommen. Je vehementer sich Russell bei seiner Arbeit engagierte, desto weniger interessierte sie sich für die ihre. Als er ihr einen Abschiedskuß gab, nuschelte sie etwas von einem Geschenk für Caseys Baby.

Auf den Straßen war es Herbst geworden. Der Sommersmog war weggeweht, und in der kühlen Morgenluft lag ein dezenter Duft von neuem Leder. Es war Russells Lieblingsjahreszeit, in New York die Jahreszeit der Anfänge, der gesellschaftliche Frühling des Großstadtkalenders. Da er es nicht eilig hatte, durchquerte er den Park zur West Side. Ein Eichhörnchen schleifte ein Stück Pizza einen Ahornbaum hinauf. Ein Trupp Schuljungs, die eine Anhöhe über dem

Fahrradweg besetzt hielten, warfen mit Steinen nach vorbeikommenden Joggern.

Ein schläfriger Wachmann gewährte ihm nickend Einlaß in das Foyer des Brill Buildings, wo sie bis zur Unterzeichnung sämtlicher Papiere ihre Büros hatten. Was, laut Trina, durchaus Vorteile hatte: »Du kriegst leichter raus, wen du feuern mußt, wenn sie beim Pullern nicht neben dir stehen.« Der ehemalige Cheflektor und der Verlagsleiter hatten sich nicht als gute Verlierer erwiesen, doch zu seiner Erleichterung stellte Russell fest, daß sich die meisten seiner Kollegen mit der Vorstellung angefreundet hatten, neuen Herren zu dienen; nur einige wenige hatten sofort gekündigt. Während seines Exils hatte man Russell jeden Umgang mit den Büchern verwehrt, an deren Veröffentlichung er beteiligt gewesen war; schließlich war ihm ja gekündigt worden. Jetzt nahm er seine alten Pflichten wieder auf und umwarb und beurteilte außerdem gemeinsam mit Washington und Whitlock das Personal. Er ließ einige seiner von Harold – der bei ihm nur noch »Eule auf Abruf« hieß – beerdigten Projekte wiederaufleben. Gleichzeitig stießen Russell und Trina die Lehrbuchabteilung ab. Nebenbei wurde ein Plan diskutiert, das alte Gebäude für schnelle zwölf oder fünfzehn Millionen zu verkaufen und ein paar Stockwerke als Büroraum anzumieten. In der Zwischenzeit konnten Harold und Konsorten in Corbin, Derns antikem Domizil weiterträumen.

Als er die kahle Suite im sechsten Stock des Brill Buildings betrat, verließen gerade zwei Raumpfleger sein Büro. Der eine guckte verlegen und schuldbewußt, als sei er beim Stehlen ertappt worden; der andere grinste spöttisch.

»Legen hier gerade letzte Hand an«, sagte der erste.

»Ist das Ihr Büro?« fragte der zweite und deutete mit dem Daumen auf Russells Tür. »Vielleicht haben Sie da was drin vergessen«, fuhr er fort und konnte seine Heiterkeit kaum verbergen.

Sie schoben sich mit ihren Putzutensilien an ihm vorbei, als er nachsehen ging. Auf der Couch in seinem Büro lag ein

Körper, alle viere von sich gestreckt, so nackt wie die beigen Wände.

Sie lag mit dem von blonden Haaren umrahmten Gesicht nach unten, das Gesicht in einer Sofaecke vergraben. Größere Wunden waren keine zu sehen, allerdings zogen sich frische rosa Kratzspuren über ihren gesamten Rücken. Ein vom Sofa herabhängendes Bein endete in einem Kleiderstapel auf dem Boden. Vom anderen baumelte ein dünnes, goldenes Fußkettchen. Was Russell von der Tür aus sah, nährte seinen Zweifel, daß sie naturblond war.

Er schlich sich näher und blieb stehen, als er nah genug war, um sie zu berühren, sprang dann erschrocken in die Höhe, als sich eine Hand beiläufig vom Sofa löste, um ein Jucken in der Ohrgegend zu bekämpfen. Russells erster Impuls war, wegzulaufen und sich zu verstecken, bevor die Person seine Anwesenheit bemerkte. Der zweite rief ihm in Erinnerung, daß dies sein Büro war und die junge Frau hier nichts zu suchen hatte. Doch in Gegenwart dieser lebendigen, nackten und, bei näherer Betrachtung, äußerst wohlgeformten Person fühlte er sich schuldig und überführt – unter anderem verspürte er nämlich bei sich das unverbesserliche Prickeln verbotener Liebe.

Der blonde Schopf rührte sich, und ein Stöhnen war zu hören. Plötzlich hob die Frau ihren Kopf, den sie in der Spalte am hinteren Sofaende begraben hatte. »Warren?«

»Warren?« wiederholte der jetzt noch verwirrtere Russell.

Sie drehte sich unvermittelt um, schob sich die Haare aus dem Gesicht und betrachtete erst Russell, dann sich selbst. Sie bückte sich nach dem Gewirr der auf dem Boden liegenden Kleidungsstücke und bedeckte notdürftig ihre Blöße. Ihr Gesicht wirkte viel jünger als der restliche Körper, die kleine Himmelfahrtsnase war mit Sommersprossen übersät, die großen Lippen verschmiert. »Verdammt, wer sind Sie?«

»Ich, äh, bin derjenige, in dessen Büro Sie sich befinden.«

»Wo ist Warren?« Sie war wütend und ängstlich.

»Ich weiß nicht mal, *wer* das ist.« Trotz seiner moralischen und taktischen Vorteile war ihm die Lage viel peinlicher, als er sich anmerken lassen wollte. Seine Stimme pendelte zwischen verschiedenen Tonhöhen hin und her. Das machte *ihn* wütend. »Hübsche Bräune«, sagte er boshaft.

Sie trat nach ihm und streifte gerade noch seine im Rückzug befindliche Wade.

»Sagen Sie mir, wer Warren ist.«

»Das ist sein Büro«, zischte sie, »und Sie machen sich besser verteufelt schnell aus dem Staub.« Und weiter: »Er hat mich letzte Nacht hergebracht, um ... er wollte mir seinen ... ich muß wohl eingeschlafen sein.« Ihren eigenen Bericht dieses Scheiterns zu hören, schien sie zu entmutigen und ihr jede Wut zu nehmen. Und es fiel wirklich schwer, sich eine würdevolle Erklärung für die gegenwärtigen Umstände vorzustellen. Sie begrub ihr Gesicht in etwas Weißem, im Schritt Offenem.

Russell hatte eine Eingebung. »Ist Warren ein Schwarzer?«

Sie nickte, ohne aufzusehen.

»Frischer Kopfverband?«

Dankbar und hoffnungsvoll schaute sie zu Russell auf, als könne er ihr – nachdem er dieses Rätsel gelöst hatte – vielleicht sogar mitteilen, wer *sie* war. Dann wanderte ihr Blick über seine Schulter und weiter nach hinten, während eine neue Panikwelle über ihr Gesicht zog. Er sah sich um und sah Whitlock in der Tür stehen. Der Finanzchef verdrehte die Augen und trat den Rückzug über den Flur an.

»Wie heißen *Sie* eigentlich?« fragte Russell seine Besucherin.

Um acht Uhr morgens meldete sich Bernie Melman telefonisch. Normalerweise stieg Russell um diese Uhrzeit gerade erst aus dem Bett, doch heute, als designierter Cheflektor und Teilinhaber der Firma, hatte er schon drei Briefe geschrieben und sich einer nackten Frau entledigt.

»Mr. Melman am anderen Apparat ...« Russell nahm sein eigenes Telefon ab, da die wiedereingestellte Donna noch nicht zur Arbeit erschienen war.

»He, ist da der neue Boß? Ich hab heute morgen vier Millionen Aktien eines Londoner Unternehmens eingesackt. Wie viele Buchaufträge haben Sie denn heute schon unterzeichnet?«

»Zu meinem Leidwesen muß ich Ihnen gestehen, daß ich der einzige Mensch im Verlagswesen bin, der um diese Uhrzeit schon wach ist.«

»Da liegt das Problem im Verlagswesen. Sie müssen da mal einigen Leuten gehörig in den Arsch treten.«

»Ich schäme mich für meine Kollegen. Aber wir werden's schaffen.«

»Also, was ist mit dieser Geschichte wegen Wie-heißt-er-doch-gleich?«

»Er heißt Washington Lee, *n'est-ce pas*?«

»Was passiert ist, tut mir leid, klar? Aber ich will verdammt sein, wenn ich mich von einem ... mich von ihm erpressen lasse.«

»Es würde wohl schon helfen, wenn sie den Typ feuern, der ihn zusammengeschlagen hat. Ich glaube, mehr verlangt er gar nicht.«

»Herrgott noch mal, so was kann jedem passieren. Der Typ hat eine Scheißknarre gezogen.«

»Eine Wasserpistole, Bernie.«

»Bringen Sie ihn zur Räson, ja? Für so 'n Pipikram hab ich keine Zeit.«

Victor Propps täglicher Anruf erfolgte um halb elf. Nachdem die Aufregung der Transaktion abgeklungen war, kamen ihm hinsichtlich des Ergebnisses Bedenken. »Haben Sie gesehen, daß Ihre Aktie gestern einen Viertelpunkt verloren hat? Was geht da bei euch vor? Sie haben ein Übernahmeangebot für einundzwanzigeinhalb angenommen, und die Aktien werden mit zwanzig gehandelt.«

»Alles läuft nach Plan, Victor.«

»Ich traue Melman nicht. Ich habe Grund zu der Annahme, daß er beabsichtigt, Corbin, Dern als Vehikel zu benutzen. Diese Finanzpiraten kaufen sich in Kommunikationsbranchen und Medien ein, weil dort letztendlich Macht und Ruhm liegen...«

Den Hörer leicht an sein Ohr gepreßt, kramte Russell in den Umzugskisten nach seinem Infanteriehelm.

»Sie sind ein Goi aus dem Mittelwesten, Russell. Sie verstehen diese Juden nicht.«

»Apropos Gojim«, sagte Russell, »wie geht's Camille?«

»Ich bin zu alt für sie«, klagte Victor. »Es ist nur noch eine Frage der Zeit, bis sie mich verläßt. Ich beneide Sie um Ihre Ehe. Sie haben eine verwandte Seele und Gehilfin. Ich weiß, ich weiß – was habe ich denn erwartet? Doch früher war ich einmal der Meinung...« Er verstummte. »Ich glaube, sie korrespondiert – natürlich heimlich – mit Kundera...«

Während er gerade in einer Kiste auf seinem Schreibtisch herumwühlte, wurde Russell unsanft wachgerüttelt, als Victor verkündete, er trage sich mit dem Gedanken, zu Simon & Schuster zu wechseln. »Die haben mir ein Angebot unterbreitet, das man, verzeihen Sie die Floskel, kaum ausschlagen kann. Sie wissen, Russell, ich möchte von Ihnen verlegt werden, aber der neue Verlag Corbin, Dern hat sich als Partner noch nicht bewährt.«

Vom Autor eines weitgehend hypothetischen Meisterwerks hielt Russell das für reichlich starken Tobak, er appellierte aber ernsthaft an Freundschaft und Loyalität und bat Propp zu warten, bis er ihm ein gleichwertiges Angebot unterbreiten konnte.

Da er sich ausgepumpt und nervös fühlte, plötzlich unsicher war, was diese neue Ordnung und seinen eigenen Platz in ihr betraf, versuchte Russell, Melman anzurufen, doch der war in einer Besprechung. Russell wollte dafür plädieren, Propp um beinahe jeden Preis zu halten. Da er sich in puncto Glaubwürdigkeit häufig irrte, war er seit langem von Propps Genie überzeugt, was ebensosehr an dessen starker Persönlichkeit wie an seinen sporadischen Arbeitsproben lag. In einer Zeit, in der literarische Größe dünn gesät war, kam es ihm vor, als sei es Propps Roman wert – so wie es Pascal mit dem Glauben an die Gottheit gegangen war –, seinen Glauben dafür aufs Spiel zu setzen. Doch wie er so allein in seinem Büro saß, stellte er plötzlich sein eigenes Urteilsvermögen in Frage, überlegte, ob er sich in Victor und hundert anderen Dingen nicht täuschte. Verstärkt wurde dieses Gefühl, als der Autor des Nicaragua-Buches anrief, das mitten während der Übernahmewirren erschienen und sang- und klanglos untergegangen war. Der verbitterte Autor machte Russell dafür verantwortlich. Zum erstenmal in seinem Leben verspürte Russell ernsthafte Zweifel an seinem Geschmack und seinen Fähigkeiten. Er rief Corinne in ihrem Büro an; ihre Stimme brachte den freien Fall seiner Panik zum Stillstand, ließ ihn seinen Platz in einem bekannten Koordinatensystem wiederfinden. Er fragte, um wieviel Uhr sie im Büro angekommen sei, was an der Börse gerade los sei; auf ihre Gegenfrage antwortete er, es gehe ihm gut, nicht angeschlagen genug, um sein Herz auszuschütten.

Washington fläzte sich auf die kürzlich verlassene Couch gegenüber von Russell und befingerte den Verband um seine von dem Schlag mit einer Pistole malträtierten Stirn, während er sich alles andere als konzentriert Russells Rede anhörte.

»Ich komme am Morgen meines ersten offiziellen Arbeitstags hierher – weißt du, wir hätten *arbeitslos* werden können, Washington – und was finde ich...«

»He, ich hab doch gesagt, es tut mir leid. Willst du's schriftlich?«

Zwei Maler wickelten auf dem Boden an einer Wand eine laut raschelnde Plane auf.

Washington machte es sich auf dem Sofa wie gewohnt bequem. »Willst du ihre *Telefon*nummer haben?« Er inhalierte die letzten Zentimeter Tabak von seiner Zigarette, musterte kritisch den Filter, nahm die Plastik-Walther aus seiner Tasche und bespritzte die glühende Spitze, bis sie zischte und schwarz wurde.

»Ich will wissen, wann du dich endlich am Riemen reißen

und dich wie ein verantwortungsbewußter Erwachsener benehmen willst.«

»Wie wär's mit verantwortungsbewußt *seinen Riemen einsetzender* Erwachsener? Was bist du eigentlich, ein Zölibatär? *Ich* rede mit dir, Russell. Verschon mich mit ›sittlicher Reife‹ und so 'm Scheiß. Ich hab dich früher vom Fußboden gekratzt und deine Überreste nach Hause zu deinem scharfen Frauchen getragen, Crash. Und ich war immer so anständig, ihr nicht die alte gespaltene Zunge in den Hals zu schieben, wenn sie von mir einen Gutenachtkuß bekommen hat. Hast du mich verstanden? Krieg dich wieder ein, Kerl.« Er schmiß die Zigarettenkippe in den Korb zu Russells Füßen und befeuchtete sich die Lippen mit der Spitze seiner Wasserpistole.

Russell schaute aus dem Fenster in die Augen der riesigen gelben Katze auf der anderen Straßenseite, eine über dem Winter Garden Theatre aufragende Plakatwand, und fragte sich, ob T. S. Eliot wohl in seinem Grab rotierte. »Wir nehmen hier an einem ganz neuen Spiel teil, Wash, bloß daß es kein Spiel mehr ist.«

»Was soll das alberne Wall-Street-Gerede? Bloß weil du jetzt einen Titel hast, bist du noch lange kein Buch.«

Die Maler klapperten und trampelten herum, als würden sie extra fürs Lärmmachen bezahlt. In Gegenwart der Dienstboten still dazusitzen und sich ausschimpfen zu lassen, machte Washington zweifellos keinen Spaß.

»Wir haben da eine Firma, und wenn wir uns nicht wie richtige Erwachsene vorkommen, dann müssen wir uns die Ärsche aufreißen und so tun, als ob. Wir können uns nicht mehr nächtelang rumtreiben und Halbwüchsige auf ein paar Linien Koks in unsere Unternehmensräume schleppen und mal eben einen wegstecken.«

»Dann geben wir doch diese Firma den alten Fürzen zurück. Anscheinend hab ich das Scheißkleingedruckte nicht gelesen, Chef.«

»Verzeihung, aber wir müssen diesen Schreibtisch verrükken«, sagte einer der Maler zu Russell, der aufstand und zu einem Fenster ging, aus dem man eine Pornowerbung am Broadway im Blick hatte.

Washington seufzte. »Weißt du, worum's hier geht, Mann? Hier geht's um dich, und hier geht's um Jeff. Dieser Nigger hier steht bei der Angelegenheit nicht mal im Vordergrund. Es geht darum, daß du sauer bist, weil du verheiratet bist und von dem nichts abkriegst, was du über die Straße gehen und an der Bar lehnen und dir in der U-Bahn zuzwinkern siehst. Es geht darum, daß du deine Investmentbankerin flachlegen willst.«

Auf einmal gingen die Maler sehr leise und gründlich zu Werke.

Washington zündete sich die nächste Zigarette an. »Tut mir leid, Alter, aber du hast die Heiratsurkunde unterschrieben, nicht ich. Und ich kann auch nichts dazu, daß Jeff Junkie ist. Ich halte nichts davon, für die Sünden eines anderen in die Kirche zu gehen. Also bleib mir vom Leib. Werd lockerer. Und werd um Himmels willen lockerer, was Jeff angeht. Er hat also eine ganz schöne Menge Scheiße gebaut – kann dir das nicht am Arsch vorbeigehen? Laß ihn doch allein Kacke bauen und vergib ihm, wenn's sein muß. Laß mich ficken, wen ich will. Dabei geht's doch nicht um dich, Arschloch. Im Grunde hat das 'n Scheiß mit dir zu tun.«

Russell sah aus dem Fenster. »In Ordnung, *Warren*.«

Washington zuckte mit den Schultern. »Na schön, tut mir leid. Mein *nom d'amour*. Das Mädchen hatte 'n Blackout, und dieser Knabe hier mußte nach Hause und seinen Schönheitsschlaf halten.«

»Warum bist du hierhergekommen? Bin bloß neugierig. Hast du kein Zimmer mit 'm Bett drin?«

»Es lag in der Nähe, Mann. Ich mußte die Gelegenheit beim Schopf packen. Ich mußte halt diesem Oval Office einen Besuch abstatten.«

»Die Zeiten haben sich geändert, Wash. Wir müssen rechtsschaffener sein als die Rechtschaffenen. Ich kann auf diesen Scheiß verzichten. Ich will das nicht.«

Washington stand auf und streckte sich. »Sag mir einfach, welche Sorte Scheiß du haben willst, und den kriegst du dann von mir.«

»Sag mir, was du von Melman willst.«

»Bist du jetzt sein Botenjunge?«

»Ich will das bloß aus der Welt haben.«

»Ich hab ihn gebeten, seine Elitesoldaten zu feuern, die mir ein paar mit der Pistole verpaßt haben, und bis jetzt hat sich da nichts getan. Von jetzt an kann er sich mit meinem Anwalt unterhalten.«

»Das könnte die Sache sehr schwierig gestalten, Wash. Sieh mal, Bernie ist unser Finanzier.«

»Bernie ist unser Arschloch. Scheiße, sag ihm, er kann mein Haus streichen.«

Den restlichen Vormittag verbrachte Russell am Telefon damit, nervöse Agenten zu bearbeiten.

»Natürlich steht die Finanzierung«, lautete seine Leier, »machen Sie sich keine Sorgen, das Geld ist vorhanden.«

Zwischen den Telefonaten starrte er aus seinem Fenster auf den Broadway, wo das Circus Cinema für die Filme MIT WEM DIE HÄSCHEN RAMMELN und PHANTASTITTISCH warb.

Im Nebenzimmer nahm Washington einen Anruf von Bernie Melman entgegen.

»Mr. Melman am Apparat«, sagte die Sekretärin.

Und das, sagte sich Washington im stillen, war sein zweiter Fehler.

»Washington, Bernie Melman am Apparat. Ich wollte Ihnen nur sagen, wie sehr mir das Mißverständnis neulich leid tut.«

»Vor einer Woche, um genau zu sein.«

»Von Russell weiß ich, daß sie wohlauf sind.«

»Die Fäden wurden gezogen, wenn Sie das meinen.«

»Es wäre mir gar nicht recht, wenn das einen Schatten auf unsere Beziehung wirft. Wenn ich also irgendwas tun ...«

»Es stünde Ihnen unter Umständen gut zu Gesicht, diesen Rassisten zu entlassen, der mich zusammengeschlagen hat.«

»Hören Sie, Sie wissen ja gar nicht, wie schwer es heutzutage ist, jemanden zu feuern. Man braucht sozusagen eine Genehmigung des Bürgerrechtsverbandes. Ich habe Sie auf der einen Seite und diesen Typen, der seit vier Jahren für mich arbeitet, auf der anderen. Aber wir können uns in dieser Sache doch bestimmt gütlich einigen, oder?«

»Möglich ist alles. Machen Sie einen Vorschlag.«

»Wir sollten uns nächste Woche zusammensetzen und drüber reden.«

»Kaum auszudenken, wenn jemand wie Parker von dieser Geschichte Wind bekäme. Man weiß ja nie – vielleicht wäre das ein gefundenes Fressen für ihn.«

»Das würden Sie doch bestimmt nicht zulassen«, sagte Melman, und die Liebenswürdigkeit verschwand aus seiner Stimme.

»Ich habe schon Pferde kotzen sehen, Bernie.«

»Aber nicht vor meiner Apotheke.«

Als der Tag zu Ende ging – nach einer anstrengenden Besprechung mit Kleinfeld in den Büroräumen von Corbin, Dern, bei der Einzelheiten der Übergabe ausgehandelt wurden –, trafen sich Russell und Trina Cox auf einen Drink in einem japanischen Restaurant. Zur Begrüßung schob sie ihm ein gutes Stück ihrer Zunge in den Mund, was ihn irgendwie an die roten, weißen und rosafarbenen Fischbrocken hinter dem Glas des Sushi-Tresens denken ließ. Trina wiederum wirkte ausgesprochen körperbetont, rotwangig und fleischig – als wäre sie gerade angeritten gekommen, natürlich auf einem englischen Reitsattel –, die Haare halbwegs gebändigt mit einem jener schwarzen Samthaarbänder, die nur Absolventinnen einer Privatschule tragen konnten. Russell setzte ihrer Untersuchung seiner Mundhöhle nur symbolischen Widerstand entgegen. »Mir steht der Sinn nach etwas Rohem«, sagte sie und lies ihren Blick über die gläserne Vitrine streifen.

»Der *toro* ist gut«, schlug Russell unaufrichtig vor.

»Ich war mal geschäftlich in Tokio, und da gab es diese tolle Speise, die *odori ebi* hieß – tanzende Shrimps. Da schwimmen in einem Aquarium hinter der Sushi-Bar Garnelen herum, die sie rausholen und direkt vor deiner Nase schälen, die Garnelen zucken wie verrückt und kriegen dann ein wenig *wasabi* auf die Schwänze geträufelt, damit sie weiterzucken. Du ißt sie«, schloß Trina, »während sie noch leben.«

»Aber weshalb bist *du* so aufgedreht?« fragte Russell und fühlte sich selbst belebt, beugte sich unbewußt vor, wenn sie es tat und spähte in das Halbdunkel unterhalb des spitzenbesetzten Randes ihres seidenen Tops.

»Ich habe eine mögliche Übernahme in Arbeit, eine feindliche. Da kommt man irgendwie in Fleischfresserstimmung.«

Russell schilderte seinen Tagesablauf. Daß er zugeben konnte, welche fast körperliche Befriedigung er bei seiner Arbeit durch seine neue Stellung in der Welt empfand, war für ihn eine große Erleichterung. Zu Hause bei Corinne hatte er das Gefühl, seine Begeisterung tarnen und so tun zu müssen, als sei er keiner der Menschen geworden, deren Handlungen in der Welt außerhalb ihrer Wohnungswände Konsequenzen haben, als interessiere er sich für neue Vorhänge.

»Laß uns feiern, Russell. Wir haben eine kleine Belohnung verdient.«

»Ich kann nicht, nicht heute abend«, sagte er und bewunderte gedankenvoll die Wölbung ihres Busens.

Sie winkte den Mann am Tresen heran und bestellte Sake. »Wann fliegst du nach Frankfurt?«

»Weiß ich noch nicht. Anfang Oktober?

»Womöglich bin ich dann in Brüssel. Vielleicht komme ich auf einen Sprung vorbei und sage hallo.«

»Das wäre nett«, sagte er und schaute weg, wie um jedes übertriebene persönliche Interesse an den Reiseplänen dieses speziellen Geschäftspartners zu leugnen.

34

Corinne träumt, daß sie fliegt, sich an einem mächtigen, geflügelten Rücken festklammert, aber das menschliche Gesicht sieht sie nicht. Sie ist ein Kind. Unter ihr glitzert der East River wie in einem Kaleidoskop; fäulniserregende Mikroorganismen warten wie Piranhas darauf, alles zu verschlingen, von dem sie Kenntnis bekommen. Jetzt wird sie von heftiger Thermik gerüttelt, verliert Höhe, fällt...

»Dein Wecker hat schon vor einer halben Stunde geklingelt.« Russell rüttelte sie wach. »Mittlerweile brauche ich einen Gabelstapler, damit du aufstehst.«

Das stimmte. Sie wollte überhaupt nicht mehr aufwachen. Laß mich den ganzen Tag lang schlafen.

Im Bad spielte Russell seine Rasiermelodie – ein langes Pfeifen heißen Wassers, dann das Poltern des Ventils im Wasserhahn, gefolgt von einem weiteren Quietschen –, den Kopf voller Geschäft und Macht. Er hatte sich zu einem Frühaufsteher entwickelt.

»Du bist auf?« sang er und übertönte das Winseln des Heißwasserrohrs.

Als er schließlich in dem Morgenmantel mit Paisleymuster auftauchte, den sie ihm letztes Jahr zum Geburtstag geschenkt hatte, sagte sie: »Im Traum bin ich geflogen.«

»Sex«, sagte er und beugte sich tief genug herab, daß sie den Mandelgeruch seiner Rasierseife roch.

»Nein, damit hatte –«

»Irgendwas mit Aktien von Fluggesellschaften. Übernahmegerüchte um Pan Am.«

»Ich flog über den East River.«

»Kauf Eastern Airlines.«

»Aber ich war kurz davor abzustürzen.«

Russell stand vor dem Schrank und musterte die Reihe Hemden. »Kauf Versicherungen.«

»Wann hast du diesen Schlips bekommen?« Gelb mit winzigem Muster.

»Weiß nicht mehr. Schon eine Weile her.«

»Du siehst aus wie alle Männer in meinem Büro.«

»Du weißt genau, wie man einen fertigmacht, stimmt's?« Dabei lächelte er.

»Es war ein Mann mit Flügeln, aber sein Gesicht konnte ich nicht sehen«, sagte sie, womit sie, wie Russell fand, wieder einmal ihr nach dem Zufallszugriffprinzip funktionierendes Gedächtnis demonstrierte.

»Womit wir wieder beim Sex wären.« Er ging auf das Bett zu, ein blaues Hemd mit hängenden Umschlagmanschetten in den Händen. »Was war das für ein geflügelter Mann? Hast du seinen Namen aufgeschnappt?«

»Ikarus vielleicht.«

In der Handfläche hielt er zwei hantelförmige Manschettenknöpfe; sie nahm die beiden und befestigte erst den einen, dann den anderen, entschied sich aber, nicht zu fragen, seit wann er Umschlagmanschetten benutzte.

»Bist du sicher, daß es nicht Duane Peters war?« fragte er.

»Duane? Duane aus dem Büro? Wie kommst du denn auf die Idee?«

»Wegen der Geschichte, die Jeff geschrieben hat. Die auf dir basierende Figur hat offenbar eine Affäre mit einer Figur, die deinem Kumpel Duane nicht unähnlich ist.«

»Er ist *dein* Makler«, erinnerte ihn Corinne. »Und es war eine *Geschichte*, wie du gern sagst.«

»Eine Menge davon war ziemlich echt.«

»Das nicht«, sagte sie nervös.

Doch offenbar hatte Russell seinen Verdacht nur pro forma geäußert, jetzt überprüfte er sein Aussehen im Spiegel. »Küßchen. Muß los.«

Im Büro ging ihr der Falltraum immer noch durch den Kopf; der Markt war unruhig, glitt und schwankte auf wächsernen Flügeln. Draußen verfärbte sich das Laub und fiel, während die Zinsen bedrohlich stiegen. Dennoch machte die neue *Business Week* unverdrossen auf Hausse. »Die Wirtschaft stabilisiert sich, die Inflation ist moderat, Unternehmensprofite steigen rasant, der seit drei Jahren anhaltende Rausch von Firmenübernahmen ist immer noch in vollem Gange, und der Aktienmarkt der USA bleibt der billigste der Welt.« Also offenbar keine Probleme. Nach fünf Tage anhaltenden Verlusten schnellte der Dow wieder in die Höhe. Corinne verdiente Geld für ihre Klienten, verspürte aber ein Schwindelgefühl; Übelkeit, genauer gesagt. Zwischen Telefonaten überlegte sie krampfhaft, wann ihre Periode fällig war. Als Duane Peters vorbeiraste, dessen gelber Schlips unbekümmert über seine Schulter baumelte, tätschelte er ihr die Schulter und summte: »*We're in the Money.*«

Als sie letzte Woche zur Arbeit gekommen war, hatte Duane sie zu Russells Sieg beglückwünscht. »Wie wollt ihr denn feiern?«

»Ich kaufe die besten erhältlichen Säcke und Asche.«

»Die *was*?«

»Als Zeichen meiner neuen Witwenschaft.«

»Ich kauf mir ein Boot«, sagte Duane.

»Du?«

Duane zwinkerte und legte einen Finger auf seine Lippen.

»Hat es dir Russell erzählt?« Er schüttelte den Kopf. Sie formte stumm die Worte: *Du könntest ins Gefängnis wandern.*

»Alles sehr diskret», sagte er, als sie auf dem Absatz kehrtmachte und ging.

Seither war er ihr aus dem Weg gegangen, doch als er sie nach Dienstschluß im Fahrstuhl traf, lud er sie auf einen Drink ins »Harry's« ein. Der Dow hatte bei Börsenschluß 210 Millionen Aktien umgesetzt und notierte fünfundsiebzig Punkte höher. Auf dem Gehsteig angekommen, blieb sie stehen. »Hat dir Russell erzählt, daß er es auf die Firma abgesehen hatte?«

»Keine Angst, er hat mir gar nichts erzählt.«

»Ich finde, ich sollte erfahren, wenn mein Mann ein Straftäter ist.«

»Wir wollen doch nicht *zu* platt werden, einverstanden?« Sie trieben in einem Strudel wandernder Körper, die abendliche Menschenabfuhr aus den großen Zikkurats des Finanzviertels.

Nach mehreren Blocks lösten sie sich aus dem Strom, und Duane klopfte ihr auf die Schulter. »Vor zwei Monaten hat Russell mir den Auftrag erteilt, für hunderttausend Dollar Aktien zu kaufen. Er hat mir kein Wort verraten. Ich dachte nur, er wird schon wissen, was er tut, schließlich hat er ja für das verdammte Unternehmen gearbeitet und kein eigenes Geld, das wußte ich. Ich hab den Abschluß kopiert, aber nicht auf eigene Rechnung. Ein Freund hat ein paar Aktien gekauft. Okay?« Sie standen in einem friedlichen, von zweistöckigen Backsteinhäusern bestandenen Sträßchen, das einmal das winzige jüdische Getto Neu Amsterdams gewesen war.

»Es ist nicht okay. Ich sollte dich melden.«

»Corinne, wir wollen doch deswegen nicht radikal werden.«

»Aber Russell hat selbst keine Aktien gekauft, oder? Gekauft hat nur Melman. Wir haben doch gar kein Geld. Jedenfalls haben wir keine hundert Riesen.«

»Nur unter uns beiden, er hat sich auf irgendeine Kreditkarte fünfzigtausend gepumpt, und ich habe per Einschußzahlung auf hundert erhöht.«

»Ihr seid alle beide geisteskrank.«

»Wir sind beide Spieler, Babe. Vergiß es. Dieses Gespräch hat nie stattgefunden. Themawechsel. Also, wer hat mir mal gesagt, du hättest mit J. D. Salinger zu Mittag gegessen? Worüber hat er dabei gesprochen?«

»Das ist Jahre her, ich weiß es gar nicht mehr.«

»Himmel Herrgott, über irgendwas muß er doch geredet haben.«

»Über Vitamine.«

Eine Stunde später verteilte Corinne Bohnensuppe an die Männer der Mission, und der Kontrast steigerte nur noch ihre Abscheu vor der Welt der Arbitrage, der kopierten Geschäfte und optimistischen gelben Schlipse. Obwohl der Herbst den Pulsschlag der meisten Stadtbewohner zu beschleunigen schien, wurden die Obdachlosen niedergeschlagen und ängstlich, sobald die Nächte kälter wurden.

Zwei Stunden später musterte sie in einem Bistro in SoHo Russell über eine Flasche Veuve Clicquot hinweg.

»Auf unsere Kreditkarte, Russell?«

»Der Wert der Aktie ist um vierzig Prozent gestiegen. Das sind vierzig Mille. Mach dir deswegen keine Sorgen.«

»Und was, wenn die Übernahme gescheitert wäre?«

»Ist sie aber nicht.« Er zwinkerte. »Was wir hier gerade feiern. Ich wünschte, du würdest etwas essen, vielleicht sogar einen Rückfall erleiden und dir ein Glas Schlampagner genehmigen...«

»Das Geschäft ist noch nicht unter Dach und Fach. Die Finanzierung ist immer noch nicht gesichert, Russell. Was ist, wenn es scheitert?«

»Wird es nicht.«

»Versprich mir, daß du sämtliche Aktien verkaufst und den Kredit zurückzahlst.«

»Versprochen.«

»Was du getan hast, war einfach nur verrückt, aber Duane hat das Gesetz übertreten.«

»Er ist dein Freund, nicht meiner«, betonte Russell. Er fühlte sich zwar nicht richtig bedroht, hatte aber nichts dagegen, die Aufmerksamkeit von seinen eigenen Fehlern abzulenken.

»Sei nicht albern«, sagte sie. »Er hat sich verknallt – na und.«

Sie waren zum erstenmal seit, wie es schien, Monaten, allein ausgegangen. Russell war aufgedreht, voller Neuigkeiten über sich und seine Zukunftspläne für die Firma. Sie wünschte nur, sie fühlte sich ein wenig besser, damit sie größeres Verständnis für seine Stimmung aufbringen könnte.

Kaum waren sie wieder zu Hause, wurde er sehr sanft und zärtlich, näherte sich ihr von hinten und massierte ihr den Rücken, als sie im Bad stand, sich die Zähne putzte und sein Gesicht im Spiegel betrachtet, während sie versuchte, das merkwürdig schwummerige Gefühl im Unterleib zu unterdrücken, denn sie wollte mit ihrem Mann schlafen, sich dem magischen Tanz hingeben. War das ein Einzelfall, oder funktionierten Männer und Frauen nun mal nach unterschiedlichen Zeitplänen? Hatte Russells Leidenschaft nachgelassen, während ihre unaufhaltsam zunahm? Sie stellte sich zukünftige Nächte vor, in denen sie schlaflos auf zerwühlten Kissen lag und unter einem Leselämpchen ein ödes Buch an sich drückte, während Russells Rücken wie ein Felsen aus der Mitte des Bettes aufragte.

Ihr Orgasmus löschte ihre Übelkeit aus, doch nicht auf Dauer. Prüf morgen nach, wann du fällig bist, dachte sie, und ihr fiel ein, wie – wann war das gewesen, vor drei Wochen, einem Monat? – Russell nach einem Geschäftsessen nach Hause gekommen war, in einer seiner leidenschaftlichen Stimmungen, die sie zu nutzen gelernt hatte, wie er sie durch den Flur ins Schlafzimmer bugsierte und unterwegs den Reißverschluß am Rücken ihres Kleides geöffnet hatte, wie sie daran gedacht hatte, daß ihr Diaphragma in der kleinen Plastikmuschel auf einem Regalbrett des Medizinschränkchens lag, und dann entschieden hatte, ihre Lust auf ihn sei größer als ihre Vorsicht, und nicht warten wollte, daß seine Lust die Unterbrechung womöglich nicht überstehen würde, und wäre es eigentlich wirklich so schlimm?

Am folgenden Tag wurde es Mittag, bis ihr einfiel, einen Blick in ihr Notizbuch zu werfen, wo sie sich ihren Zyklus ziemlich präzise notierte, indem sie auf dem Kalender hinten im Buch ihre Tage ankreuzte. Angekreuzt waren 31. Juli bis 5. August. Sie brauchte keinen Taschenrechner; während in ihr so etwas wie Schwindelgefühl aufstieg, stellte sie fest, daß sie laut Muster der Kreuze in den Wochenreihen um zwei Reihen überfällig war. 1986 und den größten Teil des Jahres 1987 änderte sich das Muster kaum.

Auf der Toilette betrachtete Corinne ihr Gesicht sorgfältig im Spiegel. Sie legte die Hände unter ihre schmerzenden Brüste. Größer, eindeutig größer. Das würde Russell gefallen, nicht wahr? Als sie sich im Spiegel betrachtete, füllten sich ihre Augen mit Tränen. Sie wußte nicht recht, warum. Doch in den letzten Tagen hatte sie ihre Gefühle überhaupt nicht im Griff gehabt; eine mächtige neue Kraft schien sich durchsetzen zu wollen, die ihre Aufmerksamkeit forderte, sie wissen ließ, daß sie den Rest ihres Lebens ihre Tränen und ihr Lächeln einer neuen Autorität unterzuordnen habe.

Nach einer langen Besprechung, auf der er und Whitlock die Gewinne und Verluste bei sämtlichen ausstehenden Verträgen überprüften, erfuhr Russell von Donna, Corinne habe schon wieder angerufen.

»Neuer Button«, sagte Russell und wies auf ihre linke Brust, die unweigerlich ein herzerfrischender Spruch zierte; das war ihr Markenzeichen, so wie Russells seidenes Tuch in der Hemdentasche. Auf dem neuen Button stand: »WENN ICH KOMME, TÖTE ICH – Robert E. Chambers.« Das bezog sich auf den aktuellen Fall eines Jugendlichen, der behauptete, das Mädchen, mit dem er ausgegangen sei, während eines sexuellen Techtelmechtels im Central Park versehentlich erdrosselt zu haben. »Sehr geschmackvoll, Donna«, bemerkte Russell.

»Wir können nicht alle Yuppies sein«, gab sie zurück.

Er zog sich in sein Büro zurück und rief Corinnes Büro an.

»Was gibt's?«

»Gar nichts. Ich wollte bloß hallo sagen. Geht's dir gut?«

»Mir geht's prima, ich raste bloß allmählich aus. In den meisten dieser Bücher steckt eine Menge Gewinn. Geht's dir auch wirklich gut?«

»Danke, ja. Ich wollte wohl nur deine Stimme hören.«

Direkt nach Börsenschluß verließ Corinne ihren Arbeitsplatz und machte unterwegs in einer Apotheke halt. Nachdem sie in einen Pappbecher gepinkelt und den Inhalt in ein Teströhrchen gekippt hatte, wartete sie eine halbe Stunde später auf das Ergebnis ihres Schwangerschaftstests. Und wenn er positiv war? Sollte sie es Russell sagen? Vielleicht nicht sofort. Gerade hatte er ihr eine Standpauke gehalten, sie könnten es sich nicht leisten, daß Corinne ihren Job aufgab.

Zu nervös, um zu lesen oder nachzudenken, stellte sie die Fünf-Uhr-Nachrichtensendung im Fernsehen an, ging im Wohnzimmer auf und ab und sah alle paar Minuten im Bad nach. Sie schaute sich das Teströhrchen genau an. Falls sich aus der Lösung eine Art Klumpen niederschlug, standen die Chancen gut, daß sie in etwa acht Monaten ein zweites Schlafzimmer brauchen würden.

Nach ein paar Drinks mit einem neurotischen, aber wichtigen Agenten kam Russell nach Hause und traf Corinne in einer ihrer heiteren Stimmungen an. Fröhlich fragte sie ihn, wie sein Tag so verlaufen sei, und er antwortete, gleich zu Anfang habe er erfahren, daß ihn die alte Geschäftsleitung von Corbin, Dern wegen siebzehn Punkten verklage. »Und Washington droht damit, Bernie Melman zu verklagen. Dann sagte mir Bernie, es sei absolut nicht drin, für Propps Buch auch nur einen Scheißpenny, wie er es so hübsch formulierte, zu bezahlen, bevor er die Ware nicht lieferte. Einer der erlesensten Tage aller Zeiten, ein echter Spitzen-, um nicht zu sagen Traumtag. Verrat mir doch noch mal eins, wie und warum bin ich in diesen Schlamassel geraten?«

»Laß uns essen gehen«, schlug Corinne vor, die wie eine gefangene Fliege durch die Wohnung huschte, einen Augenblick stehenblieb, um ein Bild gerade zu hängen oder einen Aschenbecher zu verrücken, ehe sie in eine andere Zimmerecke flüchtete.

»Ich bin fix und fertig. Wir lassen uns lieber etwas bringen.«

»Wir könnten bei Kerzenschein zu Hause essen. Das haben wir seit Ewigkeiten nicht getan. Und dann vielleicht ein Bad nehmen.«

»Egal«, sagte Russell, doch als er ihren Gesichtsausdruck sah, erhob er sich aus dem Sessel, in den er gesunken war, und nahm sie in die Arme, drückte ihre Wange an sein Schlüsselbein, wo sie schon so oft gelegen hatte.

»Das ist nur die Arbeit«, sagte er.

»O Russell«, flüsterte sie, »ich bin schwanger.«

»Ich hatte solche Angst, du würdest wütend sein«, sagte sie später.

»Warum sollte ich wütend sein?«

»Na ja, jedenfalls unglücklich.« Sie lagen auf dem Bett, ihre Kleider über Fußboden und Tagesdecke verstreut.

»Gott, ich war in letzter Zeit ein echter Wichser, stimmt's?«

»Vielleicht hattest du ein ganz klein wenig von einem Wichser.«

»Ich war ein Schwein.«

»Aber jetzt bist du geheilt.« Sie kicherte. »Ein geheiltes Schwein. Das macht dich vermutlich zu einem Schinken.«

»Du wirst eine ausgesprochen alberne Mutter abgeben.«

Einige Minuten lagen sie schweigend da. Russell wartete darauf, daß der erste aufflackernde Zweifel sein Glück relativierte; er nahm an, daß dieser Zweifel kommen würde, und wenn er käme, sollte er kommen und gleich wieder verschwinden, damit er sich weiterhin so fühlen konnte, als wäre er der erste Mann in der Menschheitsgeschichte, der mit seiner Frau ein Kind gezeugt hatte. Ein muskelbepackter Patriarch, im Lichte eines gewaltigen Feuers eine Keule haltend, bewachte Frau und Kind, die in der Höhle hockten. Zuerst hatte ihn das erschreckt. Doch als nächstes kam eine riesige Welle der Begeisterung, begleitet von einem überwältigenden Drang, mit Corinne zu schlafen, mit diesem Geheimnis Kontakt aufzunehmen.

»Was denkst du gerade?« fragte Corinne, stützte sich auf einen Ellenbogen und sah nach unten in Russells Augen. »Alles in Ordnung? Sag's mir.«

»Etwas macht mir Sorgen, eine große Frage«, sagte Russell mit finsterem Blick, haßte sich fast selbst, als er die Panik in ihren Augen bemerkte. »Welche Privatschule – Andover oder Exeter?«

Um vier Uhr morgens wachte Russell auf, in kalten Schweiß gebadet. Er stand auf, ging mit zittrigen Händen ins Wohnzimmer und wünschte, er hätte eine Zigarette, obwohl er vor über zwei Jahren mit dem Rauchen aufgehört hatte. In seinem ganzen Leben hatte er noch nie solche Angst gehabt wie jetzt.

Wer zum Teufel war er eigentlich, daß er Vater wurde? Selber noch praktisch ein Knabe, einunddreißig Jahre alt, emotional etwa neunzehneinhalb. Bis gestern abend hatte es den Anschein gehabt, als sei eine Reise den Amazonas hinauf oder in den Himalaya, ein Leben in Paris oder Kyoto, ein Job im Friedenskorps oder als Skiläufer – all das war, zumindest hypothetisch, noch möglich gewesen; er und Corinne hatten sich kürzlich über ein Jahr in Florenz unterhalten. Und diese kleine Episode mit Trina, nicht daß er wirklich etwas *getan* hätte... nicht viel, ein bißchen Zunge, ein bißchen Titte... und doch, was würde er eigentlich für einen Vater abgeben, wenn er sich so leicht zum Herumbumsen animieren ließ, Scheiße noch mal? *Verflixt* noch mal. Wenn er ein Kind hatte, durfte er auch nicht mehr dauernd »Scheiße« sagen, und das war scheißwahrscheinlich. Und Geld. Was, wenn das Geschäft fehlschlug? Er fragte sich, ob sich auch sein Vater mit solchen Ängsten herumgeschlagen hatte, stellte sich vor, daß seine Generation vorbehaltloser abgelaicht worden war. Da sie im Verlauf einer angeblichen sexuellen Revolution herangewachsen war, während der kurzen Blütezeit von Pille und legalisierter Abtreibung, gehörte er der vielleicht ersten Generation an, die Fortpflanzung als eine einzig dem freien Willen unterworfene Körperfunktion betrachtete. War er bereit, sich als Freiwilliger zu melden? ONKEL STORCH WILL *DICH*!

Außerhalb der Fenster verfärbte sich der Himmel im Osten von Zinnfarben über Rosa zu Hellblau. *Babyblau*, sagte er, versuchsweise, bei sich.

Als der Dow aufgrund des fallenden Dollars runterging, fragte sich Corinne, ob das in ihr wachsende Leben wohl von dem Aufruhr der vergangenen paar Wochen unberührt bleiben konnte. Ob Arbeitsplatz oder Ehe, ihr Besorgnispegel hatte den höchsten Stand aller Zeiten erreicht – vierzehnstündige Arbeitstage, Streitereien mit Russell. Und hatte sie nicht auf der Party in Steve Kopeks Loft an einem Joint mitgeraucht? Tränen traten in ihre Augen, als sie an all die Joints dachte, die sie sich auf dem College reingezogen hatte; vor ihrem inneren Auge sah sie angesengte und verbogene Chromosomen. Und damals im Sommer – sie geriet in Panik, als ihr der Sommer einfiel, und rief sofort Russell an, bestand darauf, daß Donna sein anderes Telefonat unterbrach, und ihre Stimme war dermaßen hoch und zitterte so, daß er sie zunächst kaum verstand.

»Weiß du noch«, sagte sie, »als wir auf Fishers Island das ganze Ecstasy genommen haben?«

»Wir haben es vielleicht dreimal genommen, Corinne.«

»O Russ, warum nur?«

»Weil es Spaß gemacht hat. Erstaunlich, daß du nicht damals schwanger geworden bist«, sagte er und dachte an diese sinnlichen, aufgelösten, ausgeflippten Nächte.

»Du bist also nicht besorgt?«

»Das habe ich nicht gesagt.«

»Du *bist* besorgt, das höre ich an deinem Tonfall. Ich merke, daß du echt besorgt und enttäuscht bist.«

»Seien wir ehrlich, Schatz, es ist die Hölle, mit einer Drogensüchtigen verheiratet zu sein.«

»Russell!«

»Ich hab's nicht ernst gemeint.« Offensichtlich, dachte er,

mußte er sich auf diese Verfassung einstellen, in der sie alles extrem wörtlich nahm. Als er sie am anderen Ende der Leitung schniefen hörte, fragte er: »Warum weinst du?«

»Ich mußte eben an Jeff denken, als du dieses Wort gesagt hast.«

»Er wird's überleben.«

»Vielleicht sollten wir doch kein Kind kriegen.«

»Ich dachte, du wolltest schwanger werden.« Sofort wurde ihm klar, daß seine Stimme seine Nervosität verriet, und er fragte sich, ob das die nächsten acht Monate so weitergehen würde. »Corinne?« Als sie nicht antwortete, fuhr er fort: »Sieh mal, wir reden mit dem Arzt darüber, ja? Hast du dir schon einen Termin geben lassen?«

»Ich gehe Montag.«

»Prima, dann wirf jetzt erst mal ein Valium ein und entspann dich.«

»Russell!«

»O weh, war nicht komisch. Versuch einfach, dich zu beruhigen, und ich komme früh nach Haus.«

Danach nahm Russell den Anruf eines literarischen Agenten entgegen, der mal sein Koksdealer gewesen war und später geheiratet und seine Verkaufstätigkeit in den fiskalisch erfaßten Bereich verlegt hatte. Er war weiterhin bemüht, auch in seinem neuen Beruf eine gewisse Geheimniskrämerei beizubehalten, seinen literarischen Produkten eine Aura von Schmuggelware zu verleihen.

»Ich habe da etwas, das du vielleicht probieren möchtest«, sagte er nach den einleitenden Worten. »Tolles Zeug. Belletristik. Manche würden es einen Schlüsselroman nennen, aber meiner Ansicht nach greift das viel zu kurz. Ich weiß natürlich nicht, ob du ihn nehmen kannst oder nicht, angesichts deiner Verbindung mit einem gewissen Romanschriftsteller, den einige eventuell mit einer alles anderen als sympathischen Figur in diesem Buch identifizieren könnten. Aber wie ich höre, hat er euch den Stiefel gegeben und ist zu Simon and Schuster gegangen.«

»Was zum Teufel willst du damit sagen, Irwin?«

»Kann ich mich völlig auf deine Diskretion verlassen?«

»Na klar«, sagte Russell.

»Camille Donner.«

Russell brauchte ein Weilchen, um den Namen unterzubringen. »Propps Freundin.«

»Jedermanns Freundin. Sie hat endlich das Buch geschrieben.«

»Und Victor kommt drin vor?«

»Hier geht's um Würde in Fetzen. Hier geht's drum, daß einer mitten in der Nacht die Stadt verläßt, und zwar mit einer Tüte über dem Kopf. Sagen wir zwei Tüten. Die Auktion ist nächste Woche. Als Eröffnung will ich einen sechsstelligen Betrag hören.«

»Ohne mich.« Auch wenn er Victors Buch wegen Bernies Vorsicht und Propps Taktieren verloren haben mochte, wollte er damit nichts zu tun haben.

»Das verstehe ich. Aber ganz unter uns, falls du auf Victors großen Roman wartest, nach allem, was ich höre – ist der reine Fiktion. Ein pures Phantasiegebilde. Aus berufenem Damenmunde. Da existiert gar nichts.«

Russell brauchte nicht lange, um über sein Versprechen an Irwin hinwegzukommen, für den Geheimnisse ein ganz und gar schwammiges Gut waren. Doch als er Victor anrief, nahm keiner ab, und dann hatte er einen Termin mit den Geldgebern.

Trotz Russells Versicherungen starrte Corinne blind auf ihren Quotron-Bildschirm. Sie wußte, die Sünden und Sorglosigkeiten der Eltern suchten den Fötus heim. Sie hatte die Filme gesehen und die Bücher gelesen, hatte die Sünderin und werdende Mutter die Treppe hinunterstolpern sehen, hatte den Arzt sagen hören: *Tut mir leid, daß wir das Kind nicht retten konnten.*

Corinne war abergläubisch. Trotz ihres disziplinierten und wissenschaftlich geschulten Verstandes glaubte sie, daß Zusammenhänge zwischen sichtbaren und unsichtbaren Dingen bestanden, die die Wissenschaft noch nicht entdeckt hatte; da sie an die Macht von Worten glaubte, Vorkommnisse in der Welt anregen und bewegen zu können, verbrachte sie einen Großteil des Nachmittags damit, ein Wort zu verdrängen, das ihre schlimmste Angst beschrieb; sie verdrehte es, sobald es ihr in den Sinn kam, formte mit dem Mund lautlos Worte wie *Fehlschlag, Fehlurteil, Fehltritt.*

In dieser Nacht träumte sie vom Skilaufen. Der Skihang in ihrem Traum hat die Besonderheit, wie die Schienen einer Achterbahn bergauf und wieder bergab zu verlaufen. Die kugelrunde schwangere Corinne rast in Schußfahrt etliche Hügel rauf und runter. Russell fährt in einem Sessellift über sie hinweg und ruft ihr etwas zu, doch mit dem Fahrtwind in den Ohren hört sie ihn nicht. Sie erreicht den Gipfel zweier parallel verlaufender Slalomstrecken. Oben an der einen steht Jeff. Los, wir machen ein Wettrennen. Und was ist mit dem Kind? fragte Corinne. Keine Sorge, sagt Jeff. Seite an Seite flitzen sie die nebeneinander liegenden Slalomstrecken hinunter, und nachher gehen sie in die Skihütte, wo ihnen der Barkeeper etwas Ecstasy verabreicht, und Corinne merkt, daß sie nicht mehr schwanger ist. Wo ist das Baby? schreit sie, und Jeff antwortet, ich glaube, du hast es da hinten zurückgelassen.

Auf der anderen Seite des Bettes fand Russell keinen Schlaf und vollführte unregelmäßige Schwimmbewegungen. Bei ihm funktionierte die Biologie anders als bei Corinne; er wollte sie einholen, körperlich in einen Vater verwandelt werden. Als er in der vergangenen Nacht mit ihr schlief, hatte er die uralten Pflichten des Blutes und der Arterhaltung verspürt, doch jetzt war er wieder ausgeschlossen und kannte nur noch Angst. Während er sich vornahm, allen Mut zusammenzunehmen und Corinne zu fragen, ob sie das auch wirklich für den richtigen Zeitpunkt halte, empfand er Schuldgefühle, weil er auch nur mit dem Gedanken gespielt hatte. Er wußte, sobald die Frage erst einmal gestellt war, ließ sie sich nicht mehr zurücknehmen; ganz gleich, wie Corinnes Reaktion ausfiel, sie würde sie nie vergessen...

Doch die lange Nacht laugte seine Zweifel und Ängste aus, und am Morgen war er stark und ganz erpicht auf seine neue Rolle, voller Liebe zu der neben ihm schlafenden Frau. Kurz nach Tagesanbruch erhob er sich und stellte sich in zukünftigen väterlichen Posen vor, während er ein Frühstückstablett vorbereitete und Corinne weckte, ein paar Minuten bevor ihr Wecker klingelte.

Für Russell war es völlig in Ordnung und paßte zu seiner Ansicht, wie höchst exzentrisch Corinne sei, daß sie ihre morgendliche Übelkeit nachts bekam. Die Sonntagnacht vor ihrer ärzlichen Untersuchung war besonders schlimm. Sie übergab sich während des Fernseh-Politmagazins *60 Minutes* und erneut während *Mord ist ihr Hobby*; zwischendurch beschwerte sie sich, daß sich Diane Sawyer im Verlauf einer Sendung dreimal umzog, und fragte Russell anschließend, ob er finde, Diane sei hübscher als sie. Am Morgen fühlte sie sich immer noch gräßlich, rief im Büro an, meldete sich krank und beschloß, sich vor ihrem nachmittäglichen Arzttermin auszuruhen.

Kurz nach dem Mittagessen rief Corinne Russell im Büro an. Ihre Stimme klang schwach und krächzig.

»Fühlst du dich wohl?« fragte er.

»Ich hab es verloren, Russell.«

»Was meinst du damit, du hast es verloren?« sagte er, aber an ihrem Tonfall und daran, wie ihm auf einmal das Herz schwer wurde, merkte er genau, was sie meinte. Und auch wenn sie zu müde und traurig klang, um sich mit Einzelheiten abzugeben, mußte er alles hören, damit er versuchen konnte zu begreifen, wie ein Wunder, an das zu glauben er gerade angefangen hatte, im selben Augenblick wieder rückgängig gemacht wurde.

In der nun folgenden Zeit umsorgte Russell sie sehr. Corinne nahm sich eine Woche frei, und er blieb die ersten beiden Tage bei ihr zu Haus, fütterte sie, verhätschelte sie wie eine privilegierte Kranke. Sie hatte sehr viel Blut verloren, und ihr Hormonhaushalt war gestört; der Arzt hatte ihr gesagt, es werde ein paar Monate dauern, bis ihr Körper wieder normal reagierte. Auch wenn er hinzufügte, es sei nichts Ungewöhnliches, viele Schwangerschaften endeten im ersten Trimester, fühlte sie sich schuldig. Irgendwie verstand Russell das und wollte sie davon überzeugen, daß sie sich nichts vorzuwerfen hatte, daß sie auf die Stimme der Natur hören müsse. Zuerst wurde sie auch auf ihn wütend, erinnerte ihn an die vielen Gelegenheiten, bei denen er gesagt hatte, sie seien noch nicht bereit für ein Kind, doch am Ende merkte sie, wie tief auch er den Verlust empfand. Und als er ihr gestand, er empfinde Schuldgefühle, weil er kurz überlegt habe, ob sie sich das Kind leisten könnten, und über die Alternative nachgedacht habe, da konnte sie ihn beruhigen und ihre Selbstvorwürfe beschwichtigen.

An diesem Samstag ging Russell mit ihr spazieren; obwohl es für September noch recht warm war, legte er ihr einen Schal um. Auf dem Weg zum Park war Corinne ein wenig wacklig auf den Beinen; sie hängte sich bei Russell ein, und plötzlich hatte sie eine Vision, sah sie beide vor sich, wie sie als steinaltes Paar des Wegs schlichen, von den Jahren verhutzelt und gebeugt, wie sie einander stützten, und einen Augenblick lang fühlte sie sich besser.

Doch im Park wimmelte es von Babys, Babys in Sportwagen, Babys in Rückentragen, Babys auf den Schultern ihrer Väter. Sie war, so schien es, die einzige ohne ein Baby.

An diesem Abend lud Russells sie zu »Raoul's« ein, wo sie ein Glas Wein tranken und lachten, als er den neuesten Aufzug seiner Assistentin beschrieb, ihren neuesten Button und ihre neuesten Telefongespräche mit ihrem neuesten Freund schilderte.

Es fiel ein leichter Nieselregen, als sie das Restaurant verließen, Corinne hielt einen Plastikbeutel mit den Resten ihres Steaks in der Hand – wegen Eisenmangels hatte ihr der Arzt Fleisch verschrieben. Der kapuzenbewehrte Mensch, der gebückt den am Rinnstein stehende Mülleimer durchwühlte, nahm fast Reißaus, als Corinne ihn am Arm berührte, aber sie hielt ihm den Beutel hin und sagte: »Nehmen Sie's bitte, es ist praktisch ein ganzes Steak.« Vorsichtig nahm der Mann den Beutel und trollte sich die Prince Street hinunter, wie ein Hund, dachte Russell, der das Schicksal nicht herausfordern will, indem er zu lange am Ort des unverhofften Glücksfalles verweilt.

In ihrer Wohnung angekommen, machten sie sich bettfertig. Corinne zog ein Nachthemd an, was selten vorkam, doch er verstand und akzeptierte das. Sie war tief in Gedanken.

»Ich werde meinen Job kündigen«, sagte sie mit schriller Stimme, als sie die Lampen ausgeschaltet hatten. »Ich habe die ganze Woche darüber nachgedacht. Das wird bestimmt hart, aber es tut mir leid, ich will mit meinem Leben etwas Sinnvolles anfangen.«

»Das geht schon in Ordnung.« Er schlang seinen Arm um Corinnes Schultern und zog sie an sich.

Ein paar Miunten später sagte sie mit vom Schlaf belegter Stimme: »Wir können es doch noch mal versuchen, stimmt's?«

»Natürlich«, antwortete er und kam sich aufgrund dieses abstrakten Versprechens großmütig vor, verspürte aber zugleich leise Gewissensbisse, darüber, daß er gar nichts dagegen hatte, noch zu warten.

35

Die Limousine rollte die lange, heckenbestandene Auffahrt hoch und hielt in der Sackgasse vor dem Verwaltungsgebäude. Noch ehe der Fahrer Gelegenheit fand, um den Wagen herumzugehen, wurde auf der anderen Wagenseite die Tür im Fond aufgestoßen. Wie eine benommene Schmetterlingspuppe, die probierte aufzuwachen, wieder umfiel und es nicht im ersten Anlauf schaffte, sich von der an ihr haftenden Schale zu befreien, tauchte ein Mann im Smoking auf, eine Magnum-Champagnerflasche am Hals gepackt.

Während Jeff die erste Zigarette dieses Tages rauchte, beobachtete er aus seinem Zimmerfenster, wie der Mann von einem Fuß auf den anderen trat, von dem messingfarbenen Morgenlicht geblendet. Aus der Entfernung wirkte er beinahe vertraut in seiner kosmischen Unordentlichkeit. Als der Fahrer sich ihm näherte, sprang er zurück und wirbelte und drehte sich wie jemand, der den von einer unerwarteten Ausfahrt so jäh unterbrochenen Tanz beenden wollte. Seine Arme öffneten sich in einer Pose des Verlangens, er glitt zu einer neben der Ausfahrt stehenden Blautanne, tanzte direkt in deren Zweige und stürzte rücklings aufs Pflaster. Aus dem Verwaltungsgebäude kam eine weißgekleidete Gestalt und überredete den gescheiterten Tänzer, wieder aufzustehen.

Eine dicke Krankenschwester klopfte an Jeffs Tür und rief: »Zeit fürs Frühstück, Schätzchen.«

Immer derselbe alte Scheiß, dachte er. Jeden Morgen Frühstück. Dann ist es Zeit zum Mittagessen. Dann Abendessen. Alles schmeckt nach Pappe und Zigaretten, und es sättigte einen nicht, weil es nicht das war, was man wirklich wollte. Man wollte etwas anderes und dachte ständig daran, und diese anderen, erlaubten Sehnsuchts- und Erfüllungskanäle schienen hoffnungslos zweitklassig. In der Nacht, in jeder Nacht, träumte er von weißem Pulver, das in einem Löffel schmolz, über einer eisblauen Flamme milchig-rein wurde. In seinen Träumen fuhr er in die Stadt.

Und so würde es offenbar sein restliches Leben lang bleiben, der beschissene tägliche Schleif. Aber Schwester Ella – diese Frau genoß ihre Pfannkuchen und Eier. So um die zweihundertsiebzig Pfund, und in der weißen Uniform wirkte sie sogar noch unförmiger. Vielleicht wäre es ein Fortschritt, wenn sie das Personal in Schwarz kleiden würden. Kleine schwarze Uniformen. Würde sie ein wenig schlanker machen.

»Könnten wir nicht wenigstens die Reihenfolge ändern? Beispielsweise mit dem Abendessen anfangen?«

»Jetzt sind Sie aber albern.«

»Albern? Ist das ein Fachterminus?« rief er hinter Ellas im Rückzug befindlicher, massiger Gestalt her. »Wollen Sie mich mit Ihrem psychologischen Jargon verwirren oder was?«

Der makellos gepflegte Rasen hatte sich über Nacht silbriggrau gefärbt, vom ersten Frost dieser Jahreszeit bestäubt. *Der Winter ist gekumen nun, last uns sing verdammt.* Ins Freie zu gehen war immer noch ein Schock, die Welt erschien ihm neu, ein wenig unwirklich, als wäre sie in durchsichtige Plastikfolie verpackt, oder vielleicht wie ein brandneuer, doch unerklärlich abgestandener Planet, von dem man die Plastikverpackung gerade erst entfernt hatte. Er war seit einem Jahr nicht mehr clean gewesen, und jetzt, da seine Pupillen ihre normale Größe hatten und sein Hirnstamm entgiftet war, sah alles anders aus.

Wer sich nicht ständig in seinem Zimmer aufhalten mußte, nahm die Mahlzeiten im Eßsaal des großen Hauses ein, das einem freundlichen Landgasthaus glich – ein weißes, im georgianischen Kolonialstil errichtetes Haus, das von hektarweise Rasen und Nebengebäuden umgeben auf einem Hügel thronte. Jeff stapfte den Fußweg vom Glover House hinauf, in dem er seit zwei Wochen wohnte. Es war genau wie auf der Privatschule, nur das es keine war. Anderer Lehrplan: Gruppentherapie, Anonyme Alkoholiker (AA), Biofeedback, Beschäftigungstherapie, Einzeltherapie und noch mehr AA.

Vorsichtig ging er am Carlyle House vorbei, wo er kürzlich seine Zwischenprüfung absolviert hatte – der Ort seines höllischen Entzugs, wo der Neuankömmling im Smoking morgen früh schwitzend erwachen würde. Die ihr hier eintretet, lasset alles Dope fahren. Jeff nannte das Haus »Wildreservat«. Neue Insassen trafen häufig am Ende langer Exzesse ein, von der Party noch immer besoffen und stoned, waren fix und alle, wenn man mit den Tests begann, Blut abnahm, Blutdruck prüfte, die Tabletten- und H-Freaks von den Koksern und Alkies trennte. Angeblich waren pharmazeutische Downs die schlimmsten, aber verdammt, ein heroinbedingtes Down war auch kein Zuckerschlecken. Als es Jeff so richtig elend ging, weckten sie ihn ständig auf, um seinen Puls zu messen, den praktischen grünen Plastikeimer immer neben dem Bett, falls seine malträtierten Zellen gewalttätig wurden. Eine echte Krankheit zum Tode, zwischen zwei Schwestern den Flur rauf- und runtergehen, um das Herz in Gang zu halten, dieses geplagte alte Herz. Delirium tremens, klar, und hinten im Mund ein Geschmack wie von unter elektrischer Spannung stehendem Metall. Phenobarbitol für Anfälle und Clonidine gegen Krämpfe. Einmal überkam ihn eine Wahnvorstellung, in der Russell und Corinne ihn mit Küchenmessern verfolgten und seine Eingeweide in rosa und blaue Streifen zerschnitten – die Ursache seiner gräßlichen Schmerzen.

Carlyle House, seit vierzig Jahren ein diskret-berühmtes Trockendock für Park-Avenue-Säufer, war ein kleiner, lukrativer Ableger der zentralen psychiatrischen Einrichtung gewesen. Doch die Zahl der Entgiftungspatienten hatte sich in den letzten Jahren verdoppelt und verdreifacht; Depressionen nahmen stetig zu, aber beim Stoffmißbrauch gab es einen regelrechten *Boom*. Einige der Insassen waren doppelt bedroht – depressive Süchtige. Jeff bewunderte die Manisch-Depressiven, weil er glaubte, daß sie der achterbahnhaften Einstellung der heutigen Zeit am nächsten kamen.

Zu Essenszeiten pflegten Depressive und Süchtige zwanglos Umgang miteinander. Jeff hatte seine kleine Gruppe unangepaßter Spielkameraden. An diesem Morgen ließ er sein Tablett mit den Gummieiern und der Scheibe Zellulosetoast zwischen Delia und Mickey fallen. Die schöne, hagere Delia mit dem irren Waschbäraugen-Make-up, dieses ehemalige Titelblatt-Model-des-Jahres, saß unbeweglich vor ihrem Tablett und sah aus dem Erkerfenster, während ihre Krankenschwester sie zum Essen mahnte. Delia paßte in jede Kategorie pathologischer Fälle, die das Establishment je gekannt hatte.

»Willst du meinen Traum hören?« fragte Mickey, zündete sich eine Zigarette an und warf das Streichholz in seinen Orangensaft. Mickey war ein siebzehnjähriger Crack-Süchtiger. Obwohl er seit drei Monaten hier und angeblich clean war, erschien er allmorgendlich zum Frühstück in einem Aufzug, als sei er bereit, sich ins Nachtleben zu stürzen – die langen strähnigen Haare ungewaschen, seine schwarze Leinenjacke faltig und fleckig, erinnerte er Jeff an die üblen alten Morgende seiner kaum vergangenen Vergangenheit.

»Ich sitze in meinem Wagen – dabei hab ich noch nicht mal einen Führerschein, klar? –, aber egal, ich fahr in einem Auto weit unten im Village auf dem West Side Highway. So etwa um den Fleischbezirk herum, weiß du, wo das ist? Und ich weiß auch, wo ich gerade bin, weil da überall an Haken diese Rinderhälften rumhängen. Und ich fahre in meinem Wagen durch die Gegend. Auf einmal sehe ich so 'ne Transvestitennutte, eins dieser gräßlichen Wesen, die an den Öffnungen zwischen Manhattan und seinen Kolonien arbeiten, na ja, ich meine, das ist doch ein Tunnel – eine Art Loch, stell dir vor, was das für dich heißt, Tag für Tag in ein Loch zu fahren, damit du an deinen beschissenen kleinen Arbeitsplatz in der Stadt kommst, und später wieder durch das Loch, zurück in die aluminiumverkleidete Schachtel, wo deine Frau wartet. Das Urkomische daran ist, daß 'ne Menge von diesen Transvestitennutten Geld für Operationen sparen, damit sie *richtige* Frauen sein und heiraten und in irgend so 'ner Scheißsiedlung in Jersey wohnen können. Weiß du, daß die meisten

Transsexuellen heiraten und mehr als die Hälfte ihren Männern nichts verraten?«

Plötzlich fiel Jeff ein, daß er gerüchteweise gehört hatte, Bernie Melmans Frau sei eine Transsexuelle. Ihm war entfallen, woher er das hatte.

»Egal, ich brause an so einer getürkten Tussi vorbei und bremse, sehe aber irgendwie von außerhalb meines Traums hinein und sage: Brrr, Moment mal, das ist ein Typ, sprich: eine männliche Person. Und dann winke ich den Kerl zu mir – er hat immer noch Frauenklamotten an, klar? –, er steigt in den Wagen und greift nach meinem Hosenstall. Ich merke, daß sich seine Schminke ablöst. Sie blättert wie Haut von seinem Gesicht, und ich erwarte, einen Typ zu sehen, aber statt dessen ist es meine Mutter, Mann. Meine Mutter, als Typ verkleidet, der sich als Nutte verkleidet hat. Also wirklich, wie verdreht kann man noch sein? Ein gefundenes Fressen für Taylor.«

Mickey streifte seine Asche sorgfältig in seine Eier, setzte zwei graue Warzen auf die glänzenden gelben Aureolen der Dotter, ehe er Jeff von der Seite ansah. »Was hältst du davon? Bist du sprachlos? Ich persönlich finde, da ist alles dran, großes analytisches Kino – sexuelle Ambiguität, Homoerotik, explizit ödipale Szene. Alles außer der Zigarre. Sie hat mir keinen geblasen oder so was, vorher bin ich aufgewacht. Aber diese Transvestitengeschichte wirft für mich ein paar interessante Fragen auf. Als ich beispielsweise zwölf oder dreizehn war, hab ich mich als Mädchen verkleidet, damit man mich in die Clubs läßt. Als Typ konnte ich unmöglich alt genug aussehen, doch als süßes Mädchen kam ich immer rein. Ich bin überall reingekommen, in die ›Milk Bar‹, ins ›Area‹ ... sogar in die Spätnachts-Clubs, ›A.M. P.M.‹, ›Save the Robots‹. Dann hab ich mich aufs Männerklo geschlichen und wieder in einen Jungen verwandelt. Dr. T. glaubt natürlich, daß dahinter nicht nur praktische Gründe stecken, in diesem Scheißladen hier ist eine Zigarre nie bloß eine Zigarre, stimmt's? Er hält meine Umkleide-Abenteuer für höchst aufschlußreich. Also, ich gebe zu, manchmal hab ich mich eben in 'ne Tussi verwandelt. Gelegentlich hab ich vergessen, mich nachher wieder umzuziehen. Einmal fand meine Mutter meine Schminkutensilien. Damals war ich so etwa vierzehn. Wollt ihr wissen, was sie gesagt hat?«

Er sah die anderen am Tisch an, Aufmerksamkeit heischend.

»Ich verrat's euch. Gar nichts hat sie gesagt.«

»Möchtest du eine Zigarette, Delia?« Nachdem er eine eigenhändig mit Marmelade bemalte Toastscheibe übel zugerichtet hatte, fühlte sich Jeff berechtigt, eine zu paffen.

Sie sah immer noch aus dem Fenster. Gerade wollte Jeff die Frage wiederholen, als sie ihm den Kopf zuwandte und seinen Blick erwiderte. Er klopfte noch eine Marlboro aus der Pakkung und steckte sie Delia zwischen ihre vollen, aufgesprungenen und gleichmäßig mit rotem Lippenstift beschmierten Lippen. Er zündete die Zigarette mit seinem Feuerzeug an. Delia sprach seit zwei Wochen nicht mehr. Jeff hatte sie zwar nicht gekannt, war ihr aber seit Jahren immer mal wieder über den Weg gelaufen. Die in Arkansas geborene Tochter von Hinterwäldlern war Anfang der achtziger Jahre ein gefragtes Model gewesen. Er sah sie immerzu irgendwo, und einer seiner Lieblingsrocksänger war ein oder zwei Jahre lang ihr Begleiter gewesen. Sie war erst siebenundzwanzig, und das Leben, das sie im Manhattan Hotel geführt hatte, hatte sie mächtig verschlissen; seit etlichen Jahren hatte sie nicht mehr als Model gearbeitet und war jetzt seit etwa vier Monaten hier, nachdem sie sich auf Minky Rijstaefels Party die Pulsadern aufgeschnitten hatte. Jeff hatte das dumpfe Gefühl, auch dort gewesen zu sein. Vielleicht. Der Satz aus ... *aber das Fleisch ist schwach* – »O Nina, so viele Partys.« Offenbar erinnerte er sich nicht mehr an viel aus dem letzten Jahr – glücklicherweise. Angeblich wurden Delias Arztrechnungen von ihrem letzten Gönner beglichen, einem wohlhabenden adligen Europäer. Selbst in dieser Zufluchtsstätte der Verdrehten und Gebrochenen galt Delia als schwer ausgeflippt.

Mickeys Zigarette zischt und verlöscht in seiner Kaffeetasse. »Es war abgefahren«, sagte er, stand auf und griff sich an den Hinterkopf, um seinen Pferdeschwanz zu berühren. Das war eine Angewohnheit von ihm, als hätte er Angst, der modische Anhang könne verschwinden. Oder vielleicht tat er es als Glücksgeste. Die Leute hier waren abergläubisch, achteten auf Zeichen und Omen, waren für periphere Visionen und sichtbare Strömungen in der Luft liegender Boshaftigkeit empfänglich. Als er so neben dem Tisch stand, sah Mickey wie ein schiefer kleiner Fahnenmast aus, hinter dem ein haariger Wimpel herwehte. Er hatte fünf Jahre lang die Kokaindiät befolgt, sich zu dieser schlanken, jungenhaften Gestalt gekokst.

»Bis später beim Korbflechten.«

Jeder rauchte. Sie waren alle Suchtpersönlichkeiten, und das war die einzige genehmigte Abhängigkeit. Wenn man sich bei Gruppensitzungen oder den Anonymen Alkoholikern im Zimmer umsah, quoll von den Lippen Rauch wie bei einer inneren Feuersbrunst, alle verbrannten von innen. Letzte Woche in der Gruppe hatten sie den Feueralarm ausgelöst. Die Sirene schrillte, und die Benommenen und Verwirrten wirkten noch benommener und verwirrter, krümmten sich auf ihren Stühlen, die Hände auf ihre Ohren gepreßt.

Es war wie im Gefängnis oder bei der Armee, wo man sein eigenes Schicksal so wenig kontrollieren konnte, daß man jede Gelegenheit wahrnahm, der Zeit seinen Stempel aufzudrücken, sich Befriedigung zu verschaffen, ohne auf die Leute angewiesen zu sein, die Schlüssel, Passierscheine und Medizinschränke kontrollierten. Darum rauchte man.

Der Tanznarr, dessen Ankunft Jeff neulich morgens zufällig miterlebt hatte, war jetzt bleich von der Entgiftung und paffte Gauloises, die aus der blauen Packung, die Robert Motherwell in seine berühmte Collage eingearbeitet hatte. Tja, wenn man sowieso starb, warum machte man dann nicht Nägel mit Köpfen und schickte teerarme Glimmstengel zum

Teufel? Schließlich hatte es die Hälfte der Leute im Zimmer schon versucht. Die Spuren selbstzugefügter Rasierklingenverletzungen lugten unter Hemdmanschetten hervor. Die Drogensüchtigen taten es auf Raten, auch wenn sie es anfangs abstritten.

Während sie alle ihre Zigaretten anzündeten, bat die Diplomsozialarbeiterin Beverly den Neuen, sich vorzustellen. Er sagte, er heiße Brad Balfour.

»Warum sind Sie hier, Brad?«

»Ich wollte schon immer mal in Connecticut Urlaub machen.«

»Erzählen Sie uns ein wenig über sich.«

»Ich bin Risikokapitalist aus New York City, der Weltkapitale des Kapitals.«

»Sonst noch was?«

»Eins achtzig, achtundsechzig Kilo, blaue Augen, und jawoll – ich bin ledig.«

»Noch was?«

Er atmete eine Rauchwolke aus, die einem Hochofen zur Ehre gereicht hätte, blickte aus dem Fenster und seufzte schelmisch. Jeff fragte sich, wie er nach der Entgiftung noch so munter sein konnte, und kam, ein wenig ungehalten, zu dem Schluß, daß der Typ leicht kokainabhängig war. Doch bei all seiner Unbekümmertheit zitterten ihm die Hände, und um seine Augen fanden sich die wenig schmeichelhaften Maskararinge des Schlafmangels.

»Ich bin drogensüchtig.«

»Gut.« Sie nickte und ließ ihn nach diesem Eingeständnis in Ruhe.

»Jeff, möchten Sie heute reden?«

»Eigentlich nicht«, sagte er.

»Damit hab ich ein Problem«, sagte Fran, die alkoholkranke Redakteurin, deren Zeitschrift *Woman Today* wie angedroht ein alles andere als schmeichelhaftes Porträt über ihn gedruckt hatte, nachdem er ihrer Interviewforderung nicht nachgekommen war. Jeff wußte nicht, ob sie mit diesem miesen Vorgang etwas zu tun hatte, fand sie aber instinktiv unsympathisch und verdächtigte sie, hier für einen Artikel zu recherchieren.

»Warum erzählen Sie uns nicht darüber?« sagte Beverly.

»Nun ja, Jeff tut so überheblich. Er bringt sich nicht ein. Er hält sich für zu berühmt oder so was.«

Beverlys Kopf drehte sich in Richtung Jeff. »Was halten Sie davon?«

»Wenn mir eine intelligente Bemerkung einfällt, werde ich mich hier *einbringen*.«

»Sehen Sie? Als wollte er sagen, wir anderen seien nicht intelligent.«

»Ich glaube nicht, daß Jeff das sagen will, oder, Jeff?«

Jeff sog einen großen Rauchball in seine Lunge und blies ihn wieder nach draußen. »Ich sehe ständig die Hochglanzseite einer Illustrierten vor mir, auf der ein Artikel von Fran steht, betitelt: ›Wie bei der Sucht-Rehabilitation am meisten für mich rausspringt.‹«

»Das ist nicht sehr nett, Jeff.«

»Oder vielleicht: ›Gruppentalk: Kniffe, Tricks (und heiße Modetips) für Ihre Therapie.‹«

Beverly runzelte die Stirn: »Ich finde, an Frans Vorwurf ist etwas dran, Jeff. Vielleicht sollten Sie Ihre Einstellung gegenüber der Gruppe überprüfen.«

In Kunst und Werken malte Delia mit einer Schablone rosa Glocken auf den Griff eines Korbes, während ihre persönliche Krankenschwester, die sich nicht auf Armeslänge von ihr entfernen sollte, danebenstand und zusah. Es war ihr vierter Korb. Sie wurden anderswo hergestellt, und die Klinik kaufte sie en gros. Holzarbeiten erforderten scharfe Werkzeuge – kam eindeutig nicht in Frage. Die alte Evelyn Salmon schwankte vorbei, auf einer Seite von ihrem Stock und auf der anderen von einer Schwester gestützt, dicht gefolgt von der blauhaarigen Babs Osterlick.

»Das ist ein entzückender Korb, Liebes.«

Delia malte weiter.

»Sie ist ein so hübsches Mädchen«, befand Baby keuchend, als sie neben ihrer Freundin anhielt; ihre Frisur glänzte bläulich wie ein polierter Saphir.

»Entzückend, aber so mager«, sagte Evelyn. »Das wäre in Ordnung, wenn sie nur obenrum etwas mehr hätte.« Evelyn für ihr Teil war von der Natur mit mächtigen Brüsten ausgestattet, auf die sie im Beisein jüngerer Männer in der Einrichtung häufig anspielte. Evelyn und Baby gingen auf die siebzig. Sie hatten keine größeren Macken – vielleicht eine leichte Altersüberspanntheit –, aber beide hatten sich nach dem Tod ihrer Männer einsam gefühlt. Beide Ehemänner hatten ihnen haufenweise Geld hinterlassen, und sie wollten ihre letzten Jahre lieber hier als in einem Pflegeheim verbringen; sie unterstützten die Kapitalausstattung der Klinik mit einer großzügigen Spende und zahlten die vollen Tagessätze für Kost und Logis. Sie fanden die Gesellschaft amüsant. Die Patienten in der Entgiftung nannten sie nur »die Säufer« und die übrigen »die Irren«.

»Warum Glocken, Evie?«

»Wahrscheinlich Hochzeitsglocken. Das arme Mädchen ist hier eingesperrt, während all die anderen kleinen Mädchen sich an die netten jungen Männer ranmachen.«

»Wenn sie ein wenig Gewicht zulegt und sich einen wattierten BH kauft, kommt sie schon zurecht.«

»Rums bums«, sagte Babs, deren Oberkörper sich wie ein Metronom bewegte, als sie davonwackelte, von ihrem guten auf das steife Bein tretend. Ohne ein Zeichen, daß sie die beiden bemerkte, malte Delia weiter.

»Wie fühlen wir uns denn heute, Mr. Pierce …?«

Der berufliche Dreh des Seelenklempners war eine leutselige, väterliche Art mit einem Hauch von Autorität. Er hatte Hängebacken, ein fleischiges Bulldoggengesicht, das Jeff an den verblichenen Dylan Thomas erinnerte, ein beinahe komisches Nebeneinander von Schein und Sein. Dr. Taylor trug eine Strickjacke und braune Halbschuhe, die aussahen, als beständen sie aus einem auf Erdölbasis hergestellten synthetischen Material, und vermittelte irgendwie den Eindruck, als sei er Pfeifenraucher, was aber nicht zutraf. Sein Büro war picobello aufgeräumt, wie das Modellapartment in einem Komplex von Eigentumswohnungen. Die auf dem Couchtisch liegenden Ausgaben des *Journal of Psychopharmacology* bildeten einen makellosen Fächer.

»Beschissen.« Jeff hob den Fuß und brachte die Komposition von Zeitschriften auf dem Couchtisch mit seinem Zeh durcheinander. »Nicht gerade ein originelles Bild für einen negativen emotionalen Zustand, aber meiner Ansicht nach zutreffend.«

Dr. Taylor nickte, wobei seine Hängebacken schwabbelten. »Das ist verständlich. Ihr Körper erholt sich immer noch von der Sucht. Aber wir müssen versuchen, Ihre akuten Probleme herauszufinden...«

»Ich mache mir Sorgen um die Regenwälder.«

»Erzählen Sie mir mehr über Caitlin, Jeff. Sie hat Sie vor zwei Jahren verlassen. Warum hat sie das Ihrer Meinung nach getan?«

»Fragen Sie sie doch selber.«

»Wir brauchen uns hier nur damit zu beschäftigen, warum sie Sie *Ihrer* Meinung nach verlassen hat.«

»Weil ich bindungsunfähig war?« Die Antwort endete mit einer experimentellen, fragenden Hebung der Stimme.

»Das klingt wie etwas, das sie sagen würde.«

»Es stimmt. Ich wollte, daß jeder auf der Welt mich liebte, doch ihr Ziel für mich war enger gesteckt. Sie wollte nur, daß ich sie liebte.«

»Und taten Sie das?«

»Ja. Aber offenbar war es nicht genug. Idealerweise wäre sie eine brünette, rothaarige Blondine gewesen, nicht nur schlank wie ein Windspiel, sondern auch mit üppigen Formen, großgewachsen und zierlich, fürsorglich und unabhängig, feurig und selbstzufrieden, nuttig und mütterlich.«

»Sie erwarteten eine Menge von ihr.«

»Ich leide an einer übersteigerten Erwartungshaltung. Vielleicht bin ich nur in dieser Hinsicht ein einigermaßen typischer Vertreter unserer Spezies.«

»Fanden Sie nicht durch die Arbeit an Ihrem Buch Erfüllung?«

»Am Tag, als ich es beendete, vermutlich schon.«

»Und dann?«

»Dann folgte die felsenfeste Überzeugung, daß das Buch nicht besonders gut war – Schnitt auf mehr Sehnsucht, Ruhelosigkeit, unstillbares, nicht diagnostizierbares Verlangen.«

»Wir wollen versuchen, das aufzubrechen, in Ordnung?«

»Sie und welches Abrißunternehmen?«

Postverteilung. Mehr Bücher vom guten alten Russell, diesem Scheißkerl; seit seiner Ankunft hier hatte Jeff noch nicht lesen können, seine Konzentrationsfähigkeit war zum Teufel. Und ein Extrapäckchen von Corinne, das eine neue Ausgabe von *Wilbur und Charlotte* enthielt, einem ihrer heimlichen Lieblingsbücher, das ihr Jeff einmal in einem eiskalten Bauernhaus bei Middlebury im Staat Vermont vorgelesen hatte, während sie einen Knöchel schonte, den sie sich an den Hängen des Killington Peak verrenkt hatte. Russell weilte unterdessen in Oxford, wo er der Wissenschaft huldigte und so weiter. Die Schwester blätterte zum Ende des Buches und las die letzten, von der unauffälligen Corinne unterstrichenen Zeilen laut vor: »Es passiert nicht oft, daß jemand daherkommt, der ein guter Freund ist und ein guter Schriftsteller obendrein. Charlotte war beides.« Sie sah Jeff an, um herauszufinden, ob diesen Zeilen eine besondere, verschlüsselte Bedeutung innewohnte.

»Hört sich für mich wie Drogenslang an«, sagte Jeff.

Er mußte die anderen Bücher vor der Oberschwester öffnen, die sie nach Rauschmitteln und scharfen Werkzeugen überprüfte. Sie hielt die Bücher verkehrt herum und blätterte die Seiten durch; in den Rücken des gebundenen *John Chee-*

vers Kurzgeschichten fuhr sie mit einem Brieföffner. Der verblichene St. John, der halb im Alkohol ertrinkende, auf dem Lande lebende Ehemann, der versuchte, jemand zu sein, dem der Garten, die Familie und der heilige Geruch frischen Holzes in der Kellerwerkstatt genügten, der aber weder dem Kindermädchen noch dem Zeitungsjungen oder dem vormittäglichen Drink widerstehen konnte. Und hier bin ich, dachte Jeff – ein blaublütiger Junkie im kleinbürgerlichen Connecticut.

Ein Pate war Jeff zugewiesen worden, als der sich – nach beendeter Entgiftung – einer Gruppe angeschlossen hatte. Tony hatte die Morgensitzung verpaßt, weil er einen Passierschein bekommen hatte, um zu einem Vorstellungsgespräch in die Stadt zu fahren. Tony Del Vecchio war früher einmal Geschäftsführer einer Restaurantkette mit Sitz in New Haven gewesen. Er war ein harter Bursche und hatte irgendwann angefangen, mit Koks zu dealen; das bot sich förmlich an, reine Synergie, sagte er, Alkohol und Drogen. Schließlich bekam er die Nase nicht mehr aus der Tüte. Dann ging's weiter mit downtown, Heroin, zuerst jagte er den Drachen nur, um vom Koks runterzukommen. Ehe er sich's versah, spritzte er sich das Zeug direkt unter die Haut, was problemlos zum Mainlining von Speedballs führte. Nach dem Verlust von Arbeit, Haus, Frau und Kindern hatte er sich endlich entschlossen, hierherzukommen, statt direkt ins Gefängnis zu gehen. Diese Geschichte hatte er auf dem ersten AA-Meeting erzählt, an dem Jeff teilgenommen hatte, und sein Bekenntnis hatte wie das aller anderen etwas von dem perversen Stolz des Überlebenden.

»He, Kumpel, was hör ich da über dich in der Gruppensitzung?« fragte er, nahm den neben Jeffs Bett stehenden Stuhl, drehte ihn um und setzte sich hin, die Arme auf der Rückenlehne verschränkt.

»Was willst du hören? In Gruppen war ich noch nie gut.«

»Ich will ja nur helfen.« Tony mit seinen von Tätowierungen bedeckten Unterarmen sah nicht gerade wie der klassische Samariter aus. »Was hast du gegen Fran?«

»Im Augenblick hasse ich jeden.«

»Wem sagst du das, Kumpel.« Er schlug mit einer haarigen Hand auf Jeffs Knie. »Kenne ich. Na? Als wär in dir ein beschissenes Riesenloch, das danach schreit, gefüllt zu werden, und alles andere ist bloß langweilig und dumm. Stimmt's?«

Jeff las die selbstgemachte Tätowierung auf Tonys Handrücken: *»Born to Party.«*

»Fran hasse ich besonders.«

»Wieso?« Tony bot ihm eine Camel Filter an, die Jeff nahm.

»Sie ist eine verdammte Heuchlerin. Es liegt an Leuten wie Fran, daß man überhaupt anfängt, Drogen zu nehmen. Damit man nicht so wird wie sie. Mir ist egal, ob sie behauptet, Alkoholikerin zu sein, sie gehört zu den Spießern, ist eine dieser analfixierten Vorschriftshörigen. Sie ist ein *Gruppen*mensch, die typische fröhliche Ferienlagerurlauberin.«

»Blödsinn. Man nimmt Drogen, um high zu werden.«

»Sie hat mir etwas angetan«, sagte Jeff, und merkte, wie läppisch es klänge, wenn er versuchen würde, es zu erklären.

»Weißt du das genau?« Tony nahm seine Hand von Jeffs Knie und strich sich mehrmals die Haare zurück, als massiere er seinen Denkapparat. »Wahrscheinlich hast du eine Menge Scheiße gebaut, wenn du knülle warst. Hab ich recht? Hm?« Er schlug Jeff auf die Schulter. »Warum denkst du nicht mal drüber nach? Warum fängst du nicht damit an, ihr zu verzeihen? Denn denk mal über Schritt acht im Programm nach, das ist, wo man an die Personen denkt, denen man Schaden zugefügt hat. Mach eine Liste aller Leute, denen du aufgrund deiner Rauschmittelabhängigkeit weh getan hast. Dann versuchst du in Schritt neun, es wiedergutzumachen.«

»Ich hänge immer noch bei Schritt zwei«, sagte Jeff. »Bei dem man zu dem Glauben kommt, daß eine Macht, größer als wir selbst, uns unsere geistige Gesundheit wiedergeben kann.«

»Das ist der große Hammer«, sagte Tony. »Laß dir Zeit dabei.«

»Die gesamte Geschichte der Zivilisation hatte zum Ziel, uns von Gott und anderen willkürlichen und erfundenen Autoritätsgestalten zu befreien. Und bloß weil man den Kombi gegen einen Telefonmast setzt, soll man jetzt auf einmal sagen: ›Tut mit leid, Dad, ich esse ab jetzt meinen Spinat und gehe sonntags in die Kirche?‹«

Nach dem Abendessen rief Corinne an. Jeff sah sich gerade im Fernsehzimmer mit den anderen Ausgebrannten die Ratesendung *Jeopardy* an, als er zum Telefon gerufen wurde.

»Wollte nur sagen, daß ich an dich gedacht habe.«

»Hab auch an dich gedacht.«

Dem konnte offenbar keiner der beiden etwas hinzufügen. Jeff konnte sich vorstellen, wie peinlich ihr das war, wie groß ihre Angst, das Falsche zu sagen.

»Was macht Crash?«

»Er langweilt. Er arbeitet nur noch, und wenn er mal auf einen Sprung vorbeikommt, um sich umzuziehen, redet er über nichts anderes mehr. Er schmeißt sogar kaum noch mal irgendwas um.«

»Laß dich scheiden und heirate mich.«

»Bei dir kann mit Sicherheit nichts schiefgehen.«

»Genau darum geht's ja.« Er gab sich Mühe, vergnügt zu klingen. »Möchtest du lieber in Sicherheit oder glücklich sein?«

»Wir hatten vor, eventuell an diesem Wochenende vorbeizukommen.«

»Niente.«

»Heuchle doch wenigstens ein wenig Begeisterung.«

Er konnte sich nicht vorstellen, von irgendwas begeistert zu sein, schon gar nicht von einem sonntäglichen Brunch mit Amerikas Traumpaar. Irgendwo in einer versiegelten Kammer seines Herzens ruhte das Wissen, daß er diese Leute liebte, aber wirklich spüren konnte er das nicht. Hauptsächlich empfand er Wut. Sie waren da draußen in der Welt, und er steckte hier in dieser beschissenen Klapsmühle.

»Ich glaube, für so etwas bin ich noch nicht bereit«, sagte er.

»Irgendwas brauchst du doch bestimmt. Wir könnten beispielsweise...«

»Ihr könntet mir zwanzig Kanister Junk mitbringen, wie wär's damit?«

»Nicht komisch.«

»Herrje, anscheinend ist mein Humor bei der Entgiftung draufgegangen.«

»Wir lieben dich, Jeff.«

»Wir? Was soll dieses ›Wir‹-Gerede? Liebe ist keine Gruppenaktivität, verflucht. Auch wenn diese Geisteshygieniker hier so tun, als ob es das wäre. Gruppenkacktherapie. Weißt du – man ermutigt uns, uns einzubringen und zu umarmen. Der Begriff ›sich einbringen‹ ist hier oben für alles zuständig. Wir sollen kleine Tagebücher schreiben, in die wir Sachen eintragen wie: ›Heute habe ich mich Tony gegenüber eingebracht... Fran hat uns heute eröffnet, daß sie sich ihrer Familie gegenüber nicht einbringen kann.‹ Ich weiß, daß du und Russell gern alles gemeinsam macht, aber warum sprichst du in diesem Fall nicht einfach für dich selber.« Er hielt inne, stellte sich am anderen Ende der Leitung Corinnes leidendes, schönes Gesicht vor. »Ich liebe dich auch«, schloß er wütend. »Laß mir nur ein wenig Zeit, bis ich dich nicht mehr hasse.«

36

»Möchtest du darüber reden, warum unser Geschlechtsleben nicht mehr existiert?«

»Nein.«

»Aber ich.« Natürlich wußte sie es, wollte es aber von ihm hören.

Er lag neben ihr im Dunkeln und seufzte nachdrücklich. »Corinne, in fünf Stunden muß ich aufstehen und arbeiten gehen.«

»Findest du mich etwa abstoßend nach ... nach dem, was passiert ist?«

»Natürlich nicht, das ist lächerlich.«

»Was soll ich denn glauben? Du hast mich seit Wochen nicht mehr angerührt. Du findest mich abstoßend.«

»Eigentlich müßtest du begreifen, daß mir im Augenblick haufenweise Mist durch den Kopf geht, daß ich auf der Arbeit *mächtig* unter Druck stehe.«

»Habe ich vielleicht nichts durchgemacht?«

Russell hörte, wie sich kleine, tränenerfüllte Pausen in ihre Stimme einschlichen.

Sie drehte sich ihm zu und schmiegte sich in seine Seite. »Wir klingen so *alt*. Als wir die ersten Male ausgingen, hättest du dir da vorstellen können, daß wir einmal so ein Gespräch führen würden?«

»Wir *sind* älter, Corinne.«

»Ich will nicht schon ein älteres Ehepaar sein. Ich bin zu jung, um alt zu sein.«

Russell zog wütend die Schultern hoch und setzte sich im Bett auf. »Hör zu«, schrie er. »Ich habe für so was jetzt nicht die Zeit. Alles ist im Arsch.«

»Dann erzähl mir davon«, schrie sie zurück. »Ich bin deine Frau.«

»Na schön, na schön. Zunächst einmal kriege ich von Bernie merkwürdige Andeutungen, außerdem verlieren wir jede Menge Angestellte und Autoren. Die Leute sagen, sie hätten gehört, der Abschluß stehe auf wackligen Füßen. Tja, die Voraussage bewahrheitet sich dann selbst. Und ich weiß nicht, ob ich wirklich noch einen Job habe, ehe nicht alle Papiere unterschrieben sind.«

»Aber dir gehört doch ein Teil der Firma«, sagte Corinne besänftigend. »Das ist doch etwas.«

»Melman ist der Mehrheitsgesellschafter. Und er hat eigene Pläne, in denen ich nicht unbedingt vorkomme.«

»Besteht nicht die Möglichkeit«, fragte sie ruhig, »daß du überreagierst?«

»Das glaube ich nicht.«

Nach langem Schweigen sagte sie: »Es tut mir leid. Das wußte ich nicht.«

Er legte sich wieder hin. »Du hattest recht. Was dieses Geschäft betraf. Ich wünschte, ich wäre nie auf diese Idee gekommen.«

»Es wird schon werden.« Sie streckte die Hand aus und strich über die Falten auf seiner Stirn, die sie plötzlich an die speckigen Furchen des auf dem Strand gespülten Wals vor Bernie Melmans Sommerhaus erinnerten. Genau an dem Tag hatte sie gewußt, daß alles schiefgehen würde.

»Moment mal – sind wir jetzt nicht einigermaßen reich?«

»Wenn alles klappt, haben wir vielleicht ein paar Millionen in Aktien«, antwortete er mißmutig.

»Mein Gott, du solltest dich selbst hören. Du könntest dich zur Ruhe setzen und Lyrik schreiben.«

»Dafür ist es ein bißchen zu spät, Corinne.«

»Du bist einunddreißig Jahre alt, Russ.«

»Fast zweiunddreißig.«

»Ich kauf dir einen Krückstock. Nun mach mal 'n Punkt! Es ist für gar nichts zu spät. Du hast geschafft, was jeder schaffen will – einen Batzen Geld verdienen und sein eigener Herr sein.«

»Ich bin nicht uniformiert genug, um wieder ganz von vorn anzufangen. Mit zwanzig weißt du nicht, wie schwer es ist, Dichter oder sonst was zu sein, und wenn du dir lange genug etwas einredest und hart genug arbeitest, hast du vielleicht die Chance, das zu werden, was du zu sein vorgibst. Es kommt nicht auf Zeit und Geld an. Es kommt darauf an, sich selbst etwas einzureden.«

»Erst vor ein paar Monaten hast du dir eingeredet, du könntest ein ganzes Unternehmen kaufen.«

»Vielleicht habe ich ja meine Fähigkeit verbraucht, mir selber etwas vorzumachen. Jedenfalls ist es leichter, ein Unternehmen zu kaufen, als ein bedeutendes Gedicht zu verfassen.«

Auch wenn sie viel von dem glaubte, was er sagte, hätte es Corinne traurig gefunden, wenn *er* es wirklich glaubte. Ihr fehlte zwar sein allgemeiner Optimismus, dafür erkannte sie aber seinen Hang zur Theatralik.

»Warum hast du mir das alles nicht früher erzählt?«

»Ich labere nicht gern.«

»Herrgott noch mal, reden heißt nicht labern.«

»Darf ich dann mal was sagen? Darf ich mal zur Abwechslung richtig ehrlich sein?«

»Na klar.«

Corinne stürzte sich auf einen Ellbogen und sah ihm von oben ins Gesicht. In der Dunkelheit konnte sie gerade noch die Umrisse seines Kopfes auf dem Kissen und seine glänzenden Augen erkennen. Er nahm ihre Hand in seine.

»Ich mache mir Sorgen um dich. Du bist zu dünn. Du verschwindest unter meinen Augen. Damit hattest du schon früher Schwierigkeiten. Ich finde, du solltest dir helfen lassen.«

Sie drehte ihm den Rücken zu und zog die Decken hoch um ihre Schultern. Sah er denn nicht, wie dick sie war? Er mußte sie doch nur ansehen. Sie spürte, wie seine Hand ihre Hüfte betatschte.

»Du schläfst nicht mit mir, weil ich zu dick bin, hab ich recht?« sagte sie. »Das steckt wirklich dahinter.«

»Corinne, hör auf damit.«

»Ich kann dir nicht verdenken, daß du mich abstoßend findest«, sagte sie.

»Scheiße, reden wir eigentlich dieselbe Sprache?«

»Schrei mich nicht an.«

Noch wütender machte ihn, daß sie im Grunde genommen mit einem recht hatte. Sie schliefen nicht mehr so häufig miteinander, und ihn ärgerte, daß er einen Teil seines Verlangens verloren hatte, was er sich vor zehn Jahren nie hätte träumen lassen. Er war wütend, weil sie einer Wahrheit nahegekommen war, die er nicht einmal sich selbst einzugestehen wagte, nämlich daß man Leidenschaft nicht auf Dauer konservieren kann, auch wenn sie sich vielleicht durch anderes ersetzen läßt. Die Tragik der Monogamie. Dies einzugestehen, schien illoyal. Außerdem kam es ihm wie ein Versagen der Männlichkeit vor; nachdem er seine Frau lange Zeit so oft gewollt hatte, wie er sie bekommen konnte, befürchtete er, daß nun, wo dem nicht mehr so war, seine Vitalität nachließ.

Russell knipste die Nachttischlampe an, ließ sich aus dem Bett rollen, schlug die Decken zurück und hob mit beiden Armen Corinne hoch.

»Du holst dir noch eine Rückenverletzung«, protestierte sie, als er sie wie ein Kleinkind quer durchs Zimmer trug und dann ihre Beine auf den Boden stellte.

»Sieh dich doch an!« rief er, stellte sie vor den Ganzkörperspiegel und riß mit beiden Händen ihr Nachthemd vom Hals an auf, schälte es von ihrem Körper, während sie sich gegen ihn sträubte. Als er einen ihrer Arme aus dem Ärmel riß, bohrte sie ihre Finger in seine Wange. Als er ihr den Arm so sehr verbog, daß sie dachte, er werde brechen, schlug sie ihm die Zähne in die Schulter, bis Blut floß. Doch trotz all ihrer Wut kam Corinne gegen ihn nicht an.

»Schau«. Das rosa Nachthemd lag zerfetzt auf dem Teppich zu Corinnes Füßen, ihre Arme waren auf den Rücken gedreht. Eine Hand hatte ihre Handgelenke umfaßt, mit der anderen packte er ihren Hinterkopf und zwang sie, in den Spiegel zu sehen. Sie schüttelte den Kopf, wollte sich befreien.

»Was siehst du?«

Sie schloß fest die Augen, in der Finsternis hinter ihren Lidern schimmerten farbige Blitze auf wie ölig auf dem Wasser einer Soßenpfanne schwimmende Fettkügelchen.

»Was siehst du? Mach schon, sieh dich an.«

Ihr wurde schwindlig. Sie hielt die Augen geschlossen, bis sie spürte, wie sie in einer finsteren Grube aus Übelkeit verschwand.

»Was siehst du, verdammt noch mal?«

»Ein Monster«, sagte sie, als sie sich endlich ihrem Spiegelbild stellte und in Russells Griff eine gesichtslose Gestalt erblickte, die einem Supermarkttruthahn glich, plump und weiß und gerupft.

»Es gibt kaum etwas zu sehen«, sagte er.

»Ein nicht liebenswertes Monster.«

Da gab Russell sie frei. Er hob sie wieder hoch und trug sie sanft ins Bett zurück. Auf einmal fühlte sie sich in seinen Armen schwere- und körperlos, als ob er sie nicht hochhob, sondern festhielt, als verhindere er, daß sie nach oben entschwebte und sich in der Nacht auflöste wie eine von einer Thermik erfaßte Schneeflocke.

»Einer von uns muß kleiner werden«, flüsterte sie. »Du nimmst mehr und mehr Raum im Haus ein, so viel Platz. Ich habe das Gefühl, daß für mich keiner mehr übrig ist.«

Als er sie auf ihrer Seite des Bettes ablegte – der rechten Seite, die schon immer ihre war, seit sie vor Jahren angefangen hatten, ein Bett zu teilen –, kehrte das Gefühl von Schwere zurück, und sie sank durch die springgefederten Strudel ihrer Matratze in einen traumlosen Schlaf.

Russell wachte um fünf vor halb acht auf, fast eine Stunde zu spät. Nachdem er in der Küche die Kaffeemaschine angeschaltet hatte, duschte und rasierte er sich rasch. Um acht versuchte er, Corinne zu wecken. Er küßte sie auf die Wange, schüttelte ihre warme, knochige Schulter zart, aus Angst, sie könnte unter seinen Händen abbrechen. Eine dicke blonde Haarsträhne hatte sich wie eine goldene Kette um ihren Hals gelegt. »Corinne?« Er schüttelte sie immer noch. Sie stieß einen schwachen Protestlaut aus und wollte sich von ihm wegdrehen.

Schließlich brachte er sie dazu, die Augen zu öffnen. Ängstlich musterte sie sein Gesicht. »Frisch und munter aus den Federn!«

Sie schloß die Augen und schüttelte den Kopf.

»Bitte.«

Er strich ihr die Haare aus der Stirn. »Das mag wohl sein, trotzdem mußt du zur Arbeit.«

»Ich will nie wieder arbeiten gehen.«

»Übertreibst du nicht ein wenig?«

Sie öffnete die Augen und musterte ihn zornig. Russell kannte diesen Blick, und er machte ihm angst. »Ich wollte sowieso nie eine blöde Börsenmaklerin werden. Du hast mich dazu gebracht.«

»Ich habe dich dazu *gebracht*?«

»Du hast mich auf deine nicht übermäßig subtile Art wissen lassen, daß wir mehr Geld verdienen mußten. Ich wollte mein Diplom machen und unterrichten. Ich hasse meine Arbeit. Ich hasse die Leute, mit denen ich zusammenarbeite. Ich komme mir vor wie eine Betrügerin. Ich hasse diese ganze ...«

»Ich wußte nicht, daß das deine Einstellung war.«

»Du wolltest es nicht wissen. Du wolltest, daß ich einen blöden Gehaltsscheck mit nach Hause bringe.«

»So egoistisch bin ich doch auch wieder nicht, oder?«

»Nein, du hast einen noblen Beruf ergriffen. Du wolltest deine Seele nicht damit beschmutzen, daß du nach Geld wühlst. Du bist ein sensibles Seelchen. Ein verdammter Maxwell Perkins, das bist du. Russell Calloway, Freund und Förderer der Literatur. Aber du hattest nichts dagegen, aus deiner Frau eine Kapitalistin zu machen, sie hinaus auf den Markt zu schicken. Sie an die Yuppies zu verhökern.«

»Falls es dir nicht aufgefallen sein sollte, in letzter Zeit habe ich selbst ein wenig nach Geld gewühlt.«

»Und ob mir das aufgefallen ist. Und es steht dir nicht sehr gut zu Gesicht, Darling.«

»Genausowenig wie dir deine jetzige Laune. Mach du, was du willst. Ich geh arbeiten.«

»Ich habe letzte Woche gekündigt«, sagte sie, als sein nadelgestreifter Rücken zur Tür hinausging. Sie dachte, er hätte es nicht gehört, hoffte, daß er es nicht gehört hatte, bis er wieder in der Schlafzimmertür auftauchte.

»Wirklich?«

»Ich hab dir doch gesagt, daß ich es vorhatte«, sagte sie zerknirscht. »Und du hast geantwortet, du hättest dafür Verständnis.«

Er setzte sich neben sie auf das Bett, fuhr sich mit den Händen mehrmals durch die schon mit Gel nach hinten gekämmten Haare, strich sie sich aus der Stirn. Er nickte. »Das geht in Ordnung«, sagte er. »Wenn du das so willst.«

»Findest du?«

»Ich will nicht, daß du etwas tust, was dir zuwider ist.«

Sie stützte sich auf einen Ellbogen nach oben und küßte ihn. »Ich könnte es nicht eine Minute länger tun. Das Leben ist zu kurz.«

Er nickte. »Mach dir deswegen keine Sorgen. Du hast völlig recht.«

»Ich wußte nicht mehr, wer ich war. Und außerdem hatte ich das Gefühl, daß unsere Ehe zerbrach, als würde sie sterben, wenn sich nicht jemand um sie kümmerte.«

Russell schüttelte den Kopf. »Mach dir deswegen keine Sorgen. Wann ist dein letzter Arbeitstag?«

»Der neunte. Du bist bestimmt nicht sauer?«

»Bestimmt nicht. Wenn ich aus Frankfurt zurückkomme, lad ich dich zum Essen ein, und dann feiern wir.«

»Das mit Frankfurt hatte ich vergessen.«

»Ich bleibe nicht mal eine Woche weg«, sagte er.

»Wer kommt mit?«

»Nur ich, Washington und der für Rechte und Lizenzen zuständige Mitarbeiter.«

»Trina nicht?« Sie beobachtete seine Augen. Wenn er log, hielt er nie ihrem Blick stand.

»Warum sollte Trina mitkommen?« Er sah erst weg, als er den Satz beendet hatte. Hieß das nun, daß er die Wahrheit gesagt hatte, oder daß er inzwischen besser lügen konnte? Doch er wirkte durchaus unschuldig, kramte in seiner Tasche nach Schlüsseln, ehe er in seiner obersten Schublade den Zettel für die chemische Reinigung suchte und dabei seine Kiste mit den Sportutensilien zu Boden warf. Während Corinne noch über Russells sexuelle Unberechenbarkeit nachgrübelte, beruhigte es sie irgendwie, als sie den Rasierschaum auf seinem Ohrläppchen bemerkte.

37

Russell und Corinne fuhren an dem Samstag rauf, als das letzte Softballspiel stattfand. Jeff war in das auf dem Hügel gelegene Haupthaus gezogen – ein gewisser Fortschritt. Die Verwaltung wollte die Insassen vermutlich wissen lassen, daß alles bergauf ging. Von diesem bescheidenen Gipfel aus beobachtet er, wie sie in ihrem Jeep näherkamen; Delia saß neben ihm, ihre Pflegerin hielt stehend und diskret Abstand. Russell hatte das Verdeck aufgeklappt, und Corinne hatte während der Fahrt eine Hand auf den Kopf gelegt, wie um zu verhindern, daß ihre Haare wegflogen. Nach dem Einparken sprang Russell um die Kühlerhaube herum und bot Corinne seinen Arm, die aus ihrem Sitz hopste und ihre windzerzausten Haare schüttelte wie ein vor Wasser triefender Golden Retriever. Jeff wußte nicht, ob er bereit war, sich ihrem verspielten Frohsinn zu stellen. Noch hatte er ihnen nicht vergeben, daß sie ihn in diesem Laden untergebracht hatten, und daß sie so gut aussahen, besserte seine Laune auch nicht gerade. »Da kommen Prinz und Prinzessin in ihrer sechsspännigen Kutsche«, sagte Delia.

Wie immer, wenn die beiden vom Streiten unter Anspannung standen, wirkte ihr Versuch, eine gute Show zu bieten und anderen ihre Unzufriedenheit zu ersparen, aufgesetzt und varietéhaft. Nachdem sie ihre Frisur gerichtet hatte, machte Corinne einen tiefen Knicks und hing sich bei Russell ein. Sie war nicht begeistert gewesen, mit aufgeklapptem Verdeck bis nach Connecticut zu fahren, nicht an einem kühlen Vormittag Anfang Oktober. »Wir werden uns«, hatte er entgegnet, »nicht der Tyrannei des Kalenders beugen.« Na, wie prima für uns, dachte sie und fragte sich während der gesamten Fahrt, warum sie gegenüber Russell nie mit der Sprache herausrücken und sagen konnte, was sie meinte, was sie wollte, nämlich in diesem Fall ein zugeklapptes Verdeck. Doch vor allem fragte sie sich, warum Russell nach all den Jahren nicht einfühlsamer auf ihre Stimmungen und Wünsche reagierte, Andeutungen nicht besser verstand. Warum mußte sie immer eine Scheißreklamewand hochhalten, wenn sie etwas wollte? Russell platzte mit seinen Launen und Wünschen raus, sobald sie ihm in den Sinn kamen. Er käme nie auf den Gedanken, daß sie, Corinne, weniger direkt kommunizierte.

Als sie sich schließlich in der Nähe von Darien verfuhren, kochte sie innerlich. Und Russell hielt einfach *nicht* an, um sich nach dem Weg zu erkundigen, ganz genau wie ihr Vater, der lieber stundenlang im Kreis herumfuhr, als einem Fremden seine Unwissenheit zu zeigen. Als sie dann angedeutet hatte, Jeff könnte womöglich noch ein wenig nachtragend reagieren, konterte Russell mit: »Was du nicht sagst.« Da ihr nicht gefiel, daß er dadurch anklingen ließ, sie hätten nicht das Richtige getan, fragte sie ihn direkt, ob er lieber zugelassen hätte, daß sich Jeff umbrachte, worauf er erwiderte: »Es ist sein Leben.« Und er hatte sogar ergänzt, es gäbe Schlimmeres, als Junkie zu sein, Jeff könne vielleicht nicht so sein wie alle anderen. Sie war an einer roten Ampel aus dem Jeep gesprungen und hatte drei Fahrspuren überquert, um in einer Tankstelle nach dem Weg zu fragen, den sie Russell kurz angebunden und häppchenweise übermittelte; davon abgesehen sprachen sie nicht mehr miteinander, bis sie in den Klinikparkplatz einbogen.

Jeff kam den Hügel hinunter, um sie zu begrüßen. Corinne lief die letzten zwanzig Meter und sprang ihm in die Arme. Ein unbefangener Besucher war hier die Ausnahme; Russell wirkte dank seiner gesunden Vitalität besonders deplaziert, und daß er sich dieser Tatsache bewußt war, machte ihn nur noch verlegener. Kaum sah er Jeff, lächelte er wie ein Kind, dem man aufgetragen hat, dies für ein Foto oder einen einschüchternden Verwandten zu tun. Der bloße Gedanke an eine Nervenklinik war den Resten seines mittelwestlichen Katholizismus' peinlich, außerdem hatte er immer noch Gewissensbisse wegen Jeffs grober Einkerkerung. In letzter Zeit hatten ihn die Erinnerungen an kleine Enttäuschungen, an Verzicht heimgesucht. Als die Welt bei Jeff angeklopft hatte, hatte Russell sich allmählich entfernt und war aus der Hintertür geschlüpft, aus einem perversen Gefühl emotionaler Sparsamkeit heraus oder sogar aus blankem Neid. Zunächst war Jeffs Triumph sein eigener Erfolg gewesen – die respektvollen Kritiken, die Bestsellerlisten. Sein Stern war mit dem seines besten Freundes aufgestiegen. Doch irgendwann war er es leid gewesen, Jeff Pierces Lektor genannt zu werden, und es hatte ihn geärgert, daß man – wie er es empfand – seinen Erfolg dem glücklichen Umstand zuschrieb, mit einem begabten Schriftsteller befreundet zu sein. Daß Jeff plötzlich seine Wünsche beinahe ohne Einschränkung befriedigen durfte, hatte Russell ihm so sehr mißgönnt, daß er seine eigenen Gelüste unterdrückte und einschränkte. Jeff hatte den Hund nicht nur ausgeführt, er hatte ihn herumstreunen lassen, damit er sich vollfressen, kämpfen und die Weibchen ficken konnte.

Daß Jeff süchtig war, war zwar nicht Russells Schuld, aber er war ihm auch keine Hilfe gewesen, das wußte er.

Die beiden Männer gaben sich die Hände.

»Willkommen im Tollhaus«, sagte Jeff.

»Wir haben dir ein paar Sachen mitgebracht«, sagte Corinne und raschelte mit der Bergdorf-Tüte an ihrem Arm.

Jeff hob die Hände, um Corinne abzuwehren. »Leider muß diese Ware erst das Güte- und Genehmigungssiegel der Stiftung Irrentest erhalten«, sagte er und winkte sie ins Haus, wo er sie mit neckischem Zeremoniell den diensthabenden Leuten im Schwesternzimmer präsentierte. »Haben Sie die Genehmigung, Schokolade zu essen?« fragte die Schwester und hielt eine unterarmlange Tafel Toblerone in die Höhe. Jeff nickte. »Ich bin bloß Junkie«, erklärte er vergnügt. Einige depressive Patienten bekamen Medikamente, die in Kombination mit gewissen in Schokolade enthaltenen Enzymen sozusagen explodierten. Die Bücher und Zigaretten gingen problemlos durch, aber die Flasche Limonenextrakt-Aftershave der Firme Geo. F. Trumper wurde konfisziert. »Glas«, erläuterte die Schwester kopfschüttelnd. »Und *Alkohol*«, fügte sie nach einem Blick auf das Etikett hinzu.

»Da geht meine Chance dahin«, sagte Jeff, »wie ein Gin-Tonic zu riechen.«

Corinne unterdrückte ihre Bestürzung und bat Jeff, ihr sein Zimmer zu zeigen. Es gab zwar nicht viel zu sehen, aber sie lobte den Blick und das durch die zwei Fenster fallende Licht. Mit seinem eigenen Bad und den beinahe antiken, fleckigen Fichtenmöbeln hätte der Raum ein sehr ordentliches Einzelzimmer in einer Bed-and-Breakfast-Pension in Neuengland abgegeben.

»Es ist wunderschön«, sagte Corinne.

»Weder Gitter vor den Fenstern noch Riemen am Bett«, sagte Jeff, wohl wissend, wie erleichtert Corinne war, daß sich die Institution in ihrer Inneneinrichtung nicht als eine Kombination von Klinik und Strafanstalt zu erkennen gab. »Im Carlyle House, wo ich entgiftet wurde, hatten sie beides.«

Corinne hakte sich bei Russell und Jeff unter, als sie die große Grünfläche überquerten, umgeben von fruchtbarem Duft frisch gemähten Rasens, in der Luft herbstlicher Laubgeruch. »Ich mag den Herbst«, sagte Corinne. »Pullover aus der Mottenkiste holen, Laub rechen, College-Footballspiele – all diese Dinge. Der Sommer wird überschätzt. Ich war die Irre, die es nicht erwarten konnte, daß das nächste Semester anfing. Hatte alle meine Bleistifte angespitzt im Etui und meine Notizbücher beschriftet.«

»Wir konnten Mädchen wie dich nicht ausstehen«, sagte Russell.

Jeff sah Delia im Schatten der großen Ulme herumlungern. Als er winkte, verschwand sie hinter dem Baum.

»Corinne *mochte* Mathe«, ergänzte Russell.

»Ich weiß«, sagte Jeff.

»Ist das nicht unvorstellbar?«

»Da ist Carlyle House«, sagte er und deutete auf ein Gebäude, das wie eine hübsche georgianische Villa aussah. »Ort teuflischer Qualen, überwacht von ärztlichen Inquisitoren und als Schwestern verkleideten puritanischen Geistlichen der letzten Tage.«

»Tja«, sagte sie, »Gott sei Dank hast du das hinter dir.« Schweigend folgten sie einem schattigen Pfad. Corinne atmete demonstrativ die Luft ein und drückte die Arme ihrer Begleiter. »Wißt ihr, woran mich das erinnert? An den prachtvollen Tag zu Beginn unseres letzten Studienjahrs, als wir drei das Seminar über Transzendentalismus geschwänzt und oben auf dem Observatorium einen Joint geraucht haben.«

»Ausgesprochen transzendental«, sagte Russell. Gerade wollte Jeff sagen, er erinnere sich nicht mehr daran, als er Corinne ansah und merkte, daß sie weinte. Da keinem der Männer eine angemessene Reaktion einfiel, gingen sie weiter.

Sie wischte sich mit dem Handrücken über die Augen und fragte: »Warum kommt es einem bloß wie gestern vor, wo es doch so schrecklich lange her ist?«

Sie schlenderten in Richtung Softballfeld, wo der sportliche Leiter, ein bärtiger junger Internist aus dem staatlichen Krankenhaus, herumrannte und seine Trillerpfeife blies. Die Spieler wirkten unnatürlich gefügig, so daß der Trainer für beide Mannschaften aufmunternde Worte finden mußte: »He, he, der Werfer hat 'n Gummiarm ... Schlag den Ball aus dem Stadion ... Köpfe hoch im Außenfeld ...«

»Warum spielst du nicht mit?« wollte Corinne wissen.

»Die schlimmsten Augenblicke meiner Jugend«, sagte Jeff, »waren mit Baseball verbunden. Der Geruch von Leder und Kaugummi verursacht bei mir immer noch Übelkeit. Mein Vater hat die glückliche Familie im Zuge eines Austauschprogramms mit nach England geschleppt, und als wir zurückkamen, spielten alle Jungs Baseball. Bei meinen ersten siebzehn Versuchen als Schläger war ich aus, und danach wurde es nur noch schlimmer. Auf der Junior-High-School bin ich mal zur ersten Base vorgerückt, daher beschloß ich, mich hervorzutun, indem ich die zweite Base stahl. Was ich auch tat. Das Problem war nur, daß einer meiner Mannschaftskameraden schon auf der zweiten *war*. Er mußte versuchen, zur dritten zu kommen, und wir flogen beide raus.«

»Russell kann es kaum erwarten, da mitzumachen. Beim Spiel zwischen Künstlern und Schriftstellern in East Hamptom war er der große Held.«

Mit einer Art Geste der Bescheidenheit schüttelte Russell den Kopf. Sie standen am Netz hinter dem Fänger und sahen zu, wie ein junger Mann von seiner Pflegerin und etlichen Mitspielern in die Ecke des Schlagmanns gelotst wurde. Der fünfunddreißigjährige Rick, der aussah wie sechzehn, hatte Haarbüschsel auf dem Kopf, bei denen man unwillkürlich an einen gelähmten Friseur denken mußte, und in den Fischglaslinsen seiner Brille schwammen an eine milchige Flüssigkeit gemahnende Augen. Rick sei ein schwerer Fall von irgendwas, verriet ihnen Jeff hinter vorgehaltener Hand, und werde bald in eine besser geeignete Einrichtung überwiesen. Als Jeff ihn kennenlernte, hatte er sich als Präsident der Vereinigten Staaten vorgestellt. Seine Identität änderte sich häufig, besonders wenn er fernsah. »Das bin ich«, sagte er dann, wenn ihm ein Schauspieler gefiel. »Dieser Typ bin ich.«

Der bärtige Arzt zeigte ihm, wie er den Schläger für einen

leichten Schlag vor seinem Körper halten mußte. Ohne auf sportliche Moden Rücksicht zu nehmen, hatte Jeffs Freund Mickey für die Süchtigen seine Stellung auf dem Abwurfhügel eingenommen, in seinem schwarzen Anzug und den spitzen King's-Road-Schuhen beerdigungsmäßig elegant gekleidet. Er hielt die Hand beim Wurf unter Schulterhöhe, der Ball traf Ricks Schläger und blieb etwa einen Meter vom Schlagmal liegen. Die sich an den Seitenlinien drängenden Depressiven jubelten und kreischten plötzlich auf, feuerten ihn an, zur ersten Base zu laufen.

Rick rannte los. Als er sich der Base näherte, überquerte er die Foullinien und lief weiter. Seine Aufpasserin, eine dralle Matrone, eher auf Kraft als auf Geschwindigkeit ausgelegt, watschelte hinter ihm her. Rick schwenkte nach rechts und stapfte in Richtung Straße, eine gutbefahrene Landstraße, die sich kurz außerhalb der Hauptauffahrt in den Wäldern verlor. Die Depressiven jubelten immer noch, während der bärtige Arzt nagetierartig zwischen Heimbase und dem Rand des Schlagkäfigs hin und her trippelte, nicht sicher, was zu tun sei. Rick rannte ohne Eleganz, wie ein Kleinkind, stolperte zweimal und verlor einen Sportschuh, aber seine Begeisterung kannte keine Grenzen, und er ließ die Schwester mit Leichtigkeit hinter sich.

Russell nahm die Verfolgung auf und raste quer über das Gras auf die Straße zu. Rick lief zwar schnell, aber nicht schnurgerade, so daß seine etwas unberechenbare Laufbahn im Bogen auf eine Stelle zuführte, wo die Straße wieder einen Schlenker in den Wald machte, und Russell fing ihn an der Kurve ab, kurz nachdem ein roter Volvo Kombi laut hupend vorbeigeschleudert war. Russell warf Rick zurück auf den Rasen, hielt seine Hüften umklammert, während Rick mit den Armen ruderte und ein meckerndes Lachen ausstieß, und übergab ihn schließlich der kurzatmigen Schwester.

Als die beiden Läufer auf der Straße zusammentrafen, waren beide Teams still geworden.

»Und wieder gelingt Calloway eine Rettung«, sagte Jeff. »Noch eine, und wir können ihn heiligsprechen lassen.«

Als sie zurückkamen, wurden Russell und Rick gleich begeistert begrüßt, als seien sie beide eine siegreiche Mannschaft. Jeff war verschwunden. Die Schwester im Haupthaus richtete ihnen aus, er habe sich mit Kopfweh auf sein Zimmer zurückgezogen und werde sie später anrufen.

38

Corinne hatte den Herbst immer genossen, und nirgends mehr als in New York. Stadtflüchtlinge kehrten aus ihren Wochenend- und Sommerrefugien zurück, und die halb dahingeschmolzene Skyline nahm in dem frischen Wind zackig Haltung an, während sich die schlaffe, übelriechende Stadt regenerierte.

Als Corinne noch die Privatschule besucht hatte, war dies die Jahreszeit der Kotillons, der Bälle und der jungen Männer mit Flachmännern in den Taschen ihrer ersten Smokings gewesen; und später die Zeit triumphalen Wiedersehens mit auf neuenglischen Unis frischgeschlüpften alten Freunden und des Entstehens neuer Allianzen, die allesamt – dem alten akademischen Rhythmus folgend – in der klaren, laubgesättigten Septemberluft anzufangen schienen. Die fallenden Blätter weckten mitnichten Gedanken an die Sterblichkeit, sondern wirkten wie auf die Festivitäten herabregnendes Konfetti. Der Herbst war eine lange Adventszeit, die zwangsläufig zu dem Weihnachtsbaum am Rockefeller Center, zu Feiertagspartys und zu wanderdrosselblauen Geschenkpäckchen mit roten Schleifen von Tiffany führten.

Doch in diesem Jahr brachte das Herbstäquinoktium keinen Auftrieb. Die Stadt schien ihre Poesie verloren zu haben. Die Schlagzeilen waren gräßlich, die Partyeinladungen sahen wie Eintrittskarten in die Vorhölle oder Schlimmeres aus, und die Blätter starben passend dazu. Die Männer in der Armenküche zogen neue Schichten alter Klamotten über, bereiteten sich grimmig auf die Kälte vor; jede Woche kamen mehr. Corinnes Niedergeschlagenheit schien symptomatisch für das allgemeine Unbehagen zu sein, und sie ärgerte sich, als Russell andeutete, es läge an der Fehlgeburt; gleichzeitig ärgerte sie sich darüber, wie wenig sie offenkundig ihm ausgemacht hatte.

In der Woche nach ihrem Besuch bei Jeff flog Russell nach Frankfurt zum alljährlichen internationalen Stammestreffen der im Verlagswesen Tätigen; wegen der Reise war er schon Wochen im voraus aufgeregt. Sie hoffte grundlos, daß er sich bei seiner Rückkehr beruhigen würde. Unter ihren Freunden und in ihrer Gesellschaftsschicht galt unbeirrbare Hingabe an die berufliche Karriere als Kardinaltugend, doch Corinnes Ansicht nach lastete Fanatismus schwer auf dem Land. Faßte man die Definition von Arbeit etwas weiter, so daß auch Essen, Trinken und Telefonate mit Autoren, Agenten und Lektoren dazugehörte, nahm Russells Arbeit seine gesamte Energie in Anspruch und machte ihn für seine Frau zu einem Langweiler, obwohl ihn Trina Cox zweifellos für »fahhntastisch« hielt. Vielleicht lag das an Corinnes neuer Nüchternheit oder ihrer bevorstehenden Arbeitslosigkeit, aber sie hatte zunehmend den Eindruck, daß – von Klatsch und Tratsch abgesehen – das meiste, was in dieser lärmenden Stadt als Konversation galt, doch nur Gerede über die Arbeit war.

In ihrer letzten Arbeitswoche erlebte Corinne mit, wie es mit dem Aktienmarkt bergab ging. Sie erklärte allen ihren Klienten telefonisch, daß sie ging, und riet ihnen, einen Teil ihres Kapitals zu Geld zu machen. Viele gab sie in Duanes Obhut, aber Mrs. Leon Ablomsky, der Witwe, gab sie den Rat, alles zu Geld zu machen. »Der Markt entwickelt sich merkwürdig«, erklärte sie. »Ich würde mir Sorgen machen, wenn Sie drin blieben.«

Mrs. Ablomsky sorgte sich mehr um ihre neue Freundschaft als um ihr Geld. »Vermutlich werde ich nie wieder von Ihnen hören.«

»Ich verspreche, daß ich mich melde.«

»Ihr jungen Leute führt euer eigenes geschäftiges Leben. Ziemlich bald haben Sie eine Familie, so Gott will, und dann werden Sie für mich keine Zeit haben.«

So Gott will, dachte Corinne, und es versetzte ihr einen Stich.

Am Dienstag morgen, dem 6. Oktober, brach sich wie ein unterirdischer Brand eine Art Panik Bahn, und plötzlich verkaufte jeder. Am Ende des Tages hatte die Börse bei 176 Millionen Aktien einen Rekordwert von zweiundneunzig Punkten verloren, und Corinnes Kollegen waren von dieser Schlappe wie betäubt. Alle zogen sich zur Manöverkritik in »Harry's Bar« zurück, machten höhere deutsche Zinsen, Programmhandel, gigantische Etat- und Handelsdefizite verantwortlich. Obwohl Corinne den Tag über so hektisch wie alle anderen gewesen war, gewann sie nun Distanz. Am nächsten Tag fiel der Dow um dreißig Punkte, bekam dann Aufwind und schloß um zwei höher. Keiner hatte eine Ahnung, was los war.

Am Donnerstag fiel der Börsenindex um vierunddreißig Punkte. Auf Corinnes Abschiedsparty am folgenden Tag herrschte zur Baisse passender Humor vor, und man beglückwünschte sie zu ihrem Timing. Zu den Abschiedsgeschenken gehörten zwei Pleitegeier aus Plüsch. Ihr Chef, der ihr in Anspielung auf ihren berühmten Aberglauben ein Päckchen Tarotkarten geschenkt hatte, behauptete, der Markt falle in Erwartung ihres Abschieds, und sie sei es den anderen schuldig zu bleiben. Duanes Geschenk, das Buch *Die Traumdeutung,* enthielt die Widmung »Einer Traumfrau, in Liebe, Duane«. Als die Party zu Ende ging, lud er sie zum Abendessen ein, wohl wissend, daß Russell in Frankfurt war. Sie log, sie habe andere Pläne, und lud ihn für die kommende Woche zum Abendessen in die Wohnung ein.

Sie plante zu Russells Geburtstag eine Überraschungsparty. Sie hatte sich dagegen gesträubt, Trina Cox einzuladen, merkte aber, daß das nach einem Affront und Miesepetrigkeit aussähe. Von ihrem Schreibtisch aus rief sie Trinas Büro an. Ein Sekretär nahm ab und teilte ihr mit, Trina sei für ein paar Tage außer Landes.

»Außer Landes?« fragte sie, und die Worte wollten ihr kaum über die Lippen.

»Brüssel«, sagte der Sekretär. »Um genau zu sein.«

Corinne spürte, wie sich ihre Anspannung in Erleichterung auflöste. Brüssel ging in Ordnung.

»Einen Augenblick ... Verzeihung, gestern *war* sie in Brüssel, aber heute ist sie in Frankfurt.«

»O Gott.«

»Haben Sie die Nummer?«

»Wohnt sie im Frankfurter Hof?«

»Verzeihen Sie bitte. Ich habe Sie nicht verstanden.«

«Ist sie im Frankfurter Hof abgestiegen?«

»Lassen Sie mich ... ja, das stimmt. Möchten sie in der Zwischenzeit hier eine Nachricht hinterlassen?«

Ein tosendes Unwetter aus Wind und Lärm schien sich über ihr zu entladen, und als es sich verzog, hielt sie den Hörer an ihr Gesicht, und eine Stimme fragte: »Möchten Sie eine Nachricht hinterlassen?«

»Nicht nötig.«

Sie verwählte sich zweimal, ehe sie die zweite Zahlenfolge erfolgreich abschloß. In Russells Zimmer nahm niemand ab, was sie eigentlich nicht überraschte; sie war beinahe erleichtert. Schließlich konnte er womöglich mit einer befriedigenden Erklärung darüber aufwarten, was Trina Cox in Frankfurt trieb, in seinem Hotel, obwohl er ihr Kommen ausdrücklich abgestritten hatte. Unsinnigerweise glaubte sie, diese Gnadenfrist gebe ihm die Gelegenheit, wieder zur Besinnung zu kommen und den Schaden zu bereinigen, den er schon angerichtet hatte. Der Mann an der Rezeption meldete sich wieder und fragte, ob sie eine Nachricht hinterlassen wolle.

»Ja, das möchte ich.«

»Hinterlassen Sie die Nachricht für Mr. oder Mrs. Calloway?«

»Mrs. Calloway? Bei Ihnen wohnt eine Mrs. Calloway?«

»Möchten Sie ihr eine Nachricht hinterlassen?«

»Nein. Eine Nachricht für ihn. Von Corinne. Von Mrs. Calloway... Sagen Sie ihm... Die Nachricht lautet... O mein Gott...«

Sie glaubte nicht, es bis auf die Damentoilette zu schaffen, vorbei an all den Computern, vorbei an den breiten Körpern von Fremden und den weißen Gesichtern, die wir Turmgeschütze hin- und herschwenkten und ihre Flucht verfolgten.

Auf der Toilette hockte sie in einer Kabine, das Gesicht gegen die kalte Trennwand gepreßt, klammerte sich an den Klopapierspender und versuchte, die aufeinanderfolgenden Wellen von Qual und Übelkeit durchzustehen.

Sie hatte keine Ahnung, wieviel Zeit vergangen war, als die Tür aufging und einen Schwall schriller Konversation einließ, begleitet von dem Klappern von Stöckelschuhen auf dem gefliesten Boden.

»Sie ruft bei dir zu Hause an?«

»Sie ruft bei mir zu Hause an und sagt: ›Hier spricht Mrs. Townsend. Harlans Frau.‹ Und dabei betont sie das Wort ›Frau‹, Wahnsinn, als ob mich das beeindrucken würde. Verstehste? Was will die eigentlich, einen Orden? Bloß weil sie's geschafft hat, sich vor zehn Jahren dick machen zu lassen. Also, darauf ich: ›Wer?‹«

»Nein! Das hast du gesagt?«

»Ich sag: ›Wer?‹ Einfach so. Genau wie ich's eben zu dir gesagt habe. Geh die Sache absolut cool an, verstehste. Diese Befriedigung gebe ich ihr nicht. Ich behalte meine Würde, verstehste, soll sie sich doch zum Narren machen. Ich also: ›Wer?‹ Und sie meint: ›Ich weiß, wer Sie sind.‹ Na hör mal, *wirklich*. Als hätte sie mich in flagranti ertappt oder so was.«

»Beweisen kann sie gar nichts.«

»Sag ich ja auch. Fotos oder so was hat sie ja schließlich nicht. Also sage ich: ›Ich weiß nicht, was Sie hier andeuten wollen, aber ich habe nichts getan, wofür ich mich schämen müßte, und überhaupt, wenn Sie zu Hause unglücklich sind, geben sie dafür nicht mir die Schuld, und außerdem –‹«

»Ich gebe Ihnen die Schuld«, sagte Corinne und verließ lärmend ihre Kabine.

»Wer sind denn Sie?« fragte die verängstigte Frau, die mit Mrs. Townsend so energisch fertiggeworden war, als sich Corinne wie die leibhaftige Rächerin des Ehestandes näherte.

39

Trina kam mittags in Frankfurt an, hatte ihre Geschäfte in Brüssel frühzeitig erledigt. Keiner von beiden hatte ein Treffen in Frankfurt direkt geplant – ein Plan beinhaltete einen Vertrag –, doch als sie vorschlug, einen Tagesbesuch zu machen, hatte Russell gesagt, das könne lustig sein, voller Bewunderung dafür, daß sie mal eben mit dem Flugzeug zwischen europäischen Städten herumhüpfte, was auf einen großzügig ausgelegten Ausgaben- und Einflußbereich schließen ließ. In letzter Zeit war es schwierig, Corinne auch nur zu bewegen, ein Taxi in die Stadt zu nehmen.

Trina hatte keineswegs geplant, bei Russell abzusteigen, stellte jedoch bei ihrer Ankunft fest, daß in der gesamten Stadt kein einziges Zimmer zu bekommen war, schon gar nicht in Russells elegantem Hotel, einem der wenigen noch intakten Vorkriegsbauten in der Innenstadt und gegenwärtig pulsierender Mittelpunkt der europäischen Buchwelt. Mr. Calloway war nicht auf seinem Zimmer, und der martialisch auftretende Empfangsangestellte in seinem roten Jackett hatte keine Ahnung, wann er zurückerwartet wurde. Trina war verschwitzt und müde, und ganz hinten in ihren Zähnen steckte ein äußerst störendes Knorpelstück von der Wurst, die sie zum Frühstück verzehrt hatte. Im Foyer herumzulungern – mochte es auch noch so reichlich mit aufwendig gepolsterten Sesseln und Sofas gesegnet sein – war nicht Trinas Vorstellung von Amüsement, und sie gehörte nicht zu der Sorte Mädchen, die sich duckmäuserisch in ihr Schicksal ergaben.

»Ich bin Mrs. Calloway«, sagte sie. »Könnten Sie mich bitte in unser Zimmer bringen?«

Falls der Empfangschef skeptisch war, so überzeugte ihn Trinas arrogantes Auftreten. Mit einem gutturalen Blaffen rief er einen Pagen herbei. Als sie sich abwandte, sagte er: »Dürfte ich die Nummer Ihres Passes notieren, Mrs. Calloway?«

»Gewiß.« Sie griff in ihre Umhängetasche und reichte ihm das Dokument. Als er es aufschlug, fügte sie hinzu: »Mein Mädchenname, versteht sich.«

Als Russell in sein Hotelzimmer kam, um sich zum Abendessen umzuziehen, machte Trina gerade Sit-ups auf dem Fußboden, die Knöchel unter das Fußbrett des Bettes geklemmt. »Ich hab dir in Brüssel ein paar Pralinen gekauft«, sagte sie, »aber dann beschlossen, sie persönlich vorbeizubringen.«

Nach etlichen nahtlos ineinander übergehenden und mit Drinks verbundenen Terminen verwirrte Russell der Anblick seiner mit kurzem Gymnastikhöschen und engem T-Shirt bekleideten Investmentbankerin, auf deren Extremitäten und Gesicht ein frischer Schweißfilm lag. Ihr Kuß war relativ zurückhaltend, nur eine Begrüßung, vielleicht die Wiedergutmachung für die Dreistigkeit, mit der sie sich in seinem Zimmer breitgemacht hatte. Doch die animalische Ausdünstung ihres Körpers schwängerte die Luft dermaßen, daß der weitere Verlauf des Abends für Russell beinahe von vornherein feststand – sogar noch ehe sie sich beklagte, dies sei das erstemal, daß sie kein gottverdammtes Hotelzimmer bekommen habe. Monatelang hatte er sich diese Begegnung vorgestellt und sie geprobt; jetzt zog er sich zurück und suchte genau in dem Augenblick nach einem Aufschub seines Verlangens, als dessen Vollzug unabwendbar geworden war. Alles andere als erpicht darauf, sich diesem drohenden Dilemma zu stellen, entkorkte er eine Flasche Sekt aus der Minibar und unterhielt Trina mit Messeklatsch: Harold Stone spukte auf der Veranstaltung als Minister ohne Geschäftsbereich und Gespenst vergangener Frankfurts herum. »Und macht mich überall madig, garantiert.« Washington war mit drei verschiedenen Frauen zu Gange. Camille Donner, Victor Propps Ex-Schnucki, war aufgetaucht, verscherbelte die Auslandsrechte für ihren Schlüsselroman und suchte zufällig auch einen neuen Begleiter. Ein als Raubdruck auf der Messe kursierendes Kapitel ihres Buches zeichnete das Porträt eines sowohl im Bett als auch am Schreibtisch impotenten gewissen Bewerbers auf den Titel »Großer Amerikanischer Romancier«. »Armer Teufel«, schloß Russell loyal und bedauerte, wenn in seiner Wiedergabe des Klatsches eine gewisse Begeisterung mitschwang.

»Wir alle sind stark genug, um das schwere Schicksal unserer Freunde zu ertragen.«

»Was für eine schreckliche Aussage«, befand Russell, der zwar ihre Härte bewunderte, aber unwillkürlich an Jeff denken mußte.

»Ich glaube, das habe ich bei Montaigne gestohlen.« Trina war über die, wie es Washington nannte, Pierceschen Abgründe nicht aufgeklärt worden.

»Also, was hast du für Pläne?« Russell wurde plötzlich hektisch, da er sich überlegt hatte, daß ihm zehn Minuten zum Duschen und Umziehen blieben, wenn er zwanzig Minuten für die Warterei am Taxistand und eine halbe Stunde für die Fahrt zum westlich der Stadt gelegenen Schloß einplante, wo das Abendessen stattfand.

»Ich habe für morgen einen Flug nach New York«, sagte sie und fügte kokett hinzu: »Ich gedachte, es mir vielleicht heute nacht auf deiner Couch bequem zu machen.« Russell hatte Trina nicht gefragt, mit welchen Worten sie sich Einlaß in sein Zimmer verschafft hatte; eins konnte man ihr nicht absprechen, nämlich Einfallsreichtum.

»Wenn das ein Problem für dich ist, kann ich eventuell noch heute abend fliegen.«

»Nein, nein. Du bist ... da. Es ist kein Problem. Ich wollte sagen, ich bin froh, daß du gekommen bist.« Natürlich war es ein Problem, doch aus irgendeinem Grund konnte er das nicht in Worte fassen. Männer, so schien es Russell, durften einfach nicht zugeben, daß es irgendwelche Gelegenheiten gab, bei denen sie nicht flachgelegt werden wollten.

Sie begleitete ihn zum Essen, einem wichtigen Ereignis, das alle Jahre wieder am Freitag abend der Messe von einem deutschen Verleger gegeben wurde, der es sein »21er-Abendessen« nannte – ein Essen für zwanzig seiner Lieblingskollegen und ihn selbst, auch wenn sich, je nach den Passionen der geladenen Gäste, häufig mehr einfanden. Russell sah keine andere Möglichkeit, als Trina zum Mitkommen aufzufordern. Doch er war froh, daß sie neben ihm saß, als das Taxi durch das Tor und die steile, kurvige Auffahrt hinauffuhr, während über ihnen die gotischen Fenster des Schlosses gelb leuchteten. Als sie in die Hausauffahrt einbogen, sagte Russell: »Es erinnert mich immer an irgendwas aus Wagner.«

»Gott«, sagte Trina und sah an sich hinab. »Ich weiß nicht, ob meine Titten groß genug für Wagner sind.«

»Ich glaube, sie sind mehr als ausreichend«, befand Russell.

Als sich die Zeit für Drinks an der Bar ihrem Ende zuneigte, hatte Trina ihren Gastgeber, den fünfundsiebzigjährigen Verleger, so fasziniert, daß er rasch die Sitzordnung änderte, damit sie zu seiner Rechten Platz nahm, wo sich ihm, sobald sie sich vorbeugte und ihre rechte Hand hob, ein beinahe ungehinderter Blick auf ihren ungebändigten rechten Busen bot. Auch beeindruckten ihn – und die restliche Gesellschaft – Trinas Kriegsberichte von der Front der Hochfinanz sowie der Umstand, daß sie einmal auf demselben schottischen Anwesen Moorhühner geschossen hatte, das er alljährlich im

November aufsuchte. Während er sich eine Flasche 61er Château Palmer zu Gemüte führte, die dem Champagner auf dem Fuße folgte, gestattete sich Russell einen gewissen Stolz auf seine Begleiterin. In den zehn Meter hohen Gewölben unter Barockkronleuchtern, im Hintergrund mittelalterliche Gobelins, neben der jungen, strähnenblonden Frau eines berühmten italienischen Romanciers sitzend, war er bereit zuzugestehen, daß gelegentlich schon die Illusion des guten Lebens ausreichen mochte.

Russell genoß es, hier bei dem alten Hoffmann zu sein, der ein Verleger von der Sorte war, wie er es selbst gern wäre: Ein Mann von Prinzipien wie auch ein Mann von Welt, der sich während des Krieges ins selbstauferlegte Exil nach New York begeben hatte. Wie Whitney Corbin war Hoffmann in die Branche hineingeboren worden, doch anders als der hatte er sich diesem Geschäft mit Leidenschaft gewidmet und das literarische und intellektuelle Imperium seines Vaters noch vergrößert. Zu seinen Freunden gehörten Brecht, Mann und Hemingway, und als Russell ihm zwei Jahre zuvor auf der Buchmesse auffiel, war der junge amerikanische Lektor begeistert gewesen, diesem illustren Kreis anzugehören. Im letzten Jahr hatte Hoffmann eine Übersetzung von Jeffs Buch herausgebracht, und um das zu feiern, hatten sie die letzte Nacht der Buchmesse gemeinsam bis vier Uhr morgens durchgesoffen. Bei ihrer ersten Begegnung habe Hemingway beeindruckt, erzählte Hoffmann Russell, daß der junge Hoffmann ordentlich was vertrug. Im selben Jahr, als sein Vater *Tod am Nachmittag* herausbrachte, hatte Hoffmann bei jedem Drink des berühmten Autors mitgehalten, ohne daß ihm etwas anzumerken gewesen wäre – und Hoffmann registrierte erfreut, daß auch der junge Calloway ordentlich was vertrug.

Die Wertschätzung des Älteren bedeutete Russell viel, und ohne daß er innehielt und die Bedeutung dieser Überlegung zu genau analysierte, kam er zu dem Schluß, daß dessen Bewunderung für Trina ebenfalls eine Art Segen, eine gemeinsame Begeisterung unter Männern sei. Mittlerweile unterhielt er sich mit der Frau des italienischen Romanciers über die Roten Brigaden und stellte Mutmaßungen an, warum die sechziger Jahre so wenig Literatur hervorgebracht hatten. Sie ging auf die Vierzig zu und war früher einmal die Geliebte eines berühmten Terroristen gewesen. Mit ihrer Vorgeschichte als Geliebte berühmter Männer stellte sie selbst Camille Donner in den Schatten, und ihr Nimbus fiel ebenso auf wie der Intellekt ihres weit älteren Gatten. »Die Notwendigkeit gesellschaftlicher Organisation gegen die anarchischen Forderungen des Herzens abzuwägen«, sagte Russell laut, »ist eine höchst komplexe Angelegenheit.«

»Damals hielten wir es für sehr einfach, eine Sache von Schwarz und Weiß«, sagte sie in dem Glauben, er rede immer noch über Politik.

Er goß sich noch etwas Rotwein nach. »Ich meine damit, ich liebe meine Frau, aber manchmal frage ich mich, ob es ... mangelnde Großzügigkeit ist, nicht auch andere Frauen zu lieben.« Er hatte das Gefühl, daß sie – als erfahrene Geliebte und Europäerin – genau wissen müßte, was er meinte.

»Amerikaner sind wie Kinder«, sagte sie. »Sie glauben an diese Fiktion von wahrer Liebe, ja? Ihr glaubt, bei der Ehe geht es nur um Liebe, und das bedeutet, immer und ewig nur mit einem Menschen schlafen zu dürfen. Kein Wunder, daß es bei euch so viele Scheidungen gibt.«

Nach einem Blick auf ihren siebzigjährigen Mann konnte sich Russell vorstellen, daß sie die Motive für eine Eheschließung großzügiger auslegte. War es Zufall, daß sie die Gelegenheit ergriff, um lieb zu lächeln und zu erwähnen, sie werde im kommenden Monat in New York sein?

Die auf seiner anderen Seite sitzende Trina kniff ihn in den Oberschenkel. »Danke, daß du mich mitgenommen hast«, sagte sie ihm ins Ohr und beugte sich vor, um ihm den Nacken zu küssen. Russell dachte, er müsse eigentlich ein Telefon finden und Corinne anrufen; es wäre peinlich, sie später aus seinem Zimmer anzurufen und sogar noch peinlicher, wenn sie ihn anriefe. Hoffmann wechselte den Platz mit Trina.

Väterlich legte er einen Arm um Russells Schulter und bot ihm eine Zigarre an. Er fragte Russell nach Plänen für die neue Firma. Gestenreich erklärte Russell den Zustand des amerikanischen Verlagswesens. Mit einer dieser Gesten erwischte er ein ungünstig plaziertes Rotweinglas, das seinen Inhalt quer über den Tisch vergoß. »Ja, ja, Sie haben völlig recht«, rief Hoffmann. »Das ist nicht die Zeit für Wein. Her mit dem Armagnac!«

In der Stadt wurde die Party im »Lipizzaner« fortgesetzt, der hoteleigenen Pianobar. Sie teilten sich einen Tisch mit einigen ausgelassenen Skandinaviern. Eine Flasche Aquavit ging rasch zur Neige. Einer der Schweden sagte: »Die Finnen, die trinken wie die Fische.« Wieso Fische? fragte sich Russell. Die schuppigen, flossenbewehrten Finnen.

Kurz darauf war er unterwegs zum Männerklo, aus dem sich Trina, die sich nie gerne anstellte, soeben entfernen wollte. Statt dessen zog sie ihn hinein und drückte ihn gegen das Waschbecken, steckte ihr Gesicht in seines, und ihre Zunge erkundete Russells Rachenraum, während ihre Hände auf seiner Oberfläche kartographische Operationen vollführten. In diesem Zustand wurden sie von Harold Stone entdeckt, der plötzlich in der Tür auftauchte. Gleich darauf war er wieder verschwunden, und Russell war schon fast der Meinung, daß er sich diese Begegnung nur eingebildet hatte, wäre ihm Harolds verächtliche Miene nicht so unangenehm real vorgekommen. Trina erkannte den Eindringling nicht, nahm ihn nicht einmal wahr; ihre Leidenschaft hielt unvermindert an. Russell jedoch fühlte sich von dem, wenn auch noch so kurzen, Blick ertappt und herabgesetzt. Er empfand sich als Narr und Schwächling, von anderen leicht zu führen, in dem Glauben an seine eigene Anständigkeit viel zu sicher. Auf einmal befürchtete er, nicht *seriös* zu sein, daß er zwar die Schwächen von Männern wie Harold Stone oder Hoffmann teilte, ihm deren *gravitas* aber fehlte. An den großen Tisch gehörte er nicht, jetzt nicht und nie.

Wieder in der Bar, mußte er noch einen trinken, um diese Erkenntnis zu verschleiern. Als er eine Flasche Champagner an den Tisch bringen ließ, wo Stone mit einer Gruppe von Gallimard hofhielt, ließ man sie zurückgehen. Trotzig widmete er seine gesamte Aufmerksamkeit Trina in ihrem atemberaubend tief ausgeschnittenen Kleid, seiner Partnerin beim Zwergenaufstand. Als sie sich vorbeugte, um ihm etwas ins Ohr zu flüstern, wünschte er nur zu gern sämtliche Regeln und Konventionen zum Teufel.

Während er auf dem Hotelbett lag und Seide von Haut schälte, sah er auf der anderen Seite des Zimmers ein rotes Lämpchen blinken und mußte an die Zeile aus »Love in Vain« denken – hieß es da nicht »the *red* light was my baby«? Doch das schien weit weg zu sein, jenseits des großen Wassers, und dann schlug Trina über ihm zusammen wie eine Welle, die seine Skrupel mit sich forttrug...

Etliche Stunden später hatten die feuchten Gefühle Wüstenbedingungen Platz gemacht, da eine akute Dürre in Russells Mund entstanden war. Tristes graues Licht drang durch die weißen Gazevorhänge. Er wachte abrupt auf und spürte sofort, daß etwas nicht stimmte, auch wenn es viele Sekunden dauerte, die Anhaltspunkte zu ermitteln und abzuwägen. Er spürte einen Körper neben sich und hoffte wider besseres Wissen, zu Hause zu sein, doch die Umgebung war ihm nicht vertraut, und zum erstenmal seit vielen Jahren stellte sich heraus, daß der Körper neben ihm nicht der von Corinne war.

Dem blinkenden, eine Nachricht anzeigenden Licht gelang es, Russells Aufmerksamkeit auf sich zu ziehen und seine Schuldgefühle zu wecken. Diese Nachricht, die die Nacht über gewartet hatte, stammte zweifellos von Corinne. Das rote Lämpchen blinkte weiter giftig, während die roten Ziffern auf dem Wecker neben dem Bett auf 6:55 umsprangen. Fast zwei Uhr morgens in New York.

Die scheinbar aus feuchtem, rosigem Stein geschnitzte Trina rührte sich nicht, als er aus dem Bett schlüpfte, die unter der Tür durchgeschobenen Umschläge mit den Nachrichten aufhob und sich in das mit einem Telefon ausgestattete Bad zurückzog, wo er als erstes etliche Liter Wasser direkt aus der Leitung trank.

Auch wenn er nicht genau wußte, wie sie ihm auf die Schliche gekommen war, war er eigentlich nicht überrascht. *Hier ist Bigamie immer noch ungesetzlich. Wir sehen uns vor Gericht.* Während er nackt auf dem Boden saß, das Gesicht gegen die geflieste Wand gedrückt, ging er seine Möglichkeiten durch. Anrufen mußte er, das stand fest. Von allem, was er im Augenblick hätte tun können, war, so wie er sich fühlte, der Anruf bei Corinne so ziemlich das letzte, wofür er sich entschieden hätte. Ihm kam der Gedanke, daß sie vielleicht gar nicht zu Hause war. Vielleicht hatte sie ihn schon verlassen.

Der Anrufbeantworter sprang an; über den Ozean hinweg hörte er seine eigene Stimme sagen, im Moment sei niemand zu Hause. Nach dem Pfeifton krächzte er in das Gerät, bat Corinne halbherzig, den Hörer abzunehmen. Das Band hielt an, und die Verbindung war unterbrochen. Der zweite Versuch führte zu ähnlichen Ergebnissen.

Sein Rückflug war für den folgenden Tag vorgesehen, und bis dahin hatte er fünf oder sechs Termine geplant, die wahrzunehmen er sich nicht leisten konnte, wie er entschied. Er rief am Empfang an und ließ sich einen Platz im nächsten Flugzeug nach New York reservieren. Er wollte dieses Zimmer umgehend verlassen.

Auf dem Bauch liegend, mit ausgebreiteten Armen und leicht hochgewölbtem Arsch, rührte sich Trina endlich, hob den Kopf und sah sich kurz um, bevor sie wieder zusammensackte. »Was machst du da? Komm zurück ins Bett. Autsch.«

»Ich packe.«

»Komm ins Bett zurück und fick mich.«

»Das ist zwar ein nettes Angebot, aber...«

»Augenblick mal.« Sie drehte sich auf den Rücken. »Ich dachte, du bleibst bis morgen.«

»Corinne hat angerufen.«

»Ah. Das hörbare Klirren der ehelichen Ketten.«

Er ging ins Bad, packte seine Rasiersachen. Als er zurückkam, wirkte sie trotzig. »Was soll dieser Aufstand? Sie weiß doch gar nichts.«

»Sie weiß es.«

»Na, wenn du ohnehin überführt bist, kannst du dein Verbrechen genausogut noch mal durchleben.«

Russell wollte lieber nicht nach Einzelheiten fragen, konnte sich aber an den eigentlichen Vollzug nicht erinnern.

Lag es nur an der deutschen Förmlichkeit, so fragte er sich, oder spürte er eine gewisse Frostigkeit an der Rezeption? Russell reichte dem stellvertretenden Manager mit links einen zweihundert Dollar enthaltenden Umschlag, ein Schmiergeld, das ein Zimmer für das kommende Jahr sicherstellen sollte. Der stellvertretende Manager neigte zur Bestätigung, daß er das Geschenk erhalten hatte, seinen Kopf um mehrere Millimeter.

In seinem ganzen Leben hatte Russell noch nie einen Filmriß gehabt. Die verlorenen Bruchstücke der vergangenen Nacht waren um so beängstigender, weil sie zu signalisieren schienen, daß sein Körper ihn im Stich ließ. Da er seit dem Studium Alkohol außerordentlich gut vertrug, verstand er diesen Verrat nicht und glaubte auch nicht, daß er so viel mehr als bei anderen Gelegenheiten getrunken hatte, bei denen er höchstens mit einem Kater bestraft worden war.

Im Taxi zum Flughafen dachte er über das Chaos nach, das er zurückgelassen hatte, tastete sich dabei ganz automatisch ab – die instinktive, panikgesteuerte Geste des konfusen Reisenden –, und konnte in keiner seiner Taschen seine Schlüssel finden. Er befürchtete, Corinne werde nicht zu Hause sein, um ihn hereinzulassen. Am Flughafen durchwühlte er sein gesamtes Gepäck, fand sie aber immer noch nicht. Als er inmitten der Trümmer seines Gepäckes saß, hätte er womöglich geweint, doch seine Tränengänge waren versiegt, seine Augen ausgetrocknet.

Er hatte gewisse Schwierigkeiten, die Dame in der Telefonzentrale des Hotels zu überreden, das von ihm verlassene Zimmer anzurufen, mit der Begründung, Mr. Calloway sei zwar abgereist, habe aber einen der angeblichen Mrs. Calloway gehörenden schlafenden Körper zurückgelassen. Nach zehnmaligem Klingeln meldete sich die Vermittlung wieder und sagte, es gehe niemand ran; er bat sie, es weiter zu versuchen. Schließlich nahm Trina ab. Sie begrüßte ihn nicht gerade überschwenglich.

Er erklärte die Sache mit den Schlüsseln.

Nach etlichen Minuten meldete sie sich wieder und sagte, sie könne sie nicht finden. »Wir verlieren alles, nicht wahr?« bemerkte sie. »Unsere Schlüssel, unseren Mut…«

»Warum hat mich das Personal wie den Antichristen behandelt, als ich heute abgereist bin? Was hab ich verbrochen?«

»Keine Ahnung. Allerdings hast du damit gedroht, das Hotel zu kaufen, als sie uns gestern nacht baten, die Lipizzaner-Bar zu verlassen.«

Es schien nur recht und billig, daß die Business Class überbucht war, daß das Flugzeug drei Stunden auf der Startbahn stand, nachdem die Passagiere endlich an Bord gegangen waren, daß Russell neben einem von Koliken geplagten Baby saß.

40

»Glaubst du, daß Literatur dich retten kann?«

Das waren die ersten Worte, die Jeff seit Wochen von Delia gehört hatte. Sie saßen im Glover House am Eßtisch und redeten über Selbstmord. Mac, ein dicker Depressiver, der an der Universität von Connecticut Geschichte gelehrt hatte, erzählte, wie der Strick gerissen war, als er versucht hatte, sich aufzuhängen. Doch Delias Frage war offensichtlich an Jeff gerichtet.

»Mich ganz persönlich?« fragte Jeff leise, weil er befürchtete, seine Stimme könnte ihr solche Angst einjagen, daß sie sich wieder in sich selbst zurückzog. »Willst du wissen, ob sie mich retten kann?«

»Irgendwen. Kann sie Menschen helfen?«

»Sie kann einen nicht retten, aber sie kann einen umbringen.« Er merkte, daß seine reflexhafte Flapsigkeit sie enttäuscht hatte, und es tat ihm leid, als sie sich wieder in ihr Schweigen zurückzog.

Da die zuständigen Herrschaften zu dem Schluß gekommen waren, daß Delia sich selbst nicht mehr gefährlich war, hatte man sie endlich von Ebene drei herabgestuft, auf der sie rund um die Uhr von speziell ausgebildeten Schwestern betreut worden war. Und an diesem kühlen Oktoberabend aß, oder besser gesagt: verschmähte sie ihre erste unbewachte Mahlzeit.

»Was ist das für ein Ekelzeug?« fragte Mickey, der ein Stück Fleisch auf seine Gabel gespießt hatte.

»Man nennt es Kalb«, blaffte Jeff. »Babykühe, die noch gesäugt werden.«

»Ich kann das nicht essen. Weißt du, was sie diesen Tieren antun? Man hängt sie in verdunkelten Ställen in Schlingen auf...«

»Grausames Essen«, sagte Delia.

Jeff streckte den Arm aus und hielt ihre Hand ruhig, während sie sich eine Zigarette anzündete. Allen Insassen zitterten die Hände, was an den Medikamenten lag, die sie einnahmen, oder an denen, die gerade abgesetzt wurden.

Dann verkündete Mickey, er werde sich einen wie den Griff einer Schleuder geformten und für den Einsatz in Institutionen wie dieser entworfenen Stock patentieren lassen. Der y-förmige Stock diene der Stützung des zitternden Handgelenks, seine Gabelung solle mit einem in psychologisch neutraler Farbe gehaltenem Stoff gepolstert werden.

»Damit mache ich Millionen. Und dann fliege ich mit meinem Privathubschrauber rüber zur Terrasse meines Vaters und pisse auf ihn runter, während er gerade ein Sonnenbad nimmt.«

Dr. Taylor stellte sich in der Essensausgabe an, ein seltener öffentlicher Auftritt, bei dem Jeff an seine groteske Sitzung dieses Nachmittags denken mußte.

»Glauben Sie, daß Caitlin Sie verlassen hat, weil sie Ihren Hund nicht mochte?« hatte der Arzt gefragt. »Das erscheint mir ein wenig simplizistisch.«

»›Jedermann, der mich liebt, muß auch meinen Hund lieben.‹ Sir Francis Bacon. *Nicht* der Maler.«

»Meinen Sie das im übertragenen Sinn?«

»Wau, wau.«

Draußen im Aufenthaltsraum saßen die blauhaarige Babs Osterlick und die vollbusige Evelyn Salmon wie immer auf ihrem Posten zwischen den anderen Antiquitäten und beobachteten den Abmarsch nach dem Abendessen.

»Da ist der nette großgewachsene Junge.«

»Jeffrey.«

»Hallo, Jeffrey.«

Jeff winkte.

»Der kommt aus einer guten Familie«, sagte Babs. »Seine Eltern haben auf Mount Desert Island ein Haus neben unserem.«

»Eine Menge Säufer haben gute Eltern. Ist er ein Säufer oder ein Irrer?«

»Drogen, glaube ich.«

»Ich mag großgewachsene Männer.«

»So ein hübsches Mädchen«, kommentierte Babs, als kurz darauf Delia aus dem Eßsaal kam. »Wunderschöne Haare.«

»Aber mager«, bemerkte Evelyn. »Die Jungs haben's lieber, wenn obenrum mehr dran ist.«

»Wo gehen die alle hin?« fragte Babs gleich darauf. »Ist es schon Zeit für den Film?«

»Die Säufer müssen erst noch ihre Sitzung abhalten.«

»Was ist es für ein Film?«

»Hoffentlich spielt dieser junge Schauspieler mit... wie heißt er doch gleich?«

»Warren Beatty.«

»Nein, der andere. Der schlimme.«

»Jack Dingsbums.«

»Genau der.«

Delia gesellte sich zu Jeff auf der Veranda, wo er vor der abendlichen Anonyme-Alkoholiker-Sitzung allein eine Zigarette rauchte.

»Hörst du Stimmen?« fragte sie.

»Jetzt?«

»Ich habe gehört, daß Schriftsteller Stimmen hören.«

»Ich versuch's«, sagte er. »In letzter Zeit höre ich überhaupt kaum noch was.«

»Aber ich.«

»Was sagen die Stimmen?«

»Sie sagen mir, daß ich ein schlechter Mensch bin. Sie sagen mir, ich soll etwas tun.«

»Was tun?«

»Manchmal sagen sie, ich soll mir weh tun.«

»So eine Stimme kenne ich. Das Junk-Monster. *Fütter mich, fütter mich.*«

»Ist die Stimme von einem Jungen oder einem Mädchen?«

»Inzwischen ist es eine Art Knurren, aber anfangs war es eine liebevoll-traurige, weibliche Flüsterstimme, die außerhalb meines Fensters sang und mich in die Nacht hinaus locken wollte. Der Ruf des Verlangens.«

»Ich mag dich«, sagte sie mit der dreisten Direktheit des Irrsinns.

»Ich dich auch.«

»Deine Freunde Russell und Corinne mag ich auch. Zuerst

glaubte ich das nicht, aber jetzt doch. Sie haben eine leuchtend grüne Aura.«

Jeff nahm einen langen Zug von seiner Zigarette, dann sah er ihr in die Augen. »Sie sind *flott*«, sagte er nach einer Weile. »Eh, ja.«

»In meinem Körper steckt jemand anderes«, sagte Delia.

Jeff nickte, als wolle er sagen, so was käme öfter vor.

Dann war es Zeit für die Anonymen Alkoholiker.

Nach dem Abendessen bekamen die Depressiven ihre zweite Medikation: bunte Pillen in einem Plastikbecherchen. Delia bekam Lithium, Nardil und Thorazin, dazu eine Multivitamintablette. Ihre Medikation war recht umfangreich. Die Leute im Substanzmißbrauch, die keine Medikamente erhielten, beneideten sie. Die Ärzte experimentierten immer noch mit der Dosierung ihrer Medikamente herum. Eine Woche zuvor war sie im Glover House fast durch die Decke gegangen, als das Nardil nach acht Tagen schließlich anschlug. Als Delia während der ersten Woche nicht ansprach, war nämlich die Dosis so lange erhöht worden, bis sie eines Morgens um fünf Uhr aufwachte, erklärte, sie sei die Dienerin des HERRN, und zwei Tage lang festgeschnallt werden mußte.

Die AA-Meetings fanden im Carlyle House statt. Jeff, Delia und Mickey ließen sich traditionell auf immer denselben Stühlen in der hinteren rechten Ecke nieder. Sie fanden es wichtig, eine gewisse Konstanz beizubehalten.

Etwa nach einer halben Stunde stieß Mickey Jeff in die Rippen. »Hat er wirklich gesagt, er heißt Brit Hardy?«

Der Neue sah wie ein Brite aus, mit seiner Drillichhose, dem rosa Oxfordhemd mit Button-down-Kragen und dichtem blonden Haar, das aussah, als wären die sportlichen, unberingten Finger von Mädchen namens Sloan oder Kelsey durchgefahren.

»Es gab einen Abend, der die ganze Sache irre gut zusammenfaßt«, sagte er gerade.

»*Irre* gut?« hakte Jeff nach.

»Ich hatte gerade ein Riesengeschäft abgeschlossen, hatte den Verkauf einer Bauxitmine vermittelt, und mir wurde klar, daß ich an einem Tag so etwa ein paar Hundert verdient hatte, und natürlich kaufe ich zur Feier des Tages einen Eightball. Ich sitze also in meinem Loft, neben mir meine Freundin, zufällig die Miss Brasilien des Jahres 1985...«

Beichte als eine Variante von Großkotzigkeit, dachte Jeff, von Angeberei nicht zu unterscheiden. Jedesmal wenn Alkoholiker ihre Kriegserlebnisse aufwärmten, wurden es mehr Flaschen, und die Kokainhaufen wuchsen, bis die ganze Erzählung wie eine Fortsetzung der Unmäßigkeit und der Exzesse wirkte, die sie überhaupt erst hierher gebracht hatten. Es war Scheiße, genau wie Therapie Scheiße war und alles andere auch. Wir ertrinken alle darin, dachte Jeff, und erstikken daran.

An diesem Abend, dem Tag bevor er nach Frankfurt flog, kam Washington mit dem Zug vorbei, und zwar nachdem er, wie er behauptete, eine tiefsitzende Angst vor Selbsterkenntnis und der Philosophie der Abstinenz überwunden hatte. »Müssen sich Besucher einem Drogentest unterziehen?« hatte er am Telefon gefragt. Er und Jeff spielten im Billardzimmer eine Runde Pool und unterhielten sich darüber, was für ein unerträglicher Arsch Russell inzwischen geworden war. Zum erstenmal seit Monaten fühlte sich Jeff wohl. Beide fanden, daß er verpfiffen worden war.

Delia ging spazieren, seit Wochen ihr erster unbewachter Ausflug. Da sie befürchtete, ihre Sonderrechte würden jeden Augenblick wieder aufgekündigt werden, wollte sie ihre Freiheit eher testen als genießen. Sie war es nicht gewohnt, allein zu sein, und wußte nicht recht, ob es ihr gefiel.

Eine halbe Stunde vor der Ausgangssperre ging sie vom Glover House zum Haupthaus und nahm dazu den Umweg vorbei am Tennisplatz und an der Kapelle. Die Luft war kalt und schneidend und der Mond beinahe voll. Kleine frostige

Nadeln piekten sie in Nasenlöcher und Lunge; die schwarzen, metallenen Laternenpfähle neben dem Fußweg hatten einen weißen Überzug. Die Laternen standen im Abstand von drei Metern und schienen Lichtstrahlen abzusondern, wenn Delia die Augen halb schloß, wie Bilderbuchsterne in einem langen, gebogenen Sternbild, die die Brücke in eine andere Galaxis begrenzten. Sie öffnete die Augen und ging weiter den Weg entlang, vorbei an einer Laterne, deren Glas zerbrochen war. Sie ging am Tennisplatz vorbei und war schon fast an der Kapelle angelangt, als sie umkehrte, ohne genau zu wissen, *warum*, beinahe gegen ihren Willen angezogen; sie redete sich ein, sie wolle nur noch einen Blick darauf werfen, wobei sie sich einen rein theoretischen Hintergrund ihres Interesses vorstellte – sonderbar, daß in einer Institution, wo man so sorgfälig darauf achtete, scharfe Kanten zu vermeiden, hier eine potentiell tödliche Waffe offen herumlag –, und wollte nur einen einzigen Blick darauf werfen und feststellen, was sie gesehen hatte, und wenn man Leuten sagt, sie könnten etwas nicht haben, fasziniert sie der verbotene Gegenstand natürlich, wird sogar zur fixen Idee. Sie verspürte ein Kribbeln verbotener Erwartung, als sie sich der zerbrochenen Laterne näherte, sich umsah, ob sie auch wirklich unbeobachtet war, den jetzt unaufhaltsamen Rhythmus ihrer Schritte spürte, als habe sie mit ihrer eigenen Bewegung oder Richtung nichts mehr zu tun. Irgend etwas führte sie. Sie hörte eine Stimme, die sie zurückholte. Es war die liebliche, verführerische Stimme; die nett zu ihr war.

Noch immer da: in schwarzes Metall gefaßt, zwei dünne, haarartige Glassplitter, die eine lange, flammenartige Scherbe umgaben. Ihr Atem kam stoßhaft, als sie starrte... ihr Gesicht wurde heiß, lief rot an. Einen Augenblick lang war sie gelähmt, als der Reiz dieses Gegenstandes von allem, was sie noch empfand, aufgewogen wurde. *Nimm sie.* Sie trat einen Schritt vor und zog die Glasscherbe aus dem Metallrahmen, bog das Querstück aus Draht zurück und wackelte an dem Stück hin und her, bis es sich löste. Im Licht des Mondes hielt sie es hoch. Ein wunderschönes Objekt, der Umriß organisch wie eine Träne oder Flamme. *Mach schon.* Sie prüfte die Spitze der Flamme mit ihrer Fingerspitze, zog eine winzige rote Knospe an die Oberfläche. Sie hörte einen Chor von Stimmen, die ihr ins Ohr flüsterten, zu einem unheimlichen Crescendo morbider Ermunterung anschwollen. Die hatte sie schon einmal gehört, beim letztenmal. Beim nächstenmal sollte sie es Dr. Taylor melden.

Sie steckte das Glas in ihre Parkatasche und schaute in die sie umgebenden flüsternden Schatten.

In ihrem Zimmer vergrub Delia die Scherbe tief in der weichen Erde ihrer auf dem Fensterbrett stehenden Crassula. Während sie in dieser Nacht schlief, wuchs der Kristall, den sie gepflanzt hatte, zu einer perfekten roten Rose heran. Die Rose vergoß eine Träne, die sich in Glas verwandelte und klirrte, als sie zu Boden fiel. Die Blüte sprach zu ihr mit rauchiger, kehliger Stimme. Die Rose wollte aufgehoben werden. Delia wußte, das war gegen die Vorschriften, und sie zitterte aufgeregt, als sich ihre Hand durch den Raum auf die schwankenden Blütenblätter zubewegte, doch dann weckte die dicke Schwester sie, und es war Morgen.

»Wir hatten dafür diesen Ausdruck.«

»Wir?«

»Ich, Crash, Wash.«

»Crash ist Ihr Freund Russell?«

»Stimmt, wir sagten immer, wir müßten den Hund füttern, was hieß, high werden, sich besaufen, vögeln – all diese niederen Gelüste. Als wir neu in der Straße waren, glaubten wir, wir könnten alles machen, wir blieben häufig die ganze Nacht lang auf und haben den Hund gefüttert.«

»Haben Sie auch Kokain genommen?«

»Na klar. Der Spaß nahm nie ein Ende. Sogar Corinne hatte ihren eigenen munteren, kleinen Hund, eine Art Schnauzer. Der ist verendet, glaub ich. Russell hatte ein großes Exemplar, wir hatten die großen, alten Jagdhunde, die immer gemeinsam rumgelaufen sind und gejagt haben. Der von Russell ist vermutlich fett und zufrieden geworden, liegt auf dem Läufer vor dem Kamin, alle viere von sich gestreckt, und klopft gelegentlich mal mit dem Schwanz auf den Boden, wenn Corinne seinen Namen ruft oder ihm den Kopf krault.«

»Das Kokain führte also zum Heroin.«

»Keine Ahnung, Scheiße, was heißt das eigentlich? Man will die große Leere füllen. Man findet einen Namen für seine Sehnsucht – nennt es Gott oder Geld oder Corinne. Man kann es auch Literatur nennen. In erster Linie Heroin, weil das alles andere verschlingt. Man hat keine Schmerzen, spürt nicht mal was. Es vereinfacht und verkörpert deine Bedürfnisse und wird alles. Man fällt in die Arme der Venus von Milo.«

»Sie würden Gott mit Drogen vergleichen?«

»Ich glaube nicht, daß ich das einem Mann erklären kann, der seine medizinischen Fachzeitschriften auf dem Couchtisch fächerförmig arrangiert.«

Gütig sah der Arzt Jeff ins Gesicht. »Warum haben Sie Corinne gesagt?«

Jeff zuckte mit den Schultern.

»Wie kommst du mit dem achten Schritt voran?« fragte Tony eines Abends beim Essen in seiner Rolle als AA-Pate. »Hast du deine Liste von Leuten gemacht, denen du weh getan hast?«

»Wer braucht da eine Liste? Ich habe das absolute Gedächtnis.«

»Kein Süchtiger hat das absolute Gedächtnis.«

»Ich habe allen weh getan.«

»Mach eine Liste. Du fühlst dich viel besser, wenn du sie um Vergebung gebeten hast.«

»Das bezweifle ich.« O Herr, dachte Jeff, laß diesen Kelch an mir vorübergehen.

»Ich garantiere dir, es kommt ein Augenblick, wo du vor lauter Schande und Trauer über das, was du dir selbst und den Leuten um dich herum angetan hast, beinahe überwältigt sein wirst. Und wenn es soweit ist, wirst du dich besser fühlen. Verlaß dich drauf. Doch zuerst mußt du um Verständnis und Vergebung bitten. Melde dich aber erst bei mir, bevor du irgendwas Drastisches unternimmst. Dein Kopf wird noch eine ganze Weile verdreht bleiben.«

»Liest du mir heute abend eine Geschichte vor?« fragte Delia nach dem Abendessen.

»Würd ich gerne tun«, antwortete Jeff, »aber leider kann ich nicht.«

»Bitte.«

Die kindliche Einfachheit dieser Forderung rührte ihn, aber seit der Entgiftung hatte er sich nicht mal auf eine Seite Gedrucktes konzentrieren können.

»Ich höre immerzu diese Stimmen.«

»Okay, ich versuch's. Kann's aber nicht versprechen.«

An diesem Abend trug er nach der Medikamenteneinnahme und der AA-Sitzung mehrere Bücher in Delias Zimmer. Die meisten Patienten versuchten, ihren Zellen einen persönlichen Touch zu geben, aber ihre war kahl, abgesehen von einigen Pflanzen, augenscheinlich Geschenken, sowie einem Strauß roter Rosen, die in einer neben dem Bad auf dem Fußboden stehenden Plastikvase vor sich hin welkten.

Sie saß auf dem Bett, kerzengerade, wie nur ein Model mit Ballettausbildung verharren konnte, die Füße unter die Oberschenkel geschlagen. Jeff zog einen Stuhl neben das Bett, die ganze Sache war ihm peinlich. Am liebsten hätte er die Tür geschlossen, um Passanten im Flur auszuschließen, doch das war gegen die Vorschriften.

»›Um mit dem Anfang anzufangen‹«, las er und mußte sich zwingen, sich auf die eng bedruckten Zeilen zu konzentrieren, unsicher, ob er in der Lage sein würde, die Buchstaben zu ordnen, die Wörter zu bilden, dem Sinn zu folgen. In der Geschichte ging es um einen gewissen Francis Weed, der im Flugzeug knapp am Tode vorbeigeschrammt war, was zur

Folge hatte, daß er seinen Glauben an die täglichen Wahrheiten seines Lebens verlor. Von Zeit zu Zeit schaute Jeff auf, nicht nur, weil er seine Augen schonen wollte, sondern auch um nachzusehen, wie Delia reagierte, die unverwandt geradeaus sah, in Richtung Fenster. Würde sie sich, so fragte er, mit Julia, der Ehefrau, identifizieren, »deren Faible für Partys einer überaus natürlichen Angst vor Chaos und Einsamkeit entwuchs«? Er las weiter über eine Cocktailparty in Westchester, auf der Francis das Hausmädchen als Gefangene und angebliche Kollaborateurin wiedererkannte, die er nach dem Krieg gesehen hatte; später umarmte er die Babysitterin und verliebte sich in sie. Jeff blickte zu Delia auf, doch die wirkte teilnahmslos, von irgend etwas weit außerhalb des Fensters gefesselt.

Dann schlug Francis Weed Julia, und Jeff fragte sich, ob das Delia daran erinnerte, wie sie selbst unter männlicher Gewalt gelitten hatte. Doch entweder ging sie völlig in dem Buch auf, oder sie bekam gar nichts mit. Er las weiter, wie Francis seine Nachbarn beleidigte, sich nach dem Mädchen und wegen ihr nach einem neuen Leben sehnte. »›Das Gefühl der Trostlosigkeit war unerträglich, und ihm wurde klar, daß er den Punkt erreicht hatte, wo er sich entscheiden mußte.‹« Der liebeskranke Francis Weed sucht den Psychiater auf, beschäftigt sich mit Tischlerei und versucht, mit sich und dem heckenumsäumten, von Leben erfüllten Morgen Land, das man ihm zum Wohnen überlassen hat, seinen Frieden zu machen.

»Glaubst du, wir könnten jemals heiraten?« fragte Delia einige Minuten nachdem er das Buch zugeklappt hatte. »Ich meine nicht unbedingt einander. Ich frage mich nur, ob wir von dem allem ausgeschlossen sind, Menschen wie wir. So als würde man gern daran glauben, kann aber nicht. Man möchte gern ein nettes Leben führen, durchschaut es aber, obwohl man es eigentlich gar nicht will.«

»Ich würde es gern versuchen.«

»Deine Freunde Russell und Corinne sind dafür wie geschaffen.«

»Ich glaube nicht, daß es für sie immer so einfach ist.«

»Ich habe einmal die Ophelia gespielt«, sagte sie. Menschen wie Delia wichen dem verbindenden Gespinst ihrer Gedanken aus, wie andere Konsonanten verschluckten, allerdings merkte Jeff, daß er sie immer besser verstand. »Glaubst du, andere empfinden genauso wie wir?«

»Ich weiß nicht.«

»Ich dachte, du wärst intelligent.«

»Das dachte ich auch mal.«

»Meine Mom hat mir ihr Hochzeitskleid geschenkt, das einzige Geschenk, was ich je von ihr bekommen habe. Irgendwann zeige ich es dir mal.«

Sie streckte ihre Beine wieder aus, stieg vom Bett und ging beinahe verstohlen zum Fenster, als schliche sie sich an einen auf dem Fensterbrett sitzenden Vogel an. Sie wühlte mit den Fingern in der Erde einer Topf-Crassula.

»Bewahrst du das bitte für mich auf?« fragte sie und reichte ihm mit einer gewissen Feierlichkeit einen langen Glassplitter.

Jeff hielt die Scherbe in der Hand und betrachtete sie zunächst, ohne zu begreifen, was es war. Mit seinem rechten Zeigefinger strich er über die scharfe Sichel, zog dann einen winzigen weißen Hautfetzen von dem glatten Schnitt ab, der sich langsam mit Blut füllte. Er schaute Delia an, Tränen in den Augen. Er begriff nicht, aus welcher Quelle die Traurigkeit stammte, die in ihm aufstieg und überquoll. Während er sich Delias Kummer vorstellte, war er versehentlich auf seinen eigenen gestoßen.

Er begann zu schluchzen. Nun kam es ihm unmöglich vor, daß er diese Traurigkeit so lange zurückgehalten hatte, ohne sie auch nur als das zu erkennen, was sie war. All die abgeschotteten Zellen voller Schmerz und Reue lagen auf einmal bloß; er spürte den aufgestauten Schmerz all seiner Verletzungen, all der Affronts, Kränkungen, Beschämungen, Beleidigungen und Zurückweisungen, die er jemals erlitten hatte, die er eigentlich vergessen glaubte – nichts von alledem konnte auch nur ansatzweise die Trauer erklären, die er empfand, die viel zu gewaltig war, um nur seine eigene zu sein, die ihn vielmehr mit dem bodenlosen Reservoir menschlichen Leidens verband, vor allem mit den Menschen, denen er in seinem kurzen, rücksichtslosen Leben Schaden zugefügt hatte. All der Schaden, den er anderen zugefügt hatte, suchte nun ihn heim; er empfand Scham über hundert grausame, arrogante, gedankenlose Dinge, die er gedacht, gesagt oder geschrieben hatte. Jedes einzelne Wort, das er je geschrieben hatte, war falsch, von Einbildung und eleganter Boshaftigkeit aufgebläht. Und er ertrug es kaum, an Caitlin zu denken, an ihren langen, vergeblichen Kampf darum, ihn zu lieben, litt an seinem Schweigen, seinen Lügen und seinem erbitterten Widerstand gegen die Liebe, an Caitlins Schmerz bei ihrer Trennung. Er dachte an den armen Russell, und dann schaute er aus verschleierten Augen zu Delia auf, die sich so schrecklich fühlte, daß sie daran dachte, sich umzubringen. Heftig schluchzend fragte er sich, wie die Menschheit soviel Kummer ertrug.

Unbeeindruckt setzte sich Delia neben ihn auf das Bett, hob seinen verletzten Finger und steckte ihn sich in den Mund, saugte das Blut weg, lutschte ruhig an seinem Finger, während er weinte.

41

Die Wohnung war leer. Nicht daß augenscheinlich etwas gefehlt hätte, doch kaum war der geschwätzige Aushilfshausmeister mit seinem in Hüfthöhe baumelnden Schlüsselring verschwunden, hatten die Zimmer für Russell die unheilschwangere Atmosphäre eines Verbrechensschauplatzes. Das Durchsuchen der Räumlichkeiten förderte keinen Brief zutage; Corinnes Schubladen und Schränke waren teilweise leer. Der Portier bemerkte, es sei ein Wunder, daß sich die jungen Pärchen heutzutage überhaupt noch sähen ... eine Anspielung darauf, daß Corinne mitsamt ihren Koffern am Abend zuvor gegangen war, und hier kam Russell von seiner Reise zurück.

Bei chinesischem Essen und Fernsehen, umgeben von Fotos aus dem Leben, das sie zusammen geführt, und den Gegenständen, die sie angehäuft hatten, versuchte er, sich vorzustellen, wohin sie wohl gegangen sein mochte, und verschob die Suche in der Hoffnung, seinen Kater und seinen *Jetlag* zu überwinden oder auch nicht. Während des Flugs hatte er Rohfassungen seiner geplanten Ausführungen erstellt, da ihm, wie in solchen Fällen üblich, die Wahrheit zu niederschmetternd vorkam. Sollten überwältigende Beweise für das Gegenteil vorliegen, klammerte er sich immer noch an die dürftige Überzeugung von der Lauterkeit seiner Absichten, rechnete aber nicht damit, daß seine Frau ebenfalls dieser Ansicht war.

Ihm stockte das Herz, als das Telefon klingelte. Er ließ es dreimal klingeln, ehe er abnahm. Es war Washington, der aus Deutschland anrief und vorgab, über Tagesgeschäfte berichten zu wollen, in Wirklichkeit aber gierig auf Einzelheiten über die Katastrophe in Russells Privatleben wartete, brandheiße aktuelle Ereignisse, die sämtliche grundlegenden Vermutungen Washingtons über die menschliche Natur bestätigten. Sein überschwengliches Mitgefühl deutete auf Bande zwischen ihnen hin, die Russell nicht so ohne weiteres eingestehen mochte; andererseits war es im Augenblick recht hilfreich, daß Washingron nachdrücklich das Primat der Taktik über die Ethik betonte.

»Ganz einfach, Crash, du sagst, Trina sei unerwartet in der Stadt aufgetaucht, daher hättest du ihr ritterlicherweise dein Zimmer überlassen und bei mir übernachtet.«

»Das kauft sie mir nicht ab.«

»Was bleibt ihr anderes übrig? Sie kann sich nicht leisten, dir nicht zu vergeben.«

Als Russell Jeff in der Klinik anrief, äußerte er zwar sein

Mitgefühl, hatte aber keinen Rat anzubieten. Russell erzählte ihm eine dezent bearbeitete Version, ohne sich dessen völlig bewußt zu sein – ein automatischer Bleistiftstrich, der hier ein Adjektiv, da ein Komma entfernte, ohne jedoch die zentralen Substantive und Verben anzutasten.

»Hast du also oder hast du nicht? Deiner Erzählung nach hängen wir irgendwo zwischen Vorstellung und Vollzug.«

»Ich habe, kann mich aber an kaum etwas erinnern.«

»Und da willst du von *mir* hören, daß das nicht *zählt*?«

»Was sollte ich tun, Jeff?«

»Das Kapitel Monogamie ist nicht gerade mein Spezialgebiet. In dem Kurs bin ich durchgefallen.«

Nach langem Schweigen platzte es plötzlich aus Jeff heraus: »Hast du das über Propp gehört? Ich hab's heute erst in der *Times* gelesen. Offenbar hat ihn die Putzfrau über seinen Macintosh zusammengesackt gefunden. Der Computer lief noch.«

»Lieber Himmel! Was ist passiert?«

»Das weiß man wohl noch nicht.«

Russell war sprachlos; im Verbund mit dieser Tragödie schien seine eigene noch schwerer zu wiegen.

»Moment mal«, sagte da Jeff, »bist du nicht der Testamentsvollstrecker?«

Wo *konnte* sie eigentlich sein? Viele Freundinnen hatte sie nicht, Corinne kam besser mit Männern klar. Er rief erst ihre Schwester in Philadelphia, dann ihre New Yorker Freunde an. Schließlich probierte er es bei Casey und Tom Reynes, die einzigen Freunde, die ihm einfielen, deren Wohnung groß genug für Dauergäste war. Eine Hausangestellte holte schließlich Casey ans Telefon, deren Begrüßung verdächtig kühler als üblich ausfiel, obwohl sie behauptete, Corinnes Aufenthaltsort nicht zu kennen.

Eigentlich wollte er wegen Victors Nachruf die *Times* holen gehen, wagte es aber nicht, sich vom Telefon zu entfernen. Auf der Couch vor dem Fernseher fiel er in einen bleiernen, wenig erholsamen Schlaf, aus dem er mitten in der Nacht durch das Schrillen des Telefons gerissen wurde.

»Ich möchte bloß deine Version hören.«

»Corinne, ich wußte nicht, daß sie nach Frankfurt kommen wollte.«

»Das glaube ich dir nicht.«

Russell bemühte sich um ein Mittelding zwischen der Wahrheit und seiner Variante, in der er am besten wegkam. Dazu gehörte ein unerwarteter, kurzfristiger, geschäftlicher Aufenthalt Trinas in Frankfurt und als Abschluß das fiktive Bild von ihm, wie er auf der anderen Doppelbetthälfte schlief.

»Wie kannst du es wagen?« sagte Corinne.

»Wie kann ich was wagen?« fragte er.

»Zur Zeit wohne ich bei Casey und Tom. Ich werde mich nach einem Apartment umsehen. Bis ich eine neue Arbeit finde, benutze ich dein Girokonto mit. Ich hätte meinen Scheißjob nicht gekündigt, wenn ich gewußt hätte, daß du –«

»Corinne ...«

»Sei bloß still, du Scheißkerl. Ich ertrag deine Lügen bestimmt nicht noch mal. Das ist einfach der Gipfel von allem, was du immer schon gewollt hast. Du spielst jetzt bereits eine ganze Weile in der Macht-und-Geld-Liga, und Trina paßt da genau rein. Ich dachte immer, wenn dieses Geschäft abgeschlossen wäre, würdest du wieder mein Mann, würdest dich vielleicht sogar daran erinnern, daß es mich auch noch gibt. Und dann, nachdem ... nachdem ...« Sie beendete ihren Gedankengang nicht, doch er wußte, worauf sie anspielte. Während sie ihre Schwierigkeiten darauf zurückführte, daß er völlig im Beruf aufging, hatte er das Gefühl, daß die Fehlgeburt ihnen das Glück vergällt hatte. »Offenbar willst du deine Freiheit, du kannst sie haben. Adieu. Und glückliches Ficken.«

Kurz darauf klingelte das Telefon wieder.

»Corinne?«

Zuerst hörte er nur transatlantisches Rauschen, dann: »He, Brother, bist du's?« Die Stimme klang eigenartig und unartikuliert.

»Wash?« Russell warf einen Blick auf die Küchenuhr. In Frankfurt war es fünf Uhr morgens. »Alles in Ordnung?« übermäßige Sorgen machte er sich nicht, daß Washington Lee um fünf Uhr früh anrief, das war in Russells Kreisen durchaus nichts Ungewöhnliches.

»Wollte bloß hallo sagen, Mann. Haste schon das mit Propp gehört?«

An diesem Wochenende war die Wohnung ein Monument für alles, was er liebte, aber schon vergessen hatte, ein Echo gegenseitiger Beschuldigungen. In ihrem Ehebett konnte er nicht schlafen, da es nach Corinne und häuslicher Fleischeslust roch. Während zur Gesellschaft und Ablenkung der Fernseher lief, schlief er ein paar Stunden auf der Couch. Endlos lag der gesamte Sonntag vor ihm und erstreckte sich in eine Zukunft ohne Trost und Gefährtin. Als ihn die juckenden Ekzeme der Schuld von einem Ende der Wohnung in die andere trieben, merkte er, daß er sich weder hinsetzen noch eine Zeitschrift lesen konnte. Da ihm eine gedankliche Bewältigung nicht gelingen wollte, schrieb er Corinne einen langen Brief, in dem er sie um eine neue Chance anflehte. Nach drei Entwürfen wußte er nicht, ob er ihn sofort einwerfen oder im Kamin verbrennen sollte.

Er ging nach draußen und sah, daß sich in der Stadt im Müßiggang heute Paare herumtrieben, während sie noch vor ein paar Tagen vorwiegend von gepflegten Frauen auf Männerfang bevölkert gewesen war. Als wäre er verkatert, hatte Russell die dicke Haut und den Panzer verloren, die ihn vor seiner Umwelt schützten; jetzt drückte alles – die kühle Luft und das trübe Oktoberlicht, Stimmen und Straßenverkehr wie die beiläufigen Blicke von Fremden – auf die freiliegenden Ganglien seines Nervensystems. Von dem bunten Treiben ringsum abgeschnitten, fühlte er sich von der großen Stadt verstoßen, die ihn doch, wie er glaubte, so bereitwillig aufgenommen hatte.

Irgendwann fand er eine Zeitung vom Vortag und nahm

in einem Coffee Shop auf einem Hocker Platz. Mit einem Blick auf die unter Plexiglas gefangenen Gebäckstücke stellte er sich eine Zukunft einsamer Mahlzeiten und nachgeschenkten Kaffees vor, umgeben von Damen unbestimmten Alters, die fragten: »Welche Suppe gibt's heute?« und mißtrauisch in ihrem Geflügelsalat stocherten, dessen Reste sie einpacken ließen und für den Yorkie mit nach Hause nahmen. Den Kellner, einen jungen Griechen mit Liebeskummer, beschäftigte der Zahnstocher in seinem Mund, er weigerte sich, geriatrische Konversationsköder zu schlucken und ignorierte erst einmal die alte Schaluppe mit der roten Schottenmütze, die ihm aus der Sitzecke weiter hinten Zeichen machte und täglich einen Vierteldollar Trinkgeld liegenließ.

An Propps mehrere Spalten umfassendem Nachruf fiel die sorgfältige Ausgewogenheit auf: Belege für seine Bedeutung wurden gegen die Vorbehalte jener abgewogen, die zu bedenken gaben, er sei das glatte, kulturelle Äquivalent eines Trickbetrügers. Der als sein Freund und Lektor vorgestellte Harold Stone wählte den goldenen Mittelweg und nannte Propp »einen unserer großen literarischen Exzentriker«. Das zentrale Beweisstück, nämlich das Romanmanuskript, stehe noch nicht zur Verfügung. Die Todesursache sei, so hieß es, unbekannt.

Russell machte in einem Blumenladen an der Madison Avenue halt und kaufte zwei Dutzend rote Rosen, schleppte sich dann zu Caseys und Toms Wohnung an der 72nd Street und gab die Blumen samt seinem Brief für Corinne ab, als ihm der Portier mitteilte, *chez* Reynes sei niemand daheim.

In seinem Leid belastete er alles, was er sah, mit überflüssigem Symbolgehalt und tragischer Bedeutungsschwere. Die Auslagen der Schaufenster erschienen ihm unsinnig und grotesk – Tand und Flitter des Paarungsrituals, die belanglosen Utensilien des häuslichen Lebens. An der 57th Street Ecke Madison kam er an drei jungen Ballerinen in Trikots vorbei, die den Scheitelpunkt der Pubertät erreicht hatten, die Haare zurückgekämmt und zu festen Dutts gebunden, wodurch sie das ohnehin straffe, glatte Fleisch ihrer Gesichter nach hinten über die Schädel zu ziehen schienen – als übten sie, lange vor der Zeit, die später unvermeidlichen Faceliftings.

Auf dem Weg durch den Central Park kam er an einer gepflegten alten Frau in maßgeschneidertem Kostüm vorbei, die auf einer Bank saß; ihr Rock war nach oben gerutscht, und ein Urinbach floß hörbar durch den Staub zwischen ihren bequemen Halbschuhen. Sie sah unverwandt geradeaus. Weiter weg schmiß eine Gruppe winziger Kinder mit Stöcken nach einem in den oberen Zweigen eines Bäumchens gefangenen, verängstigten Eichhörnchen. »Wie würde es dir gefallen, wenn ich mit Stöcken nach dir schmeiße?« fragte Russell den Kleinen, der den Angriff befehligte.

»Du kannst mich mal«, sagte der Junge, ein eins zwanzig großer Stöpsel in Ghostbuster-Jacke.

»Genau«, bekräftigte seine kleine Freundin.

»Nettes Mundwerk«, nuschelte Russell und ging weiter.

Einen Augenblick später tauchte ein Elternteil neben Russell auf, ein durchtrainiertes, wohlhabendes Exemplar in grau-rosa Trainingsanzug. »Haben Sie meinem Kleinen Schläge angedroht?«

»Ich habe vorgeschlagen«, antwortete Russell friedlich, »daß er aufhört, hilflose Tiere mit Stöcken zu bewerfen.«

»Hacken Sie gefälligst auf jemandem Ihrer Größe herum.«

»Genau, du großer Wichser«, bekräftigte Sohnemann aus sicherer Entfernung, nach Spektakel und Rache dürstend.

»Statt auf ein sechsjähriges Kind.«

Furchtlos vor Selbsthaß entgegnete Russell: »Wie wär's, wenn ich auf Ihnen rumhacke?«

»Versuch's doch«, antwortete der Mann, ballte die rechte Hand zur Faust und schlug sie rhythmisch, wie einen Baseball, in den offenen Handschuh seiner Linken.

Ohne zu überlegen, knallte Russell seine Faust dem Mann voll ins Gesicht. Der Knabe jaulte auf, als sein Vater in die Knie ging, sich hartnäckig an Russells Schenkel klammerte, und sich zur Verstärkung ein kreischender Trupp auf dem asphaltierten Weg zusammenrottete. Im Zuge eines verzweifelten Befreiungsversuchs knallte Russell sein Knie gegen das Kinn des Mannes und schmiß ihn nach hinten um; in seiner Kniescheibe spürte er das heftige Aufeinandertreffen von Ober- und Unterkiefer.

»Haltet ihn!« schrie eine pferdegeschwänzte Blondinengattin in Drillichhose und rosa Strickjacke. »Schlagt ihn!«

»Tötet ihn!« kreischte der kleine Junge.

Drei andere, zwei Männer und eine Frau, kamen angerannt und standen entrüstet über dem gefallenen Champion der Kleinfamilie. »Den schnappen wir uns«, sagte einer der Männer, aber etwas in Russells Miene ließ sie zögern. Die über ihren zu Boden gegangenen Mann gebeugte Frau stieß einen durchdringenden, jämmerlichen Schrei aus, der wie der Todesruf eines kleinen Tieres klang.

Russell drehte sich um, wobei er fast mit einem kopfhörerbewehrten dicken Mann zusammenstieß, und lief an einer Mutter mit Kleinkindern in einem Zwillingsbuggy vorbei, einen Hang hinauf und über eine Felsnase. Er sprang durch eine bewaldete Senke, folgte einem Fahrradweg abwärts durch eine Unterführung und umging den Wald am Rande des großen Teiches hinter Strawberry Fields, bis er die West 72th Street erreichte.

Als er auf der Columbus Avenue nach Süden abgebogen war, schlängelte er sich durch die von Brunch und Einkäufen benebelten, trägen Fußgänger, bog in eine Bar und bestellte einen Jack Daniel's; seine Hände zitterten vor Adrenalin und Wut. An der Theke stehend, genehmigte er sich zwei Drinks, kaute die Eiswürfel und genoß seine trostlose Isolation. Ihm fiel nichts ein, wohin er ohne Corinne gehen oder was er ohne sie unternehmen wollte. Gern hätte er ihr von der eben erlittenen Demütigung erzählt. Wem sollte er berichten, was sich in seinem Leben ereignete, wenn sie daraus verschwand? Wer würde sich seine Geschichten anhören? Während der Whisky einsickerte, ging ihm auf, daß der Ehepartner der Mensch war, der sich deine Lebensgeschichte anhörte und bereit war, dir – mit gewissen Abstrichen – zu glauben.

Sonntag abend rief sie wieder an. Russell hatte eine Tiefkühlpizza in der Mikrowelle und sah sich eine Sportsendung an, da er befürchtete, Corinne zu verpassen.

»Ich habe deinen Brief bekommen«, sagte sie.

»Komm bitte zurück.«

»Ich weiß nicht.« Sie hielt inne. »Du hast etwas zerstört. Ich brauche Zeit, um herauszufinden, was noch übrig ist.«

»Wir lieben einander.« Er ließ nicht locker.

»Anderenfalls«, sagte sie, »würden wir uns jetzt nicht unterhalten. Ich fahre in ein paar Tagen zu meiner Mutter. Ich muß eine Weile nachdenken. Das mußt du auch. Ich weiß nicht, ob du überhaupt noch mit mir verheiratet sein willst.«

»Aber natürlich –«

»Russell, auch wenn dem nicht so wäre, könntest du es dir selbst nicht eingestehen. Auf deine Art bist du anhänglich und würdest so einen Gedanken nicht zulassen, aber meiner Meinung nach waren dir Aufregung, deine Freiheit, Glamour und Action wichtiger, als ich es je war. Denk darüber nach, während ich weg bin.«

»Und was wird morgen aus dem Abendessen mit den Shermans?« jammerte er in der Hoffnung, die Pflege seiner gesellschaftlichen Kontakte käme ihr genauso wichtig vor wie auf einmal ihm. Noch vor einer Woche hätte Russell den Shermans bei dem kleinsten Vorwand abgesagt, doch jetzt erschien es ihm völlig unverantwortlich, lediglich vierundzwanzig Stunden vorher abzusagen. »Und dann noch die Wohltätigkeitsveranstaltung für das Museum, ist das nicht Mittwoch abend? Wir könnten einfach ...« Ganz plötzlich glaubte er, den Sinn von Anstand, Manieren und Heuchelei zu begreifen. Von außen betrachtet, war die Ehe nichts weiter als eine Ansammlung von Gewohnheiten; so tun als ob, war manchmal die einzige Methode, um weiterzumachen.

»Die vierhundert anderen Leute im Museum müssen halt

einfach die brachliegenden Kräfte nutzen, Russell.« Ihre Stimme klang hart und bissig.

»Heute bin ich im Park in eine Schlägerei geraten«, sagte er. »Eine Menschenmenge hätte mich fast umgebracht.«

»Ich muß Schluß machen. Ich weiß nicht, was ich tun werde, Russell. Aber denk daran, falls ich etwas über dich höre, falls du auch nur im selben Raum mit Trina gesehen wirst, hörst du von meinem Anwalt. Versuch inzwischen, nicht soviel zu trinken.«

Nach einem grauenhaften Schlaf schleppte er sich Montag morgen ins Büro und erst im Fahrstuhl fiel ihm wieder ein, daß seine Büroschlüssel irgendwo in Frankfurt waren. In dem griechischen Coffee Shop im Erdgeschoß blätterte er in den Zeitungen, ohne noch etwas über Propp zu finden, danach setzte er sich mit einem Manuskript ins Foyer und wartete auf Donna, die nach einer Stunde eintraf.

Ein paar Minuten später rief Carl Linder an.

»Wir haben am Freitag versucht, Sie in Frankfurt zu erwischen.«

»Es sind einige häusliche Probleme aufgetreten.«

»Und dann springen Sie einfach in ein Flugzeug und lassen auf der Buchmesse alles stehen und liegen?«

»Washington hat sich um alles gekümmert.«

»Mr. Lee leitet das Unternehmen nicht, außerdem erfreut er sich nicht Bernies uneingeschränkten Vertrauens. Schließlich hat er mit einer Klage gedroht, was er hübsch bleiben lassen wird, wie ich um seinetwillen hoffe. Und Bernie möchte jetzt wissen, ob Sie zum Team gehören oder nicht.«

»Welches Team meinen Sie?«

»Denken Sie drüber nach. Inzwischen hat er sich nach dem Manuskript von diesem Propp erkundigt. Unseres Wissens ist er gestorben, bevor er bei Simon and Schuster unterschrieben hat, was uns zu seinem letzten Verlag macht. Falls da etwas sein sollte, gehört es uns, und zwar komplett. Doch ehe wir auf die Kacke hauen, hätte Bernie doch ganz gern gewußt, ob es, Zitat, der Scheiß überhaupt bringt, Zitat Ende. Melden Sie sich deswegen bei uns.«

Russell hatte schon einen Termin mit Victors Anwalt gemacht, um die Wohnung im West Village aufzusuchen und den Nachlaß des Schriftstellers durchzusehen, fand aber das sich in Carls Anrufs manifestierende leichenfledderische Interesse so abschreckend, daß er das nicht erwähnte.

Ein paar Minuten später rief Juan Baptiste an. »Ich habe da eine ausgefallene Idee für eine Kolumne: Jeff Pierce im Entzug. Nennen Sie mich ruhig verrückt, aber ich finde, das hat was. Was halten Sie davon?«

»Klingt zu simpel«, brachte Russel heraus, dessen Kopfschmerzen jetzt erst *richtig* aufdrehten.

»Sie dementieren also?«

»Ich bestätige und dementiere nicht. Habe ich noch nie gemacht.«

»Sie bestätigen es nicht. Also dementieren Sie *doch*.«

»Na schön«, sagte Russell unruhig. »Natürlich dementiere ich.«

»Jeff ist nicht im Entzug?«

»Woher kriegen Sie so 'n Mist?« fragte Russell, der nur ungern weiterlügen wollte.

»Wie Sie wissen, nenne ich keine Quellen.«

»An Stelle von Ethos – *Berufs*ethos.«

»Lassen Sie uns auf der merkantilen Ebene bleiben. Lassen Sie uns handeln. He, ich frage ja gar nicht nach Ihrem Freund Propp. Aber ein Vögelchen hat mir gezwitschert, daß in seinem Bad ein großes, leeres Glas Tuinal stand.«

»Ich hab nichts zum Handeln.« Russell wußte nicht, was er sonst sagen sollte.

»Wo steckt Jeff?«

»Zum Schreiben zieht er sich manchmal zurück. New York lenkt einen sehr von der Arbeit ab, verstehen Sie. Er mag nicht, wenn die Leute wissen, wo er ist.« Hätte Juan irgendwas Konkretes gewußt, dachte Russell, wäre er inzwischen damit herausgerückt. »Die Fischsaison ist vorüber.«

»Lassen Sie uns wieder aufs Handeln zurückkommen«, schlug Juan vor. »Wie ich höre, sind Sie in Schwierigkeiten. Autoren verlassen scharenweise das Schiff, entsetzt, daß ein bedeutendes altes Verlagshaus von der zweiten Schauspielergarde aus der Besetzung von ›Schatten der Leidenschaft‹ übernommen wurde.«

»Ein paar Schriftsteller haben wir verloren. Das wurde in der Presse ausreichend gewürdigt.«

»Ich spreche hier aber nicht von Fleischwunden, sondern von einer Gehirnblutung. So wie ich gehört habe, daß Jeff in einer Reha-Klinik ist, zwitschert mir ein Vögelchen, Bernie Melman trage sich mit dem Gedanken, sich zurückzuziehen, und so weiter. Die allgemeine Gesetzmäßigkeit des Gemunkels, des Gerüchts, das generell auch unter dem Begriff der Halbwahrheit firmiert, besagt, daß fünfzig Prozent von allem Tratsch und allen Andeutungen, die meine Ohren erreichen, zutreffen. Meine Berechnung in diesem Fall sieht daher so aus, daß die Hälfte meines aktuellen Schmankerls korrekt ist. Erstens: Jeff ist auf Entzug. Zweitens: Corbin, Dern und die Kids sind ins Schleudern geraten. Wenn Sie das eine nicht bestätigen, muß ich wohl, streng mathematisch, davon ausgehen, daß das andere absolut zutrifft.«

Er hielt inne. Russell biß nicht an. »Eins kriegen Sie von mir gratis«, fuhr Juan fort. »Bernie Melman hat sämtliche gesellschaftlichen Verpflichtungen der letzten zwei Wochen abgesagt, weil er sich unter ärztlicher Aufsicht in seinem Haus auf Long Island befindet und unter akuter Depression leidet.«

Russell fiel auf, daß er vor der Buchmesse zum letztenmal mit Melman gesprochen hatte, aber das mußte er Baptiste nicht auf die Nase binden.

»Wie steht's mit dem hartnäckigen Gerücht, Mrs. Melman sei eine Transsexuelle?«

»Klingt äußerst pausibel, aber wie gesagt, ich habe nichts zum Tauschen.«

»Die natürliche Folge der Vorstellung, daß jedes Gerücht zumindest halb wahr ist, lautet, daß jede Halbwahrheit, wenn sie nur oft genug wiederholt wird, ganz wahr wird. Wenn ich schreibe, daß ein Nachtclub aus dem letzten Loch pfeift, kommt es manchmal vor, daß er in der folgenden Woche zum Verkauf steht. Ursache und Wirkung? Urteilen Sie selbst. Ich wäre nur ungern derjenige, der schreibt, daß Sie auf einem Tisch im Leichenschauhaus liegen, ein Laken über Ihrem Leichnam. Also erzählen Sie mir schon von Jeff.«

»Jeff arbeitet intensiv an seinem nächsten Buch.«

»Man kann nur hoffen, daß er noch einen Verleger hat, wenn er damit fertig ist.«

Im nachhinein wurde Russell klar, daß es womöglich eine Fehleinschätzung gewesen war, Juan Baptistes Buch abzulehnen.

Am nächsten Abend saß er vor der Glotze, als der Portier anrief und Colin und Anne Becker ankündigte. »Schicken Sie sie hoch«, sagte Russell alles andere als begeistert. Er konnte auf Gesellschaft gut verzichten.

»Alles Gute zum Geburtstag!« kreischten sie, als Russell die Tür öffnete.

»Ich habe morgen Geburtstag.«

»Die Fete ist heute abend«, sagte Anne unsicher und musterte die triste Wohnung. »Sind wir die ersten?«

»Corinne hat sie für heute abend geplant, weil morgen diese Museumsgeschichte stattfindet«, beharrte Colin und platzte herein. »Wir kommen direkt vom Flughafen aus Santa Fé.«

»Wahrscheinlich ist eine Nachricht auf eurem Anrufbeantworter.«

Colin legte Russells Hand um den Hals einer in Silberpapier gewickelten Flasche, während Anne ihm einen dekorativen Bildband mit dem Titel *Pilze der Welt* überreichte. »Hoffentlich hast du das nicht schon«, sagte sie. »Es ist schwer, dir Bücher zu kaufen.« Russell öffnete das Buch bei der glänzend bunten Nahaufnahme einer riesigen Morchel. Plötzlich fiel ihm ein, daß er und Corinne den Beckers immer noch ein

Hochzeitsgeschenk schuldeten; in dem Augenblick wirkte dieses Versehen schrecklich traurig.

»Corinnes Mom ist krank«, sagte er. »Nichts Ernstes, aber wir mußten die Party verschieben.« Er versicherte ihnen, es sei wirklich nichts Ernstes, und bedankte sich für die Geschenke.

»An deinem Geburtstag lassen wir dich doch nicht zu Hause rumhängen«, sagte Colin. »Wir laden dich zum Essen ein.« Russell redete sich heraus, behauptete, er fühle sich selbst unwohl. Eine Stunde später, nachdem sie den Champagner ausgetrunken und er die hartnäckigen Beckers aus der Tür komplimentiert hatte, tauchte Washington auf, direkt aus Frankfurt.

»Solange niemand wegen dir aufbleiben muß«, sagte er, »könntest du dir genausogut mit mir einen Cocktail genehmigen.« Er sah aus, als hätte er seit Tagen nicht geschlafen, und seine Hände zitterten.

»Mir ist nicht nach ausgehen. Und du siehst aus, als *solltest* du es nicht tun.«

»Gönn dir doch mal was. Wenn du hier rumhängst, drehst du noch durch.«

»Fühlst du dich wohl?«

Washington nickte nachdrücklich und schwankte dabei von einer Seite auf die andere.

»Wir könnten ins ›Heaven‹ gehen«, schlug Russell vor.

»*Keiner* geht ins ›Heaven‹, Mann.«

»Was soll das heißen? Ich dachte, der Laden sei zur Zeit angesagt.« Russell war zwar nicht mehr so auf dem laufenden wie früher, aber vor zwei Wochen war ebendieser Club so hip gewesen wie kein zweiter, jedenfalls laut Juan Baptistes Kolumne. »Ich dachte, da ginge jeder hin.«

»Nur die Sanftmütigen, die Krummen und die Lahmen, Kind. ›Heaven‹ war sehr schnell out, schneller, als ich es je erlebt habe. Früher dauerte es ein paar Monate, manchmal ein halbes Jahr. Aber hier warfen sich die Horden am Montag gegen die Tür und flehten, erwählt zu werden, Dienstag war der Laden überall im Gerede, und schon am Donnerstag stellten sie Anreißer vom Times Square ein, die Leute von den Straßen hereinlocken sollten, Gratiseintritt, Gratisdrinks, Gratisdrogen, Gratisliebe. Freitag konnte man den Mietvertrag verschenken, dabei hatten die Besitzer gleich nach Eröffnung ein Angebot von drei Millionen abgelehnt. Stell dir das mal vor, also wirklich, wo sind diese drei Millionen bloß abgeblieben?«

Sie suchten einen neuen Club auf, der keinen Namen hatte und sich zu Russells Bestürzung in dem Gebäude des ehemaligen Badehauses befand, das er und Jeff frequentiert hatten. Niemand wartete an der Absperrung, um eingelassen zu werden, und die Gäste wirkten wie Touristen, die verärgert bemerkten, daß sie unter ihresgleichen waren. Der ehemalige Umkleideraum diente als Tanzfläche. Washington gab sich große Mühe, in Schwierigkeiten zu geraten, aber die schicken und interessanten Leute waren woanders – sehr wahrscheinlich zu Hause, dachte Russell, der sich an viele fröhlichere Nächte dieser Art erinnerte, die er in Jeffs Gesellschaft verbracht hatte –, und die beiden jungen Frauen, die sie zum Tanzen aufforderten, sahen mit ihren spitzenbesetzten Bustiers und Miniröcken aus Leder selber wie eine Hochrisikogruppe aus.

»Was machst du – studierst du?« fragte Russell die Brünette, nachdem er einen Tanz verweigert hatte und zusah, wie Washington mit der Blonden das Tanzbein schwang.

»Vermutlich bin ich jetzt wohl Schauspielerin. Warum nicht? Ich war Investmentanalystin bei Salomon Brothers, bis letzte Woche, da wurde ich freigesetzt.«

Washington holte Russell am Ausgang ein, als der gerade ging. »Was ist bloß mit dir los, Kerl?«

»Ich kann das nicht. Ich verschwinde hier.«

»Kein Problem. Dann ziehen wir mit unserer Show übers Land.«

Sie schafften es, um kurz nach vier in Russells Wohnung zu sein; um die Zeit waren ihre Gespräche nur noch Gebrabbel, auch wenn sie sich noch eine Stunde lang aufrechthielten, sich ewige Freundschaft schworen, das Corinne-Problem lösten und sich wegen Propp die Köpfe zerbrachen, allerdings konnte sich Russell am nächsten Morgen nicht mehr an das Kleingedruckte erinnern.

In einem lichten Moment fragte Russell: »Was ist eigentlich aus dem Treffen geworden, das du zwischen Parker und Melman arrangieren solltest?«

Washington versuchte, die Spitze seiner Zigarette ruhig zu halten, während er sie in die Feuerzeugflamme hielt, und sagte: »Achte mal auf eine neue, hochdotierte, streßarme Berufsbezeichnung auf der Gehaltsliste. So was wie Berater für Minderheitenfragen.«

Russells Vater rief pünktlich um halb acht an, um ihm zum Geburtstag zu gratulieren. Russell wußte nie genau, ob das eine unschuldige Angewohnheit war oder der perverse Drang, seinen eigenen Tagesablauf seinem Ältesten zu diktieren, aber er rief immer um diese Uhrzeit an. Mit den Hühnern aufzuwachen, war in seinen Augen offenbar eine notwendige, wenn auch nicht die einzige Bedingung des Erwachsenseins. Während Russell die väterliche Neugier abwehrte, tapste er durch die Wohnung, das tragbare Telefon wie einen Eisbeutel gegen den Kopf gepreßt, und entdeckte Washington voll bekleidet und bewegungslos auf dem Bett liegend.

»Die große drei-zwei«, sagte sein Vater.

»Die große drei-zwei«, wiederholte Russell.

»Ich bin sehr zufrieden damit, wie sich alles für dich entwickelt.«

»Alles entwickelt sich.«

»Wann unterschreibst du die Papiere?«

»Papiere?« Zu diesem Zeitpunkt in der Geschichte seiner Gedankenassoziationen bedeutete der Begriff soviel wie Scheidung. Dann wurde ihm klar, daß sein Vater über das Geschäft sprach.

»Äh, wahrscheinlich in den nächsten paar Wochen.«

»Ich bin sehr stolz, Sohn.«

»Danke, Dad.«

»Also, was ist das für ein Gefühl?«

»Gefühl?«

»Hast du gefeiert?«

»Klar. Logisch. Gefeiert. Bißchen verkatert.«

Sein Vater kicherte wissend. »Paß auf dich auf, Sohn. Und mach weiter so.«

Er schlief noch eine Stunde lang auf der Couch, mit dem Telefon in der Hand, bis es wieder piepste.

»Scheiße, ich wollte es hinter mich bringen, bevor mich der Mut verläßt«, sagte Jeff.

»Was hinter dich bringen.«

»Mich entschuldigen.«

»Wofür, daß du mich geweckt hast? Wo steckst du?«

»Immer noch in der Klinik.« Es folgte eine lange Pause, die zu füllen sich Russell nicht in der Lage fühlte. Schließlich sagte Jeff: »Zu der Behandlung hier gehört, na ja ... daß man seine Fehler zugibt und die Verantwortung dafür übernimmt. Ich habe eine Menge Dinge gemacht, auf die ich nicht stolz bin.«

»Da bist du nicht er einzige. Vergiß es.«

»Man muß seine Fehler eingestehen und die Menschen um Verzeihung bitten, die man verletzt hat«, sagte Jeff in einer Sprache, die nicht so recht zu ihm passen wollte; fast konnte man das Rascheln des billigen Papiers erbaulicher Broschüren hören. Russell war froh, daß er kein Heroin mehr spritzte, aber es deprimierte ihn, Jeff so reden zu hören.

»Betrachte dich als entschuldigt. Wofür sind Freunde da?«

»Ich finde, ich muß das sagen. Es geht um mich und Corinne.«

Sofort war Russell ungeheuer wach, als hätte er die ganze Nacht geschlafen und sein Leben lang noch keinen Schluck Alkohol zu sich genommen. »Corinne?«

»Es ist schon lange her.«

»Was soll das heißen, Jeff?«

»Nun ja, es ist passiert, als du damals mit dem Stipendium in England warst, bevor ihr beiden geheiratet habt...«

42

Schließlich stolperte Russell zur Arbeit, während Washington nach Hause schlich, um sich umzuziehen. Russell hatte nicht das geringste Interesse daran, ins Büro zu gehen, doch die Wohnung, die vorher lediglich verhext gewesen war, schien jetzt völlig unerträglich. Wie ein Vorortbewohner, der nach jahrelangem Leben im Wohlstand plötzlich erfuhr, daß sein Haus auf einer Giftmülldeponie stand, fühlte er sich im nachhinein vergiftet, seine Erinnerungen mitsamt der Zukunft verdorben.

Auf seinem Fußweg durch die Stadt war ihm übel, als müsse er sich jeden Moment übergeben. An einem Kiosk kaufte er zum erstenmal seit über zwei Jahren eine Schachtel Zigaretten. Der blinde Verkäufer fragte ihn nach dem Wert des Scheins, eines Zehners... Und wenn es ein Eindollarschein gewesen wäre? dachte Russell. Der Blinde hätte es nie erfahren. Ja, auf dem wettergegerbten Gesicht des Verkäufers schien sich gekränkte Skeptik abzuzeichnen. Daß er einfach eine Zeitschrift nehmen und damit verschwinden könnte, schürte bei Russell Wut ob der Verletzlichkeit dieses Mannes. Wußte er nicht, daß in dieser Stadt alles geklaut wurde? *Ehrlich* war nichts weiter als ein Teil des Wortes *begehrlich*.

Winzige in den Gehsteig eingelassene Glassplitter blitzten auf, als er in Richtung Westen vorbeiging. Russell hatte geglaubt, sich seiner Schwächen so bewußt zu sein, wie das möglich war, wenn man nicht systematisch dagegen ankämpfte oder sich zutiefst selbst verabscheute, und ihm war es nie sehr schwergefallen, sich als der potentielle Bösewicht, der Ehebrecher, als derjenige zu sehen, der die Ehe beendete. Corinne in dieser Rolle zu sehen, war ein schwerer Schlag.

Während er neben einem Schild mit der Aufschrift HIER STEHEN VERBOTEN stand, schob er sich eine Zigarette zwischen die aufgesprungenen Lippen und starrte auf das Streichholzheftchen, das ihm der Mann im Kiosk gegeben hatte. Neben dem Aufdruck gespreizter weiblicher Schenkel und Genitalien fand sich dort die Aufforderung: »Wählen Sie 990-FICK«.

Als er den Lift verließ, stolperte Russell beinahe über zwei dicke, orangefarbene Kabel, die von seinem Büro zu dem Reinigungsschrank im Flur führten. Tanzmusik wummerte aus der offenen Tür. Es schien, als wäre das Büro im Lauf der Nacht in einen Nachtclub verwandelt worden; jetzt wimmelte es hier von modischen jungen Männern, schwarzgekleideten Frauen und High-Tech-Beleuchtung.

»Ich hab versucht, Sie anzurufen«, sagte Donna, die seine Verblüffung bemerkte. »Sie haben doch den Fototermin nicht vergessen?«

Aus einem Dickicht hoher Aluminiumbäumchen tauchte Glenda Banes auf. »Aufnahmen an Originalschauplätzen finde ich gräßlich«, sagte sie. »Hoffentlich kriegen Sie ein größeres Büro, sobald dieser Deal erst einmal unter Dach und Fach ist.«

Er küßte ihre ihm dargebotene Wange.

»Meine Güte, wir haben eine schlimme Nacht hinter uns, was?« Sie faßte ihn an der Schulter, musterte sein Gesicht und sagte dann vergnügt: »Sie sehen ja völlig Scheiße aus. Carlotta – da mußt du schminken, daß die Schwarte kracht!«

Von heftigem Ekel gepackt, floh Russell auf die Toilette, vorbei an Whitlock, der in der Tür seines Büros stand und über das Schauspiel nur den Kopf schüttelte.

Die Augen geschlossen, lehnte Russell an der gekachelten Wand; es klopfte an der Tür.

»Alles klar mit Ihnen da drin?« fragte Donna nervös.

»Eigentlich nicht.«

»Wollen Sie einen Kaffee?«

Als er nicht antwortete, sagte sie: »Wenn Sie *echt* verkatert sind, kann ich Ihnen einen Schoko-Shake holen.«

»Haben Sie irgendwelche Schmerzmittel?«

»In meinem Schreibtisch liegen ein paar Percodan rum. Und vielleicht ein Darvocet.«

Sie kam mit einer gelben Pille wieder, die er schluckte und mit Wasser aus dem Waschbecken runterspülte.

Russell saß auf einem Stuhl, während er gepudert, gekämmt, gebürstet und mit Schaumfestiger bearbeitet wurde. Nach einer halben Stunde Schminken reichte man ihn an den Stylisten weiter, einen jungen Mann mit drahtigem Bürstenhaarschnitt, der ihn ankleiden wollte.

»Könnte ich nicht einfach meine eigenen Klamotten anbehalten?« erkundigte sich Russell.

Der Stylist betrachtete ihn voller Mitleid, seinen blauen Blazer voller Verachtung.

»Die Leute sollen glauben, Sie seien hip«, sagte Glenda.

Von dem Ständer mit erstaunlicher Kleidung, die sie mitgebracht hatten, wählte Russell schließlich einen Anzug und ein Hemd aus, die nicht so schrill waren, daß sie seinem ohnehin mulmigen Magen noch weiter zusetzten.

»Was ist los, mögen Sie die Replacements nicht? Wir können auch andere Musik auflegen. Stehen Sie auf Hip-Hop?«

Endlich plazierten sie ihn hinter seinem Schreibtisch und schalteten die Schweinwerfer ein. Mit größter Mühe gelang es Russell, trotz der grellen Beleuchtung die Augen offenzuhalten. Allein schon so zu tun, als sei er physisch nicht am Ende und ein emotionales Wrack, erforderte eine übermenschliche Anstrengung; zu lächeln überstieg seine an ihre Grenzen geratenen Fähigkeiten. Glenda brüllte ihren Mitarbeitern Befehle zu und ging Russell mit gesäuselten Vorschlägen um den Bart. »Denken Sie an etwas, das Sie glücklich macht. Denken Sie an Sex.«

Bei diesem Vorschlag unterdrückte Russell ein bitteres Lachen.

Nach einer Stunde war sie fix und fertig. »Herrgott, Russell, Sie sehen aus, als hätten Sie gerade Ihren besten Freund verloren.«

Die Assistenten huschten umher, zerrten und zogen an seiner Kleidung, tupften ihm das feuchte Gesicht trocken und richteten seine Frisur. Als Glenda fertig war, hatte er drei Hemden durchgeschwitzt.

Nach zwei Stunden, die ihm wie acht vorkamen, baute die Crew allmählich das Lager ab, und Russell floh zum Mittagessen aus dem Büro. Im Foyer traf er Washington, der soeben seinen Dienst antrat.

»Wie wär's mit Mittagessen?« fragte Russell, froh darüber, jemanden zu sehen, der sich – zumindest körperlich – genauso mies fühlte wie er.

»Du bist der Boß.«

Kaum saßen sie gegenüber beim Japaner, sagte Washington: »Willst du darüber reden?«

»Ich weiß nicht.« Es war nicht ihre Art, die wichtigsten Dinge zu bereden.

»Geht in Ordnung, liegt ganz bei dir.«

Russell zündete eine Zigarette an, während Washington zwei Bier bestellte.

»Jeff hat mit Corinne geschlafen.«

Bedeutungsschwanger nickend, ließ Washington delphische Rauchschwaden aus seinen Nasenlöchern steigen.

»Was, du wußtest davon?«

»Nein, es klingt nur im nachhinein plausibel. Zwischen Freunden und Geliebten ist es immer so eine Sache. Tabu und Eifersucht, kombiniert mit dem Verlangen, alles miteinander zu teilen. Ein Blinder konnte sehen, wie es zwischen ihnen gefunkt hat.«

»Freut mich, daß du es für so wenig bemerkenswert hältst.«

»Wann ist es passiert?«

»Vor fünf, sechs Jahren. Weiß nicht.«

»Noch vor dem heiligen Band der Ehe?«

»Ich glaube ja.«

»Dann laß es dabei bewenden.«

»Die größte Katastrophe meines Lebens, und du verlangst von mir, gute Miene zum bösen Spiel zu machen?«

»Ich sage ja bloß, es ist schon lange her. Es gibt Schlimmeres. Glaubst du etwa, die guten Ehen sind die, in denen jeder von Anfang bis Ende absolut treu ist? Ich glaube, die besten Ehen, falls es so was gibt, sind wohl eher die, die den großen Krach überstehen. Wie der Barde sagt: ›Als das Meer ruhig war, schwammen alle Schiffe mit der gleichen Meisterschaft auf dem Wasser.‹«

»*Du* willst *mir* was über die Ehe erzählen?«

»Nur über das Leben.«

»Daran, daß ich dir zuhöre, läßt sich ermessen, wie tief ich gesunken bin.« Wie alles andere schmeckte mittlerweile auch die Zigarette richtig schlecht.

»Ich vertrage zur Zeit wohl keinen rohen Fisch«, sagte Washington mit einem Blick auf die Speisekarte. »Nicht vergessen«, fuhr er fort und gönnte sich ein Lächeln, »du hast es ihr mit gleicher Münze heimgezahlt.«

»Ich hab Angst, Wash.«

»So ist das eben, wenn man solo ist, Häuptling.«

»Ich frage mich, ob Jeff ihr erzählt hat, daß er's mir erzählt hat.«

»Ist anzunehmen.«

»Warum ruft sie dann nicht an?«

»Was glaubst du denn? Sie schämt sich. Ihr braucht beide etwas Zeit.«

»Ich weiß nicht, ob es genug Zeit auf der Welt gibt«, sagte Russell und mischte die Päckchen mit Zucker und »Sweet'n Low«-Süßstoff in ihrem Behälter. Als er überlegte, ob es noch schlimmer kommen könnte, fiel ihm ein Zitat Lichtenbergs ein, man könne freilich nicht sagen, ob es besser werden würde, wenn es anders werde, es müsse aber anders werden, wenn es gut werden solle.

Im Büro las Donna *Blitz*, die schwarzen Arbeitsstiefel auf den Schreibtisch gelegt. Sie teilte Russell mit, sowohl Carl Linder als auch das *Wall Street Journal* versuchten, ihn zu erreichen. Er schaufelte die Bücher- und Manuskriptstapel von der Couch auf den Fußboden und streckte sich der Länge nach aus. Da nun seine Ehe in die Brüche gegangen war, verband ihn nur noch seine Arbeit mit diesem Planeten; und das Schicksal der Firma lag mehr oder weniger in seinen Händen. Doch momentan verkraftete er nicht einmal seine Post.

Donna platzte herein, ein Geschenk in der Hand. »Happy Birthday«, sagte sie und summte ein paar Noten des Liedes durch die Nase. »Et cetera, et cetera.« Plötzlich errötete sie; das Sentimentale und Feierliche des Augenblicks brachte sie durcheinander. »Ich weiß nie, was ich Ihnen schenken soll«, sagte sie vorsichtshalber, als er das Silberpapier aufriß. Russell bereitete sich darauf vor, Begeisterung zu heucheln.

Er hob einen weichen, rot-schwarzen Strick in die Höhe. »Eine Fessel?« In der Packung lagen noch drei andere mit Quasten versehene Kordelstücke.

Dann bemerkte er die Broschüre, »Liebesbande«, mit dem Foto einer nackten Frau, die, alle viere von sich gestreckt, an die vier Pfosten eines Bettes gebunden war.

»Für Sie und Corinne«, säuselte Donna. »Ich hab mir überlegt, eventuell könnte das Eheleben manchmal ein wenig öde werden, und da dachte ich...«

Vielleicht, so dachte er, sind das die berühmten ehelichen Bande.

»Mein Freund Gus findet diese Dinger toll.«

»Das kann ich mir vorstellen.« Russell beugte sich vor und küßte sie linkisch. »Tausend Dank.«

»Ich dachte mir, da käme sonst keiner drauf.«

»Nur Sie, Donna.«

Später wollte Russell von Donna wissen, ob sie irgendwelche Gerüchte über die Firma gehört habe.

»Nichts Konkretes«, antwortete sie, »aber wenn man den Graffiti in der Stadt glaubt, wird das ganze kapitalistische

System ziemlich bald zusammenbrechen und von einem anarchistischen Utopia ersetzt werden.«

»Das sind gute Neuigkeiten«, befand Russell.

Um siebzehn Uhr rief Russell bei Casey und Tom an, sprach aber nur mit ihrem Telefondienst – »Reynessche Residenz« –, und eine pampige Stimme teilte ihm mit, es sei niemand zugegen.

Er nahm an, daß Jeff mit Corinne gesprochen hatte, die ihm nun aus dem Weg ging. Er hoffte immer noch, sie werde alles irgendwie überzeugend dementieren und Jeff sich im Hinblick auf sein Geständnis auf zeitweilige Geisteskrankheit oder Wunschdenken berufen. Noch vor ein paar Wochen hatte er sich am Telefon bei Russell über die Neigung seiner Mitpatienten beschwert, frühere Vergehen zu erfinden oder zu übertreiben.

Das Telefon klingelte gelegentlich, aber darum kümmerte sich Donna und teilte ihm unter anderem mit, die *Times* wolle sich mit ihm über Propp unterhalten. »Sagen Sie denen, sie sollen mit seinem Freund und Lektor Harold Stone sprechen«, rief Russell. Als er schließlich den Arm von der Couch hob und auf seine Uhr schaute, war es zwanzig nach sechs. Er stand auf und ging zum Fenster; draußen musterten die Augen der gelben Katze kühl die Straße.

An diesem Abend war er mit Tim Calhoun im »White Room« zum Essen verabredet. So gern er den Mann auch unterhalten hätte, der wie alle halbe Jahre wieder die Sau rauslassen wollte, Russell brachte kaum die Energie auf, ein Gespräch zu führen. Als der Romancier auf die Toilette ging, ließ sich Russell die Rechnung bringen. Von einem großen Tisch auf der anderen Seite des Raums winkte ihm gerade Nancy Tanner zu, als sich plötzlich ein Paar schmale, dezent nach Shalimar und Zigaretten duftende Arme um seinen Hals legten und eine – genau wie die Arme – zu Trina Cox gehörende Zunge sein linkes Ohr erkundete und Gefühlserinnerungen wachrief, um so unangenehmer, als sie höchst erregend waren. Auf einmal fielen ihm bruchstückhaft Einzelheiten ihrer gemeinsamen Nacht wieder ein. Die bis zur Halskrause mit Champagner abgefüllte Trina verkündete, sie verzeihe ihm die schlechte Behandlung, und bestand darauf, daß er mit ihr und ihrer Begleitung tanzen gehe. Sie stieg auf seinen Schoß und versuchte, ihre Erkundung seines Ohres fortzusetzen. Als Calhoun zurückkam, gelang es Russell, ihm Trina anzudrehen, die mehr als bereit war, ihm die Stadt zu zeigen.

»Paket für Sie, Mr. Calloway«, sagte der Portier und holte einen dicken, zerdrückten Plastiksack aus dem Abstellraum – Corinnes Nerz. Offenbar schickte ihn das Pelzlager, wo er den Sommer verbrachte, nach einem vorher vereinbarten Zeitplan vorbei, ohne über irgendeine Unterbrechung im häuslichen Kalender der Calloways informiert zu sein.

Russell und Corinne hatten den Nerz vor zwei oder drei Jahren erworben, als sie ihn sich nicht leisten konnten; sie hatten den Laden nur zum Anschauen aufgesucht, von einer Zeitungsanzeige angelockt. Draußen war es August gewesen, doch im Verkaufsraum des Kürschners war es kühl, düster, kleine gehäutete Geister spukten herum, es duftete leicht nach Moschus und den Nadelbäumen nördlicher Wälder. Ein Verkäufer, der wie auf Schlittschuhen aus dem Unterholz geglitten kam, hatte ihnen einen Einführungskurs in Sachen Pelze gegeben und Corinne erst einmal in russischen Zobel gehüllt. Sie kicherte nervös, als das Samtfutter über ihre nackten Arme glitt. Danach war das Sonderangebot aus der Werbung natürlich eine ziemliche Enttäuschung – Felle von Männchen, die offenbar von gelähmten, halbblinden, unterbezahlten Lehrlingen in Ausbeuterbetrieben zusammengenäht wurden. Als sie schließlich einen Mantel fanden, der Corinne paßte wie angegossen, kostete der doppelt soviel, wie sie eigentlich hatten ausgeben wollen. Sie hatte eben erst ihre Stellung als Brokerin angetreten, und Russell verdiente so ziemlich am wenigsten von allen, die sie kannten. Es ging einfach nicht. Aber verdammt, entschied Russell, eben darum würden sie es tun. Mit trockenem Mund und am Gaumen klebender Zunge hatte er »Wir nehmen ihn« gesagt. Corinne protestierte, zog den Mantel schon aus, schüttelte den Kopf, aber Russell blieb dabei, trotz – oder vielleicht gerade wegen – seines synkopischen Herzflatterns, des leeren schwindelerregenden Gefühls im Magen, seiner schweißnassen Handflächen.

Er schmiß den Plastiksack auf den Wohnzimmertisch und goß sich einen großen Geburtstagswodka ein. Früher einmal hätte er es romantisch gefunden, seinen Kummer zu ertränken. Jetzt war es nur noch ein schmerzstillendes Mittel.

Bernie Melman rief Russell nicht zurück. Am Freitag fiel der Preis für Corbin, Dern im Freiverkehr von neunzehn auf achtzehn, was seltsam war, bedachte man das ausstehende Angebot von einundzwanzigeinhalb. An diesem Freitag fiel fast alles, der Dow verlor den Rekordwert von 108 Punkten, und Juan Baptistes Kolumne am Freitagmorgen trieb den Preis von Corbin, Dern auch nicht gerade in die Höhe.

> Es war *wirklich* der jugendliche Erfolgsverleger RUSSELL CALLOWAY, der sich neulich abends seine Sorgen auf der Tanzfläche des »Jonestown« von der Seele hopste. Er hat dieser Tage *beaucoups de* Sorgen, bedenkt man die Gerüchte über eine wacklige Finanzierung seiner Übernahme von Corbin, Dern, dem ausgesprochen renommierten Verlagshaus ... von dem verdächtigen Ableben des CD-Autors Victor Propp einmal ganz zu schweigen. Doch wer war die Blondine, die sich zu einer Besprechung auf Russells Schoß eingefunden hatte? Nicht Ehefrau CORINNE. Zweifelsohne eine vielversprechende junge Lektorassistentin ...
> PS. Hat jemand den aus Neuengland stammenden Autor JEFF PIERCE gesehen? Aus gutunterrichteten Kreisen verlautet, daß er in einer exklusiven Klinik in Connecticut

seine Fähigkeiten in Kunst und Werken auf Vordermann bringt.

Fast eine Woche lang hielt er sich nachts wach, indem er mit Selbstvorwürfen gespickte, wütende Verhöre übte, doch als Corinne endlich Sonntagabend aus dem Haus ihrer Mutter anrief, war Russell gerade völlig erschöpft, als blieben Corinne durch die zahlreichen Übungsbefragungen kaum noch wirkliche Verhaltensmöglichkeiten übrig. »Was *glaubst* du denn, wie's mir geht?« antwortete er auf ihre nervöse Anfrage.

»Tut mir leid.«

»Jeffs Entschuldigung lautet, er war betrunken, was bei den Anonymen Alkoholikern offenbar als Erklärung durchgeht. Und wie lautet deine?«

»Es ist Jahre her, Russ, noch vor unserer Heirat. Du warst in England, und wir haben uns am Telefon immerzu gestritten. Ich hatte das Gefühl, du hättest mich nur gebeten, dich zu heiraten, damit ich auf dich wartete, und dann glaubte ich, du wolltest eigentlich gar nicht, und ich bekam solche Angst. Ich dachte, du hättest da drüben jemand kennengelernt, und Jeff wollte mich bloß trösten.«

»Trost ist keine Emotion, die vaginal verabreicht werden muß.«

»Es war ein Fehler, den ich seither bereut habe, und ich habe immer wieder gebetet, daß du es nicht herausfindest, Russ, und ich habe immer und immer wieder versucht, es wiedergutzumachen, auch wenn du es gar nicht bemerkt hast.«

»Wie oft fand diese trostreiche Zeremonie statt?«

»Russell, hör auf.«

Sie redeten eine Stunde lang. Russell war zunächst kühl und verächtlich, dann wurde er wütend; später weinte er. Corinne weinte auch, und eine Zeitlang schienen sie einander zu trösten, wie zwei alte Freunde, die unabhängig voneinander Schicksalsschläge erlitten hatten.

»Ich habe deinen Nerz«, sagte er irgendwann, als ihm nichts mehr einfiel.

»Behalte ihn. Vielleicht kannst du ihn verkaufen.«

»Er gehört dir.«

»Ich will ihn nicht. Auf einmal kommt einem so was lächerlich vor.«

»Danke«, sagte er.

»Tut mir leid. Ich meine damit nur, daß fast alles in meinem Leben so frivol und dumm war. Ein Nerzmantel. Großer Gott. Ich weiß nicht, das ist wie, was haben wir uns bloß dabei gedacht?«

Nach einer langen Pause sagte er: »Ich kann's immer noch nicht glauben.« Daß er es schließlich doch glaubte, machte es noch schlimmer. Damals, vor Jahren, hätte er es niemals geglaubt, doch offenbar waren seine Überzeugungen nach und nach differenzierter geworden. Am liebsten wollte er sagen, er könne ohne sie nicht weiterleben, befürchtete aber, irgendwo unterwegs könnte ihm dieser romantische, unschuldige Fanatismus abhanden gekommen sein, der es ihm erlaubt hatte, solche absoluten Überzeugungen zu vertreten. Plötzlich erschien ihm dieser Verlust fast ebenso groß wie der andere. Als Corinne schließlich auflegte, fühlte er sich matt und schwer und wußte nur eines mit Gewißheit: nie wieder würde sein Herz so schlicht sein.

43

Der große, holperige Rasen war ungepflegt, weil sich niemand um das wachsende Altweibersommergras kümmerte, und von den eingerollten, bräunlichen Fetzen explodierten Eichen- und Ahornlaubs übersät; die Jahreszeiten wechselten, während Corinne zuschaute, herzlos hielt die Natur ihren Zeitplan ein. Die letzte Ulme am Gartentor sah krank aus, war endlich der Seuche zum Opfer gefallen, die ihre gesamte Verwandtschaft dahingerafft hatte. Corinne ging über den morgendlich feuchten Rasen zum Teich hinunter und schreckte eine Schar umherziehender Stockenten auf. Obwohl es erst Mitte Oktober war, spürte sie die schneidende Kälte der Morgenluft. Winter in Neuengland, eine Jahreszeit für Eingesperrtsein, Dunkelheit und Inzest.

Fast seit ihrem Eintreffen bereute Corinne, daß sie nach Hause gekommen war. Auch wenn man es als natürlich empfand, nach einem Sturz wieder das Nest aufzusuchen, war dieses spezielle Nest zerstört, und nichts war so, wie es hätte sein sollen. Ihre Mutter wollte ihr helfen und sie trösten, war aber in ihrem eigenen chronischen Elend selbst auf Beistand angewiesen.

In diesem Haus war Corinne aufgewachsen, weiß, im neoklassizistischen Stil erbaut, mit schwarzen Fensterläden, abblätternder Fassadenfarbe und durchhängendem Dach, voller vertrauter Gerüche und Erinnerungen. Und doch hatte sie das Gefühl, als habe jemand sämtliche Möbel beinahe unmerklich verrückt und die Zimmerausmaße verändert. Statt zu schrumpfen, wie die Schauplätze der Kindheit es ja angeblich an sich hatten, war das Haus mangels Familie größer geworden. Vor allem das Fehlen ihres Vaters sorgte für mehr Platz in der Mitte der zugigen Zimmer. Obwohl Corinne im Verlauf der fünf Jahre seit dem Auszug ihres Vaters immer wieder hier gewesen war, fiel es ihr jetzt erst richtig auf.

Mit dem Heimkehrinstinkt, der Corinne hierhergebracht hatte, war eine ähnlich starke und widerstreitende Reaktion verbunden, nämlich die, daß sie die als Quelle des Trostes vorgesehene Person ablehnte. Fast sofort legte sie sich mit ihrer Mutter an. Sie war zwar gekommen, um ein verständnisvolles Ohr zu finden, zögerte dann aber, überhaupt etwas zu erzählen. Wenn sie ihre Mutter ansah, entdeckte sie zuviel von sich selbst, was sie ängstlich und wütend machte. Sie wollte nicht darüber jammern, wie schrecklich Männer seien, oder sich als Leidensschwester zu erkennen geben. Das hielt sie nämlich für die Perspektive ihrer Mutter, und das lehnte sie ab, ohne zu registrieren, daß die Haltung ihrer Mutter auch von edleren Motiven bestimmt war. Corinne wollte sich keinesfalls mit jemand anderem identifizieren, sondern bestand darauf, daß ihre Eheprobleme einzigartig seien. So schlimm ihr die Situation auch vorkommen mochte, sie klammerte sich an den Glauben, ihre Ehe mit Russell sei etwas Besonderes.

Jessie Makepeace saß kettenrauchend am Küchentisch, während hinten im Fernseher auf der Anrichte die Gameshow *Jeopardy* lief, und versuchte wohl zum fünftenmal, die Geschichte auf die Reihe zu bekommen, ging jeden einzelnen Punkt noch einmal durch, als wolle sie, so kam es jedenfalls Corinne vor, das Unglück einer anderen auskosten. Eine Woche zuvor hatte Corinne ihr telefonisch berichtet, wie sie in Frankfurt angerufen und herausgefunden hatte, daß in Russells Zimmer eine andere Mrs. Calloway registriert war. Seit ihrer Ankunft hier hatte sie kaum etwas verraten, und von ihrer erst kürzlich aufgeflogenen Episode mit Jeff hatte sie ihrer Mutter noch gar nichts erzählt. In ihrem jetzigen Zustand tiefer Reue und Scham wollte sie nur bedauert werden.

Jessie sagte: »Ich hätte nie geglaubt, daß Russell der Typ für so was wäre.«

»Ich würde nicht sagen, daß er der *Typ* ist«, entgegnete Corinne, deren Stimme leicht abwehrend klang, als sie versuchte, verschiedene Loyalitäten unter einen Hut zu bringen. »Es ist einfach passiert.«

Sie war zwar immer noch wütend auf Russell, hatte aber das Gefühl, sie müsse in seiner Abwesenheit seine Version des Falls vertreten. Es war Zeit, ihrer Mutter den Rest zu erzählen.

Als Corinne ihre eigenen Verfehlungen gebeichtet hatte, pfiff Jessie theatralisch, wie ein altes Weibsbild in einem Schwarzweißfilm, und aus ihren geschürzten, aufgesprungenen Lippen quoll Rauch. »Daß es ausgerechnet er sein mußte, Schatz.« Jessie hatte Jeff fast genausogern wie Russell. Er war hier im Haus gewesen, war bei der Hochzeit Russells Trauzeuge gewesen. Jessie schnitt Rezensionen und Artikel über ihn aus und erneuerte ein seit langem erloschenes Abonnement des *New Yorker*, nachdem die Zeitschrift eine seiner Kurzgeschichten veröffentlicht hatte. In ihren Augen war Caitlin in den Jahren, die sie und Jeff zusammengewesen waren, nie gut genug für ihn gewesen, und mehrmals hatte sie scherzhaft behauptet, Corinne habe sich den falschen Freund ausgesucht.

»Das ist schon lange her«, sagte Corinne und schielte sehnsüchtig auf die Zigarette ihrer Mutter.

»Corinne, wenn man mit dem besten Freund eines Mannes schläft, gibt es keine Verjährung. Männer bestehen zu etwa vierzig Prozent aus Testosteron, der Rest ist purer Stolz, und als du mit Jeff geschlafen hast, hast du Russells gutem altem Stolz einen mächtigen Tritt versetzt.«

»Ich weiß.«

»Mann, und wie!«

»Danke für die Bestätigung, Mom.«

Zu Corinnes Befriedigung konnte ihre Mutter diesmal wenigstens nicht behaupten, genau das sei ihr passiert, oder daß alle Männer gleich seien.

»Und wie *geht's* Jeff?« fragte Jessie.

»Ich wünschte, du würdest das nicht so fragen.«

»Nicht wie fragen?«

»Als hättest du an dieser Seifenoper insgeheim deinen Spaß.«

»Corinne, ich habe nur gefragt, wie es ihm geht. Du weißt doch, daß ich ganz verrückt nach Jeff bin.«

»Er ist immer noch in der Klinik. In einer Woche lassen sie ihn raus. Ich weiß nicht, vermutlich ist es nicht die beste Zeit seines Lebens.«

»Ich begreife das nicht«, sagte Jessie. »Jeff hatte doch eine große Karriere vor sich. Wie kann jemand wie er drogensüchtig werden?«

Wenn Corinne dieses Rätsel nicht gelöst hatte, so lag das

nicht daran, daß sie es nicht versucht hätte. Sie hatte geglaubt, Jeffs Unglück läge an Schuldgefühlen über seinen Erfolg, dann wieder daran, daß er sich wegen seiner Gefühle für sie schuldig fühlte, oder an der Trauer über seine Trennung von Caitlin. Und doch hatte sie schon bei ihrer ersten Begegnung gespürt, daß Jeff etwas Verlorenes an sich hatte. Die Geschichte ihrer beiden Familien war nicht gerade ein Trost; trotz ihres kaum vorhandenen Klassenbewußtseins spürten sie, daß jeder von ihnen einen Verlust erlitten hatte. Aber Corinne hatte das Gefühl, daß Jeffs jugendliches Unglücklichsein, noch ausgeprägter als das ihre, irgendeine umfassendere, universelle Komponente besaß. Das Leben *war* unerträglich traurig, und wenn sie Jessies auf dem Fensterbrett schwitzendes Whiskyglas sah, hatte sie für Jeffs Suche nach Vergessen fast Verständnis, falls das dahinterstand.

»Ich weiß noch, wie Jeff einmal gesagt hat«, erzählte sie, »was uns wirklich von den anderen Lebewesen unterscheidet, ist unser Selbstzerstörungstrieb.«

»Weißt du was, ständig zitierst du Jeff.« Jessie sog heftig am letzten Zentimenter ihrer Zigarette und drückte sie dann in einer Ecke des überquellenden Aschenbechers aus. »Du bist also in ihn verliebt?«

»War ich schon immer ein wenig«, gab Corinne zu. »Vielleicht sogar sehr.«

»Ich frage mich, warum wir alle die bösen Burschen mögen?«

»Weniger böse als verletzt. Russell ist so offen und stark, Jeff irgendwie dunkel und gequält.« Russell war in England gewesen, und anscheinend hatte Jeff sie gebraucht; es hatte einen kurzen Augenblick gegeben, als es ihr beinahe gelungen wäre, sich einzureden, Jeff zu lieben sei nur eine andere Art, Russell zu lieben. Das war mehr als einmal vorgekommen, hatte aber nie lange angehalten. »Aber jetzt ist es vorbei.«

»Dann geh zurück zu Russell.«

»Ich weiß nicht, ob er mich will. Ich weiß nicht mal, was ich will.«

»Warum bleibst du nicht eine Zeitlang hier?« fragte Jessie.

»Ich weiß nicht.«

»Wir könnten doch zusammen einen Laden aufmachen. Antiquitäten vielleicht.«

»Ich habe mich um eine Stellung bei der Staatsanwaltschaft beworben. Da ist eine Referendarstelle in dem für Insiderhandel zuständigen Sonderdezernat frei.«

»Du hast nur ein Jahr Jura studiert, Schatz«, sagte ihre Mutter und stellte ihren Drink ab. »Ist das nicht ein Problem?«

»Sie haben jede Menge Juristen, brauchen aber Leute, die sich mit Wertpapieren auskennen.«

»Betrügerische Machenschaften aufdecken, was? Der Vater deines Vaters wäre zufrieden, dieser unverbesserliche Liberale.« Jessie hätte zwar ein Scheibchen des von dem alten Herrn verschenkten Familienvermögens brauchen können, hatte aber etwas übrig für den Mann, der seinen Sohn, ihren Ex-Mann, so wenig gemocht hatte, daß er ihm das Erbe vorenthielt.

Übers Wochenende harkte Corinne Laub und las ungefähr zum siebzehntenmal *Franny und Zooey*. Sie dachte an den Tag, als sie völlig ahnungslos mit einem älteren Mann zu Mittag aß, den sie im Bibliotheksmagazin des Dartmouth College kennengelernt hatte. Sie war Erstsemester an der Brown University gewesen und hatte einen Jüngling besucht, dessen Namen sie zwar nicht mehr wußte, der aber seit ihrer Ankunft am Freitag abend schlimm betrunken und widerlich gewesen war. Samstag morgen, nachdem sie auf seiner Couch übernachtet hatte, hatte sie sich in die Bibliothek zurückgezogen, wo sie von einem netten alten Herrn namens Jerome auf das Buch, das sie gerade las – D. T. Suzuki über Zen –, angesprochen und anschließend zum Essen eingeladen worden war; aus irgendeinem Grund hatte sie ihm vertraut. Sie fuhren aufs Land zu seinem von einem hohen Maschendrahtzaun umgebenen Haus. Sie aßen Getreide, Bohnen und Gemüse, und er redete einzig und allein über Vitamine, Kräuter und Makrobiotik. Er sagte, er arbeite seit Jahren an einem Buch über Diät und geistige Gesundheit. Nach dem Essen zeigte er ihr den Schuppen aus Hohlblocksteinen, in dem er schrieb, und jetzt erst wurde ihr klar, daß er Salinger war. Er setzte sie an der Bibliothek ab, ohne auch nur ein Wort über Literatur verloren zu haben. Jeff und Russell hatten oft versucht, mehr aus ihr herauszuquetschen, aber das war alles. Ein von Vitaminen besessener Mann.

Am Montag harkte Corinne wieder Laub, als ihre Mutter mit einem Becher Kaffee und einer Zigarette auf die hintere Veranda kam.

»Du hast dir einen guten Zeitpunkt ausgesucht, um deinen Job aufzugeben. Ich habe gerade Nachrichten gehört – der Aktienmarkt geht völlig den Bach runter.«

Corinne eilte ins Haus und schaltete den Fernseher im Wohnzimmer an. Als sie zwischen den Sendern hin- und herwechselte, erfuhr sie, daß der Markt drei- bis vierhundert Punkte verloren hatte, Genaueres wußte noch keiner; wegen der gewaltigen Menge von Transaktionen hinkte die Aufzeichnung mindestens eine Stunde hinter der Marktentwicklung her.

Sie rief Russell in seinem Büro an.

»Ich weiß, ich weiß«, sagte er. »Ich versuche andauernd, Duane telefonisch zu erreichen, um herauszufinden, was ich verkaufen kann, komme aber nicht durch. Keine Ahnung, was mit dem NASDAQ passiert. Scheiße, das Chaos ist komplett.«

»Wieviel hast du investiert?« wollte sie wissen.

»Frag lieber nicht.«

»Hast du das Paket verkauft, das du mit deiner Kreditkarte gekauft hast?«

»Das hatte ich vor. Und zwar noch diese Woche.«

»Großer Gott, Russell. Am Ende schuldest du womöglich mehr Geld, als wir haben.«

»Dessen bin ich mir schmerzlich bewußt, Corinne. Jedenfalls müßte Corbin, Dern seinen Wert halten. Das Übernahmeangebot steht.«

»Wenn der Markt zusammenbricht, geht der Deal mit ihm den Bach runter. Dann löst sich deine Finanzierung in Luft auf. Du blickst das überhaupt nicht, oder?«

Dann versuchte Corinne erfolglos, Duane zu erreichen. Am Ende blieb nichts weiter übrig, als Nachrichten zu sehen und die Leichen zu zählen. Nach über zwei Jahren an der Wall Street war es ein absurdes Gefühl, diese Apokalypse im Wohnzimmer der Familie in Stockton am Fernseher zu erleben. Etwa zwei Stunden nach Börsenschluß wurde der Schaden schließlich zusammengerechnet. Es war 1929, ganz egal, welchen Sender man einschaltete. Einer Übertragung live von außerhalb der überfüllten »Harry's Bar«, wo Börsenmakler die Köpfe schüttelten und sich für die Kamera gramgebeugt gaben. Corinne fühlte sich ausgeschlossen und hielt eifrig nach bekannten Gesichtern Ausschau. Die ihr womöglich zustehende Befriedigung, nämlich die Katastrophe vorhergesehen zu haben, wurde von dem Gefühl getrübt, um einen Logenplatz bei einem historischen Ereignis betrogen worden zu sein sowie von dem Schuldgefühl, ihre ehemaligen Kollegen mit dem ganzen Elend allein gelassen zu haben.

»Hoffentlich hat dein Vater auch noch sein letztes Hemd verloren«, sagte Jessie und rührte mit dem kleinen Finger die frischen Eiswürfel in ihrem Scotchglas um. »Meine Anwälte konnten es nicht finden, aber ich weiß, daß er irgendwo ein großes Geschäftskonto hatte.«

Corinne mußte an ihr Telefonat mit Russell denken und fragte sich plötzlich, ob er sich nicht eine gute Ausgangsposition für die Zukunft verschaffte. Sie hatte wirklich keine Ahnung, mit welchen Beträgen er in den letzten Monaten herumgespielt hatte. Vielleicht hatte er das Aktienpaket schon abgestoßen. Das sah Russell zwar nicht ähnlich – Heimlichtuerei war wider seiner Natur –, aber genausowenig sah es Russell ähnlich, sich mit einer anderen Frau ein Hotelzimmer zu nehmen. Und Trina wäre sehr wohl in der Lage,

Geld beiseite zu schaffen; womöglich hatte sie den Börsenkrach kommen sehen – und die beiden hatten es die ganze Zeit auf eine Scheidung angelegt. Corinne hatte Russell immer in allem vertraut; jetzt war dieses Vertrauen angeknackst, und sie wußte nicht, ob sie überhaupt noch etwas glauben sollte. Plötzlich schien es ihr, als gehörte sogar der Zusammenbruch des Aktienmarktes zu der verwickelten Verschwörung gegen ihr Glück, ein Eindruck, der sich bestätigte, als Nancy Tanner später am Abend aus New York anrief. Sie wolle sich nicht einmischen, sagte Nancy, und eigentlich gehe es sie ja nichts an, aber ihrer Ansicht nach solle Corinne wissen, daß sie Russell und Trina Cox vor ein paar Tagen beim Abendessen gesehen habe.

»Es war wirklich peinlich, sie hat, na ja, dauernd an ihm rumgefummelt. Ehrlich, ich wußte nicht, was ich tun sollte, ich finde ja, daß ihr beide ein tolles Paar seid und überhaupt, ich fühle mich zwar schrecklich dabei – aber ich dachte, du hast ein Recht darauf, es zu erfahren.«

»Das ist wirklich nett von dir, Nancy. Ich habe schon immer deinen Wunsch bewundert, Informationen mit anderen zu teilen.«

»Ich dachte ja bloß...«

»Denk noch mal nach, Nancy. Wenn dich das nächstemal das Verlangen überkommt, den Hörer abzunehmen, laß es sein. Klar?«

Obwohl sie Nancy nicht die Genugtuung gab, es sich anmerken zu lassen, sah Corinne nun ihre schlimmsten Befürchtungen bestätigt. Endlich war es aus. Sie hatte ihm ausdrücklich untersagt, Trina zu treffen. Daß Russell stehenden Fußes zu ihr zurückgekehrt war, und zwar dermaßen ungeniert, bewies, daß Trina mehr als nur ein Seitensprung war, daß sie alles geplant *hatten*, daß sich Corinne an der Nase hatte herumführen lassen.

Später an diesem Abend sprach sie mit Casey, die soeben aus ihrem Haus in Millbrook wieder in der Stadt eingetroffen war. »Tom ist wegen der Börse absolut panisch, er sagt, wahrscheinlich haben wir eine halbe Million verloren.« Caseys Tonfall deutete an, daß diese Summe kaum ein *großes* Getue wert war.

»Hast du die *Post* gelesen? Russell ist ein richtiges Schwein«, sagte Casey, die ihn nie gemocht hatte, und immer der Meinung gewesen war, Corinne habe jemand Besseres verdient, und die zu recht vermutete, daß Russell sie nicht ausstehen konnte. Ohne sich groß bitten zu lassen, las sie Corinne die Klatschkolumne vor, in der stand, Russell sei in einem billigen Nachtclub in der Gesellschaft einer nicht identifizierten Blondine gesichtet worden.

44

Am Dienstag, dem 20. Oktober 1987, rollte ein grauer, extralanger Mercedes langsam die Fifth Avenue hinunter und glitt an dem in Dunst gehüllten Blätterwerk des Parks vorbei, gefolgt von einer kleineren Ausgabe seiner selbst. Die Wagen bogen links ab, vom Park weg, und hielten vor einem Stadthaus aus Sandstein. Männer in dunklen Anzügen sprangen heraus, um die Straße auszukundschaften. Zwei von ihnen nahmen zu beiden Seiten der Vordertreppe Aufstellung und hielten Wache, ein wenig angespannter als gewöhnlich, da sich beide fragten, ob ihre Arbeitsplätze sicher waren. Obwohl keiner der Männer mit den Finanzmärkten vertraut war, war es fast unmöglich, von der Katastrophe am Vortag nichts mitzubekommen. Angeblich waren an einem einzigen Tag eine halbe Billion Dollar verschwunden, ohne Rauch oder Trümmer zu hinterlassen. Soweit man sehen konnte, standen die Gebäude der Metropole immer noch, und während die Sonne gen Westen wanderte, stellte man sich vor, daß die Briefträger die Fabriken und Farmen vor der Stadt an ihren üblichen Stellen antrafen, kurz davor, wieder ihren Geschäften nachzugehen. Und doch lasen sich die Schlagzeilen des Morgens, als ginge es um ein Begräbnis. Das geheimnisvolle Ereignis nannte man eine »Kernschmelze«, was viele Leser an eine Atomkatastrophe erinnerte.

Wie in Erwartung dieses Ereignisses war Bernard Melman im Lauf des Frühherbstes zunehmend mißmutiger und reizbarer geworden, ein Phänomen, das Mitarbeiter kannten, die schon länger bei ihm beschäftigt waren; wochenlang hatte er sich mit einem Troß von Ärzten nach Southampton zurückgezogen und war auf seinem Zimmer geblieben, während seine Leibwächter auf den Veranden herumlungerten. Erst vor wenigen Tagen war Melman nach Manhattan zurückgekehrt, schweigsamer als gewöhnlich.

Genau um halb sieben öffnete sich die schwere Vordertür des Stadthauses, und Melman erschien. Er ging bis zur obersten Treppenstufe; über seinem gewohnten Zweireiher trug er eine sorgenvolle Miene zur Schau.

»Also, Jungs...« Um des Effektes willen brach er ab und setzte plötzlich ein Bühnenlächeln auf, wie ein Amateurzauberer, der gerade eine Taube aus dem Zylinder zieht. »Auf geht's ins Büro.«

Die Männer lachten erleichtert, und zwar nicht nur, weil sie dafür bezahlt wurden.

»Gehen oder fahren wir?« Er stellte die Frage in den Raum und legte den Kopf schief, die grobe Imitation einer spöttischen Geste. »Ich schätze, wir gehen.«

Die Leibwächter nickten eifrig, ließen sich von der guten Laune ihres Bosses anstecken. Offenbar war das Ende der Welt noch nicht gekommen.

Auf halbem Weg blieb er abrupt stehen. »Jungs«, sagte er. »Ich möchte, daß ihr heute besonders wachsam seid.« Er zeigte in den Himmel hinauf. »Achtet auf fallende Börsenmakler.«

Als sie die Madison hinunterschlenderten, schritt Bernie Melman schwungvoll und elastisch aus. Katastrophen schienen ihn zu beleben, wie einen Sportfan, der am glücklichsten ist, wenn Eishockeyspieler versuchen, sich gegenseitig mit ihren Schlägern umzubringen, oder wenn ein Auto beim Crash-Car-Rennen die Mauer touchiert und in Brand gerät. Seiner Meinung nach konnte er mit einfachen Leuten umgehen, was auf seine Angestellten auch wirklich zutraf, und wenn er besonders guter Laune war, ließ er sie gern an seiner Lebensphilosophie teilhaben.

»Heute ist ein großartiger Tag zum Einkaufen«, verkündete er und blieb stehen, um einen Blick in das Fenster der Weinhandlung Sherry-Lehmann zu werfen. »Der kluge Käufer wartet, bis die Preise fallen. Amerika veranstaltet heute einen Ausverkauf, wegen Brandschadens. He, laßt sie durch«, sagte er und bedeutete seinen Männern, einem älteren Paar Platz zu machen, das den Boulevard entlangtrippelte.

»Einige Leute merken nicht«, nahm er den Faden wieder auf, als er weitermarschierte, »wenn es Verlierer gibt, dann gibt es immer auch Gewinner, stimmt's?« Er verlangsamte seine Schritte dramatisch, so daß der Zug beinahe zum Stehen kam. »Die Kunst«, schloß er, »besteht verdammt noch mal darin, zu den Gewinnern zu gehören.«

Wie zu erwarten, teilte Carl Linder den Optimismus seines Arbeitgebers nicht ganz. Melman dachte manchmal, daß er Linder nur deshalb um sich duldete, weil er sich angesichts dessen bassetartiger Miene immer froher fühlte. »Warum ziehen Sie so ein langes Gesicht, Carl?« fragte er, als Linder zu ihrer Frühstücksbesprechung in Melmans Büro humpelte, obwohl sein Gesichtsausdruck nicht düsterer als sonst war.

»Mir geht's gut«, murmelte der.

»Sie sind doch nicht etwa besorgt, oder?«

»Nicht besonders, ich finde aber, wir sollten uns vorsehen. Die Wirtschaft wankt. Die Leute machen sich Sorgen. Auch wenn Sie gestern noch gut davongekommen sind, sollten Sie sich diese Tatsachen immer vor Augen halten. Wir müssen uns Sorgen machen, was die langfristige Preisentwicklung Ihrer vielen Aktien angeht.«

Als das gesagt war, registrierte Linder dennoch zufrieden,

daß Melman seinen mächtigen psychochemischen Bammel abgelegt hatte. Außerdem freute er sich darüber, daß Melman trotz seiner Depression jedes mögliche Verhängnis, jede Katastrophe für sich und den Planeten vorausgeahnt und angeordnet hatte, zahlreiche Vermögenswerte zu verkaufen.

»Wir haben nicht neunzehnhundertneunundzwanzig«, sagte Bernie. »Sämtliche Sparguthaben werden von dem Einlagensicherungsinstitut garantiert, die grundlegenden Indikatoren sind gesund. Das sollte diesen Blödmännern in Washington ein bißchen Vernunft beibringen, was das Scheißdefizit angeht. Und wir haben uns am Markt vor zwei Wochen mit Leerverkäufen abgesichert. Also lächeln Sie.«

»Was ist mit Corbin, Dern?«

»Darum werde ich mich umgehend kümmern.« Er wies seine Sekretärin an, den für die Zwischenfinanzierung zuständigen Banker ans Telefon zu holen.

Der Kreditfachmann klang äußerst nervös und mitgenommen. »Herrgott, Bernie, es ist ein höllisches Chaos. Wie steht's bei Ihnen?«

»Habe weder Kummer noch Sorgen, Kumpel. Sie klingen allerdings ein wenig angespannt.«

»Ich nehme gleich an einer Konferenz teil«, verriet der Banker und ergänzte vieldeutig: »Im Licht der Ereignisse werden wir einige unserer Kreditzusagen überprüfen müssen.«

»Genau darüber wollte ich mit Ihnen reden.«

»Leider müssen wir Corbin, Dern eventuell revidieren.«

»Ich bin hundertprozentig Ihrer Ansicht.«

»Tatsächlich?«

»Ich will, daß Sie die Finanzierung zurückziehen.«

»Tat*sächlich*?«

»Nein, glauben Sie, ich mache Witze oder was? Ich bestehe darauf, und noch heute nachmittag will ich von Ihnen ein Schreiben dieses Inhalts haben.«

»Klar. Das kriegen Sie«, sagte der Banker fröhlich. »Darf ich den Grund erfahren?«

»Besorgen Sie mir nur den Schrieb. Und Sie verstehen doch sicherlich, warum dieses Gespräch nie stattgefunden hat.«

»Sagen wir einfach, ich möchte neu verhandeln«, teilte Bernie Linder mit, nachdem er aufgelegt hatte. »Das Übernahmeangebot hängt von der Finanzierung ab. Keine Finanzierung – kein Geschäft.« Er hatte vor, ein neues Superdumpingangebot zu unterbreiten, sobald sich die Bank aus dem Geschäft zurückzog, dann die Fach- und Kinderbuchabteilung zu verkaufen, die Hälfte des Personals einzusparen und eventuell Harold Stone zu überreden, das neue, abgespeckte Unternehmen zu leiten.

»Äußerst dreist«, bemerkte Linder.

»Nur eine Reaktion auf die neuen Geschäftsbedingungen, Carl.«

Während sie in ihrem Büro im Rockefeller Center auf und ab schritt, war Trina Cox nicht einmal halb so zuversichtlich. Sie war zwar nicht direkt betroffen – bei ihrer Arbeit in Firmenfusionen und Übernahmen hatte sie die Börse gewissenhaft gemieden, um Interessenkonflikten aus dem Weg zu gehen –, machte sich aber wegen der Nachbeben Sorgen. Ob sich der Markt wieder erholte oder weiter fiel, es war eine verteufelt schwierige Zeit, um ein Geschäft aufzumachen. Außerdem sorgte sie sich um Bernie Melman, ihren neuen Rabbi, der auf einmal ihre Anrufe nicht mehr entgegennahm. Bis zu diesem Augenblick war ihr Timing tadellos gewesen. Wäre sie bei Silverman geblieben, wäre sie zumindest ein wenig anfällig gewesen. Doch falls sie Bernie weiterhin im Rücken hatte, war sie so sicher wie jeder andere.

Trinas Sekretär trat um sieben Uhr seinen Dienst an, er hatte Kaffee und Doughnuts dabei und wirkte verkatert und verschreckt. »Werd ich immer noch dafür bezahlt, Ihr Sklave zu sein?« fragte er.

Sie zuckte mit den Achseln.

Als das Telefon klingelte, schnappte er sich den Hörer. »Bernie Melman möchte Trina Cox sprechen«, quäkte er, eine geschickte Nachahmung der Sprechweise von Melmans Sekretärin.

»In ein paar Minuten wissen Sie's«, sagte Trina und nahm den Hörer.

»Es ist doch so, Trina, wenn es Verlierer gibt, gibt es immer auch Sieger. Ich habe Sie unterstützt, weil Sie in meinem Augen verdammt noch mal ein Siegertyp sind.«

Trina spürte, daß sie nach dem Geplauder zur Sache kamen.

»Ich sehe mich gern als Sieger, Bernie.«

»Ich will, daß wir unsere Geschäftsbeziehung fortsetzen. Ich schildere Ihnen mal rasch eine hypothetische Situation. Betrachtet man die Situation am Börsenmarkt, so ist es meiner Meinung nach durchaus möglich, daß unsere Kreditgeber das vorliegende Angebot für Corbin, Dern nicht unterstützen werden. Womöglich glauben sie, das Unternehmen ist nicht mehr das wert, was wir dafür geboten haben, und vielleicht haben sie recht. Dann könnten wir reinen Tisch machen und ein niedrigeres Angebot unterbreiten.«

»Klingt gut.«

Bernie räusperte sich. »Und wenn ich reinen Tisch sage, dann meine ich rein, klar? Leider habe ich das Vertrauen in unsere Geschäftsführung verloren. Calloway ist ein helles Kerlchen, aber um dieses Unternehmen zu führen, brauche ich keinen verfluchten literarischen Pfadfinder. Ich brauche einen verfluchten Erwachsenen. Bereitet Ihnen das Probleme?«

Ihr schlechtes Gewissen meldete sich nur kurz, und Trina sagte: »Nö.«

Am Mittwoch nahm Russell drei Anrufe entgegen, bevor er an dem Begräbnisgottesdienst für Victor Propp teilnahm – dessen offizielle Todesursache, wie Russell am Tag zuvor erfahren hatte, »massive Koronarthrombose« war. Der erste kam von Trina Cox, die ihm mitteilte, daß die Finanzierung der Corbin, Dern-Übernahme vor dem Hintergrund der Ereignisse am Montag gescheitert und deshalb das Geschäft effektiv gestorben sei, obwohl die Möglichkeit bestünde, daß gewisse Kreise ein weiteres, den neuen finanziellen Rahmenbedingungen angepaßtes Angebot unterbreiteten, das möglicherweise neue personelle Vereinbarungen beinhalte.

»Besteht die Möglichkeit, daß ich bei dem neuen Deal eine Rolle spiele?« fragte er.

»Ganz unter uns, Russell, das kannst du vergessen.«

»Es war ein Vergnügen.« Er versuchte, zum Schluß zu kommen.

»Hätte ein noch viel größeres Vergnügen sein können, wenn du dich richtig reingehängt hättest.«

»Schon möglich.«

»Ich verrate dir jetzt ein Geheimnis, Russell: Sie kämpfen gegen uns.«

»Sie?«

»Die kleinen, unattraktiven Männer, die die Welt beherrschen.«

»Das ist das Geheimnis?«

»Unbedingt. Für dich wird gewinnen nie so wichtig sein wie für sie. Darum – verlierst du.«

»Danke für diesen Einblick.«

»Darf ich dir noch eine Frage stellen? Damals in dieser Nacht in Frankfurt – ich bin bloß neugierig – stellte ich dir eine, meiner Meinung nach, nette Frage, es war sozusagen ein höchst selbstloser Vorschlag. Erinnerst du dich noch an deine Antwort? Du hast gesagt: ›Streich mein Haus an.‹ Und dann hast du gelacht, als hättest du in deinem ganzen Leben noch nie etwas Lustigeres gesagt. Was zum Teufel sollte das eigentlich heißen?«

Der zweite Anruf kam von Duane Peters, seines schwer erreichbaren Maklers, der Russell aufforderte, Verluste seines Aktienbesitzes auszugleichen, besonders die schweren Verluste, die er bei seinem fremdfinanzierten Paket von Corbin, Dern-Aktien hatte einstecken müssen.

»Wo hast du die letzten beiden Tage gesteckt, du Drecksack?«

»Ich hab telefoniert.«

»Aber nicht mit mir.«

»Hast du irgendwelches Bargeld?«

»Natürlich nicht.«

»Dann müssen wir Aktien verkaufen. Ich versuche, eine Notierung für Corbin, Dern zu kriegen. Ich ruf dich zurück.« Als Duane zurückrief, erfuhr Russell, daß CD vierzig Prozent verloren hatte, so daß er – nach dem Einschuß – mit geliehenem Geld achtzig Prozent Verlust gemacht hatte.

Der dritte Anruf kam von einem Anwalt, einem gewissen Weston Strickley, der Mr. Calloway davon in Kenntnis setzte, daß er Mrs. Calloway vertrat, die verlangte, Kopien seiner gesamten aus dem Jahr 1987 stammenden finanziellen Transaktionen zu erhalten, mit dem Schwergewicht auf Wertpapiertransaktionen während des vergangenen Monats, sowie die Namen und Nummern sämtlicher Konten im Ausland. Sollte Mr. Calloway dieser Aufforderung nicht nachkommen, werde man einen Gerichtsbeschluß erwirken.

Eine Stunde später händigte ein skrofulöser, rotgesichtiger Mann Russell eine schmierige gerichtliche Verfügung aus, die ihm untersagte, eheliche Vermögenswerte, einschließlich Wertpapieren, zu veräußern, umzuschreiben oder sich ihrer auf andere Art zu entledigen.

45

Der im Mittleren Westen aufgewachsene Wahlostküstler Russell hegte die gängigen Vorbehalte gegenüber Südkalifornien. Diese Gegend war für ihn das Hauptquartier religiöser Kulte, Gesundheitsmoden und babylonischer Dekadenz – in letzterem bestand ihre Hauptanziehungskraft. Er begriff nicht, wie man irgend etwas ernst nehmen konnte, wenn ständig idiotisch die Sonne vom Himmel knallte. Dennoch hoffte er, daß die Westküste einen Evolutionsschritt darstellte, fort von der Arglist, dem schlechten Gewissen und der selbstgefälligen Kultiviertheit New Yorks – der äußerste Rand der Wanderung fort von Geschichte, Kultur, Europa.

Als er zwei Tage nach Thanksgiving aus dem Hauptgebäude des Flughafens von L. A. trat, spürte er, daß die heiße, rauchige Luft mit erotischem Potential geladen war. Es war ein radikaler Kontrast zu Michigan, wo er mit seinem Vater und seinem seit kurzem verlobten Bruder ein düsteres Junggesellen-Thanksgiving verbracht hatte. Von der Limousine aus, die ihm sein neuer Partner Zac Solomon geschickt hatte, entdeckte er ein Schild mit der Aufschrift NACKTE COCKTAILS, das über einem flachen Bunker angebracht war, der am Rande eines Feldes stand, das im Rhythmus arbeitender Ölpumpen wogte – ein Schwarm blind auf die Erde pickender, prähistorischer Vögel.

La Cienega Boulevard verlief in gerader Linie bis an die Hollywood Hills, auch wenn die Landschaft nach etwa anderthalb Kilometern verblaßte und öder wurde und sie eine Viertelstunde fuhren, ehe Russell durch den Smog die dunkle Hügellinie vor ihnen auftauchen sah. Ausgedörrt und spitz – wie das Rückgrat eines verhungernden Hundes – ragte hinter der ausgedehnten, bevölkerten Ebene diese lange Hügelkette auf und sah nicht besonders gastlich aus, doch entlang der Serpentinenstraßen oben verschwand die Welt weiter unten; leuchtende Gärten und blaugrüne Swimming-pools blühten in den Felsspalten. Russells Hotel stand am Rand der Hügel, nicht weit vom Sunset Boulevard – eine über den Palmen aufragende, präzise Kopie eines Schlosses im Tal der Loire, ein, wie Russell erfuhr, 1929 wahr gewordener Traum.

Inmitten all des Sonnenscheins und all des Neuen stellte er zufrieden fest, daß sein Hotel gemütlich verwohnt, heruntergekommen und voller kühler alter Schatten war. Die Hotelsuite – mit ihren nicht zueinander passenden, furnierten Möbelstücken, uralten Küchengeräten und dem ekelhaft orangefarbenen, permanent feuchten Teppich, auf dem eine noch nicht identifizierte Moos- oder Flechtengattung wuchs – wurde immer mehr zu einem Zufluchtsort vor der gleißenden Helligkeit draußen. Vor Jahren war er in dem Glauben nach New York gezogen, in den Mittelpuntk der Welt vorzustoßen, und solange er dort lebte, hatte die Illusion dieses Mittelpunkts Bestand gehabt... das Gefühl, daß es da immer noch eine Tür gab, hinter der weitere Geheimnisse lauerten, ein Ballsaal oben im Himmel, aus dem die unwiderstehliche Musik herabwehte, eine geheime Kraftquelle, aus der die irrwitzige Energie der Metropole stammte. Aber Los Angeles hatte weder einen erkennbaren Mittelpunkt noch Ecken und Kanten. Russell begriff das nicht – dieser lachhaft aufgeblähte Vorort des von ihm ohne Wehmut verlassenen Mittelwestens, den man irgendwo am Cap d'Antibes in die Gegend geknallt hatte. Er war dankbar, daß er oben an einem Hügel untergebracht war, und sei es auch nur, weil er auf diese Weise etwas Festes im Rücken hatte.

Auch wenn er sich nicht auskannte, war Russell durchaus lernwillig, bereit einzugestehen, daß ihn die alten Prinzipien im Stich gelassen hatten, daß er sein Urteil aufschieben wollte, bis er sich wieder eines zutraute – die Sonne und das scheinbar Amorphe des Lebens hier am randlosen Rand rief ihm ein paar Zeilen von Stevens in die Erinnerung zurück: »Man muß wieder ein unwissender Mensch werden / Und die Sonne wieder mit einem unwissenden Auge sehen / Und sie im Geiste deutlich sehen.« Er hatte ein unwissendes Auge, und zweifelsfrei schien die Sonne, doch nach etlichen Monaten war sie immer noch nichts weiter als grelles Licht.

Immerhin hatte die Arbeit den Vorteil, etwas ganz Neues zu sein, und Russell war schon immer ein enthusiastischer Anfänger gewesen. In der ersten Woche erwarb er die Optionen für zwei Bücher und unterhielt sich mit Regisseuren und Schauspielern. Die Regisseure ließen sich leicht von den Schauspielern unterscheiden: Alle hatten Bärte und hielten sich für die Intellektuellen der Branche. Als Russell in der

Stadt eintraf, begleiteten ihn vage Gerüchte über Erfolge im Osten, die Zac noch beträchtlich anheizte; jeder wollte mit ihm essen gehen. Daß sein Versuch gescheitert war, einen Verlag zu übernehmen, wurde schließlich weniger zur Kenntnis genommen als die Tatsache, daß er *überhaupt etwas* getan hatte. Er war rund um die Uhr beschäftigt und verwarf rasch die Vorstellung, das Filmgeschäft sei eine lockere Angelegenheit, die vorzugsweise am Swimming-pool-Rand erledigt wurde. Der Arbeitstag begann um halb acht mit einer Frühstücksbesprechung in einem der großen Hotels und zog sich ununterbrochen hin bis zu einem Geschäftsessen um neunzehn Uhr dreißig. Gelegentlich kam Russell der Gedanke, daß sein Zeitplan eher die Illusion von Aktivität als wirkliche Leistung widerspiegelte, er war aber dankbar, daß ihm nicht zuviel Zeit zum Nachdenken blieb.

Trotz ihrer vielen Arbeit war die Branche von ihrem eigenen Glamour überzeugt. Das Endprodukt ihrer aller Arbeit warf seinen Abglanz noch auf den untergeordnetsten Arbeiter in der Filmindustrie. Die Schreibkraft sonnte sich in dem Bewußtsein, daß ihre Plackerei Dialoge übermittelte, die eventuell von Stars auf der Leinwand gesprochen wurden, während Agenten und Produzenten, wenn sie mit ihren teuren Wagen zu wichtigen Konferenzen fuhren, sich begreiflicherweise in dem Glauben sonnten, *sie* seien die Stars des wahren Dramas, von dem die Öffentlichkeit nur die Marionettenvariante zu sehen bekam.

Da Russell sich dieses Geschäft einmal als blutig brodelndes Haifischbecken vorgestellt hatte, überraschte ihn, wieviel generelles Entgegenkommen und Jovialität er antraf. Es herrschte eine kindliche Begeisterung darüber, daß man nicht nur einen unverschlossenen Bonbonladen entdeckt hatte, sondern gleich die Fabrik, wo sämtliche Süßwaren hergestellt wurden. Kindern gleich konnten die wichtigen Macher gegenüber ihresgleichen plötzlich grausam und gewalttätig werden, aber da ein so großer Reichtum zur Verfügung stand, herrschte als Grundstimmung offenbar Großzügigkeit vor, die Umgangsformen waren freundlicher als in einem Fachbereich Englisch an der Uni, wo es viel weniger Beute zu verteilen gab. Man praktizierte einen lukrativen, inoffiziellen Sozialismus; verlor man den einen Job, bekam man anderswo einen besser bezahlten angeboten.

Natürlich gab es Regeln. Als Folge hedonistischer Auswüchse zu Beginn des Jahrzehnts hatte ein seltsamer Puritanismus in Westbabylon Einzug gehalten. Bei einem ihrer ersten Essen in einem unauffällig teuren Restaurant an der Melrose Avenue hatte Zac Russell aufgeklärt. Der zeltförmige Speisesaal wirkte wie ein Schrein gesundheitsbewußter Schlichtheit, mit pastellfarbenen Gästen und Speisekarten, auf denen gegriller Fisch und Rohkost angeboten wurde.

Zac hatte ehrfürchtig die sexuellen Verfehlungen an Nebentischen sitzender Personen aufgezählt. Auf einmal fragte er: »Wie war neulich dein Abendessen mit Packard?«

»Wir kamen prima miteinander aus. Er hat mich wissen lassen, daß er im Laufe seines Lebens schon mehrere Bücher gelesen hat, und ich versuchte, ihm klarzumachen, daß ich Filme mag.«

Zac nickte nachdenklich. »Er sagte, du hättest ganz schön was geschluckt.«

»Lieber Himmel. Ich hatte einen Martini und zwei Gläser Weißwein, Herrgott noch mal.«

»Anfang der achtziger Jahre haben es eine Menge Leute mit allem übertrieben, und jetzt gibt es eine Art kollektiven Kater. In den fünfziger Jahren hatte man Angst vor den Roten, jetzt haben wir die Angst vor dem Weißen... dem Weißwein. Dadurch hat sich Jeff hier draußen wirklich unbeliebt gemacht. Und da du mit Jeff in Verbindung stehst, du weißt schon...«

»Trifft mich Kollektivschuld?«

»Ich will's dir doch nur erklären, Alter. Hier haben wir heutzutage eine konkurrenzbetonte Gesundheitssache laufen. Daher wartet dein Essensbegleiter, bis du den Thunfisch orderst, dann bestellt er drei Stückchen Rauke, nennt das ein

Essen und läßt dich glauben, du seist ein unmäßiger Vielfraß und daher seelisch nicht auf Vordermann. Wenn du ein Glas Weißwein bestellst, erzählt er dir von seinem persönlichen Trainer, der allmorgendlich mit einer Wagenladung Kraftmaschinen bei ihm zu Hause vorfährt und sein Privattraining betreut, ehe er sein aus drei Erdbeeren und einer Scheibe trockenen Vollkorntoast bestehendes Frühstück einnimmt. Egal, eins muß man den Anonymen Alkoholikern lassen, nirgends kann man so gut Frauen aufreißen.«

Solomon riet ihm, sich nach einem Haus umzusehen, und bot an, die Finanzierung zu sichern, doch Russell blieb in dem Hotel, empfand seinen Übergangsstatus als Sicherheit. Nachdem er beinahe zwei Monate allein in der New Yorker Wohnung gelebt hatte, gewöhnte er sich allmählich an ein Leben ohne häusliche Gemütlichkeit und an das nichtssagend beruhigende Gebrabbel eines unbeachteten Fernsehgeräts.

Zac wohnte etwa hundert Meter über ihm, weiter oben im Canyon in einem Haus unbestimmten Baustils, das sich an seine tausend Quadratmeter Hügel klammerte; hinter dem Haus, wie ein flacher Edelstein in den Felsen eingepaßt, umrahmte eine hölzerne Fassung ein glitzerndes, türkises Oval, das der alten Vorstellung zu trotzen schien, Wasser strebe immer einen waagerechten Zustand an. Eine Woche nach Russells Ankunft schmiß Zac in seinem Haus eine Party, um ihn der heimischen Fauna vorzustellen. Dieser gehörten Produzenten, Studiobosse, Agenten und Anwälte an, außerdem eine Reihe Schauspieler und Schauspielerinnen. Die Frauen ließen sich in zwei Kategorien einteilen, nämlich in jene, die berufsmäßig mit Film zu tun hatten, und in schmückendes Beiwerk. Was das zeitgenössische weibliche Schönheitsideal betraf, so hatte der – von kosmetischer Chirurgie unterstützte – Prozeß natürlicher Zuchtwahl der Spezies in Los Angeles eine Ebene höchsten Raffinements erreicht. Es herrschte ein auffallendes Überangebot junger Blondinen in Jeans und atemberaubenden Stretch-Tops, die sich als Schauspielerinnen zu erkennen gaben und sich allesamt *aufführten*, als seien sie überaus froh, Russell in der Stadt zu haben. Eine von ihnen wurde Russells Begleiterin.

Katrina Ostrom war eine vielversprechende Schauspielerin aus Denver, unter dem frischen, noch feuchten Lack angehenden berufsmäßigen Glamours ein liebes Mädchen, von den harten Lehren, die einem diese Branche erteilte, noch nicht verbogen und deformiert. Bisher hatte sie eine Leiche in einem Fernsehfilm gespielt und zwei Sätze in einem Spielfilm sprechen dürfen, dessen Kinostart bevorstand. Sie hatte nur ein paar Monate länger als Russell Zeit gehabt, sich zu akklimatisieren, nahm ihn mit sich auf Partys und fuhr an Wochenenden mit ihm rauf nach Santa Barbara, doch er ließ sie nicht bei sich übernachten. Es war zwar höchstens ein magerer Skrupel, das wußte er, aber er ertrug die Vorstellung nicht, Corinne könnte mitten in der Nacht anrufen, während neben ihm eine andere schlief. Seltsamerweise zeigte sich Katrina von dieser Marotte nicht besonders gekränkt oder überrascht. Ohne daß er besonders neugierig gewesen wäre, bekam er mit, daß die letzten Männer in ihrem Leben sie als untergeordnetes Accessoire behandelt hatten.

Auch wenn er nicht so zynisch wie Zac war, der ihre Liaison eine wartungsarme Beziehung nannte, so war Russell gewiß nicht auf der Suche nach einer verwandten Seele. Zuerst hatte er erstaunt und dankbar zur Kenntnis genommen, daß er den Akt mit einer anderen vollführen konnte, noch dazu mit einer wunderschönen Zwanzigjährigen. Nach mehr als einem Jahrzehnt mit Corinne kam ihm das wie ein Wunder vor; außerdem war er sich jetzt zum erstenmal in seinem Leben bewußt, älter als die Zwanzigjährigen zu sein. Doch so angenehm es auch sein mußte, er zog zwangsläufig Vergleiche, und manchmal stimmte ihn die Vorstellung unerträglich traurig, mit Katrina zu schlafen, und er war einfach nicht dazu imstande. Wenn das geschah, wurde er gereizt und ungeduldig. Eines Abends hatte er Katrina in ihrem winzigen, unordentlichen Apartment, das in einem umgebauten Motel im Osten Hollywoods lag, gerade zu küssen begonnen, als ihn ein plötzlicher, vielleicht von dem Zwiebelgeruch ihres Atems hervorgerufener Ekel überkam. »Diese Bude ist ein Schweinestall«, sagte er.

Sie stand von dem Bett auf und fing an, die im Schlafzimmer verstreuten Kleidungsstücke aufzuheben. Unversehens erfüllte ihn Reue beim Anblick eines zarten Seidenteddys, den sie mit ihren langen Fingern ins Licht hochhielt.

»Es tut mir leid«, sagte er. »Ich bin absolut unerträglich. Keine Ahnung, wie du es mit mir aushältst.« Er sprang vom Bett und drückte sie fest an sich.

»Du bist gar nicht so übel. Im Grunde bist du der netteste Mann, den ich hier kennengelernt habe.«

Doch angesichts solch dürftiger Erwartungen konnte er nur schlimmer werden, genau wie die anderen. In einer, wie er fand, Geste nobler Entsagung schlug er ihr vor, daß sie sich nicht mehr treffen sollten; anschließend brach er im Verlauf von drei Wochen seinen Vorsatz zweimal, rief sie noch spätabends an und fragte, ob er vorbeikommen könne. Bei seinem dritten Anruf sagte sie: »Tut mir leid, Russell.«

»Ist jemand bei dir?« fragte er.

Sie flüsterte verzweifelt: »Ich kann nicht einfach herumsitzen und auf deinen Anruf hoffen.«

Er war beinahe erleichtert darüber, daß die Gelegenheit entfiel, noch mehr Schaden anzurichten, wohl wissend, daß er sich schlecht benommen hatte. Wie ein mit dem Strom treibendes Blatt fühlte Russell sich außerstande, selbständig schwerwiegende Entscheidungen zu treffen.

46

Corinnes Vorsatz für das neue Jahr lautete, sich mit Männern zu verabreden. Sie war es sich schuldig, über Russell hinwegzukommen, das wußte sie, oder wenigstens bestanden ihre Freunde darauf ... aber wenn ein Fremder ihr einen Zungenkuß geben wollte, fand sie das jedesmal komisch oder tragisch. Duane Peters arbeitete sich bis zu dem Häkchen an ihrem BH vor, ehe sie anfing zu lachen. Casey Reynes vermittelte ihr ein Rendezvous mit einem Fremden. Schließlich war Caseys Freundin eine Makepeace, und ihr Kandidat für Corinnes Bett – und Hand – war Christian Howorth von den Memphis Howorths, Yale-Examen 77, und Casey mußte sich eine Viertelstunde Zeit zur Aufzählung seiner Talente und Leistungen nehmen, deren relevanteste war, daß er Geld geerbt, mit Arbitrage viel hinzuverdient hatte und vor den Kurseinbrüchen abgesprungen war. Als er in einem geschmackvoll bescheidenen Wagen mit Chauffeur vor ihrer Tür auftauchte, sah er so gut aus wie angekündigt. Im Theater und später bei »Lutèce« erwies er sich als angenehmer und ergiebiger Anekdotenerzähler. Er war Mitglied im Reiterteam der USA gewesen, ein Skifahrer und Gentleman, der aufstand und Corinnes Stuhl hinrückte, als sie von der Toilette zurückkam, sie an diesem Abend mit einem zarten Kuß an ihrer Tür verabschiedete. Im Umgang mit Frauen hatte er einen tadellosen Geschmack: Er schickte am nächsten Morgen Rosen und einen reizenden Brief und rief nachmittags an; um sich erneut zu verabreden. Sie ging noch zweimal mit ihm aus, das letztemal in die Reynessche Skihütte nach Vermont. Er war in jeder Hinsicht phantastisch, aber eben nicht Russell. Als sie ihm schließlich mitteilte, sie sei wirklich noch nicht soweit, sich mit einem Mann einzulassen, war Casey stinksauer. »Ich hab weiß Gott versucht, ihr zu helfen«, sagte Casey zu Freunden in einem Ton, der darauf schließen ließ, daß es Corinne nur mit deutschen Schäferhunden trieb und wie ihr Freund Jeff Pierce Heroin drückte.

An ihrem Geburtstag lud Jeff sie zum Abendessen ein. Zwar hatten sie häufig miteinander telefoniert, sich aber nicht getroffen, seit er vor ein paar Monaten aus der Klinik entlassen worden war. Er sah zu mager und müde aus, und zwischen ihnen herrschte eine neue Befangenheit. Ihr Gespräch blieb so lange gehemmt, bis sie ihn an ihren letzten Geburtstag erinnerte, als er das junge vollbusige Mädchen in ihre Wohnung gebracht, Corinne ihn mit Wasser begossen hatte, und er und Crash die Vase umgeschmissen hatten.

»Mein Gott, ist das erst ein Jahr her?« sagte er. »Alles vor der Klinik kommt mir wie Schwarzweißfernsehen vor. An diesem Abend war ich völlig durchgeknallt. Ich hab mir sogar in eurem Bad einen Schuß verpaßt.«

Corinne brachte nur ein »Mensch, Jeff« heraus.

Später erzählte ihr Jeff, als er damals mit dem Model in sein Loft zurückgekehrt sei, habe sie plötzlich den Kopf von dem Kissen erhoben und ihm, caveat emptor, gebeichtet, ihre Titten seien *vergrößert* – bloß damit er nicht, also, ganz *schockiert* wäre oder so was –, und er war von dieser ernsten, eindringlichen Enthüllung so überrascht gewesen, daß er nicht aufhören konnte zu lachen, an den Vollzug des Geschlechtsakts war kein Gedanke mehr. Als sie ihn das erzählen hörte, mußte auch Corinne lachen, ein in letzter Zeit eher ungewohntes Gesichtsmuskeltraining.

»Die Geschichte meines Lebens. Nichts hat sich als echt erwiesen«, sagte er verlegen grinsend, bis ihm auffiel, daß Corinne weinte.

»Bitte sag so was nicht, Jeff.«

Als er ihr seine Serviette anbot, fiel ihm auf, daß sie mit Marinarasauce bekleckert war. Auf der Suche nach einem Taschentuch klopfte er seine Taschen ab, bis er schließlich die Tasche von seinem Hemd riß und ihr den Fetzen blauen Oxfordstoffs reichte.

»Du ißt ja gar nicht«, schimpfte sie, als sie sich wieder in der Gewalt hatte. »Du siehst aus wie ein Skelett.«

»Das mußt du gerade sagen.«

»Ich habe zugenommen«, behauptete sie.

»Wie geht's ihm?« fragte Jeff, als sie ostentativ eine Gabel in ihre Vermicelli senkte.

»Ich glaube, er ist mit einer anderen zusammen. Gesagt hat er's mir nicht, aber ich spüre es.«

»Und du?«

»Ich kann mir nicht vorstellen, mit einem anderen zusammenzusein. Ich *versuch's* immer mal wieder, verdammt, aber ich kann's mir einfach nicht vorstellen.«

Er zündete sich eine Zigarette an und kratzte sich an seinem Handgelenk, das, wie ihr auffiel, mit irgendeinem pflaumenfarbenen Ausschlag befleckt war. Sie fragte sich, ob er wieder an der Nadel hing. »Ich liebe dich immer noch«, sagte er.

»Was hast du da an deinem Arm?« fragte sie plötzlich und lachte dann nervös über ihre Sprunghaftigkeit. Sie zupfte an einer ihr über die Schulter hängenden Haarsträhne und sagte: »Verzeihung. Ich liebe dich auch, aber das bringt uns beiden nichts.«

»Scheiße auf Nützlichkeitserwägungen. Ich war noch nie praktisch veranlagt.«

»Nein. Aber ich, bei Licht betrachtet.« Sie streckte den Arm aus und berührte seine fleckige Hand. »Hab ich recht?«

Als sie eines Abends ihre Geburtsurkunde suchte, um ihrem neuen Arbeitgeber ihre Existenz zu belegen, stieß sie auf ein schlaffes, gefaltetes, liniertes Blatt Papier, auf dem in Russells nach hinten geneigter Handschrift ein Gedicht stand:

> Laß die Musen singen und die Grazien tanzen
> Nicht nur auf ihrer Hochzeit, sondern alle Zeiten
> Also verbinde ihre Herzen, daß ihnen nie ein Unglück geschehe.
> Niemals soll er sie anders nennen als meine Freude! Mein Licht!
> Und sie ihn niemals anders als Geliebter.
> Und wenn sie von dieser Erde scheiden müssen

Weil sie in Liebe zusammengelebt haben
Laß den einen nicht einen Tag vor dem anderen sterben
Doch er begrabe sie, sie ihn, mit gleichem Los
Ein Herz gemeinsam trenne bloß
Welch Glück für beide!

Russell hatte dieses Gedicht ausgewählt, eines seiner elisabethanischen Kleinode aus dem Hauptstudium, das sein Trauzeuge Jeff vor mehr als sechs Jahren auf ihrer Hochzeit in Stockbridge vorgelesen hatte. Damals hatte es haargenau gepaßt, aber heute war es beinahe unerträglich, da es ihr zum erstenmal die Möglichkeit bewußt machte, daß sie nicht alle Zeiten gemeinsam beenden könnten.

Zwischen Heulkrämpfen ging sie ihrer Arbeit im Büro der Staatsanwaltschaft nach, wo sie auf der Suche nach Beweisen für Wertpapierbetrug irrsinnige Berge von Unterlagen durchsiebte, und zweimal die Woche nahm sie die U-Bahn-Linie 6 rauf zur Bleecker Street, um in der Mission zu arbeiten.

Eines Abends räumte sie gerade Geschirr ab, als sich unter den Männern das Gerücht verbreitete, die Polizei sammle sich auf einem leeren, an der Avenue D gelegenen Grundstück, um das Barackenlager anzugreifen, in dem viele von ihnen schliefen. Eine Zwangsräumung war schon vor Wochen angedroht worden, da es die winterliche Kälte nicht geschafft hatte, den Bauplatz für zukünftige Eigentumswohnungen von Leuten mittleren Einkommens zu entvölkern. Viele der Männer schlangen hektisch die Reste ihres Essens hinuntern.

»Sie haben Bulldozer und Panzer und so 'n Scheiß«, sagte Ace hyperbolisch zu Corinne, wischte sich mit dem Handrükken über seinen Mund und packte einen Apfel in die Tasche von Russells altem Parka.

Corinne nahm ihre Schürze ab. »Ich komme auch mit«, sagte sie.

»Es wird schlimm werden«, warnte er, aber Corinne

glaubte, es würde vielleicht weniger schlimm, wenn Menschen wie sie dabei wären, in der Hoffnung, ihr konservatives Kostüm und ihr allgemeines Auftreten böten einen kleinen zusätzlichen Schutz. Sie folgte Ace und einem Dutzend anderer auf die Straße, zitternd in einem Wind, der beißenden Rauchgeruch mit sich führte, während im Osten der dreckige Himmel leuchtete.

Die Lagerstadt wurde von innen wie außen gleißend hell angestrahlt: Dutzende Feuer brannten zwischen den Tipis und Hütten; von der anderen Straßenseite aus hatte man grelle Scheinwerfer auf das Camp gerichtet. Die Bulldozer, vier insgesamt, fuhren gerade von zwei Sattelschleppern hinunter, Dieselmotoren übertönten die Rufe der Bauplatzbesetzer, die Holzprügel und Backsteine in Richtung der blauen Phalanx behelmter Polizisten schwenkten. Ace und Corinne drängten sich durch die Zuschauermenge. Die gelben Bulldozer wackelten und drehten sich, wandten ihre unerbittlichen nackten Gesichter der Menge zu. Ein Backstein beschrieb einen Bogen durch den Nachthimmel und traf den Helm eines Polizisten, der nach hinten umkippte.

Als Corinnes Gruppe näher kam, löste sich im rechten Winkel ein Trupp Polizisten von der Streitmacht, um sie vom Lager abzuschneiden; die übrigen Polizisten marschierten hinter ihren Schilden mit erhobenen Schlagstöcken voran. Die im Leerlauf dastehenden Bulldozer klapperten und spien rülpsend Qualm aus. Die Hälfte der Bauplatzbesetzer verdrückte sich, als die Polizei in einem Wurfgeschoßhagel vorwärts marschierte. Corinne sah drei Cops auf sie zurennen. Besonders einer hatte sie offenbar im Visier; die Lippen unter seinem dunklen Schnauzbart fest aufeinandergepreßt, sprach aus seinem starr auf sie gerichteten Blick purer Haß. Dieser Blick ließ sie erstarren, sie konnte nicht glauben, daß er ihr galt. Ace packte ihre Hand und zog, als der Schlagstock niederfuhr, sie leicht an der Hüfte berührte, wobei ein elektrischer Schmerzschlag ihre Knochen durchzuckte. Vielleicht schrie sie auf, doch die Luft war voller Schmerz- und Wutschreie, und sie konnte ihre eigene Stimme nicht heraushören. Als sie über die Schulter zurückschaute, sah sie wüst auf die Menge einprügelnde Cops.

Sie flohen westwärts, Ace zerrte sie bei seinem Lauf durch die Straßen an der Hand hinter sich her, daß ihre Arme schmerzten. »Hier rein«, sagte er und zog sie durch ein Loch in einem Maschendrahtverhau, wo sich ihr Kleid an einem Drahthaken verfing, bevor sie sich losriß. Das Grundstück war mit Müll und Abrißschutt übersät. Die Hände auf Corinnes Hüften, schob Ace sie hinter einem weggeworfenen Weihnachtsbaum nach unten. Während sie da auf dem kalten, abfallbedeckten Boden lag, hörte Corinne das Getrappel fliehender Füße, das laute Rasseln der verfolgenden Polizisten, Schreie und Flüche. Sie drückte ihr Gesicht auf den Boden. Der in der Nähe liegende Ace atmete rasch.

Als Corinne im Dreck lag und den gliederlosen Torso einer Plastikpuppe anstarrte, sah sie vor sich, wie sich die Gewalt ausbreitete und die gesamte Stadt verschlang, eine Orgie von Wut und Zerstörung. Nichts hätte sie mehr aufhalten können – kein Mitgefühl, kein Gesetz, kein gemeinsames Ziel. »Das hier ist ein beschissener Krieg, Mann«, sagte der eher aufgeregte als verängstigte Ace, als ein Kommando behelmter Polizisten vorbeigeklappert war. Sie fror so, daß sie ihre Hände und Füße kaum noch spürte. »Hauen wir ab«, sagte Ace, als sie ihm das sagte.

Nachdem sie sich wieder durch den Zaun gequetscht hatten, trafen sie auf einen Trupp abgerissener, stöcke-, rohre- und flaschenschwingender Männer. Einen Moment lang dachte Corinne, sie würden angreifen, doch ein paar erkannten Ace.

»Die Schweine haben meine Alte verprügelt, Mann. Könnt ihr so 'n Scheiß fassen?«

Die Menge heulte auf, und plötzlich fand sie sich von der Gruppe aufgenommen, offenbar sahen die Männer Corinnes Schutz als Teil ihrer Aufgabe an.

»Hauen wir ab hier«, sagte Corinne.

»Bei diesen Jungs ist es viel sicherer«, sagte Ace. »Bei so 'ner Lage – wenn man da allein ist, machen sie Hackfleisch aus einem.«

Ziellos schlurfte die Möchtegernstreitmacht westwärts; lauthals schlugen konkurrierende Stimmen Ziele und Pläne vor. Corinne fror so und war so benommen, daß sie aus dem Lärm um sie her kaum schlau wurde. Sie roch immerzu Benzin. Plötzlich kam es zu einem zielgerichteten Energieausbruch, und die Gruppe verstummte, als sie an einem scheinbar verlassenen Gebäude ankam, dessen Tür man durch eine einfache Stahlplatte ersetzt hatte. Einer der Männer trat näher und schlug dagegen; der Mann, der öffnete, wurde niedergeschlagen, und im Handumdrehen drängte die Gruppe die dunkle, enge Treppe nach oben.

Sie fand sich in einem kleinen Zimmer wieder, das nur mit einer verdreckten Badewanne und herumliegenden Sitzkissen möbliert war. Beißender Medizingeruch brachte ihre Augen zum Tränen. Drei der Männer hatten einen dicken Weißen in einem Billy-Idol-T-Shirt gegen die Wand gepreßt, während zwei schwarze Jugendliche neben einer anderen Stahltür kauerten. Während Corinne zusah, wurde eine in der Tür eingelassene Platte aufgeschoben. Der Anführer ihrer fidelen Bande sprang vor und rammte ein Rohr in die Öffnung. Andere drängten nach vorn und verdeckten Corinne die Sicht, der Benzingestank überdeckte den anderen, ihr unbekannten Geruch. Aus dem Hals einer Weinflasche züngelte eine Flamme, und auf einmal kehrte sich die Bewegungsrichtung um, als sie ein dumpfes Wummern hörte, das die Menge die Treppe wieder hinunter- und auf die Straße hinausstolpern ließ; die Männer schrien und jauchzten beim Laufen, und mit glasigem Blick zerrte Ace sie immer hinter sich her.

Danach sah sie, wie ein junger Bursche mit pinkfarbenen Haaren und einer schwarzen Lederjacke zu Boden geschmissen und gnadenlos zusammengeschlagen, wie ein Auto in

Brand gesetzt wurde, sah Glasfontänen von zerschmissenen Scheiben aufspritzen. Als sie gerade eine Bodega plünderten, brüllte jemand, er habe auf dem angrenzenden Grundstück einen Berglöwen in die Enge getrieben. Die Menge schwappte auf dieses vielversprechende Gerücht zu. Ace zog Corinne zur Spitze des Rudels; auf den Zehenspitzen stehend, sah sie eine in der Ecke zwischen Backsteinmauer und Maschendrahtzaun kauernde, stark abgemagerte und verdreckte Raubkatze, deren Flecken im Schein der Taschenlampe kaum noch zu sehen waren. »Das ist ein Ozelot«, sagte sie, nicht sicher, woher sie das wußte. Einen Augenblick lang waren alle stumm. Dann schleuderte jemand einen Stock, die Männer mit ihren Knüppeln rannten hinter der Katze her, und Corinne kreischte.

Ace zerrte sie fort, als jemand »Bullen!« rief. Die beiden rannten die Avenue C hinunter bis zur Houston, wo Corinne ein Taxi anhielt und es kaum fassen konnte, daß dieser untergeordnete Artikel des Gesellschaftsvertrags unversehrt geblieben war.

»Mein Gott, fast hätten sie uns umgebracht«, sagte sie zu dem Taxifahrer. Sie brauchte einen Zeugen, jemanden aus der richtigen Welt, der ihr versicherte, daß sie nicht verrückt war.

»Wohin?« erkundigte er sich trocken.

Corinne gab ihre Adresse an. Ace legte den Arm um sie, aber sie zitterte immer noch. Ihr Hemdärmel war blutbefleckt. Nach dem, was sie gesehen hatte, hatte sie Angst vor dem Alleinsein, und Angst davor, daß ihr kein anderer glaubte, wenn sie ihre Erlebnisse beschreiben würde.

Ace kam mit ihr hinauf in die Wohnung und sah fern, während sie duschte. Als sie aus dem Bad kam, stand er auf und legte die Arme um sie. Sie drückte ihn kurz, versuchte aber, sich ihm zu entziehen, als er sein Knie zwischen ihre Beine schob.

»Was ist los?« sagte er. »Machst du's nicht mit einem Schwarzen?«

Corinne war sprachlos. Furcht hatte sie stumm gemacht, aber sie war fest entschlossen, es nicht zu zeigen.

»Einem schwarzen *Obdachlosen*. Zweimal die Woche kommst du runter in die Bowery und verteilst irgend so 'n Scheißeintopf, machst einen auf wohltätig, und dann führst du dein nettes Leben eines weißen Mädchens weiter?«

»Es liegt nicht –«, platzte sie heraus, aber er schnitt ihr das Wort ab.

»Ich hab's satt, daß mir weiße Wichser erzählen, meine Hautfarbe hat mit dem Scheiß nichts zu tun. ›Ey, ihr Neger, wir unterdrücken euch und bringen euch mit Dope um und sperren euch ein und Scheiß. Aber das hat nichts damit zu tun, daß du 'n Nigger bist, Nigger. Is nicht persönlich gemeint.‹«

»Es ist bloß... mein Mann fehlt mir so«, sagte Corinne.

Ace schob sie weg. Sie war sich fast sicher, daß er sie schlagen würde, aber plötzlich sah er zu Boden und schüttelte den Kopf. »Bloß ein einziges Mal will ich was Hübsches haben. Verstehst du das nicht?«

Er drehte sich um und ging, die Tür hinter sich zuschlagend.

Zu Corinnes Erstaunen fanden die Ereignisse in der Lower East Side weder am nächsten noch am übernächsten Tag in den Zeitungen Erwähnung, als ihr irgendwo in der *Post* eine kleine Notiz über den Mord an einem angeblichen Crack-Dealer in der East 3rd Street auffiel. Eine Horde unzufriedener Kunden hatten, wie es hieß, Benzin in den Schlitz einer gepanzerten Tür gegossen, durch den er sein Geschäft betrieb, und dann angezündet, so daß die stählerne Festung hinter der Tür zu einem Ofen wurde, in dem der Dealer verbrannte. Laut Polizei waren die Mauern noch drei Stunden später an einigen Stellen rotglühend.

Ein paar Abende danach ging sie zur Mission, aber Ace tauchte nicht auf. Am folgenden Abend stand er auf der anderen Straßenseite vor ihrem Haus, als sie von der Arbeit kam. Sie machte ein paar Schritte auf ihn zu, doch etwas in seiner Miene ließ sie zurückweichen. Er versuchte nicht, ihr zu folgen oder sie anzusprechen, und sie war zu verängstigt, um selbst etwas zu sagen. Eine Stunde später stand er immer noch da. Sie rief Jeff an, doch als der auftauchte, war Ace weg. Etliche Monate später behauptete jemand in der Mission, er sei tot. »Das Aids, das hat ihn erwischt«, sagte der Mann; jedenfalls sah sie ihn nie wieder.

47

Russell und Corinne telefonierten fast jeden Abend miteinander, allerdings achtete er sorgfältig darauf, sich nicht zu genau nach ihren Angelegenheiten oder Gefühlen zu erkundigen. Er war immer noch wütend und wußte nicht, was er von ihr wollte oder wie sich der ihrer Ehe zugefügte Schaden beheben ließ, und daher wartete er darauf, daß etwas geschah, daß beispielsweise ein neues Medikament erfunden wurde, das diese spezielle Krankheit des Herzens heilen konnte; bis es so weit war, behandelte er ihre Ehe wie einen schwerkranken Patienten, bei dem jede Überanstrengung zum Tode führen könnte.

Er spürte, daß auch sie wütend war. Meist beschränkten sie ihre Gespräche auf konkrete Einzelheiten finanzieller und kleiner gesellschaftlicher Natur. Sie mußten entscheiden, ob sie die Wohnung untervermieten wollten; Corinne hatte das Apartment in Chelsea gemietet und weigerte sich, in die alte Unterkunft mit all ihren Erinnerungen zurückzukehren. Sie und ihr Anwalt hatten sich schließlich mehr oder weniger überzeugen lassen, daß Russell nicht haufenweise Beute beiseite geschafft hatte, doch die Anwaltskosten, die für den Nachweis erforderlich waren, daß er pleite war, hatten seine Schulden nur noch weiter anwachsen lassen und ihren Gesprächen eine neue Befangenheit verliehen; auf einmal existierte zwischen den beschädigten Kanälen ihrer Herzen eine Struktur offizieller Zensur. Und wenn Russell sich einmal die Zeit nahm, darüber nachzudenken – wenn er beispielsweise eine Anwaltsrechnung erhielt –, war er wütend auf Corinne, daß sie ihrer Beziehung diese juristische Basis gegeben hatte.

Er verdiente mehr Geld als je zuvor, aber Corinne bekam für ihr Referendariat nur ein symbolisches Gehalt, und wegen des geplatzten Corbin, Dern-Geschäfts wartete immer noch ein Prozeß auf ihn. Bernard Melman hatte ein neues, refinanziertes Angebot unterbreitet; etliche Abteilungen hatte er im voraus verkauft und zur Leitung der Firma Harold sowie einige andere Mitglieder der alten Geschäftsführung angestellt. Donald Parker fungierte als Verlagsberater. Russells Übernahmeversuch hatte dazu geführt, daß Corbin, Dern in Stücke gehauen worden war, daß dreißig oder vierzig Leute jetzt arbeitslos waren und ein ohnehin schon zu reicher Mann einen absurden Profit eingestrichen hatte. Whitlock hatte eine Stellung im Verlag Random House bekommen, und Trina spezialisierte sich angeblich auf etwas, das sich *turnaround* nannte – die Restrukturierung geplatzter Geschäftsabschlüsse.

Für Russell und Corinne blieb die Staffage eines gemeinsamen Lebens so lange intakt, bis sie sich entschieden, sie gemeinsam einzureißen; nachgesandte Rechnungen, Einladungen und Postkarten aus jenen Ecken der Welt, in die noch keine Nachricht über ihr häusliches Zerwürfnis gedrungen war, beanspruchten weiterhin ihre Aufmerksamkeit. Ihre gemeinsamen Giro- und Sparkonten mußten gefüllt werden. Beinahe täglich sahen sie sich mit kleinen Fragen konfrontiert, die Beratungen erforderten und es ihnen erlaubten, die größeren auszuklammern. Sie mußten entscheiden, was sie wegen des Hauses auf St. Barts unternehmen wollten, für das sie für die erste Märzwoche schon eine Anzahlung geleistet hatten.

»Ich komme hier wohl kaum weg«, sagte Russell. »Vielleicht sollten wir den Verlust einfach wegstecken.«

»Ich habe meiner Schwester ein Geburtstagspäckchen von uns beiden geschickt«, sagte Corinne an einem Februarabend, eine Woche vor dem Valentinstag. »Eine kleine Brosche aus den zwanziger Jahren, die ich in dem Secondhandladen an der First Avenue gefunden habe. Sie hat nur zwanzig Dollar gekostet«, sagte sie, als sorgte sie sich, er könne sie für verschwenderisch halten. »Ich habe die Karte in unser beider Namen unterschrieben.«

Russell hatte schon vor zwei Abenden von der Brosche gehört und war sich immer noch nicht ganz sicher, was eine Brosche war, fragte aber: »Wie geht's Hilary?«

»Gut. Sie läßt dich grüßen. Wie geht's deinem Dad?«

»Vermutlich ganz gut. Ich mache mir ein wenig Sorgen. Soweit ich weiß, sitzt er den lieben langen Tag im Haus herum. Ich glaube, diese Vorruhestandsgeschichte macht ihm keinen großen Spaß.«

»Übrigens haben wir Colin und Anne immer noch kein Hochzeitsgeschenk besorgt.«

Und so bemühten sie sich nach Kräften, einander zu versichern, daß sich eigentlich gar nichts verändert hatte, daß es völlig normal war, über eine Entfernung von fast fünftausend Kilometern hinweg eine Ehe zu führen.

Wie ein eifriger Student versuchte Russell, möglichst viel über die Branche zu lernen. Während er vielleicht geglaubt hatte, diese Disziplin sei es nicht wert, ernsthaft untersucht zu werden, befriedigte ihn nun allein schon die Vorstellung, sich zu erniedrigen. Alte Gewohnheiten sind langlebig, daher las er Drehbücher und Bücher übers Kino. Außerdem sah er sich jede Filmvorführung an, zu der man ihn einlud, und frequentierte die Kinos in Westwood, wo er neue Filme in Gesellschaft des jugendlichen Publikums sehen konnte, für die sie bestimmt waren.

Einerseits hatte er das Gefühl, kein Recht auf seinen Snobismus zu haben, andererseits ließ er nie davon ab und sagte sich, da er bei einer höheren Berufung versagt hatte, habe er nichts Besseres verdient. Wie so viele vor ihm war er nach Los Angeles gekommen, um ganz von vorne anzufangen, sich selbst neu zu erfinden, schleppte aber seine Vergangenheit so mit sich herum, daß er nicht immer nur der eifrige Einwanderer sein konnte, sondern sich manchmal als abgeklärter Exilant zu erkennen gab.

Gelegentlich konnte er nicht umhin, seine Umwelt herabzusetzen, war aber häufig peinlich berührt, daß er trotz seiner vorhandenen Unwissenheit so großzügig entlohnt wurde. An anderen Tagen wieder fuhr er mit heruntergelassenem Verdeck zu einem Termin und schätzte sich nicht nur glücklich, dort zu sein, wo er war, sondern überhaupt noch am Leben zu sein.

Wenn er mit einem berühmten jungen Schauspieler essen ging, fühlte er sich im Gegensatz zu den glotzenden Restaurantgästen abgeklärt und überlegen – was aber, befand er, nicht daran lag, daß er sich selbst wichtig nahm, weil er mit dem Schauspieler aß, sondern weil es ihm – anders als ihnen – herzlich egal war. Es war rein geschäftlich. Und er konnte Corinne davon berichten, zum Ablachen, weil es ihr nämlich auch nicht imponierte und sie beide diese Kultur generell belächeln konnten.

Offenbar hatte sie etwas in den falschen Hals bekommen, als er ihr sein Erlebnis noch am selben Abend berichtete, da es am anderen Ende der Leitung, am anderen Ende des Erdteils still blieb.

»Hallo, bist du noch da? Rangun, bitte melden.«

»Ich bin da«, sagte sie.

»Ist es kalt bei euch? Ich spüre, wie ein kühler Lufthauch durch den Äther dringt.«

»Mir ist einfach nicht danach, zu hören, wie köstlich du dich mit all diesen schönen und berühmten Leuten amüsierst.«

Als Russell erklärte, er habe den Namen ironisch erwähnt, lachte sie verbittert.

»Wenn du dauernd mit irgendwelchen Prominenten angibst und es dann abstreitest, wird es dadurch nur noch schlimmer.«

Weil er merkte, wie recht sie mit ihrem Vorwurf hatte, verabschiedete er sich knapp.

Am nächsten Abend rief sie zurück und entschuldigte sich. »O Russell, wie konnte es nur soweit kommen?«

»Keine Ahnung«, antwortete er grimmig.

»Ich möchte, daß wir wieder zusammenfinden.«

»Das werden wir«, sagte er, ohne genau zu wissen, warum er das gesagt hatte, außer um sie zu trösten. Nachdem sie beide diesen diffusen Wunsch geäußert hatten, ließen sie die Einzelheiten offen.

Eines Abends fand Russell unter den Nachrichten, die ihm der Mann an der Rezeption gegeben hatte, eine Notiz, auf der stand: *Ich bin in Zimmer 34. Bitte melde dich. – Gehaucht von Blaze Boylan.* Oben in seinem Zimmer wanderte Russells Blick zwischen den Fernsehnachrichten und dem Telefon hin und her. Er und Zac waren mit einem wichtigen Produzenten im »The Ivy« zum Essen verabredet. Er sammelte seine Sachen zusammen und suchte gerade die Schlüssel, als es klopfte.

Sie standen in der Tür und musterten einander, Russell betroffen über Jeffs Aussehen, dessen Haut wie Kleidung an seiner Gestalt schlabberte. »Willst du reinkommen?«

Jeff schaute sich in der Suite um, hustete in seine Hand. »Ich glaube, dieses Zimmer hatte ich mal.« Er sah nach oben. »Die Decke kommt mir jedenfalls bekannt vor. Gehst du weg?«

»Abendessen.«

Jeff nickte, wog diese Information ab. »Ich bin hergekommen, um dich zu sehen. Deshalb bin ich hier. Ich wollte reden.«

Russell warf einen Blick auf seine Armbanduhr. »Ich hab ein paar Minuten.«

»Könnte sein, daß ich länger brauche.«

»Für jemanden, der sich angeblich seiner schlechten Angewohnheiten entledigt hat, siehst du nicht besonders gesund aus.« Jeff war so dünn wie nie, die Haut so kalkig weiß wie während seiner wildesten Zeiten in Downtown-Manhattan.

»Du hingegen siehst aus wie ein beschissener Surfer.«

Russell rief im Restaurant an und ließ Zac ausrichten, er könne nicht kommen. Eine Ausrede würde er sich später einfallen lassen. Oma gestorben, Hund hat die Hausaufgaben gefressen.

»Willst du was trinken?« fragte er, dann fiel es ihm wieder ein. »'schuldigung, die Macht der Gewohnheit.«

»Eigentlich«, sagte Jeff, »möchte ich schon.«

Sie fuhren an den Strand von Santa Monica, wo sich die Sonne soeben langsam über dem stählern-konvexen Meer in Richtung Asien neigte, und setzten sich zwanzig Meter von der Brandung entfernt in den Sand. Eine große, pfiffig aussehende Seemöwe kreiste und landete in ein paar Metern Entfernung, auf ihren spillerigen Beinen hin- und herschwankend wie ein Mann auf dem Deck eines durch die Wellen stampfenden Schiffes, drehte den Kopf gerade so weit von ihnen weg, als wolle sie andeuten, daß sie zwar aufgrund anderer Geschäfte in der Gegend sei, aber gegen eine Essenseinladung nichts einzuwenden hätte.

Jeff zwinkerte der Möwe zu, schaute dann auf das Wasser hinaus. Er löste eine Bierdose von einem Sechserpack, öffnete den Mund, um etwas zu sagen, und zögerte seufzend.

»Dem Autor fehlen die Worte«, sinnierte er. »Manchmal denke ich, Wörter sind wie Freundinnen – wenn du eine gute suchst, damit sie dir das Leben rettet, findest du keine, aber wenn du keine brauchst, purzeln sie aus den gottverdammten Bäumen.«

Plötzlich wirkte er verlegen, als habe er durch die Anspielung auf *l'amour* einen Blick auf das geworfen, was an Häßlichem zwischen ihnen stand. Er atmete tief und rasselnd ein und fuhr fort: »Hör zu, meine Liste mit Entschuldigungen ist länger als mein erstes Buch. Aber ich habe beinahe einen Beruf daraus gemacht, mich zu hassen. In erster Linie, weil ich dich verletzt habe. Und weil ich es mit meiner ungeschickten Entschuldigung noch verschlimmert habe. Falsche Anwendung von Schritt acht. Oder neun. Egal. Sogar mir selbst habe ich vorgemacht, daß ich dich um Verzeihung bat, aber in Wirklichkeit habe ich gesagt: Du kannst mich mal, Crash, weil ich stinksauer auf dich war, daß du mich in dieses Irrenhaus gesteckt hast. Unter anderem. Eigentlich bin ich immer noch wütend, auch wenn du geglaubt hast, mir das Leben zu retten. Vielleicht wollte ich mein Leben nicht gerettet bekommen. Ist ja schließlich mein Scheißleben, oder?«

Jeff griff sich einen Stein und schmiß ihn in Richtung Brandung, zündete sich dann die nächste Zigarette an. »Und ich war wütend auf dich, weil du mich schon vorher allmählich aufgegeben hast und zuließt, daß unsere Freundschaft dahinschwand, während du dich ums Geschäft gekümmert hast.«

Russell nickte. »Ich weiß.«

»Ich war sogar wütend auf dich, weil du Corinne geheiratet hast. Ich könnte dir erzählen, das zwischen mir und Corinne sei Suchtverhalten oder so was. Es ist wirklich eine große Erleichterung, wenn man sagen kann, man sei Alkohol und Drogen gegenüber hilflos gewesen, und so eine Entschuldigung für all die Scheußlichkeiten vorweisen kann, die man verbrochen hat.« Er hielt die gewölbte Hand über die Zigarette, um sie vor dem Wind zu schützen, und nahm dann einen tiefen, nachdenklichen Zug.

»Ist es je passiert, während wir verheiratet waren?«

»Einmal«, antwortete Jeff.

»Wann?«

»Du willst doch nicht sämtliche miesen Einzelheiten, oder?«

»Nicht unbedingt.«

»Ich habe Corinne von Anfang an geliebt. Dagegen war ich ziemlich machtlos. Wir beide haben immer das gleiche gemocht, Crash. Ich weiß noch, wie mir an der Uni alle erzählten, ich müsse dich kennenlernen, wie ähnlich wir uns seien. Was natürlich dazu geführt hat, daß ich dich haßte. Später dann, als auf einmal Corinne Makepeace mit dir in einem Zimmer wohnte, hat das fast bewirkt, daß ich dich wieder haßte.«

»Ich wußte nicht, daß du so interessiert warst.«

»Es war von Anfang an zu spät, es dir zu sagen. Gott, war ich eifersüchtig. Besonders in New York.«

»Du?«

»Scheiße, nein, mein Doppelgänger! Was glaubst du denn?« Er lachte freudlos durch die Nase, hob eine Handvoll Sand auf und ließ sie durch die Faust auf seine Turnschuhe rieseln. »Manchmal stelle ich mir vor, daß alles, was ich seit dem College getan habe, ein umgekehrtes Abbild deines Lebens ist. Parallele Leben. Du bist mit Corinne zusammengezogen und Lektor geworden. Und darum hab ich das andere getan. *Alles* andere, was es gab.«

»Du machst mich dafür verantwortlich?« Russell hatte das leichthin sagen wollen, hörte aber selbst den Vorwurf in seiner Stimme.

»Manchmal dachte ich mir, wenn ich Corinne geheiratet hätte, hätte ich dein Leben geführt, und du hättest dir einiges von dem gräßlichen Mist zuschulden kommen lassen, den ich schließlich gemacht habe.« Er atmete tief durch und schloß seine Faust um einen Klumpen Sand. »Ich glaube, Corinne und ich haben uns gegenseitig weisgemacht, daß wir dir auf diese Weise näher seien – ich weiß, das klingt nach einer besonders perversen Rationalisierung. Na schön, und wenn schon. Aber du warst in England, und wir waren beide einsam. Oder Corinne war einsam, und ich habe sie immer gewollt.«

»Welche Rolle spielt Caitlin dabei?«

»Caitlin wußte es – darum ist sie irgendwann gegangen, glaube ich. Nicht, daß ich ihr nicht etliche andere Gründe geliefert hätte. Doch am Ende hat Corinne dich geliebt und ist geblieben, stimmt's? Und das war richtig von ihr. Ich hätte nicht das sein können, was du für sie warst. Es stellt sich heraus, daß wir absolut nicht austauschbar sind.«

Jeff hustete heftig, verstreute Sand, als er die Hand zu seinem Gesicht führte. Kaum war der Anfall abgeebbt, wischte er sich mit seinem Armrücken über die Lippen und schüttelte heftig den Kopf. Russell fragte sich, ob er nicht etwas trinken müßte.

Sobald er seine Stimme wiederfand, sagte Jeff: »Ich fühlte mich berechtigt, mir alles zu nehmen, was ich wollte, alles zu tun, was ich wollte. Ich war doch *Schriftsteller*, nicht wahr? Für mich galten die Regeln nicht. Egal, ich würde am liebsten zurückgehen und alles anders machen. Aber das kann ich nicht. *Wir* können es nicht.«

Noch bevor Jeff seine Rede begonnen hatte, merkte Russell, daß er nicht mehr wütend war. Unvorstellbare Dinge geschehen, und wir sind gezwungen, sie zu begreifen. Bevor dein bester Freund mit deiner Frau schläft, würdest du es für ein unverzeihliches Verbrechen halten, doch erst wenn du dich damit konfrontiert siehst, erfährst du, womit du leben kannst.

»Bittest du um Verzeihung?«

»Nein, eigentlich hatte ich gehofft, du würdest mich weiter hassen.«

Russell streckte eine Hand aus, und Jeff ergriff sie. Später wünschte sich Russell, er hätte ihn umarmt, aber damals schien es, als wäre noch Zeit, und in diesem Augenblick am Strand wurde seine Befürchtung, er sei zu zurückhaltend, von einer mächtigen Erleichterung verdrängt, nämlich über die Erkenntnis, wie sehr ihn der Versuch mitgenommen hatte, Jeff zu hassen.

»Was'n das für 'n Zeug auf deinem Handgelenk?« fragte Russell.

»Altersflecken.« Jeff zündete sich die nächste Zigarette an und wölbte seine Hände über der bedrängten Feuerzeugflamme. »Verzeih ihr, Russell.«

»Das will ich ja«, sagte der und überlegte trotzdem, warum ihm das schwerer fiel. Wie er da auf dem kalten Sand hockte, erfüllte ihn die Erkenntnis mit Trauer, daß er Jeff viel besser verstand, als er Corinne je verstehen würde, daß die eine Sorte Liebe von anderen Regeln beherrscht wurde als die andere. Denn ganz gleich, was man sich vormachte, die eine war exklusiv und die andere nicht. Außerdem stimmte ihn traurig, daß dennoch etwas zwischen ihm und Jeff kaputtgegangen war. »Ich sehe uns vor mir«, sagte er, als wolle er sich für diese Einsicht selbst entschädigen, »als griesgrämige alte Männer in speckigen Strickjacken, die Cribbage spielen und leise die hübschen Krankenschwestern verfluchen.«

»Nein, ich sehe *dich* als alten Sack in seinem Schaukelstuhl, der neben Corinne auf der Veranda sitzt. Trotz deines kleinen Fauxpas' in Frankfurt bist du im Grunde der Typ, der einer Nutte sagt, sie solle sein Haus streichen.«

»Und was bist dann du?« fragte Russell, als Jeff einen heftigen Hustenanfall bekam. Er hielt eine Hand vor den Mund und stützte sich mit der anderen auf.

»Ich bin der Typ«, krächzte er und räusperte sich, »der einfach glauben muß, wenn er die Nutte dazu bringt, etwas anderes zu tun, dann führt ihn das zu einer ekstatischen Verschmelzung mit der Rohsubstanz des Universums. Und der sich dabei den Tripper holt.«

»Müßtest du jetzt nicht gesund sein?« fragte Russell, als der Hustenanfall schließlich vorüber war.

»Ein Körper braucht lange, um sich von dem zu erholen, was ich meinem angetan habe«, sagte Jeff und sah aufs Meer hinaus.

»Du *bist* doch clean?«

Jeff nickte und drückte seine Zigarette im Sand aus.

»Weißt du, ich war neidisch auf dich und dein wildes, ungezügeltes Leben. Bedingungslos, bis hin zur Kliniktür, wollte ein Teil von mir bei deiner Fahrt aufspringen.«

»Der Spaß hielt sich in Grenzen.«

Jetzt versickerte das letzte Licht im Meer.

»Wenigstens ist Washington auf den Füßen gelandet«, sagte Jeff. »Hast du gehört, daß er wieder bei Corbin, Dern ist, wo er für Harold und euren Finanzpiraten arbeitet?«

»Klar, er hat mich angerufen. Er wirkt so berechenbar, doch dann schafft er es immer wieder, einen zu überraschen.«

»Was ist eigentlich wirklich aus Victors Buch geworden?« wollte Jeff wissen. »Mir hat letzte Woche jemand erzählt, es gäbe Tausende von Seiten voller unverständlichem Zeugs.«

Während es um sie herum dunkel wurde, berichtete Russell, wie er vor seiner Abreise aus New York in Begleitung eines mißtrauischen und gewieften Anwalts von Corbin, Dern Victors Wohnung im Village aufgesucht hatte. Zwei Tage lang gingen sie Victors Aktenschränke durch und entdeckten dabei zahlreiche Fassungen der in Magazinen und Zeitschriften veröffentlichten Seiten, über und über mit Anmerkungen in verschiedenfarbigen Tinten versehen, die meisten Seiten dermaßen vollgekritzelt, daß sie absolut unleserlich waren. Einige waren fast schwarz und so brüchig wie uraltes Pergament. Offenbar hatte Victor immer dasselbe halbe Dutzend Kapitel mehr als zwanzig Jahre lang überarbeitet. Sein Safe enthielt eine Geburtsurkunde und dreitausend Dollar in bar. Das war alles, wie Russell Corbin, Dern in einer steifen, peinlichen Besprechung mit Harold berichtet hatte. Doch Camille Donner, die vorher angedeutet hatte, das Buch sei ein Mythos, gab sich in letzter Zeit als trauernde Witwe. In Camilles neuester Version ihres gemeinsamen Lebens sei sie nur kurz von seiner Seite gewichen, um die Frankfurter Buchmesse zu besuchen. Anschließend hatte sie eilig das letzte Kapitel ihres Schlüsselromans umgeschrieben und in einem Interview die Ansicht vertreten, das Meisterwerk, das sie mit eigenen Augen gesehen habe, sei in irgendeinem Keller oder Gewölbe verborgen. Verschwörungstheoretiker behaupteten, Corbin, Dern seien im Besitz des Manuskripts, und das geheimnisvolle Getue sei ein Werbegag. Doch die meisten kamen zu dem Schluß, es gebe kein Manuskript und habe nie eines gegeben. In der New Yorker Kulturschickeria kursierten nun ebenso die Gerüchte über Schwindel wie vor Jahren die über Propps Genie. Er war zum Symbol für falsche Versprechungen und hochgeputschte Erwartungen geworden, obwohl Russell sich entschieden hatte, ihn als einen Fall edlen Scheiterns zu betrachten. Scheitern, so glaubte Russell, war etwas, das er allmählich verstand.

48

Wie jemand, der sich im Traum selbst auf einem Bett liegen sieht, hatte Russell lange Zeit das Gefühl, er warte nur darauf, aus seinem melancholischen Koma geweckt zu werden. Als ein paar Wochen nach Jeffs Besuch morgens um fünf das Telefon klingelte, während vor den Fenstern seines Hotelzimmers der Sunset Boulevard in gespenstischer Stille dalag, wußte er, daß er nun gerufen wurde.

»Corinne«, sagte er und setzte sich im Bett auf, »was ist los?«

»Es ist wegen Jeff.«

Russell schien schon zu wissen, was sie ihm sagen würde, auch wenn er insgeheim gehofft hatte, daß sich ausgerechnet dieses Verhängnis irgendwie verzogen hätte, sich harmlos in der Atmosphäre aufgelöst hätte, wie der Sturm, der schon zu Ende war, bevor er das Land erreichte.

»Was ist passiert?«

»Er war im Krankenhaus. Keiner wußte es. Ich hab's erst erfahren, als ich heute morgen in der Zeitung las, daß er ins St. Vincent's eingeliefert wurde. Es war eine Lungenentzündung. Ich bin im Krankenhaus.« Russell wartete. Am anderen Ende konnte Corinne offenbar nicht fortfahren, und er stellte sich lieber darauf ein, unendlich lange zu warten, als sie ihre Erzählung beenden zu hören.

»Er ist vor einer Viertelstunde gestorben.«

»An Lungenentzündung stirbt man nicht«, sagte Russell,

noch während ihm klar wurde, daß heutzutage zahlreiche Menschen an Lungenentzündung starben, wie Gestalten in Romanen des neunzehnten Jahrhunderts. In letzter Zeit stand das in sämtlichen Todesanzeigen.

»Ich glaube ... ich glaube, er war sehr krank. Er war schon eine ganze Weile krank.«

»Hat er's dir gesagt?« Anscheinend war keiner von beiden bereit, die Krankheit beim Namen zu nennen. »Haben die Ärzte etwas gesagt?«

»Er wußte, daß er bald sterben würde«, sagte sie. »Ich hätte es wissen müssen. Er sah schrecklich aus, als ich ihn sah – wir waren essen ... Ich hätte etwas tun müssen.«

»Du hättest nichts tun können.«

»Ich habe das Gefühl, als wär ich an *allem* schuld«, schluchzte sie.

»Ich fliege rüber, sobald ich kann.«

»Komm nach Hause«, sagte sie.

In dem Testament, das Jeff eine Woche vor seinem Tod gemacht hatte, bat er, eingeäschert zu werden. Er wollte kein Begräbnis. Nach den diversen Klinikaufenthalten war das Erbe bescheiden, aber Tantiemen und das übrige Geld sollten zu gleichen Teilen zwischen medizinischen und kulturellen Wohltätigkeitsorganisationen aufgeteilt werden. In seinem aufgeräumten und geputzten Loft lag auf dem Schreibtisch neben dem Computer ein an Russell adressiertes Manuskript. Zum zweitenmal in weniger als einem halben Jahr wurde Russell literarischer Testamentsvollstrecker eines toten Freundes.

Russell trug sich zwar kurz mit dem Gedanken, Jeffs Wunsch zu respektieren und keinen Begräbnisgottesdienst abzuhalten, entschied aber doch, daß die Trauernden irgendeinen Abschied brauchten. Corinne war ganz anderer Meinung, doch vor dem Hintergrund der neueren Ereignisse wollte sie ihre Ansprüche auf Jeffs Gedächtnis nicht mit aller Macht durchsetzen.

In der zweiten Reihe saß die zum Gedenkgottesdienst aus London eingeflogene Caitlin stoisch neben ihrem Verlobten, einem Banker. Als Corinne durch den Gang kam, war sie wie fast alle anderen auch erstaunt angesichts einer wunderschönen jungen Frau mit großen Lemurenaugen, die so etwas wie ein Hochzeitskleid anhatte und mit einer eingetopften Crassula im Schoß allein dasaß. Corinne fragte sich, ob sie selbst womöglich damals so dünn gewesen war, als sie fast aufgehört hatte zu essen, als es ihr so vorgekommen war, sie könne nur ihre Nahrungsaufnahme kontrollieren.

Corinne saß vorn neben Bev und Wick Pierce und bekam nur sporadisch mit, was gerade, unter anderem von Russell, gesagt wurde. Er sprach soeben, bemüht, gefaßt zu bleiben. Russell und die anderen Männer – oben am Altar standen wie üblich nur Männer – sprachen auf ihre majestätisch-maskuline Art von Jeffs Vermächtnis, wie er seine Worte zurückgelassen hatte. Und ernst hatte Russell ihr mitgeteilt, das neue, in den letzten paar Monaten verfaßte Buch sei »Jeffs *Iwan Ilitsch*«. Als würde das den Schmerz lindern und alles richten. »Irgendwie handelt es von uns allen«, sagte Russell auf ihre Frage. Sie wußte nicht, ob sie damit schon umgehen konnte.

Als sie sich all die übertriebenen Lobreden anhörte, ärgerte sich Corinne immer mehr über diesen säkularen Trost, diese Vorstellung, daß ein nicht mehr gelebtes Leben dadurch gerettet würde, daß einer einen Stapel Seiten zurückließ oder einen Steinhaufen mit seinem Namen drauf. Bei *seinem* Streben danach, irgendein Monument zu errichten, hatte Russell beinahe ihre Ehe zerstört. Er hatte Steine aufgeschichtet und dabei den Mörtel vergessen. Sich um alles gekümmert, außer dem, was wirklich wichtig war, wie der Mann in dem Witz, der seinen Arm verloren hatte und um seine Rolex trauerte.

Wenn sie darüber sprachen, was im letzten Jahr schiefgegangen war, erzählten Russell und Corinne immer zwei unterschiedliche Geschichten. In seiner Version ihrer Welt spielten der Kampf um die Kontrolle eines Verlags und der Börsenkrach des Jahres 1987 eine herausragende, aufwühlende

Rolle; in ihrer Geschichte waren das in winziger Schrift gehaltene Fußnoten. Diese öffentlichen Ereignisse – ein geliebter Mensch starb an einer ansteckenden Krankheit, ein finanzieller Zusammenbruch – offenbarten wie ein Blitzschlag, einen Sekundenbruchteil lang, wie verbunden und abhängig jeder von ihnen immerzu war, wie eng ihr Wohl und Wehe mit dem Schicksal der Leute in ihrer Umgebung verzahnt war.

Sie glaubte nicht, ihre Gedanken Russell auch nur ansatzweise erklären zu können, und einen Moment lang verabscheute sie ihn fast wieder. Dennoch liebte sie ihn, und genau darum ging es. Einmal hatte sie von einer perfekten Verbindung zweier Seelen geträumt und geglaubt, das mit Russell erreicht zu haben. Jetzt war sie bereit, für weniger zu kämpfen.

Zum Schluß las ein alter Dichter, bärtig und ruhig, ein Freund aus einem von Jeffs anderen Leben, einem der Leben, das Corinne nicht vertraut war, in einer zugleich sonoren und nasalen Stimme Nashes »A Litany in Time of Plague« vor.

Ihr Reichen sollt nicht hinter Wohlstand herlaufen,
Gold kann euch keine Gesundheit kaufen;
Die Heilkunde höchstselbst verschwindet,
Wie alles schließlich ein Ende findet.
Die Seuche wandert rasch vorbei...

Russell hatte ihr dieses Gedicht vor Jahren vorgelesen, als er ihr noch laut Lyrik vorlas.

Schönheit ist eine Blume auf Erden
Falten werden sie verzehren;
Ein Leuchten fällt aus der Luft herab;
Königinnen sanken jung und schön ins Grab;
Staub hat Helenas Augen geschlossen.
Krank bin ich, kann nur aufs Sterben hoffen.
    Herr, hab mit uns Erbarmen!

Sie hatte Russell gefragt, was die Zeile »Ein Leuchten fällt aus der Luft herab« eigentlich *bedeutete.* In Mathematik und Naturwissenschaften mit ihrer relativen Sicherheit hatte sie sich immer heimischer gefühlt. Russell hatte geantwortet, ein Experte habe vermutet, der Irrtum eines elisabethanischen Druckers habe aus dem Wort »Haar« das Wort »Luft« werden lassen. Aber er selbst bevorzugte »Luft«. Und als sie nicht locker ließ, sagte er nur: »Denk mal drüber nach.« Doch jetzt sah sie es plötzlich klar und deutlich vor sich: Glanz und Schönheit und Jugend fielen wie Schnee überall aus dem Himmel, der sie umgab, Goldstaub fiel auf die Straßen, und der Regen vor der Kirche trug ihn fort, durch die Kanalisation ins Meer.

Und doch hätte sie für ihre Huldigungen einen bescheideneren Gedanken aus einem Kinderbuch gewählt. »Es passiert nicht oft, daß jemand daherkommt, der ein guter Freund ist und ein guter Schriftsteller obendrein.«

Und dann war es vorbei. Die Trauergäste schoben sich hinaus in den Nieselregen vor der Kirche St. Mark's, stellten sich für die etlichen Fotografen in Pose oder auch nicht, plauderten über Jeff, über gemeinsame Freunde und über die Einzelheiten von Leben, die nun bald wieder aufgenommen werden würden, da diese Begegnung mit dem Tod vorbei war, und die auf dem Friedhof lebenden Bettler machten sich an die gutgekleidete und spirituell erweichte Menge heran. Russell und Washington reichten sich die Hände, und dann umarmten sie einander, schlugen sich gegenseitig auf den Rücken.

»Haben wir etwas falsch gemacht?« fragte Russell.

»Ohne Zweifel.«

»Jedenfalls ist es kaum faßbar, daß du für Melman arbeitest.«

»Ey, Häuptling, ganz einfach: Er braucht einen wie mich, und ich brauche einen Job. Das ist die ideale Grundlage für eine Beziehung.«

Russell lächelte reumütig, als verstünde er endlich einen

Witz, den er als letzter begriffen hatte. Er nickte, als Washington ihm einen Arm um die Schulter legte und vorschlug, irgendwo einen Schluck zu trinken.

Die alte Wohnung war untervermietet, daher verbrachte Russell die erste Nacht in New York in Corinnes Apartment. Danach blieb er, allerdings trauten sie sich erst nach einer Woche, über die Zukunft zu reden und dieses neue Arrangement zur Kenntnis zu nehmen. Er wisse nicht, was er machen wolle, sagte Russell zu Zac, aber nach Los Angeles werde er wohl kaum zurückkehren; Zac empfahl ihm, er solle sich einen Monat Bedenkzeit zugestehen. Obwohl sie es sich eigentlich nicht leisten konnten, hatten Russell und Corinne beschlossen, doch Urlaub zu machen, sich die Gelegenheit zu gönnen, einander neu kennenzulernen.

Sie verließen New York in einem Schneesturm, nachdem sie in einem Schwarm dreckiger gelber Taxis am East River entlang den FDR Drive raufgerutscht waren. Fünf Stunden später waren sie in den Tropen. Im Zeitalter des Luftverkehrs war das durchaus nichts Ungewöhnliches, doch ihnen beiden kam das wie ein Wunder vor, als sie in St. Maarten händchenhaltend das Flugzeug verließen. Bald flogen sie in einem holprigen Aufwind über dem bunten, leicht gewellten Karibischen Meer. »Da ist sie«, sagte Corinne, wie immer, wenn die Insel in Sicht kam.

Als sie hinunter auf das Wasser sah, entdeckte sie einen sich vor dem dunkelgrünen Hintergrund eines Riffs abhebenden gespenstischen Umriß, einen riesigen, blauen, auf den Meeresgrund liegenden, rautenförmigen Gegenstand, offenbar die Hülle eines großes Schiffes. Etliche auf der Oberfläche treibende Bojen markierten die Lage des Wracks. Sie versuchte, den am Gang sitzenden Russell darauf hinzuweisen, doch als der schließlich aus dem winzigen Fenster sah, waren sie schon über der Hügelkette und flogen auf die Landebahn zu.

Mittlerweile gab es Telefon auf der Insel, die ihnen überlaufener und lauter vorkam als früher. Die Restaurants waren unerschwinglich teuer, wenn auch wahrscheinlich nicht teurer als früher, und nach ihrer zweiten Nacht kauften sie in der Stadt ein, um am Essen zu sparen. In ihrer dritten Nacht schliefen sie zum erstenmal seit einem halben Jahr miteinander. Beide waren gehemmt und verlegen, sahen alles irgendwie doppelt, als beobachteten sie sich im Traum beim Liebesspiel, da sie den Körper des anderen so gut kannten und er ihnen doch neu und fremd vorkam. Am Morgen hielten Ladenbesitzer und Kellner sie für Flitterwöchner.

Später hörten sie, daß das von Corinne gesichtete Wrack J. P. Haddads Jacht war, die bei einem schweren Sturm zu Beginn des Winters gesunken war und jetzt fast dreißig Meter tief lag. Sie hatte acht Stunden gebraucht, um zu sinken. Die Mannschaft hatte die rettende Küste erreicht, aber einige behaupteten, Haddad sei mit dem Schiff untergegangen. Jedenfalls kannte niemand seinen Aufenthaltsort. Eines Abends in einer Bar erzählte ihnen ein redseliger Amerikaner, sämtliche Bordventile seien geöffnet, die Ansaugschläuche zerschnitten worden. »Wissen Sie«, vertraute ihnen der Mann an, »er hat bei dem Börsenkrach alles verloren.« Als sie nach New York zurückflogen, lag die blaue Hülle noch immer unter Wasser, und in späteren Jahren tauchte das Bild manchmal in Corinnes Bewußtsein auf – beispielsweise als sie, über ein Jahr später, hörte, daß Melmans Imperium zusammengebrochen sei –, ein Rätsel, das irgendwie mit der damaligen Phase ihres Lebens verbunden war, so wie Männer mit gelben Krawatten die Zeit davor heraufbeschworen.

Bei ihrer Rückkehr ist New York kühl und merkwürdig still. Da sie sich in dem kleinen Apartment an ihrem ersten Abend zu Hause beengt und ruhelos vorkommen, gehen sie zum Essen in ein Bistro in SoHo. Als sie das Restaurant verlassen, fällt feiner Schnee.

Auf ihrem Fußweg zum West Broadway, wo sie ein Taxi finden wollen, kommen sie an einem kleinen Jungen vorbei, der zusammengekauert in einer halbdunklen Einfahrt hockt. Als Corinne ihre Schritte verlangsamt, verstärkt Russell den Druck auf ihren Arm; er spürt, wie ihr missionarischer Impuls einsetzt, stellt sich den mitleidigen Ausdruck auf ihrem Gesicht vor, das sie dem Jungen zuwendet.

»Warte«, sagt sie, befreit ihren Arm und nähert sich dem Jungen, hockt sich neben ihn. »Wie geht's dir?« fragt sie ihn. Russell will sie instinktiv vor dem kleinen Gauner schützen, doch als er näher kommt, sieht er, was sie sieht. So jung, kaum im Teenageralter, das blasse Gesicht verängstigt und jämmerlich.

»Ich friere«, flüstert der Junge.

Corinne nimmt ihren Schal ab und wickelt ihn um den Knaben, dreht sich dann um und sieht Russell bittend an. Der greift in seine Manteltasche, holt die drei Dollar von der Garderobe heraus, reicht sie Corinne. Die gibt sie dem Jungen, bleibt noch bei ihm. Russell muß sie sanft am Arm ziehen, damit sie ihm folgt. Im Taxi fragt sie sich laut, weshalb so ein Junge in einer Einfahrt zittert und wie man ihm wohl helfen könnte. Sie grübelt immer noch, als sie die Treppe hinaufgehen, sich bettfertig machen. Er weiß zwar, daß er das Gesicht des Jungen vergessen kann und heute nacht schlafen wird, versteht aber, daß Corinne das nicht gelingen wird, und ist beinahe stolz darauf. Er sieht aus dem Fenster auf den fallenden Schnee, dreht sich dann um und nimmt seine Frau in die Arme, ist dankbar darüber, hier zu sein, auch wenn er sich fragt, was er rein praktisch gesehen mit seinem Leben anfangen wird. Jahrelang hatte er sich selbst gedrillt, eine bestimmte Sache zu machen, sie gut zu machen, aber er weiß nicht, was er sein restliches Leben lang machen möchte, oder auch nur, ob sich ihm eine Gelegenheit bieten wird. Als sie zu Bett gehen, macht er sich immer noch Sorgen.

Kurz bevor Corinne in den Schlaf fällt, rollt sie im Bett zu ihm hin und nuschelt: »Danke.« Russell weiß nicht recht, ob sie den heutigen Abend meint, oder daß er nach Hause gekommen ist.

Er spürt den Kopf seiner Frau neben seiner Schulter auf dem Kissen ruhen und ist sich fast sicher, daß sie zurechtkommen werden. Sie haben schon gelernt, mit weniger auszukommen, und sie lernen immer noch dazu. Ihm scheint, als hätten sie in letzter Zeit an einem Seminar über Verluste teilgenommen. Und während er merkt, wie er einschläft, kommt ihm ein Einfall, den er für wichtig hält, und an den er sich hoffentlich am Morgen noch erinnert, obwohl es sich um einen jener Gedanken handelt, die nur selten eine Übertragung in die Sprache des Tageslichts aushalten: er weiß, wieviel Überfluß ihnen in Zukunft auch immer gemeinsam oder getrennt zufallen mag, so werden sie im Verlauf der Jahre doch immer vertrauter mit Verlusten werden, wenn Freunde sterben oder undramatisch in die übervölkerte Vergangenheit entschwinden, wenn das Gedächtnis selbst schließlich flackert und gegen Ende trügerisch wird; er weiß, daß sogar die Kinder, die in ihrer Zukunft auf sie warten mögen, sie schließlich den Schmerz von Wachsen und Trennung lehren werden, so wie ihre eigenen Eltern und Lehrer irgendwann sterben und sie in der Welt allein lassen, zitternd an der finsteren Schwelle.

Danksagungen

Für bukolischen Schutz vor dem städtischen Unwetter bedanke ich mich bei Carl Navarre, George Plimpton, James Salter und der Firma Yaddo.

Dafür, daß sie ihre Kenntnisse auf unterschiedlichsten Gebieten mit mir teilten, bin ich Kate Bonner, Robin Carpenter, William Koshland, Ken Lipper, Mark McInerney, William Norwich, Ellen O'Toole, François de Saint Phalle sowie Chuck Ward zu großem Dank verpflichtet.

Für moralische, mündliche und technische Unterstützung bedanke ich mich sehr bei Gary, Binky, Marie, Morgan, Mona, Michael, Nick, Terry, Bret, Barry, Liz, Carl, Rust, Erroll, Sonny und Garth.